国家出版基金项目
NATIONAL PUBLICATION FOUNDATION

中国宗教文学史

第三卷 下册

隋唐五代佛教文学史

吴光正 主编

祁伟 主编

北方文艺出版社

哈尔滨

图书在版编目（CIP）数据

隋唐五代佛教文学史／祁伟主编．－－哈尔滨：北
方文艺出版社，2023.10
（中国宗教文学史／吴光正主编）
ISBN 978-7-5317-5904-1

Ⅰ．①隋… Ⅱ．①祁… Ⅲ．①佛教文学－文学史－中
国－隋唐时代②佛教文学－文学史－中国－五代十国时期
Ⅳ.①I207.99

中国国家版本馆 CIP 数据核字(2023)第 078753 号

隋唐五代佛教文学史
SUI-TANG-WUDAI FOJIAO WENXUE SHI

作　者／祁　伟		主　　编／吴光正	
责任编辑／孙竟翯　张　戎　常　青		封面设计／琥珀视觉	
出版发行／北方文艺出版社		邮　编／150080	
发行电话／（0451）86825533		经　销／新华书店	
地　址／哈尔滨市南岗区宣庆小区 1 号楼		网　址／www.bfwy.com	
印　刷／哈尔滨久利印刷有限公司		开　本／787mm×1092mm　1/16	
字　数／364 千		印　张／32	
版　次／2023 年 10 月第 1 版		印　次／2023 年 10 月第 1 次印刷	
书　号／ISBN 978-7-5317-5904-1		定　价／98.00 元	

项目来源：国家社科基金重大项目《中国宗教文学史》（15ZDB069）

学术顾问：宇文所安　孙昌武　李丰楙
　　　　　陈允吉　　郑阿财　项　楚
　　　　　高田时雄

丛书主编：吴光正

本册主编：祁　伟

本册作者：祁　伟（第一章，第二章）
　　　　　王一帆（第四章，第九章）
　　　　　李　熙（第七章，第八章）
　　　　　王彦明（第三章）
　　　　　曹　磊（第五章）
　　　　　李小荣（第六章）

《中国宗教文学史》导论

吴光正

  《中国宗教文学史》包括中国道教文学史、中国佛教文学史、中国基督教文学史、中国伊斯兰教文学史四大板块，是一部涵盖汉语、藏语、蒙古语等语种的大中华宗教文学史。经过多次会议①，无数次探讨②，我们以为，编撰这样一部大中华宗教文学史，编撰者需要探索如下理论问题。

---

  ① 《中国宗教文学史》编撰学术研讨会（2012 年 8 月 28—30 日，黄梅）、宗教实践与文学创作暨《中国宗教文学史》编撰国际学术研讨会（2014 年 1 月 10—14 日，高雄）、宗教实践与星云法师文学创作学术研讨会（2014 年 9 月 12—16 日，宜兴）、第三届佛教文献与佛教文学国际学术研讨会（2014 年 10 月 17—21 日，武汉、黄梅）、宗教生命关怀国际学术研讨会（2015 年 12 月 18—19 日，高雄）、第三届宗教实践与文学创作暨《中国宗教文学史》编撰国际学术研讨会（2016 年 12 月 16—18 日，武汉）、从文学到理论——星云法师文学创作学术研讨会（2017 年 11 月 18—19 日，武汉）、《中国宗教文学史》审稿会（2018 年 1 月 10—11 日，武汉）、"古代中国的族群、文化、文学与图像国际学术研讨会"（2019 年 6 月 22—23 日，武汉）、中国文学史编撰研讨暨国家社会科学基金重大项目"中国宗教文学史"结项鉴定会（2021 年 12 月 4 日，武汉）。参见李松《〈中国宗教文学史〉编撰研讨会召开》，《长江学术》2013 年第 2 期；张海翔《宗教和文学联袂携手，弘法与创作结伴同行——宗教实践与文学创作暨〈中国宗教文学史〉编撰国际学术研讨会综述》，《哈尔滨工业大学学报》2014 年第 3 期；《第三届宗教实践与文学创作暨〈中国宗教文学史〉编撰国际学术研讨会成功举办》，《长江学术》2017 年第 2 期；《〈中国宗教文学史〉审稿会成功举行》，《长江学术》2018 年第 2 期；孙文歌《"古代中国的族群、文化、文学与图像国际学术研讨会"召开》，《文学遗产》2019 年第 5 期；《中国文学史编撰研讨会在武汉大学召开，"中国宗教文学史"结项鉴定会同期举办》，《长江学术》2022 年第 2 期。

  ② 吴光正、何坤翁：《坚守民族本位 走向宗教诗学》，《武汉大学学报》2009 年

一、宗教文学的定义

宗教文学即宗教实践（修持、弘传、济世）中产生的文学。它包含三个层面的内涵。

第 3 期；吴光正：《"宗教文学与宗教文献"开栏辞》，《江西师范大学学报》2010 年 2 期；吴光正：《中国宗教文学史研究（专题讨论）》，《哈尔滨工业大学》2012 年第 3 期；吴光正：《宗教文学史：宗教徒创作的文学的历史》，《武汉大学学报》2012 年第 2 期；吴光正：《扩大中国文学地图，建构中国佛教诗学——〈中国佛教文学史〉刍议》，《哈尔滨工业大学学报》2012 年第 3 期；吴光正：《"宗教实践与文学创作"开栏弁言》，《贵州社会科学》2013 年第 6 期；吴光正：《佛教实践、佛教语言与佛教文学创作》，《学术交流》2013 年第 2 期；吴光正：《宗教文学研究主持人语》，《学术交流》2014 年第 8 期；吴光正：《民族本位、宗教本位、文体本位与历史本位——〈中国道教文学史〉导论》，《贵州社会科学》2014 年第 5 期；吴光正：《宗教实践与近现代中国宗教文学研究（笔谈）》，《哈尔滨工业大学学报》2015 年第 5 期；吴光正：《〈中国宗教文学史〉导论》，《学术交流》2015 年第 9 期；刘湘兰：《先秦两汉宗教文学论略》，《哈尔滨工业大学学报》2012 年第 3 期；李小荣：《论中国佛教文学史编撰的原则》，《学术交流》2014 年第 8 期；李小荣：《汉译佛典文学研究的回顾与展望》，《武汉大学学报》2012 年第 2 期；李小荣：《疑伪经与中国古代文学关系之检讨》，《哈尔滨工业大学学报》2012 年第 6 期；赵益：《宗教文学·中国宗教文学史·魏晋南北朝道教文学史》，《哈尔滨工业大学学报》2012 年第 3 期；高文强：《魏晋南北朝佛教文学之差异性》，《武汉大学学报》2012 年第 2 期；王一帆：《21 世纪中国宗教文学研究动向之一——新世纪中国宗教文学史研究综述》，《文艺评论》2015 年第 10 期；罗争鸣：《宋代道教文学概况及若干思考》，《哈尔滨工业大学学报》2012 年第 3 期；张培锋：《宋代佛教文学的基本情况和若干思考》，《武汉大学学报》2012 年第 2 期；张培锋：《论宋代文艺思想与佛教》，《哈尔滨工业大学学报》2014 年第 3 期；李舜臣：《中国佛教文学：研究对象·内在理路·评价标准》，《学术交流》2014 年第 8 期；李舜臣：《〈明代佛教文学史〉编撰刍议》，《学术交流》2012 年第 5 期；李舜臣：《〈辽金元佛教文学史〉研究刍论》，《武汉大学学报》2012 年第 2 期；余来明：《明代道教文学研究的几个问题》，《云南大学学报》2013 年第 4 期；鲁小俊：《清代佛教文学的文献情况与文学史编写的体例问题——〈清代佛教文学史〉编撰笔谈》，《哈尔滨工业大学学报》2015 年第 5 期；贾国宝：《中国现代佛教文学研究的回顾与展望》，《贵州社会科学》2016 年第 8 期；索南才让、张安礼：《藏传佛教文学论略》，《江西师范大学学报》2013 年第 5 期；树林：《蒙古族佛教文学研究回顾与前瞻》，《蒙古学研究年鉴（2017 年卷）》，2019 年 5 月；宋莉华：《基督教汉文文学的发展轨迹》，《武汉大学学报》2012 年第 2 期；荣光启：《现当代汉语基督教文学史漫谈》，《武汉大学学报》2012 年第 2 期；马梅萍：《中国汉语伊斯兰教文学史的时空脉络与精神流变》，《武汉大学学报》2013 年 6 期；马梅萍：《中国汉语伊斯兰教文学述略》，《中国宗教文学史编撰研讨会论文集》，哈尔滨：北方文艺出版社，2015 年。我们的讨论也获得了学术界的支持和呼应：张子开、李慧：《隋唐五代佛教文学研究之回顾与思考》，《哈尔滨工业大学学报》2012 年第 3 期；吴真：《唐代道教文学史刍议》，《哈尔滨工业大学学报》2012 年第 3 期；李松：《中国现当代道教文学史研究的回顾与省思》，《学术交流》2013 年第 2 期；郑阿财：《论敦煌文献对中国佛教文学研究的拓展与面向》，《长江学术》2014 年第 4 期。

一是宗教徒创作的文学。宗教徒身份的确定，应依据春秋名从主人之义（自我认定）、时间之长短等原则来处理。据此，还俗的贾岛、临死前出家的刘勰、遁迹禅林却批判佛教之遗民屈大均等不得列为宗教作家；政权鼎革之际投身方外者，其与世俗之关系，当以宗教身份来要求，不当以政治身份来要求；早期宗教史上的一些作家可以适当放宽界线。

宗教徒文学具有神圣品格与世俗品格。前者关注的是人与神、此岸与彼岸的超越关系，彰显的是宗教家的神秘体验和内在超越；后者关注的是宗教家与民众及现实的内在关联，无论其内容如何世俗乃至绮语连篇，当从宗教作家的宗教身份意识来加以考察，无常观想也罢，在欲行禅也罢，弘法济世也罢，要做出符合宗教维度的界说。那些违背宗教精神的作品，不列入《中国宗教文学史》的研究范围。

二是虽非宗教徒创作，但出于宗教目的、用于宗教场合的文学。这类作品包括如下两个层面：

宗教神话、宗教圣传、宗教灵验记等神圣叙事类作品。其著作权性质可以分为编辑、记录、整理和创作。编辑、记录、整理的作品，其特征是口头叙事、神圣叙事的案头化；创作的作品，则融进了创作者个人的宗教理念和信仰诉求。

用于仪式场合，展示人神互动、表达宗教信仰、激发宗教情感的仪式性作品。这类作品有不少是文人创作的，具有演艺性、程式性、音乐性等特征。许多作品在宗教实践中传承演变，至今依然是宗教仪式中的经典，有的作品甚至保留了几百年、上千年前的原貌，称得上是名符其实的活化石。

三是文人参与宗教实践、因有所感触而创作的表达宗教信仰、宗教体验的作品。在这个层面上，"宗教实践"可作为弹性概念，"宗教信仰"和"宗教体验"应该作为刚性概念。文人创作与宗教有关的作品，有的当作一种信仰，有的当作一种生活方式，有的当作一种文化资源，有的当作一种文化批判，其宗教性差异非常大，要做仔细辨别。只有与宗教信仰和宗教体验有关的作品才可以纳入宗教文学的范畴。因此，充斥于历代文学总集、选集、别集中的，与宗教信仰和宗教体验关系不大的唱和诗、游寺诗这类作品不纳入宗教文学的范畴。

本部分仅仅包括文人创作的"文"类作品，不包括文人创作的碑记、序跋等"笔"类作品。文人创作的"笔"类作品可以作为宗教徒创作的背景材料和阐述材料。

尽管教内的认可度宽延尺度不一，文人创作的宗教性仍要参考教内的认可度。有的文人被纳入宗教派别的法嗣，有的文人被写入教内创作的宗教传记如《居士传》等。这是很好的参考标准。

梳理这部分作品时，应从现象入手，将有关文人的作品纳入相关章节，并进行理论概括。理由如下：几乎所有古代文人都会写有关宗教的作品，其宗教性程度不等，甚至有大量反宗教的作品，所以需要从上述层面进行严格限定；几乎所有古代文人所写的与宗教相关的作品都只是其创作中的一个小景观，《中国宗教文学史》不宜设过多章节来介绍某一世俗作家及其作品，否则，中国宗教文学史就成了一般文学史。

这三部分之间的关系，应该遵循如下原则：宗教徒创作的文学是中国宗教文学史的"主体"，用于宗教场合的非宗教徒创作的作品是中国宗教文学史的"补充"，文人参与宗教实践而创作的表达宗教信仰、宗教体验的作品是中国宗教文学史的"延伸"。编撰

《中国宗教文学史》时，要用清理"主体"和"补充"部分所确立起来的理论视野对"延伸"部分进行界定和阐释，"延伸"部分所占比例要比其他部分小。这样，就可避免宗教文学内涵与外延的无限扩大。

我们对宗教文学的界说，是在总结百年中国宗教文学研究、中国宗教研究经验和教训的基础上展开的。

百年中国宗教文学研究关注的主要是"宗教与文学"这个领域，[①] 事实层面、文献层面的清理成就斐然，但阐释层面存在不少隔靴搔痒的现象，其关键在于对宗教实践和宗教徒文学的研究相对匮乏。我们甚至可以认为，不了解宗教实践与宗教徒的文学创作，我们就无法对"宗教与文学"做出比较到位的阐释。纵观百年中国宗教文学研究史，在"宗教与文学"层面做出卓越贡献的学者对宗教实践、宗教思维的体会往往很深刻，因此对宗教文学文献的释读也很到位。从宗教徒的角度来说，宗教实践是触发其文学创作的唯一途径。宗教徒创作的文学作品，有的是出于宣教的功利目的，有的是出于感悟与体验的审美目的，有的是出于个人的宗教情怀，有的是出于教派的宗教使命，但无一不与其宗教实践的方式和特性密切相关，无一不与其所属宗教或教派的宗教理念和思维方式密切相关。从"宗教实践"的角度来界说宗教文学，目的在于切除关系论、影响论下的文学作品，纯化论述对象，

---

① 参见吴光正：《二十世纪大陆地区"道教与古代文学"研究述评》，台湾《文与哲》第 9 期，2006 年；吴光正：《二十世纪"道教与文学"研究的历史进程》，《文学评论丛刊》第 9 卷第 2 辑，2007 年；何坤翁、吴光正：《二十世纪"佛教与古代文学"研究述评》，《世界宗教研究》2013 年第 3 期；吴光正：《域外中国道教文学研究述评》，《中国文哲研究通讯》（台湾）第 31 卷第 2 期，2021 年。

把握宗教文学的本质。任何界说，作为一种设定，都具有其合理性和局限性。本设定作为《中国宗教文学史》论述对象的理论界定，需要贯彻到具体的章节设计之中。

百年中国宗教研究，从业人员以哲学界人士占主导地位，哲学模式的宗教研究成果无比丰硕，从业人员不多的史学界在这个领域也留下了经典论著。国内近几十年的宗教研究一直是哲学模式一统天下，有力地推进了中国宗教研究的历史进程。但是，宗教是一个复杂的精神现象和社会现象，需要多维度、多学科加以观照。在目前的研究态势下，更需要强化史学、社会学、政治学、民族学、人类学、文学、心理学等学科的观照，辨析复杂、多元的宗教史实，还原宗教实践场景。有学者指出，目前出版的所有《中国道教史》居然没有一本介绍过道教实践中最为关键的一环——受箓，因此，倡导多元的研究维度还是必要的。在阅读中国宗教研究著作时，学者们常常会反思：唐代以后，大规模的宗教经典创作和翻译工作已经结束，不再产生新宗教教派或新宗教教派不以理论建构见长，哲学模式主导的宗教研究遂视唐以后的宗教彻底走向衰败，结果导致宋元明清宗教史一直被学术界忽视，连基本事实的清理都未能完成，宗教实践的具体情形更是无从谈起。近些年来，宗教学界已经注意到这个问题，并陆续出版了不少精彩的论著。笔者在这里想强调的是，如果能从宗教实践的立场来研究这段历史，结论一定会很精彩。近一百年来，中国宗教史研究所使用的材料主要是经典、经论、史籍和碑刻，对反映宗教实践的宗教徒文学创作关注不够，导致许多研究无法深入。比如，王重阳用两年六个月的时间在山东半岛收了七大弟子后即羽化，他创建的全真教因何能够发展壮大，最后占了道教的半壁江山? 史籍和碑刻资料很难回答这个问题，王重阳和全真七子的文学创作却能够回答这个问题。① 明末清初的佛教其实非常繁荣，但是通过史籍和经论很难说清楚，不过，中国台湾学者廖肇亨的研究却很好地解决了这个问题，② 原因就在于他能够读僧诗、解僧诗。从宗教实践的角度来看，就是被哲学模式研究得非常深入的唐宋禅学，也有重新审视的必要。哲学擅长的是思辨，强调概念和推理，而禅学偏偏否定概念和推理，甚至否定经典和文字，讲究的是"悟"，参禅、教禅强调的是不立文字、不离文字，即绕路说禅，具有很强的诗学意味。因此，从宗教实践的角度来看，唐宋禅学研究应该是语言学界和文学研究界擅长的领域。③

可见，无论是从宗教史还是从文学史的立场，宗教实践都是一个最为关键的切入点。

二、宗教文学经典与宗教文学文献

从宗教实践的角度将宗教徒的文学创作确立为宗教文学的主体，需要解决的问题是如何认定宗教文学经典、如何收集宗教文学文献。在课题组组织的会议上，我们都面临着这样的问题：宗教徒的文学创作有经典吗? 对此，我们的回答是：宗教文学从来不缺经典，缺的是经典的发现和经典的阐释。

关于宗教文学经典的认定，我们觉得应该从如下层面加以展

---

① 吴光正：《金代全真教掌教马丹阳的诗词创作及其文学史意义》，《世界宗教研究》2019 年第 1 期；吴光正：《试论马丹阳的诗词创作及其宗教史意义》，《宗教学研究》2021 年第 1 期。

② 廖肇亨：《中边·诗禅·梦戏：明末清初佛教文化论述的呈现与开展》，台北：允晨文化实业股份有限公司，2008 年版。

③ 周裕锴：《禅宗语言》，复旦大学出版社，2017 年版；周裕锴：《法眼与诗心：宋代佛禅语境下的诗学话语建构》，中国社会科学出版社，2014 年版。

开。一是要从宗教实践的立场审视宗教文学作品的功能，对宗教文学的"文"类、"笔"类作品之优劣加以评估，确立其经典性。二是要强调宗教性和审美性的统一。具备召唤能力和点化能力的作品才是好作品，能激发宗教情感的作品才是好作品，美感和了悟兼具的作品才是好作品。三是要凸显杰出宗教徒在文学创作中的核心地位。俗话说："诗僧未必皆高，凡高僧必有诗。""诗僧"产出区域与"高僧"产出区域往往并不重叠。因此，各宗教创始人、各教派创始人、各教派发展史上的杰出人物的创作比一般的宗教徒创作更具经典性。因此，《真诰》《祖堂集》中的诗歌比一般的宗教徒如齐己的别集更具有经典性。四是要从宗教传播中确立经典。很多作品在教内广泛流传，甚至被奉为学习、参悟之典范，甚至被固定到相关的仪式中而千年流转。流行丛林之《牧牛图颂》《拨棹歌》《十二时歌》《渔父词》一类作品应该作为丛林之经典；在宗教仪式中永恒之赞美诗、仙歌道曲应该是教内之经典；被丛林奉为典范之《寒山诗》《石门文字禅》应该是教内之经典。最后需要指出的是，在终极关怀和生命意识的呈现上，一个优秀的宗教作家完全等同于具有诗人情怀的世俗作家。高僧与诗人，高道与诗人，曹雪芹和空空道人，贾宝玉和文妙真人，本质上是同一的，具备这种同一性的作家和作品，可谓达到了宗教文学的极致！总之，宗教文学经典的确立应从教内出发而不应从世俗出发，而最为经典的宗教文学作品和最为经典的世俗文学作品，其精神世界是相通的。

有了这样的认识，我们才能从浩瀚无边的文献中清理宗教文学作品并筛选宗教文学经典。清理宗教文学文献时，我们拟采取如下步骤和措施。

各大宗教内部编撰的大型经书和丛书应该是《中国宗教文学史》首先关注的文献。《道藏》、《藏外道书》、《道藏辑要》、《大藏经》（包括藏文、蒙古文大藏经《甘珠尔》《丹珠尔》）、汉译《圣经》、汉译《古兰经》中的文献，需要全面排查。经典应该首先从这些文献中确立。《大藏经》中的佛经文学以及《圣经》《古兰经》的历次汉译本要视为各大宗教文学的首要经典和翻译文学的典范加以论述，《道藏》中的道经文学要奉为道教文学的首要经典加以阐释。《道藏》文献很杂，一些不符合宗教文学定义的文献需要剔除，一些文学作品夹杂在有关集子中，需要析出。《大藏经》不收外学著作，其内学著作尤其是本土著述，有的全本是宗教文学著作，有的只有一部分，有的只存在于具体篇章中，需要通读全书加以清理。

各大宗教家文学别集的编撰、著录、存佚、典藏情况需要进行全面清理，要在目录学著作、志书、丛书、传记、序跋、碑刻和评论文章中进行爬梳。

宗教文学选集与总集的编著、著录、传播、典藏情况要从文献学和选本学的角度加以清理，归入相关选本、总集出现的时代。因此，元明清各段的文学史要设置相关的章节。这是从宗教实践、宗教传播视野确立经典的一个维度。

《中国佛寺志丛刊》《中国道观志丛刊》和地方志等文献中存在大量著述信息，需要加以考量。

方内文人编撰的断代、通代选集和总集中的"方外"部分也需要从选本学、文献学的立场进行清理，归入相关选本、总集出现的时代。这类文献提供了方外创作的面貌，保留了大量文献，但其选择依据是方内的，和方外选本有差距。这类选集和总集数量非常庞大，如果不能穷尽，则需要选择典范选本加以介绍。需要特别指出的是，近百年来编撰的各类文学总集往往以"全集"命名，但由于文学观念和资料的限制，"全集"并不全。比如，《全元诗》秉持纯文学观念，对大量宗教说理诗视而不见，甚至整本诗集如《西斋净土诗》也完全弃之不顾。在佛教界内部，《西斋净土诗》被奉为净土文学的典范。中国台湾的星云法师是当代非常擅长文学弘法的高僧，他在宜兰念佛会上举办各种活动时就不断从《西斋净土诗》中抽取相关诗句来吸引信徒。因此，收集宗教文学文献时，我们一定要秉持宗教文学观，不要轻易相信世俗总集之"全"，而要上穷碧落下黄泉式地搜寻资料。

藏族佛教文学、蒙古族佛教文学、南传佛教文学、中国基督教文学和中国伊斯兰教文学的基本文献均未得到有效整理，基本上尘封于全国乃至全世界的图书馆、宗教场所中，尘封于报刊中，需要研究者花时间和精力去探寻。近些年来，一些大型史料性丛书得以出版。如钟鸣旦、杜鼎克、黄一农、祝平一主编《徐家汇藏书楼明清天主教文献》，钟鸣旦等主编《耶稣会罗马档案馆明清天主教文献》，王秀美、任延黎主编《东传福音》，曾庆豹主编《汉语基督教经典文库集成》，周振鹤主编《明清之际西方传教士汉籍丛刊》《徐家汇藏书楼明清天主教文献续编》，张美兰所著《美国哈佛大学哈佛燕京图书馆藏晚清民国间新教传教士中文译著目录提要》，周燮藩主编《清真大典》，王建平主编《中国伊斯兰教典籍选》，吴海鹰主编《回族典藏全书》等。从这些文献中爬梳宗教文学作品，也是一份艰辛的工作。

总之，《中国宗教文学史》各段要设专章对本段宗教文学文献进行全面清理，为后来的研究提供文献指南。不少专著和专文已经做了初步的研究，可以全面参考。这是最见功力、最耗时间的一章，也是最好写的一章，更是造福士林、造福教界的一章。

三、宗教文学文体与宗教诗学

近百年来，西方的纯文学观念彰显的是符合西方观念的作品，一定程度上遮蔽了中国自身的文学传统，并且制造了不少伪命题。作为一种学术反思，学术界的本土化理论建构已经在探究"传统文学"的"民族传统"。在这种学术潮流中，诸多学者的研究已经产生重大反响，比如，罗宗强的文学思想研究，刘敬圻的还原批评，张锦池的文献文本文化研究，陈洪、蒋述卓、孙逊、尚永亮的文学与文化研究，吴承学倡导的文体研究，陈文新秉持的辨体研究，等等，均深获学界赞许。这一研究路径应该引起宗教文学研究者的重视，《中国宗教文学史》应该继承和发扬这一研究范式，因为，宗教文学是最具民族特色的文学，而文体作为一种把握世界的方式，是最具民族特性的。

对中国宗教文学展开辨体研究，就意味着要抛弃西方纯文学观念，不再纠缠"文学"之纯与杂，而是从宗教实践的立场对历史上的各大"文"类、"笔"类作品进行清理，对其经典作品进行理论阐述。因此，我们特别注重如下三个方面的论述：第一，我们强调，研究最具民族性的传统文学——宗教文学时，要奉行宗教本位、民族本位、历史本位、文体本位，清理各个时期宗教实践中产生的各类文体，对文体进行界说，对文体的功能、题材、程式、风格、使用场合进行辨析，也即对各大文体、文类下定义，简洁、明晰、到位之定义，足以垂范后学之定义。如，魏晋南北朝时期的经表之文、仙真之传、神仙之说、仙灵之诗，其文体在道教文学史上具有典范意义，我们在撰述过程中应该对其文体进行准确界说。第二，我们强调，各文体中出现的各大类别也要进行界说，并揭示其宗教本质和文学特质。如佛教山居诗，要对山居诗下定义，并揭示山居诗的关注中心并非山水，而是山水中的僧人——俯视众生、超越世俗、自由自在、法喜无边的僧人。第三，我们强调，宗教文学文体是应宗教实践而产生的，有教内自身的特定文体，也有借自世俗之文体，其使用频率彰显了宗教实践的特色和宗教发展之轨迹。

在分析各体文学的具体作品时，我们不仅要尊重"文各有体，得体为佳"的创作规律，而且要建立起一套阐释宗教文学的话语体系和诗学理论。

用抒情言志这类传统的文人诗学话语和西方纯文学的诗学话语解读中国宗教文学作品时，往往无法准确揭示中国宗教文学的本质，甚至过分否定其价值。比如，关于僧诗，唐代还能以"清丽"加以正面评价，从宋人开始就完全以"蔬笋气"、"酸馅味"加以一概否定了。中国古代宗教文学作品，无论是道教文学还是佛教文学，能得到肯定的只是那部分"情景交融"的作品，这类作品在研究者眼里已经"文人化"，因而备受关注和肯定。这是一种完全不考虑宗教实践的外在切入视野。如学术界一直否定王重阳和丘处机的实用主义文学创作，却认定丘处机的山居诗情景交融，是"文人化"的体现，是难得一见的好作品。殊不知，丘处机的山居诗是其苦修——斗闲思维的产物。为了斗闲，丘处机在磻溪和龙门山居十三年，长期的苦修导致他一生文学创作的焦点均是山居风物，呈现的是一种放旷、悠闲、自由的境界。西方纯文学观念引进中国后，宗教徒文学在相当长的一段时间内基本上淡出学者的学术视野，在百年中国文学史书写中销声匿迹。大陆晚近三十来年的宗教文学研究主要在文献和事实清理层面上成绩突出，理论层面虽有所建树，但需要探索、解决的问题依然很多。因此，需要从宗教实践的立场探索一套解读、阐释宗教文学的话语系统和诗学理论。

因此，我们强调，宗教观念决定了宗教的传播方式和语言观，也就决定了宗教文学的创作特性。不同的宗教有不同的传播策略、不同的语言观，从而影响了佛教、道教、基督教和伊斯兰教的经典撰述和翻译，也影响了宗教家对待文学创作的态度，更影响了宗教家的作品风貌。佛典汉译遵循了通俗易懂原则、随机应变原则，这是受佛经语言观影响形成的翻译原则，导致汉译经典介于文白和雅俗之间，对佛教文学创作产生了重要影响。① 葛兆光甚至认为，佛教"不立文字"和道教"神授天书"的语言观和传播方式决定了佛教文学和道教文学的风格特征。② 基督教和伊斯兰教的语言观和传播方式不仅决定了经典的翻译特色，而且决定了基督教文学和伊斯兰教文学的创作风貌。伊斯兰教强调《古兰经》是圣典，不可翻译，因此，中国伊斯兰教徒一直用波斯语和阿拉伯语诵读《古兰经》，大量伊斯兰教徒的汉语文学创作难觅伊斯兰教踪影，直到明王朝强迫伊斯兰教徒汉化才形成回族，才有汉语教育，才有《古兰经》的汉语译本，才有伊斯兰教汉语文学。巴别塔神话实际上就是基督教的语言观和传播方式的一个象征，这一象征决定了中国基督教文学的特色。为了宣传教义，传教士翻译了大量西方世俗文学作品和基督教文学作品，李奭学的《译述：

---

① 李小荣：《汉译佛典文学研究的回顾与展望》，《武汉大学学报》2012 年第 2 期。

② 葛兆光：《"神授天书"与"不立文字"——佛教与道教语言传统及其对中国古典诗歌的影响》，《文学遗产》1998 年第 1 期。

明末耶稣会翻译文学论》《中国晚明与欧洲文学——明末耶稣会古典证道故事考诠》① 已经成功地论证了晚明传教士在这方面的努力。与此同时，传教士不仅不断翻译、改写《圣经》来传播福音，而且利用方言和白话创作了大量文学作品，并借助现代传媒——报纸、杂志、电台进行传播，其目的就是为了适应中国国情而进行宗教宣传，其通俗化、艺文化和现代化策略极为高超，客观上对中国现代文学产生了重要影响。

因此，我们强调，中国宗教文学自身具有一些和传统士大夫文学、传统民间文学截然不同的表达传统。中国史传文学发达，神话和史诗不发达，这是一般文学史的看法。如果考察宗教文学就会发现，这样的表述是不准确的。民族史诗、佛教和道教的神话、传记在这方面有很显著的表现，形成了一种独特的叙事诗学，并对中国小说、戏剧产生了重要的影响。② 中国抒情诗发达，叙事诗和说理诗不发达，这是一般文学史的定论。但是，宗教文学的目的在于劝信说理，宗教文学最为注重的就是说理和叙事，并追求说理、叙事、抒情兼善的表达风格，其叙事目的在于说理劝信，其抒情除了在人与人、人与自然之间展开外，更多在人与神、宗师与信众之间展开。这是一种迥异于世俗文学的表达传统，传统诗学和西方诗学或视而不见，或做出不公的评价，因此，需要确立新的阐释话语。

《中国宗教文学史》的目的在于通过宗教文学史史实、宗教文

---

① 李奭学：《译述：明末耶稣会翻译文学论》，香港：香港中文大学出版社，2012 年版；李奭学：《中国晚明与欧洲文学——明末耶稣会古典证道故事考诠》，台北："中央研究院"及联经出版公司联合出版，2005 年版。

② 参见吴光正：《神道设教——明清章回小说叙事的民族传统》，武汉：武汉大学出版社，2012 年版。

学经典、宗教文学批评史实的清理，建构中国宗教诗学。本领域需要发凡起例，垂范后学。即使论述暂时无法深入，但一定要说到，写到，要周全，要周延。这是一种挑战，更是一种诱惑。编撰者学术个性应该在这个层面凸显。宗教诗学的建构任重而道远，虽不能一蹴而就，而心向往焉。

四、中国宗教文学史与民族认同、文化认同

《中国宗教文学史》将拓展中国文学史的疆域和诗学范畴，一个长期被忽视的疆域，一个崇尚说理、叙事的疆域，一个面对神灵抒情的疆域，一个迥异文人创作、民间创作的表达传统和美学风貌。《中国宗教文学史》魅力无限，宗教徒文学魅力无限，只有在宗教徒文学的历史进程、表达方式、内在思想、生命意识得到清理之后，我们才能更好地把握纯文学视野无法放下的苏轼和白居易们。

《中国宗教文学史》需要跨学科的视野，其影响力不仅仅在文学领域，更可能在宗教和文化领域，也即《中国宗教文学史》不仅仅是文学史，而且还应该是宗教史和文化史。

宗教文学史是宗教实践演变史的一个层面，教派的创建与分合、教派经典的创立与诵读、教派信仰体系和关怀体系的差异、教派修持方式和宗教仪式上的特点、教派神灵谱系和教徒师承风貌、宗教之间的冲突与融汇均对宗教文学创作产生了重要的影响，有时甚至就是这些特性的文学呈现。在这个层面上，我们特别强调教派史和文学史的内在关联。并不是所有的作品均呈现出教派归宿，不少宗教徒作家出入各大教派之间，有的甚至教派不明，但教派史乃至宗门史视野一定能够发现太多的宗教文学现象，并加深研究者对作品的阅读和阐释，深化研究者对宗教史的认识。

《中国宗教文学史》的编撰一定能催生一种新的宗教史研究模式，并对学术史上的一些观点进行补说。宗教信仰是一种神圣性、神秘性、体验性、个人性的心灵活动，其宗教实践和概念、体系关系不大。可是，以往的中国宗教史研究对这一点重视不够。宋前的概念史是否真的就反映了历史的真实？宋后没有新教派、新体系、新概念就真的衰弱了吗？《中国宗教文学史》需要反思这一研究模式，对宗教文学史、宗教史做出新的描述和阐释。宗教文学最能反映宗教信仰的神圣性、神秘性、体验性、个人性，清理这些特性一定能别开生面。《中国宗教文学史》的断代和分期应该与宗教发展史相关，和朝代更替关系不大，和世俗文学史的分期更不相关。目前采取朝代分期，是权宜之计。如何分期，需要各段完成写作之后才能知道。因为，目前的研究还不足以展开分期讨论。我们坚信，对中国宗教文学史的深入研究足以引发学界对宗教发展史分期和特点的探讨。其实，先秦宗教重在实践，理论表述不多；汉唐宗教实践也没有西方、日本式的发展形态和理论形态；道教符箓派本质上是一个实践性的宗教，理论表述并不是其关注焦点；中国宗教在唐代以后高度社会化，其宗教实践渗透到民众生活的各个层面。目前关于明末清初佛教文学的研究已经表明，明清佛教并不像学术界所说的那样"彻底衰败"。通过对清代三百余种僧人别集的解读，我们相信，这种"彻底衰败说"需要修正。我们梳理清代道教文学创作后发现，清代道教徒的文化素养、艺文素养其实并不低，清代道教其实在向社会化和现代化转变。

　　宗教实践的演变和一定时代的文化氛围密切相关，冲突也罢，借鉴也罢，融合也罢，总会呈现出各个时代的风貌。玄佛合流、三教争衡、三教合一、以儒释耶、以儒释经（伊斯兰教经典）、政教互动、圣俗互动、族群互动、对外文化交流、宗教本土化等文化现象，僧官制度、道官制度、系账制度、试经制度、度牒制度、道举制度等文化制度均对宗教文学的创作产生了重要影响。例如，金元道教出现了迥异于以往的发展面貌，从而形成了一些颇具特色的文学创作现象：苦行、试炼与全真教的文学创作；弘法、济世与玄教领袖的文学创作；远游、代祀与道教文学家的创作视野；遗民情怀与江南道教文学创作；雅集、宴游、艺术品鉴与江南道教文学创作；宗教认同与金元道教传记创作；道人居室题咏；文人游仙诗创作；道教实践、道教风物之同题集咏；道士游方与送序、行卷；北方全真教的"头陀"印记与南方符箓派的"玄儒""儒仙"印记，国家祭祀与族群文化认同。这些文学现象，是金元道教发展史上的独特现象，也是金元王朝二元政治环境下的产物，更是元王朝辽阔疆域在道教文学中的折射。这些文学现象，不仅是文学史、宗教史上的经典个案，更是文化史上的经典个案，值得我们深入探究。

文学史和宗教史向文化史靠拢，就意味着文化交流，就意味着族群互动与文化认同。中国历史上的两次南北朝时期，就是通过文化认同和民族认同熔铸了中华民族的精神谱系。其中，道教，尤其是佛教所起的作用颇为重要，可惜这一贡献在百年来的文化建设和学术研究中得不到足够的重视。其实，只要我们认真清理这两个时期留下的宗教文学作品，我们就能体会到宗教认同与文化认同、民族认同之间的密切联系。近现代以来，西方文明在列强的枪炮声中席卷全中国，包括宗教在内的传统文化被强烈批判乃至抛弃，给今天的文化建设带来了巨大的困扰。但太虚法师倡导的人间佛教在台湾取得丰硕成果，不仅成为台湾精神生活的奇迹，而且以中华文明的形式在全球开花结果。以佛光山、法鼓山、中台禅寺、慈济功德会为代表的台湾人间佛教，如今借助慈善、禅修、文化、教育和文学，不仅在中国台湾，而且在全球弘扬中国传统文化，提升中国文化软实力。星云法师、圣严法师的文学创作，不仅建构了自身的人间佛教理念，而且强化了自身的教派认同，不仅在台湾岛内培育了强大的僧团和信众组织，而且在全球吸纳徒众和信众，其文学创作所取得的宗教认同、文化认同和民族认同，非同凡响，值得我们深思。这也提醒我们，编撰《中国宗教文学史》不仅是在编撰文学史、宗教史、文化史，而且是在进行一种国家文化战略的思考。

目　　录

第一章 绪 论

隋唐五代佛教文学的繁荣，实与这一时期佛教与文学两个领域的蓬勃发展并臻于极盛有紧密关系。隋唐五代的佛教在南北朝各种佛教学说兴起的基础上建立起不同的宗教派别，并以师资传授标明其传法的正统性。诸佛教宗派如天台宗、禅宗、华严宗、法相宗、真言宗、律宗、三论宗及三阶教，都因曾不同程度地受到君主礼遇或扶持而兴盛。[①] 隋唐五代的文学，各种体裁如五言、七言、杂言、律诗、绝句、歌行、乐府等均已成熟完备，各类题材如咏史怀古、羁旅行役、闺怨相思、咏物题画、山水田园、边塞军旅等更堪称精彩绝伦。佛教于文学之作用，不仅表现在文人士大夫大量地以文学书写佛思，还表现在佛教信仰者借助文学的形式传播佛教思想、呈现修行境界、抒发乐道之情，或者与文人士大夫交游唱酬，这使得文学的功能得以扩大、文学的样式更为丰富、文学的境界更为深邃。隋唐五代的佛教文学可以说是此一时期佛教思想与文学艺术交叉、碰撞、相互渗透产生的硕果。其文献来源非常广泛，不仅包括隋唐五代的诗歌总集、文人与僧人的别集，还涉及隋唐五代及宋代的佛教典籍如《祖堂集》《景德传灯

---

① 至于净土宗，并未形成统一的理论及一致承认的祖统，所谓的净土诸祖法脉传承乃南宋及元明清乃至民国时人后期建构而成，故不应看作教派。而隋唐五代的"净土宗"，当指隋唐五代的净土信仰、净土思想。

录》等，以及百年前发现就震惊中外的敦煌遗书。

第一节　隋唐五代的崇佛风气与文学热情

隋代以前，佛教发展已呈现繁荣之势。但江南因侯景之乱，佛教遭受重创，陈代诸帝虽欲复兴，仍不可再现梁时佛教之盛况。北周武帝宇文邕起初在北周下诏尊儒禁佛，致使境内经像悉数被毁，僧尼被迫还俗，灭北齐后，依旧在原北齐境内推行灭佛政策，佛教一时寥落。自隋建立，佛教出现转机。隋文帝由般若尼寺的智仙比丘尼抚养长大，后于宫中受菩萨戒，并在各地兴建舍利塔，被称为"菩萨天子"。其在位期间，建造佛寺三千七百九十二座，剃度僧尼二十三万。隋炀帝则曾随天台宗始祖智顗受菩萨戒，还设置专门机构为日本派遣来的数十名僧侣提供教育和指导。因隋代二帝的信奉，佛教开始恢复生机。①

初唐到盛唐，佛教政策虽不像隋朝那样稳定，但是佛教的发展态势却有增无减。唐高祖曾于武德九年（626）下诏沙汰佛道，唐太宗于贞观十一年（637）下诏，令道士、女冠居于僧、尼之前，对于佛教虽有所抑制，但都未产生实质性的破坏作用。高宗、武后及中宗、睿宗，亲佛态度鲜明。尤其武则天称帝后，规定佛教高于道教，在全国各州设置大云经寺，并开始大规模地开凿石窟、建造佛像。玄宗虽有整顿佛教之措施，但对于佛教并未强行压制，而是有意调和儒释道三教。大体说来，唐前期的君主，对于佛教多表现出求福、祈愿和政治利用的目的。君主奉佛，对于佛教发展未必全是好事。如武后时期，不加节制的崇佛也带来了

---

① 砺波护：《隋唐佛教文化》，上海古籍出版社，2004 年，第 3—6 页。

佛教诸多问题：允许买卖度牒，造成了大量的伪滥僧；兴建豪华寺院，助长了追求奢华的风气；沙门封爵赐紫，背离了清修自守的佛教传统。同样，君主抑佛，对于佛教来说也不全是坏事。如太宗诏令道教优于佛教，反而激起了僧徒的舍身护法。[1] 玄宗下令让伪滥僧还俗，限制建寺造佛，禁百官与僧道往还，禁坊市铸佛写经，对于佛教的世俗化也起到了抑制作用。

安史之乱后的君主，多信奉甚至痴迷佛教，如肃宗、代宗、宪宗、宣宗和懿宗。韩愈的《左迁至蓝关示侄孙湘》一诗就与宪宗信佛有关。"一封朝奏九重天，夕贬潮州路八千"两句，真实反映了韩愈在"朝""夕"之间遭遇的巨大变故。这一变故直接起源于宪宗元和十四年（819）正月欲迎佛骨入宫供养之事。韩愈上《论佛骨表》阻拦，并以事佛的短命王朝作为反例："宋、齐、梁、陈、元魏已下，事佛渐谨，年代尤促。惟梁武帝在位四十九年，前后三度舍身施佛，宗庙之祭，不用牲牢，尽日一食，止于菜果，其后竟为侯景所逼，饿死台城，国亦寻灭。事佛求福，反更得祸。"[2] 但是宪宗却觉得韩愈是危言耸听，欲施之以极刑，幸得裴度等人劝解，韩愈最后被贬潮州刺史。宪宗在元和十五（820）年正月暴毙，使得韩愈的劝说看起来像个谶语。

有唐一代，对于佛教真正产生了摧毁性后果的，是武宗李炎的会昌灭佛。会昌五年（845）是废佛运动的高峰，除个别寺院和极少数僧人得以保留外，四千六百多座寺院、四万余所民间私造的招提、兰若被毁，二十六万僧尼被迫还俗，收充两税户，没收

---

① 如法琳就撰写《破邪论》《辨正论》维护佛教，后虽被朝廷免于死刑，却在迁往益州途中病逝。

② 韩愈：《昌黎先生文集》，上海古籍出版社，2013年，第831—832页。

寺产良田数十万顷，废寺之铜像、钟磬委盐铁使铸钱，铁像则融为农器，甚至佛身的金衣也被剥去，大量佛教经典付之一炬，可谓佛教之浩劫。依赖寺院、国家经济支持的佛教宗派几乎都受到致命打击。① 然主张不立文字、教外别传、倡导山林修行、不依寺院的禅宗则在劫难中得以存活，并且发展壮大。② 对于文学影响最大的佛教宗派，也是禅宗。

会昌六年（846）三月，武宗驾崩，宣宗即位，又开始复兴佛寺。至懿宗，信佛更甚。晚唐苏鹗《杜阳杂编》卷下记载了懿宗咸通十四年（873）春法门寺迎佛骨事："十四年春，诏大德僧数十辈于凤翔法门寺迎佛骨。百官上疏谏，有言宪宗故事者。上曰：'但生得见，殁而无恨也。'遂以金银为宝刹，以珠玉为宝帐，香舁仍用孔雀氄毛饰。其宝刹小者高一丈，大者二丈，刻香檀为飞帘花槛、瓦木阶砌之类，其上遍以金银覆之。舁一刹，则用夫数百。其宝帐香舁，不可胜纪。工巧辉焕，与日争丽。又悉珊瑚、马脑、真珠、瑟瑟，缀为幡幢。计用珍宝，不啻百斛。其剪彩为幡

---

① 三论宗乃隋代吉藏建立，隋及初唐盛极一时，唐贞观（627—649）以后即趋衰微。法相宗经玄奘、窥基、慧沼、智周四代传承后即渐没落，智周逝世时为唐玄宗开元十一年（723）。律宗、天台宗、华严宗、真言宗、三阶教皆于会昌法难后式微，其中三阶教甚至湮没无闻。

② 禅宗初祖菩提达摩传法慧可、僧璨、道信、弘忍至六祖惠能。惠能两大弟子南岳怀让和青原行思，南岳怀让传法马祖道一，青原行思传法石头希迁，在江西、湖南产生广泛影响。南岳一系从马祖道一弟子百丈怀海下分为两脉，一脉由沩山灵祐传仰山慧寂，成立沩仰宗，活跃于五代，至北宋法系不明；另一脉由黄檗希运传临济义玄，形成临济宗，影响久远。石头一系由石头希迁下分出两脉，一脉由药山惟俨传云岩昙晟、洞山良价、曹山本寂，建立曹洞宗，唐末时崛起。另一脉由天皇道悟经龙潭崇信、德山宣鉴传至雪峰义存。雪峰义存下又分出两支，一支为云门文偃，发展出云门宗，北宋时与临济宗并驾齐驱；另一支由玄沙师备、罗汉桂琛传至清凉文益，创立法眼宗，北宋初年达到极盛，不久即衰微。此著名的"五家禅"皆形成于会昌法难之后。

幢，约以万队。四月八日，佛骨入长安，自开远门安福楼，夹道佛声振地，士女瞻礼，僧徒道从……上迎佛骨入内道场，即设金花帐，温清床，龙麟之席，凤毛之褥，焚玉髓之香，荐璎膏之乳，皆九年诃陵国所贡献也。初迎佛骨，有诏令京城及畿甸，于路旁垒土为香刹，或高一二丈，迨八九尺，悉以金翠饰之。京城之内，约及万数。是妖言香刹摇动，有佛光庆云现路衢，说者迭相为异。又坊市豪家，相为无遮斋大会，通衢间结彩为楼阁台殿，或水银以为池，金玉以为树，竞聚僧徒，广设佛像，吹螺击钹，灯烛相继。又令小儿，玉带金额白脚，呵唱于其间，恣为嬉戏。又结锦绣为小车舆，以载歌舞。如是充于辇毂之下，而延寿里推为繁华之最。"① 上及君主豪贵，下及百姓兵卒，或极尽奢华，或舍身忘躯，以示虔诚。有人举"宪宗故事"为前车之鉴，但懿宗却称"但生得见，殁而无恨也"，可见奉佛之执着。敦煌遗书伯3445《赞法门寺真身五十韵》，对武宗会昌法难之后懿宗迎佛骨及秦王李茂贞重修法门寺的盛事也有淋漓尽致的描写，充分展现了民众及君主、贵族对佛教的尊崇。

五代十国时期，中原地区之梁、唐、晋、汉诸朝帝王也均有护佛奉佛、刻经写经之行为。割据政权中吴越王钱氏三代钱镠、钱元瓘、钱俶均礼僧敬佛、建寺修塔。南唐政权定都江宁府即金陵，此前历史上即为佛教极盛之地，杜牧诗"南朝四百八十寺"一句可见一斑，后主李煜更是大兴佛事，甚至宋兵围城时其仍在听僧讲经。唯后周世宗柴荣在即位次年，即显德二年（955），开

---

① 苏鹗：《杜阳杂编》卷下，《笔记小说大观》第一册，江苏广陵古籍刻印社，1983年，第151—152页。

始一系列的毁佛举措，废天下佛寺三千三百多座，禁止民亲无侍养而为僧尼，禁止私度，并毁天下铜像以铸钱，使佛教典籍大量散失。直至宋初太祖、太宗解除毁禁之令，佛教得以中兴。① 中国历史上四次重大灭佛事件中，隋唐五代就经历了两次，② 然崇佛之风很快就会因为后代君主亲佛政策而再度流行。

君主的宗教倾向在很大程度上决定了佛教的兴衰，而文人士大夫对于佛教发展之作用也不可小觑。尤其是文人士大夫对于佛教活动的积极参与为佛教在上层社会的传播起到了推波助澜的作用。如虞世南撰写《襄阳法琳法师集序》，陈子良为法琳写《辨正论序》，李怀琳为《法琳别传》作序，都起到了支持、保护佛教的作用。虞世南、王维、刘禹锡、柳宗元、白居易及官至宰相的张说、权德舆、韦处厚、裴休等都曾撰写佛教碑文和祖师塔铭，其助推佛教的意义不当低估。

除佛教公共事务之外，在私人交往层面上，隋唐五代文人与佛教的关系也甚为亲近。隋唐五代文学史上如卢思道、薛道衡、陈子昂、李白、刘长卿、岑参、高适、钱起、孟郊、李端、李贺、杜牧、李商隐、顾况、杜荀鹤、郑谷、韦庄、徐铉等，或曾习业山林寺院，或频与僧人往来；柳宗元贬谪永州时寓居龙兴寺和法华寺，韦应物曾居洛阳同德寺、长安沣上善福寺、苏州永定寺，郑谷有诗《谷自乱离之后在西蜀半纪之余多寓止精舍》可证其有常年寓居佛寺的经历；王维、王缙、裴休、白居易更是虔诚奉佛。即便是力主辟佛的韩愈，也与澄观、文畅、高闲、大颠、广宣等

---

① 汤用彤：《隋唐佛教史稿》，武汉大学出版社，2008年，第272—273页。
② 即"三武一宗灭佛"，指北魏太武帝拓跋焘、北周武帝宇文邕、唐武宗李炎、后周世宗柴荣的灭佛政策。

多名僧人有交游往来。文人交往僧人也并不限于某一种宗派,如王维与南北二宗,韦应物与禅宗、律宗,刘长卿与天台宗、禅宗,白居易与洪州禅、牛头禅、华严宗、律宗的僧人都有密切交往。一些佛教经典如《般若经》《大般涅槃经》《金刚经》《心经》《维摩诘经》《坛经》《法华经》《华严经》《楞伽经》《楞严经》《阿弥陀经》等,成为文人的案头书。

　　文人与僧人的切磋交流,一方面为文人的诗歌增添了佛思禅意之趣、幽静深邃之美,为文学史开创了新的审美范式,另一方面也带动了佛门弟子精进诗艺。前者我们在传统的文学史中多有论及,而后者即佛门的写作在二十一世纪以后才形成学界研究的热潮。故本书亦将以佛门写作为叙述的重点。唐代佛门写作的诗歌数量十分可观。南宋李龏所编《唐僧弘秀集》十卷,就选取了自皎然至智暹五十二人,诗五百首。《全唐诗》中,收录了一百一十多位僧人的三千一百多首作品。敦煌遗书中的僧诗也在八百首以上。陈尚君《全唐诗补编》除敦煌作品外还收录约九百六十首的僧人作品。据此,现存僧人诗歌总数在四千九百首左右。[①] 这一数字并不足以说明唐代佛门写作之盛况。据刘禹锡《澈上人文集纪》引秀峰语:"师尝在吴,赋诗仅二千首,今删取三百篇,勒为十卷。自大历至元和凡五十年间,接词客闻人唱酬别为十卷。"[②]但在《全唐诗》中,灵澈诗仅存十六首。虽然我们不能由灵澈诗的存佚比例去推算唐代僧诗写作的实际具体数字,但却能大致了解唐代僧人作诗的热情与规模。

---

　　① 陆永峰:《唐代僧诗概论》,载《淮阴师范学院学报》2002 年第 3 期。
　　② 瞿蜕园:《刘禹锡集笺证》,上海古籍出版社,1989 年,第 520 页。

　　唐代僧人作品的结集，据明代胡震亨《唐音癸签》卷三十有：惠颐八卷，玄范二十卷，法琳三十卷，灵澈十卷，皎然十卷，灵一一卷，怀浦一卷，无可一卷，栖白一卷，尚颜《荆门集》五卷，子兰一卷，齐己《白莲集》十卷，外编十卷，贯休三十卷，虚中《碧云集》一卷，修睦《东林集》一卷，处默诗一卷，可朋《玉垒集》十卷，昙域《龙华集》十卷，辩光一卷，自牧《括囊集》十卷，楚峦诗一卷，无愿一卷，应之一卷，智暹一卷，康白诗十卷，王梵志诗一卷，寒山子诗七卷，庞蕴诗偈三卷三百余篇，智闲偈颂一卷。① 此外，还有《僧广宣与令狐楚倡和诗》《僧灵澈酬唱诗》等唱和集，《五僧诗集》《十哲僧诗》《三十四僧诗》《唐僧弘秀集》等诗僧总集。僧人诗作曾经结集的还有若冰集、广济集、元愿《檀溪集》、可准诗集、延栖诗集、文畅诗集、希觉《拟江东集》五卷、《僧鸿渐诗》三卷、清塞集一卷、广宣《红楼集》、栖隐《桂峰集》、颜上人集、神邕集十卷、玄泰集、宗亮诗集、可止《三山集》。②

　　当然，唐代僧诗的繁荣不仅仅来自文人群体的影响。正如文人的好佛源自佛教兴盛之大背景，僧人的好诗也是缘于诗歌鼎盛之大潮流。从初唐起，诗歌技艺的切磋就成为一种时尚，以至"帝王、将相、朝士、布衣、童子、妇人、缁流、羽客，靡不预焉"③，佛教徒只是作诗队伍中的一支而已。至中唐，佛教徒的创作数量激增，"诗僧"二字首次在皎然《酬别襄阳诗僧少微》诗中

出现，晚唐五代更有诗僧创作群体出现。① 对于唐代僧诗的写作现
象，元辛文房《唐才子传》卷三早有论说："自齐梁以来，方外工
文者，如支遁、道遒、惠休、宝月之俦，驰骤文苑，沉淫藻思，奇
章伟什，绮错星陈，不为寡矣。厥后丧乱，兵革相寻，缗素亦已
狼藉，罕有复入其流者。至唐累朝，雅道大振，古风再作，率皆
崇衷像教，驻念津梁，龙象相望，金碧交映。虽寂寥之山河，实
威仪之渊薮。宠光优渥，无逾此时。故有颠顿文场之人，憔悴江
海之客，往往裂冠裳，拨赠缴，杳然高迈，云集萧斋，一食自甘，
方袍便足，灵台澄皎，无事相干。三余有简牍之期，六时分吟讽
之隙。青峰瞰门，绿水周舍，长廊步屧，幽径寻真，景变序迁，荡
入冥思。凡此数者，皆达人雅士，夙所钦怀，虽则心侔迹殊，所
趣无间。会稽传孙、许之玄谈，庐阜接谢、陶于白社，宜其日锻
月炼，志弥厉而道弥精。佳句纵横，不废禅定；岩穴相迩，更唱
迭酬；苦于三峡猿，清同九皋鹤。不其伟欤！与夫迷津畏途，埋
玉世虑，蓄愤于心，发在篇咏者，未可同年而论矣。然道或浅深，
价有轻重，未能悉采。其乔松于灌莽，野鹤于鸡群者，有灵一、
灵彻、皎然、清塞、无可、虚中、齐己、贯休八人，皆东南产秀，
共出一时，已为录实。其或虽以多而寡称，或著少而增价者，如
惟审、护国、文益、可止、清江、法照、广宣、无本、修睦、无
闷、太易、景云、法振、栖白、隐峦、处默、卿云、栖一、淡交、
良乂、若虚、云表、昙域、子兰、僧鸾、怀楚、惠标、可朋、怀
浦、慕幽、善生、亚齐、尚颜、栖蟾、理莹、归仁、玄宝、惠侃、

① 学界已有专门针对诗僧群体的研究，如查明昊：《转型中的唐五代诗僧群
体》，华东师范大学出版社，2008 年；王秀林：《晚唐五代诗僧群体研究》，中华
书局，2008 年。

法宣、文秀、僧泚、清尚、智暹、沧浩、不特等四十五人，名既隐僻，事且微冥，今不复喋喋云尔。"① 简而言之，即大唐王朝的稳定，崇佛风气的流行，风雅诗道的提倡，失意文士的加入，寻幽访真的经历，造就了僧诗的写作盛况及独特风貌。

在创作诗歌的同时，佛教徒开始利用自己身份的特点，将佛法禅思与才艺诗情相结合，积极总结诗歌创作中的审美规律，试图构建新的诗学理论框架。如皎然著《诗式》，以佛教"中道观"来追求诗歌的中和之美，以"缘境"来阐释作者的触景生情，以"取境""造境"来强调诗境创造的重要，由此开启了以禅喻诗之先河。此后，齐己的《风骚旨格》、虚中的《流类手鉴》、神彧的《诗格》、保暹的《处囊诀》、景淳的《诗评》，以及已经亡佚的齐己的《玄机分别要览》、神郁的《四六格》等，都以专文专书来探讨诗歌艺术。诗歌的创作与技艺的进步在中晚唐佛教群体中已经成为热门话题。

第二节　隋唐五代佛教文学的主要创作群体

隋唐五代佛教文学的丰硕成果主要来自僧人和文人两个创作群体。但从写作的方式来看，僧人群体又可以一分为二，一个是借助文学形式传播佛教思想、表达个人修行境界的佛教布道者，一个是富有文采且与世俗权贵、文人往来频繁的文人化诗僧。加上受佛教思想浸润的文人士大夫，即为三个写作群体。

第一个创作群体是佛教布道者，以王梵志、寒山、拾得、庞

---

① 傅璇琮：《唐才子传校笺》第一册，中华书局，1987 年，第 533—534 页。

居士及各派高僧大德为中心人物。① 他们一般具有坚定的佛教信仰，并以文学劝导世俗、阐说佛理、呈现宗教境界、抒发乐道情怀。诗歌方面，如王梵志所作："吾有方丈室，里有一杂物。万像俱悉包，参罗亦不出。日月亮其中，众生无得失。三界湛然安，中有无数佛。"② 写修行的狭小空间内却包罗万象，暗用维摩诘卧疾的典故。"杂物"即心性、佛性。在世俗的观点看来，方丈之室不足以容纳生活之所需，但在佛教徒眼中，"万像""参罗"，即自然界的一切事物都可被心性所包容。再如："造化成为我，如人弄郭秃。魂魄似绳子，形骸若柳木。掣取细腰肢，抽牵动眉目。绳子乍断去，即是干柳朴。"③ 以傀儡喻人，柳木喻身躯，灵魂喻拉绳，人活着时被绳索所牵动，一旦魂魄消失，便是一副不动的柳木疙瘩。细想一下，还真是比喻得精妙。这一思路实际来自佛经。《诸经要集》卷七载："四支手足，骨骨相拄，筋挛皮缩，但恃气息，以动作之。譬如木人，机关作之。作之讫毕，解剥其体，节节相离，首足狼藉。人亦如是，有何等好。"④ 世俗中人常常被外物驱使，奔名逐利，不得自由，正如傀儡被细绳牵制，毫无自我。再如寒山诗："今日岩前坐，坐久烟云收。一道清溪冷，千寻碧嶂

---

① 相关的研究成果主要集中于 21 世纪以后，代表作有项楚《寒山诗注》（2000 年）、《敦煌诗歌导论》（2001 年）、《王梵志诗校注》（2010 年）；汪泛舟《敦煌石窟僧诗校释》（2002 年），谭伟《庞居士研究》（2002 年），项楚、张子开、谭伟、何剑平《唐代白话诗派研究》（2005 年），郑阿财《敦煌佛教文学》（2013 年）；等等。

② 项楚：《王梵志诗校注》，上海古籍出版社，2010 年，第 674 页。

③ 项楚：《王梵志诗校注》，第 248 页。

④ 《大正新修大藏经》（以下简称《大正藏》），第 54 册，大藏经刊行会，1934 年，第 60 页。

头。白云朝影静，明月夜光浮。身上无尘垢，心中那更忧。"① 描绘出自然的朝夕变化及心境的明澈清净，绝非世俗人所能道出。又如诗："高高峰顶上，四顾极无边。独坐无人知，孤月照寒泉。泉中且无月，月自在青天。吟此一曲歌，歌终不是禅。"② 其境界的高远辽阔、静谧喜悦，悟道、乐道者方能具有。庞居士诗的表述更为朴素，如："世人重名利，余心总不然。束薪货升米，清水铁铛煎。觉熟捻铛下，将身近畔边。时时抛入口，腹饱肚无言。"③ "世人重珍宝，我则不如然。名闻即知足，富贵心不缘。唯乐箪瓢饮，无求澡镜铨。饥食西山稻，渴饮本源泉。寒披无相服，热来松下眠。知身无究竟，任运了残年。"④ 这些诗歌以文学的外壳表现宗教境界和宗教情感，完全突破了文人写作的藩篱，显得别具风味。但是，这一类型的写作在当时并不受重视。如拾得有诗："我诗也是诗，有人唤作偈。"⑤ 寒山也感慨知音难觅："巴歌唱者多，白雪无人和。"⑥ "多少天台人，不识寒山子。莫知真意度，唤作闲言语。"⑦ 虽然如此，写作者对于此类诗歌的价值仍然充满了自信，如寒山有诗可证："下愚读我诗，不解却嗤诮。中庸读我诗，思量云甚要。上贤读我诗，把着满面笑。杨修见幼妇，一览便知妙。"⑧

---

① 项楚：《寒山诗注》，中华书局，2000 年，第 744 页。

② 项楚：《寒山诗注》，第 750 页。

③ 《庞居士语录》卷下，《卍续藏经》第 120 册，台北：新文丰出版公司，1983 年，第 74 页。

④ 《庞居士语录》卷中，《卍续藏经》第 120 册，第 66 页。

⑤ 项楚：《寒山诗注》，第 844 页。

⑥ 项楚：《寒山诗注》，第 330 页。

⑦ 项楚：《寒山诗注》，第 473 页。

⑧ 项楚：《寒山诗注》，第 357 页。

　　除了诗歌外，第一个群体的创作还包括僧传、灵验记、造像记等散文类作品。① 其中，文学性较为突出的是僧传和灵验记。僧传主要是以记录僧人生平、言行的方式，为佛教徒树立榜样，增强信心，或彰显僧人的卓越贡献，以垂之后世。大体来说，僧传分为三种：一种是僧人总传。隋唐五代现存的唯一一部僧人总传是唐代道宣所作的《续高僧传》，全书三十卷，是继慧皎《高僧传》而作，体例也和《高僧传》相似。《高僧传》将立传僧人分为十科，即译经、义解、神异、习禅、明律、亡身、诵经、兴福、经师、唱导，每科后有赞有论。《续高僧传》则稍做改动，改"神通"为"感通"，"亡身"为"遗身"，"诵经"为"读诵"，把"经师""唱导"合并为"杂科声德"，另增"护法"一科，每科后有论无赞。第二种是为个人所写的僧传，如慧立、彦悰《大唐大慈恩寺三藏法师传》，亦称《大慈恩寺三藏法师传》《三藏法师传》《慈恩三藏行传》，是专门为玄奘个人所立之传，成书于垂拱四年（688），共十卷。此传语言自然流畅，穿插民间传说，将玄奘成功地塑造成智慧、慈悲、勇敢、坚毅兼备的求法者形象，同时又似游记般记录沿途见闻与异国风情。此外，还有灌顶《隋天台智者大师别传》，彦琮《唐护法沙门法琳别传》，崔致远《唐大荐福寺故寺主翻经大德法藏和尚传》《曹溪大师别传》等，多记人

---

　　① 相关的研究成果如郑郁卿《〈高僧传〉研究》（1990 年）、曹仕邦《中国佛教史学史——东晋至五代》（1999 年）、纪赟《慧皎〈高僧传〉研究》（2009年）、刘飙《魏晋南北朝释家传记研究——释宝唱与〈比丘尼传〉》（2009 年）、刘亚丁《佛教灵验记研究——以晋唐为中心》（2006 年）、杨宝玉《敦煌本佛教灵验记校注并研究》（2009 年）、郑阿财《见证与宣传——敦煌佛教灵验记研究》（2010 年）、王志鹏《敦煌佛教歌辞研究》（2013 年）、李小荣《敦煌佛教音乐文学研究》（2007 年）等。

物弘法经历，对后来传记、灯录的写作产生了不小的影响。第三种是写某一类高僧的，如义净的《大唐西域求法高僧传》，共两卷，记述了641—691年从大唐、交州、爱州、新罗、睹货速利、康国等国至印度和南海访问的六十位高僧的事迹，兼记印度和南海地域风俗。此外，还有惠祥的《弘赞法华传》，共十卷，编撰年代当在706年之后，多写与《法华经》有关的佛教人物及佛教故事，其中包含了大量的灵验故事。再如僧详的《法华经传记》，分为部类增减、隐显时异、传译年代、支派别行、论释不同、诸师序集、讲解感应、讽诵胜利、转读灭罪、书字救苦、听闻利益、依正供养十二科，后六科为人物传记，取材多来自《高僧传》《续高僧传》《法苑珠林》，以及别传、小说等。法藏及其弟子的《华严经传记》，主要记述与《华严经》有关的人物及故事。

灵验记，主要撰述因祈祷、忏悔、念佛、诵经、造像等佛教信仰和佛教活动产生的灵验现象，借此吸引信徒，并宣扬因果报应、生死轮回的佛教思想。[①] 道世的《法苑珠林》中就保留了较多的灵验故事，主要集中于"感通篇"和"感应缘"。道宣的《集神州三宝感通录》，主要记录与佛、菩萨、高僧、寺塔有关的灵异感应和因果报应，共一百五十则，材料主要来自《搜神后记》《宣验记》《幽明录》《冥祥记》《僧史》《内典博要》《冥报记》《续高僧传》《旌异记》《法苑珠林》等书。此外，还有道宣的《道宣律师感通录》《律相感通传》，怀信的《释门自镜录》，唐临的《冥报记》，惠英的《大方广佛华严经感应传》，孟献忠的《金刚般若

---

① 相关研究成果代表有刘亚丁：《佛教灵验记研究——以晋唐为中心》，巴蜀书社，2006年。

经集验记》，文谂、少康的《往生西方净土瑞应传》，段成式的《金刚经鸠异》等。敦煌文献中也保存了几十个佛教灵验故事。灵验记所保存的灵验故事，常具备时间、地点、人物、故事情节等要素，为我们了解民间的佛教信仰提供了依据。

第二个创作群体是文人化的诗僧，以皎然、灵澈、贯休、齐己等为中心人物，以清词丽句、淡泊幽静为审美追求，以自然山水、竹石花鸟为写作对象。[①] 他们多自觉地以诗为媒介，广泛地结交文人士大夫。皎然就与张潮、沈仲昌、李伯宜、韦应物、卢幼平、吴季德、皇甫曾、梁肃、崔子向、薛逢、吕渭、杨逯、李萼、颜真卿、孟郊等人有诗文往来。贯休诗集中随处可见与文人、官僚的唱酬之作，其中绝大多数是"寄""上""送""献"等主动交往的作品。镇海节度使、吴越王钱镠、荆南节度使成汭、南平武信王长子高从诲、前蜀王王建都曾是贯休结交的对象。由于对钱镠、成汭、高从诲不满，贯休最终入蜀，"盛被礼遇，赐赉隆洽，署号禅月大师"[②]，因此贯休也写了很多颂扬王建的诗歌。齐己则以诗谒郑谷，并以郑谷为一字之师，与马楚幕府中沈彬、廖匡图、徐东野等人也往来密切，诗集中频见以"送""谢""酬""寄""和""答"为诗题的作品。

僧人与文人的交流早在东晋就已开始，支遁与孙绰、许询在会稽的往来，慧远与谢灵运、陶渊明在庐山东林寺的会面，已被

---

① 关于诗僧的研究著作有个体研究的胡大浚《贯休歌诗系年笺注》（2011年）、王秀林《齐己诗集校注》（2011年）等，有群体研究的王秀林《晚唐五代诗僧群体研究》（2008年）、查明昊《转型中的唐五代诗僧群体》（2008年）等，文章的数量则更多。

② 赞宁：《宋高僧传》卷三十，范祥雍点校，中华书局，1987年，第749页。

后代佛教徒与士大夫奉为往来的典范。但是不同的是，唐代的诗僧并不以乐道谈玄为尚，而是多以诗歌的特长去赢得社会的知名度和自我的存在感。韩愈《送浮屠令纵西游序》中就刻画了唐代诗僧的典型形象："令纵，释氏之秀者，又善为文，浮游徜徉，迹接天下。藩维大臣，文武豪士，令纵未始不褰衣而负业，往造其门下。其有尊行美德，建功树业，令纵从而为之歌颂，典而不谀，丽而不淫，其有中古之遗风与？乘闲致密，促席接膝，讥评文章，商较人士，浩浩乎不穷，愔愔乎深而有归。于是乎，吾忘令纵之为释氏之子也。"① 他们具有较好的写作功底，文字常常不同俗流，又喜结交社会名流，并为之歌功颂德，因而受到文人、官僚的肯定与赞赏。这类诗僧的作品不会对佛教思想有充分的展现，但是也具备了佛典禅语、清幽山水、修行生活、寂静境界等佛教诗歌的要素。

第三个创作群体是文人，以王维、裴迪、孟浩然、常建、韦应物、刘长卿、柳宗元、白居易、贾岛等为中心人物，以宁静自然、闲适淡泊、富有禅意的山水诗为主要书写载体，为盛唐、中唐及晚唐的中国文学史留下了精致美妙、幽远深邃的诗篇。他们的创作是我们最为熟悉，也是最早了解到的佛教文学范畴。②

---

① 《全唐文》卷五五六，中华书局，1983年，第5627页。

② 对于隋唐文人的佛教写作，学界早有研究，并且成果丰硕。最具代表性的著作如杜松柏《禅学与唐宋诗学》（1976年）、张中行《佛教与中国文学》（1984年）、陈允吉《唐音佛教辨思录》（1988年）、周裕锴《中国禅宗与诗歌》（1992年）、张伯伟《禅与诗学》（1992）、谢思炜《禅宗与中国文学》（1993年）、孙昌武《唐代文学与佛教》（1985年）、《禅思与诗情》（1997年）、萧丽华《唐代诗歌与禅学》（1997年）、张海沙《初盛唐佛教禅宗与诗歌研究》（2001年）、陈引驰《隋唐佛学与中国文学》（2010年），等等，主要通过文学史上重要文人的写作来探讨佛教思想给中国古典文学带来的全新变化，时间主要集中于21世纪以前。

在隋唐五代文人诗歌中，有大量游历佛寺、交往僧侣的题材，这说明佛教对于文人已经具有足够的吸引力。如卢思道《从驾经大慈照寺诗》，薛道衡《展敬上凤林寺诗》，孟浩然《陪柏台友共访聪上人禅居》，李白《赠宣州灵源寺仲濬公》《庐山东林寺夜怀》，韦应物《同元锡题琅琊寺》《起度律师同居东斋院》，刘长卿《夜宴洛阳程九主簿宅送杨三山人往天台寻智者禅师隐居》，白居易《赠草堂宗密上人》《喜照密闲实四上人见过》，等等。除了佛教发展及社会思潮的因素外，文人与佛教的亲近，有些是来自家庭氛围的影响，如王维和弟弟王缙，就受其母亲崔氏的影响，常年茹素。其母师事大照普寂三十余年，大照普寂乃北宗神秀的弟子。而王维后来受南宗神会的请托为慧能撰写《能禅师碑》，则是佛教徒主动地借助文人的声名来振兴宗派的表现。

虽然佛教对于文人来说玄妙深奥，充满魅力，但文人对于佛教的接受是有选择性的，很少会完全舍身投入。王维的字——摩诘，多少就能反映出文人在佛教中想要扮演的角色。维摩诘，是梵文音译，意思是净名、无垢，即指没有被污染的人。这一名号来自佛经中毗耶离城中的维摩诘居士，拥有妻子儿女，家财万贯，奴婢成群，但同时也辅助释迦牟尼教化众生，宣扬大乘佛法。这种亦僧亦俗的生活成为大多数文人心目中的理想——既能够修养心性，又不至于清苦度日；既能够暂离尘俗，又不至于与世隔绝；既能够反观自我，又能够兼济天下。因而，文人对于佛教思想、宗派的择取并不会显得单一，而是以理解程度和实际需要为依据。如王维受母亲影响最先接受北宗思想，后来与神会往来又认可了南宗思想；白居易早年结交马祖道一门下的兴善惟宽与归宗智常，但其诗歌却对禅宗、律宗、华严宗及净土思想都有所表现。

　　值得注意的是，这些诗歌史上的重要人物也承担了佛教碑铭、祖师塔铭的撰写任务，显示出他们对佛教事务的参与及与佛教界的深层交流。如隋朝遗老虞世南有《复寺记》《智聚法师塔文》《法轮禅师碑铭》《昭觉寺碑》《龙藏寺碑》《龙泉寺碑》等；唐代如王勃有《广州宝庄严寺舍利塔碑》《梓州慧义寺碑铭》《梓州飞乌县白鹤寺碑》《梓州通泉县惠普寺碑》《梓州元武县福会寺碑》《彭州九陇县龙怀寺碑》等；王维曾写《为舜阇黎谢御题大通大照和尚塔额表》及《能禅师碑》，前者所云"大通""大照"为北宗的创始人神秀及其法嗣普寂，后者所云"能禅师"即禅师六祖、南宗创始人惠能；王维之弟王缙学法于大照普寂，并撰《东京大敬爱寺大证禅师碑》；独孤及为禅宗三祖僧璨撰《舒州山谷寺觉寂塔隋故镜智禅师碑铭》《舒州山谷寺上方禅门第三祖璨大师塔铭》；刘禹锡则作有《曹溪六祖大鉴禅师第二碑》《牛头山第一祖融大师新塔记》《唐故衡岳律大师湘潭唐兴寺俨公碑》《袁州萍乡县杨岐山故广禅师碑》；柳宗元撰《曹溪第六祖赐谥大鉴禅师碑》《龙安海禅师碑》；陈诩为马祖道一弟子百丈怀海撰《唐洪州百丈山故怀海禅师塔铭》；白居易有《西京兴善寺传法堂碑铭》梳理自迦叶至兴善惟宽的传法脉络，并撰《唐东都奉国寺禅德大师照公塔铭》。此外，睿宗朝宰相张说曾撰《唐玉泉寺大通禅师碑铭》；宪宗朝宰相权德舆自称马祖道一弟子，并撰《唐故洪州开元寺石门道一禅师塔铭》；文宗朝宰相韦处厚撰有《兴福寺内道场供奉大德大义禅师塔铭》；宣宗朝宰相裴休也有《圭峰禅师碑铭》。在这些碑铭、塔铭中，富有文采风流的文人并没有炫耀文笔，而是沉稳地理清传法脉络，记录禅师生平，展示宗派思想，同时在禅宗南北对抗、互相指斥的环境中尽力调和矛盾，显示出兼容并包的宽容和理性。

以往的文学史多关注受佛教思想影响的文人群体，对于前两个僧人群体所述甚少，尤其是第一个创作群体。事实上，第一个创作群体的作品才是佛教文学中最重要的部分。唐代的文人士大夫对于僧人群体的写作差异已有清晰的认识。白居易在《题道宗上人十韵》中就有："如来说偈赞，菩萨著论议。是故宗律师，以诗为佛事。一音无差别，四句有诠次。欲使第一流，皆知不二义。精洁沾戒体，闲淡藏禅味。从容恣语言，缥缈离文字。旁延邦国彦，上达王公贵。先以诗句牵，后令入佛智。人多爱师句，我独知师意。不似休上人，空多碧云思。"诗前有序："予始知上人之文，为义作，为法作，为方便智作，为解脱性作也。知上人云尔，恐不知上人者谓为护国、法振、灵一、皎然之徒与？"[①] "为义作，为法作，为方便智作，为解脱性作"，即我们所说第一个群体的写作宗旨。在白居易眼中，护国、法振、灵一、皎然这一类"为诗而作"的文人化诗僧不能与"以诗为佛事"的道宗上人相提并论。可见，白居易已经能够分辨出佛教布道者与文人化诗僧在写作上的不同。

第三节　隋唐五代的敦煌佛教文学

自 1900 年敦煌莫高窟被发现至今，已有百余年历史。最早提出"敦煌佛教文学"一词的，是 20 世纪 70 年代的日本学者金冈照光。其后，中国学者汪泛舟、周丕显、邵文实、王晓平等都有

---

① 《白居易集》卷二一，中华书局，1979 年，第 470—471 页。

文章或著作涉及 "敦煌佛教文学" 的概念。① 而对于敦煌佛教文学的研究，实际上时间更早。胡适的《白话文学史》（1928）和郑振铎的《中国俗文学史》（1938）就已经将敦煌的佛教文学纳入了中国文学史的范畴，并注意到其与文人写作的差异性。此后，对于敦煌文献中的文学进行整理、校注就成为学术界的一大热潮，诗歌、曲辞、变文、碑铭、灵验记、礼忏文等领域均有丰硕成果产出。代表性著作总论类如巴宙《敦煌韵文集》②，曲金良《敦煌佛教文学研究》③，项楚主编《敦煌文学论集》④；变文类如王重民等《敦煌变文集》⑤，周绍良、白化文等《敦煌变文集补编》⑥，潘重规《敦煌变文集新书》⑦，黄征、张涌泉《敦煌变文校注》⑧；歌曲类如任二北《敦煌曲初探》⑨，任二北校《敦煌曲校录》⑩，任半塘编《敦煌歌辞总编》⑪；诗歌类如张锡厚《王梵志诗校辑》⑫，项楚

---

① 据郑阿财《敦煌佛教文学》（甘肃教育出版社，2013 年）一书，相关概念的提出有汪泛舟《敦煌佛教文学儒化倾向考》（《孔子研究》1991 年第 3 期）、周丕显《敦煌佛教文学》（《敦煌文献研究》，甘肃文化出版社，1995 年）、邵文实《敦煌佛教文学与边塞文学》（《敦煌学辑刊》，2001 年第 2 期）、王晓平《远传的衣钵：日本传衍的敦煌佛教文学》（宁夏人民出版社，2005 年）等。
② 高雄：台湾佛教文化服务处，1965 年。
③ 台北：文津出版社，1995 年。
④ 成都：四川人民出版社，1997 年。
⑤ 北京：人民文学出版社，1957 年。
⑥ 北京：北京大学出版社，1989 年。
⑦ 台北：文津出版社，1994 年。
⑧ 北京：中华书局，1997 年。
⑨ 上海：上海文艺联合出版社，1954 年。
⑩ 上海：上海文艺联合出版社，1955 年。
⑪ 上海：上海古籍出版社，1987 年。
⑫ 北京：中华书局，1983 年。

《敦煌诗歌导论》①《寒山诗注》②《王梵志诗校注》③，汪泛舟《敦煌僧诗辑校》④，徐俊《敦煌诗集残卷辑考》⑤，张锡厚《全敦煌诗》⑥；文类如郑炳林《敦煌碑铭赞辑释》⑦，汪娟《敦煌礼忏文研究》⑧，黄征、吴伟《敦煌愿文集》⑨，杨宝玉《敦煌本佛教灵验记校注并研究》⑩，郑阿财《见证与宣传——敦煌佛教灵验记研究》⑪；等等。相关的期刊论文更是不计其数，甚至有《敦煌学》《敦煌研究》《敦煌学辑刊》这样专门的刊物来不断呈现敦煌佛教文学研究的新成果。

敦煌佛教文学按体裁可以分为敦煌佛教韵文、敦煌佛教散文和敦煌佛教讲唱文三类。敦煌佛教韵文主要包含诗歌、佛赞和歌辞三种。项楚《敦煌诗歌导论》将敦煌佛教诗歌分为五类，即佛教义理诗、佛教劝善诗、佛教寓言诗、禅宗歌偈、僧徒篇咏。郑阿财《敦煌佛教文学》则按所存诗集、具名诗篇、无名氏诗篇三类来概述敦煌佛教诗歌。大体来说，《王梵志诗集》和《心海集》是最为重要的两部诗集。尤其王梵志的诗歌，对于中国的白话诗写作产生了深远的影响，寒山、拾得、庞居士及白居易、顾况、罗隐等僧俗两界的通俗诗作，皆与王梵志诗一脉相承。悟真和道

① 台北：新文丰出版公司，1993年。
② 北京：中华书局，2000年。
③ 上海：上海古籍出版社，2010年。
④ 兰州：甘肃人民出版社，1994年。
⑤ 北京：中华书局，2000年。
⑥ 北京：作家出版社，2006年。
⑦ 兰州：甘肃教育出版社，1992年。
⑧ 台北：法鼓文化事业股份有限公司，1998年。
⑨ 长沙：岳麓书社，1995年。
⑩ 兰州：甘肃人民出版社，2009年。
⑪ 台北：新文丰出版公司，2010年。

真则是敦煌籍僧人中写作最为突出的。悟真是归义军时期的僧界领袖，他精通佛典，擅长诗文，其《百岁诗》是以十首七言四句诗回忆一生经历，语言通俗，情理兼备。道真的诗则以阐说佛理、劝导世俗为主。除了敦煌籍僧诗外，敦煌文献中还保存了僧璨、慧能、神会、行思、本净、自在、天然、无名、利涉、法照、良价、传楚、如观、贯休等四十八位僧人的诗歌，内容以宣传佛教义理为主，不乏文学色彩。如卫元嵩的《十二因缘六字歌词》、丹霞和尚的《玩珠吟》、洞山良价的《神剑歌》、智闲香严的《嗟世三伤吟》等。在敦煌佛教诗歌中，还有数量庞大的佚名僧诗的作品。较为有名的是敦煌斯5692的《山僧歌》，虽不具名，且不载于禅宗典籍，但与历代禅宗祖师、高僧的乐道歌相比不差分毫。其歌曰："问曰居山何似好？起时日高睡时早。山中软草以为衣，斋餐松柏随时饱。卧崖龛，石枕脑，一抱乱草为衣袄。面前若有狼藉生，一阵清风自扫了。独隐山，实畅道，更无诸事乱相挠。只向岩前取性游，每看飞鸟作忙闹。念佛鸟，分朋叫，啾啾唧唧撩人笑。麈鹿獐儿作队行，猿猴石上打筋斗。林中鸣，种种有，更有提壶沽美酒。寒噪常闻受冻声，山鸡攀折起花枝。贪看山，石撅倒，不能却起睡到晓。时人唤我作痴憨，自作清闲无烦恼。粮木子，衣结草，卤莽贼来无可盗。行住坐卧纤毫无，影逐随身移转了。悟真如，没生老，人人尽有菩提道……最上乘，无可造，不施工力自然了。识心见性又知时，无心便是释迦老。"① 诗中极力表现自然山林的趣味及山居修行的清闲自在，突出与世间生活的差异，同时也劝诫世人放弃对财富的追逐，早日识心见性，表

① 徐俊纂辑：《敦煌诗集残卷辑考》，中华书局，2000年，第638—639页。

达了自在无为、无心是道的思想。此外，如《九想观诗》，以组诗的形式书写由生至灭的生命历程；《维摩诘经十四品诗》与《梁朝傅大士颂金刚经歌并序四十九首》，是以诗歌形式吟咏佛教的经典；《鹿儿赞文》与《神龟诗》，是依据佛典譬喻改编的寓言诗；《禅师卫士遇逢因缘》与《禅师与少女问答诗》，是在寓言故事中穿插诗歌。

敦煌佛教歌赞，内容则包含佛教人物赞、佛典佛理赞和其他佛赞。佛教人物赞是以佛、菩萨、罗汉以及东土祖师、高僧大德为中心的歌赞。其中赞颂释迦牟尼的写卷最为丰富，代表作有《太子赞》《太子入山修道赞一本》《悉达太子赞》《悉达太子修道因缘》《须大挐太子度男女赞》《赞佛功德》《如来吉祥赞》等，主要以佛陀成道的故事激励信众虔心修行，不畏艰难，方成正果。祖师高僧赞的代表作有《泉州千佛新著诸禅师颂》《佛图澄罗汉和尚赞》《罗什汉师赞》《稠禅师解虎赞》《唐三藏赞》《义净三藏法师赞》《禅月大师赞念〈法华经〉僧》，等等。佛典佛理赞以佛教经典和佛教思想为中心，如《〈金刚经〉赞》《赞〈梵本多心经〉》《般若波罗蜜多心经悉昙章》《〈无量寿观经〉赞述》（龙谷大学藏本）、《十空赞》《般若赞》等。净土赞以《净土五会念佛诵经观行仪》为代表，现存有三十种净土赞。佛教圣地赞，代表作有《五台山赞·梁汉禅师出世间》《五台山赞并序·文殊菩萨五台山》《五台山圣境赞》《游五台赞文》《大唐五台曲子五首寄在苏莫遮》《礼五台山偈一百十二字》《诸山圣迹题咏诗丛抄》等。佛教辞亲赞与劝俗化众、冷静说理的作品不同，常常不避讳对父母亲属的眷恋不舍，同时也突显出家修道的坚毅及对未来的企盼，情感丰富饱满。如《好住娘赞》《辞阿娘赞文》《辞娘赞文》《辞父母赞一本》《出家赞文·舍却耶娘恩爱》《出家赞·舍却一切恩爱》《辞道场赞》《乐入山赞》等。此外，还有赞颂重大佛门事件的，如敦煌遗书伯3445《赞法门寺真身五十韵》，就写及唐懿宗迎佛骨和秦王李茂贞重修法门寺之盛事："懿宗亲礼处，君主见同时。截舌还能语，剜精复旧肥。石光呈瑞质，木有宝灯仪。塔主重修建，檀那各舍资。才兴运人力，早已感神祇。一夜风雷吼，五更砂石吹。不劳人力置，自有圣贤为。海得龙王护，药叉将主司。圣灯瞻处有，光相应心祈。鼓乐喧天地，幡花海路歧。秦王偏敬仰，皇后重心慈。礼佛躬亲到，斋僧偏极绥。教坊呈御制，内外奏宫词。马壮金鞍促，人轻玉勒移。到来心跃跃，回首意迟迟。睿旨遥瞻礼，皇情雅合规。只凭香火力，消得国家危。祷祝风烟息，犹希稼穑滋。金经雕岂易，宝偈显难思。工匠劳心力，宸聪亦手胝。众缘沾士庶，万卷放僧尼。芝草生高垄，醴泉清满池。红霓呈瑞色，白鹤唳嘉奇。真相非生灭，凡情每自欺。茫茫迷旨趣，劫劫拟何之。"[①] 诗中充溢着对佛祖真身舍利的无限崇拜。上到"消得国家危"，下到"犹希稼穑滋"，举国的希望都寄托在了佛祖身上。

敦煌佛教歌辞，主要代表形式有《归去来》《散华乐》《十恩德》《五更转》《十二时》《行路难》等，多是利用东土固有乐曲来展现佛教思想。《归去来》多通过净秽苦乐的对比，渲染净土世

---

① 徐俊纂辑：《敦煌诗集残卷辑考》，第799—800页。项楚《敦煌诗歌导论》（巴蜀书社，2001年）认为此诗记录的是唐懿宗咸通十四年（873）迎谒法门寺佛骨时举国疯狂的场面。暨远志《敦煌写本〈偈法门寺真身五十韵〉考论》（《敦煌研究》1992年第2期）认为此诗写秦王李茂贞重修法门寺事，创作时间在922—924年之间。荣新江《法门寺与敦煌》（《法门寺文化研究·历史卷》，1998年）认为写于李茂贞进封秦王以后，天复元年以前，即893—901年之间。

界的美好，劝导众生回归极乐净土。《十恩德》将父母对儿女的恩德概括为十种，分题歌咏，定格联章。《五更转》《十二时》则分别以五更、十二时为序，或演述佛教故事，或宣扬佛禅思想。《行路难》则改变以往文人写世路艰难的传统，重在表现修行解脱过程的艰辛困苦。

敦煌佛教散文中，主要包括由佛教活动、佛教礼仪产生的应用文学。其中，灵验记、功德记、因缘记、礼忏文、祈愿文、疏、牒等，已受到学界的关注。[①] 功德记主要是记述建寺造塔修龛的经历及功德。敦煌文献中数量不少，如《莫高窟功德记》《张潜建和尚修龛功德记》《河西节度使司空造佛龛功德记》等，语言典丽庄重，多颂扬之词。灵验记主要写虔诚向佛之后产生的灵异感应故事，其写作目的是诱导众生积极参与佛事活动。礼忏文是记载佛教徒向佛礼拜、忏悔、劝请、叹佛等仪式的文书。祈愿文是向佛、菩萨祈福消灾的文字。其中，灵验记的文学性最为突出。敦煌文献中保存的灵验记，多以"记""传""录""经""序"为题，如《持诵金刚经灵验功德记》《金光明经冥报验传记》《冥报记》《还魂记》《忏悔灭罪金光明经冥报传》《金光明经忏悔灭罪传》《金光明经传》《黄仕强传》《历代众经应感兴敬录》《陀罗尼经序》《佛顶心观世音菩萨救难神验经》等。敦煌灵验记以中原故事为主，兼有敦煌本地故事。如《龙兴寺毗沙门天王灵验记》，就是叙述敦煌龙兴寺的灵验故事。

敦煌讲唱文学是指兼具韵文、散文特征的变文，主要包括对佛经词句进行阐释、说唱的讲经文和直接讲唱佛教故事的变文。

---

① 郑阿财：《敦煌佛教文学》，甘肃教育出版社，2013 年，第 68—86 页。

讲经文是变文的早期形式，内容上先引经据典，后以散文讲说、韵文吟唱，穿插佛教故事，吸引俗众。代表作有《维摩诘经讲经文》《长兴四年中兴殿应圣节讲经文》《佛报恩经讲经文》《妙法莲华经讲经文》《父母恩重经讲经文》《盂兰盆经讲经文》等，其中《维摩诘经讲经文》文学性较强。讲唱佛教故事的变文文字上更为华丽，多用骈偶手法，句式整齐，驰骋想象，铺演传奇。如讲唱佛陀故事的《太子成道经》《太子成道变文》《须大拿太子变文》《八相变》《破魔变》，还有讲唱佛陀以外故事的《大目乾连冥间救母变文》《目连变文》《目连救母变文》《地狱变文》《欢喜国王缘》等。讲唱故事的变文比讲经文变文更具有文学性，因而对于俗众也会更具有吸引力。

敦煌佛教文学不仅为我们提供了大量俗文学的样本，让我们看到民间写作的独特性和丰富性，同时也充实了我们对于民间佛教信仰、佛教仪式和佛事活动的了解，加深了我们对于佛教与文学关系的认识。

第二章　隋唐五代佛教布道者的
诗歌创作

　　此处所说隋唐五代的佛教布道者不包括皎然、齐己、贯休为代表的诗僧群体，而是指远离尘世功利、潜心宗教修行，以诗歌的形式为民众指点迷津的佛教徒，代表者如王梵志、寒山、庞居士、赵州从谂、永明延寿等。他们的诗歌，或讲述佛教道理，劝人早日修行，以脱苦海，或描述悟道境界，抒发乐道闲情，具有显著的佛教特征。语言上，多使用当时流行的口语俚语，常有巧思，不落俗套，直率真诚，也有如文人诗般精致典雅，含蓄蕴藉；情感上，或苦口婆心，劝人修道，或流畅闲适，自在愉悦。境界上，或清净绝俗，了无挂碍，或澄澈明净，包含万象。同时，其写作对象或交往对象并非只局限于上层贵族或士大夫，而是涉及更为广泛的中下层民众。其写作目的多为指引众生在残酷的现实中寻找解脱苦痛的良药，故能贴近生活，循循善诱；有的则是阐述修行要领，传达禅宗精神，呈现悟道境界，抒发乐道之情。这些诗歌以文学的外壳传播宗教思想，表达宗教情感，称得上是真正意义的佛教诗歌。

第一节　王梵志的诗歌创作

　　在追逐文采、讲求情韵的初唐及盛唐文坛中，王梵志诗显得较为独特。因为王梵志的诗既不同于初唐诗的华丽雕琢，也不同于盛唐诗的丰神情韵，其诗朴实无华，采用口语俚语，不重在写景抒情，而擅长描摹人物，刻画心理，透过世态万相，阐述佛教的人生观念。王梵志诗在唐代受到民间及僧侣的喜爱，缘于其教化众生的社会功能。而被宋代文人屡屡称道，则是由于宋诗淡泊而深邃的旨趣与王梵志诗比较接近。

一、王梵志诗产生的时代

据晚唐冯翊子的《桂苑丛谈·史遗》："王梵志，卫州黎阳人也。黎阳城东十五里有王德祖者，当隋之时，家有林檎树，生瘿大如斗。经三年，其瘿朽烂。德祖见之，乃撤其皮，遂见一孩儿，抱胎而出，因收养之。至七岁，能语，问曰：'谁人育我？'及问姓名。德祖具以实告：'因林木而生，曰梵天，后改曰志。我家长育，可姓王也。'"① 以神话的方式来塑造王梵志的形象，说明王梵志在唐代民间声名远扬。② 《太平广记》卷八二引《史遗》（明钞本作《逸史》）认为王梵志生于隋文帝时。③ 胡适的《白话文学史》据此推断，王梵志生于隋文帝时的卫州黎阳，即今河南浚县，其年代当在公元590—660年。④ 此后学界对于王梵志的年代展开了激烈的讨论，最终基本认定王梵志籍贯卫州黎阳，生于隋代，活动于初唐，是一位在当时影响很大的民间诗人。

---

① 冯翊子：《桂苑丛谈》，《景印文渊阁四库全书》第1042册，台湾商务印书馆，1983年，第656页。

② 潘重规《敦煌王梵志诗新探》认为这并非神话，而只是一个树瘿中的弃婴被收养的故事。

③ 李昉等：《太平广记》卷八十二，第2册，中华书局，1981年，第525页。

④ 胡适：《白话文学史》，上海古籍出版社，1999年，第140页。

　　然而，这并不代表王梵志诗都产生于初唐。敦煌所出的王梵志诗写本共三十五种，加上唐宋笔记、诗话、佛典中的王梵志诗，张锡厚《王梵志诗校辑》厘定为三百三十六首，项楚《王梵志诗校注》则经过辨伪和辑逸，厘定为三百九十首。这三百多首作品内容丰富，思想驳杂，甚至矛盾。具体表现在：一、大乘思想与小乘思想混杂，如《饶你王侯职》与《自死与鸟残》奉行小乘戒律，认为自死之肉可食，而《造酒罪甚重》则主张依大乘经典《涅槃经》凡肉皆须断；《出家多种果》是劝勉众生多种善因，累世修行，以获小乘庵罗果位，方能不落轮回，得享涅槃，《身强避却罪》却是大乘净土宗思想，认为只要临终时口念阿弥陀佛十声，便可生西方净土，而不论生前有何恶业。二、对佛教、道教态度不同，如《玉髓长生术》是批判道教长生、求仙及佛教无生无灭之说，《道士头侧方》《观内有妇人》《道人头兀雷》《寺内数个尼》等诗则是同情道姑、批判和尚。三、修行层次的迥异，如《富者办棺木》《普劝诸贵等》《沉沦三恶道》《双盲不识鬼》等诗表现出向往西方、恐惧地狱的民间净土信仰，是下层民众真实观念的反映，而《一身元本别》《以影观他影》《观影元非有》《雷发南山上》《非相非非相》等诗却阐发了深邃的大乘般若学说，显现了作者精深微妙的思辨能力，悟道境界有高下之分。这说明王梵志诗不是一时一人所作，而是由一些僧侣及民间知识分子在数百年的时间里不断地伪托王梵志的大名，目的是使自己的诗能够流传久远。

　　王梵志诗分为四个部分，产生的时代各不相同。敦煌所出上、中、下三卷本王梵志诗集，即项楚《王梵志诗校注》卷一、卷二、卷三和卷五所收诗，共二百零五首，内容丰富，主要产生于初唐，尤其是武则天当政时期。因为其中反映的社会历史现象及宗教、法治问题都与武则天当政的时代特征相吻合，且诗集中没有南宗禅思的痕迹，当创作于南宗广泛流行之前。敦煌所出法忍抄本王梵志诗，存六十九首，基本都是佛教诗歌，具有鲜明的南宗禅色彩，卷尾题曰"大历六年"抄，应该主要创作于盛唐时期，项楚《王梵志诗校注》卷七收入。一卷本王梵志诗，共九十二首，收入项楚《王梵志诗校注》卷四，内容主要是训世格言，艺术价值和思想价值都不高，其性质与唐代民间童蒙读本《太公家教》相似，主要形成于晚唐时期。散见于敦煌遗书及唐宋诗话、笔记、佛典的王梵志诗，存二十六首，加断句两组共三句，收入项楚《王梵志诗校注》卷六，是盛唐至宋初陆续产生的。

需要说明的是，王梵志诗中也有一些是模仿、改写唐前的作品。如项楚发现，三卷本《王梵志诗集》中"前死未长别"一首是北周释亡名《五盛阴》诗的修改之作；① 法忍抄本的王梵志诗中《回波尔时大贼》（原题《王梵志回波乐》）一首则是删改南朝

---

① 《广弘明集》卷三十载亡名《五盛阴》："先去非长别，后来非久亲。新坟将旧冢，相次似鱼鳞。茂陵谁辨汉，骊山讵识秦。千年与昨日，一种并成尘。定知今世土，还是昔时人。焉能取他骨，复持埋我身？"《大正藏》第52册，大藏经刊行会，1934年，第358页。王梵志诗："前死未长别，后来非久亲。新坟影旧塚，相续似鱼鳞。义陵秋节远，曾逢几个春？万劫同今日，一种化微尘。定知见土里，还得昔时人。频开积代骨，为坑埋我身。"项楚：《王梵志诗校注》，第514页。

"神僧"宝志《大乘赞》第九首而成,① 《法性本来常存》一首又与宝志《大乘赞》第三首几乎完全相同。② 不过,何剑平考证了《回波词》的流传,认为"梵志诗《回波尔时大贼》的产生年代当在此词流行的盛期:中宗至玄宗朝","宝志《大乘赞》等作品的产生年代至迟亦应在玄宗开元初年"。③ 可见,王梵志诗的创作情况非常复杂,不仅不是一人一时所作,而且也不都是出自原创,可能一些诗歌也是改写、仿作而成却没有被我们发现。

二、王梵志的劝俗诗

三卷本《王梵志诗集》开头有序:

> 但以佛教道法,无我苦空。知先薄之福缘,悉后微之因果。撰修劝善,诫勖非违。目录虽则数条,制诗三

---

① 《景德传灯录》卷二九载宝志《大乘赞》之九:"声闻心心断惑,能断之心是贼。贼贼递相除遣,何时了本语默。口内诵经千卷,体上问经不识。不解佛法圆通,徒劳寻行数墨。头陀阿练苦行,希望后身功德。希望即是隔圣,大道何由可得。譬如梦里度河,船师度过河北。忽觉床上安眠,失却度船轨迹。船师及彼度人,两个本不相识。众生迷倒羁绊,往来三界疲极。觉悟生死如梦,一切求心自息。"《大正藏》第51册,第449页。王梵志诗:"回波尔时大贼,不如持心断惑。纵使诵经千卷,眼里见经不识。不解佛法大意,徒劳排文数黑。头陀兰若精进,希望后世功德。持心即是大患,圣道何由可剋? 若悟生死之梦,一切求心皆息。"项楚:《王梵志诗校注》,第701页。
② 《景德传灯录》卷二九载宝志《大乘赞》之三:"法性本来常寂,荡荡无有边畔。安心取舍之间,被他二境回换。敛容入定坐禅,摄境安心觉观。机关木人修道,何时得达彼岸。诸法本空无着,境似浮云会散。忽悟本性元空,恰似热病得汗。无智人前莫说,打尔色身星散。"《大正藏》第51册,第449页。王梵志诗:"法性本来常存,茫茫无有边畔。安身取舍之中,被他二境回换。敛念定想坐禅,摄意安心觉观。木人机关修道,何时可到彼岸。忽悟诸法体空,欲似热病得汗。无智人前莫说,打破君头万段。"项楚:《王梵志诗校注》,第714页。
③ 项楚等:《唐代白话诗派研究》,巴蜀书社,2005年,第55—56页。

百余首。具言时事，不浪虚谈。王梵志之遗文，习丁、郭之要义。不守经典，皆陈俗语。非但智士回意，实亦愚夫改容。远近传闻，劝惩令善。贪婪之史，稍息侵渔；尸禄之官，自当廉谨。各虽愚昧，情极怆然。一遍略寻，三思无忘。纵使大德讲说，不及读此善文。

递子定省翻成孝，懒妇晨夕事姑嫜。查郎躹子生惭愧，诸州游客忆家乡。慵夫夜起□□□，懒妇彻明对绯筐。悉皆咸臻知罪福，勤耕恳苦足粮粮。一志五情不改易，东州西郡并称扬。但令读此篇章熟，顽愚暗蠢悉贤良。①

这篇序概括了王梵志诗的基本面貌：一、内容上，"具言时事，不浪虚谈"。这与初唐文人沿袭齐梁余风、喜好精细描摹、沉溺咏物游宴、精研格律形式的局面形成鲜明对比。二、思想上，"以佛教道法，无我苦空"，劝善惩恶，改良社会。这与中国自古以来的乐府诗传统有相似之处，只是王梵志诗旨在揭露问题，教化世俗，而后者更多是将社会问题反映给上层统治者及官僚。三、语言上，"不守经典，皆陈俗语"。这显然又与文人诗歌传统中含蓄、典雅的追求大异其趣。

这篇序没有盛赞王梵志的修行境界，而是强调王梵志诗的社会意义，"智士回意，实亦愚夫改容"，"顽愚暗蠢悉贤良"，并称"纵使大德讲说，不及读此善文"。这说明三卷本《王梵志诗集》

---

① 项楚：《王梵志诗校注》卷一，第1页。"贪婪之史"，张锡厚《王梵志诗校辑》"史"作"吏"，见项楚：《王梵志诗校注》，第2页校记。

被接受、被称扬主要是出于现实价值的考量，佛教在当时民间的传播也同样依赖这种实用主义思想，但王梵志诗比高僧讲经、劝世要更为奏效。

王梵志展示世俗之道、世间之苦的诗主要在一卷本《王梵志诗集》和三卷本《王梵志诗集》。一卷本诗集主要为五言四句的训世格言，供童蒙习诵而用，劝诫世俗的有七十二首。如讲待客之道的："坐见人来起，尊亲尽远迎。无论贫与富，一概总须平。"① 劝勤奋学习的："黄金未是宝，学问胜珠玑。丈夫无伎艺，虚霑一世人。"② 教选择儿媳的："有儿欲娶妇，须择大家儿。纵使无姿首，终成有礼仪。"③ 语言浅显，道理实在，但艺术成就并不高。

三卷本诗集反映的社会问题广泛且深刻。揭露婚姻问题的，如《古人数下泽》《谗臣乱人国》《思量小家妇》；描写战争之苦的，如《你道生胜死》《相将归去来》《父母生儿身》；诉说百姓受欺的，如《工匠莫学巧》《两两相劫夺》；批判官僚的，如《天下恶官职》《百姓被欺屈》《代天理百姓》《当官自慵懒》《佐史非台补》；审视宗教问题的，如《观内有妇人》《道士头侧方》《道人头兀雷》《寺内数个尼》《玉髓长生术》等。

写战争之苦的，如《你道生胜死》：

你道生胜死，我道死胜生。生即苦战死，死即无人征。十六作夫役，二十充府兵。碛里向前走，衣钾困须擎。白日趁食地，每夜悉知更。铁钵淹干饭，同火共分

---

① 项楚：《王梵志诗校注》，第 411 页。
② 项楚：《王梵志诗校注》，第 412 页。
③ 项楚；《王梵志诗校注》，第 416 页。

诤。长头饥欲死，肚似破穷坑。遣儿我受苦，慈母不
须生。①

整首诗极言生之痛苦，而这痛苦是由战争带来的。语言虽无
雕琢，但生动感人，概括力强。

诉说百姓艰难的，如《工匠莫学巧》：

工匠莫学巧，巧即他人使。身是自来奴，妻亦官人
婢。夫婿暂时无，曳将仍被耻。未作道与钱，作了擘眼
你。奴人赐酒食，恩言出美气。无赖不与钱，蛆心打脊
使。贫穷实可怜，饥寒肚露地。户役一概差，不办棒下
死。宁可出头坐，谁肯被鞭耻。何为抛宅走？良由不
得止。②

这首诗写出了工匠生活的不易，尤其是要忍气吞声地面对无
赖的赖账与户役的盘剥，身心俱损。"未作道与钱，作了擘眼你"，
"户役一概差，不办棒下死"，写得如同作者的亲身经历。

再如《两两相劫夺》：

两两相劫夺，分毫擘眼诤。他卖抑遣贱，自卖即高
擎。心里无平等，尺寸不分明。名霑是百姓，不肯远征
行。不是人强了，良由方孔兄。③

---

① 项楚：《王梵志诗校注》，第533页。
② 项楚：《王梵志诗校注》，第172页。
③ 项楚：《王梵志诗校注》，第167页。

　　此诗写商人争夺利益时分毫不让，购买货物时故意压低价格，售卖货物时有意抬高价格，使尽手段；唐代商贩有远役之法，为避此苦，商贩又借用钱的力量打通关系，让自己划入普通百姓的行列。商贩狡猾多计、趋利避害的面目被淋漓尽致地描画出来。

　　批判庸官的，如《当官自慵懒》：

　　　　当官自慵懒，不勤判文案。寻常打酒醉，每日出逐伴。衙日唱稽迟，佐史打脊烂。更兼受取钱，差科放却半。枉棒百姓死，荒忙怕走散。赋敛既不均，曹司即潦乱。啾唧被人言，御史秉正断。除名仍解官，告身夺入案。官宅不许坐，钱财即分散。路人见心酸，傍看罪过汉。一则耻妻儿，二则羞同伴。无面还本乡，诸州且游观。①

　　此诗写不务正业、敷衍塞责、草菅人命的官员，最终落了个一无所有、无家可归、颜面尽失的下场。教育意义非常鲜明，如同直面"尸禄之官"，劝其"自当廉谨"。

　　揭露道教、佛教问题的如《观内有妇人》：

　　　　观内有妇人，号名是女官。各各能梳略，悉带芙蓉冠。长裙并金色，横披黄㲲单。朝朝步虚赞，道声数千般。贫无巡门乞，得谷相共餐。常住无贮积，铛釜当房安。眷属王役苦，衣食远求难。出无夫婿见，病困绝人

_____

　　①　项楚：《王梵志诗校注》，第571页。

看。乞就生缘活，交即免饥寒。①

诗歌前八句写女道士的体面生活，而后八句却指出那只是假象，她们实际上无依无靠，满是辛酸。作者对于这些女道士给予了充分的同情。

再如写尼姑的《寺内数个尼》：

寺内数个尼，各各事威仪。本是俗人女，出家挂佛衣。徒众数十个，诠择补纲维。一一依佛教，五事惣合知。莫看他破戒，身自牢住持。佛殿元不识，损坏法家衣。常住无贮积，家人受寒饥。众厨空安灶，粗饭当房炊。只求多财富，余事且随宜。富者相过重，贫者往还希。但知一日乐，忘却百年饥。不采生缘瘦，唯愿当身肥。今多损却宝，来生更若为？②

僧尼穿戴上规规矩矩，表面上遵守戒律，但她们出家并非出于虔诚的信仰，而是因为想借此改变生活的境遇。虽然她们生活上并不讲究，粗茶淡饭即可满足，但是对于财富却充满热情和欲望。为此，她们结交富裕的人而远离贫穷的人；纵情享乐，只顾当下；不管亲友，只顾自己。这样的人来生不堪设想。作者对这种信仰不纯粹的人给予批评。

对于和尚的没信仰、没德行，作者给予更强烈的谴责。如

---

① 项楚：《王梵志诗校注》，第82页。
② 项楚：《王梵志诗校注》，第92—93页。

《道人头兀雷》：

> 道人头兀雷，例头肥特肚。本是俗家人，出身胜地
> 立。饮食哺盂中，衣裳架上出。每日趁斋家，即礼七拜
> 佛。饱喫更索钱，低头著门出。手把数珠行，开肚元无
> 物。生平未必识，独养肥没忽。虫蛇能报恩，人子何
> 处出？[①]

　　这是批判佛教僧侣好逸恶劳、养尊处优、不劳而获和不学无
术，指责他们还不如动物知恩图报。僧人脑满肠肥的形象呼之欲出。
　　王梵志诗中人物形象异常丰富，涉及兵卒、工匠、庸官、道
姑、尼姑、僧徒各色人等。正是由于王梵志对下层百姓的生活有
着深刻的体验，他的诗歌才能做到对各种职业及角色的苦乐感同
身受，对人心的复杂、阴暗刻画得入木三分。王梵志诗之所以能
够胜过"大德讲说"而"远近传闻"，正在于它对社会问题的深刻
洞察和对人物心理的敏锐捕捉，在于它能一针见血，指出问题关
键，揭示人生真谛。这些诗歌虽然并未直接传播佛教思想，但却
有着洞察世间的眼光和人生多苦的兴叹，此为佛教思想传播的
基础。

三、王梵志的佛理诗

　　王梵志诗给晚唐民间留下的印象是"菩萨示化"，在唐宋禅林

---

　　① 项楚：《王梵志诗校注》，第87—88页。

流传的口碑是"警策群迷"①、"警悟流俗"②，可知其佛教诗歌的重要影响。不过，这并不意味着王梵志的佛教诗歌在艺术上都是无可挑剔的。王梵志的佛理诗从内容上可以分为三类：一类是宣传因果报应、轮回转世思想的，主要在三卷本《王梵志诗集》；一类是劝说在家信徒遵守戒律、不杀生、不偷盗、戒酒肉的，主要在一卷本《王梵志诗集》；还有一类是阐发佛教般若空观、表现生死、心性的，主要在敦煌法忍抄本和散见的王梵志诗，三卷本诗集中也有一些。

前两类主要针对未出家的中下层人而作，语言浅显通俗，劝世意味浓厚，有较为实际的社会功能，但艺术成就并不高。第一类诗，如宣传生死轮回的《沉沦三恶道》：

> 沉沦三恶道，负特愚痴鬼。荒忙身卒死，即属伺命使。反缚棒驱走，先渡奈河水。倒拽至厅前，枷棒遍身起。死经一七日，刑名受罪鬼。牛头铁叉杈，狱卒把刀掇。碓捣硙磨身，覆生还覆死。③

生前罪业深重，死后就会沉沦地狱、饿鬼、畜生三恶道之中，并被牛头、狱卒百般折磨。所述画面令人心生恐惧，故有警戒众生之作用。

传播因果报应的，如《人生一代间》：

---

① 宗密：《禅源诸诠集都序》，《大正藏》第48册，第412页。
② 《大慧普觉禅师语录》卷三，《大正藏》第47册，第820页。
③ 项楚：《王梵志诗校注》，第31—32页。

人生一代间，贫富不觉老。王役逼驱驱，走多缓行少。他家马上坐，我身步擎草。种得果报缘，不须自烦恼。①

人生一代间，有钱须喫着。四海并交游，风光亦须觅。钱财只恨无，有时实不惜。闻身强健时，多施还须喫。②

"人生一代间"即"人生一世间"，避唐太宗讳而改。第一首诗写人生劳碌，为他人奴役，称这是前生因果所致。第二首诗写人生在世，有钱时要及时享受，并供养双亲、妻子，布施沙门、婆罗门，不可贪财而不用。

第二类诗多为简短的五言四句，说理直白，少有诗艺。如诗：

世间难舍割，无过财色深。丈夫须达命，割断暗迷心。

煞生最罪重，喫肉亦非轻。欲得身长命，无过点续明。

偷盗须无命，侵欺罪更多。将他物己用，思量得也磨。

邪淫及妄语，知非惣勿作。但知依道行，万里无迷错。

喫肉多病报，智者不须餐。一朝无间地，受罪始

---

① 项楚：《王梵志诗校注》，第116页。
② 项楚：《王梵志诗校注》，第194页。

知难。①

第三类诗则有较为深奥的佛教意蕴，常运用比喻等修辞手法，耐人寻味。如法忍抄本中的《吾有方丈室》：

> 吾有方方丈室，里有一杂物。万像俱悉包，参罗亦不出。日月亮其中，众生无得失。三界湛然安，中有无数佛。②

方丈室，僧徒休憩、修行之所，得名于维摩诘卧疾之室，因狭小而称。杂物，比喻心性、佛性。万像、参罗，指自然界的一切事物。此诗主要阐发禅宗"即心是佛"的思想，也有"森罗万象，一法之所印"的内容。方丈室、茅屋、草庵等意象在历代禅宗诗歌中经常出现。方丈室、草庵、茅屋既寄放了人身，也寄放了人心，因佛教"即心是佛"的观念，此类屋的意象往往象征着自由透脱、涵纳万物的心性世界。

还有探讨生死问题的诗：

> 千年与一年，终同一日活。昨宵即是空，今朝焉得脱。无事损心神，内外相宗撮。驱驱劳你形，耳中常聒聒。
>
> 凡夫真可念，未达宿因缘。漫将愁自缚，浪捉寸心

---

① 项楚：《王梵志诗校注》，第460—465页。
② 项楚：《王梵志诗校注》，第674页。

悬。任生不得生，求眠不得眠。情中常切切，燋燋度
百年。

　　我身若是我，死活应自由。死既不由我，自外更何
求。死生人本分，古来有去留。如能晓此者，知复更
何忧。①

　　第一首诗言寿命极长与极短没有分别，最终都会像一日那样，
转瞬即逝，不可逆转，故不必耗损心神，内心忧虑。第二首诗写
不信佛的人一生愁苦焦虑，无处安放身心。第三首诗写人身的不
自由，不能自由掌握命运与生死，但若能知道生死是人生的应有
之事，自古以来便如此，无人可以改变，那还有什么可忧虑的呢?
语言朴素无华，但对生死问题的解释能够让各个时代不同身份的
人产生共鸣，并给予人们心灵的宽慰。

　　有阐发般若空观的，如诗:

　　人去像还去，人来像以明。像有投镜意，人无合像
情。镜像俱磨灭，何处有众生?
　　一身元本别，四大聚会同。直似风吹火，还如火逐
风。火强风炽疾，风疾火愈烘。火风俱气尽，星散总
成空。
　　以影观他影，以身观我身。身影何处昵，身共影何
亲。身行影作伴，身住影为邻。身影百年外，相看一
聚尘。

———————————

① 项楚:《王梵志诗校注》，第663—665页。

观影元非有，观身亦是空。如采水底月，似捉树头风。揽之不可见，寻之不可穷。众生随业转，恰似寐梦中。

雷发南山上，雨落北溪中。雷惊礔礰火，雨激咆哮风。倏忽威灵歇，须史势力穷。天地不能已，如女为身空。①

《摩诃般若波罗蜜经》卷一载："解了诸法，如幻，如焰，如水中月，如虚空，如响，如揵闼婆城，如梦，如影，如镜中像，如化。"② 即人生如幻化，本来非实有。以上几首诗就是对此思想的详细阐发。第一首诗写"如镜中像"，第二首诗写"如焰"，第三首诗写"如影"，第四首诗写"如影""如梦""如水中月"，第五首诗写"如虚空"。镜与像、火与风、身与影、风雨与雷电，虽然看似存在，甚至狂暴一时，但顷刻之间便会归于虚无，不见痕迹，诸法如此，人生如此。比喻方式虽全部来自佛典，但却比佛典更形象生动，更容易理解。

用比喻写人生虚幻的诗有：

造化成为我，如人弄郭秃。魂魄似绳子，形骸若柳木。掣取细腰肢，抽牵动眉目。绳子乍断去，即是干柳朴。③

---

① 项楚：《王梵志诗校注》，第 221—228 页。
② 《大正藏》第 8 册，第 217 页。
③ 项楚：《王梵志诗校注》，第 248 页。

郭秃，即傀儡。干柳朴，即不能动的木头疙瘩。此诗以傀儡喻人生，乃佛经中常见手法。《修行道地经》卷七载："观四大身因缘合成，若如幻化，譬如假物，则非我所有，亦非他人。犹如合材，机关木人，因对动摇。愚者睹之，谓为是人。慧明察之，合木无人。一切三界，皆空如是。"①《诸经要集》卷七载："四支手足，骨骨相拄，筋挛皮缩，但恃气息，以动作之。譬如木人，机关作之。作之讫毕，解剥其体，节节相离，首足狼藉。人亦如是，有何等好。"② 有生命时人如傀儡，被绳索牵绊而动，无生命时，人如木头，了无生机。全诗运用比喻，写出了人生被物驱使、不得自我的状态，令每一个世俗凡人警醒而深思。

散见于敦煌遗书、唐宋诗话中的王梵志诗，最知名者有以下几首：

惠眼近空心，非关髑髅孔。对面说不识，饶你母姓董。③

城外土馒头，馅草在城里。每人吃一个，莫嫌没滋味。④

世无百年人，拟作千年调。打铁作门限，鬼见拍手笑。⑤

梵志翻着袜，人皆道是错。乍可刺你眼，不可隐

---

① 《大正藏》第 15 册，第 229 页。
② 《大正藏》第 54 册，第 60 页。
③ 项楚：《王梵志诗校注》，第 621 页。
④ 项楚：《王梵志诗校注》，第 649 页。
⑤ 项楚：《王梵志诗校注》，第 644 页。

我脚。①

我昔未生时，冥冥无所知。天公强生我，生我复何为？无衣使我寒，无食使我饥。还你天公我，还我未生时。②

第一首诗写得很有意思。惠眼，即慧眼，是能照见大道、知苦空无我之眼，与骷髅孔即肉眼完全不是一个概念。母姓董，言即便你母亲姓董，对面告诉你这个道理，你也不懂，采用了谐音的手段。第二、三首诗经常被禅林引用，言人生短暂，无人可免。第四首诗以反穿袜舒适来写不愿适应世俗眼光的自由心性。第五首诗写人生多苦难，不如未生时。诗歌思维新颖，说理入骨，令人叹服。

四、王梵志诗的影响

在清代敕编的《全唐诗》中，没有王梵志这个人。但是，在唐宋及元的佛教典籍中常常可以见到对王梵志诗的引用。如中唐《历代法宝记》载无住禅师引王梵志诗："惠眼近空心，非开髑髅孔。对面说不识，饶尔母姓董。"③北宋清凉惠洪《林间录》卷下："子常爱王梵志诗云：'梵志翻着袜，人皆谓是错。宁可刺你眼，不可隐我脚。'寒山子诗云：'人是黑头虫，刚作千年调。铸铁作

---

① 项楚：《王梵志诗校注》，第 651 页。
② 项楚：《王梵志诗校注》，第 624 页。
③ 《大正藏》第 51 册，第 193 页。

门限，鬼见拍手笑。'道人自观行处，又观世间，当如是游戏耳。"① 北宋李遵勖的《天圣广灯录》卷一五载风穴延昭上堂举梵志诗："梵志死去来，魂魄见阎老。读尽百王书，不免被捶拷。一称南无佛，皆以成佛道。"② 南宋时成稿于北方燕京的《万松老人评唱天童觉和尚拈古请益录》卷二："晋阳贾文振诵王梵志诗云：我若有钱时，更肥更能白。无事街头立，人要请做客。我要借十文，忙言与一百。我若无钱时，更瘦更能黑。无事街头立，被人唤作贼。我要借十文，一文借不得。"③ 元初《横川行珙禅师语录》卷下："举梵志诗云：梵志死去来，魂魄见阎老。读尽百王书，不免被捶拷。"④ 这些都说明了王梵志诗在佛教界的知名度。

晚唐冯翊子的《桂苑丛谈·史遗》中称王梵志："作诗讽人，甚有义旨，盖菩萨示化也。"⑤ 将王梵志编入"史遗"，可知其诗在唐代已被民间认可。在宋代的士大夫圈子里，王梵志诗也很流行，"翻着袜"诗和"土馒头"颂一再被提起。如北宋黄庭坚《山谷题跋》卷六《书梵志翻着袜诗》中称："一切众生颠倒，类皆如此。乃知梵志是大修行人也。"⑥ 王梵志的"土馒头"颂还被苏黄及禅林大德热烈讨论并改写过。《云卧纪谭》卷上载："建炎三年元日，

---

① 《卍续藏经》第 148 册，第 625 页。所引寒山诗并不见于《寒山子诗集》，张锡厚《王梵志诗校辑》与项楚《王梵志诗校注》都收入王梵志诗，文字稍有不同。

② 《卍续藏经》第 135 册，第 732 页。此诗《五灯会元》卷一一引为寒山诗，项楚《王梵志诗校注》收入王梵志诗，"免"原为"兑"，依《王梵志诗校注》改。

③ 《卍续藏经》第 117 册，第 895 页。

④ 《卍续藏经》第 123 册，第 392—393 页。

⑤ 冯翊子：《桂苑丛谈》，《景印文渊阁四库全书》第 1042 册，第 656 页。

⑥ 黄庭坚：《山谷题跋校注》，屠友祥校，上海远东出版社，2011 年，第 166 页。

圆悟禅师在云居。尝曰：'隐士王梵志颂：城外土馒头，馅草在城里。每人吃一个，莫嫌没滋味。'而黄鲁直谓：己且为土馒头，当使谁食之？由是东坡为易其后两句：预先着酒浇，使教有滋味。然王梵志作前颂，殊有意思，但语差背，而东坡革后句，终未尽余兴。今足成四韵，不唯警世，亦以自警：城外土馒头，馅草在城里。着群哭相送，入在土皮里。次第作馅草，相送无穷已。以兹警世人，莫开眼瞌睡。"① 范成大《重九日行营寿藏之地》亦有："纵有千年铁门限，终须一个土馒头。"② 宋代文人对王梵志诗的接受和喜爱是缘于宋代文人同样追求日常化的表达和对生命意义的深刻思考。王梵志的白话诗创作，直接影响了寒山、拾得以及宋以后的佛教诗歌。

王梵志的诗歌，在唐宋时期的僧俗群体中都获得了广泛的影响。但是明代以后，王梵志的诗歌逐渐淡出人们的视野。直到敦煌遗书的发现，大量王梵志诗才重新被发现，被研究，被重视。刘复《敦煌掇琐》（1926）首次整理印行了两个王梵志的诗卷；胡适《白话文学史》（1928）有"白话诗人王梵志"一节，首次对王梵志诗进行了研究；郑振铎编《世界文库》（1935）第五册时也校录、辑录了王梵志诗。此后，中国学者张锡厚、潘重规、朱凤玉、任半塘、赵和平、邓文宽、项楚，日本学者矢吹庆辉、入矢义高、游佐升、菊池英夫，法国学者戴密微等都对王梵志其人其诗展开了深入且细密的研究。

---

① 《卍续藏经》第 148 册，第 21—22 页。
② 范成大：《范石湖集》卷二十八，富寿荪校，上海古籍出版社，2006 年，第 390 页。

第二节　寒山的诗歌创作

相对于王梵志诗，寒山诗的语言表现更为丰富，既有民众能欣赏的通俗白话，也有文人式的雅言清语，用典也更为频繁，且儒释经典交错使用；内容上，寒山诗也增加了大量山林隐逸和禅悟禅思的描写。对于寒山诗总体的艺术表现，《四库全书总目题要》这样评价："其诗有工语，有率语，有庄语，有谐语，至云'不烦郑氏笺，岂待毛公解'，又似儒生语，大抵佛语、菩萨语也。今观所作，皆信手拈弄，全作禅门偈语，不可复以诗格绳之，而机趣横溢，多足以资劝戒。"[1] 寒山也有诗总结自己的创作："五言五百篇，七字七十九，三字二十一，都来六百首。一例书岩石，自夸云好手。若能会我诗，真是如来母。"[2] 可见其以诗传法布道的强烈意图。

一、寒山的生平及思想

寒山是继王梵志之后最为重要的唐代白话诗的代表。然而，他的年代、身份和思想，一直是中国文学史上未解的谜团。

他的生活年代，基本上有两种说法，一种认为寒山生活于唐初贞观年间，一种则认为是在中唐大历年间。[3] 在宋本《寒山子诗集》中，有署名"闾丘胤"的一篇序，有人据此判断寒山是初唐

---

① 《四库全书总目提要》卷一四九，河北人民出版社，2000 年，第 3842 页。
② 项楚：《寒山诗注》，第 704 页。
③ 项楚：《寒山诗注》，"前言"第 1—2 页。

时人，而余嘉锡考证闾丘序为伪作。① 又有人据《太平广记》卷五五《寒山子》中所引《仙传拾遗》而认为寒山为中唐大历中人。胡适《白话文学史》推断寒山生活于盛唐，陈慧剑《寒山子研究》认为寒山生活于公元700—820年，钱学烈《寒山拾得诗校评》认为寒山生活于725—830年之间②，孙昌武《寒山传说与寒山诗》推定其生活于750—820年，即大历到元和间。③ 学界较为肯定的是孙昌武一说。

他的身份，说法各异。在《天台山志》《天台山方外志》《台州府志》《寒山寺志》等地方志中，或认为寒山子是道士成仙下凡，或认为寒山子是文殊菩萨再世，把他写成一个神乎其神的人物。佛教文献中则多记其"出言如狂而有意趣"④ 的一面。《宋高僧传》卷十九详载其事："寒山子者，世谓为贫子风狂之士，弗可恒度推之。隐天台始丰县西七十里，号为寒、暗二岩。每于寒岩幽窟中居之，以为定止。时来国清寺。有拾得者，寺僧令知食堂，恒时收拾众僧残食菜滓，断巨竹为筒，投藏于内。若寒山子来，即负而去。或廊下徐行，或时叫噪凌人，或望空曼骂。寺僧不耐，以杖逼逐。翻身抚掌，呵呵徐退。然其布襦零落，面貌枯瘁，以桦皮为冠，曳大木屐。或发辞气，宛有所归，归于佛理。初闾丘入寺，访问寒山。沙门道翘对曰：'此人狂病，本居寒岩间，好吟词偈，言语不常。或臧或否，终不可知。与寺行者拾得以为交友，相聚言说，不可详悉。'寺僧见太守拜之。惊曰：'大官何礼风狂

① 余嘉锡：《四库提要辨证》卷二十，中华书局，1980年，第1251页。
② 钱学烈校评：《寒山拾得诗校评》，天津古籍出版社，1998年，第25页。
③ 《南开文学研究》，天津古籍出版社，1987年，第199页。
④ 《景德传灯录》卷二十七，《大正藏》第51册，第433页。

夫耶?'二人连臂,笑傲出寺。闾丘复往寒岩谒问,并送衣裳药物,而高声倡言曰:'贼我贼!'退便身缩入岩石穴缝中。复曰:'报汝诸人,各各努力。'其石穴缝泯然而合,杳无踪迹。乃令僧道翘寻其遗物,唯于林间缀叶书词颂并村墅人家屋壁所抄录,得三百余首。今编成一集,人多讽诵。后曹山寂禅师注解,谓之《对寒山子诗》。以其本无氏族,越民唯呼为寒山子。至有'庭际何所有,白云抱幽石'句,历然雅体。今岩下有石,亭亭而立,号幽石焉。"① 此外,《祖堂集》卷十六、《景德传灯录》卷二七、《五灯会元》卷二、《古尊宿语录》卷十四、《天台山国清寺三隐集记》等,都记载了寒山入天台后的经历和语录。

寒山入天台之前的经历,现代学者是这样概括的:"寒山本来是生活在农村中的文人,因为他有诗人气质,而又有骨气。开始是隐者或隐士,隐姓埋名,不应科举,自称贫子。在漫游中扩大了视野,认识了现实中更多的矛盾与民间疾苦,由隐士而避世入山。到了天台山,便在寒岩也叫翠屏山的山间住了下来,于是由贫子而成了寒山子。"②

现存寒山诗所反映出的思想虽显驳杂,但实际是他不同人生阶段思考与认识的体现。寒山早期接受的是儒家思想的教育,和普通士大夫一样期待有朝一日能够遇明君、展抱负,有诗曰:"一为书剑客,三遇圣明君"③,"国以人为本,犹如树因地"。④ 隐居寒岩前,他也曾受道教思想的影响向往长生,有诗曰,"仙书一两

---

① 《宋高僧传》,第484—485页。
② 王进珊:《谈寒山话拾得》,载《中华文史论丛》,1984年,第1辑。
③ 项楚:《寒山诗注》,第35页。
④ 项楚:《寒山诗注》,第572页。

卷，树下读喃喃"①，"下有斑白人，喃喃读黄老"②。后来寒山开始反思道教思想的荒谬，有诗曰："饶你得仙人，恰似守尸鬼。心月自精明，万像何能比。"③ 在道与释之间，寒山开始有了取舍。寒山思想的这一转变发生在三十岁左右，有诗可证："出生三十年，尝游千万里。行江青草合，入塞红尘起。炼药空求仙，读书兼咏史。今日归寒山，枕流兼洗耳。"④ 可见，隐居寒岩、皈依佛门是他认真思考人生、透彻认识社会后做出的冷静选择。

二、寒山诗的内容

《四部丛刊》本《寒山子诗集》共存寒山诗三百一十一首。然寒山自云："五言五百篇，七字七十九，三字二十一，都来六百首。"⑤ 可见现存诗歌仅为其创作数量的一半。并且有学者认为，现存寒山诗非一人所为。孙昌武《寒山传说与寒山诗》就提出："寒山诗非寒山子一人所作；应另有一个寒山诗的作者群，寒山子只是其中的一人（或是主要的一人）而已。"⑥

寒山诗内容丰富，并非全部都是直接表达佛教思想的，有批判人性的丑陋的，如：

> 富儿会高堂，华灯何炜煌。此时无烛者，心愿处其

---

① 项楚：《寒山诗注》，第 53 页。
② 项楚：《寒山诗注》，第 62 页。
③ 项楚：《寒山诗注》，第 649 页。
④ 项楚：《寒山诗注》，第 777 页。
⑤ 项楚：《寒山诗注》，第 704 页。
⑥ 《南开文学研究》，天津古籍出版社，1987 年。

傍。不意遭排遣，还归暗处藏。益人明讵损，顿讶惜余光。①

两龟乘犊车，蓦出路头戏。一蛊从傍来，苦死欲求寄。不载爽人情，始载被沉累。弹指不可论，行恩却遭刺。②

第一首诗，讽刺富贵者嫌贫爱富、不肯施予的自私心理，直指人性的狭隘，典出《战国策·秦策二》和刘向《列女传·齐女徐吾》。第二首诗，"蛊"，四库本作"蚕"。按："蛊"是人工培养用以害人的毒虫，"蚕"，是蝎子一类有刺的毒虫，末句有"行恩却遭刺"一语，故当为"蚕"。此诗与伊索寓言农夫和蛇的故事同出一辙。"弹指不可论，行恩却遭刺"，是感叹世间竟有这样以怨报德的可耻行为，表达作者的不满和愤慨。诗中虽然没有佛教理论，但对不肯施舍、残害他人的讽刺，不能说与佛教慈悲宽厚、与人为善的思想没有关系。

还有讽刺世道不公、才子无用武之地的，如：

极目兮长望，白云四茫茫。鸱鸦饱腹腰，鸾凤饥彷徨。骏马放石碛，蹇驴能至堂。天高不可问，鹪鹩在沧浪。③

大有好笑事，略陈三五个。张公富奢华，孟子贫辚

---

① 项楚：《寒山诗注》，第280—281页。
② 项楚：《寒山诗注》，第94页。
③ 项楚：《寒山诗注》，第159—160页。

轲。只取侏儒饱，不怜方朔饿。巴歌唱者多，白雪无人和。①

第一首诗用鸾凤、骏马比喻贤者，鸥鸦、蹇驴比喻庸人。贤者不被重用，小人得权得势，天理无人可诉，不如泛游江湖。第二首诗表达了同样的道理，张仪背信弃义，却得享荣华，孟子乃儒家之宗师，却坎坷贫穷，侏儒常衣食无忧，东方朔有才却无米果腹。对世俗世界的批判与佛教的出世思想有紧密关系。

寒山诗中就有不少写避世而居、山林隐逸的诗歌，举例如下：

吾家好隐沦，居处绝嚣尘。践草成三径，瞻云作四邻。助歌声有鸟，问法语无人。今日娑婆树，几年为一春。②

时人寻云路，云路杳无踪。山高多险峻，涧阔少玲珑。碧嶂前兼后，白云西复东。欲知云路处，云路在虚空。③

可笑寒山道，而无车马踪。联溪难记曲，叠嶂不知重。泣露千般草，吟风一样松。此时迷径处，形问影何从。④

登陟寒山道，寒山路不穷。溪长石磊磊，涧阔草蒙

---

① 项楚：《寒山诗注》，第 330 页。
② 项楚：《寒山诗注》，第 23 页。
③ 项楚：《寒山诗注》，第 675 页。
④ 项楚：《寒山诗注》，第 21 页。

蒙。苔滑非关雨，松鸣不假风。谁能超世累，共坐白
云中。①

"居处绝嚣尘""云路杳无踪""而无车马踪"等语都是用以
呈现没有世俗打扰的清静世界。"助歌声有鸟，问法语无人"，"碧
嶂前兼后，白云西复东"，"谁能超世累，共坐白云中"等句表现
出诗人摆脱俗事纠缠、与自然和谐相伴的安闲自在。

寒山诗中还有使用佛典教化众生的，如：

养子不经师，不及都亭鼠。何曾见好人，岂闻长者
语。为染在熏莸，应须择朋侣。五月贩鲜鱼，莫教人
笑汝。②

都亭鼠，语出于俚语"都亭鼠，数闻长者语"，意思是都亭的
老鼠都能够常常听到长者的教导。五月贩鲜鱼，易染臭气之义，
见《佛本行集经·难陀因缘品》，意在劝导众生亲近良师益友、远
离邪徒恶人。

寒山诗中数量较多的是传达人生虚幻思想的作品，如：

桃花欲经夏，风月催不待。访觅汉时人，能无一个
在。朝朝花迁落，岁岁人移改。今人扬尘处，昔时为
大海。③

---

① 项楚：《寒山诗注》，第 79 页。
② 项楚：《寒山诗注》，第 561 页。
③ 项楚：《寒山诗注》，第 149 页。

> 常闻汉武帝，爰及秦始皇。俱好神仙术，延年竟不
> 长。金台既摧折，沙丘遂灭亡。茂陵与骊岳，今日草
> 茫茫。①
>
> 骝马珊瑚鞭，驱驰洛阳道。自矜美少年，不信有衰
> 老。白发会应生，红颜岂长保。但看北邙山，个是蓬
> 莱岛。②
>
> 城中娥眉女，珠佩何珊珊。鹦鹉花前弄，琵琶月下
> 弹。长歌三日响，短舞万人看。未必长如此，芙蓉不
> 耐寒。③

茂陵和骊山，分别指汉武帝和秦始皇的陵墓。北邙山是洛阳郊外汉晋以来贵族的墓地。金台本是神仙居处，此处指汉武帝所建通天台等求仙之台。秦皇汉武求长生而不得，最终坟上野草茫茫。"美少年"与"娥眉女"虽一时风光，享有富贵与宠爱，但无论身份高贵与否，生命终将凋零，无人可以逃脱。看看北邙山，就知道蓬莱岛只是个传说，长生不老永不可得，延年之术都是虚妄。在时间面前，儒家的功名与道教的长生都显得荒诞和不可靠，只有佛教才真正看到人生虚幻的本质。全诗虽然没有使用佛教语言，但是对于人生虚幻的真切感受和深刻思考却都出自佛教的基本思想。

寒山诗中宗教意味最为浓厚的是禅悟、禅趣的一类：

---

① 项楚：《寒山诗注》，第712页。
② 项楚：《寒山诗注》，第129页。
③ 项楚：《寒山诗注》，第47页。

岩前独静坐，圆月当天耀。万象影现中，一轮本无照。廓然神自清，含虚洞玄妙。因指见其月，月是心枢要。①

吾心似秋月，碧潭清皎洁。无物堪比伦，教我如何说。②

今日岩前坐，坐久烟云收。一道清溪冷，千寻碧嶂头。白云朝影静，明月夜光浮。身上无尘垢，心中那更忧。③

高高峰顶上，四顾极无边。独坐无人知，孤月照寒泉。泉中且无月，月自在青天。吟此一曲歌，歌终不是禅。④

这四首诗都以明月寄寓禅意。在佛经中，常以清净、皎洁、圆满的月色比喻心性。如《大般涅槃经》卷五："譬如满月，无诸云翳，解脱亦尔，无诸云翳。无诸云翳，即真解脱。真解脱者，即是如来。"⑤《金刚顶一切如来真实摄大乘现证大教王经》卷上："我已见自心，清净如满月，离诸烦恼垢，能执所执等。诸佛皆告言，汝心本如是，为客尘所翳，菩提心为净。汝观净月轮，得证菩提心。"⑥ 第一首诗中"因指见其月，月是心枢要"直接出自《楞严经》卷二："佛告阿难：汝等尚以缘心听法，此法亦缘，非

---

① 项楚：《寒山诗注》，第733页。
② 项楚：《寒山诗注》，第137页。
③ 项楚：《寒山诗注》，第744页。
④ 项楚：《寒山诗注》，第750页。
⑤ 《大正藏》第12册，第394页。
⑥ 《大正藏》第18册，第314页。

得法性。如人以手指月示人，彼人因指，当应看月。若复观指，以为月体，此人岂唯亡失月轮，亦亡其指。何以故？以所标指为明月故。岂唯亡指，亦复不识明之与暗。何以故？即以指体为月明性，明暗二性无所了故。"① "因指见其月"，即因教而悟法，因语而悟义，最终领悟到佛理禅机。"月是心枢要"，是强调月才是指的目的，不要因方法、工具而忘记了修行的最终目的。"吾心似秋月"是寒山的名偈。明月喻心之本体，碧潭则是映照心性的自然万象，即有心如澄澈，则所观世界则澄澈之义。第三首中"身上无尘垢，心中那更忧"所反映的思想更接近于北宗神秀。神秀有名的诗偈："身是菩提树，心如明镜台，时时勤拂拭，莫使有尘埃。"② 第四首中"高高峰顶上，四顾极无边"有一种悟道后的超越感，清净自在、无忧无虑的禅悟境界。

寒山诗因多寓禅机，经常被禅师用于上堂说法。如《了堂惟一禅师语录》卷一："中秋上堂，举寒山子诗云：高高峰顶上，四顾极无边。独坐无人知，明月照寒泉。泉中且无月，月自在青天。吟此一曲歌，歌中不是禅。"③《古林清茂禅师语录》卷二："中秋上堂：'十五日已前，掘地觅青天；十五日已后，携篮盛水走。正当十五日，天明日头出，待得黄昏月到窗，无限清光满虚空。岂不见寒山子曾有言：岩前独静坐，圆月当空耀。万象影现中，一轮本无照。若谓中秋分外圆，堕它光影何时了。'下座。"④ 寒山用来表达证悟的诗成为禅师们用以开启学人的基本手段。禅籍中也

---

① 《大正藏》第 19 册，第 111 页。
② 《祖堂集》卷二，中华书局，2007 年，第 118 页。
③ 《卍续藏经》第 123 册，第 896 页。
④ 《卍续藏经》第 123 册，第 433 页。

常见因寒山诗而悟道的例子，如《续灯正统》卷二九："师自是茫无意绪，怀疑不决。一日，见寒山诗'吾心似秋月'之句，凝滞顿释。"① 拾得这样评价寒山诗："家有寒山诗，胜汝看经卷。书放屏风上，时时看一遍。"② 读寒山诗胜过看经卷，说明寒山诗与佛教偈颂在内容上的相似性以及寒山诗在形式上的优越性。

从内容上来看，寒山诗虽然并非全部属于佛教题材，但是都以佛教思想为主导。因而项楚在《唐代白话诗派研究》中这样总结寒山诗："在他的抒情感怀诗中透露出的人生无常的慨叹，在他的讽世劝俗诗中表现出的悲天悯人的胸怀，在他的山林隐逸诗中达到的禅悟的境界，无不体现着佛教的精神，因此寒山诗是佛教思想在中国诗歌领域中结出的最重要的果实。"③

三、寒山诗的艺术特征及"寒山体"

对于寒山诗的艺术特征，项楚认为："寒山的化俗诗，多用白描和议论的手法，而以俚俗的语言出之。他的隐逸诗，则较多风景描写，力求创造禅的意境。而不拘格律，直写胸臆，或俗或雅，涉笔成趣，则是寒山诗的总的风格，后人称寒山所创造的这种诗体为'寒山体'。"④ 即寒山诗的风格也就是后人所称的"寒山体"。罗时进《唐代寒山诗的诗体特征及其传布影响》一文则认为寒山诗总体的艺术风格并不能代表"寒山体"的特征，继而补充了五条：（1）以五言为主的形式；（2）非诗化的表达；（3）反复

---

① 《卍续藏经》第 144 册，第 826 页。
② 项楚：《寒山诗注》，第 922 页，附拾得诗。
③ 项楚等：《唐代白话诗派研究》，巴蜀书社，2005 年，第 206 页。
④ 项楚：《寒山诗注·前言》，第 14 页。

使用譬喻的修辞；（4）力求古淡的风格；（5）简明通俗的哲理。作者敏锐地捕捉到了寒山诗的语言特征："通卷寒山诗确乎不以立文字为宗，于佛教经论不拘泥执着，于语言字面不讲究修饰，实相无相，古朴淡然。六朝以来兴起的对诗歌典故、辞藻、偶对、音律的写作要求，在这里都相当隔膜。自成一体的寒山诗，需要的是诗三百般的自然流转，毫无拘束的节奏和超乎汉魏古诗的秋风老树、崖岸古石的风味。"① 以上看法都注意到寒山诗"不拘格律"的特征。在五代及宋代的拟寒山诗写作中也都对此有明确认知。北宋慈受怀深称其拟寒山诗是"吟诗无韵度"②，南宋希叟绍昙称寒山诗为"落韵诗"③，说明寒山诗的这一特点不但被接受，而且被广泛效仿。

现代学者虽然提出了"寒山体"的概念，但是，仅仅运用文学研究所使用的基本手段从语言、体裁、修辞、风格等层面去分别描述"寒山体"的特征还不够。因为寒山诗不同于士大夫文学，而是属于宗教文学的领域，我们还需要关注寒山诗中的宗教意图以及由此带来的特殊韵味。项楚《寒山诗注》中第一首就概括了寒山诗的写作目的："凡读我诗者，心中须护净。悭贪继日廉，谄曲登时正。驱遣除恶业，归依受真性。今日得佛身，急急如律令。"④ 即读诗者若能保持心灵的洁净，修正贪悭之心、谄曲之行，驱除会导致恶报的恶业，皈依三宝，就能得享淳朴之真性，立即

---

① 《江西师范大学学报》2010 年第 5 期。
② 《慈受怀深禅师广录》卷二，《卍续藏经》第 126 册，第 582 页。
③ 《希叟绍昙禅师广录》卷一："不拟寒山落韵诗，未传卢老泼禅衣。脚头活取通宵路，来透庭前划草机。"《卍续藏经》第 122 册，第 203 页。
④ 项楚：《寒山诗注》，第 15 页。

按照我说的去做，就会在当下成就佛身。显然，寒山诗的写作是为了引导大众摆脱恶业、立地成佛。由此，诗歌中的对他性就使得寒山诗明显不同于抒情型、宣泄型的文学传统。

比如，寒山诗中就常有指示真理的语气。如：

君看叶里花，能得几时好。今日畏人攀，明朝待谁扫。可怜娇艳情，年多转成老。将世比于花，红颜岂长保。①

贤士不贪婪，痴人好炉冶。麦地占他家，竹园皆我者。努膊觅钱财，切齿驱奴马。须看郭门外，垒垒松柏下。②

去家一万里，提剑击匈奴。得利渠即死，失利汝即殂。渠命既不惜，汝命有何辜。教汝百胜术，不贪为上谟。③

多少般数人，百计求名利。心贪觅荣华，经营图富贵。心未片时歇，奔突如烟气。家眷实团圆，一呼百诺至。不过七十年，冰消瓦解置。死了万事休，谁人承后嗣。水浸泥弹丸，方知无意智。④

"君看叶里花，能得几时好""须看郭门外，垒垒松柏下""教汝百胜术，不贪为上谟"，是很明显的指点人生的口气：人生短

---

① 项楚：《寒山诗注》，第 774 页。
② 项楚：《寒山诗注》，第 255 页。
③ 项楚：《寒山诗注》，第 237 页。
④ 项楚：《寒山诗注》，第 232 页。

暂，红颜易老；人人如此，无人逃脱；贪财趋名，转眼消散。最后一首中，"水浸泥弹丸，方知无意智"，即泥丸入水，一切化为乌有，方才知道这不是聪明人的行为。结尾处说此"无意智"，言外之意是指出"有意智"之路。以上诗歌显现出寒山诗先说理后总结的表述习惯，及揭示人生真相、唤醒痴迷俗众的述说语气。

寒山诗还常有山居观世的角度。如：

重岩我卜居，鸟道绝人迹。庭际何所有，白云抱幽石。住兹凡几年，屡见春冬易。寄语钟鼎家，虚名定无益。①

人问寒山道，寒山路不通。夏天冰未释，日出雾朦胧。似我何由届，与君心不同。君心若似我，还得到其中。②

层层山水秀，烟霞锁翠微。岚拂纱巾湿，露霑蓑草衣。足蹑游方履，手执古藤枝。更观尘世外，梦境复何为。③

我见世间人，茫茫走路尘。不知此中事，将何为去津。荣华能几日，眷属片时亲。纵有千斤金，不如林下贫。④

第一首结尾处是前文所言惯常使用的指点人生真意的手法，

---

① 项楚：《寒山诗注》，第19—20页。
② 项楚：《寒山诗注》，第40页。
③ 项楚：《寒山诗注》，第284页。
④ 项楚：《寒山诗注》，第450页。

只是前六句不再是说理，而是展现自己的山居生活。"庭际何所有，白云抱幽石"是相对于"钟鼎"之家而言的：虽然生活清贫，却能生活得从容而满足。由此，我们发现寒山诗在指点众生时有一个独特的出发点，即居于山林、批判世间。寒山诗还将卜居之所与世俗空间分隔开来，"人问寒山道，寒山路不通"，"层层山水秀，烟霞锁翠微"，"纵有千斤金，不如林下贫"，以山居者的立场告诫众生尘世的虚幻。

寒山诗中也弥漫着洞察真理却苦无知音的孤独。如：

> 自乐平生道，烟萝石洞间。野情多放旷，长伴白云闲。有路不通世，无心孰可攀。石床孤夜坐，圆月上寒山。①

> 寒岩深更好，无人行此道。白云高岫闲，青嶂孤猿啸。我更何所亲，畅志自宜老。形容寒暑迁，心珠甚可保。②

> 多少天台人，不识寒山子。莫知真意度，唤作闲言语。③

> 大有好笑事，略陈三五个。张公富奢华，孟子贫辕轲。只取侏儒饱，不怜方朔饿。巴歌唱者多，白雪无人和。④

---

① 项楚：《寒山诗注》，第578页。
② 项楚：《寒山诗注》，第732页。
③ 项楚：《寒山诗注》，第473页。
④ 项楚：《寒山诗注》，第330页。

世俗中没有人能与自己志趣相同，寒山只能与白云相伴；传达真理的诗篇，却被众生当作无关紧要的话；下里巴人的歌曲广泛流行，阳春白雪的吟唱却无人唱和。

寒山诗的以上特点被后来的高僧大德细心地体会到，并积极地模仿创作，如晚唐五代的法灯泰钦，宋代的汾阳善昭、长灵守卓、慈受怀深、横川行珙，元代的元叟行端、月江正印、中峰明本，明末清初渡日禅僧隐元隆琦皆作有拟寒山诗，并具有以上我们所说的艺术特征。此外，元末明初楚石梵琦与明末清初福慧野竹、石树济岳次韵相酬的和寒山诗各三百零七首，虽以次韵创新，但写作手法同样是拟"寒山体"，当归入拟寒山诗一类。另外，需要注意的是，寒山诗原本无题，但在明代辑录的《古今禅藻集》中，寒山诗被追加了"山居"的题目，并且在所辑山居诗中，寒山诗数量最多。贯休有山居诗二十四首，只录四首，五代入宋的永明延寿有山居诗六十九首，仅录两首，元代柏堂益有山居诗四十首，录两首，明代憨山德清有山居诗上百首，录两首，寒山诗却录了近四十首。《古今禅藻集》显然是以寒山作为佛教山居诗的典范和源流。而历代的佛教山居诗也基本具有居山观世、指示真理、孤高不俗等艺术特征，可谓与寒山诗一脉相承。由此，我们也可以了解到"寒山体"所包含的更为丰富的信息。

第三节　庞居士的诗歌创作

《庞居士语录》中称庞居士"有诗偈三百余篇传于世"①。目前尚存完整的诗偈共二百零四首，其中五言一百六十三首，七言

---

① 《庞居士语录》卷上，《卍续藏经》第120册，第61页。

二十六首，杂言十五首。与王梵志、寒山诗相似，庞居士诗仍然使用白话劝世说理。但不同的是，庞居士诗几乎都是佛教诗歌，少有描写世俗生活和人间万象的作品，也罕见山林隐逸及清幽禅境的表现；其说理重点是如何修道，而不是王梵志、寒山诗中人生虚幻、劝人修道的内容，这体现出佛教在民间传播的逐步深入。

一、庞居士的思想及传奇

庞居士（？—815），名蕴，字道玄，初随父居衡州衡阳（今湖南衡阳），后迁襄阳（今湖北襄阳），"世本儒业，少悟尘劳，志求真谛"①。曾与丹霞天然一同赴京赶考，中途遇行脚僧，直言"选官"不如"选佛"，并荐曰："江西马祖今现住世说法，悟道者不可胜记，彼是真选佛之处。"二人遂放弃科举转奔江西，参访马祖道一。②

庞居士参马祖道一而悟道，留下一段著名的公案。《祖堂集》卷十五载："因问马大师：'不与万法为侣者是什么人？'马师云：'待居士一口吸尽西江水，我则为你说。'居士便大悟，便去库头借笔砚，造偈云：'十方同一会，各各学无为。此是选佛处，心空及第归。'而乃驻泊参承。一二载间，遂不变儒形，心游像外。"③"不与万法为侣"，即超越万法的得道者。"一口吸尽西江水"，是不可能做到之事，故此语首先就有拒绝为庞居士说法的意思，因为道在言外，不可言说。其次，也有破除逻辑分别、超越万物之上的意思。如果庞居士能够做到纳万物于身心——"一口吸尽西

---

① 《庞居士语录》卷上，《卍续藏经》第 120 册，第 55 页。
② 《祖堂集》卷四《丹霞和尚》，第 209 页。
③ 《祖堂集》卷十五《庞居士》，第 699 页。

江水"，那么也就悟道了。庞居士领悟到其中的关键即是"心空"，只有觉悟自我心性为空，才能超越森罗万象，包容广大世界。如《坛经》所言："心量广大，犹如虚空……虚空能含日月星辰，大地山河，一切草木，恶人善人，恶法善法，天堂地狱，尽在空中。世人性空，亦复如是。"①

此后庞居士又往南岳参石头希迁，同样留下了一首禅林皆知的"日用"偈。《庞居士语录》卷一载："一日，石头问曰：'子见老僧以来，日用事作么生？'士曰：'若问日用事，即无开口处。'头曰：'知子恁么方始问子。'士乃呈偈曰：'日用事无别，唯吾自偶谐。头头非取舍，处处没张乖。朱紫谁为号，丘山绝点埃。神通并妙用，运水与搬柴。'"② 佛法的奥妙，在运水搬柴的日常生活中才能体验。此偈充分体现了马祖洪州禅"平常心是道"及"作用即性"的禅学思想。《景德传灯录》卷二八载马祖道一示众："道不用修，但莫污染。何为污染？但有生死心，造作趣向，皆是污染。若欲直会其道，平常心是道。谓平常心，无造作，无是非，无取舍，无断常，无凡无圣。经云：'非凡夫行，非贤圣行，是菩萨行。'只如今行住坐卧，应机接物，尽是道。"③ 如果说"心空"偈是对自然万物本质的认识，是对宇宙现象的超越，那么"日用"偈则是回归日常生活，在行住坐卧、运水搬柴中体验佛法的真谛。

除马祖、石头之外，《庞居士语录》中还记有齐峰、百灵、松山、本溪、大梅法常、芙蓉大毓、则川、石林、袁州仰山等九位马

---

① 郭朋：《坛经校释》，中华书局，1983 年，第 49 页。
② 《卍续藏经》第 120 册，第 55 页。
③ 《大正藏》第 51 册，第 440 页。

祖弟子与庞居士的问答共二十三则，以及药山惟俨、丹霞天然、大同普济、长髭旷、洛浦元安等五位石头弟子与庞居士的十六则公案。①

庞居士一生颇具传奇色彩。据《释氏通鉴》卷九："居士自幼敏悟，节概高洁，每混俗和光。尝以舡载家珍数万，沉于洞庭之渊。人问居士何不布施不造寺。士曰：'自无始来由，为因果相牵，不得解脱。自是生涯澹如也。'有男名耕获，女名灵照，日鬻笊篱于市以自活。"② 此一事件在禅林中传为佳话。宋代徽宗朝丞相张商英，号无尽居士，曾有赞曰："宁可饥寒死路边，不劳土地强哀怜。满船家计沉湘水，岂羡芒绳十百钱。"③《禅宗颂古联珠通集》卷十四有圆照本、无际派、无量寿的相关颂古。后代戏剧如元《庞居士误放来生债》、清《庞公宝卷》均有对此事的演绎。庞居士及其家人的离世过程也十分奇特。《庞居士语录》卷上："居士将入灭，谓灵照曰：'视日早晚，及午以报。'照遽报：'日已中矣，而有蚀也。'士出户观次，照即登父座，合掌坐亡。士笑曰：'我女锋捷矣！'于是更延七日。州牧于頔问疾，士谓之曰：'但愿空诸所有，慎勿实诸所无。好住！世间皆如影响。'言讫，枕于公膝而化。遗命焚弃江。缁白伤悼，谓禅师庞居士即毗耶净名矣。"④令普通人感到恐惧、痛苦的死亡，对于庞居士及其家人来说却是如此轻松。

---

① 《唐代白话诗派研究》，巴蜀书社，2005 年，谭伟撰第五章"庞居士及其诗歌"。
② 《卍续藏经》第 131 册，第 946 页。
③ 《庞居士语录》卷下，《卍续藏经》第 120 册，第 81 页。
④ 《卍续藏经》第 120 册，第 61 页。

　　有学者认为，"但愿空诸所有"四句偈是马祖道一"非心非佛"及马祖弟子南泉普愿"不是佛、不是心、不是物"禅学思想的体现，并认为此偈与"心空"偈、"日用"偈是中唐禅思想变化的缩影，[①] 有一定道理。"空诸所有"既否定了"心空"的彼岸追求，也否定了"即心是佛"的此岸沉溺，意在引导众生放弃对佛、心、物的执着分别，真正达到超脱自在。庞居士生平在《庞居士语录》卷上、《祖堂集》卷十五、《景德传灯录》卷八、《五灯会元》卷三等文献中皆有记载。《祖堂集》评曰："旷情而行符真趣，浑迹而卓越人间，实玄学之儒流，乃在家之菩萨。"[②] 日本忽滑谷快天的《中国禅学思想史》则称庞居士为"达摩东来以后，白衣居士中第一人"[③]，可见其在禅学史上的重要性。

二、庞居士的说理诗

　　庞居士有一诗："我是凡夫身，乐说真如理。为性不悭贪，常行平等施。凡夫事有为，佛智超生死。作佛作凡夫，一切自繇你。"[④] 这首诗直述其写作目的，即劝导众生、讲说佛理、指导修行。庞居士的诗以说理为主要内容，如讲佛性本空的诗：

　　　　富儿空手行，贫儿把他物。被物牵入廛，买卖不得出。觉暮便归舍，黄昏黑漆漆。所求不称意，合家总啾唧。自无般若性，乏欠波罗蜜。把绳入草里，自系百年

---

① 《唐代白话诗派研究》，第 270 页，谭伟撰第五章"庞居士及其诗歌"。
② 《祖堂集》卷十五《庞居士》，第 699 页。
③ 上海古籍出版社，2002 年，第 183 页。
④ 《庞居士语录》卷中，《卍续藏经》第 120 册，第 69 页。

毕。实是可怜许，冥冥不见日。富儿虽空手，家中甚富溢。自有无尽藏，不假外缘物。周流用不穷，要者从理出。①

以"富儿空手行"比喻佛性本空却受用无穷，以"贫儿把他物"比喻被物束缚而不得自在，以"黄昏黑漆漆"比喻贫儿的愚昧无知，以"自有无尽藏"比喻富儿的智慧、从容，形象生动，意蕴丰富，耐人寻味。

如警示众生戒贪嗔痴的诗：

日轮渐渐短，光阴一何促。身如水上沫，命似当风烛。常须慎四蛇，持心舍三毒。相见论修道，更莫着淫欲。淫欲暂时情，长劫入地狱。纵令得出来，异形人不识。或时成四足，或是总无足。可惜好人身，变作丑头畜。今日预报知，行行须努力。②

"水上沫""当风烛"，比喻人生之虚幻脆弱。"四蛇"，比喻构成人身的四大毒蛇——地、火、水、风。"三毒"，则指贪欲、嗔恚、愚痴三种烦恼。四蛇与三毒，会侵蚀人的身心，以致坠入轮回，投胎为虫为畜。诗歌以轮回的落差来警醒众生，语言简练，却思维清晰，易于教化。

再如讲忍辱觉悟的诗：

① 《庞居士语录》卷中，《卍续藏经》第120册，第63页。
② 《庞居士语录》卷中，《卍续藏经》第120册，第62页。

　　余有一大衣，非是世间绢。众色染不着，晶晶如素练。裁时不用刀，缝时不用线。常持不离身，有人自不见。三千世界遮寒暑，无情有情悉覆遍。如能持得此大衣，披了直入空王殿。①

　　余有一宝剑，非是世间铁。成来更不磨，晶晶白如雪。气冲浮云散，光照三千彻。吼作师子声，百兽皆脑裂。外国尽归降，众生悉磨灭。灭已复还生，还生作金镝。带将处处行，乐者即为说。②

　　"大衣"，即如来衣，比喻能抵御一切嗔怒、毒害的忍辱之心，如衣之可防寒暑。《妙法莲华经》卷四："如来衣者，柔和忍辱心是。"③"宝剑"，即智慧之剑，能斩断一切烦恼魔障。《维摩诘经》卷下云："以智慧剑，破烦恼贼。"④《永嘉证道歌》云："大丈夫，秉慧剑，般若锋兮金刚焰，非但空摧外道心，早曾落却天魔胆。"⑤诗歌以佛教的常见比喻将深奥之理讲得浅显易懂。

　　再如表达修行观的诗：

　　心如即是坐，境如即是禅。如如都不动，大道无中边。若能如是达，所谓火中莲。⑥

　　世间最上事，唯有修道强。若悟无生理，三界自消

① 《庞居士语录》卷下，《卍续藏经》第120册，第80页。
② 《庞居士语录》卷下，《卍续藏经》第120册，第65页。
③ 《大正藏》第9册，第31页。
④ 《大正藏》第14册，第554页。
⑤ 《大正藏》第48册，第396页。
⑥ 《庞居士语录》卷下，《卍续藏经》第120册，第75页。

亡。蕴空妙德现，无念是清凉。此即弥陀土，何处觅
西方。①

　　恶心满三界，口即念弥陀。心口相违背，群贼转转
多。一尘起万境，倏忽遍娑婆。色声求佛道，结果尽
成魔。②

　　第一首针对坐禅的形式而言，指出修行重在心境，不在身躯。
若能无分别，不执着，即可领悟大道。第二首则是表达唯心净土
的思想。庞居士还有诗，"有心波浪起，无心是净土"③，"一念心
清净，处处莲花开"④，"心静越诸天，神清见弥勒"⑤，等等，均
主张自性清净、反对执着求法。第三首批判口中念佛却心存恶念
的假僧人。

　　还有些诗是以佛教的思想教导众生如何应对世俗的烦恼，如：

　　无事被他骂，佯佯耳不闻。舌亦不须动，心亦不须
嗔。关津无障碍，即是出缠人。⑥

　　骂他无便宜，不应却得稳。无嗔神自安，骂他还自
损。忍得有法利，骂他还折本。嗔喜同一如，遁世不
闷闷。⑦

------

① 《庞居士语录》卷下，《卍续藏经》第120册，第73页。
② 《庞居士语录》卷下，《卍续藏经》第120册，第73页。
③ 《庞居士语录》卷中，《卍续藏经》第120册，第70页。
④ 《庞居士语录》卷下，《卍续藏经》第120册，第77页。
⑤ 《庞居士语录》卷中，《卍续藏经》第120册，第69页。
⑥ 《庞居士语录》卷下，《卍续藏经》第120册，第76页。
⑦ 《庞居士语录》卷下，《卍续藏经》第120册，第72页。

指导众生以忍辱、无瞋的方法去对待他人的打骂，由此获得平静安宁。诗歌由生活体验入手，说理深入浅出。有些诗说理更为直接，如："欲得速成佛，只学无生忍。非常省心力，当时烦恼尽"①；"心王不能了，何不依真智。一吼百兽伏，尽见无生理"②；"心境如如只个是，何虑菩提道不成"③。这种表达虽然显得唠叨不休，但却体现了庞居士教导众生的一番苦心。

三、庞居士的乐道诗

除了对他性的说理诗之外，庞居士还有一些表现自我修行的诗偈，往往语言质朴，直见本心。如：

> 世人重名利，余心总不然。束薪货升米，清水铁铛煎。觉熟捻铛下，将身近畔边。时时抛入口，腹饱肚无言。④

> 世人重珍宝，我贵刹那静。金多乱人心，静见真如性。性空法亦空，十八绝行踪。但自心无碍，何愁神不通。⑤

> 世人重珍宝，我则不如然。名闻即知足，富贵心不缘。唯乐箪瓢饮，无求澡镜铨。饥食西山稻，渴饮本源泉。寒披无相服，热来松下眠。知身无究竟，任运了

---

① 《庞居士语录》卷中，《卍续藏经》第120册，第69页。
② 《庞居士语录》卷中，《卍续藏经》第120册，第70页。
③ 《庞居士语录》卷下，《卍续藏经》第120册，第78页。
④ 《庞居士语录》卷下，《卍续藏经》第120册，第74页。
⑤ 《庞居士语录》卷下，《卍续藏经》第120册，第73页。

残年。①

三首诗对比我与世人的不同：世人重名利、重珍宝，作者则更看重简单的生活和内心的安静。与禅宗典籍中常见的七言乐道诗相比，庞居士的五言乐道诗更显质朴。

这类诗还有：

> 寅朝饮稀粥，饭后两束薪。货得二升米，支我有余身。身无饥火逼，安余无相神。神安佛土净，内外绝埃尘。无闲说般若，豁达启关津。火烧家计尽，全成无事人。②

> 仰手是天堂，覆手是地狱。地狱与天堂，我心都不属。化城犹不止，岂况诸天福。一切都不求，旷然无所得。③

第一首诗中，无相神，即反对有相，提倡无心、无念、无相。心神安定，则佛土净。即《维摩诘所说经》所言："若菩萨欲得净土，当净其心，随其心净，则佛土净。"④ 诗歌说理的内容与清淡的柴米生活相结合，有洞悉生命本质后的冷静潇散。第二首诗中，是说天堂、地狱只在一念之间，无欲无求，无畏无惧，方能超越一切障碍，获得自在。语言白话，但却有表述的酣畅之感。此诗

---

① 《庞居士语录》卷中，《卍续藏经》第 120 册，第 66 页。
② 《庞居士语录》卷中，《卍续藏经》第 120 册，第 67 页。
③ 《庞居士语录》卷下，《卍续藏经》第 120 册，第 72 页。
④ 《大正藏》第 14 册，第 538 页。

与王梵志、寒山诗以地狱、天堂的对比来警示众生勤于修行大为不同。从思想上来说，庞居士的诗也见证了禅学思想的发展进程。

第四节　其他高僧的诗歌创作

在佛教布道者这一写作群体中，王梵志、寒山、庞居士是因作品流传而闻名的，还有一些人则是因宗教地位而被载入佛教史的，他们同样也会以文学的方式传法布道。南唐静、筠二禅师编撰的《祖堂集》中就保留了不少祖师级人物的传法偈、示法偈和开悟偈。传法偈是禅宗祖师传付衣钵时所作，往往总结本门禅法宗旨。如南北朝禅宗初祖菩提达摩作："吾本来此土，传教救迷情。一花开五叶，结果自然成。"① 二祖慧可作："本来缘有地，因地种花生。本来无有种，花亦不能生。"② 入隋的三祖僧璨作："花种虽因地，从地种花生。若无人下种，花种尽无生。"③ 唐代的四祖道信有："花种有生性，因地花性生。大缘与性合，当生不生生。"④ 五祖弘忍有："有情来下种，因地果还生。无情既无种，无

---

① 《祖堂集》卷二，第99页。敦煌写本《坛经》载此偈为"吾大来唐国"，《景德传灯录》卷三载："吾本来兹土，传法救迷情。"菩提达摩梁武帝普通元年（520）渡海至广州，与梁武帝不契，遂至魏，止嵩山。但此偈学界认为乃晚唐五代禅僧伪托之作。

② 《祖堂集》卷二，第107页。敦煌写本《坛经》载此偈为："本来缘有地，从地种花生。当来元无地，花从何处生。"慧可（487—593），北魏虎牢（今河南荥阳）人。北周武帝灭法（574）时，隐居皖公山。

③ 《祖堂集》卷二，第111页。敦煌写本《坛经》载此偈为："花种须因地，地上种花生。花种无生性，于地亦无生。"僧璨（？—606），北周武帝灭法（574）时，隐居皖公山。僧璨还作有《信心铭》，存《景德传灯录》卷三十。

④ 《祖堂集》卷二，第114页。敦煌写本《坛经》载此偈为："花种有生性，因地种花生。先缘不和合，一切尽无生。"道信（580—651），唐武德七年（624），住蕲州黄梅破头山（即双峰山）。

性亦无生。"① 六祖惠能有："心地含诸种，普雨悉皆生。顿悟花情已，菩提果自成。"② 这类作品意在说理，文学性弱。示法偈则是禅师阐明悟道关键，或学人展示悟道层次的作品。最典型的代表即神秀与惠能求法于弘忍所作，"身是菩提树，心如明镜台，时时勤拂拭，莫使有尘埃"；"身非菩提树，心镜亦非台，本来无一物，何处有尘埃"。③ 以比喻的手法简单有效地表达出所悟之道。开悟偈则与开悟的过程及证悟的境界有关。如唐代洞山良价水中见影而悟，因有："切忌从他觅，迢迢与我疏。我今独自往，处处得逢渠。渠今正是我，我今不是渠。应须恁么会，方得契如如。"④ 唐代灵云志勤因睹桃花而悟，有偈："三十年来寻剑客，几经叶落又抽枝。自从一见桃花后，直至如今更不疑。"⑤ 在文学层面上，开悟偈往往比传法偈、示法偈更胜一筹，原因在于开悟偈多以眼前情景或真切体验来表现悟道过程，不像传法偈与示法偈那样纯粹说理。

　　隋唐五代一些著名的祖师、禅僧如永嘉玄觉、明瓒和尚、腾腾和尚、石头希迁、丹霞天然、道吾圆智、石巩慧藏、洞山良价、

---

　　① 《祖堂集》卷二，第 119 页。敦煌写本《坛经》载此偈为："有情来下种，无情花即生。无情又无种，心地亦无生。"弘忍（602—674），居黄梅双峰山之东。后称道信、弘忍所传法为"东山法门"。

　　② 《祖堂集》卷二，第 128—129 页。敦煌写本《坛经》载此偈为："心地含情种，法雨即花生。自悟花情种，菩提果自成。"惠能（638—713），俗姓卢，岭南新州人，得弘忍衣钵后南归，隐居多年。王维撰《六祖能禅师碑铭》，宋之问有《谒能禅师》诗。

　　③ 《祖堂集》卷二，第 118 页。敦煌写本《坛经》载神秀偈与《祖堂集》相同，惠能偈为二："菩提本无树，明镜亦无台。佛性常清净，何处有尘埃。""心是菩提树，身为明镜台。明镜本清净，何处染尘埃。"

　　④ 《景德传灯录》卷十五，《大正藏》第 51 册，第 321 页。

　　⑤ 《古尊宿语录》卷二十，《卍续藏经》第 118 册，第 423 页。

罗汉桂琛等都有作品载于禅籍。文学性较强的如《景德传灯录》卷三十载中唐的《南岳懒瓚和尚歌》：

> 兀然无事无改换，无事何须论一段。直心无散乱，他事不须断。过去已过去，未来犹莫算。兀然无事坐，何曾有人唤？向外觅功夫，总是痴顽汉……饥来吃饭，困来即眠。愚人笑我，智乃知焉。不是痴钝，本体如然。要去即去，要住即住。身披一破衲，脚着娘生裤。多言复多语，由来反相误。若欲度众生，无过且自度。莫谩求真佛，真佛不可见。妙性及灵台，何曾受熏炼。心是无事心，面是娘生面。劫石可移动，个中无改变。无事本无事，何须读文字。削除人我本，冥合个中意。种种劳筋骨，不如林下睡……吾有一言，绝虑亡缘。巧说不得，只用心传。更有一语，无过真与。细如豪末，大无方所。本自圆成，不劳机杼。世事悠悠，不如山丘。青松蔽日，碧涧长流。山云当幕，夜月为钩。卧藤萝下，块石枕头。不朝天子，岂羡王侯。生死无虑，更复何忧？水月无形，我常只宁。万法皆尔，本自无生。兀然无事坐，春来草自青。①

诗歌属于乐道歌性质，传达了佛性本具、无须外觅的禅宗思想，但却无丝毫造作，流畅自然，且富于诗情画意。此诗歌作者是北宗大慧普寂法嗣明瓚和尚，曾与德宗朝宰相李泌（722—789）

---

① 《大正藏》第51册，第461页。

有一段传奇故事。《宋高僧传》卷十九载："相国邺公李泌避崔李之害，隐南岳而潜察瓒所为，曰：'非常人也。'听其中宵梵呗，响彻山谷。李公情颇知音，能辩休戚。谓瓒曰：'经音凄怆而后喜悦，必谪堕之人时将去矣。'候中夜，李公潜往谒焉，望席门自赞而拜。瓒大诟，仰空而唾曰：'是将贼我。'李愈加郑重，唯拜而已。瓒正发牛粪火，出芋啖之，良久乃曰：'可以席地。'取所啖芋之半以授焉。李跪捧，尽食而谢。谓李公曰：'慎勿多言，领取十年宰相。'李拜而退……后终居相位。一如瓒之悬记矣。"①

此类乐道歌数量不少。比如中唐石头希迁就作有《草庵歌》：

吾结草庵无宝贝，饭了从容图睡快。成时初见茅草新，破后还将茅草盖。住庵人，镇常在，不属中间与内外。世人住处我不住，世人爱处我不爱。庵虽小，含法界，方丈老人相体解。上乘菩萨信无疑，中下闻之必生怪。问此庵，坏不坏，坏与不坏主元在。不居南北与东西，基上坚牢以为最。青松下，明窗内，玉殿朱楼未为对。衲帔幪头万事休，此时山僧都不会。住此庵，休作解，谁夸铺席图人买。回光返照便归来，廓达灵根非向背。遇祖师，亲训诲，结草为庵莫生退。百年抛却任纵横，摆手便行且无罪。千种言，万般解，只要教君长不昧。欲识庵中不死人，岂离而今遮皮袋。②

---

① 《宋高僧传》，第492—493页。
② 《景德传灯录》卷三十，《大正藏》第51册，第461页。

诗歌以简陋草庵比喻自我心性，规模虽小，即涵纳万象。在世人追逐"玉殿朱楼"的富裕生活时，作者却更喜欢简单朴素却滋味无穷的生活，由此表现出人生选择的差异。同时，世人的屋内"铺席"需要用财富来换回，而作者的草庵生活却只需反观自心便得自在。诗歌末尾明确指出写作的目的是指点众生，令其"不昧"，明白常住不迁的自性，就存在于每个人的肉身之中。诗歌既有自在之情，又有微妙之理。再来看作者石头希迁（700—790），早年投南宗六祖惠能门下，又曾参惠能弟子南岳怀让，最终得法于青原行思。唐玄宗天宝初年（742），住南岳衡山南寺，于一平坦石上结庵而居，故人称石头和尚。石头希迁在禅宗史上是极为重要的人物，其所传法称石头宗，与马祖道一的洪州宗并行于世。其著名法嗣有药山惟俨、天皇道悟、丹霞天然、招提慧朗、潮州大颠等。由石头希迁传法药山惟俨，之后法脉依次为云岩昙晟、洞山良价、曹山本寂，开出曹洞一宗；石头希迁传法天皇道悟，之后法脉依次为龙潭崇信、德山宣鉴、雪峰义存、云门文偃，开出云门一宗；由雪峰义存经玄沙师备、地藏桂琛、清凉文益，而有法眼一宗。即禅门五宗之三宗，都出自石头希迁。

晚唐石头一系的乐普和尚有《浮沤歌》：

云天雨落庭中水，水上漂漂见沤起。前者已灭后者生，前后相续无穷已。本因雨滴水成沤，还缘风激沤归水。不知沤水性无殊，随他转变将为异。外明莹，内含虚，内外玲珑若宝珠。正在澄波看似有，及乎动着又如无。有无动静事难明，无相之中有相形。只知沤向水中出，岂知水亦从沤生。权将沤水类余身，五蕴虚攒假立人。解达蕴空沤不实，方能明见本来真。①

诗歌以雨落于水形成的浮泡喻人生之起灭变化、代代相续，又以水与泡的关系讲生死转变，本质实一，并告诫众生，如果能由浮沤明白有无、动静、有相无相其实无二，就能认清人生不实的真相。此歌在《祖堂集》卷九题为落浦和尚作，文字亦有差异。此乐普和尚讳元安，夹山善会法嗣，船子德诚法孙。《宋高僧传》卷十二有《唐澧州苏溪元安传》："以昭宗光化元年戊午十二月迁灭，享寿六十五，法腊四十六矣。"② 由此可知其年代。张子开《浮沤歌考》一文认为此歌是模仿南朝梁陈时著名居士傅大士《浮沤歌》而作。③

这类乐道歌的特征是采用歌行体，或揭示悟道要领与禅宗精髓，或书写淡泊心性与逍遥自在，语言通俗，朗朗上口，但却义理精深，耐人寻味。类似的还有关南道吾《乐道歌》《一钵歌》，苏溪和尚《牧护歌》，法灯泰钦《古镜歌》，丹霞天然《玩珠吟》，韶山和尚《心珠歌》等。

石头希迁的法孙、药山惟俨的法嗣船子德诚，其生平事迹最早见于《祖堂集》卷五。但《祖堂集》以及北宋初的《景德传灯

---

① 《景德传灯录》卷三十，《大正藏》第 51 册，第 462 页。
② 《宋高僧传》，第 289 页。
③ 《宗教学研究》1996 年第 3 期。《善慧大士语录》卷三载傅大士《浮沤歌》："君不见，骤雨近看庭际流，水上随生无数沤。一滴初成一破，几回销尽几回浮。浮沤聚散无穷已，大小珠形色相似。有时忽起名浮沤，销竟还同本来水。浮沤自有还自无，象空象色总名虚。究竟还同幻化影，愚人唤作半边珠。此时感叹闲居士，一见浮沤悟生死。皇皇人世总名虚，暂借浮沤以相比。念念人间多盛衰，逝水东注永无期。寄言世上荣豪者，岁月相看能几时。"《卍续藏经》第 120 册，第 25—26 页。

录》中并不见其文学作品，直至南宋末《五灯会元》中才出现六首偈，即我们所熟知的《拨棹歌》，其形式是三首绝句和三首长短句：

三十年来坐钓台，钩头往往得黄能。金鳞不遇空劳力，收取丝纶归去来。

千尺丝纶直下垂，一波才动万波随。夜静水寒鱼不食，满船空载月明归。

三十年来海上游，水清鱼现不吞钩。钓竿斫尽重栽竹，不计功程得便休。

有一鱼兮伟莫裁，混融包纳信奇哉。能变化，吐风雷，下线何曾钓得来。

别人只看采芙蓉，香气长粘绕指风。两岸映，一船红，何曾解染得虚空。

问我生涯只是船，子孙各自赌机缘。不由地，不由天，除却蓑衣无可传。①

署名船子德诚的《拨棹歌》实际共三十九首，包括以上所举六首及另外三十三首长短句，由北宋末吕益柔整理并于大观四年（1110）刻石，元代法忍寺坦上人辑有《船子和尚拨棹歌》。但据伍晓蔓、周裕锴《唱道与乐情——宋代禅宗渔父词研究》一书，只有三首绝句可以看作是船子德诚所作，其余三十六首长短句，

---

① 《五灯会元》卷五，中华书局，1984年，第275页。

皆宋代禅僧托名而作。①

　　晚唐的赵州从谂（778—897），也是一位大师级人物，被称为"赵州古佛"，乃六祖惠能下第四代传人，南泉普愿的弟子，马祖道一的法孙，继承洪州禅"平常心是道"的思想。与赵州从谂有关的著名公案很多，如《祖堂集》卷十八载"亭前柏树子"："问：'如何是祖师西来意？'师云：'亭前柏树子。'僧云：'和尚莫将境示人。'师云：'我不将境示人。'僧云：'如何是祖师西来意？'师云：'亭前柏树子。'"② 宋代禅籍多作"庭前柏树子"。《祖堂集》卷十八还载有"吃茶去"公案："师问僧：'还曾到这里么？'云：'曾到这里。'师云：'吃茶去！'师云：'还曾到这里么？'对云：'不曾到这里。'师云：'吃茶去！'又问僧：'还曾到这里么？'对云：'和尚问作什么？'师云：'吃茶去！'"③ 这两则公案盛传于宋代禅林。赵州从谂八十岁以后住持河北赵州观音院，据《古尊宿语录》卷十三："年至八十，方住赵州城东观音院，去石桥十里。已来住持枯槁，志效古人。僧堂无前后架旋营斋食。绳床一脚折，以烧断薪用绳系之。每有别制新者，师不许也。住持四十年来，未尝赍一封书告其檀越。"④ 代表作品为《十二时歌》，即为居观音院时所作。其辞如下：

　　　　鸡鸣丑，愁见起来还漏逗。裙子褊衫个也无，袈裟

---

　　① 伍晓蔓、周裕锴：《唱道与乐情——宋代禅宗渔父词研究》，中国社会科学出版社，2014年，第119—126页。

　　② 《祖堂集》，第789页。

　　③ 《祖堂集》，第791页。

　　④ 《古尊宿语录》卷十四，中华书局，1994年，第209页。

形相些些有。裙无腰，袴无口，头上青灰三五斗。比望修行利济人，谁知变作不唧溜。

平旦寅，荒村破院实难论。解斋粥米全无粒，空对闲窗与隙尘。唯雀噪，勿人亲，独坐时闻落叶频。谁道出家憎爱断，思量不觉泪沾巾。

日出卯，清净却翻为烦恼。有为功德被尘慢，无限田地未曾扫。攒眉多，称心少，冱耐东村黑黄老。供利不曾将得来，放驴吃我堂前草。

食时辰，烟火徒劳望四邻。馒头餲子前年别，今日思量空咽津。持念少，嗟叹频，一百家中无善人。来者只道觅茶吃，不得茶噇去又嗔。

禺中巳，削发谁知到如此。无端被请作村僧，屈辱饥凄受欲死。胡张三，黑李四，恭敬不曾生些子。适来忽尔到门头，唯道借茶兼借纸。

日南午，茶饭轮还无定度。行却南家到北家，果至北家不推注。苦沙盐，大麦醋，蜀黍米饭蘸莴苣。唯称供养不等闲，和尚道心须坚固。

日昳未，者回不践光阴地。曾闻一饱忘百饥，今日老僧身便是。不习禅，不论义，铺个破席日里睡。想料上方兜率天，也无如此日炙背。

晡时申，也有烧香礼拜人。五个老婆三个瘿，一双面子黑皴皴。油麻茶，实是珍，金刚不用苦张筋。愿我来年蚕麦熟，罗睺罗儿与一文。

日入酉，除却荒凉更何守。云水高流定委无，历寺沙弥镇常有。出格言，不到口，枉续牟尼子孙后。一条拄杖粗榴藜，不但登山兼打狗。

　　黄昏戌，独坐一间空暗室。阳焰灯光永不逢，眼前纯是金州漆。钟不闻，虚度日，唯闻老鼠闹啾唧。凭何更得有心情，思量念个波罗蜜。

　　人定亥，门前明月谁人爱。向里唯愁卧去时，勿个衣裳着甚盖。刘维那，赵五戒，口头说善甚奇怪。任你山僧囊罄空，问着都缘总不会。

　　半夜子，心境何曾得暂止。思量天下出家人，似我住持能有几。土榻床，破芦箦，老榆木枕全无被。尊像不烧安息香，灰里唯闻牛粪气。①

　　此十二时歌采用"三七七七、三三七七七"体，分时联章歌咏，每首押十二支之字，即以首句末尾子、丑、寅、卯、辰、巳、午、未、申、酉、戌、亥等字为韵，偶数句押韵。内容主要描写赵州从谂从丑时到子时一整天的生活与心情：不仅无衣可穿，无饭可食，还要与刁钻狡猾的村民打交道。没有枯燥的说理教化，也没有高深的境界描述，而是以写实的手法描述传法的艰难，以直接的体验呈现"烦恼即菩提"的禅学思想，村民的形象也刻画得异常成功。由此歌我们才能明白上文《古尊宿语录》卷十三所言"住持四十年来，未尝赍一封书告其檀越"的深意，才能体会恶劣艰苦的弘化环境下赵州从谂四十年坚持之不易。这种潦倒尴尬、无可奈何的生活和心情与禅宗文学中常见的随缘任运、逍遥自适形成了鲜明的对比。

----

① 《古尊宿语录》卷十四，第250—252页。

唐末五代云门宗的开山祖师云门文偃也有一首《十二时偈》，使用更为简单的"三七七七"体，俚语较多，就不如赵州从谂写得生动。《祖堂集》卷十一载其偈：

半夜子，命似悬丝犹未许。因缘契会刹那间，了了分明一无气。

鸡鸣丑，一岁孙儿大哮吼。实相圆明不思议，三世法身藏北斗。

平旦寅，三昧圆光证法身。大千世界掌中收，色秀髑髅谁得亲？

日出卯，嘿说心传道实教。心心相印息无心，玄妙之中无拙巧。

食时辰，恒沙世界眼中人。万法皆从一法生，一法灵光谁是邻？

禺中巳，分明历历不相似。灵源独曜少人逢，达者方知无所虑。

日中午，一部笙歌谁解舞？逍遥顿入达无生，昼夜法螺击法鼓。

日昳未，灌顶醍醐最上味。一切诸佛及菩提，唯佛知之贵中贵。

晡时申，三坛等施互为宾。无漏果圆一念修，六度同归净土因。

日入酉，玄人莫向途中走。黄叶浮沤赚杀人，命尽惝惶是了手。

黄昏戌，把火寻牛是底物。素体相呈却道非，奴郎不弃谁受屈？

　　人定亥，莫把三乘相足配。要知此意现真宗，密密心心超三昧。①

　　云门文偃（864—949），雪峰义存法嗣。此十二时偈内容与十二时辰及平日生活毫无关系，纯粹借助十二时歌的形式说理，依子、丑、寅、卯的顺序阐述参禅悟道种种应当注意的问题。语言上，精练果断，毫不堆垛，但较少有艺术手法的运用。

　　云门文偃还另有一首短小精悍的十二时歌，相对来说，就显得耐人寻味一些。其文如下：

　　夜半子，愚夫说相似。鸡鸣丑，痴人捧龟首。平旦寅，晓何人。日出卯，韩情枯骨咬。食时辰，历历明机是误真。禺中巳，去来南北子。日南午，认向途中苦。日映未，夏逢说寒气。晡时申，张三李四会言真。日入酉，恒机何得守。黄昏戌，看见时光谁受屈。人定亥，直得分明沉苦海。②

　　这是目前保存下来最为短小的十二时歌。在思想内容上，同样是指导丛林学子参禅求道，劝诫众生早日摆脱执迷；在艺术形式上，此十二时歌与赵州从谂的十二时歌相似——借由一天时光变化的现象而提示人生万象的本质；在语言表达上，则更为精简

_____

　　① 《祖堂集》，第513—515页。
　　② 《云门匡真禅师广录》卷上，《大正藏》第47册，第553页。

含蓄，对于读者来说增加了探索、阐释的空间。同时，这种短小的十二时歌更能表现时光流逝之迅捷，从而使阅读者产生识道的迫切感。

五代的佛教文学创作者中值得注意的是永明延寿。永明延寿（904—975），天台德韶法嗣，清凉文益法孙，法眼宗三祖。其代表作是山居诗六十九首，在禅林广为流传。其山居诗的主要内容是描写山林自在生活，揭示时代兴衰幻灭，批判世间争名夺利，呈现悟道乐道情思。如写林间生活的：

> 有山有水更何忧，知足能令万事休。大道不从心外得，浮荣须向世间求。冲开烟缕飞黄鸟，点破潭心漾白鸥。好景尽归余掌握，岂劳艰险访瀛洲。
>
> 身心闲后思怡然，缅想难忘契道言。千种却教归淡薄，万般须是到根源。疏疏雨趁归巢鸟，密密烟藏抱子猿。禅罢吟来无一事，远山驱景入茅轩。
>
> 豪贵从他纵胜游，多欢终是复多愁。茅茨舍宇偏安稳，粪扫衣裳最自由。数片云飞书案上，一条泉路卧床头。分明自有安身处，争奈人间不肯休。①

诗歌语言清雅精致，在描述山林清幽景致的同时，也有规劝世俗早日悟道、安放身心的意思。

再如写时代更替的：

---

① 以上永明延寿诗见于忏庵居士：《高僧山居诗》，商务印书馆，1934 年，第 6、7、8 页。

野景陶情皆得意，凡夫举目尽堪愁。秦川几度埋番骨，棘路还曾耸玉楼。幻体不知波上沫，狂心须认镜中头。浮生役役贪荣者，求到真空卒未休。

数朝兴废狂风过，千载荣枯掣电飞。早向权门思息意，莫于尘世自沉机。一条水引闲花出，万里云随独鹤归。最要身安成大道，免教他后始知非。①

第一首以时代幻灭之迅速警醒世人。第二首用迷头认影的典故，劝诫世人不可迷失自性去追求刹那变化的虚荣。此典出于《楞严经》卷四：“富楼那言：‘我与如来宝觉圆明，真妙净心，无二圆满。而我昔遭无始妄想，久在轮回。今得圣乘，犹未究竟。世尊诸妄，一切圆灭，独妙真常。敢问如来，一切众生何因有妄，自蔽妙明，受此沦溺。’佛告富楼那：‘汝虽除疑，余惑未尽。吾以世间现前诸事，今复问汝。汝岂不闻室罗城中演若达多，忽于晨朝，以镜照面，爱镜中头，眉目可见。瞋责己头，不见面目。以为魑魅，无状狂走。于意云何，此人何因无故狂走？’”②

劝诫世人放弃名利的诗如：

高怀怡淡景相和，才到尘途事便多。碧嶂好期长定计，朱门唯见暂时过。雄雄负气争权路，岌岌新坟占野坡。成败分明刚不悟，未知凡俗意如何。

万般惟道最堪依，一瞬荣枯万古悲。强笑低颜何忽

---

① 以上永明延寿诗见于忏庵居士：《高僧山居诗》，第8、9页。

② 《大正藏》第19册，第121页。

忽，忘机绝虑自怡怡。潜龙终要投深浦，巢鸟应须占健枝。名利门中难立足，隐藏云水更何之。①

争夺名利的结果也只是暂时拥有，人生转瞬即逝，不如隐居云水间得长久心安。

呈现乐道之情的诗如：

> 碧峤经年常寂寂，更无闲事可相于。超伦每效高僧行，得力难忘古佛书。落叶乱渠凭水荡，浮云翳月倩风除。方知懒与真空合，一衲闲披憩旧庐。
>
> 幽栖带郭半山峰，密意虚怀莫可同。事到定中消息静，景于吟处炼磨空。玲珑色淡松根月，敲磕声清竹罅风。独坐独行谁会我，群星朝北水朝东。
>
> 得理元来行自成，万般情断一心冥。樵人不到缘山僻，游客难逢为岳灵。食蘗苦心何日就，看花醉眼几时醒。索然身外无余物，云满前山水满瓶。②

第一首写无为与闲适，落叶乱渠，任凭流水荡除，浮云遮月，任凭好风吹散。无须人为作用，便能还渠水之清及月光之明。第二首写悟道后的自由洒脱。第三首"云满前山水满瓶"，典出于《景德传灯录》卷十四："朗州刺史李翱向师玄化，屡请不起，乃躬入山谒之。师执经卷不顾。侍者白曰：'太守在此。'翱性褊急，

---

① 以上永明延寿诗见于忏庵居士：《高僧山居诗》，第8、9页。
② 以上永明延寿诗见于忏庵居士：《高僧山居诗》，第4、8、9页。

乃言曰：'见面不如闻名。'师呼太守，翱应诺。师曰：'何得贵耳贱目？'翱拱手谢之，问曰：'如何是道？'师以手指上下，曰：'会么？'翱曰：'不会。'师曰：'云在天水在瓶。'翱乃欣惬作礼而述一偈曰：'练得身形似鹤形，千株松下两函经。我来问道无余说，云在青天水在瓶。'"① 药山惟俨以"云在天水在瓶"这一具象来象征道的无为自在，不假思虑。

宋赞宁《宋高僧传》卷二十八称永明延寿"雅好诗道"②。永明延寿的山居诗后来在禅林中广为流传，并被作为范本加以仿效。元代无见先睹就有《和永明禅师韵》六十九首，元代布衲祖雍也有《和永明山居偈》二首，说明了永明延寿山居诗的影响力。

---

① 《大正藏》第 51 册，第 312 页。
② 《宋高僧传》，第 708 页。

第三章　敦煌佛教韵文

敦煌佛教韵文，主要包含诗歌、佛赞、歌辞等。诗歌为敦煌佛教韵文的主体部分，涵盖了 2 世纪后半叶至 11 世纪初叶的漫长历史。诗歌作者既有敦煌籍僧侣，亦有非敦煌籍僧侣，兼含无名氏之作。诗歌内容既有佛教义理诗，亦有佛典阐释诗和佛教寓言诗。敦煌佛教歌赞指敦煌文献中保存的歌咏佛、法、僧三宝的歌赞，包含佛教人物赞、佛典佛理赞、佛教圣地赞等，内容颇为繁富。此外，敦煌佛教文献中还留存了大量的佛教曲辞，如《归去来》《五更转》《十二时》《行路难》等，大多用于佛教仪式，具有较强的音乐性，也颇具文学性。[①]

第一节　敦煌佛教诗歌

敦煌文献中收录的佛教诗歌，涵盖了 2 世纪后半叶至 11 世纪初叶漫长的历史。其中收录最早的作品当为 2 世纪后半叶摩拏罗尊者的歌偈"心随万境转，转处实能幽。随流认得性，无喜亦无忧"[②]，最晚者为乾宁二年（895）去世的沙州都僧统释道真的作

---

① 按：敦煌佛教文献问世后，备受学界瞩目，涌现出大量优秀研究成果。故而，本章主要以汲取前贤时彦已有成果为主，尽量注明出处，如有缺漏，尚请谅解。

② 此偈或为伪作。参刘晓玲：《敦煌僧诗研究》，中国社会科学出版社，2016 年，第 3 页。

品。此间创作可分为四个时期：一是从 2 世纪后半叶至唐代吐蕃占领敦煌以前，以外籍僧人流传到敦煌的作品为主，这些作品反映了敦煌僧俗学习和传播中原佛教义理的情形；二是吐蕃统治时期，敦煌籍僧人开始出现，他们借诗歌传播佛教教义，赞美佛教三宝，扩大佛教在敦煌的影响；三是张氏归义军时期，敦煌僧诗迅速发展，达到了其创作顶峰，且内容丰富，形式多样；四是曹氏归义军时期，敦煌僧诗开始衰落，内容相对单薄，语言通俗，教化目的明显。① 此中既有敦煌籍僧人的作品，也有非敦煌籍而保存在敦煌文献中的作品，以及无法确定是否僧人身份、内容重在表现佛教题材的作品。此外，还出现了《王梵志诗集》《心海集》等佛教诗歌专集。

一、敦煌籍僧诗

就现有文献来看，有作品传世的敦煌籍僧人约 12 人，② 其中以悟真、道真最为突出。悟真是张氏归义军时期的僧界领袖，也是晚唐五代敦煌僧都统任职最长的一位。他精晓佛理，长于诗文。道真的赠答诗和《百岁诗》，以阐释佛理、劝众化俗为主，通俗易晓，犹如白话。

（一）悟真

悟真（811—895），俗姓唐，敦煌人。十五岁在敦煌灵图寺出家，二十岁受具足戒。唐宣宗大中二年（848），张议潮率众驱逐

---

① 参刘晓玲：《敦煌僧诗研究》，第 21 页。
② 参刘晓玲：《敦煌僧诗研究》，第 35 页。

吐蕃，悟真随军入幕。大中五年（851），他奉使长安，与京城官员和佛教僧徒互相酬赠，过从甚密。同年五月十一日，敕授京城临坛大德赐紫沙州释门义学都法师。唐懿宗咸通三年（862）六月二十八日，任河西副僧统。七十岁以后，风疾相兼，半身不遂。唐昭宗乾宁二年（895）三月去世，享年八十五。[①]

悟真精通佛典，善于诗文，是敦煌佛教界的文学领袖。苏翚《河西都僧统京城内外临坛供奉大德兼阐扬三教大法师赐紫沙门悟真赞并序》（P.4660）云："三冬教学，百法重晖。讨瑜伽而麟角早就，攻净名而一览无遗。纵辩泉而江河喷浪，骋舌端而唇际花飞。前贤接踵，后辈人师。逗根演教，药病相宜。洞明无相，不住无为。将五时之了义，剖七众之犹疑。趋庭者若市，避席者追风。不呼而来，不招而至。裁诗书而靡俗，缀牍简而临机。"或许由于僻处敦煌，悟真之诗《全唐诗》失收。敦煌文献中现存三十五首，残诗二首，主要见于 P.3720、S.4654v、P.3681、P.2748v、P.3821、P.4026、S.0930、P.3054、P.2847、P.3554、P.4660、P.4986、P.2187、P.3645v、P.3718 等十六种抄本。[②]

悟真的诗歌以酬答诗为主，出使长安期间所作诸诗尤著。据《赐河西都僧统摄沙州僧政法律三学教主洪䛒告身及敕文》载，大中二年（848），张议潮收复瓜州，派使者至长安进献瓜洲等十一州图籍，时任都僧统的洪䛒派悟真随使者入唐。悟真离开长安时，长安名僧写诗赠别，蔚为一时盛事。辨章《左街千福寺三教首座

① 关于悟真生平，参齐陈骏、寒沁：《河西都僧统唐悟真作品和见载文献系年》，载《敦煌学辑刊》1993 年第 2 期；刘晓玲：《敦煌僧诗研究》，第 76—80 页。

② 参张锡厚：《全敦煌诗》，作家出版社，2006 年，第 2825—2829 页。

入内讲论赐紫大德辩章赞奖词》云："瓜沙僧悟真，生自西蕃，来趋上国。诏入丹禁，面奉龙颜，竭忠恳之诚，申人臣之礼。圣君念以聪惠，贤臣赏以精待，诏许两街巡礼诸寺，因兹诘问佛法因由，大国戎州，是同是异，辩章才非默识，学寡生知，惭当讲论之科，接对瓜州之后，略申浅薄，词理乖疏，却请致言，俾聆美说。"① 悟真入京期间，应皇帝之命，在长安诸寺讲论佛法，辩章亦参与其中。应辩章之请，悟真作《悟真未敢酬答和尚故有辞谢》："生居狐佰（貊）地，长在碛边城。未能学吐凤，徒事聚飞萤。"② 面对辩章的赞颂，悟真谦逊地表示他生于边地，文才有限。从"吐凤""聚萤"等典故的运用来看，悟真颇有较强的文学素养。除辩章外，宗莅、彦楚、有孚、建初、太岑、栖白、子言、景导、道均等人，均与悟真有赠答之作。故而，刘晓玲认为此次赠答，酬答者地位高、才学高，诗歌风格多样，实为诗僧界一大盛事。③ 此外，悟真与地方官员亦有酬赠，如《奉酬判官》云："姑臧重别到龙堆，屡瞰星河转西回。十里獭戎多狡猾，九垄山河杜往来。"④ 赞美了归义军维护大唐边疆的功绩。

悟真的《百岁诗》，亦为总结生平行迹的名作。诗前序云："勅授河西都僧统赐紫沙门悟真，年逾七十，风疾相兼，动静往来，半身不遂。思忆一生所作，有为实事，虽竞寸阴，无为理中，功行缺少。犹被习气，系在轮回；自责身心，裁诗十首。虽非佳

---

① 徐俊纂辑：《敦煌诗集残卷辑考》，第 332 页。
② 徐俊纂辑：《敦煌诗集残卷辑考》，第 333 页。
③ 参刘晓玲：《敦煌僧诗研究》，第 89—91 页。
④ 徐俊纂辑：《敦煌诗集残卷辑考》，第 342 页。

妙，狂简斐然，散虑摅怀，暂时解闷。鉴识君子，矜勿诮焉。"①
悟真晚年因感风疾，半身不遂，作此组诗追忆生平，兼述忏悔。
如其一云："幼龄割爱预投真，未报慈颜乳哺恩。子欲养而亲不
待，孝亏终始一生身。"② 忏悔自幼出家，父母之恩难报。其二讲
述以八正道为主的宗教生涯。其后分别忏悔口业（其三）、为财物
所役（其四）、为声名所误（其五）等。其十中，悟真感慨人生无
常："岁有荣枯秋有春，千般老病苦相奔。从此更莫回顾恋，好去
千万一生身。"③ 总体而言，此组诗歌语言质朴，感情真挚，在总
结、忏悔人生履历的同时，兼含劝化他人之意。

（二）道真

道真（914—987?），俗姓张，敦煌人。早岁在沙州三界寺出
家。十九岁修习《佛名经》，专心搜集、修补、传抄佛典。后唐长
兴五年（934）编《三界寺藏内经论目录》。乾祐三年（950）任沙
州僧政，随归义军节度使曹元忠巡礼莫高窟。后周显德三年
（956），开始收授徒众。宋太宗雍颐四年（987），任沙州都僧录，
卒于任。道真前后主持僧政三十余年，晚年在莫高窟修禅履戒，
人称"观音菩萨""萨诃上人"。敦煌遗书 P.2641v 存诗六首，莫
高窟第108窟存题壁诗一首。④

道真的诗歌浅显易晓，有类白话。内容以劝众化俗为主，劝
人修持佛法，出离苦海。如《重修南大像北古窟龛题壁并序》

---

① 张锡厚：《全敦煌诗》，第2839页。
② 张锡厚：《全敦煌诗》，第2840页。
③ 张锡厚：《全敦煌诗》，第2847页。
④ 张锡厚：《全敦煌诗》，第3171—3172页。

（P.2641v）云："人生四大总是空，何个不觅出樊笼。造罪人多作福少，所以众生长受穷。坚修苦行仍本分，禁戒奢华并不同。今生努力勤精炼，冥路不溺苦海中。日逐持经强发愿，佛道回去莫难逢。唯报往来游礼者，这回巡谒一层层。"① 从人生皆苦、四大皆空出发，劝世人坚修苦行，严持禁戒，出离苦海。在《同前》（白壁从来好丹青）中，道真警诫游人勿在莫高窟墙壁上乱题乱画："白壁从来好丹青，无知个个乱题名。三涂地狱交谁忍，十八涧铜灌一瓶。镌龛必定添福利，凿壁多层证无生。唯报往来游玩者，辄莫于此骋书题。"②《依韵》亦云："白壁虽然好丹青，无间迷愚难悟醒。纵有百般僧氏巧，也有文徒书号名。空留佳妙不题演，却入五趣陷尘泥。唯报往来游观者，起听前词□□□。"③ 此类诗作，至今仍具教育意义。此外，其《上曹都头诗并序》，赞颂了文武兼备且崇奉佛教的曹都头："谯国门传缙以绅，善男即是帝王孙。文高碑背题八字，武盛弓弦重六钧。既出四门观生死，便知六贼不相亲。夜诣将心登峻岭，心定菩提轮法轮。"④ 赞颂曹都头缙绅门第代代相传，将其比为悉达太子四门游观，见生老病死世间诸苦后出家修道，闻半偈而舍身。"八字"者，典出昙无谶译《大般涅槃经》卷十四，盖云佛陀在雪山苦行，释提恒因变身罗刹，向其宣说过去佛所作半偈"诸行无常，是生灭法"。佛陀心生欢喜，为求得后半偈"生灭灭已，寂灭为乐"，不惜舍弃身命。⑤

---

① 张锡厚：《全敦煌诗》，第 3173 页。
② 张锡厚：《全敦煌诗》，第 3176 页。
③ 张锡厚：《全敦煌诗》，第 3177 页。
④ 张锡厚：《全敦煌诗》，第 3180 页。
⑤ 参昙无谶译：《大般涅槃经》卷十四，《大正藏》第 12 册，第 450—451 页。

二、非敦煌籍僧诗

敦煌文献中保存了释亡名、僧璨、慧能、神会、行思、本净、自在、天然、无名、利涉、法照、良价、传楚、如观、贯休等四十八位非敦煌籍僧人诗作。[①]其诗以说理为主，现以佛教义理诗、佛教劝善诗为例略做介绍。

以诗歌宣传佛教义理，可远溯至印度佛教中的偈颂。在敦煌遗书的非敦煌籍僧诗中，此类作品占绝大多数。所说佛理既有十二因缘等基本教义，亦有禅宗等宗派教义，甚至不乏宗派思想论争的痕迹。

十二因缘是佛教的基本理论，《妙法莲花经·化城喻品》云："无明缘行，行缘识，识缘名色，名色缘六入，六入缘触，触缘受，受缘爱，爱缘取，取缘有，有缘生，生缘老病死忧悲苦恼，老病死忧悲苦恼缘无名。"[②]经文语约而义丰，对普通民众来说，依然稍显晦涩。卫元嵩的《十二因缘六字歌词》，则是借诗宣理之佳作。在序中，他感慨十二因缘"理深难显，故以六字歌之"。故而，他在诗歌中大量借用比喻、拟人等修辞手法。如诗前小序自报家门云："余本是性净国人，属大般涅槃州，清升彼岸郡，寂灭法身县，萨婆若乡，止真如里，住无为村，坐无作舍，父名平等，母字慈悲。"[③]国、州、郡、县等，假借区域地理单位，冠以佛教名相，暗寓身世来源。为更好地阐释十二因缘之理，卫元嵩大量借用比喻手法。如《无名缘》云："心云蔽在重昏，慧日虽隐常

---

① 参刘晓玲:《敦煌诗僧研究》，第 35 页。
② 鸠摩罗什译:《妙法莲华经》卷三，《大正藏》第 9 册，第 25 页。
③ 张锡厚:《全敦煌诗》，第 997 页。

存。愚夫不觉守暗，智者了达真门。白黑本来无别，众识乱想同根。迷情豁然自悟，即是无上天尊。"① 以"心云"喻无名，以"慧日"喻自性。世人愚夫为无名之云遮蔽，沉迷黑暗长夜，不知出离。唯有智者了知慧日常存，借智慧光明驱除无名困扰，明了出离要道，超凡入圣，自我作佛。又"触缘"以"胶"喻世人受触缘染着，"情染著处如胶，不避汤火煎烧"；"受缘"以网喻"受"，以"鳞""雉"喻人，凸显受缘对人身的缠缚网罗，"受心罗网分别，无源无灭无末。鳞游经停必死，雉飞遮覆难活"。诚如项楚先生所论，"至于歌词正文，运用六言诗歌形式，已经达到纵心所欲，出入无碍的地步"，"僧徒对六言诗的掌握，实已超过了世俗文人"。② 以六言诗的形式，借用比拟手法宣说佛教义理，在卫元嵩诗中已臻成熟。

非敦煌籍之佛教宗派义理诗，以禅宗为主，呈现出鲜明的宗派性特点。禅宗主张教外别传、不立文字，倡导明心见性，顿悟成佛。历代禅师擅长借用比喻象征等文学手法，将悟道经验蕴含于形象化的直观体悟，形成了相对稳定的象喻体系。如六祖慧能的悟道偈云："菩提本无树，明镜亦非台。佛性常清净，何处有尘埃。"③ 以菩提树喻身，以明镜台喻心，阐述身之空与心之明。又如丹霞和尚《玩珠吟》（P.3591c）云：

识得衣中宝，无明酒自醒。百骸俱毁尽（溃散），一物镇长灵。智剑非挥（浑非）体，神珠不见形。悟即三

---

① 张锡厚：《全敦煌诗》，第 998 页。
② 项楚：《敦煌诗歌导论》，第 91—92 页。
③ 张锡厚：《全敦煌诗》，第 5894 页。

身佛，迷疑万卷经。在心心岂测，居耳耳难听。罔像光
（先）天地，悬（玄）泉出杳名（冥）。本钢非断（锻）
炼，元净莫登亭（澄亭）。盘泊转朝日，铃铙映晓星。瑞
光流不灭，真气浊还清。鉴照空洞寂，劳笼法界明。在
凡功不狭，超圣果非盈。龙女心亲献，蛇王口自程
（呈）。护鹅人却活，黄雀义犹轻。解语非关舌，能言不
是声。［绝边弥汗漫，无际等空平。演教非为说，闻名不
认名。］两边俱不守，中道不须行。见月休看纸（指），
知家罢问逞（程）。识心心即佛，何佛更堪听。[①]

　　丹霞和尚即丹霞山天然禅师，石头希迁禅师法嗣，曾烧木佛
取暖，可谓禅林怪杰。诗中大量借用与"珠"相关之典故，喻指
佛性，凸显"直指本心，见性成佛"之宗风。如"识得衣中宝"
典出《法华经》"衣珠喻"，"龙女心亲献"见《法华经》"龙女献
珠"，"护鹅人却活"源出《大庄严论》，"见月休看纸（指）"见
《楞严经》卷二。丹霞禅师早年业儒，精晓外典，表现出良好的文
学素养。如"蛇王口自程（呈）"典出《搜神记》，"黄雀义犹轻"
典出吴均《续齐谐记》。教内外典故的大量借用，着力渲染"宝
珠"的神秘莫测，凸显佛性妙用。
　　禅师多以神剑喻智慧，最著名者当属洞山良价之《神剑歌》：

　　异哉神剑实标奇，自古求人得者稀。在匣为言无照
耀，用来方见腾光辉。破犹预，除狐疑，壮心胆分定神

姿。六贼既因斯剪拂，八万尘劳犹自挥。扫邪徒，荡妖
孽，生死魔云齐了决。三尺灵蛇赴碧潭，一片晴光暎寒
月。愚人忘剑刲舟求，奔驰浊浪徒游游。抛弃尘源逐浑
洴，岂知神剑不随流。他人剑，带血腥，我家剑兮含灵
鸣。他之有剑伤物命，我之有剑救生灵。君子得之离彼
我，小人得之倾其生。他家不用我家剑，时向高低早晚
平。须知神剑功难比，慑魔怨兮定生死。展即周游法界
中，收乃还归一尘里。不逢斯剑易成难，得剑之人难成
易。若将此剑镇乾坤，四塞终无阵云起。①

　　洞山良价俗姓俞，会稽诸暨人，少从师五洩山寺，二十一岁
往嵩山受具足戒。后在大筠州洞山大兴佛法，为曹洞宗初祖。诗
中以"神剑"喻指佛教所说之"智慧"，渲染神剑之坚利，强调
"神剑"之妙用。如"破由（犹）预，除狐疑，壮心胆兮定神姿。
六贼既因斯剪拂，八万尘劳犹自挥"，典出《维摩诘所说经》卷下
"以智慧剑，破烦恼贼"，意为般若智慧如利剑般破除烦恼魔障。
　　非敦煌籍诗僧之劝善诗，也颇具文学特色。为达到劝众化俗
之目的，劝善诗往往借用丰富多彩的寓言故事，趣味横生。由于
劝善对象不同，诗歌内容也呈现出一定差异。一般而言，以出家
信徒为主者，多取材于内典。如《秀和尚劝善文》云："努力善护

---

　　① 张锡厚：《全敦煌诗》，第 2809—2810 页。关于此诗作者，学界尚存异
议。陈尚君《全唐诗补编》据《祖堂集》将其系于元安名下，汪泛舟《敦煌石窟
僧诗校释》因之。陈祚龙在《新校重订敦煌古钞释良价的诗歌与偈子》中认为此
诗确为洞山良价所作，并可据此补《祖堂集》之失，项楚因之，本文亦将其归于
洞山良价名下。

菩萨戒，此身无常速败坏。狂象趁急投枯林，鼠咬藤根命转细。
上有三龙坐毒云，下有四蛇螫蜂蛋。"《秀和尚劝善文》的劝诫对
象是佛教徒，诗中譬喻多取诸内典，佛教氛围更为浓郁。[①]诗中所
用狂象投林、鼠咬藤根、龙坐毒雾、蛇螫蜂蛋等譬喻，在汉译佛
经中颇为常见。如《宾头卢突罗阇为优陀延王说法经》载："昔日
有人，行在旷路，逢大恶象，为象所逐，狂惧走突，无所依怙。见
一丘井，即寻树根入井中藏。有白黑鼠牙啮树根，此井四边有四
毒蛇，欲螫其人，而此井下有大毒龙。傍畏四蛇，下畏毒龙，所
攀之树，其根动摇。树上有蜜三渧堕其口中，于时动树撑坏蜂窠，
众蜂散飞唼螫其人，有野火起复来烧树。"[②]以普通民众为劝善对
象者，更具世俗性色彩。如利涉法师《劝善文》　（B.8413、
S.3278）云：

先亡父母报男女：我今受罪知不知？都为前生养汝
等，委（畏）汝不活造诸非。大斗小秤求他利，虚言诳
语觅便宜。身口意业都不善，高心我慢镇长为。缘此将
身入地狱，镬汤炉炭岂暂离。或作人身贫痛苦，终身告
乞不充饥。或作猪羊常被煞，或作驴马被乘骑。或作豺
狼生旷野，或作鱼鳖在坡（陂）池。或作虫蚁生衢路，
或作虮虱在人衣。自作恶业还自受，长劫偿他无了期。
恐汝隔生不相识，菊（对）面相见不相知。为报后代诸

---

① 参项楚：《敦煌诗歌导论》，第109页。
② 求那跋陀罗译：《宾头卢突罗阇为优陀延王说法经》，《大正藏》第32
册，第787页。

人等，谁（垂）心救护不思议。①

　　佛教地狱观念的输入，更兼传统灵魂不灭等思想的浸染，中土文学作品经常出现魂游地狱之类的神异故事。利涉法师的《劝善文》，重心亦在宣扬因果报应思想。诗歌以代言体的形式，借已经去世的父母对子女现身说法，因生前造作种种恶业，招致地狱果报。"或作……或作……"排比句式的反复使用，强调其在地狱中所遭苦痛，乃至豺狼、鱼鳖、虫蚁、虮虱等种种恶报，均为生前造业所致。大斗小秤、虚言诳语等强调父母养育子女之艰辛，又带有浓厚的世俗生活情趣，更容易被普通民众接受。

　　香严和尚的《嗟世三伤吟》（S. 5558），以寓言诗的形式感叹人生无常，奉劝世人及早悟道，在劝善诗中别具一格。香严和尚即释智闲（？—898），沩山灵祐（771—853）法嗣。《嗟世三伤吟》以劝世化俗为主，借禽鸟警诫世人，赞宁称其"辞理俱美，警发迷蒙，有益于代"②。如"伤嗟鹣刀鸟"借鹣刀鸟喻世间人不可贪生造业，"伤嗟垒巢燕"借燕辛苦筑巢、抚育儿女，幼燕长成后各自分飞，劝讽世人不要企望多子多孙，"世人世人不要忙，此言是药审思量。饶泥（你）平生男女多，三塗恶业自须当"。据《鉴戒录》卷十《高僧喻》载，高氏在法门寺受持不杀戒，后为儿娶妇时破杀戒，冥游地府，因念《三伤颂》《一钵歌》得免重罪，

---

　　① 录文参项楚：《敦煌诗歌导论》，第 108 页；又见张锡厚：《全敦煌诗》，第 5965—5966 页。
　　② 赞宁：《宋高僧传》，范祥雍点校，第 245 页。

可见流行之广。①

三、佚名僧诗

佚名僧诗是敦煌佛教诗歌的重要构成。其中既有以弘扬佛教思想、阐释佛教经典的义理诗，也有劝众化俗的劝善诗；既有演述佛教譬喻的寓言诗，也有展现僧人生活的作品，内容颇为繁富。

（一）佛教义理诗

弘扬佛教基本思想的义理诗，佚名僧诗中值得注意的是《九想观诗》。《九想观诗》现存五份写卷，主要分属于四个系统，分别为：《九想观诗》（P. 3892、P. 4597）九首，每首七言四句；《九相观诗》（S. 6631）九首，每首五言十二句，前有小序；上博 48 号（41379）《九想观》九首，以七言为主，夹杂三言；《九相观诗》（P. 3022），五言十六句。②

九想，又作九相、九想门、九想观，是佛教不净观之一，包括青瘀想（又作想相坏、青想）、脓烂想（又作想相烂、绛汁想）、虫噉想（又作想相虫啖、食不消想）、膨胀想（又作想相青瘀）、血涂想（又作想相红腐、脓血想）、坏烂想（又作想相虫食）、败坏想（又作想相解散）、烧想（又作想相火烧）、骨想（又作想相生、枯骨想）。③九想观通过对尸体秽恶可怖之相的九种观想，引发生理上的厌恶，破除对肉体的执着。如《大智度论》卷二十一

---

①　参项楚：《敦煌诗歌导论》，第 128—131 页；李小荣：《敦煌音乐文学研究》，福建人民出版社，2007 年，第 226 页。

②　参项楚：《敦煌诗歌导论》，第 92—103 页；郑阿财：《敦煌佛教文学》，第 48、173—179 页；等等。

③　参慈怡：《佛光大辞典》，北京图书馆，2004 年，第 150 页。

云:"死尸已坏,血肉涂漫,或见杖楚死者,青瘀黄赤,或日暴瘀黑,具取是相,观所著者,若赤白之色,净洁端正,与此何异?"①此类经文记载,皆极力铺陈尸体之恶相,显然不适合纳入诗歌。因此,敦煌文献中的《九想观诗》,虽然以九想为题,实际糅合了"百岁诗""四相""九想"而成,主要分为三类。一是初生想、童子想、盛年想和衰老想为一组,描述了人由生至老的过程,与百岁诗分段(通常是十年一段)吟咏人生历程的结构类似。二是初生想、衰老想、病苦想、死想为一组,分咏生、老、病、死四相,宣扬人生皆苦。这与佛教经典所载释迦牟尼为太子时游观四门,见生、老、病、死而出家相符。三是死想、胞胀想、烂坏想、白骨想为一组,属于前云九想观的内容,但在描写时尽量避免尸体之丑恶恐怖。可以说,敦煌歌辞在宣扬佛教义理的同时对经典载记进行了艺术性择取。

《九想观诗》用组诗的形式抒写由生至灭的生命历程,充满了喜乐苦痛的对比。如婴孩相中,突显亲人对初生婴孩的珍爱,"宠怜膝下育,娇爱掌中存。肝胆非为比,珍财岂足敦"②;"绫綵罗画迎三日,瑞锦箱成满月裁。罗列珍羞命亲族,共饮同欢长命杯。孙子抱来诚可喜,车马争牵玉腕推。父母怜之犹未足,纵使朝参骤马回"③。在童子相中,叙写孩童春日嬉戏之乐,"竹马游间巷,纸鹤戏云中。花容艳阳日,绮服弄春风"④;"或聚砂来作米䉫,或

---

① 龙树造:《大智度论》卷二一,鸠摩罗什译,载《大正藏》第25册,第217页。

② 张锡厚:《全敦煌诗》,第4475页。

③ 张锡厚:《全敦煌诗》,第4642页。

④ 张锡厚:《全敦煌诗》,第4477页。

时觉走趁游风。能争鹦鹉牵猧子，筑城弄土一丛丛。行来失伴窥门觅，归家吃饭亦无容"①。在盛年相中，突显青年歌舞宴游之盛，如"林间施鸟网，水中下鱼钩。烹鲜充美馔，酌醴献交酬"②；"拓石翘开唯斗壮，弯弓遥射五陵前。各路英雄兵吏部，论诗说赋定华篇。三军不肯随旌节，久竟争游车马前"③。自衰老相开始，极陈人生悲苦。如病患相描述年老患病后的哀吟孤寂，"力羸魂悄悄，气弱识沉沉。幽卧无人问，梵居羡鸟音。神游形不及，伏枕日哀吟"④；"起坐唯闻腰里痛，目下寻常冷泪垂。只见堂前孙子闹，谁知门外往还稀。皮宽肉尽无筋力，眼暗逢人问始知"⑤。烂坏相叙写死后尸体为群兽争食的惨状，"迎宵群兽啮，凌曙众禽奔。肢节一离散，形骸几断分"⑥；"一切虎狼分噉食，鸦鹊争飡体上飞。昔时妻妾多怜爱，今日摧残阿那知。蝇蛆臭秽令人怕，蝼蚁无亲强守尸"⑦。在由喜到悲、由乐到苦的情感冲击中，断除世人对世间情感物欲的执迷，寻求佛教的理想境界，"智者若能悟此事，听取西方净土因。西方有佛号弥陀，国名极乐遍娑罗。百鸟灵禽皆念善，树叶风吹击法螺。六趣轮回争路人，彼方极乐少经过"⑧。

佛教宗派义理诗中，最突出者当属《心海集》。《心海集》

① 张锡厚：《全敦煌诗》，第 4644 页。
② 张锡厚：《全敦煌诗》，第 4478 页。
③ 张锡厚：《全敦煌诗》，第 4645 页。
④ 张锡厚：《全敦煌诗》，第 4480 页。
⑤ 张锡厚：《全敦煌诗》，第 4647 页。
⑥ 张锡厚：《全敦煌诗》，第 4482 页。
⑦ 张锡厚：《全敦煌诗》，第 4650 页。
⑧ 张锡厚：《全敦煌诗》，第 4651—4652 页。

（S. 3016v、S. 2295vb）是大型敦煌禅宗诗歌专集，其中 S. 3016v 收录《执迷篇》七首，每首七言四句；《解悟篇》五十一首，每首七言四句；《勤苦篇》七首，每首五言四句；《至道篇》十一首，每首七言四句；《菩提篇》四十二首，每首五言四句，总计达一百一十八首，实存一百首。此外，S. 2295vb 残存五十四首。①

"心海"源出《楞伽经》卷一"外境界风，飘荡心海，识浪不断"②，意为众生之心如海。而外在诸境如风，八识如浪，激荡众生心海。其中，《迷执篇》揭示僧人日常修行之误。如批判净土，称"迷子念佛声切哀，懃苦长斋赞善哉。万恶丝毫不肯改，凭贤求礼觅菩提"③；批判持戒，称"迷子精勤转毗尼，不解调伏欲贪痴"④；批判枯禅，称"迷子怕罪礼牟尼，坐禅贪福不辞疲。倚恃精懃求道果，轻欺含识长贪痴"⑤。"迷子"反复出现，意在强化禅者的省察意识。《解悟篇》提出解悟的途径和方法。从内容来看，"解悟"有别传统佛教如天台宗、华严宗、唯识宗等倡导的义解，更接近南禅宗所说的顿悟。如其一云："解悟成佛易易歌，不劳持诵外求他。若能扬簸贪瞋却，高升彼岸出泥河。"⑥ 解悟成佛不在持诵经典，而是反观自心，破除三毒。在修持过程中，诗中反复强调安心的重要性，如"解悟成佛易易歌，调心理念语温和"⑦，

① 参项楚：《敦煌诗歌导论》，第 138 页；郑阿财：《敦煌佛教文学》，第 43—44 页；刘晓玲：《敦煌僧诗研究》，第 140—150 页。
② 求那跋陀罗译：《楞伽经》卷一，《大正藏》第 16 册，第 484 页。
③ 张锡厚：《全敦煌诗》，第 4227 页。
④ 张锡厚：《全敦煌诗》，第 4232 页。
⑤ 张锡厚：《全敦煌诗》，第 4233 页。
⑥ 张锡厚：《全敦煌诗》，第 4234 页。
⑦ 张锡厚：《全敦煌诗》，第 4239 页。

"解悟成佛绝不难，安心无处离中边"①，"解悟成佛绝不难，调炼身心出世间"②。在修行方式上，诗中强调无为无作，无所依傍，如"无端无依无处所，无处所故久长安"③，"解悟成佛绝不难，无为无作履清闲。清闲无伴无俦侣，独居物外自蹒跚"④。解悟成佛后，要以慈悲之心普度众生，如"解悟成佛三界师，分身百亿引无知。随类现形相运渡，众生界尽不辞疲"⑤，"解悟成佛无处所，随形万类作人师。训诲有情烦恼尽，还如自性涅槃时"⑥。《勤苦篇》强调通过刻苦精进的佛教修持，降伏攀缘思绪，到达心安之所。如"津梁要路守心关，捉搦思想断攀缘。教得无念精勤子，将升彼岸出笼缠"⑦。《至道篇》对禅宗之心性至道进行了阐释，突显其清净皎洁、圆明洞彻、亘古亘今之态。如"何物清净若虚空，唯有灵通皎洁心。圆明洞澈无依据，贯穷终始去来今"⑧，"三界有情皆践踏，贯穷终始不崩摧"⑨。《菩提篇》认为菩提无处所，无居止，随类赋形，度人出离苦海。如"菩提无住宅，居止不思议。分身千百亿，随类作人师"⑩，"真身随六趣，拔苦拯沉沦"⑪，"菩提济有情，随类现其形"⑫。五部分巧妙结合，突出禅者由迷到悟，

① 张锡厚：《全敦煌诗》，第 4240 页。
② 张锡厚：《全敦煌诗》，第 4243 页。
③ 张锡厚：《全敦煌诗》，第 4241 页。
④ 张锡厚：《全敦煌诗》，第 4241 页。
⑤ 张锡厚：《全敦煌诗》，第 4260 页。
⑥ 张锡厚：《全敦煌诗》，第 4261 页。
⑦ 张锡厚：《全敦煌诗》，第 4271 页。
⑧ 张锡厚：《全敦煌诗》，第 4280 页。
⑨ 张锡厚：《全敦煌诗》，第 4281 页。
⑩ 张锡厚：《全敦煌诗》，第 4283 页。
⑪ 张锡厚：《全敦煌诗》，第 4284 页。
⑫ 张锡厚：《全敦煌诗》，第 4286 页。

以及悟后普度众生的过程。

（二）佛典阐释诗

随着佛教经典的大量翻译和传播，敦煌佚名诗歌中出现了以佛教经典为中心的诗歌，所咏经典以《维摩诘经》《金刚经》等主流佛经为主，颇具代表性的当属《维摩诘经十四品诗》。

《维摩诘经十四品诗》（P. 3600、B. 1324）现存十四首，每首五言八句，分咏《维摩诘所说经》诸品的内容，分别为《佛国品第一》《方便品第二》《弟子品第三》《菩萨品第四》《文殊问疾品第五》《不思议品第六》《观众生品第七》《佛道品第八》《入不二品第九》《香积佛品第十》《菩萨行品第十一》《见阿閦佛品第十二》《法供养品第十三》《嘱累品第十四》。

《维摩诘经十四品诗》选择性的概述各品主要内容，并进行了艺术性加工。如《弟子品第三》云："弟子承尊令，毗耶问净名。岂方金色日，窃比火光萤。乞乳惭无对，疑心赧未宁。不知长者意，伫立欲销形。"① 描述诸弟子奉佛陀之命，前往毗耶城问疾，均遭维摩诘驳斥。在众弟子中，作者重点选取阿难遭到维摩诘斥责之事。诗中用"金色日""火光萤"，喻指维摩诘与诸弟子在佛法体悟上的巨大差异。又如《菩萨品第四》云："魔女披云下，妖容娆地前。竞矜红粉色，将染碧池莲。长者晖佛日，波旬复本天。自惭为小智，岂敢诣耆年。"② 在此，作者重点选取持世菩萨不堪问疾的往事：

---

① 张锡厚：《全敦煌诗》，第 3778 页。
② 张锡厚：《全敦煌诗》，第 3779 页。

持世白佛言："世尊！我不堪任诣彼问疾。所以者何？忆念我昔住于静室，时魔波旬从万二千天女，状如帝释，鼓乐弦歌来诣我所。与其眷属稽首我足，合掌恭敬于一面立。我意谓是帝释，而语之言：'善来㤭尸迦！虽福应有，不当自恣。当观五欲无常，以求善本，于身命财而修坚法。'即语我言：'正士！受是万二千天女，可备扫洒。'我言：'㤭尸迦！无以此非法之物要我沙门释子，此非我宜。'所言未讫，时维摩诘来谓我言：'非帝释也，是为魔来娆固汝耳！'即语魔言：'是诸女等，可以与我，如我应受。'魔即惊惧，念：'维摩诘将无恼我？'欲隐形去，而不能隐；尽其神力，亦不得去。即闻空中声曰：'波旬！以女与之，乃可得去。'魔以畏故，俛仰而与。"①

　　波旬化身帝释，率领众魔女意欲破坏娆乱持世菩萨，被他刻意拒绝。维摩诘则与之相反，欣然接受，然后教导众魔女发心皈依佛教，让她们回到魔宫中教化其他魔女。对此，持世菩萨自愧不如。诗中首四句极力铺陈魔女妖娆之态，较原有经典所载更加细腻。在《佛道品第八》中，为说明烦恼菩提不二之理，经中借用了两个比喻：一为"譬如高原陆地，不生莲华，卑湿淤泥乃生此华"，二为"又如殖种于空，终不得生。粪壤之地，乃能滋茂"。② 诗歌以此为中心进行了引申，"烦恼为佛种，菩提法且平。

---

①　鸠摩罗什译：《维摩诘所说经》，载《大正藏》第14册，第543页。
②　鸠摩罗什译：《维摩诘所说经》，载《大正藏》第14册，第549页。

花从浊水出，苗向粪田生。有悟如冰泮，无尘若镜明。噫哉三界内，六道每巡行"①。在化用原有淤泥生莲、粪壤生苗的基础上，又借用了冰泮、镜明二喻，突出悟解之速与佛性净明之态，颇具禅宗化色彩。

（三）佛教寓言诗

佛教寓言诗盖指以诗歌的形式，创作或改编寓言故事来宣说佛理的作品。现存敦煌诗歌的佛教寓言诗，主要有两种类型：一是根据佛典譬喻改编的寓言诗，以《鹿儿赞文》和《神龟诗》为代表。二是寓言故事中穿插的诗歌，介于寓言诗与叙事诗之间，《禅师卫士遇逢因缘》和《禅师与少女问答诗》可为代表。②

在汉译佛典中，譬喻的内涵主要有三：一是修辞学意义上的譬喻，相当于比喻；二是例证，属因明三支之一；三是九分教或十二部经的一种。③ 如《长阿含经》卷七曰："诸有智者，以譬喻得解，我今更当为汝引喻。"④《大般涅槃经》卷五云："佛赞迦叶：善哉善哉，善男子，以是因缘，我说种种方便譬喻以喻解脱。"⑤《大智度论》卷三十五亦云："譬喻为庄严论议，令人信著。故人五情所见以喻意识，令其得悟，譬如登楼得梯则易上。"⑥

———————

① 张锡厚：《全敦煌诗》，第 3782 页。

② 参项楚：《敦煌诗歌导论》，第 114—125 页。

③ 参李小荣：《汉译佛典文体及其影响研究》，上海古籍出版社，2010 年，第 285—296 页。

④ 佛陀耶舍：《长阿含经》卷七，竺佛念译，载《大正藏》第 1 册，第 43 页。

⑤ 昙无谶译：《大般涅槃经》卷六，载《大正藏》第 12 册，第 396 页。

⑥ 鸠摩罗什译：《大智度论》卷三五，载《大正藏》第 25 册，第 320 页。

佛教譬喻使深奥繁杂的佛理简明易懂，便于世人理解和接受。在此基础上改编的寓言诗亦随之出现。敦煌文献中以佛典譬喻改编而成的寓言诗，最具代表性的当属《鹿儿赞文》和《神龟诗》。

《鹿儿赞文》现存 S.1441vd、S.1973vb 两个写卷，文字差异较大。其中 S.1441vd 云：

昔有一贤士，住在流水边。百鸟同一巢，相看如兄弟。

有一傍河人，失脚堕流泉。手把无根树，口称观世音。

鹿儿闻此语，逃（跳）入水中心，语："汝上鹿背，将汝出彼岸！"

赵人出彼岸，与鹿做奴仆。"鹿是草间虫，饿来食百草。渴即饮流泉，不用做奴仆。有人问此鹿，莫道在此间。"

有一国王长大患，夜梦九色鹿。"谁知九色鹿，分国赏千金。"

赵人闻此语，叉手向王前："臣知九色鹿，长在流水边。"

国王闻此语，处分九飞龙："将兵百万众，违（围）绕四山林。"

有一慈乌树上叫："鹿是树下眠。"国王张弓拟射鹿，听鹿说一言：

"大王是迦叶，鹿是如来身。凡夫不昔（惜）贤，莫作圣人怨。"

　　　　国王闻此语，便即写（卸）弓弦。弓作莲花树，箭
作莲花枝。

　　　　翅作莲花叶，忍辱颇思议。"无知人鹿处，只是大患
儿。报道黑头虫，世世莫与恩。"①

　　此则寓言诗改编自汉译佛典中著名的九色鹿本生故事。康僧
会译《六度集经》卷六《修凡鹿王本生》，支谦译《菩萨本缘经》
卷三《鹿品》《佛说九色鹿经》，义净译《根本说一切有部毗奈耶
破僧事》卷十五等均有记载。佛教类书如梁宝唱等集《经律异相》
卷十一《为九色鹿身以救溺人》、唐道世撰《法苑珠林》卷五十、
《诸经要集》卷八等，也选录了支谦译《佛说九色鹿经》。它在教
内外流传十分广泛，出现了图文结合的传播方式。图像方面，克
孜尔千旨洞窟顶的菱格本生故事画中，已经出现了溺人向九色鹿
拜谢、九色鹿向国王讲述溺人负义等主要故事情节。敦煌莫高窟
第 257 窟西壁的《九色鹿本生》，也是敦煌唯一一铺九色鹿变相。②
与《佛说九色鹿经》相比，在思想旨趣上，《鹿儿赞文》强调忍辱
的重要性，更偏重对忘恩负义者的道德谴责。在故事内容上，赞
文将佛经故事的发生地点由"恒河"改为"流水边"，进行了模糊
化处理；只交代了国王与鹿的前世，其他诸人则未提及；删除了
经典中王后夜梦九色鹿之事，改为国王生病。同时，赞文增加了
原有经典没有的情节。如描述赵人溺水时云，"手把无根树，口称

---

　　① 参李小荣：《图像与文本——汉唐佛经叙事文学之传播研究》，福建人民
出版社，2015 年，第 154 页。
　　② 参李小荣：《图像与文本——汉唐佛经叙事文学之传播研究》，第 144—
156 页。

观世音",无根树显然是禅宗化的说法,"口称观世音"则反映出观世音信仰在民间的盛行。赞文中国王的弓箭分别化作莲花树、莲花枝、莲花叶,借鉴了佛教降魔故事的情节。如梁代僧祐《释迦谱》卷一云:"尔时魔王左手执弓,右手调箭,语菩萨言……魔说此语以怖菩萨,菩萨怡然,而不惊不动。魔王即便挽弓放箭,并进天女。菩萨尔时眼不视箭,箭停空中,其镞下向,变成莲花。"①赞文详细铺陈了箭的变化,文学性更胜一筹。此外,赞文末增加了"黑头虫"的说教,出自义净译《根本说一切有部毗奈耶破僧事》,其云:"是时老乌,来诣王所,便即告言:'此黑头虫,都无恩义,勿须救拔。若得离难,必害鹿王。'"②盖"黑头虫"是对忘恩负义之人的蔑称,成为民间谴责忘恩负义的俗语。③

《神龟诗》(P. 2129)劝诫世人谨慎口业,其云:"海中有神龟,两鸟共相随。游依世间故,老众人不知。道鸟衔牛粪,口称我且归。不能谨口舌,電煞老死尸。"④两鸟衔龟的故事也颇为常见,如康僧会译《旧杂譬喻经》下、刘宋佛陀什和竺道生译《弥沙塞部和醯五分律》第二十五第二分、唐义净译《根本说一切有部毗奈耶》卷二十八等均载此事。《神龟诗》对佛典譬喻进行了艺术性加工,与《根本说一切有部毗奈耶》所载相比,将故事中的"鹅"进行了模糊化处理,称之为"鸟",将故事中众人称"二鹅偷鳖"改为"道鸟衔牛粪",特意将"鳖"误称为"牛粪",几近

---

① 僧祐:《释迦谱》卷一,载《大正藏》第50册,第32页。
② 义净:《根本说一切有部毗奈耶破僧事》卷十五,载《大正藏》第24册,第175页。
③ 参陈开勇:《宋元俗文学叙事与佛教》,上海古籍出版社,2008年,第65—83页。
④ 张锡厚:《全敦煌诗》,第3242页。

詈骂之词，带有较强的戏剧张力，文学性更胜一筹。

敦煌文献所存在寓言故事中穿插的诗歌作品，颇具代表性的有《禅师卫士遇逢因缘》和《禅师与少女问答诗》。《禅师卫士遇逢因缘》（S. 3017 + S. 5996、P. 3409）讲述了常贵贱等七卫士返乡省亲，途遇远尘、离垢、广照、净影、智积、园明六禅师。卫士爱慕禅师，央求回山借宿，并问及山中之事。六禅师欣然应允，各以偈语演述禅悦之妙。七卫士深受启发，各作《行路难》一首表达追随禅师修学之愿，其后十三人"尊一有德为师，两个亲近承事，十个诸方乞食"，俨然形成了一个佛教僧团。该写卷作者不详，卷中避"虎""世""民"等字之讳，不避唐穆宗李恒和唐敬宗李湛之讳，故抄写下限当在建中二年（781）之前。在文本结构上，《禅师卫士遇逢因缘》呈现出一定的独特性。该篇由散文和诗偈共同组成，散文部分以叙述为主，主要推动故事情节发展。其主体部分实为诗偈，且运用了《五更转》《行路难》等佛曲，一曲多词，用同一曲调演唱。从演唱形式上来看，以轮唱为主，兼具一人领唱，众人和声。从这个角度上说，它虽然没有"诸宫调"之名，却有其实，故李正宇认为是"诸宫调"之祖。①

《禅师与少女问答诗》（S. 2672b、S. 0646、S. 3441、P. 2901、B. 8412 等）讲述了禅师入山修道，路遇山中妇人。其云：

> 有一禅师寻山入寂，遇至石穴，见一妇人，可年十
> 二三，颜容甚媚丽，床卧榻席，宛若凡居，经书在床，

---

① 李正宇：《试论敦煌所藏〈禅师卫士遇逢因缘〉——兼谈诸宫调的起源》，载《文学遗产》1989 年第 3 期，第 48—56 页。

笔砚俱有。因而怪之，以诗问曰：

　　床头安纸笔，欲拟乐追寻。壁上悬明镜，那能不照心？

　　女子答曰：

　　纸笔题般若，将为答人书。时观镜里像，万色悉归虚。

　　禅师又答曰：

　　般若无文字，何须纸笔题？离缚还被缚，除迷却被迷。

　　女子又答曰：

　　文字本解脱，无非是般若。心外见迷人，知君是迷者。

　　禅师无词，退而归路。女子从后赠曰：

　　行路难，路难心中本无物。只为无物得心安，无见心中常见佛。①

　　禅师与妇人相见后，各以诗歌互相辩难，最终妇人略胜一筹，禅师无言而退。二人轮唱的表演形式，带有较强的戏剧文本元素。详观二人对答诗偈，首为阐明般若性空，次为阐明文字般若。妇人之答诗认为般若虽非文字，然借由文字可以契悟般若，不因实相般若而否定文字般若，意味着禅宗内部由不立文字到不离文字的转变。

---

　　① 张锡厚：《全敦煌诗》，第 4214—4219 页。

第二节　敦煌佛赞

敦煌佛赞指敦煌文献中保存赞颂佛、法、僧三宝的作品，既有对诸佛、菩萨的赞颂，也有对罗汉圣者、高僧大德的赞颂；既有对佛教义理、仪轨之赞颂，亦含对佛教圣境、圣地之赞颂。按照赞颂对象的不同，可以分为佛教人物赞、佛典佛理赞、其他佛赞等。它们各具特色，构成了敦煌佛赞的主体。

一、佛教人物赞

佛教人物赞是以佛、菩萨、罗汉尊者以及东土圣贤、祖师大德为中心的歌赞。按对象的不同，可细分为佛赞、菩萨赞、罗汉尊者赞、祖师赞。

敦煌佛赞以赞颂释迦牟尼修行成道故事的写卷最为丰富，主要有：（1）《太子赞》（S.0126、S.2204、P.4017 等），赞颂佛陀成道前虔心修道，激励信众的向善之心和修道之愿。（2）《太子赞》（ДХ.01230），主要讲述佛陀出生成长、出家学道、说法宣教的人生经历。（3）《太子入山修道赞一本》（P.3061、P.3065、P.3817 等），主要讲述佛陀为太子时夜半逾城出家、入雪山修道乃至于双林入灭之事。（4）《太子五更转》（P.2483d、P.2483k、P.3083、S.5478、S.8655v 等）。（5）《悉达太子赞》［P.3645v、S.4654v、S.5487b、S.6537v、B.8436（北潜 80）、B.8441v 等］，主要讲述太子舍家一心修道事。（6）《悉达太子修道因缘》（P.2249v、S.3711v、S.5892、日本龙谷大学藏本等）。（7）《圣教十二时》（P.2734、P.2918），主要讲述悉达太子诞生、修道、成佛、行教、降魔及双林入灭等事。（8）《须大拏太子度男女赞》

（S.6923v），主要讲述佛陀前世为须大拏太子，为修道而舍弃一切。其中前七种以佛本行事迹为主，最后一种赞颂的是佛本生故事。（9）《赞佛功德》（S.6923v），称颂诸佛功德之广大。（10）《如来吉祥赞》（ДХ.02545），分别赞颂迦叶如来、拘那牟尼如来、毗舍浮佛、波头摩佛、尸弃如来、提舍如来、燃灯如来、定王如来、喜目如来、胜天如来、苦天如来等。菩萨赞中，以观世音菩萨赞最为常见，主要作品为《观音偈》，又称《观音礼》《观音礼文》《大悲观世音菩萨至道礼文》等，见 P.2376v、P.2939、P.3818、P.3844、S.5554、S.5559、S.5569、S.5650、B.8347（北生25）等。[①]

罗汉尊者赞中，或以维摩诘为中心，如《维摩五更转十二时》（S.6631v、S.2454、P.3141）等；或以佛陀十大弟子为中心，如《十哲声闻》（P.2885v）、《十大弟子赞》（S.1042v、S.5706、S.6006、P.3727）等。此外还出现了《五洲五尊者颂》（P.3504v），写卷韵散结合，散文部分对西瞿陀尼洲第一尊者宾度罗跋罗、迦温弥罗国第二尊者迦诺迦、东胜神洲第三尊者跋厘顶阁、北俱卢洲第四尊者苏频陀、南瞻部洲第五尊者诺矩罗做了简要介绍后，韵文部分对前五尊者进行颂扬。其中第一尊者两首七言八句诗，其他每人一首七言八句，第五尊者颂词残存两句。祖师赞中，以东土佛教高僧为主，兼含在东土弘化的西方圣哲。主要写卷有：（1）《泉州千佛新著诸禅师颂》（S.1635）。（2）《佛图澄罗汉和尚赞》（S.0276v）。（3）《罗什法师赞》（S.276、

---

① 参李小荣：《敦煌佛教音乐文学研究》，第394—399页。又：本节所论，参考是书者居多，附此致谢。

S. 6631v、P. 2680、P. 4597)。（4）《稠禅师解虎赞》（P. 3490、P. 4597）。（5）《唐三藏赞》（S. 6631v、P. 4587、P. 2680）。（6）《义净三藏法师赞》（S. 6631v、P. 2680、P. 3727）。（7）《禅月大师赞念〈法华经〉僧》（P. 2104v、S. 4037）。此外，还出现了图、赞结合的邈真赞，亦称仪真赞，如《前敦煌毗尼藏主始平阴律伯真仪赞》（P. 3720、P. 4660）等。现以《太子赞》和《维摩五更转十二时》为例，略做介绍。

《太子赞》讲述太子出家成道的故事，在佛赞中颇具代表性。从内容来看，《太子赞》以佛本行故事为主体，穿插了佛本生故事。赞中提到的太子归宫、降生、学艺、娶妻、出游四门、雪山苦行等事，在汉译佛典中颇为常见，《修行本起经》《太子瑞应本起经》《佛所行赞》等均有记载。作者在佛典的基础上，有选择地进行了艺术性加工。颇可注意的是，《太子赞》中插入了佛陀买花献佛的爱情故事。据《修行本起经》《生经》等载，婆罗门弟子善慧（或作善惠、儒童等）外出访学，来到莲花城（或作钵摩国等），听说燃灯佛（或作定光佛等）前来讲法，便想买花供佛。此时，国王已将城中鲜花全部买完。后来，他遇到了一个手捧花瓶的女子，瓶内插七枝优钵罗花。在善慧的诚心恳请下，女子答应卖给他五枝，并将二枝留给自己，委托善慧献给燃灯佛。同时，女子提出：善慧未成佛前，生生世世和她结为夫妻。善慧求花心切，便答应了。得到花后，善慧将花献给燃灯佛。燃灯佛为其授记，说他在无量劫后可以成佛，佛号释迦牟尼。故事中的女子，也就成为佛陀成佛前的妻子耶输陀罗的前身。《太子赞》从"金钱不自用，买花献佛前"至"买花投誓舍金钱"，穿插了此则故事，既体现出佛陀与耶输的宿世姻缘，又体现出他舍弃宿世之妻入雪山苦行之决心。赞末反复渲染雪山险峻无比，太子时时忍受酷寒、猛兽的袭扰，却"乐逍遥"，突出太子修道之志及在苦行中体悟到的法喜之乐，为后世信徒山居修行提供了榜样。

罗汉圣者赞中，颇具代表性的是《维摩五更转十二时》（S.6631v、S.2454、P.3141）。它采用了《五更转》《十二时》相结合的形式，以鸠摩罗什译《维摩诘所说经》为主，兼采相关注疏，演述维摩诘借问疾宣扬佛理之事。《五更转》中喻维摩诘为大医王，阐述其假借生病巧设方便，应机说法。《十二时》由"平旦寅""日出卯"宣说维摩诘托疾，毗耶长者和佛陀弟子准备前来问疾。从"食时辰"至"黄昏戌"，佛陀弟子迦叶、须菩提、文殊、舍利弗、阿难、阿那律、弥勒等前来问疾，均遭维摩诘呵责。此赞虽取材于经，亦不乏颇具文学性者。如"日昳未"言天女散花云："日昳未，日昳未，居士室中天女侍。声闻神变不知他，舍利怀惭花不坠。花不落，心有畏，无明相中忘（妄）生二。将知未晓法性空，滞此空华便为耻。"作者在演述《维摩诘所说经》卷下《观众生品》故事的同时，省略了枯燥的佛理宣说，突出舍利弗内心的"惭""畏""耻"，颇为传神。

二、佛典佛理赞

以某部佛教经典为中心的赞辞，在敦煌佛教文献中比较常见，且以当时较为流行的《金刚经》《心经》等经典为主。如：《〈金刚经〉赞》（P.2094、P.2721b、S.5464b、P.3645 等）、《〈金刚经〉赞》（P.2039v、P.2277 等）、《赞〈梵本多心经〉》（P.2704v）、《般若波罗蜜多心经悉昙章》［B.8045（北鸟064）］等。此类赞辞中，最具代表性的当属《〈金刚经〉赞》。

《〈金刚经〉赞》，又名《开元皇帝赞〈金刚经〉》（P. 2721b），
或曰《开元皇帝赞〈金刚经〉功德》（P. 2094）等，赞颂唐玄宗
御注《金刚经》，称颂《金刚经》的功用，其文曰：

《金刚》一卷重须弥，时有圣皇偏受持。八万法门皆
了达，惠眼服心踰得知。

比日谈歌是旧曲，听唱金刚般若词。开元皇帝亲自
注，志（至）心顶礼莫生疑。

此经能持（除）一切苦，发心天眼预观知。莫被无
明六贼引，昏昏终日执愚痴。

世尊涅盘（槃）无量劫，过去百亿阿僧祇。国王大
臣传政教，我皇敬信世间希。

每日十斋断宰煞，广修德业度僧尼。胎生卵生勤念
佛，菩提精进大慈悲。

厌见宫中五欲乐，了然身相是虚危。一国帝主犹觉
悟，何况凡夫不思惟。

昔日提婆是国主，为求妙法舍嫔妃。昔（苦）行精
勤大乘教，身为奴仆仕（事）阿私。

今帝圣明超万国，举心动念预观知。文武圣威遍天
下，万姓安宁定四夷。

自注《金刚》微妙义，蠢动含灵皆受持。护法善神
专胁卫，诸天赞叹不随宜。

白马驮经敬寿寺，宝车幡盖数重围。名僧手执香花
引，仙人驾鹤满空飞。

八叹回生极乐国，五浊翻成七宝池。开元永断恒沙

劫，魔王外道总归依。

万岁千秋传圣教，犹如劫石拂天衣。只是众生多有福，得逢诸佛重器时。

金刚妙力实难诠，一切经中我总悬。佛布黄金遍地满，拟买祇陀太子园。

八部鬼神随从佛，雁塔龙宫涌化天。祇树引枝学（承）鸟语，下有金沙洗足泉。

食时持钵舍卫国，广引众生作福田。世尊尔时无我相，须菩提瞻仰受斯言。

四果六通为上品，龙宫受乐是生天。转轮圣王处仙位，神武皇帝亦如然。

又说昔为歌利王，割截身肉得生天。尸毗舍身救鸠鸽，阿罗汉证果及三千。

……

非但两京诸寺观，十方世界亦如然。总是《金刚》深妙义，弟子岂敢谩虚传。①

据庐山云居寺出土《唐玄宗御注〈金刚般若波罗蜜经〉并序》，开元二十三年（735），唐玄宗在东都洛阳御注《金刚经》，此前分别在开元十年（722）、开元二十一年（733）御注了《孝经》和《老子》，开启了思想界三教并宗的新局面。御注《金刚经》晚出，且为皇帝亲注，在教内外产生了广泛影响。为此，赞文中不惜花费大量笔墨，铺陈开元皇帝笺注《金刚经》的虔诚之

---

① 转引自李小荣：《敦煌佛教音乐文学研究》，第442—443页。

心，称颂其注经的善举，如"开元皇帝亲自注，志（至）心顶礼莫生疑"，"国王大臣传政教，我皇敬信世间希。每日十斋断宰煞，广修善业度僧尼"，"今帝圣明超万国，举心动念预观知。文武圣威遍天下，万姓安宁定四夷"，等等，不胜枚举。皇帝尚且如此，普通民众理应更加勤勉地奉持佛教，"一国帝主犹觉悟，何况凡夫不思惟"，"自注《金刚》微妙义，蠢动含灵皆受持"。同时，赞辞也着重突显《金刚经》保境安民、国泰民安的护国之功，"护法善神专胁卫，诸天赞叹不随宜"，"开元永断恒沙劫，魔王外道总归依"。对于经文内容，作者意识到"金刚妙力实难诠"，尽量避免佛教义理的宣扬，广泛选取与《金刚经》相关的佛教故事。如"食时持钵舍卫国，广引众生作福田"，源出鸠摩罗什译《金刚经》篇首佛陀在舍卫城乞食后，须菩提请佛说法之事；"又说昔为歌利王，割截身肉得生天"，源出《金刚经》"如我昔为歌利王，割截身体。我于尔时，无我相，无人相，无众生相，无寿者相"一段。[①] 此外，赞文中引用的佛教故事，也有超出《金刚经》之外者，如"昔日提婆是国主，为求妙法舍嫔妃"，源出《妙法莲华经》卷四《提婆达多品》；"佛布黄金遍地满，拟买祇陀太子园"，源出《贤愚经》卷十《须达起精舍品》，讲给孤独以黄金布地，购得祇陀太子园林，供佛陀和众僧居住；"八部鬼神随从佛，雁塔龙宫涌化天"，源出《大唐西域记》，讲佛陀为劝诫僧众断肉，化身为雁，坠死僧前，众生建灵塔安葬之事；"尸毗舍身救鸠鸽，阿罗汉证果及三千"，源出《六度集经》等经典，讲佛陀割身肉饲鹰救鸽。此类故事，随着佛教的流布，已在民间广为传播。作者将其

---

① 鸠摩罗什译：《金刚经》，载《大正藏》第 8 册，第 750 页。

穿插在赞文中，有效地避免了单纯说理带来的枯燥、沉滞，颇具趣味性与文学性，为经典的传播和佛教的弘传，起到了重要的促发作用。

佛理赞以既定佛教思想为中心，最常见的是对空、般若等思想的赞颂，如《十空赞》（S.4039、S.5539a、S.5539d、S.5569、S.6923、P.3824、P.4608、ДХ.0922 等)、《般若赞》（S.9514）等。此类作品以阐释佛教思想为主，多理胜于辞，较突出的是《十空赞》。它重在赞颂般若性空，刻意避免了佛理铺陈，通过古今中外大量事例，传达性空思想，具有一定的文学性。其文曰：

> 难思怒（努）力现真宗，色声香味染尘蒙。《大不（般）若》广言六百卷，讲劝人间多□（少）空。
>
> 上论色界诸天子，下至论（轮）王福最雄。七宝镇随千子绕，福尽然知也是空。
>
> 三皇五帝立先宗，伏羲太号（昊）与神农。造化世间多少是（事），古往今来也是空。
>
> 羲之善写笔□（神）踪，善才（财）童子世间出。多流（留）草创人传说，世界寻论也是空。
>
> 宋王味味（玉妹妹?）夸端正，西施一笑直千今（金）。潘安上（尚）总归依土，美貌寻思也是空。
>
> 无盐貌丑心贤女，说尽潜台万万功。帝王遂纳为皇后，豹变多荣也是空。
>
> 一朝劫火三灾至，海纳须弥也是空。唯言般若波罗蜜，众生与佛体异（一）同。
>
> 愿逢法教开心地，成佛因缘不是空。万是（事）从

来本是空，如何修道出凡（樊）笼？

　　若恋婆娑浊恶世，犹如花在淤泥中。①

　　"空"是大乘佛教的重要概念，指客观存在没有实体，是虚幻寂灭的。"空"的类别名目繁多，有二空、三空、四空、六空、八空、十空、十八空等不同的说法。所谓"十空"，按照《大毗婆沙论》等记载，分别为内空、外空、内外空、有为空、无为空、散坏空、本性空、无际空、胜义空、空空十种。赞中所云"十空"，并非佛典中所说的"十空"，而是借用了十种古今中外的典型事例，说明世间无常幻灭。从空间来说，既包含了色界诸天，也有世间的帝王转轮圣王；从时间来说，既有传说时期的三皇五帝，也有伏羲、神农、太昊，他们曾经创造的丰功伟绩、不朽功勋，在历史长河中随着时间的流走而消逝；就生命个体来说，不论是善书的王羲之，还是以美貌著称的西施、潘安，抑或以貌丑多才著称的无盐女，最终都成为历史的尘迹。空间、时间、历史、个人的幻灭无常，是否意味众生陷入无尽的空寂幻灭之中？赞末"众生与佛体一同"，借涅槃佛性论的思想，道出佛性不空，众生与佛同体，均有成佛之可能性。《大般若经》所讲的般若波罗蜜，是通过佛教智慧开启众生成佛的方便之门。

三、其他佛赞

　　敦煌佛赞亦涉及赞颂佛教圣地、僧人辞亲出家、佛教道场仪轨诸方面的歌赞。其中颇可注意的是佛教圣地赞和辞亲出家赞。

---

① 转引自李小荣：《敦煌佛教音乐文学研究》，第437页。

随着佛教在中国的传播发展，逐渐衍生出一些佛教圣地，与之相关的偈赞文学随之出现。敦煌文献中保存的佛教圣地赞，以五台山为主，兼及其他中、印佛教圣地。现存敦煌文献中的佛教圣地赞写卷主要有：（1）《五台山赞·梁汉禅师出世间》（S.0370、P.2483f、P.3465v 等）；（2）《五台山赞并序·文殊菩萨五台山》（P.2483g、P.4597、ДХ.00788）；（3）《五台山赞·道场屈请暂时间》（S.4039、S.4429、S.5456、S.5473a 等）；（4）《五台山圣境赞》（S.4504v、P.4617、P.4641）；（5）《游五台赞文》（S.6631v、P.4597）；（6）《大唐五台曲子五首寄在苏莫遮》（P.3360、S.0467、S.2080、S.2985v 等）；（7）《礼五台山偈一百十二字》（S.5540、P.3644、ДХ.00278）；（8）《诸山圣迹题咏诗丛抄》（S.0373）。其中，《诸山圣迹题咏诗丛抄》（S.0373）所咏佛教圣迹颇多，既有中土佛教圣迹，如《题北京西山童子寺七言》《题南岳山七言》《题幽州盘山七言》《题幽州石经山七言》《题中岳七言》，又有印度佛教圣地，如《大唐三藏题西天舍眼塔》《题尼莲河七言》《题半偈舍身山》等，显示出作者的良苦用心。

在五台山赞中，颇具文学性的是《五台山赞·道场屈请暂时间》，其文曰：

> 佛子！道场屈请暂时间，至心听赞五台山。毒龙雨降为大海，文殊镇压不能翻。
>
> 佛子！代州东北有五台，其山高广共天连。东台望见琉璃国，西台还见给孤园。
>
> 佛子！大圣文殊镇五台，尽是龙种上如来。师子一吼三千界，五百毒龙心胆摧。

佛子！东台艳艳最清高，四方巡历莫辞劳。东望海水如涫涨，风波泛浪水滔滔。

佛子！滔滔海水无边畔，新罗王子泛舟来。不辞白骨离乡远，万里将身礼五台。

佛子！南台窟里甚可增，逦迤多饶罗汉僧。吉祥圣鸟时时见，夜夜飞来点圣灯。

佛子！圣灯焰焰向前行，照耀灵山遍地明。四山多饶吉祥鸟，五台十四（寺）乐轰轰。

佛子！南台南级灵应寺，灵应寺里圣金刚。一万菩萨声赞叹，圣钟不击自然鸣。

佛子！清凉寺里遍山崖，千重楼阁万重开。文殊菩萨声赞叹，恰似云中化出来。

佛子！西台崄峻甚嵯峨，一万菩萨遍山坡。文殊长说维摩论，教化众生出奈河。

佛子！佛光寺里不思议，马脑（玛瑙）真珍青殿基。解脱和尚灭度后，结跏趺座笑疑疑。

佛子！代州都督不信有，飞鹰走狗竟来追。走到南台北泽里，化出地狱草皆无。

佛子！中台顶上玉花池，宫殿行廊□迤迤。四面香花如金色，巡礼之人皆发心。

佛子！北台顶上有龙宫，雷声曲震裂山林。娑竭罗龙王宫里坐，小龙护法使雷风。

佛子！北台东极骆驼焉（岩），美（每）覆盘回彻曲联。有一天女名三昧，积米如山供圣贤。

佛子！金刚窟里美流泉，佛陀波利里中禅。一自来来（去）经水（数）载，如今即至那罗延。

　　佛子！不可论中不可论，大圣化作老人身。每日山间受供养，去时化作五色云。

　　佛子！五色云中化金桥，大慈和尚把幡招。有缘佛子桥上过，无缘佛子逆风飘。

　　佛子！①

　　本赞以七言为主，四句一韵，开头结尾带和声辞"佛子"。从篇首云"道场屈请暂时间"及和声来看，当用于供养文殊菩萨的法会或行仪上。赞文的特色，首先在于大量借用与五台山相关的佛教典故，对其进行了较为详细的介绍与赞颂。如"毒龙雨降"，讲述文殊菩萨在五台山降伏毒龙的故事；"新罗王子泛舟来"诸句，指慈藏大师自新罗入五台山朝拜文殊菩萨塑像并得传法袈裟舍利；"文殊长说维摩论"，典出《维摩诘所说经》文殊菩萨与维摩诘辩论；"解脱和尚"指释解脱在五台山修行，数次亲见文殊；"代州都督不信有"，指代州刺史不信地狱，游五台山时见火烧岩石、狱卒现前；"有一女天名三昧"，指天女三昧姑化募米面供养；"佛陀波利里中禅"，典出佛陀波利受文殊化身的老人启示而翻译《佛顶尊胜陀罗尼经》；"去时化作五色云"，指行严禅师见五色云覆盖五台；"五色云中化金桥"，指法照见金桥指引通往阿弥陀佛国；等等。赞辞大量采用佛教故事和传说，简明扼要地梳理了五台山的佛教历史，增加了赞文的可读性。其次，借用各种文学手法穿插在故事叙述中，塑造出五台山的清凉圣境。如云，"东台望

---

　　①　转引自李小荣：《敦煌佛教音乐文学研究》，第 465—466 页。

见琉璃国，西台还见给孤园"，即用夸张之笔法塑造出五台山之高迥险峻与佛国因缘。①

此外，《五台山圣境赞》（S.4504v、P.4617、P.4641）是晚唐五代僧人玄本撰写的赞颂佛教圣土五台山的诗集，由十一首诗组成，颂赞了文殊、普贤等菩萨和相关佛教圣迹。全诗语言典雅，富有想象力，亦为五台山赞文中的上乘之作。②

佛教徒辞别父母眷属，剃度出家，告别俗世红尘，踏上青灯古佛的清修之路。他们既有对父母亲属的眷恋与出家修道的坚毅，亦有对未来生活的希望与企盼。敦煌文献所存以辞别父母出家修道为主题的赞文，如《好住娘赞》［S.1497、B.8371（北乃74）］、《辞阿娘赞文》（S.4634）、《辞娘赞文》（S.5892）、《辞父母赞一本》（S.6631v）、《出家赞文·舍却耶娘恩爱》（S.5572、P.2690v等）、《出家赞·舍却一切恩爱》（S.6923v）、《辞道场赞》［S.0779、S.1497、S.5572、S.5652、S.5722、S.6143、S.10014、P.2129v、P.2575v、P.4028、P.4597、B.8369（北姜100）等］、《乐入山赞》（S.1497、S.3827、S.5966、S.6321、P.2563v、P.2658v、P.2713等）、《乐住山》（S.0779、S.3287、S.5966、S.6321、P.2563v、P.2658v、P.2713、P.3288v、P.3915、ДХ.00278、ДХ.01629等）、《送师赞》（P.3120、S.1497）等。③其中以《好住娘赞》［S.1497、B.8371（北乃74）］重在展现僧人出家时辞别父母之赞，充满了对父母的牵挂、依恋与不舍，庶可

---

① 参李小荣：《敦煌佛教音乐文学研究》，第465—471页。

② 参卡特里：《金色世界：敦煌写本〈五台山圣境赞〉研究》，杨富学、张艳译，载《五台山研究》2014年第1期，第11—20页。

③ 参李小荣：《敦煌佛教音乐文学研究》，第404—408页。

称得上文情具美。其云：

好住娘，好住娘！娘娘努力守空房。好住娘！

如（儿）欲入山修道去，好住娘！兄弟努力好看娘。好住娘！

儿欲入山坐禅去，好住娘！回头顶礼五台山。好住娘！

五台山上松柏树，好住娘！五（吾）见松柏共天连。好住娘！

上到高山望四海，好住娘！眼中泪落数千行。好住娘！

下到高山青草利（里），好住娘！柴（豺）狼野手（兽）竞来前。好住娘！

乳哺之恩未曾报，好住娘！誓愿成佛报娘恩。好住娘！

耶娘忆儿肠欲断，好住娘！儿忆耶娘泪千行。好住娘！

舍却耶娘恩爱断，好住娘！且须袈裟相对时。好住娘！

舍却亲兄熟热弟，好住娘！且须师僧同为伴。好住娘！

舍却金瓶银叶盏，好住娘！且须钵于（盂）请锡杖。好住娘！

舍却槽头龙马群，好住娘！且须虎狼师子声。好住娘！

舍却治（持）毡锦褥面，好住娘！且须乱草以一束。

好住娘！

佛道不远回心至，好住娘！金（今）身努力觅因缘。

好住娘！①

从赞文看，作者出家修行，首在报答父母养育之恩，"乳哺之恩未曾报，誓愿成佛报娘恩"。自佛教入华后，儒、释两家的孝亲观一直存有争议，甚至成为毁佛灭佛的理由。为了调和二者的矛盾，佛教将孝亲与报恩结合起来。西晋竺法护译《佛升忉利天为母说法经》，就记载了佛陀为报答母亲摩耶夫人生育之恩，上升忉利天为母说法。正因如此，赞文中僧人出家辞别父母时充满了依恋与思念。他反复叮嘱兄弟要精心照顾好父母，"上到高山望四海，眼中泪落数千行"，"耶娘忆儿肠欲断，儿忆耶娘泪千行"，语言简朴却蕴含深情，千载之后，读之仍为之动容。从此后，他告别父母兄弟，与师僧为伴。他舍弃了世间的金瓶银盏、槽头马群、毡锦褥面，与钵盂锡杖、法音梵唱、一束乱草为侣，俗世生活的繁荣温情与出家修道的清苦孤寂，形成了鲜明的对比。"佛道不远回心至，金身努力觅因缘"，更兼"好住娘"和声的反复渲染，取舍之间，无不透露出坚毅与诀别，也显露出苦修成佛以报答双亲养育之恩的初心，充盈着浓浓的温情。

第三节　敦煌佛教歌辞

敦煌佛教歌辞，主要有《归去来》《五更转》《十二时》《行

---

① 转引自李小荣：《敦煌佛教音乐文学研究》，第448—449页。

路难》等。它们大多源出东土固有之乐曲，经佛教徒之加工改制，应用于佛教仪式中，展现相对固定的佛教蕴含。其中《归去来》多通过净与秽、苦与乐的对比，抒写净土世界的美好，劝人心生出离之愿。《五更转》《十二时》则以时为序依次更迭，演述佛教经典故事，劝众化俗。《行路难》在陈述世路艰难和离别悲伤的主题上进一步引申，重在表现禅宗悟道的心路历程和修行解脱之艰难困苦。敦煌佛教歌辞秉承了音声弘道的佛教传统，促成了独具特色的敦煌佛教音乐文学。

一、《归去来》

《归去来》是敦煌佛教歌辞之一，与净土念佛仪式密切相关。诗歌以"归去来"起句，隔句或逐句带和声，内容以赞颂佛、菩萨说法和劝人修行礼佛为主。"归去来"之名源于陶渊明的《归去来兮辞》。在其发展过程中，"来"字逐渐转为语尾助词，"归去来"也就带有兴奋喜悦的祈使语气。佛教尤其是净土歌赞中的"归去来"，意为劝诱世人、呼唤信徒回归弥陀极乐净土，利用乐府旧曲《归去来》套入佛调而成佛教歌赞，运用到道场法会中。①

《归去来》在敦煌文献中的大量出现，与唐代净土思想、佛教音乐文学之繁盛相关。如善导的《依观经等明般舟三昧行道往生赞》，将印度天亲、龙树和中土隋代彦琮及他本人创作的净土赞文，编成《安乐行道转经愿生净土法事赞》二卷、《往生礼赞偈》一卷等，成为集念诵、礼拜、忏悔、念佛、转经为一体的净土法

---

① 参郑阿财：《郑阿财敦煌佛教文献与文学研究》，上海古籍出版社，2011年，第337—369页。

事仪轨。中唐有"后善导"之称的法照，在善导基础上大力倡导五会念佛法门，编撰了《净土五会念佛诵经观行仪》三卷、《净土五会念佛法事仪赞》一卷，汇集了此前善导等人的净土赞文和自己的净土歌赞，对净土念佛的推广产生了广泛的影响。

在众多的敦煌写本歌赞中，使用《归去来》的有 P.2066《净土五会念佛诵经观行仪卷中》的《出家乐赞》《归西方赞》、P.2250《净土五会念佛诵观行仪卷下》法照的《归西方赞》、日本守屋藏藏本《净土五会念佛颂经观行仪卷下》法照的《归西方赞》、日本龙谷大学藏《法照和尚念佛赞》中的《归极乐去赞文》、李氏鉴藏《归极乐去赞》和《西方极乐赞》、S.6631《归极乐去赞》、P.2483《归极乐去赞》、P.4572《归西方赞》、P.3118《归西方赞》、P.3373v《归西方赞》、北8346（文89）《归西方赞》等。敦煌净土歌赞中使用《归去来》佛曲歌赞的主要集中在《出家乐赞》《归西方赞》和《归极乐去赞》三种。①

关于《出家乐赞》，法照《净土五会念佛诵经观行仪》载：

归去来，宝门开。正见弥陀升宝座，菩萨散花称善哉。称善哉。

宝林看，百花香。水鸟树林念五会，哀婉慈声赞法王。赞法王。

共命鸟，对鸳鸯。鹦鹉频伽说妙法，恒叹众生住苦方。住苦方。

归去来，离娑婆。常在如来听妙法，指授西方是释

---

① 参郑阿财：《郑阿财敦煌佛教文献与文学研究》，第351—352页。

迦。是释迦。

归去来，见弥陀。今在西方现说法，拔脱众生出爱河。出爱河。

归去来，上金台。势至观音来引路，百法明门应自开。应自开。①

从形式上来看，《出家乐赞》每首使用"三、三、七、七、三"句式，各首均以倒数第二句的末三字为和声，除第二、三首外，其他四首以"归去来"三字起句，均采用《归去来》曲调。从内容上看，第一、四、五、六首礼赞在弥陀、释迦、观音、势至等佛菩萨的指引下参与西方净土法会，出离世间爱河。第二、三首通过对西方净土世界中共命鸟、鸳鸯、鹦鹉、迦陵频伽鸟等水鸟、树林的描绘，突显净土境界之美，传达对净土世界的皈仰之情。

《归西方赞》则极陈世间之苦，突出西方之乐，在铺陈对比中产生对净土世界的向往之情。如《净土五会念佛诵经观行仪》卷中《归西方赞》云：

至心归命礼西方阿弥陀佛。归去来，娑婆不可停。轮回无定止，长劫铁犁耕。苦苦何能忍。②

"至心"句为礼拜文。歌赞正文宣说世间迁变无常，在永无终

① 转引自郑阿财：《郑阿财敦煌佛教文献与文学研究》，第352页。
② 转引自郑阿财：《郑阿财敦煌佛教文献与文学研究》，第353页。

止的生死轮回中忍受地狱之苦，给人极度压抑、片刻难忍的情感体验，产生强烈的脱离世间诸苦的意愿。通过净土念佛，归向极乐世界，彻悟无生，永脱轮回之苦。因此，在《归西方赞》中，去来之间，离苦得乐的写作模式贯穿其中。

二、《五更转》

《五更转》又作《叹五更》，是唐代广为流行的民间歌曲。它源于汉代以后流行的五更计时法。作为古代曲调名，最早见于南朝时的《从军五更转五首》。其后流传不息，不仅有世俗民众、文人士子的创作，也被佛、道二教用来宣扬教义。"五更转"中"转"字，兼含二意：一是递转之意，即从第二更起，复述前更，递转后更，如是相承以至五更；二是如唐人吉师老《看蜀女转昭君变》和《太子入山修道赞》"十二部诸经赞，流在阎浮间，明人速悟转、读、看"中之"转"，意为歌唱，与唐曲《春莺啭》之"啭"相同。严格来说，"五更转"是体制名，非曲调名，即按其体制可重复任何曲调，组成"五更转"。较早出现在佛教中的"五更转"，当属南朝人傅翕（497—569）的《五章词》，采用"三、五、五、五"的句式，由"一更"写至"五更"，描绘出僧人禅坐礼佛、静思悟道的修持生活。敦煌文献中现存《五更转》十二题七十四首，分别抄写在四十五个写卷上。[①] 其中与佛教相关的有八种，按照内容的不同大概可分为三种类型。

首先是禅宗类《五更转》，如《南宗定邪正五更转》

---

① 参郑阿财：《唐代佛教文学与俗曲——以敦煌写本〈五更转〉、〈十二时〉为中心》，载《普门学报》第 20 期，第 95 页；伏俊琏、徐会贞：《敦煌歌辞〈五更转〉研究综述》，载《乐山师范学院学报》2016 年第 1 期，第 13 页。

（P. 2045c、敦博 077c 等十一件写卷）、《南宗赞》（P. 2690v、

P. 2963v、P. 4608v、S. 4173、S. 4654 等十一份写卷）、《无相五更

转》（S. 0607）、《荷泽寺神会和上五更转》（S. 6103b、S. 2679）、

《禅师卫士遇逢因缘·五更转》（S. 3017 + S. 5996、P. 3409）等五

种。其中颇具文学特色的是《南宗定邪正五更转》。

　　《南宗定邪正五更转》共五首，每首十句，其中第一、二、

四、六、八、十句句末押韵，内容以宣扬真妄不二（第一首）、本

性是净（第二首）、无念（第四首）、无住无相（第五首）等南禅

宗思想为主，对北宗渐修禅法提出了批判（第三首）。就文学层面

而言，首先是比喻手法的使用，即以大圆宝镜喻指众生本具之佛

性："二更摧，大圆宝镜镇安台。众生不了攀缘境，由斯障闭不心

开。本自净，没尘埃。无染著，绝轮回。诸行无常是生灭，但观实

相见如来。"① 以镜喻佛性，实为禅宗文学如《坛经》等常用的比

喻手法。镜体本自清净，无尘埃，无染着。若悟自性本净，便能

契悟实相，脱离轮回。其次为佛教寓言的借用。如第三首云："三

更侵，如来智惠本幽深。唯佛与佛乃能见，声闻缘觉不知音。处

山窟，住禅林，入空定，便凝心。一坐还同八万劫，只为躭麻不

重金。"② 诗中"处山窟"乃至"一坐还同八万劫"，指传统禅法

和北宗禅的修行方法，与南禅宗倡导的"顿悟"格格不入。为了

反驳以山林晏坐为主的禅法，作者在诗末巧妙地借用了"躭麻不

重金"的佛典譬喻。据《长阿含经》卷七《弊宿经》等载：愚者

与智者在灾荒之年共同外出求财，初次见到麻后便担麻前行，不

---

①　转引自李小荣：《敦煌佛教音乐文学研究》，第 211 页。

②　转引自李小荣：《敦煌佛教音乐文学研究》，第 211 页。

肯舍麻而取麻缕、金、银诸物，智者相劝亦不听。回乡之后，智者担金而归，受到族人欢喜奉迎。愚者担麻而归，徒增忧愧。作者借用此则寓言，无疑以愚者喻指北宗禅人，只知枯守禅寂而不知舍弃，在枯燥的说理之余带有较强的文学色彩。[1]

其次是佛传类《五更转》，以演述悉达太子入山修道为主，主要有《太子入山修道赞一本·五更转》（P. 3061、P. 3065、P. 3817等）和《太子五更转》（P. 2483d、P. 2483k、P. 3083）。

《太子入山修道赞一本·五更转》共十五首，每更三首，歌颂悉达太子夜半逾城、雪山苦修之事。它借用了《五更转》由"一更"至"五更"的顺时叙事模式，依次展现太子居宫、天王呼唤、逾城出家、雪山苦行乃至悟道入灭、遗法度众等情节，以细节描绘与心理描摹见长。如一更、二更着重突出宫中仙乐绕梁，姨母、耶输尽心奉事，奢华中太子心生厌离，忧虑三道六趣轮回生死。后在作瓶天王召唤下，太子逾城出家，雪山苦行，却又忧虑父王思念，又恐姨母、耶输牵挂，让车匿将衣冠带回宫中，"四更夜亦偏，乘云到雪山。端身正坐向欲（欲向）前，座（坐）禅延（筵）。寻思父王忆，每常（当）姨每邻（母怜），耶输忆向我门看，眼应穿。便即唤车匿，分付与衣冠。将吾白马却（去）归还，传我言"[2]。此中展现出太子身为人子、丈夫，初次离开家乡、远赴雪山苦行的复杂心态，又表达出辞亲修道的坚决之情。没有神异性的叙写与夸张的描绘，完全是一个可亲可敬的世间修道者形象，充满了人性的温情与坚毅。

---

① 参李小荣：《敦煌佛教音乐文学研究》，第212—213页。

② 参李小荣：《敦煌佛教音乐文学研究》，第423页。

与《太子入山修道赞一本》相比,《太子五更转》以简洁的语言,描绘出太子出家悟道的经过,其云:"一更初,太子欲发坐心思。赖知耶娘防守到,何时度得雪山川?二更深,五百个力士睡昏沉。遮取黄羊及车匿,朱鬃白马同一心。三更满,太子腾空无人见,宫里传声悉达无,耶娘肠肝寸寸断。四更长,太子苦行万里香。一乐菩提修佛道,不借你分(世)上作公王。五更晓,大地众生行道了。忽见城头白马踪,则知太子成佛了。"① 与前揭长篇叙事类歌赞不同,此赞精心选取了太子出家学道时的五个典型场景:父母严密监控下发心苦行,车匿白马同心同德帮助太子,太子离家后父母悲痛欲绝,太子舍弃世间荣华毅然修道,太子成道迅疾。典型的场景,高度浓缩的语言,加上细腻的心理描摹(如太子对父母防守的忧虑与出城后对父母的思念等),再加上《五更转》历时性的叙事模式,共同构成了极具文学性的歌赞短章。

最后为演述《维摩诘所说经》为主的《维摩五更转兼十二时》(S. 2454、S. 6631vm、P. 3141v)。此曲并用"五更转""十二时",则著一"兼"字,已经具有"带过曲"的性质,任半塘《敦煌歌辞总编》云,"其格调又为目前所知唐五代燕乐曲调中最长之组织。对后来金元散曲之有'带过曲'及明曲有相'兼'之曲言,此其远源所在也"②,"今日著录全辞,当不能按两调名,析为两套,宜信其确出一手,一气呵成,而为一篇作品也"。③

关于此曲收录作品的数量,任半塘认为五更转部分各为一首,

---

① 参李小荣:《敦煌佛教音乐文学研究》,第 426 页。
② 任半塘:《敦煌歌辞总编》,上海古籍出版社,1987 年,第 1486 页。
③ 任半塘:《敦煌歌辞总编》,第 1492 页。

十二时部分每时二首，理应存二十九首，考虑到"夜半子"两首佚失，然存"夜半子"三字叠句，当成一首，故实际为二十八首。按照演述故事的顺序，分作七段：第一首至第五首（即五更转部分）讲述佛在庵园大会弘宣教义；第六首至第十首讲述宝积邀维摩诘赴会，后者中途托疾而退；第十一首至第十四首讲述佛命三弟子承旨问疾，皆力辞；第十五首至第十八首讲述文殊承旨问疾，从往者万人；第十九首至第二十首讲述维摩诘遣天女散花，舍利弗被捉弄；第二十一首至第二十六首补叙五弟子不敢问疾经过；第二十七首至第二十八首揭示宗旨，然与上文不合。① 曲辞所述故事，以鸠摩罗什译《维摩诘所说经》为主，参考僧肇等相关注疏而成。前五首《五更转》部分，演述《维摩诘所说经》前二品内容：佛陀在毗耶离菴罗树园向宝积菩萨等人宣讲佛法，维摩诘巧设方便，借生病发起问疾缘由。十二时部分重点演述佛陀弟子往昔均遭受维摩诘斥责，不堪前往问疾。与鸠摩罗什所译《维摩诘所说经》相比，经中佛陀弟子如须菩提、文殊等在歌辞中出现了多次，而大目犍连、优波离、罗睺罗等没有出现。经中的光严童子，在歌辞中变成了光明童子。可见，作者撰写歌辞时对经文进行了有意的选择和加工。

三、《十二时》

《十二时》是将一日二十四时分为十二个单位，每一单位称为一时，分别以十二地支名之。分一日为十二时，以十二地支计时，始见于《南齐书》卷十二《天文志上》。以《十二时》为歌曲，

---

① 参任半塘：《敦煌歌辞总编》，第 1488—1489 页。

每一时辰一首，则始见于北魏杨衒之的《洛阳伽蓝记》。佛教诗文中《十二时》之作，以南朝高僧宝誌和尚最早。《景德传灯录》卷二十九收录的署名"誌公和尚"的《十二时颂》，体制与大多数敦煌《十二时》和唐五代禅宗语录中的《十二时》相同，或为后人伪托。唐宋时期禅宗大师语录中，也有不少以俗曲《十二时》歌咏修禅学道的心境与心得。此外，唐五代的道教徒也有借《十二时》为道教歌曲者。敦煌文献中与佛教相关的《十二时》写卷，据郑阿财考察①，共有八种数十份写卷。

1.《禅门十二时·劝凡夫》（S.0427、B.8440、ДХ.05579）

此曲共十二首，每一时辰一首。每首先用三字叠句，下接七言七句。在从子至亥的时序迁流中，反复强调人生无常，现世中的富贵荣华，终当归于覆灭。歌辞以"劝凡夫"为主，语言浅俗易晓，兼用比喻、对比、寓言等多种修辞手法。如"夜半子"通过凡夫与古代帝王、"日出卯"通过凡夫与如来的对比，阐明人身难免无常生死。比喻者，如"人身犹如水泡""人命犹如草头露""荣华恰似风中烛"等，以水上泡、风中烛喻人身之空幻、荣华之无常，极具形象性。此外，文中还借用了譬喻故事，如"二鼠四蛇"，唐义净译《譬喻经》载："乃往过去，于无量劫，时有一人，游于旷野，为恶象所逐，怖走无依，见一空井，傍有树根，即寻根下，潜身井中。有黑白二鼠，互啮树根；于井四边有四毒蛇，欲螫其人；下有毒龙。心畏龙蛇，恐树根断。树根蜂蜜，五滴堕口，树摇蜂散，下螫斯人，野火复来，烧然此树。"② 黑白二鼠喻

---

① 参郑阿财：《唐代佛教文学与俗曲——以敦煌写本〈五更转〉、〈十二时〉为中心》，载《普门学报》第20期，第105—124页。

② 义净译：《譬喻经》，载《大正藏》第4册，第801页。

指昼夜二时，四蛇喻指地、水、火、风。二者并用，盖指人身乃四大假合而成，且随日夜迁流，危脆不坚。为此，诗中劝诫世人禅定观心、忍辱精进、慈悲喜舍、勤修般若等，远离地狱之苦，遥种菩提之因。

2.《法体十二时》（P. 2813、P. 3113、P. 4028、S. 5567）

此曲采用"三、七、七、七"句式，十二时序由寅至丑。内容可分两个层面，一是从"寅"至"戌"九首，劝化对象是初出家的僧人；从"亥"至"丑"三首，以劝化普通世人为主。劝僧部分，讲述了佛教徒初出家时礼佛发愿，舍弃俗世妻儿眷属，严守净戒，断除六根、六尘困扰，修持善法，成就未来之因。后三首与《禅门十二时·劝凡夫》相似，宣说人生无常，劝世人极早修行。曲中叙事如洗足烧香礼佛、胡跪发愿、析食持斋等，涉及僧徒日常宗教生活。说理时融入佛教史事与经典譬喻。如"日出卯"，以佛陀舍弃世间转轮圣王之位和妻子眷属世间之乐而出家修道，是初出家者效法的榜样，也是"日昳未"身心俱出家，谨防身出家而心在家的先导。"日入西"中"莫学渴鹿驱焰走"借用了刘宋求那跋陀罗译《央掘魔罗经》所载譬喻，其云："非法谓法，如春时焰，渴鹿迷惑。汝亦如是，随恶师教而生迷惑。若诸众生非法谓法，命终当堕无择地狱。"[1] 又刘宋求那跋陀罗译《楞伽经》亦云："佛告大慧：'不知心量愚痴凡夫，取内外性，依于一异、俱不俱、有无、非有非无、常无常，自性习因，计着妄想。譬如群鹿为渴所逼，见春时炎而作水想，迷乱驰趣，不知非水。'"[2] 曲中

---

① 求那跋陀罗译：《央掘魔罗经》，载《大正藏》第 2 册，第 520 页。
② 求那跋陀罗译：《楞伽经》卷二，载《大正藏》第 16 册，第 491 页。

借渴鹿奔赴阳焰以求解渴,劝喻初入佛门者切勿受邪师、邪法指引而趣向邪道。此外,为了劝诫初出家者勤行忍辱,不生嗔痴之念,"食时辰"借用了佛教中的不净观,诸如遍体脓血等,详参前论不净观。

3.《圣教十二时》(P. 2734、P. 2918、S. 5567)

此曲演述佛传故事,截取佛陀降生、四门游观、出家修道、悟道降魔、弘法演化、双树涅槃等事,多本于《佛本行集经》《普曜经》《太子瑞应本起经》等本行类经典所记。然细审,其实与佛传所载不尽相同。如"黄昏戌"中"阿难合掌白佛言,文殊来问维摩诘",借用《维摩诘所说经》问疾之事,"人定亥"中"佛说西方净土国,见闻自消一切罪",又带有较强的净土思想,"日入酉"中"愿求世尊陀罗尼,若有人闻诵持受","陀罗尼"指密教咒语。诚如李小荣所论,此卷"当创作于密教与净土都十分盛行的时代,极可能是在中晚唐以后,而把'大圣文殊师利菩萨'作为和声词,显然和晚唐时代流行的五台山文殊信仰有关"①。"食时辰""隅中巳"二首,重在突出佛陀的持戒布施二事,是概述相关本生类经典而成。尤其是佛陀前生为须大挐太子时乐善好施的故事,在汉译佛典中流传颇广,如支谦译《菩萨本缘经》、康僧会译《六度集经》等经典所载。综此可知,此曲乃截取八相成道的部分片段,杂糅相关经典记载而成。

4.《普劝四众依教修行十二时》(P. 2054、P. 2714、P. 3087、P. 3282 等)

智严的《普劝四众依教修行十二时》是长篇成套佛曲歌辞,

① 李小荣:《敦煌佛教音乐文学研究》,第430页。

共十三段一百三十四首，其中前十二段依十二时，每时一段，共一百二十八首，末段六首则为全文内容的总结。此组长篇成套歌辞，以劝众化俗为主，"主要演说人生之劳役不休，或因贪图口腹，或为迷恋室家。而人世之间，但知生，不知老，不知生死壮老皆无常；儿女亲情难依倚，世务虚幻总是空；生死循环亦无常，奉劝世人，宜觉悟，趁早归依自修行"①。其中"鸡鸣丑"描绘了天刚刚亮就奔走世间的贫人，在城隍、村落间辛苦劳作，互相欺谩，营求口腹之欲，贪求妻子恩爱。病重命终时，却没有值得托付的亲友。去世后，财物被人侵占，无人为其追悼修福。实际上对世态炎凉、人情冷暖进行了批判。"平旦寅"开篇道出天渐晓时世间一派繁忙的景象，"平旦寅，天渐晓，钟鼓满城惊宿鸟。万户千门悉喧喧，九陌六街人浩浩"。然百年光阴转瞬即逝，回顾平生苦恼时多而欢快时少，最终归于古陌荒阡，难免轮回恶道。辞中所用比喻颇为形象。如论人生暮年无常将至，以"朽树临崖看即倒"喻之，颇为贴切。又以荒凉枯寂的外部环境，宣说死后之悲，映衬之功，实不可没。"日出卯"借太阳初出东方、造化万物引申到人生无常迁变，美丑、才智、寿夭均归覆灭，劝导世人修持佛教。"食时辰"紧扣"食"字，铺陈世人恣求口腹之欲而伤生害命，甚至到了饥荒之年刀兵相向，自相残杀，劝世人戒杀放生，求生净土。"隅中巳"讲述世人斋僧法会的盛况，借之禳灾免难，往生净土。"日南午"借红日当空铺陈时光流逝之快。诗中借用潘岳、石崇、西施、颜回、彭祖、三皇五帝等历史人物，反复陈说人

---

① 郑阿财：《唐代佛教文学与俗曲——以敦煌写本〈五更转〉、〈十二时〉为中心》，载《普门学报》第 20 期，第 114 页。

生无常的般若空观，与前揭《十空赞》类似。"日昳未"借太阳西下凸显浮生如幻，极陈时光不可把玩，父母兄弟难以依怙。"晡时申"以日将暮时的残景起兴，铺叙女儿出嫁时父母准备陪嫁，女儿甚至索要陪嫁，允则欢，拒则生怨，父母病重临终时却弃之不管。"日入酉"以日暮时分林间宿鸟纷飞、路上行人奔走起兴，讲述世人在结束一天的奔走忙碌后，次日依旧奔波世间，忍受尘劳之苦。颇可留意的是，它对底层民众尤其是农人的悲辛进行了铺陈，劝说府君官吏要体谅民众之苦，带有较强的现实性。"黄昏戌"中黄昏本为罢鼓不出、休养生息之时，世人依然百般算计，欢饮达旦，经像前碎骨杂陈，杯盘狼藉，死后难免地狱之苦，奉劝世人勤俭持家，早修佛道。"人定亥"讲述夜中本为休息之时，燃灯下友朋饮酒，商讨种种事宜。文末劝众早日舍弃家业，勤念弥陀佛号，除却业障。"夜半子"紧扣子时连接两日的特点，宣说死生相续，自有世界以来就循环不止。夜深人静，斗转星回，露坐草堂之中，悲慨世间囚徒、病人、孕妇、孤孀、行人等各色人物的悲苦生活。诗歌第十三部分六首曲词，总括前文，叙述世间无常，昼夜循环，不管是荣华富贵抑或功名利禄，均难逃地狱之苦，进而劝说世人早日念佛，急修善行。

《普劝四众依教修行十二时》共一百三十四首组曲，以"普劝四众依教修行"为中心，自成体系。一方面，曲文围绕十二时各个时段的特点，以时间的线性迁流为主题，展现出世人的劳碌悲欣。随着时间的消逝，反复陈说人事无常，念念迁变，荣华富贵不可把玩，最终难逃地狱悲苦，劝说世人早日归向佛道，趁早修行。另一方面，十二时前后相续，组成一个终而复始、永无休止的时间圆环。世人在此圆环中夜以继日，永无停歇，一日也就成为一生的隐喻。曲文以劝众化俗为主，语言明白如话，浅俗易晓。所诉世间种种悲苦情事、人情冷暖，极具生活色彩，颇能感发人心。佛教思想侧重宣说无常，倡导布施、念佛，为佛教习见之谈，并无高深之理。这也符合曲文"普劝四众"的创作旨趣。

四、《行路难》

《行路难》本为民间歌谣，汉代被选入乐府杂曲歌调，在南北朝、隋唐五代广为流传。其中郭茂倩《乐府诗集》卷七十、七十一两卷收录了六十二首歌辞，最早的作品是刘宋鲍照的《拟行路难》十八首。从"拟"字看，在鲍照之前，此题已经出现。僧人作品中，齐僧释宝月一首，五代贯休五首，齐己两首。此外，《续高僧传》《宋高僧传》分别提到释慧命、释慧忠的《行路难》，今佚。敦煌文献中的《行路难》，据郑阿财研究，共有八件，收藏在英国、法国、俄罗斯和日本。① 根据内容不同，可以分为四类。

1. 《行路难》（S. 2672、P. 2901）

本篇《行路难》在禅师与女人问答诗末，禅师无词而退，女子以诗相赠："行路难，路难心中本无物。只为无物得心安，无见心中常见佛。"观其意，乃是抒写禅宗修行心路之难。心中无物便得心安，心中无见便可见佛，显然是南禅宗思想的宣说。

2. 《行路难》（S. 3017、P. 3409）

此曲见前揭《禅师卫士遇逢因缘》中，在六禅师分别以"五更转"和劝诸人偈后，七卫士心生爱慕之心，于是各赋《行路难》

---

① 参郑阿财：《敦煌禅宗诗歌〈行路难〉综论》，《郑阿财敦煌佛教文献与文学研究》，第305—336页。

一首，共计七首，篇末均以"君不见，行路难，路难道上无踪迹"作结。其后，六禅师与七卫士十三人尊一有德为师，和上作"安心难"。

3.《征心行路难》（S.6042、ДХ.0665、日本龙谷大学藏本）

此曲各首均以"君不见"三字起句，后接一句五字句，末尾有"行路难，路难□□□□□"的重句和声或套词，后接二句七字句，全篇亦以七字为主。

4.《行路难》（P.2555）

诗题作《明堂诗》，以"君不见"三字开篇，结句为"行路难，路难明堂在殿前，李家定得千千岁，圣主还同万万年"，属世俗诗歌，内容与佛教无关。

《行路难》本以陈述世路艰难和离别悲伤为主，多以"君不见"为首。佛教徒创作的《行路难》，大多歌唱佛理，在世路艰难主题上进一步引申，重在表现禅宗悟道的心路历程和修行解脱之艰难困苦。如《行路难》（S.3017、P.3409）中云："众生常被财色缠缚，没溺爱河，沉沦生死，处处经过。八风常动，六识昏波，常念五欲，不念弥陀。生天无分，地狱对门。循环六道，回换万身。欲得学道，须舍冤亲。君不见，行路难，路难道上无踪迹。"[①]反复慨叹世人被财色缠缚，沉溺生死爱河，不思学道。若想远离地狱之苦，诚属不易。文末"君不见，行路难，路难道上无踪迹"的和声在每首之末循环往复，反复陈说修行之难。值得注意的是，第六个卫士的《行路难》以龟毛、兔角等本不存在的事物阐释佛

---

① 转引自郑阿财：《敦煌禅宗诗歌〈行路难〉综论》，《郑阿财敦煌佛教文献与文学研究》，第310页。

教空观，如云，"常捏龟毛为罝网，磨炼兔角作刀枪。大悲泽里网得鹿，铁围山中补得羊。白牛驾车来运载，乾闼婆城中作宴会"①，虚无物象的并列铺叙，旨在映衬世人的执迷，进而劝说世人戒杀放生。第七个卫士以行军征战比喻大乘佛教的六度修行，极具文学趣味，其云："身骑精进［马］，忍辱作鞍辔。持戒作枪旛，慈悲为将帅。手把禅定弓，射破三十六军贼。获得菩提勋，无心是官职。差作巡境使，四方和六贼。"② 诗中的马、鞍辔、枪、军将、弓等，分别喻指精进、忍辱、持戒、禅定、智慧等六度。盖谓借由六度修持，可趋向佛道也。牛头禅以"无心"观为主的思想，在《行路难》中也得以体现。如《行路难》（S. 2672）末妇人所诵《行路难》云："行路难，路难心中本无物。只为无物得心安，无见心中常见佛。"故郑阿财认为出于牛头法融门徒之手，与以曹洞宗僧徒为创作主体的《渔父词》，均属禅宗文学的特色。③

---

① 转引自郑阿财：《敦煌禅宗诗歌〈行路难〉综论》，《郑阿财敦煌佛教文献与文学研究》，第310页。
② 转引自郑阿财：《敦煌禅宗诗歌〈行路难〉综论》，《郑阿财敦煌佛教文献与文学研究》，第310页。
③ 参郑阿财：《敦煌禅宗诗歌〈行路难〉综论》，《郑阿财敦煌佛教文献与文学研究》，第305—336页。

第四章　隋唐五代诗僧的诗歌创作

这里所说的隋唐五代诗僧，是指以皎然、齐己、贯休等为代表的僧人写作群体，其诗或优游山林以示清新雅致，或针砭时弊以求辅君治国，或唱酬赠答抒发人生感慨，或游戏诗禅，探索诗艺禅趣。这一写作群体标举"风雅"，倡导比兴，推崇《离骚》，在写作上多延续着传统文人写作的审美标准，同时，佛典禅思、自然山水、佛门生活、清冷境界等佛教诗歌要素也都不乏表现。但是，他们很少以诗歌去传法布道，呈现作为宗教信仰者的精神世界，因而我们将这一写作群体与王梵志、寒山、庞居士等为代表的写作群体分开叙述。

第一节　诗僧文学的兴盛

汉传佛教史上，自汉末两晋便有僧人从事诗歌创作的记载，至隋唐更加广泛。《隋书》"经籍志"中记载有文集传世的僧人十三位，分别是支遁、支昙谛、释惠远、释僧肇、释惠琳、释亡名、释标、释洪偃、释瑗、释灵裕、释嵩、策上人、释智藏。① 至明代的《古今禅藻集》亦列出隋朝诗僧十三人，诗作二十二篇。②

---

① 魏征、令狐德芬：《隋书》第 3 册，中华书局，1973 年。
② 正勉辑：《古今禅藻集》，明复法师：《禅门逸书》初编，第 1 册，明文书局，1981 年。

据《全唐诗》记载，初唐至中唐，有名的诗僧有慧宣、法宣、慧净、海顺等十三人，诗作二十六首又两句。此时的僧诗还多存有以诗议论佛理的偈颂特质。

真正意义上以诗歌创作闻名于世的"诗僧"出现于中唐以后。灵一可谓是盛、中唐之际最著名的诗僧；而"诗僧作为一个特殊的阶层，出现于唐代，严格说来，形成于中唐大历之后"①。有学者考证，现存诗作的大历僧人达一百三十人；短短不到二十年时间内，就涌现出如此多的僧人从事诗歌创作，风气之盛，可见一斑。

《全唐诗》记录此时期的诗僧计十四人，分别是灵澈、太易、法照、释泚、庞蕴、护国、法振、清江、无可、皎然、广宣、含曦、善生、韬光，诗作共计六百八十六首；这一记载显然不能概括中唐诗僧的全貌。实际上，中唐"诗僧"的正式出现，标志僧人群体的分化；"诗僧"开始在佛门内外具备越来越大的影响力。此时期，僧诗的一些主要品格及作者的整体创作特征也基本定型。

《全唐诗》中记录晚唐诗僧三十二人，诗作一千九百三十二首。其中最重要的诗僧贯休、齐己以及处默、修睦、栖一、虚中、尚颜、栖蟾等都经历了五代。较之以前，晚唐五代僧诗的创作力更加旺盛，诗文集动辄数卷；如贯休自云"新诗一千首"②，留有

---

① 周裕锴：《中国禅宗与诗歌》，上海人民出版社，1992年，第38页。
② 贯休：《偶作二首》其一，陆永峰校注：《禅月集校注》，巴蜀书社，2006年，第38页。

《禅月集》十二卷；齐己自称"一千首出悲哀外"①，留有《白莲集》十卷；可朋"有诗千余篇，号《玉垒集》"②，此集计十卷；昙域《龙华集》十卷、自牧《括囊集》十卷、修睦《东林集》一卷、尚颜《供奉集》一卷、虚中《碧云诗》一卷等。另外，晚唐五代还涌现出一些不同规模、不同组合方式的诗僧群体，如唐末齐己就与皎然、灵澈、清江、无可、贯休等人共同构成了诗僧创作群的主体，甚至因其独有的美学风格为众诗僧效仿，形成所谓"齐己体"，闻名诗坛。

一、隋唐五代诗僧兴起的原因

隋唐五代诗僧的兴起、流行，有着多方面的原因：既有汉传佛教本身发展演变形成的动因，也包括整个隋唐五代社会文化背景的影响。归纳起来主要有以下几个方面：

（一）隋唐五代诗僧兴起的宗教原因

隋唐五代是汉传佛教高度发达的时期。是时，佛门宗派纷起，大德辈出，信众渐多，甚至出现了繁荣的寺院经济。汉传佛教此时已发展形成结构较完备的理论系统，佛学思想的传播已十分普及，并逐渐内化成为当时中国思想文化的有机组成部分。

1. 僧人数量激增与寺院经济的繁荣

隋唐五代诗僧众多，首先是此时期诞生诗僧的"基数"：僧尼

---

① 齐己：《吟兴自述》，《白莲集》卷八，明复法师：《禅门逸书》初编，第2册，第113页。

② 王士禛：《五代诗话》卷八，郑方坤删补，戴鸿森校点，人民文学出版社，1989年。

的人数明显增多。唐初,太史令傅奕先称"今之僧尼,请令匹配,即成十万余户"①;又云"大唐壮僧尼二十万众"②;虽均不确,但当时僧侣人数众多的事实是可以想见的。至开元盛世,据考僧人达十二万余众。③唐后期的会昌毁佛,大批僧侣还俗;即便如此,此阶段僧尼数量仍在三十万人左右。④到了五代十国时期,战乱频仍,又有后周世宗灭佛,其僧侣人数却并未因之减少,继续维持在三十万人左右。⑤如此不断增长的僧徒数量,导致佛教社会影响力的扩大和僧团、寺院势力的强壮。同时如此庞大的人口基数,也提高了诗僧涌现的概率。

僧徒众多,僧团扩大,必然导致隋唐五代频繁兴建寺院。据《唐六典》统计:"凡天下寺,总五千三百五十八所。"⑥依据唐朝州县建制平均下来,则每州就有佛寺十六所⑦,足见数量之多。会昌毁佛时,不计河北三镇及泽路一镇,全国"大凡寺四千六百,兰若四万"⑧。即便五代战乱,以经历毁佛的后周一朝论,世宗显德二年(955)"废寺院凡三万三百三十六"所后,尚"存寺院凡二千六百九十四所"⑨。

隋唐五代,与大兴庙宇同时出现的,是寺院经济的发达。当

---

① 《旧唐书》卷七九《傅奕传》,中华书局,1975年,第2716页。

② 道宣驳斥傅奕毁佛时引用傅奕的话,参见《广弘明集》卷七,《大正藏》第52册,第134页。

③ 白文固:《中国古代僧尼名籍制度》,青海人民出版社,2002年,第27页。

④ 王秀林:《晚唐五代诗僧群体研究》,中华书局,2008年,第48页。

⑤ 王秀林:《晚唐五代诗僧群体研究》,第49页。

⑥ 李林甫:《唐六典》卷四,中华书局,1992年,第125页。

⑦ 张弓:《汉唐佛寺文化史》,中国社会科学出版社,1997年,第109页。

⑧ 《旧唐书》卷一八《武宗本纪》,第604页。

⑨ 《旧五代史》卷一一五《世宗纪第二》,中华书局,1976年,第1531页。

时的寺院广有土地、田亩，如唐代"依内律，僧尼受戒，得荫田，人各三十亩"①。如此发展，至会昌毁佛时，仅朝廷没收寺田，就"收良田数千万顷"②。唐末五代，寺院田产增幅更大，如沩山同庆寺此时期仅佃户就有千余家③，其田地规模之大，不言而喻。除田地外，寺院还有其他获利的方式。比如隋唐五代的很多寺院"私置质库、楼店，与人争利"④，即参与俗世的工商业活动，以谋取利润。田产的扩张与财富的增长，让隋唐五代的寺院具备足够雄厚的经济实力来为僧人从事艺文活动提供物质支撑。

2. 寺院功能的多元化

隋唐五代诗僧的涌现，与当时寺院发展出的佛教道场以外的多种社会功能也有关系。

隋唐五代的很多寺院收藏有大批佛典及外学著述，具备"藏书阁"的功能。当时，寺院藏书品类丰富，"有桑门之重译，有居士之覃思，有长老之辩论，有才人之撰集"；数量可观，"严之堂室，载之舟车，此其所以浩瀚于九流也"⑤。而这些寺院的藏书往往是"不借外客，不出寺门"⑥。汗牛充栋又恕不外借，便吸引了大批知识分子来到寺院，他们在此读书，有的人也将自己的著述献藏寺中。比如，白居易贬黜江州时，便"常与庐山长老于东林

---

① 道世：《法苑珠林》卷五五，《大正藏》第 53 册，第 708 页。
② 王溥：《唐会要》卷五九《尚书省诸司下·祠部员外郎》，中华书局，1955 年，第 1207 页。
③ 周勋初：《唐人轶事汇编》卷三〇，上海古籍出版社，2015 年，第 1774 页。
④ 《加尊号后郊天赦文》，《全唐文》卷七八，中华书局，1983 年，第 820 页。
⑤ 李肇：《东林寺经藏碑铭（并序）》，《全唐文》卷七二一，第 7416—7417 页。
⑥ 白居易：《东林寺白氏文集记》，《全唐文》卷六七六，第 6905 页。

寺经藏中披阅远大师与诸文士唱和集卷",也把自己的《长庆集》施予东林寺等道场收藏:"集有五本,一本在庐山东林寺经藏院,一本在苏州南禅寺经藏内,一本在东都胜善寺钵塔院律库楼,一本付侄龟郎,一本付外孙谈阁童,各藏于家,传于后。"① 如此,丰富的藏书扩大了僧人接触、学习诗歌的机会,同时为他们的诗文创作,提供了大量的范本;而那些慕"藏书"之名而来寺院"仍旧观之"的文人骚客,也多与寺僧交流,其间必然会有诗词的唱和与创作的交流。

与"藏书"功能密切联系的,是隋唐五代寺院的"教育"功能。当时规模较大的寺院都很重视对僧徒的文化教育。这种寺院教育,不仅有佛教义理、科仪的训练,也有很多外学的教授。现存的隋唐五代僧传文献便记录了许多僧人于寺院接受文化教育的经历。如释道融年少出家时,他师父便"先令外学,往村借《论语》,竟不赍归,于彼已诵,师更借本覆之,不遗一字",长期接受教育,让道融"迄至立年,才解英绝,内外经书,谙游心府"②。再如高僧宗密"因遂州有义学院,大阐儒风,遂投请进业"③。一些寺院的教育资源也主动与世俗知识分子共享,如兖州光化寺"客有习儒业者,坚志栖焉"④。隋唐五代的许多文士诗人都曾在寺院中读书习业。如李翱"肄业于惠山寺,居三岁。其所讽念《左氏春秋》《诗》《易》及司马迁、班固《史》、屈原《离骚》、庄

---

① 白居易:《白氏长庆集后序》,《全唐文》卷六七五,第6897页。
② 道宣:《续高僧传》卷六,《大正藏》第50册,第363页。
③ 严耕望:《唐人习业山林寺院之风尚》,《唐代研究论集》(第2辑),新文丰出版公司,1996年,第8页。
④ 李昉:《太平广记》卷四一七,中华书局,1981年,第3394页。

周、韩非书记及著歌诗数百篇。其诗凡言山中事者，悉记之于屋壁"①；苏威"每屏居山寺，以讽读为娱"②等。有的文人还参与到寺院的讲学活动中，如颜真卿"未仕时，读书讲学，恒在福山，邑之寺有类福山者，无有无予迹也"③。寺院教育使僧徒的文化水平普遍得以提高，尤其外学的讲授，让越来越多的僧人有更多的机会接触、了解诗歌；同时俗世知识分子参与到寺院教育中，特别是直接在僧侣中讲学授课，是僧俗间实时的文化交流，其中必然包含诗歌鉴赏与创作的切磋，为僧人作诗提供及时的指导。

隋唐五代的寺院往往还具有公共园林的功能。佛家道场历来建筑于山清水秀处，以便静心修行，如五台山清凉寺"赫奕奕而烛地，崒巍巍而翊天，寒暑隔阂于檐楣，雷风击薄于轩牖。星楼月殿，凭林跨谷；香窟花堂，枕峰卧岭……天花覆地，积雪交辉，梵响乘虚，远山相答。珍木灵草，仰施而纷荣；神钟异香，降祥而闻听"④。寺院的美化，招来四方游客，如鹤林寺"其花欲开，探报分数，节使宾僚官属，继日赏玩。其后一城士女，四方之人，无不载酒乐游"⑤。游寺的人群中，不乏能文善诗者，有的文人甚至因留恋寺中美景而寄宿其中。这些诗人留下了许多脍炙人口的诗句，记述他们游览、留宿寺院的经历，描写所见到的寺院景致。如宋之问《宿云门寺》见"天香众壑满，夜梵前山空。漾漾潭际

① 李騊：《题惠山寺诗序》，《全唐文》卷七二四，第7453页。
② 严耕望：《唐人习业山林寺院之风尚》，《唐代研究论集》（第2辑），第35页。
③ 颜真卿：《泛爱寺重修记》，《全唐文》卷三三七，第3419页。
④ 李邕：《五台山清凉寺碑》，《全唐文》卷二六四，第2679页。
⑤ 李昉：《太平广记》卷四一七，第321页。

月，飀飀杉上风"①；再如温庭筠《宿云际寺》所见："白盖微云一径深，东峰弟子远相寻。苍苔路熟僧归寺，红叶声干鹿在林。"②这些游赏、寄宿活动，增加了僧侣与文人交流的机会，那些文人题壁的诗作，更成为诗僧向文豪学习诗歌创作的便捷范本。

可以说，寺院功能的多元化，培养出一批精于佛学，又博览外典的僧侣；其中有人不但通晓儒典，而且精于诗艺。这些僧徒除了诵经参禅之外，也有自己的兴趣与情感；游方参学的过程中，耳闻目睹，有所感触，则欲有所言，而这些都不是单纯的佛教实践所能表达的。所谓"夫诗者，志之所之，意迹之所寄"③，有文才之僧人便选择了通过诗歌呈现其对宇宙的观照、对人生的了悟。

3. 禅宗的兴起

隋唐五代禅宗兴盛，不仅改革了传统佛教的义学思想，也让僧众的生活与修行方式越发简化。如"平常心是道"一类"生活禅"思想的提出，使成佛的道路由记诵佛经、坐禅修行转向世俗日常活动；而吟诗答对也属日常生活之一部分，亦被禅宗视为参修的一种"方便"路径；由此，僧侣作诗的戒律、禁忌彻底被消除，诗僧能够从繁难的诵经、科仪中抽身出来，有更多时间潜心于诗文创作。

尤其是晚唐五代的江南地区，各政权崇奉佛教、优待僧侣，为诗僧群体的崛起提供了政治上的保障。大批佛、禅僧侣纷纷南下，以不同形式参与到已经稳定了的农禅体系中，南宗禅即借此时机蓬勃发展起来，终于形成"一花开五叶"的空前繁荣局面，

---

① 宋之问：《宿云门寺》，《全唐诗》，中华书局，1960年，第622页。
② 温庭筠：《宿云际寺》，《全唐诗》，第3254页。
③ 道宣：《广弘明集》卷三〇，《大正藏》第52册，第359页。

给禅宗的持续发展以新的机制，让诗禅双修、以诗喻禅的诗僧文学传统得以发扬。正如元好问形容的"诗为禅客添花锦，禅是诗家切玉刀"①，取象自然、空有互摄、充满诗意与禅机的法语、僧诗，反映出诗歌对于参禅悟道有着锦上添花、如虎添翼的助力，对诗僧大量地创作诗歌起到推波助澜的作用。

"生活禅"的践行，使禅师更多地接触世俗世界，拓宽了诗僧的艺术视野，为创作主体真情实感的触发及作品内容的多面向展开、深入，提供了丰富的生活素材。这种更加开放与世俗化的生活模式，为诗僧的创作提供了厚实的现实基础，不仅大大提升了僧诗作品的数量，更可贵的是拓展、深化了僧诗的内容与思想。这些拓展与深化标志着僧侣文艺的解放。许多诗僧自觉践行甚至标举"以诗参禅"，据《景德传灯录》记载唐代禅师示法多用诗语，南岳怀让、马祖道一、百丈怀海、黄檗希运、临济义玄等，皆借诗句完成机锋问答。如天柱崇慧以"时有白云来闭月，更无风月四山流"回答弟子问"天柱家风"；以"白猿抱子来青嶂，蜂蝶衔华绿叶间"回答"祖师西来意"②。这使诗的主动性格被突现了出来，"诗"作为禅所附依的本体，成了"诗禅相通"的重心。

禅门对世俗社会的观照，也让爱好诗文创作的僧侣有机会接触更多的世俗文学作品，从中汲取思想、内容及创作技法的养料，僧诗的风格也随之发生了很大变化，所谓"以歌颂为等闲，将制

---

① 元好问：《答俊书记学诗》，《元遗山诗注》卷一四，《四部备要》影印本，中华书局，1981 年。

② 道原：《景德传灯录译注》卷四，顾宏义译注，上海书店，2010 年，第204 页。

作为末事。任情直吐，多类于野谈；率意便成，绝肖于俗语"①，最终迎来隋唐五代诗僧群体的兴起及其僧诗创作的空前繁荣。

（二）隋唐五代诗僧兴起的社会原因

1. 统治者奉佛与文人逃禅

统治者对诗文的雅好、推崇，是隋唐诗僧文学流行的一个重要政治原因。早在南朝，许多统治者便崇佛好诗，久之，他们周围便聚集起人数可观的僧侣和作家，形成极为活跃的南方僧侣、文人群体。这一传统为隋、唐所延续：有唐一朝，帝王佞佛者居多，加之尚诗的文化背景，让统治者对诗僧青睐有加。如皎然殁后遗诗文集十卷，唐德宗命宰相于頔亲为写序，这对僧人可谓殊荣。五代时同样诗僧辈出，且多有因诗名而受宠者，如贯休因工诗善画名重一时，深受吴越钱镠、蜀主王建的恩宠。正所谓"才把文章干圣主，便承恩泽换禅衣"②，统治者自上而下的鼓励与褒奖，让僧人及失意文士看到了一条博取名利的捷径，刺激了更多人遁入空门、诗禅双修。

科举艰难，仕途不畅，许多士人入世无望，转而投身佛门。特别是中晚唐以后，社会政治生态的转变，促成大批诗僧的诞生：中唐至五代，全国政治上的分裂割据和此起彼伏的战乱，使逃禅人数激增，也强化了佛教的地区性特色，直接导致了诗僧群体分布呈现出鲜明的地域性特征。唐五代的诗僧，绝大多数产生、活

---

① 文益：《宗门十规论》，《卍续藏经》第 63 册，新文丰出版公司，1983 年，第 38 页。

② 齐己：《答文胜大师清柱书》，王秀林：《齐己诗集校注》，中国社会科学出版社，2011 年，第 536 页。

跃于长江流域的广大地区；甚至可以说整个唐代最杰出的诗僧均为江南籍。据陈尚君《唐诗人占籍考》，唐代占籍明确的诗僧有一百四十五人，其中活跃于长江流域的就有一百人①，无怪刘禹锡称"世之言诗僧多出江左"②。这一众诗僧彼此之间或同地酬赠，或异地遥相唱和，联系极为紧密。

2. 经济重心南移与南方文化繁荣

除了政治原因，经济生态的发展变化也是隋、唐诗僧文学兴起的一个重要动因。唐中叶以后，黄河流域战乱频仍，江南地区则相对安逸，渐成国家经济重心；这为诗文创作等文化活动准备了外部条件，也为佛教重心南移提供了物质保障。江南佛教兴起，禅院、佛寺的建设是一个重要内容。寺院经济的相对发达是隋、唐诗僧群体形成的经济基础：固定群居的修行、生活方式，提供了创立宗派的实力与条件，为佛门创造性地发挥教理，制定自有的清规戒律，尤其是形成特定的势力范围，打下了牢固的物质基础。同时，这些寺院也成为僧人与文士交往的理想空间：在寺院清幽雅静的文化氛围中谈禅论道，密切了文人与僧人的联系，增加了诗意和雅兴，激发了创作灵感。

隋、唐诗僧群体集中于江南，与此处地理环境和文化积淀也有密切关系。长江流域宜人的自然环境自魏晋以来便催生了士人娱情山水、高雅脱俗的人生态度与充满诗意的生活方式，这些都对隋、唐江南文学创作产生了重要影响；同时，战争导致北方文化南迁，南方文化崛起，很早就植根于江南的佛禅文化，也得到

---

① 陈尚君：《唐代文学丛考》，中国社会科学出版社，1997 年。
② 刘禹锡：《澈上人文集》，《刘梦得文集》卷二三，《四部丛刊·集部》，涵芬楼影印本。

进一步深化，并融会于江南好祀尚鬼的传统中。具体到诗僧文学而言，南部优美的山水风光颇受诗僧青睐，而南方人文地理特有的灵气与悟性，又与诗僧通过文艺创作追求心灵绝对自由的诉求十分契合；于是隋、唐江南僧侣纷纷效仿、继承魏晋僧人乐山好水、吟风咏月的传统，僧诗创作便也发达起来。

二、隋唐五代诗僧的特点

1. 出身禅宗与天台宗者居多

隋唐五代的诗僧大多数出自禅宗或天台宗门下。隋唐五代禅学的广泛传播与弘扬，为诗僧提供了最适宜的发育环境。如当时诗僧会聚的江左，就是禅宗与天台宗主要流行的地区。二宗皆重心性，对诗僧的观念和艺术思维方式有较大的影响：唐代诗僧基本都修习禅宗，如皎然《酬崔侍御见赠》云"市隐何妨道，禅栖不废诗"[1]，灵一"每禅诵之隙，辄赋诗歌事"[2]；诗僧也多与天台宗有关，如皎然曾为天台宗道遵撰《苏州支硎山报恩寺大和尚碑》，灵澈早年出于天台神邕的门下。南方"诗僧"成为现象，与此二宗在江南一带传播佛教义理有深刻的关系。

2. 文学修养较高

隋唐五代时期，诗学造诣较高的诗僧中，有些是颇具文采的文士逃禅，更多人则是出家之后通过自觉学习而博得诗名的，如齐己"习学律仪，而性耽吟咏"[3]，贯休"与处默同削染，邻院而

---

① 皎然：《昼上人集》卷一，《四部丛刊·集部》，涵芬楼影印本。
② 赞宁：《宋高僧传》卷一五，《大正藏》第50册，第799页。
③ 赞宁：《宋高僧传》卷三〇，《大正藏》第50册，第897页。

居，每隔篱论诗，互吟寻偶对"①；还有许多诗僧出家前就饱读诗书，精于诗艺，如恒超"年十五，早通六籍，尤善风骚，辞调新奇，播流人口"②，慧恭"家传儒素，不交非类"，"年十七举进士"。③ 许多僧人经过长久的文学滋养，其诗文形成了自有的美学风格，如《宋高僧传》记载当时诗坛流行之批评，谓"故人谚云：誓之昼，能清秀；越之澈，洞冰雪；杭之标，摩云霄"④。同一区域的诗僧，因师徒授受或诗风相近而构成前后承续的"文脉"，如刘禹锡《澈上人文集纪》云："世之言诗僧多出江左。灵一导其源，护国袭之。清江扬其波，法振沿之。如么弦孤韵，瞥入人耳，非大乐之音。独吴兴昼公，能备众体。昼公后，澈公承之。"⑤

诗僧中颇有声名极著者，诗僧贯休"受具之后，诗名耸动于时"⑥，齐己诗名颇著，"颈有瘤赘，时号诗囊"⑦。有僧人诗艺之高甚至闻名于当朝，如僧皎然、灵澈、道标相与酬唱，递作笙簧，"每飞章寓韵，竹夕华时，彼三上人当四面之敌，所以辞林乐府常采其声诗"⑧。

3. 师友切磋，结为群体

通晓诗艺的僧人也乐于彼此研讨，相互切磋。如齐己有《览延栖上人卷》、栖蟾有《读齐己上人集》；贯休幼年与处默"隔篱

---

① 赞宁：《宋高僧传》卷三〇，《大正藏》第50册，第897页。
② 赞宁：《宋高僧传》卷七，《大正藏》第50册，第749页。
③ 赞宁：《宋高僧传》卷一二，《大正藏》第50册，第783页。
④ 赞宁：《宋高僧传》卷一五，《大正藏》第50册，第799页。
⑤ 刘禹锡：《刘禹锡集》卷一九，卞孝萱校订，中华书局，1990年，第240页。
⑥ 赞宁：《宋高僧传》卷三〇，《大正藏》第50册，第897页。
⑦ 赞宁：《宋高僧传》卷三〇，《大正藏》第50册，第897页。
⑧ 赞宁：《宋高僧传》卷一五，《大正藏》第50册，第803页。

论诗"等。在相互学习的过程中，诗僧们或结为师徒，或结为诗友，这在唐末五代尤为常见。诗歌，密切了这些僧侣之间的关系；同时，诗僧也更加重视诗歌，更频繁地以诗会友。如贯休、齐己、修睦、虚中、处默、栖蟾等诗僧就因酬唱赠答而结为诗友；另《诗话总龟》还详细记述了齐己与乾康因诗为友的公案。这种诗友关系增加了诗僧的创作热情，提升了他们的艺术水准，进而也推动了诗僧文学的兴盛。

晚唐五代诗坛唱酬之风极为盛行，佛门也出现了多个颇有势力的唱和群体，如诗僧赞宁、延寿、处默、汇征等人彼此"切磋文义""以诗什唱和"，致使吴越"文学益茂"①。隋唐诗僧中，甚至还出现了地域性的"诗社"组织，如《闽书》卷一三七载泉州僧人法辉"禅余颇以诗自娱，与吕缙叔、石声叔、陈原道、释居亿、居全为同社"②；《宋高僧传》卷二十七《唐明州国宁寺宗亮传》载释宗亮"恒与沙门贯霜、栖梧、不吟数十人，皆秉执清奇，好迭为文会，结林下之交"③。这些诗学造诣高妙的诗僧活跃于各地丛林内外的酬唱、结社活动，对其他僧人有着巨大的吸引力，吸引更多的佛教徒从事诗歌创作。

4. 一字之师，僧俗唱和

魏晋南北朝以来名僧、文士交游雅集的风尚延续至隋唐五代。当时大多数诗僧是主动学诗的，他们借诗宣说对佛理的悟解，以

① 王禹偁：《右街僧录通惠大师文集序》，载《小畜集》卷二〇，《四部丛刊》初编本。

② 何乔远：《闽书》卷一三七，《原国立北平图书馆甲库善本丛书》第380册，国家图书馆出版社，2013年，第3401页。

③ 赞宁：《宋高僧传》卷二七，《大正藏》第50册，第881—882页。

诗歌标榜自我的外学功底和高雅情操，同时将诗歌酬唱作为结交方内、外文友的重要社交手段。特别是晚唐五代，拜师学诗和酬唱论诗几成佛门时尚，如齐己曾往宜春从郑谷学诗，虚中往庐山从陈沆学诗。最有代表性的是晚唐五代诗坛上广为流传的"一字师"公案，如《诗话总龟》记载：

　　齐己往袁州谒郑谷，献诗曰："高名喧省闼，雅颂出吾唐。叠巘供秋望，飞云到夕阳。自封修药院，别下着僧床。几话中朝事，久离鸳鹭行。"谷览之云："请改一字，方得相见。"经数日再谒，称已改得诗，云："别扫着僧床。"谷嘉赏，结为诗友。①

　　该书还记载贯休曾为王贞白"一字师"②。也有齐己为士大夫"一字师"的记述，如其改张迥诗"虬髯白"为"虬髯黑"。

　　隋唐佛门中人，往往将与士人唱和看作是高雅的行为，士大夫寄诗于僧，礼尚往来，僧人应予酬答；僧人也常希望在这种交流中提高诗艺，获得清名。仅《唐诗类苑选》就记载与诗人交友的僧人约一百五十人，如齐己就作有《次韵酬郑谷郎中》《酬蜀国欧阳学士》《寄答武陵幕中何支使二首》等酬和文人的诗歌。在日益密切的僧俗交往中，互相寄赠、索阅诗集以及诗集题咏的情况也极为频繁，如贯休有《还举人歌行卷》，齐己有《谢欧阳侍郎寄示新集》《谢人寄新诗集》《谢王秀才见示诗卷》《谢王先辈湘中

---

① 阮阅：《诗话总龟》卷一一，人民文学出版社，2005年，第131页。
② 阮阅：《诗话总龟》卷一一，第128页。

回惠示卷轴》《谢高辇先辈寄新唱和集》《还黄平秀才卷》《贺行军太傅得白氏东林集》等。经常性的诗文往还，密切了诗人与僧人的联系，甚至形成了以诗歌创作为主要活动的僧俗共处的文学群体。酬唱应答直接带动了僧人的诗歌创作，促进了诗僧的产生，推动僧人作诗风气的形成。

许多文人雅士将聚会禅院、酬唱僧侣视为庐山结社般的风雅，遂扩大了僧俗的交往范围；如《唐诗类苑选》记载诗人所创作的以寺院僧侣为题材的诗作就多达数百首。士人出入佛门，增进了儒、释之间哲学、思想的交流、融合，强化了寺院的文化、文学气氛，推动了文学在内的佛教外学的发展，加快了僧人诗化的进程。另一方面，战争与政治动荡导致更多士子"逃禅"，这使得僧人与文人的联系更加密切，潜移默化中使僧人趋同于文士的价值观念，提高了僧人的文学素养，对僧人学习、创作诗歌起到了积极的推动作用。

第二节　皎然及其诗歌创作

皎然作为唐代著名的诗僧、文学批评家，一生著述丰富。其基于作诗为"佛事"的观念，践行"游戏为诗"的创作路径，追求"清逸"的诗歌风格，在隋唐五代乃至整个中国古代诗歌史上均产生了深远的影响。

一、皎然生平

皎然，吴兴（今浙江湖州）长洲县人，俗姓谢，法名皎然，本名无考，字清昼，简称昼。据传为谢灵运十世孙。生年无确考①，卒于贞元十二至十四（796—798）年间。②

青少年时代，皎然接受的也是正统的儒学教育，认同"学而优则仕"的理想，奋发自强，饱读诗书。据其"方舟颇周览，逸书亦备阅。墨家伤刻薄，儒氏知优劣"的回忆③，可知皎然业儒为主，同时博观约取，经史子集均有涉猎。

开元二十七年（739），皎然赴京赶考，可惜名落孙山。"一朝金尽长裾裂，吾道不行计亦拙"④，从此心灰举业，转而求仙访道。开元二十八年（740）至天宝二年（763）间，皎然可能一直在云游学道。"中年慕仙术，永愿传其诀。岁驻若木景，日餐琼禾屑。婵娟羡门子，斯语岂徒设"⑤ 说的就是这段热衷于丹道、追求长生的寻仙经历。

天宝三年（744），二十五岁的皎然来到润州，落发江宁长干寺，此后在"长干古寺住多年"⑥。天宝八年（748），皎然至杭州，

---

① 关于皎然生年，目前学界考论观点有四：（1）开元初年（约713）说，参考陈晓蔷《皎然与诗式》；（2）开元八年（720）说，参考姚垚《皎然年谱稿》、张靖龙《皎然生卒年考》、漆绪邦《皎然生平及交游考》、贾晋华《皎然年谱》、李壮鹰《诗式校注》等；（3）开元十八年（730）说，参考闻一多《唐诗大系》；（4）开元末年或天宝初年之间说，参考钟慧玲《皎然诗论之研究》。

② 关于皎然卒年，赞宁《宋高僧传》记载是贞元年间；《唐音统签》和明代吴之鲸《武林梵志》记载是永贞初年。今人考证，更是众说纷纭，最为客观的说法是皎然卒于贞元十二至十四年间。

③ 皎然：《妙喜寺达公禅斋寄李司直公孙房都曹德裕从事方舟颜武康士骋四十二韵》，《皎然集》卷一，《四部丛刊》初编本。

④ 皎然：《述祖德赠湖上诸沈》，《皎然集》卷二，《四部丛刊》初编本。

⑤ 皎然：《妙喜寺达公禅斋寄李司直公孙房都曹德裕从事方舟颜武康士骋四十二韵》，《昼上人集》卷一，《四部丛刊》初编本。

⑥ 皎然：《答侍御问李》，《昼上人集》卷二，《四部丛刊》初编本。

"登戒于灵隐戒坛守直律师边，听毗尼道"①，即其受戒于灵隐山天
竺寺的守真律师。另《唐苏州东武丘寺律师塔铭并序》中皎然自
谓较齐翰"戒有一日之长"，"为法兄"②，而齐翰是天宝八年
（749）得到配名，天宝九年（750）受具足戒，亦可印证皎然是在
天宝七年（748）得到配名度牒，天宝八年（749）受具足戒。据
《宋高僧传》载，皎然从守真受戒后，便"博访名山，法席罕不登
听者……凡所游历，京师则公相敬重，诸郡则邦伯所钦，莫非始
以诗句牵劝，令入佛智"③。不仅遍参名山巨刹，广学佛法，还行
脚京城及各州郡，与文人士大夫诗文唱和。

　　所谓"早年初问法……忽值胡雏起"④，好景不长，安史之乱
爆发。皎然被迫返回湖州故里。乱世中的生活难免颠沛：至德二
年（757），湖州的水灾让皎然"岁晏无斗粟，寄身欲何所"⑤；上
元元年（760），避刘展叛乱而西迁至广陵、楚州一带暂居；广德
元年（763），又避袁晁起事，由白蘋洲草堂迁至湖州府城东北五
里之毗山。所幸禅学的修养，让皎然面临困难能够豁达释然，生
活清贫，精神却富足：结交名士，诗酒酬唱。当时许多北方文士
避兵火而南渡，这让皎然有机会与更多的名士结交往还，如陆羽
就是在这段时间里与皎然定交的："洎至德初，秦人过江，予亦迈

---

① 赞宁：《宋高僧传》卷二九，《大正藏》第50册，第891页。

② 皎然：《唐苏州东武丘寺律师塔铭并序》，《皎然集》卷八，《四部丛刊》
初编本。

③ 赞宁：《宋高僧传》卷二九，《大正藏》第50册，第891—892页。

④ 皎然：《早春书怀寄李少府仲宣并序》，《昼上人集》卷二，《四部丛刊》
初编本。

⑤ 皎然：《赠乌程李明府伯宣沈兵曹仲昌》，《昼上人集》卷一，《四部丛
刊》初编本。

江，与吴兴皎然为缁素忘年之交。"①

至广德二年（764），战乱平息，政局甫定，社会文化活动又渐渐繁荣起来。当年，皎然与潘述、汤衡、裴济四人合作《四言讲古文联句》。联唱较为全面地评价了唐以前的代表作家，透露出此时江南文士的文学史观。之后，他又和陆羽、裴澄、刘长卿等人联唱，作有《暗思联句》《远意联句》《恨意联句》《乐意联句》等，开启了浙西诗会的先声。这类联句交流对皎然而言意义重大，其《诗式》的许多诗歌理论，就是在此类诗会联唱活动中得到启发而形成的。

大历三年（768）夏，皎然始建苕溪草堂；草堂建成之前，暂居湖州府治东南郊之兴国寺。大历五年（770），其师守真圆寂，皎然赴杭州为其撰写塔铭。

大历八年（773），颜真卿出任湖州刺史，组织数十位文士编修《韵海镜源》；皎然参与此事，并参与了当年的妙喜寺盛会。次年，是皎然社交频繁，且创作丰富的一年，其与颜真卿、陆羽、李萼、李晤、皇甫曾等人宴游唱和，现存可确考为当年创作的诗文，多达二十五篇。

大历十二年（777）四月颜真卿从湖州离任赴京；皎然继续在江南广招文士，举办诗会，一直持续到贞元初年（785）。这段时间皎然完全成为浙西诗会的盟主，与同期的浙东诗会众人，共同构筑了大历时期江南文学的繁茂。同时，他在思想上受洪州禅影响，逐渐形成任运自然的狂禅风度。

---

① 陆羽：《陆文学自传》，陈尚君选注：《唐文》，河北教育出版社，2001年，第171页。

兴元元年（784）至贞元初，皎然继续与湖州的孟郊、陆羽、郑方回、汤衡、陆长源等人一同组织诗会。但此时的皎然言行已收敛很多，诗文创作也日渐稀少，诗风也由大历时期的游戏清狂一转为清空淡泊。贞元三年（807）之后，皎然一直居住在苕溪草堂，未曾离开湖州。

贞元八年（813），集贤殿御书院承旨征编皎然诗文集，于頔采其诗文编成《吴兴昼上人集》十卷并为之作序，这即是现今各种皎然集的祖本；而现存皎然诗文中，也只有《九日和于使君思上京亲故》诗和《唐苏州东武邱寺律师塔铭并序》可确定为作于贞元八年（813）之后。

贞元八年（813）之后，皎然的行迹便难确考了。

二、皎然诗文著述的编撰与流传

皎然一生著述甚丰，传世有诗文集十卷、《诗式》五卷。据考，他还著有《儒释交游传》及《内典类聚》共四十卷、《号呶子》十卷、《茶诀》一卷、《湖州皎然和上斋文》一卷、《渠南乡集》等，可惜均已散佚。

《诗式》将在本书第九章中展开详述。此处，仅就皎然的诗文集进行讨论。据相关文献记载，此部诗文集是贞元八年（813）于頔奉诏，以李洪与吴季德整理的皎然文学作品为基础，进行修订、删补，编纂而成的十卷文集。

贞元初年（813），皎然受洪州禅影响，认为诗文是"魔障"，妨碍修行者对真性的识取，遂废黜诗道，将昔日所作诗文统统隐匿，不欲流传于世。时任湖州刺史的李洪得知此事，便劝其放下这种"小乘褊见"的执着，借笔砚为佛事；并与吴兴文士吴季德一同整理包括《诗式》在内的皎然作品，这些诗文因此得以重见天日，流传后世。

诗、禅兼修的皎然声名日隆，仰达宸听。朝廷遂下诏敕纂其文集入藏秘阁。贞元八年（792），时任湖州刺史的于頔奉集贤殿御书院敕牒之命征集皎然诗文，得"诗/笔"共计五百四十六首/篇，分编为十卷。所谓"诗/笔"，是唐代对诗、文两种文体的区别。从于頔序记皎然"托余以集序，辞不获已"云云，可知采编该文集时，皎然是知情的，并且还亲嘱于頔为此集作序。文集成书后，入藏内阁书府。① 这部皎然诗文集不仅是大历诗僧群中唯一传世的完整别集，更是历史上唯一一部朝廷敕命征编的僧人文集。赖此集之功，皎然文学作品得以较完整地编辑、保存、流传。

现今存世的皎然集均为明清传本，共计十四种之多。其中以《四部丛刊》本《昼上人集》十卷和四库全书本《杼山集》十卷、补遗一卷为代表。前者影印自影宋写本，后者则是据明代汲古阁刊《杼山集》誊录而成。

这十四种皎然集，虽然存在个别异文，且在诗文数量上有版本差异，但诸本的主体编次基本一致，均采用"先诗后笔"的编排方式，将诗和文分开编辑：卷一至卷七辑录诗作，卷八、九专收文章，联句则置于卷十。

七卷诗的编辑，从创作时间看，各时期作品在诸卷交错分布，并无明显线索；从诗歌主题看，各卷中也是诸种题材杂陈；体裁上，各卷均杂录五、七言古、近体诗；而卷七则集中收录了三十三首七言歌行，这是十卷本皎然集中唯一依诗体编排的一处。按，

① 《新唐书》《宋高僧传》《郡斋读书志》等史籍对此事皆有记载。

唐代诗集的体例安排，往往透露出诗体评价的倾向。编皎然集，将七言歌行安排在"诗"的末卷，主要因为在当时，这一诗体是新近出现的，暂时不为正统所完全接纳。

二卷文的编排相对整齐：卷八收纳了十六篇"赞"；卷九集中收了三篇"书"，及"记""传""偈"各一篇。唯有十一篇塔（碑）铭是分置于卷八、卷九的前半部分，略显分散。

要之，皎然集的这种编次方式体现了唐代中期的文体观念及别集的编纂习惯。

这部皎然诗文集，在流传过程中，出现了《昼上人集》《吴兴昼上人集》《杼山集》《皎然集》《皎然诗文集》等多种异称。有学者考证，《吴兴昼上人集》应是这部别集的初名。大历后，皎然定居湖州西南的杼山妙喜寺，故人常以其居所呼之，此集也随之被冠以《杼山集》之名，并在后世流传。

三、皎然的诗歌创作

纵观皎然诗歌，突出的特征可以总结为三方面：一是以佛门日常为主的表现内容；二是"清逸"的审美效果；三是"游戏为诗"的创作方法。这些特质的生成，与其作为诗僧的禅学修为密切相关。

（一）叙写佛门日常的诗歌内容

身为僧人，皎然日常以青灯古佛的修行为主，较之在家诗人，生活范围相对狭小；作诗也主要是对丛林日常生活的描写。比如，皎然诗歌常描写自己栖居的寺院。《宿支硎寺上房》：

上方精舍远，共宿白云端。寂寞千峰夜，萧条万木寒。山光霜下见，松色月中看。却与西林别，归心即欲阑。①

首句以"白云端"烘托精舍的远邈神秘，交代出一方远离尘嚣的净土，定下了全诗空灵的基调。继而以"千峰""万木""霜""松""月"等物象强化清冷、幽静的意境。末句表达作者对这种与世无争的生活环境的向往，暗示了修行者清净自性与此宁静空间的契合。再如《晚秋破山寺》：

秋风落叶满空山，古寺残灯石壁间。昔日经行人去尽，寒云夜夜自飞还。②

开篇就用秋风落叶的意象烘托出萧索的诗境。"满空山"既是大全景的写实，也说明了禅师空有辩证的视角。破败的古寺中未熄的"残灯"，暗示这里往昔的繁盛香火。曾经住锡于此的僧人已不知去处，寒冷夜空中的白云却亘古未变。诗人选择的物象，不仅刻画现实，也能引发对过往的联想。今昔荣衰的对比，表达了现世无常的空观。

除了寺院，皎然诗中还常见对佛门法器的描写。比如，《赋得竹如意送详师赴讲》：

---

① 皎然：《宿支硎寺上房》，《全唐诗》卷八一九，第 9239 页。
② 皎然：《杼山集》卷一，明复法师：《禅门逸书》初编，第 2 册，第 12 页。

缥竹湘南美，吾师尚毁形。仍留负霜节，不变在林
青。每入杨枝手，因谈贝叶经。谁期沃州讲，持此别
东亭。①

此诗自述送别详禅师时以一把竹制如意相赠。如意是僧人讲
经说法时手持以示威仪的法器。此诗以如意"仍留负霜节，不变
在林青"的竹之本色，譬喻禅师坚忍不拔的定力、恒心；进一步
也象征了本有佛性的高尚、常在。

不仅法事，佛门余事同样是皎然的诗材。比如，唐代饮茶成
风，僧人也借茶"醒睡"：帮助在参禅打坐时提神醒脑、观心看
净。皎然诗中就时常描写僧俗品茶论道的情景。其中最著名的
《饮茶歌诮崔石使君》：

人遗我剡溪茗，采得金芽爨金鼎。素瓷雪色缥沫香，
何似诸仙琼蕊浆。一饮涤昏寐，情来朗爽满天地。再饮
清我神，忽如飞雨洒轻尘。三饮便得道，何须苦心破烦
恼。此物清高世莫知，世人饮酒多自欺。愁看毕卓瓮间
夜，笑向陶潜篱下时。崔侯啜之意不已，狂歌一曲惊人
耳。孰知全道全尔真，唯有丹丘得如此。②

此诗借鉴了"一人得神，二人得趣，三人得味，七八人是施
茶"的品茶经验，生发出"一饮涤昏寐""再饮清我神""三饮便

---

① 皎然：《杼山集》卷六，《禅门逸书》初编，第 2 册，第 59 页。
② 皎然：《昼上人集》卷七，《四部丛刊》初编本。

得道"的不同层次，同时也对应了修心经历的不同阶位，透露出禅茶一味的妙义。又，《晦夜李侍御萼宅集招潘述汤衡海上人饮茶赋》：

> 晦夜不生月，琴轩犹为开。墙东隐者在，淇上逸僧来。茗爱传花饮，诗看卷素裁。风流高此会，晓景屡徘徊。①

"晦夜不生月，琴轩犹为开"勾勒出静谧的意境。方内方外的名士共聚一处，品茗赋诗，通宵达旦，意犹未尽。诗歌借饮茶刻画一种宁静淡泊、了脱无碍的生命状态。

不仅写茶，皎然诗中还写到酒。如《招韩武康章》：

> 山僧虽不饮，沽酒引陶潜。此意无人别，多为俗士嫌。②

按佛门清规，僧人不可饮酒。皎然这首诗交代了自己对酒的态度：作为出家人，守戒不饮酒；沽酒是为了招徕如陶渊明一般清高的贤者韩章。最有意味的是后两句，透露出"酒"在皎然诗中，更多是作为一种禅意象征物存在，借以批判执着于具体戒律的"俗士"，说明饮即不饮、酒而非酒、一如不二的禅宗辩证法。

---

① 皎然：《昼上人集》卷三，《四部丛刊》初编本。
② 皎然：《昼上人集》卷二，《四部丛刊》初编本。

（二）诗风清逸的审美追求

苏轼曾谓"题诗谁似皎公清"，皎然"清逸"的诗风首先表现在其诗中对"清"的直接表述。以现存毛晋本《杼山集》为例，集中共收诗作四百四十六首，其中"清"字直接出现计一百二十五次，有指景物之"清"的，如"开襟寄清景，遐想属空门"①，"格将寒松高，气与秋江清"② 等；有气氛之"清"的，如"水竹凉风起，帘帏暑气清"③，"秋斋清寂无外物，盥水焚香聊自展"④，"秋天月色正，清夜道心真"⑤ 等；还有指境界之"清"的，如"高月当清冥，禅心正寂历"⑥，"楚思入诗清，晨登岘山情"⑦，"释印及秋夜，身闲境亦清"⑧ 等。

这种"清逸"的美学追求在皎然诗歌的选材方面也有体现。其诗歌中的选材大多取自深山古刹间的山、水、竹、石、风、月、松、鹤等，鲜有俗世的缤纷色彩。写"山"，如"落日独归客，空山走马嘶"⑨ 等；写"松""竹"，如"地静松阴遍，门空鸟语

① 皎然：《答豆庐居士春夜游东阁见怀》，《昼上人集》卷二，《四部丛刊》初编本。
② 皎然：《答苏州韦应物郎中》，《昼上人集》卷一，《四部丛刊》初编本。
③ 皎然：《同裴录事楼上望》，《全唐诗》卷八一五，第9177页。
④ 皎然：《周长史昉画毗沙天王歌》，《全唐诗》卷八二一，第9258页。
⑤ 皎然：《秋宵书事寄吴凭处士》，《全唐诗》卷八一六，第9191页。
⑥ 皎然：《答豆庐次方》，《全唐诗》卷八一五，第9172页。
⑦ 皎然：《岘山送崔子向之宣州谒裴使君》，《全唐诗》卷八一九，第9229页。
⑧ 皎然：《酬乌程杨明府华将赴渭北对月见怀》，《全唐诗》卷八一五，第9181页。
⑨ 皎然：《于武原从送卢士举》，《全唐诗》卷八一九，第9235页。

稀"①，"肯羡孤松不凋色，皇天正气肃不得"②，"经寒丛竹秀，入静片云间"③ 等；写"鹤""猿"，如"岭云与人静，庭鹤随公闲"④，"时高独鹤来云外，每羡闲花在眼前"⑤，"断续清猿应，淋漓候馆空"⑥ 等；写"日月""风云"，如"日落天边望，逶迤入塞云"⑦，"穷阴万里落寒日，气杀草枯增奋逸"⑧，"从来湖上胜人间，远爱浮云独自还"⑨ 等。这些意象的择取，即是构成"清景"的要素。同时，皎然提出"体格闲放曰逸"⑩，诗中的闲云野鹤、浮云净月，恰好体现了"逸"的体格。

另外，皎然诗中还喜用通感"寒"意的物象，如"月""石""寒松""寒竹""寒山"等。这些意象赋予作品整体的冷色调，营造了"冷清"的意境，同样促成了诗歌"清逸"风格的确立。

对于自然景观与日常生活中"清"的捕捉与直陈，实际上是皎然有意将自我的理想审美程式化为专心追求的创作风格，并自觉地提炼为文学理论。如《诗式》"文章宗旨"条，云，"彼清景当中，天地秋色，诗之量也"⑪，这是从选材角度，强调诗歌创作

---

① 皎然：《寄昱上人上方居》，《全唐诗》卷八一七，第 9207 页。
② 皎然：《湛处士枸杞架歌》，《全唐诗》卷八二一，第 9264 页。
③ 皎然：《西溪独泛》，《昼上人集》卷三，《四部丛刊》初编本。
④ 皎然：《夏日奉陪陆使君长源公堂集》，《全唐诗》卷八一七，第 9200 页。
⑤ 皎然：《酬秦山人赠别二首》其二，《全唐诗》卷八一五，第 9183 页。
⑥ 皎然：《赋得夜雨滴空阶送陆羽归龙山》，《全唐诗》卷八二〇，第 9243 页。
⑦ 皎然：《陇头水二首》其一，《全唐诗》卷八二〇，第 9241 页。
⑧ 皎然：《翔隼歌送王端公》，《全唐诗》卷八二一，第 9257 页。
⑨ 皎然：《送维谅上人归洞庭》，《全唐诗》卷八一九，第 9234 页。
⑩ 皎然：《诗式校注》，李壮鹰校注，人民文学出版社，2003 年，第 69 页。
⑪ 皎然：《诗式校注》，李壮鹰校注，第 118 页。

中对"清景"的偏向。又,《诗议》谓,"清音韵其风律,丽句增其文彩"[1],从创作法式的角度,强调诗歌"出于自然"的美学效果。要之,"清景"和"清音"共同构建出皎然诗歌的"清逸"风格。

(三) 游戏为诗的创作方法

皎然提倡"游戏为诗"的创作方法。这一方面是受当时审美风尚的影响。中唐社会风气日渐奢靡,形成了一种趋向轻松愉悦的集体心理。具体到诗歌创作,即表现为追求体裁和选题的反传统和猎奇性,以突破正统严肃文学的藩篱,充分甚至过分彰显自我个性。皎然响应这一趣尚,注重诗作表达禅悦甚至谐趣的审美效果,借诗歌展现自由自在的生命状态。

另一方面,"游戏为诗",也是皎然通过诗、禅关系的思考,对诗歌助禅方便功能的认可。佛家有所谓"游戏三昧",指通过种种方便法门,止息杂念熏染,获得正定,犹如自在游戏的解脱境界。如《坛经》"顿渐品"云:"见性之人,立亦得,不立亦得;去来自由,无滞无碍,应用随作,应语随答,普见化生不离自性,即得自在神通、游戏三昧,是名见性。"[2] 则"游戏"便是无滞无碍、任运自如的圆融状态之譬喻。"游戏三昧"至中唐以后促成了"嬉禅"的盛行,"使禅宗的修习,由理智追索、直觉内思转向自然体验,使禅宗的思想从自我的约束与自我调节,转向自由无碍、随心所欲"[3]。

---

① 张伯伟:《全唐五代诗格汇考》,江苏古籍出版社,2002年,第209页。
② 宗宝:《六祖大师法宝坛经》,《大正藏》第48册,第358页。
③ 葛兆光:《中国禅思想史》,上海古籍出版社,2008年,第69页。

　　"游戏为诗"即是"用游戏的性质来看待文学创作","在自在无碍中也就进入了正定三昧,即禅的境界"①;实际上带有以诗喻禅、以文弘法的意味,是对诗为"佛事"的认同,对"诗僧"身份合法性的说明。

　　皎然身为诗僧,活动于禅林诗坛之间,深谙"游戏"之意,故提出"真于情性"的诗论,主张作诗不要雕琢,以还原"天然"为高。具体实践上,他一边"白足行花曾不染,黄囊贮酒欲如何"②,雅集游宴、诗酒流连,甚至不避大防,与女冠唱和,于日常生活中彰显嬉禅作风;一边"正论禅寂忽狂歌,莫是尘心颠倒多"③,将随缘任运的处世哲学并入诗歌创作,使作品带有浓厚的"人间喜剧"色彩。

　　具体到皎然的传世诗作,其"游戏为诗"主要体现在以下三个方面:

　　1. "游戏"的创作心理

　　"乐禅心似荡,吾道不相妨。独悟歌还笑,谁言老更狂。"④ 这是皎然"游戏为诗"心理的生动写照。"乐禅"即"嬉禅",以此禅学精神为指引,形成了"游戏"的创作个性;表现出前文述及的"清狂"风格。

　　具体到传世诗歌,皎然"游戏"的心态首先是以诗题之"戏"相标榜,如"戏作""戏题""戏呈""戏赠"等。《戏作》:

---

① 周裕锴:《文字禅与宋代诗学》,高等教育出版社,1998 年,第 149 页。
② 皎然:《酬秦系山人戏赠》,《全唐诗》卷八一六,第 9196 页。
③ 皎然:《酬秦系山人戏赠》,《全唐诗》卷八一六,第 9196 页。
④ 皎然:《偶然五首》其一,《全唐诗》卷八二〇,第 9252 页。

乞我百万金，封我异姓王。不如独悟时，大笑放
清狂。①

又如《戏题松树》：

为爱松声听不足，每逢松树遂忘还。翛然此外更何
事，笑向闲云似我闲。②

其间的"大笑""清狂""闲"等字眼，呼应了诗题之"戏"
字，透露出一种轻松自适的创作心态。

其次是通过对诗中人物或者诗歌叙述者的塑造，呈现"游戏"
态度。比如《戏呈薛彝》：

山僧不厌野，才子会须狂。何处销君兴，春风摆
绿杨。③

诗中皎然借"山僧"野逸兴狂的形象自况，呈现出一派超然
物外的姿态，消解了传统禅诗悲悯、思辨的严肃性，显示出轻松
的创作心理。

再次是皎然许多诗歌的创作缘起或者创作过程本身就决定了
创作心理的"游戏"性质。尤其是皎然与诗友间的酬唱：社交性
质的文学活动，本身往往是适意自娱心境下的随性抒写。比如

---

① 皎然：《戏作》，《全唐诗》卷八二〇，第9253页。
② 皎然：《戏题松树》，《全唐诗》卷八二〇，第9251页。
③ 皎然：《戏呈薛彝》，《全唐诗》卷八一六，第9194页。

《戏呈吴冯》《酬秦系山人戏赠》《酬姚补阙南仲云溪馆中戏题随书见寄》等，均数此类。更典型的是《杼山集》中保存的一批"联句"，这是皎然与友人雅集宴乐时，围绕某一主题、韵脚进行的集体创作，如《酬李侍御萼题看心道场赋以眉毛肠心牙等五字》等。这样的诗作一般不会进行家国天下一类的宏大叙事，甚至不会感时伤逝、抒情遣怀，仅仅是为娱情斗智而设计的一套互动式语言游戏。在较量创作技巧的同时，获取并抒发游戏的愉悦体验。

2. 取生活趣物入诗

皎然"游戏为诗"体现在创作题材方面主要是扩展了诗歌取材范围，将传统诗歌少写甚至不写的日常趣物纳入创作当中；似乎目之所及，信手拈来，形成"即兴"而有趣的创作特征。比如《湛处士枸杞架歌》《郑容全成蛟形木机歌》《桃花石枕歌赠康从事》《观裴秀才松石障歌》等。这些非常生活化的物象，在正统诗家看来，未免琐细甚至俗气，不足采入诗作。但皎然敢于突破束缚，积极创变，将附有生活情趣的"俗物"当成主角带入诗歌的大雅之堂。更重要的是，皎然咏物跳出传统借物抒情、以物拟人的范式，不仅把所咏之物作为私人化情感的象征符号，还当成绕路说禅的方便，咏物而启发禅机。如《春夜赋得漉水囊歌送郑明府》：

> 吴缣楚练何白皙，居士持来遗禅客。禅客能裁漉水囊，不用衣工秉刀尺。先师遗我式无缺，一滤一翻心敢赊。夕望东峰思漱盥，晓晓斜月悬灯纱。徒倚花前漏初断，白猿争啸惊禅伴。玉瓶徐泻赏涓涓，溅著莲衣水珠满。因识仁人为宦情，还如漉水爱苍生。聊歌一曲与君

别，莫忘寒泉见底清。①

诗歌先描绘了漉水囊的物质特征及制作工艺；接着笔锋一转，将视野放大到夕照下的远山和静夜至晓的经历。继而又返回咏物，写到漉水囊于日常中的使用。紧接着推物及人，称赞郑明府为官仁义，漉水润物一样博爱黎庶。最后进一步深化主题，藉物说禅，由漉水延及泉水，喻示佛门慈悲、普度人间。

皎然咏物喻禅的创作特色与万物"无情有性"的禅学思想有关，即不将作者主观情感投射到所咏之物上，使物自物；但也不是单纯地描述物之自然状态，而是在佛性周遍的观念下，使人与物达成更高形态的精神沟通，亦即"见山是山，见水是水"的了悟状态。

另外，皎然喜作杂言诗，如《杂言咏史》《杂言山雨》《杂言古别离》等作品，少受格律拘束，形制上长短随意，语言表达有了更大的发挥空间，往往有意造成一种脱口而出的即兴感，也增加了创作的"游戏"意味。

要之，诗歌题材向日常"趣物"的延展，实是皎然"复古通变"的诗史观对"游戏为诗"的鼓励与催化。

3. 诗歌审美之禅悦与谐趣

皎然"游戏为诗"还体现在其作品传达之禅悦与谐趣。这些诗作一方面是"嬉禅"观念的文学表达，如《送胜云小师》《送僧游宣州》等禅师之间的唱和，严肃训教的题目之下，却是一派戏

① 皎然：《春夜赋得漉水囊歌送郑明府》，《全唐诗》卷八二一，第9264页。

谑之辞；以戏拟人的手法完成劝谕的功能，形成禅门机锋的"游戏"效果。

还有部分与世俗人士的应酬之作，也是随心生发，任情恣肆，戏言背后蕴藏着般若智慧，如《戏呈吴冯》：

世人不知心是道，只言道在他方妙。还如瞽者望长

安，长安在西向东笑。①

"瞽者望长安"的譬喻风趣幽默，启发吴冯学法向外驰求只能愈趋愈远，自性本有，向内证取才是正智。

另一方面，诗歌的谐趣也源自皎然对"大俗即大雅"的审美理解。皎然论诗有"三格四品"之说，即跌宕格二品：越俗、骇俗；泯没格一品：淡俗；调笑格一品：戏俗。有学者对此四"俗"判得分明："淡俗即用俗而能淡雅"，"戏俗即用俗以调笑"，"骇俗即用俗而能惊世"，"越俗即用俗而能超逸"②。

皎然以俗为美，故在创作中向俗世的民歌"取经"：他借鉴民歌的选题，在诗作中描写民风民俗，如《顾渚行送裴方舟》即在传统的送别诗中，融入了顾渚贡茶采摘的民俗景象。皎然还挪用民歌的音韵，或取吴音清调以调节雅音，或用方言俚语形成拗句仄韵。另外皎然诗中常用的复沓、迭字、顶针、双关等手法，也是受民歌启发，如《和邢端公登台春望，句句有春字之什》：

---

① 皎然：《戏呈吴冯》，《全唐诗》卷八一六，第 9197 页。
② 赵昌平：《赵昌平自选集》，广西师范大学出版社，1997 年，第 140 页。

春日绣衣轻，春台别有情。春烟间草色，春鸟隔花声。春树乱无次，春山遥得名。春风正飘荡，春瓮莫须倾。①

句句都以"春"字开头，有着民歌回环往复的咏叹特征，为作品平添了新奇、活泼的审美意味。

雅者为正，俗而易谐。皎然追求诗之"俗"，其实是要达成一种自由不羁的诗风，借以喻示禅者的当下自在；不直言禅，而禅意盎然，谐趣之余给人以禅悦。

要之，皎然的"游戏为诗"，是将"游戏三昧"的通脱并入文学创作，有意识地消融诗禅区隔，从精神内核上贯通二者：借诗喻禅，以禅作诗。在轻松的创作态度下，向日常的方向拓展诗歌的取材范围，丰富诗歌的体式，兼容雅俗，形成禅悦谐趣的诗歌审美效果。"游戏"文字，而示现"三昧"。

第三节　贯休及其诗歌创作

贯休是唐末五代著名诗僧。其虽然遁入空门，但其诗歌中更多体现的还是三教融通的思想。贯休诗作题材较一般诗僧广泛：既有叙述佛门中僧众、法事的作品，也有表现其与俗世中人交游往还的题壁、赠别诗歌。他推崇晚唐"苦吟"诗风，创作追求幽远冷僻的意味。

---

① 皎然：《和邢端公登台春望，句句有春字之什》，《全唐诗》卷八一七，第 9203 页。

一、贯休的生平与思想

贯休，字德隐，一作德远，婺州兰溪（今浙江金华）人，俗姓姜，唐文宗大和六年（832）生，卒于后梁乾化二年（912），为唐末五代著名诗僧。

贯休出生于士大夫家庭，七岁时，投兰溪安和寺出家，礼圆贞禅师为师，法号贯休。"家传儒素，代继簪裾"的熏陶，让其自幼喜好诗文，诵经之暇，常习诗词，并与邻院童侍处默隔篱论诗；十五岁时诗名已著，二十岁受具足戒时，已凭诗名"耸动于时"，令"江表士庶，无不钦风"。①

贯休生前自编有诗集《西岳集》，吴融为之作序。贯休卒后，昙域增补内容，重为整编，更名为《禅月集》，并付梓刊行。《全唐诗》存贯休诗十二卷，共计七百三十五首，数量仅次于齐己。从此亦可见其在唐代诗僧中的地位。

以今存四部丛刊本《禅月集》来看，卷一至卷六编排的是古风乐府，共计一百六十二首；卷十九至卷二十五是七言律诗、绝句，共一百七十二首；卷七至卷十八，收录的全是五言律诗，共计三百六十一首，占了一半之多的比例。

贯休虽为佛门中人，然其思想却是儒释道兼容的。如前所述，其自幼浸染儒家思想，接受儒学经典，出家后仍不废儒术，故面临凋敝民生，常有济世感慨。贯休一生多与修道之隐者往来，深受老庄思想的影响，渐成淡泊遁世的性格；其诗作中亦常化用《庄子》典故，流露出道家思想。当然，佛教空观背景下的"出

---

① 昙域：《禅月集序》，《全唐文》卷九二二，第9604页。

世"思想，仍是其思想底色。

这种三教并蓄的思想特征，反映在其诗文中，便是一方面"讽刺微隐，存于教化"，彰显现实主义特征；一方面又以诗喻禅，通过诗歌的形式反映自身参禅悟道的体验，并向普通大众宣扬佛理。贯休在其诗作中明确地提出过三教共兴的思想，如其《大兴三教》诗，谓：

> 瞳瞳悬佛日，天俣动云韶。逢掖诸生集，麟洲羽客朝。非烟生玉砌，御柳吐金条。击壤翁知否，吾皇即帝尧。①

借由称颂蜀主王建，向统治者表达了三教并举，综合利用儒释道思想打造和平盛世的愿望。

儒家提倡"以人为本"，佛家主张"慈悲为怀"，贯休找到了两者的契合点，并在作品中表现出来，表达对劳苦大众的同情，对战争的反对，如其《胡无人行》一反宣扬武力控制边廷之旧意，提出"令一物得所，八表来宾，亦何必令彼胡无人"，主张德被四海，以礼服人。他甚至将这种仁爱推及"众生"，如《村行遇猎》借《周易》"天地之大德曰生"语，传达佛家"众生平等"思想。

贯休诗文中还透露了对佛教"空无"与道家"无形"的思辨。如《寄四明闾丘道士》谓，"三千功未了，大道本无程。好共禅师好，常将药犬行"②，思辨道家"无名""有名"概念，质疑"道"

---

① 陆永峰校注：《禅月集校注》卷一八，第370页。

② 贯休：《寄四明闾丘道士二首》其二，陆永峰校注：《禅月集校注》卷一六，第340页。

之名"道";认为"道"没有固定的程式和方法,修道的方法与修禅一致。而得"道"的方法亦与佛教"顿悟"异曲同工,都是对"自心"的回归:"修心未到无心地,万种千般逐水流","但令心似莲华洁,何必身将槁木齐"①,"得道"关键的是保持内心纯粹;"大道贵无心,圣贤始为慕"②,"至竟道心方始是,空耽山色亦无端"③,则由"修心"引申至大乘空宗"无我"思想。

二、贯休诗歌的题材类型

作为一个"外僧内儒,兼有学者、诗人和僧人多重身份的知识分子"④,贯休不同于皎然、齐己等诗僧,其诗作从内容上来看,大致可分为禅喻说理诗、咏史诗、记人写景诗几大类。

贯休的禅喻说理诗大致分为表达其佛学思想及修行体验的禅喻诗和宣扬儒家礼法的讽喻诗。

正如刘炳辰所分析的那样,贯休身上体现着"源自儒家的入世思想与佛家的出世思想的矛盾对立"⑤。他的说理诗既有本于佛法的证悟,也有对儒家价值观的阐扬。

身为诗僧,禅喻诗是贯休诗作中最重要的一类。据大略统计,

① 贯休:《山居诗二十四首》其十九,陆永峰校注:《禅月集校注》卷二三,第464页。

② 贯休:《拟齐梁体寄冯使君三首》其三,陆永峰校注:《禅月集校注》卷三,第59页。

③ 贯休:《溪寺水阁闲眺因寄宋使君》,陆永峰校注:《禅月集校注》卷二五,第496页。

④ 王定璋:《"骨气浑成,境意卓异"——论贯休和他的诗歌》,载《西南民族学院学报》1990年第2期。

⑤ 刘炳辰:《贯休诗的世俗化特征》,《南都学坛》第27卷第3期,2007年。

贯休禅喻诗有一百五十首左右，占到其诗歌总数的五分之一。徐琰跋贯休《禅月集》，有"晤之者可以顿获清凉，睹之者可以开明心地"①的评语，指的便是其书写修行体悟的"证道"诗作。如《山居诗二十四首》便是贯休本于佛教思想，反思现实，表达自己的宗教体验的代表作。据考，此组诗序言称其作于咸通四、五年（863—864）贯休隐居钟陵山时。而在此之前不久的唐懿宗咸通初年（860），贯休曾在洪州开元寺研习《法华经》，随后于寺中讲授《法华经》《起信论》。②而细辨这组诗作，其内含的佛学思想也主要是这两部佛典所主张的"观心"看净与"不执著时间法"的空观要义。

《起信论》强调如来藏清净心的本质恒常，贯休的诗歌中便经常宣讲此论，比如《山居诗二十四首》之二：

> 难是言休便即休，清吟孤坐碧溪头。三间茅屋无人到，十里松门独自游。明月清风宗炳社，夕阳秋色庾公楼。修心未到无心地，万种千般逐水流。③

"难是言休便即休"说明顿悟困难，暗示"观心"修行有一个渐进的过程。诗中引用宗炳"白莲社"典故，即是赞美钟陵山景致与东林寺一般清幽，也是说明自己以慧远、宗炳等人为修行之模范。最重要的是尾联"修心未到无心地，万种千般逐水流"，正

---

① 陆永峰：《禅月集校注》，第 534 页。
② 高于婷：《贯休及其〈禅月集〉之研究》，花木兰文化出版社，2012 年，第 175 页。
③ 陆永峰：《禅月集校注》卷二三，第 453 页。

话反说强调舍妄离念才是修行的终极目标。这与《起信论》"一切诸法以心为主，从妄念起"①的思路相一致：说明一切烦恼蔽障皆因妄心而起，不彻底去妄存真，修炼的自心终究难保清净，会被客尘蒙昧，随波逐流。又如"有念尽为烦恼锡，无机方称水精宫"②，以"水精宫"譬喻修行者的清净本心，揭示心体变化对个体产生影响之领悟；可谓《起信论》"心生则种种法生，心灭则种种法灭"的文学化表达。贯休还在诗歌中树立修持心法的典型，如以"举世遭心使，吾师独使心"③来赞美伉禅师能够驱使心念，不为无明所扰。至于修心的方式，贯休揭示说"但令心似莲华洁，何必身将槁木齐"④，即要修行者安住当下，"佛向性中作，莫向身外求"⑤，时时反观内省，方能舍妄归真，觅得真如。

　　贯休诗中还时常表达"空"观。如其称"机忘室亦空，静与沃洲同"⑥，是说修心而灭除无明后，显现出的法身智慧，见到万法皆空的实相，归入寂灭之安静。《法华经》即主张"一切法空"，其谓："观一切法空，如实相，不颠倒，不动，不退，不转，如虚空，无所有性。"⑦贯休的"空"观，或即与其研修《法华经》有关。贯休于诗中证悟"空观"，往往通过对比的方式，比如：

---

①　马鸣菩萨造：《大乘起信论》，实叉难陀译，《大正藏》第 32 册，第 352 页。

②　陆永峰：《禅月集校注》卷二三，第 467 页。

③　贯休：《寄山中伉禅师》，陆永峰：《禅月集校注》卷一三，第 266 页。

④　贯休：《山居诗二十四首》其十九，陆永峰：《禅月集校注》卷二三，第 464 页。

⑤　宗宝：《六祖大师法宝坛经》，《大正藏》第 48 册，第 352 页。

⑥　贯休：《题简禅师院》，陆永峰：《禅月集校注》卷七，第 153 页。

⑦　鸠摩罗什译：《妙法莲华经》，《大正藏》第 9 册，第 37 页。

万境忘机是道华，碧芙蓉里日空斜……君看江上英
雄冢，只有松根与柏槎。①

昔日不可一世的英雄，如今只剩下松柏掩映下的一堆荒冢。
成败荣辱只是过眼云烟，不变的是落日下的一片苍茫。"日空斜"
是对荒冢余晖之空蒙景象的描写，也是对万象皆空的真谛之喻示。

举世只知嗟逝水，无人微解悟空花。可怜扰扰尘埃
里，双鬓如银事似麻。②

"可怜扰扰尘埃里，双鬓如银事似麻"说明客尘蔽障而生诸般
烦恼。究其原因，则是"举世只知嗟逝水，无人微解悟空花"：只
看到不断变化的表象，却没有领悟到恒常不变的本质之"空"。

是是非非竟不真，落花流水送青春。姓刘姓项今何
在？争利争名愁煞人。③

则抚今追昔，以楚汉相争的历史说明"争利争名"、烦恼执着
皆因妄心而起；但终究是"落花流水"一场空，所以说"是是非
非竟不真"。全诗虽未直接言"空"，但明显是启发读者以空观对

---

① 贯休：《山居二十四首》其四，陆永峰：《禅月集校注》卷二三，第 454
页。
② 贯休：《山居二十四首》其十四，陆永峰：《禅月集校注》卷二三，第
460 页。
③ 贯休：《偶作因怀山中道侣》，陆永峰：《禅月集校注》卷二一，第 425
页。

治妄心。

另如"业薪心火日烧煎，浪死虚生自古然；陆氏称龙终妄矣，汉家得鹿更空焉"①，"崆峒老人专一一，黄梅真叟却无无"②，"非色非空非不空，空中真色不玲珑"③ 等诗句，皆是讽喻世间浮华是虚妄，无须执着，即空悟道，获取一切法空的自在境界。

贯休自谓"偈是七言诗"，经常借助诗文阐发禅理，以诗歌的生动语言为偈颂增添趣味，让普通大众更乐于接受。除了宣扬"观心"行法和"空"义之外，贯休诗歌中，还有对佛学尤其是禅宗思想的其他内容的譬喻。比如，"无角铁牛眠少室，生儿石女老黄梅"④，有意跳脱"牛有角""石女不育"这类常识，喻示佛法真谛不可言传，修禅必须超越既定的思维逻辑，当下认取，一超直入。"禅客相逢祇弹指，此心能有几人知"⑤，同样是启发修行者真心无法言诠，心有灵犀才可会意。"长忆南泉好言语，如斯迟钝者还稀"⑥，也是强调不执着于语言之"巧"，对悟的方式有更具体的说明：摆脱一切既有知识的束缚，返璞归真，看似"迟钝"，恰是自然天成，显露本来面目。"草木亦有性，与我将不别"⑦，则从

---

① 贯休：《山居二十四首》其十八，陆永峰：《禅月集校注》卷二三，第463页。

② 贯休：《道情偈三首》其一，陆永峰：《禅月集校注》卷一九，第399页。

③ 贯休：《道情偈三首》其二，陆永峰：《禅月集校注》卷一九，第399页。

④ 贯休：《山居诗二十四首》其九，陆永峰：《禅月集校注》卷二三，第457页。

⑤ 贯休：《书石壁禅居屋壁》，陆永峰：《禅月集校注》卷二一，第438页。

⑥ 贯休：《山居诗二十四首》其十五，陆永峰：《禅月集校注》卷二三，第461页。

⑦ 贯休：《道情偈》，陆永峰：《禅月集校注》卷六，第133页。

万物同一佛性的角度说明但有体道之心，草木也可得正果；因此修行者要泯除分别心，直取本来自性。"不能更出尘中也，百练刚为绕指柔"①，强调保持自心清净不受客尘蔽障的重要，否则修行功亏一篑，终要堕入六尘。

贯休的诗作中，还存在一部分主题看似无关佛、禅，实际上却为揭示禅意的作品，如《偶作》描写蚕妇的悲惨生活，控诉当权之巧取豪夺。值得注意的是，这些批判现实主义的内容，是置于佛禅的语境下言说的。诗首句谓"谁信心火多，多能焚大国"②，"心火焚国"化自佛典譬喻，"心火"溺人，也是丛林常用话头："无明"业火生起执着，是为一切烦恼的根源；以"业"观解读蚕妇的苦难，就把对现世的讽刺纳入"因果"说的逻辑体系中，成为阐释佛法的"案例"。再如《了仙谣》看似描述道家仙事，其实从"若师方术弃心师，浪似雪山何处讨"③ 的评判，可知其是立足于唯识，强调自心的发明才是修道的目的，以道教修仙叙事完成佛教心学的弘传。其他如《行路难》"负心为炉复为火，缘木求鱼应且止"④ 等，异曲同工。

贯休诗歌多警句，脍炙人口，主要表现在其标榜儒家传统价值观的说理诗中。贯休这类诗歌主要对人间沧桑变化进行反思，提炼成警语教化世人。其倡导儒家伦常，诗中直言"忠孝为朱轮"⑤。他在《行路难四首》其四中以道旁"寄生枝"起兴，感叹

---

① 贯休：《山居诗二十四首》其十七，陆永峰：《禅月集校注》卷二三，第463页。

② 贯休：《偶作五首》其一，陆永峰：《禅月集校注》卷五，第115页。

③ 贯休：《了仙谣》，陆永峰：《禅月集校注》卷二，第44页。

④ 贯休：《行路难四首》其一，陆永峰：《禅月集校注》卷四，第72页。

⑤ 贯休：《对月作》，陆永峰：《禅月集校注》卷三，第66页。

"无情之物尚如此，为人不及还堪悲"；继而以"父归坟兮未朝夕，已分黄金争田宅"的故事讽喻，批判不孝者"不遄死兮更何俟"①。《上留田》则直接指斥"父不父，兄不兄"②的伦理失序。贯休诗中可见其对"古德"的追慕，他称赞"古风清，清风生"③。自认为其所处的晚唐世风不古，如对比古今交友，认为"古交如真金""今交如暴流"，遂感慨"一荣与一辱，古今常相对"④。贯休遂为僧人，但对儒家的"君子"仍心向往之，自谓"我愿君子气，散为青松栽"⑤，"君子称一善，馨香遍九垓"⑥。这些诗句精警生动，言简意赅，发人深省。

《宋高僧传》称赞贯休诗"讽刺微隐，存于教化"⑦。这种批判现实主义精神主要体现在其咏史诗中。

贯休咏史诗继承《诗经》讽谏传统，以古喻今，扬善黜恶，指陈时弊。他歌颂历史上的明君贤臣，为当朝君臣提供治世示范。如其作《尧铭》《舜颂》献蜀主王建，希望其能以上古圣主为楷模，励精图治，兴盛蜀国。又如《读离骚经》，标榜屈原的竭忠尽节；想象打捞起长埋江底的屈原尸骨，公布于世，以表彰其忠报国的赤诚忠心，警示当朝官吏，从侧面暗示了当时吏治之腐败。

贯休咏史诗中更多的是揭露丑恶，借以针砭时弊的讽刺性作

<hr>

① 贯休：《行路难四首》其四，陆永峰：《禅月集校注》卷四，第75页。
② 贯休：《上留田》，陆永峰：《禅月集校注》卷一，第6页。
③ 贯休：《上留田》，陆永峰：《禅月集校注》卷一，第6页。
④ 贯休：《古意九首》其六、其五，陆永峰：《禅月集校注》卷二，第25页。
⑤ 贯休：《古意九首》其六，陆永峰：《禅月集校注》卷二，第25页。
⑥ 贯休：《偶作》，陆永峰：《禅月集校注》卷六，第134页。
⑦ 赞宁：《宋高僧传》卷三〇，《大正藏》第50册，第897页。

品。如《陈宫词》借"耕人犁破宫人镜"这样一个发人深省的细节，影射统治者荒淫昏聩且不从忠谏。又如《君子有所思》直谓"安得龙猛笔，点石为黄金，散向酷吏家，使无贪残心"①，由思慕正考甫、扬雄诸先贤，笔锋一转，声称要用"点金术"教化贪官污吏，以廉明吏治，让社会清平；正话反说，奇思幽默，更讽刺辛辣。贯休还有一部分诗作已溢出咏史范畴，直刺当下。如其蜀中所作《公子行》，采用漫画式笔法，从外表写到内心，惟妙惟肖地勾勒出贵族子弟金玉其外败絮其中的嘴脸。而《读玄宗幸蜀记》甚至直斥本朝帝王的荒淫误国，笔锋犀利，胆气过人。

贯休写人的诗歌主要以僧人为吟咏对象。他对高僧的描写很多时候是程式化的，如写须发常用"云""霜""雪"来突出其白，"眉有数条霜""貌古眉如雪"②"鬓有炎州雪"③。再如"青目"为佛祖之相，又用来指得道高僧，贯休在给僧人"写真"时便经常借用，如"苦节兼青目"④"腊高青眼细"⑤"电激青莲目"⑥"眼青禅帔赤"⑦等。这种"格套"式的写人技巧，可能得自其人物画的启发。今存《应梦十六罗汉》组图，传为贯休所作。画中罗汉"貌环奇""头峭五岳""眉毫垂"，形体枯瘦，袒胸露怀，不拘一格，恰与其诗中所塑造的僧人形象吻合。

① 贯休：《拟君子有所思二首》其二，陆永峰：《禅月集校注》卷四，第79页。
② 贯休：《赠景和尚院》，陆永峰：《禅月集校注》卷一〇，第214、221页。
③ 贯休：《送僧之安南》，陆永峰：《禅月集校注》卷一六，第336页。
④ 贯休：《题惠琮律师院》，陆永峰：《禅月集校注》卷八，第183页。
⑤ 贯休：《题师颖和尚院》，陆永峰：《禅月集校注》卷一〇，第222页。
⑥ 贯休：《遇五天僧入五台五首》其五，陆永峰：《禅月集校注》卷一四，第287页。
⑦ 贯休：《送僧归山》，陆永峰：《禅月集校注》卷一六，第348页。

虽有程式化描写，但贯休诗作并非对像主形貌的"机械复制"，而是以寥寥数笔凸显出对象的气骨风神。如《长持经僧》：

> 唠唠长夜坐，唠唠常早起。杉森森，不见人；声续续，如流水。枞金琤玉，吐宫嚥徵。头低草木，手合神鬼。日消三两黄金争得止，而槁木朽枝，一食而已。伤嗟浮世之人，善事不曾入耳。①

描写一位诵经打坐的持经僧，因入定而青衫盖过头顶却不自知；一日一餐，形容枯槁，而心系草木、悲天悯人。全诗对人物外貌着墨不多，但通过举止、音声、衣着的描写，一个虔诚精进、发愿普度众生的僧人形象已跃然纸上。

另外，贯休也常在描写僧人的诗作中阐发禅理。如《终南僧》：

> 声利掀天竟不闻，草衣木食度朝昏。遥思山雪深一丈，时有仙人来打门。②

借此终南僧标榜出家人淡泊名利、一心向佛的虔敬。又如《天台老僧》：

> 独住无人处，松龛岳雪侵。僧中九十腊，云外一生

---

① 贯休：《长持经僧》，陆永峰：《禅月集校注》卷二，第40页。
② 贯休：《终南僧》，陆永峰：《禅月集校注》卷二〇，第402页。

心。白发垂不剃，青眸笑更深。犹能指孤月，为我暂开襟。①

除了塑造"白发青眸"的老僧形象外，贯休写人诗中多有关于禅修经验的譬喻："云外一生心"，暗示修行即是对治客尘，重拾本心的经过；"指孤月"化用丛林"指月辨"的话头，喻指天台老僧的观心实践，正是禅悟的不二法门。《乞食僧》等诗提出的"似月心常净""古佛尽如斯"② 等，同样是强调修心的关键性。

贯休现存诗集中还有很多描述日常景致的诗篇，多为五言律诗。如《月夕》：

霜月夜裴徊，楼中羌笛催。晓风吹不尽，江上落残梅。③

利用"霜月""羌笛""江风""残梅"等意象，勾勒出江滨晚景。诗歌通篇未直接描写人物，为读者留下了想象空间；"楼中羌笛催"则巧妙地暗示了诗歌记述的是月下港口送别的场景，侧面书写了人物依依不舍的心情。又如《春山行》刻画春日天台山的清、幽、奇。④ 贯休亦喜描写樵夫渔父一类的隐遁生活，如"前山脚下得鱼多，恶浪堆中尽头睡。但得忘筌心自乐，肯羡前贤钓清渭"⑤。

---

① 贯休：《天台老僧》，陆永峰：《禅月集校注》卷七，第 156 页。
② 贯休：《乞食僧》，陆永峰：《禅月集校注》卷一七，第 353 页。
③ 贯休：《月夕》，陆永峰：《禅月集校注》卷二六，第 505 页。
④ 贯休：《春山行》，陆永峰：《禅月集校注》卷七，第 148 页。
⑤ 贯休：《渔家》，陆永峰：《禅月集校注》卷二，第 35 页。

三、贯休诗歌艺术特征

1. 诗歌体式中的偈颂类型

贯休诗歌存在多种体式：有承续质朴古风的古体诗，也有崇尚格律的近体诗；有充满批判意味的乐府歌行，也有颇具精美格调的齐梁体。而最体现其诗僧本色的还是他模拟偈颂、箴言的诗歌创作。

贯休传世诗作中，偈颂类诗歌大概有五首[1]；皆以阐扬佛理开示修行者为创作目的。如《道情偈三首》[2]，第一首以"崆峒老人专一一，黄梅真叟却无无"譬喻真如是非有非无、不落两边的；"独坐松根石头上"喻示修行者要舍离一切执着，"四溟无浪月轮孤"则象征自在无碍、清净圆融的如如自性。第二首"非色非空非不空，空中真色不玲珑"启发修行者持守中道，悟空入道。第三首"优钵罗花万劫春，颇梨田地绝纤尘"揭示清净真如恒常在，修行者只需扫清客尘蔽障，便可得悟佛性。

贯休还有类似箴言的诗歌存世。如《戒童行》[3]开示沙弥入佛门须受持的戒行、律法。开宗明义告诫弟子"劝汝出家须决志，投师学业莫容易"——修行的终极目标是得大自在，但过程清苦、规训严格，因此既决定出家，就要有一心向佛的坚韧意志。继而交代"添香换水""扫地"等劳作勤务，训导"敬师兄，教师弟""莫贱他人称自贵"的礼貌谦和，"随缘饮啄任精粗"的任运知足，强调"习读夜眠须早起。三更睡到四更初，归向释迦尊殿里"的

---

① 高于婷：《贯休及其〈禅月集〉之研究》，第208页。
② 贯休：《道情偈三首》，陆永峰：《禅月集校注》卷一九，第399页。
③ 贯休：《戒童行》，陆永峰：《禅月集校注》卷二六，第516—517页。

勤勉自律和"报答三有及四恩"的慈悲为怀。最后明示只要"莫愚痴，莫懈怠"毕竟会"一超直入佛境界"；唯有"行亦禅，坐亦禅"，才能最终"了达真如观自在"。由此亦可见，贯休是偏向于渐修顿悟的教学方式的。

这些偈颂、箴言式的诗歌展示出贯休僧人的本质，体现其佛学主张和教学特色。

2. 诗歌意境的清冷幽僻与清新隽雅

孙光宪谓："议者唐末诗僧，唯贯休禅师骨气浑成，境意卓异，殆难俦敌。"[①] 他提出贯休诗歌能够达成风骨刚健、浑然天成的艺术品格，主要源于其卓尔不群的意境营造。

在诗歌意境营造上，贯休一直追求幽远孤冷，同时也兼顾清新隽雅。

贯休欣赏大、小谢空灵深远的诗歌意境，"常思谢康乐，文章有神力"[②]，"有时鬼笑两三声，疑是大谢小谢李白来"[③]。于创作实践中也刻意模仿其偶像，努力达到诗风上的一致。贯休自谓学习大、小谢"清吟绣段句，默念芙蓉章"[④]，"经传髻里珠，诗学池中藻"[⑤]。齐己则评价贯休是"康乐文章梦授心"[⑥]。如此追摹，终锻炼出"秀似谷中花媚日，清如潭底月圆时"[⑦] 的清幽诗风。

佛家修行时时讲究见性忘情、观心悟空，反映在诗中即是

① 孙光宪：《白莲集序》，董诰：《全唐文》卷九〇〇，第9391页。
② 贯休：《古意九首》其七，陆永峰：《禅月集校注》卷二，第26页。
③ 贯休：《山中作》，陆永峰：《禅月集校注》卷五，第118页。
④ 贯休：《寄冯使君》，陆永峰：《禅月集校注》卷七，第159页。
⑤ 贯休：《上雍大夫》，陆永峰：《禅月集校注》卷五，第102页。
⑥ 齐己：《荆州贯休大师旧房》，《全唐诗》卷八四四，第9540页。
⑦ 罗隐：《和禅月大师见赠》，《全唐诗》卷六五七，第7551页。

"气幽质冷"的风格，即刻意营造清冷、枯寂、空灵的意境。如《江边祠》：

> 松森森，江浑浑，江边古祠空闭门。精灵应醉社日酒，白龟咬断菖蒲根。花残冷红宿雨滴，土龙甲湿鬼眼赤。天符早晚下空碧，昨夜前村行霹雳。①

此诗典型反映了贯休对幽冷、孤寂意境的苦心营造。诗人以"森森""浑浑""残""冷""湿"等幽冷的词语，渲染萧瑟凄怖的氛围；同时采用"精灵""白龟""土龙""天符"等带有传说色彩的意象，增添神秘气息；刻意突出了江边祠庙森幽奇谲的氛围。

这类清冷幽僻的诗句在贯休现存诗歌中还有很多，如"残阳曜极野，黑水浸空坟"②，"黑山霞不赤，白日鬼随人。角咽胡风紧，沙昏碛月新"③，"风涩潮声恶，天寒角韵孤"④ 等。贯休诗还常用"坟冢"意象强化悲凉气息，如"塚穴应藏虎，碑荒只见苔"⑤，"泪不曾垂此日垂，山前弟妹冢离离"⑥，"多君坟在此，令我过悲凉……白云从冢出，秋草为谁荒"⑦ 等，故《老生常谈》评

---

① 贯休：《江边祠》，陆永峰：《禅月集校注》卷二，第36—37页。
② 贯休：《秋尽途中作》，陆永峰：《禅月集校注》卷八，第184页。
③ 贯休：《送友生下第游边》，陆永峰：《禅月集校注》卷九，第189页。
④ 贯休：《怀钱塘罗隐章鲁封》，陆永峰：《禅月集校注》卷九，第203页。
⑤ 贯休：《经孟浩然鹿门旧居二首》其二，陆永峰：《禅月集校注》卷九，第196页。
⑥ 贯休：《经弟妹坟》，陆永峰：《禅月集校注》卷一九，第390页。
⑦ 贯休：《经友生坟》，陆永峰：《禅月集校注》卷一七，第364页。

价："上追长吉，下启皋羽、铁涯，诗教广大，正不可删去此等。缘能抱奇气行于文字之间，不同行尸走肉，所以不可弃掷。"①

这种幽冷诡谲的意境，一方面出于诗人对众生苦难的悲悯，一方面反映了佛门"生死轮回"的生命观。

除了孤冷幽僻，贯休诗歌同样善于营造清新自然的意境。如前面提到的《月夕》，虽述送别，却能跳出离愁，描绘广阔无垠的江面景色，意境空远而灵动。故《诗境浅说续编》评曰："同时风前闻笛，太白诗有磊落之气，贯休诗得蕴藉之神。"②杨慎《升庵诗话》云："此皆有乐府声调，虽非僧家本色，亦犹惠休之'碧云'也。"③又如《晚望》：

　　落日碧江静，莲唱清且闲。更寻发花处，借月过前湾。④

落日、碧水静流的江面，采莲女清亮的歌声，烘托出静谧、闲适的意境；"落日"到"借月"，随时间推移，愈显清雅宁静，这种意境也是诗人淡泊的心境的象征；在禅宗语境内，"月"往往是光明真理的直观喻象，"借月过前湾"也可能暗示诗人破除尘染蔽障，追求终极真谛的经验。

贯休诗中多言"清""冷"，如"句冷杉松与，霜严鼓角

---

① 陈伯海：《唐诗汇评》，浙江教育出版社，1996 年，第 3224 页。
② 俞陛云：《诗境浅说续编》，上海书店出版社，1947 年，第 52 页。
③ 丁福保编：《历代诗话续编》，中华书局，2006 年，第 852 页。
④ 贯休：《晚望》，《全唐诗》卷八三七，第 9438 页。

知"①，"诗琢冰成句，多将大道论"②，均有清冽之美。这种清幽诗风的形成与贯休僧人的身份密切相关：佛门"清净"，将万物归于空寂，反映于诗便是清冷之境。另外，僧人隐居山林，鸟语花香，斋戒诵经，闲来琴棋书画，闲适舒淡的生活反映在诗歌中就是清新自然的美学特征。

3. 诗歌语言的俚俗浅白

《四库全书》"白莲集提要"评价"贯休豪而粗"③，指出贯休诗歌与传统风雅相对的粗犷豪宕的特性，这种特性主要源自其诗歌质朴浅切的语言风格上。贯休曾自谓作诗"风调野俗"④，可见浅俗的语言是他的刻意追求。贯休诗歌的这种语风有唐代"新乐府""俗言俗事入诗"⑤ 主张的影响；但更主要的是对初唐以来诗僧一反含蓄深婉的诗歌审美传统，使用质朴直率的语言作诗以适应弘法需要的策略之继承。⑥ 对此，孙昌武指出"俗语的浅显、直截有助于表达得真切"，而"僧诗风格浅俗，又有超俗的一面"，所谓"超俗"便是这种语言风格有意摆脱了诗歌陈陈相因的格调，有破除成规的"革新"意义。⑦

贯休诗歌语言之"野俗"主要体现在三个方面。首先是将口

---

① 贯休：《偶作》，陆永峰：《禅月集校注》卷八，第 171 页。

② 贯休：《桐江闲居作十二首》其五，陆永峰：《禅月集校注》卷一〇，第 208 页。

③ 《景印文渊阁四库全书》第 1084 册，1983 年，第 327 页。

④ 贯休：《山居诗二十四首并序》，陆永峰：《禅月集校注》卷二三，第 452 页。

⑤ 胡震亨：《唐音癸签》卷七，吴文治：《明诗话全编》，江苏古籍出版社，1997 年，第 6880 页。

⑥ 高于婷：《贯休及其〈禅月集〉之研究》，第 214 页。

⑦ 孙昌武：《唐代文学与佛教》，陕西人民出版社，1985 年，第 154—161 页。

语词汇引入诗句。如"作么"一词，便在贯休诗中经常出现，"好句慵收拾，清风作么来"①，"眼作么是眼，僧谁识此僧"②，"亦知希骥无希者，作么令人强转头"③。这类口语词突破了诗歌的典雅风韵，使诗句白话化。同时，这类词语在丛林公案中使用频繁，贯休作为禅师将日常参话头、斗机锋的语言引入诗歌，透露出其自在不羁的创作特点及应机设教的佛教文学观。其次，贯休诗歌语言体现出散体化倾向。比如"腾腾又入仙山去，只恐是青城丈人"④，"斯言如或忘，即安用为人为"⑤ 破除诗句应有的音律对称，具有散文般的自由节奏，体现奇拗的语体风格。最后，贯休诗具备一种真率放旷的语言气势。如"藏千寻瀑布，出十八高僧"⑥，"蝉喘雷干冰井融，些子清风有何益"⑦ 一类诗句，措辞通俗但干脆有力，正是"豪而粗"的典型。另如"不知知我不，已到不区区"⑧，"孤峰含紫烟，师住此安禅；不下便不下，如斯大可怜"⑨ 等诗句，语风突破规矩严整的典雅范式，体现出自在活泼的创作精神。

---

① 贯休：《秋居寄王相公三首》其一，陆永峰：《禅月集校注》卷八，第184 页。

② 贯休：《送僧游天台》，陆永峰：《禅月集校注》卷八，第179 页。

③ 贯休：《陌巷》，陆永峰：《禅月集校注》卷一九，第402 页。

④ 贯休：《道士》，陆永峰：《禅月集校注》卷二二，第447 页。

⑤ 贯休：《白雪曲》，陆永峰：《禅月集校注》卷一，第5 页。

⑥ 贯休：《怀南岳隐士二首》其一，陆永峰：《禅月集校注》卷一七，第355 页。

⑦ 贯休：《苦热寄赤松道者》，陆永峰：《禅月集校注》卷二，第37 页。

⑧ 贯休：《离乱后寄九华和尚二首》其二，陆永峰：《禅月集校注》卷一〇，第216 页。

⑨ 贯休：《怀四明亮公》，陆永峰：《禅月集校注》卷七，第165 页。

　　4. 诗歌修辞的对比衬托

　　诗僧基于弘法需要，作诗常用生灭、空有、今昔等对比映衬的修辞来揭示真谛，启示修行者破除执着，直入究竟；这在贯休诗中亦很常见。

　　贯休诗歌的衬托修辞有反衬（对比）与正衬两种。其宣说佛门义理的诗歌惯用反衬法，如"缅想当时宫阙盛，荒宴椒房愧尧圣……陈宫因此成野田，耕人犁破宫人镜"①，"荒宴椒房"代表陈后主奢靡的生活，昔日的"宫阙盛"如今"成野田"；"耕人犁破宫人镜"将宏观的抚今追昔浓缩于一处细节，意味深长。再如"君不见烧金炼石古帝王，鬼火荧荧白杨里"②，生灭对比，否定了"长生"理想，强调佛教的"无常"观念，启发读者修持佛法以期跳脱轮回。"自古浮华能几几，逝波终日去滔滔"③譬喻空有变幻，借以宣扬即空入道的思想。贯休创作之正衬主要用于批判现实的诗作，既有对儒家纲纪伦常的坚持，更见僧侣慈悲为怀的本色。如"苍遑缘鸟道……烟霞湿不开……莫问尘中事，如今正可哀"④以阴湿凝重的烟霞衬托自己仓皇哀伤的心境，表现对战乱中生灵涂炭的悲悯。"四顾木落尽，扁舟增所思……断猿不堪听，一听亦同悲"⑤断续的猿猴啼鸣显得凄厉，正衬僧人漂泊行脚时感时悲秋的哀婉心境，等等。

---

　　①　贯休：《陈宫词》，陆永峰：《禅月集校注》卷二，第 32 页。
　　②　贯休：《行路难四首》其一，陆永峰：《禅月集校注》卷四，第 72 页。
　　③　贯休：《山居诗二十四首》其二十二，陆永峰：《禅月集校注》卷二三，第 466 页。
　　④　贯休：《避寇上唐台山》，陆永峰：《禅月集校注》卷九，第 198 页。
　　⑤　贯休：《秋末江行》，陆永峰：《禅月集校注》卷八，第 169 页。

第四节　齐己及其诗歌创作

《四库全书总目》中评价唐代诗僧，云："唐释能诗者，其最著者莫过皎然、齐己、贯休。然皎然稍弱，贯休稍粗，要当以齐己为第一人。"[①] 齐己作为晚唐五代时期诗僧的代表，一生创作颇丰，现存诗作八百一十五首，数量居唐代诗僧之首。其因"蹑迹云边，落想天外"[②] 的风格，创立了诗歌之"齐己体"；在当时便闻名诗坛，被戏称作"诗囊"。至宋、明之际，仍有诗人遥师之，足见其诗歌影响之深远。

一、齐己的生平

齐己（864—938），长沙人，俗姓胡，名得生，字迩沩，晚年自号衡岳沙门，一生经历了四朝十一帝的政权更替。齐己是唐代诗僧群体中的佼佼者，其一生创作颇丰，迄今存诗八百多首，在《全唐诗》中位居前列；其身后有诗集《白莲集》行世。另有文学理论著作《风骚旨格》一卷；与郑谷、黄损同撰《新定诗格》一卷。

咸通十一年（870）至光启三年（887）是齐己的少年时代。据《十国春秋》卷 103 记载：

> 僧齐己，益阳人，本佃户胡氏子也。七岁，居大沩
> 山寺，与诸童子牧牛，天性颖悟，常以竹枝画牛背为诗，

---

① 《四库全书总目·〈唐僧弘秀集〉提要》，中华书局，1965 年。
② 谭宗：《近体秋阳》，转引自王秀林：《齐己诗集校注》前言，第 1 页。

诗句多出人意表，众僧奇之，劝令落发为浮图。①

《五代史补》亦云：

大沩同庆寺，僧多而地广，佃户仅千余家。齐己则佃户胡氏之子也。七岁与诸童子为寺司牧牛，然天性颖悟，于风雅之道日有所得，往往以竹枝画牛背为篇什。众僧奇之，且欲壮其山门，勒令出家。②

齐己出身穷苦，父母早亡。咸通十一年（870），七岁的齐己就到大沩山为同庆寺放牧。他天资聪颖，又勤苦好学，尤其在文学上显出过人天赋，小小年纪便善以"风雅之道"入篇，从一众牧童中脱颖而出。

同庆寺是沩仰宗的祖庭，半牧半僧的齐己在这里修习禅法，很好地领悟并继承了沩仰"清净无为，淡泞无碍"③的意旨。此一禅学精神对齐己毕生都有深刻影响，甚至贯穿于其诗文创作中，塑成其淡泊宁净的诗歌意蕴。

光启初，齐己有过一段游方参学的经历。据《宋高僧传·齐己》记载：

有禅客自德山来，述其理趣，己不觉神游寥廓之场，

---

① 吴任臣：《十国春秋》卷一〇三，中华书局，1983 年，第 1471 页。
② 陶岳：《五代史补》卷三，《丛书集成续编》第 274 册，新文丰出版公司，1988 年，第 82 页。
③ 道原：《景德传灯录译注》卷九，顾宏义译注，上海书店出版社，2010 年，第 556 页。

乃躬往礼讯，既发解悟，都亡朕迹矣。如是药山、鹿门、
护国，凡百禅林，孰不参请。视其名利，悉若浮云矣。
于石霜法会，请知僧务。①

德山之客的一番阐发，启示了齐己，从此他开始游历诸方，
遍访名刹：药山、鹿门、护国诸道场，无不参请问学。此时的齐
己二十岁左右，恰是受具足戒的年纪；他也是遵循了唐代禅林受
具足戒后开始游方的惯例。

随后的云游，齐己遍历湖南、江西、安徽、浙江、江苏等地
名山古刹。访学问道，乐山知水，充分体味佛性周遍的恒常，从
而返视自心，认取真性。茂林清泉、庙宇殿阁的景致，也为齐己
的文学创作充实了素材。

一番行脚之后，齐己选择驻锡长沙道林寺。《五代史补》记此
事谓齐己"后居于长沙道林寺"②；《十国春秋》亦载其"久之，
居长沙道林寺"③。齐己自谓"曾此栖心过十冬"，大约从光启四年
（888）至乾宁五年（898），齐己在道林寺度过了十年光阴。栖止
道林寺的十年，也是齐己潜心修行与写作的十年。圆融自洽的道
林家风，视艺文为方便，能够理解并容纳应守清净却爱好诗歌的
齐己。宽和的环境，让齐己诗禅并用，逐渐确立了自我以诗喻禅
的修行风范，为其后来成熟的诗禅观念的形成，奠定了思想与实
践基础。

离开道林寺后，齐己先后两次寓居庐山。第一次是在他30岁

---

① 赞宁：《宋高僧传》卷三〇，《大正藏》第50册，第897页。
② 陶岳：《五代史补》卷三，《丛书集成续编》第274册，第83页。
③ 吴任臣：《十国春秋》卷一〇三，中华书局，1983年，第1471页。

以前，途经洪州西山，取道浔阳，至庐山。据其《凌云峰永昌禅院记》可知光化己未岁（899）至天祐丁丑年（917），齐己已经在庐山居住了十八年之久。之后因"慧寂禅师住豫章观音院"，邀请齐己"总辖庶务"①而奔赴江东。其二上庐山大概在918—921年之间。齐己居庐山，主要是因为庐山东林寺，为东晋高僧慧远修习之所，属佛门圣地，齐己久仰慧远盛名，对其驻锡故地，早已心驰神往。庐山东林寺是齐己禅修生涯中一个重要的道场，东林禅风的熏染，尤其参禅经验中与慧远的精神呼应，让齐己思接千载，于佛法有更深的领悟。同时，庐山的秀美风光让齐己赏心悦目。内在的省悟与外界的熏陶，让齐己的诗禅意识更加自觉与明确。可以说庐山经验影响了齐己一生。孙光宪在《白莲集序》中就解释《白莲集》之名，盖由齐己"久栖东林，不忘胜事"②而得。

居庐山期间，齐己除了闭关清修外，也经常行脚参学。有学者考证，齐己"游江海名山，登岳阳，望洞庭，时秋高水落，君山如黛，为湘川一条而已。欲吟杳不可得，徘徊久之。来长安数载。遍览终南、华之胜"③。

根据现存齐己游历诗，可知其云游足迹遍及江浙、河南和两湖等地。④据载，唐昭宗龙纪元年（889）前后，齐己在江东金陵、扬州、镇江、钱塘一带行脚。从现存《白莲集》中数量可观的与"金陵知己"的酬唱、往还诗作推测，齐己在金陵盘桓的时间应该

<hr/>

① 释觉岸：《释氏稽古略》卷三，江苏广陵古籍刻印社，1992年，第374页。
② 孙光宪：《白莲集序》，王秀林：《齐己诗集校注》，第8页。
③ 傅璇琮主编：《唐才子传校笺》，中华书局，1990年，第176—177页。
④ 田道英：《齐己交游考》，载《四川师范学院学报》2003年第2期，第113页。

较长，故结识、交往的友人众多，且情谊深厚。之后，齐己来到扬州，恰逢孙儒兵乱；目睹了战后惨状，让慈悲为怀的齐己感慨唏嘘，对人间世的无常体会更深。

天祐五年（908），统一的唐帝国已然灭亡，皇纲解纽，藩镇割据，互相混战，社会动荡。为避战乱，齐己暂时离开了东林寺，返回湖南，由湘阴至"衡阳又耒阳"①，一路行脚。当时的两湖由于马殷和清海节度使刘隐互相争斗杀伐，水深火热、民不聊生。②沿途所见悲惨的社会现实，让齐己生发出"九土尽荒墟，干戈杀害余"③的哀叹。

可以说，此一阶段的云游，让齐己由青灯古佛的世外走进苦海无边的红尘，真正接触到现世之苦，从而坚固了普度众生的大乘正念。这也是他最终形成以诗弘法的诗禅观的一个重要原因。其传世《白莲集》中大量反映政治、经济、战争等社会现实的作品，都是在这个时期完成的。

后梁龙德元年（921）秋，为避"诸侯稽首问南禅"④的纷扰，齐己应广济大师"相约岷峨去"⑤之邀，打算离庐山东林寺去往四川。但在途中被南平王高季兴挽留。据《白莲集序》记载，齐己"晚岁将之岷峨，假途渚宫，太师南平王筑净室以居之，舍净财以供之"⑥。可知齐己是途经荆州时，被高季兴强留的。齐己一方面

---

① 齐己：《次耒阳作》，王秀林：《齐己诗集校注》，第 292 页。
② 《十国春秋》卷六七，第 937 页。
③ 齐己：《丙寅岁寄潘归仁》，王秀林：《齐己诗集校注》，第 39 页。
④ 齐己：《荆渚寄怀西蜀无染大师兄》，王秀林：《齐己诗集校注》，第 349 页。
⑤ 齐己：《寄蜀国广济大师》，王秀林：《齐己诗集校注》，第 519 页。
⑥ 孙光宪：《白莲集序》，王秀林：《齐己诗集校注》，第 8 页。

迫于高季兴的威势，一方面也因"嵩岳去值乱，匡庐回阻兵"① 造成旅途艰难，故滞留荆楚。

高季兴请齐己任僧正，据《宋高僧传》载："龙德元年辛巳中，礼己于龙兴寺净院安置，给其月俸，命作僧正，非所好也。"② 与皎然、贯休等人干谒权贵，谋求僧官不同，齐己"苦被流年迫"③，担任僧正多有无奈。滞留荆楚，虽衣食无忧，但毕竟事与愿违。此时期的齐己，常感孤寂且思乡心切。但年老体衰，病痛缠身，加之时局动荡、战乱频仍，即便无所羁绊，齐己也难再动身返乡。唯一能让齐己欣慰的是结交了荆南幕府掌书记孙光宪这位知己好友。

天福三年（938），齐己圆寂于荆渚。他晚年病苦，并未来得及整理自己的诗稿。其身后，弟子西文整理其遗作，得诗计八百一十篇，交由孙光宪编纂作序。孙光宪编成《白莲集》十卷，流传于世，是对这位著名诗僧的纪念，也是后代研习齐己生平、禅思、诗法的宝贵资料。

二、齐己诗歌的内容

1. 僧俗交游与唱和

齐己遍参诸方，在俗世与方外结交了不少同道好友。友人的交往也是齐己诗作中非常重要的一部分。据统计，齐己传世《白莲集》中，仅题目带有"赠""寄""题""招""访""酬""和""答""谢""送""话别"等字样的交游诗就有四百三十首左右，

---

① 齐己：《夏日荆渚书怀》，王秀林：《齐己诗集校注》，第 180 页。
② 赞宁：《宋高僧传》卷三〇，《大正藏》第 50 册，第 897 页。
③ 齐己：《夏日言怀》，王秀林：《齐己诗集校注》，第 319 页。

占齐己现存诗歌总数的一半以上，其中赠送给上人、尊师、禅者等僧徒的作品计一百三十六首。①

从内容来分，齐己的交游诗大致可分三类：以诗谈禅、以诗论艺、以诗叙旧。

身为禅僧，齐己与道友往还的诗歌中经常讨论禅学精义，分享修行体验。如《寄武陵道友》：

> 阮肇迷仙处，禅门接紫霞。不知寻鹤路，几里入桃花。晚树阴摇藓，春潭影弄砂。何当见招我，乞与片生涯。②

阮肇入天台山迷路遇仙本是一则道教意味浓厚的传说，齐己一句"禅门接紫霞"，将之转用作佛教譬喻，以"迷""接""寻""入""招"五个动词接续成一段由入山迷路到豁然开朗的经过，暗示了禅修不同阶段的经验特征：由最初客尘障蔽导致的内心迷茫，到接触禅门开始意识到修行的必要，进而主动找寻修行法门，努力用功后，发现向外驰求无益，转而进入三昧的"入口"，即返归自心的修炼，最终开悟，得佛招引。用诗歌向道友展示了一套次第精进的渐修路径。诗境空灵，充满禅意。

又如《寄双泉大师师兄》诗：

> 清泉流眼底，白道倚岩棱。后夜禅初入，前溪树折

---

① 朱力力：《齐己及其诗歌研究》，南京师范大学硕士学位论文，2015 年，第 42 页。
② 齐己：《寄武陵道友》，王秀林：《齐己诗集校注》，第 191 页。

冰。南凉来的的，北魏去腾腾。敢告吾师意，密传门
外僧。①

　　齐己就禅法传承与师徒门户的矛盾与双泉禅师展开笔谈。诗
中所用"清泉""白道""岩棱""后夜""树折冰"等意象，均属
冷调，共同烘托出寂静清幽的禅境。同时也用这种冷静，喻示
"吾师意"是清醒不执迷的正法，没有内外的分别心，因此不必固
守门户，普度众生才对，以诗歌向双泉表达了自己悟道后对传法
问题的豁达态度。

　　除了纯粹以诗喻禅，齐己更多的诗歌站在"诗禅不二"的立
场上与友人谈论诗文艺术，这是齐己交游诗的一大主题。《白莲
集》中论及诗文创作的共有二百九十二首，占总数的百分之三十
六。② 这其中有与丛林僧众的研讨，如《逢诗僧》：

　　禅玄无可并，诗妙有何评。五七字中苦，百千年后
清。难求方至理，不朽始为名。珍重重相见，忘机话
此情。③

　　此诗从创作论入手，首联诗禅对举，禅之玄远最终指向不可
言传之真谛，巧妙的诗歌也应当是只可意会，不可言传的。这是
对"诗禅一如"的深层次精神同性的揭示。继而齐己提倡只有经
过苦吟推敲出的字句，才能组织成风格清逸，传唱百年的不朽诗

---

① 齐己：《寄双泉大师师兄》，王秀林：《齐己诗集校注》，第 164 页。
② 朱力力：《齐己及其诗歌研究》，第 42 页。
③ 齐己：《逢诗僧》，王秀林：《齐己诗集校注》，第 242 页。

篇。这又与通过刻苦修炼悟取"清净自性"的禅修实践相吻合。要之，齐己认为，作诗与参禅都是由渐而顿。

　　齐己更多的时候是通过诗歌与尘世中的诗友切磋、交流。比如，他与郑谷的诗歌往还。齐己与郑谷交情最深，二人因诗结缘，唱答频繁，留下了"一字师"的佳话。仅传世《白莲集》中就收录齐己与郑谷唱和的诗作十八首。如《寄郑谷郎中》谓：

　　　　人间近遇风骚匠，鸟外曾逢心印师。除此二门无别妙，水边松下独寻思。①

　　齐己把结识郑谷并得其指导诗文创作，视同在禅修上获得师长的开示启发而心有所悟，足见其对郑谷的推崇。又《寄郑谷郎中》：

　　　　诗心何以传，所证自禅同。觅句如探虎，逢知似得仙。神清太古在，字好雅风全。曾沐星郎许，终惭是斐然。②

　　此诗与郑谷分享自己"诗禅一如"的经验。道出构思经历搜肠刮肚的辛苦，最后灵感突至的惊喜，并认为这与修禅苦行而后顿悟的过程一致。继而褒扬郑谷古朴清朗的诗风，并指出审美风格的形成，主要依靠苦吟琢磨出的字句。

---

① 齐己：《寄郑谷郎中》，王秀林：《齐己诗集校注》，第582页。
② 齐己：《寄郑谷郎中》，王秀林：《齐己诗集校注》，第151—152页。

齐己还在与友人交游的诗歌中，评点他人的文艺创作。如《因览支使孙中丞看可准大师诗序有寄》：

> 一千篇里选，三百首菁英，玉尺新量出，金刀旧剪成。锦江增古翠，仙掌减元精。自此为风格，留传诸后生。①

诗中盛赞可准大师的诗歌佳作为"菁英"，以玉尺、金刀设喻，说明可准诗歌体裁新颖、字句精炼；用锦江、仙掌做比，标榜可准诗歌风格隽永、气足神完，足可流传后世。再如齐己于佛门推重贯休，并与之交好。贯休圆寂后，齐己多次写诗悼念，不仅标榜贯休的禅学建树，更称赞其文艺修养：《闻贯休下世》称自己作诗师法贯休，《荆门寄题禅月大师影堂》褒奖贯休诗"千篇传古律"，《荆州贯休大师旧房》称赞贯休书画乃"右军书画神传髓"。

齐己一生中相当长一部分时间是在四方行脚；时逢乱世，经常音信阻隔，尤其晚年羁留江陵，越发挂念散居各处的亲朋，怀恋往昔宁静的丛林生活。因此时常以诗寄友，叙旧抒怀。这是齐己交游诗的又一个主题。如《寄旧居邻友》云：

> 别后知何趣，搜奇少客同。几层山影下，万树雪声中。晚鼎烹茶绿，晨厨爨米红。何时携卷出，世代有

----

① 齐己：《因览支使孙中丞看可准大师诗序有寄》，王秀林：《齐己诗集校注》，第 290 页。

名公。①

　　开篇先询问对方别后景况，叙述自己离开知己后的孤寂，紧接着追忆昔日与友人风雅聚会的快乐时光。轻松而浅白的叙述中，透着对挚友的关切与祝福。

　　再如《秋夕寄诸侄》：

　　　　每到秋残夜，灯前忆故乡。园林红橘柚，窗户碧潇湘。离别身垂老，艰难路去长。弟兄应健在，兵火理耕桑。②

　　秋夜灯下，齐己向家乡子侄倾诉思乡之苦。记忆中"园林红橘柚，窗户碧潇湘"的乐景，更衬托出"离别身垂老，艰难路去长"的哀情。齐己深知年老体衰加之路途遥远，自己有生之年叶落归根已无希望，只有祝愿家乡亲人安好。"兵火理耕桑"由一己的苦痛，上升至对家国离乱的忧心。全诗饱含沉郁的忧思与无奈，感情真挚、意境悲凉。

　　齐己人生的最后时光滞留荆州，去日无多的预感，让他追忆往昔生活、思念故人的感情愈发强烈，强忍病痛，一再寄诗致意亲友。如《忆别匡山寄彭泽乾昼上人》云：

　　　　忆别匡山日，无端是远游。却回看五老，翻悔上孤

---

① 齐己：《寄旧居邻友》，王秀林：《齐己诗集校注》，第327页。
② 齐己：《秋夕寄诸侄》，王秀林：《齐己诗集校注》，第218页。

舟。蹭蹬三千里，蹉跎二十秋。近来空寄梦，时到虎
溪头。①

东林寺的禅修生涯是齐己最美好的回忆之一，告别庐山的那
一天，更让他终生难忘。可悲的是，今昔对比，物是人非。"无
端"是对自己当初选择远游的懊悔，更是对人生无常的宿命感到
深沉的悲凉。孤舟漂泊，蓦然回首，"三千里"的迢迢路程，"二
十秋"的蹉跎岁月，辗转流离，境遇浮沉，如今只能在梦里重回
朝思暮想的东林虎溪。可惜这只是虚幻泡影，梦醒时分，面对的
仍是老病缠身，寄人篱下的无奈现实。

2. 个人经历的记录

如前所述，齐己诗作颇丰，其中大量作品是对其一生不同阶
段经历的记述或追忆，将这些诗歌联系起来，便仿佛一部齐己的
诗体自传。

齐己禅居道林寺时，就喜爱作诗。他此时期的作品中，常见
对道林寺景色或禅院生活的描绘。如唐昭宗乾宁二年（895）所作
《楚寺寒夜作》：

寒炉局促坐成劳，暗淡灯光照二毛。水寺闲来僧寂
寂，雪风吹去雁嗷嗷。②

此诗描绘了冬夜寺僧围炉的情景，随风传来的雁鸣，更反衬

---

① 齐己：《忆别匡山寄彭泽乾昼上人》，王秀林：《齐己诗集校注》，第289
页。

② 齐己：《楚寺寒夜作》，王秀林：《齐己诗集校注》，第340页。

出禅院的静谧，同时也喻指自心的宁静。离开道林寺后，齐己也时常作诗追忆自己早年的这段经历。如《怀潇湘即事寄友人》：

> 浸野淫空淡荡和，十年邻住听渔歌。城临远棹浮烟泊，寺进闲人泛月过。岸引绿芜春雨细，汀连斑竹晚风多。可怜千古怀沙处，还有鱼龙弄白波。[1]

细数记忆中道林寺的清幽景色，怀念故人，也是怀恋当年的平静生活。《重宿旧房与愚上人静话》所谓"曾此栖心过十冬，今来潇洒属生公"[2]，则是对这一段人生经历的总括。

曾有慧远修行、结社的东林寺，在齐己心目中更是意义非常，加之其二上庐山，留居日久，故有很多诗作记录、回忆自己在东林寺的修行经历，如《渚宫莫问诗一十五首并序》第七首云：

> 莫问多山兴，晴楼独凭时。六年沧海寺，一别白莲池。[3]

此诗作于龙德二年（922），齐己至荆渚后。诗中沧海寺、白莲池都是东林寺中的建筑或景观，齐己追忆起来历历在目、如数家珍。"六年沧海寺"可能指齐己第二次上庐山后，在东林寺居住

---

① 齐己：《怀潇湘即事寄友人》，王秀林：《齐己诗集校注》，第422页。
② 齐己：《重宿旧房与愚上人静话》，王秀林：《齐己诗集校注》，第351页。
③ 齐己：《渚宫莫问诗一十五首并序》其七，王秀林：《齐己诗集校注》，第259页。

了六年。另外，如《东林雨后望香炉峰》《中春林下偶作》等，是对庐山景致的描写，《题东林十八贤贞堂》《观盆池白莲》等是对东林寺禅修、生活体悟的叙述，《东林作寄金陵知己》《东林寄别修睦上人》等是其驻锡东林寺期间的交游记录。

齐己对其云游生涯亦多以诗记述。根据其诗歌内容可以勾画出齐己一生行脚的路线图。依照其游方时序来说，如《夜次湘阴》《岳阳道中》《湘西道林陶太尉井》《题南岳般若寺》《回雁峰》《次耒阳》等诗是在湖南境内各地的记游；《浔阳道中》《将之匡庐过浔阳》《再游匡庐》是其游方江西，从九江到庐山一路的见闻；《寄江夏仁公》《过鹿门》等，是在湖北的行迹；《怀金陵知旧》《再经蒋山与诸长老夜谈》记述在南京的交游；《金山寺》《与节供奉大德游京口留题》等是写游历镇江经历；《春日西湖作》《秋日钱塘作》是写杭州览胜；《煌煌京洛行》《自嵩山相访》是写河南参访经历；《题终南山隐者室》说明齐己还西行至秦地。

齐己晚年被高季兴遮留荆州，身不由己的无奈，背井离乡的孤苦，也以诗歌或委婉或直白地表达出来。《渚宫莫问诗一十五首并序》序中明确记录自己被迫淹留龙安寺之事："予以辛巳岁，蒙主人命居龙安寺。"[①]

齐己本欲入川，未能成行，但心向往之。如《思游峨嵋寄林下诸友》：

刚有峨嵋念，秋来锡欲飞。会抛湘寺去，便逐蜀帆

---

① 齐己：《渚宫莫问诗一十五首并序》，王秀林：《齐己诗集校注》，第256页。

归。难世堪言善，闲人合见机。殷勤别诸友，莫厌楚
江薇。①

此诗表达对游访蜀地，尤其是峨眉名胜的渴望。《东林寄别修
睦上人》对自我情感的表达更加直接：

行心乞得见秋风，双履难留更住踪。红叶正多离社
客，白云无限向嵩峰。囊中自欠诗千首，身外谁知事几
重？此别不能为后约，年华相似逼衰容。②

前两联忆往昔自在无拘的行脚经历；后两联笔锋一转，道出
如今羁束荆渚，无奈地老去；对被迫滞留出任僧正的不满情绪不
言自明。久居困境，也让齐己怀念东林寺的时光，"谁请衰羸住北
州，七年魂断旧山丘"③，"不那猿鸟性，但怀林泉声。何时遂情
兴，吟绕杉松行"④，一面追忆庐山往事，一面感慨何时能摆脱羁
绊，重新过上"遂情兴"的自由日子。

临近末年，齐己自知病体沉重，去日无多，心愿难遂，愈感
苦闷孤寂。其《病起见闲云》谓：

病起见闲云，空中聚又分。滞留堪笑我，舒卷不

① 齐己：《思游峨嵋寄林下诸友》，王秀林：《齐己诗集校注》，第 85 页。
② 齐己：《东林寄别修睦上人》，王秀林：《齐己诗集校注》，第 429 页。
③ 齐己：《忆旧山》，王秀林：《齐己诗集校注》，第 480 页。
④ 齐己：《夏日荆渚书怀》，王秀林：《齐己诗集校注》，第 180 页。

如君。①

以"闲云"之舒卷自如反衬自己被迫滞留，寄人篱下的无奈。但一个"笑"字，似乎又透露出禅师无可无不可的任运智慧，甚至了脱生死的通达。

3. 奇秀景致的刻画

齐己一生当中除了深居禅院就是云游四方，饱览名山大川之奇秀风光。其诗作写景者亦多。在《白莲集》中，写景诗占作品总数的六分之一左右。② 齐己写景诗视野收放自如，宏阔如山川河岳，精巧如园林台榭；无论自然抑或人工，齐己都能以文学呈现其本源之美，并由此传达自我优雅的审美趣味。融合了中国本土儒、道思想的禅宗，也讲究"乐山知水"：通过对山水的观照，实现与"自然"的精神交流，进而体悟周遍一切的本有佛性，故游观成为禅僧修行的一种方便法门。齐己对山水风物的描写，往往就是这种宗教实践的文学化表现。如其《舟中晚望祝融峰》云：

> 天际卓寒青，舟中望晚晴。十年关梦寐，此日向峥嵘。巨石凌空黑，飞泉照野明。终当蹑孤顶，坐看白云生。③

开篇说明自舟中仰观祝融峰所体会到的"崇高"，夕阳下显出墨绿色的山体，加一"寒"字修饰，令人更觉冷峻，同时也凸显

---

① 齐己：《病起见闲云》，王秀林：《齐己诗集校注》，第 273 页。
② 朱力力：《齐己及其诗歌研究》，第 32 页。
③ 齐己：《舟中晚望祝融峰》，王秀林：《齐己诗集校注》，第 293 页。

出祝融峰顶天立地的苍莽雄伟。"十年关梦寐，此日向峥嵘"是齐己眺望峻峰时的经验写照，也是其向往南岳禅系的暗示，也可能譬喻了经年苦修，一朝顿悟的修行过程。"巨石凌空黑，飞泉照夜明"，凌空雄峙的巨大岩石之森暗，与飞流直下的瀑布折射的余晖之晶亮，构成视觉对比，既是对雄奇的自然风光的生动刻画，同时黑、白并陈，也是禅宗不二中道辩证思想的体现。尾联"终当蹑孤顶，坐看白云生"，既表达登临极目的潇洒，也譬喻了禅之终极是圆融自洽的生命本然。全诗色彩鲜明、虚实相生；以观山到登顶的过程，喻示了渐修顿悟的参禅历程。

其另一首《登祝融峰》则重在刻画祝融峰高峻的外形特征，形容夸张，想象丰富，大开大合的视野，显出禅者旷达的襟怀。[1]齐己对祝融峰津津乐道，其根本是对自身南岳子孙的师承门户之标榜，透露出其禅学思想与怀让一系的深刻关联。

齐己对园林院落一类的小景也多有描写，且较之山水诗的庄严更显趣味。如《西墅新居》云：

> 渐渐见苔青，疏疏遍地生。闲穿藤屐起，乱踏石阶行。野鸟啼幽树，名僧笑此情。残阳竹阴里，老圃打门声。[2]

景色描写依循诗人游走的路线纵深延展，"渐渐""疏疏""闲穿""乱踏"展现了叙述者游观的过程，"苔青""幽树"等营造

---

① 齐己：《登祝融峰》，王秀林：《齐己诗集校注》，第185页。
② 齐己：《西墅新居》，王秀林：《齐己诗集校注》，第244页。

出清幽寥落的境界，野鸟的鸣叫透过幽深的树丛，反衬出万籁俱寂的静谧。"名僧笑此情"，表面是自嘲不事修行的闲散，实则暗示任运自然的生命体验。"残阳竹阴里，老圃打门声"，再一次以动喻静，既烘托了淡泊幽远的诗境，也象征了禅师平和安然的内心世界。这些小景诗作，反映了齐己对身边环境的细微观察和对日常生活的敏锐感知。

4. 社会现实的写照

齐己虽身在空门，但并非独善其身的小乘禅僧；他一生始终以悲天悯人的大乘普度情怀处理自我与世界的关系。他经常走出深山古刹，云游四方，除了参学问道之外，也有返本还源、入世度众的目的，至少也有对喧嚣尘世的关切。所以，齐己的诗歌不同于一般诗僧较纯粹的以诗喻禅，而是有相当大一部分作品在讽时喻世，体现批判现实主义的"诗史"功能，从一个出家人的独特视角来审视、反思国计民生。

齐己一生历经四朝易代，目睹了唐朝的灭亡，见证了后梁太祖到后晋高祖的三代兴变。亲身经历了黄巢兵乱、藩镇割据，眼见战乱频仍造成的民不聊生。他用诗歌记录下残唐乱世中触目惊心、催人泪下的一幕幕："兵""寇""战""乱""干戈""兵火""战血"等充斥杀气与血腥的词汇常见于齐己的纪实诗作中。如《读岘山碑》：

> 兵火烧文缺，江云触藓滋。那堪望黎庶，匝地是疮痍。[1]

---

[1]　齐己：《读岘山碑》，王秀林：《齐己诗集校注》，第101页。

记齐己游襄阳岘山时，吊唁西晋羊祜"堕泪碑"，由眼前残碑生藓的破败景象，联想到当时战乱造成的国破家亡，"那堪望黎庶，匝地是疮痍"的慨叹，极言战后凄惨的世相，表达对乱世苍生的悲悯。

再如，《夜次湘阴》和《岳阳道中作》写于唐僖宗光启三年（887）春，齐己北游返乡的途中。《夜次湘阴》：

> 时难多战地，野阔绝春耕。骨肉知存否，林园近郡城。①

《岳阳道中作》云：

> 路岐经乱后，风雪少人邮。大泽鸣寒雁，千峰啼昼猿。②

这一带当时是黄巢军余部和当地武装交锋的战场。齐己以饱含同情的笔触描述了兵火造成的田野荒芜、生灵涂炭。群山大泽间猿啼雁鸣的"嚣嚷"，反衬因战乱而荒无人烟的村镇的"死寂"。

906年齐己游历江淮，其间寄给友人的诗中记录乱世惨状，谓"九土尽荒墟，干戈杀害余"③。"九土尽荒墟"极言天下板荡，竟无寸土完善；"干戈杀害余"揭露各方势力大开杀戒、草菅人命、穷凶极恶。读之催人泪下。

---

① 齐己：《夜次湘阴》，王秀林：《齐己诗集校注》，第202页。
② 齐己：《岳阳道中作》，王秀林：《齐己诗集校注》，第304页。
③ 齐己：《丙寅岁寄潘归仁》，王秀林：《齐己诗集校注》，第39页。

除了兵祸，齐己还讽刺了乱世苛政对百姓的压榨。如《西山叟》：

西山中，多狼虎，去岁伤儿复伤妇。官家不问孤老
身，还在前山山下住。①

写西山老人的妻儿为虎狼所伤，自己孑然孤苦，官府却不闻
不问，仍让其身居虎狼之地。齐己为老人的安危忧心，暗中也类
比"苛政猛于虎"的典故，以批判时政。再如《耕叟》：

春风吹蓑衣，暮雨滴箬笠。夫妇耕共劳，儿孙饥对
泣。田园高且瘦，赋税重复急。官仓鼠雀群，只待新
租入。②

以"鼠雀群"双关强征赋税、搜刮民膏的官宦，"夫妇拂共
劳，儿孙饥对泣"生动刻画了重税给劳苦大众带来的沉重负担，
一针见血地揭露了无理的税收制度造成的社会矛盾及对农村生活
和农业生产的重创。一语双关的比兴手法，一方面是对中唐以来
"新乐府"讽喻精神的继承；一方面也是佛教文学"譬喻"传统的
表现。

齐己纪事诗对现实的批判不仅就事论事，甚至从大历史的高
度，总结历史兴衰的规律，讽劝当政者警惕重蹈覆辙。如《寓

① 齐己：《西山叟》，王秀林：《齐己诗集校注》，第541页。
② 齐己：《耕叟》，王秀林：《齐己诗集校注》，第543页。

言》：

> 造化安能保，山川凿欲翻。精华销地底，珠玉聚侯
> 门。始作骄奢本，终为祸乱根。亡家与亡国，去此更
> 何言。①

　　此诗直言不讳地揭露了当权者的骄奢淫逸是国破家亡的真正原因。"始作骄奢本，终为祸乱根"是对历史兴衰往复的根源总结，也是佛家因果轮回的消极辩证思想的体现。

　　要之，齐己刻画社会现实的纪事诗充满批判精神。这一方面源于佛家视俗世浮华纷争为客尘蔽障的"净心"观念；一方面也是因为齐己身处方外，一定程度上免受法令制裁，故能够在揭露社会问题、批评政府方面相对一般文人更直白、大胆一些。齐己采用白描手法勾勒乱世的社会百态，文字简朴，毫无粉饰、做作；愤世嫉俗中透出悲观厌世，悲天悯人时希冀着宗教的解脱。

三、齐己诗歌的艺术特征

1. 偈颂味

　　佛门偈颂在中唐以后，受唐诗影响，逐渐诗化：诗僧经常将偈颂的宗教功能转嫁到诗歌中来，作诗宣说佛理、阐述因果轮回，达到劝化众生的目的。这便使诗歌有了偈颂的意味。

　　齐己对诗与偈的区别是有清楚意识的，其谓："盖以吟畅玄旨

---

① 齐己：《寓言》，王秀林：《齐己诗集校注》，第9—10页。

也，非格外之学，莫将以名句拟议矣……虽体同于诗，厥旨非诗也。"① 他指出禅师所作偈颂是以"吟畅玄旨"为目的，即为了宣扬佛学思想、义理；"体同于诗"，是说偈颂书写格式、语体、韵律上与诗歌相近；"厥旨非诗"，则明确了偈颂的终极目标是弘法传教，与状物抒情的诗歌创作有所区别。同时他也很认同偈颂的文学化，关注偈颂宗教功能之外的审美特征。如其《龙牙和尚偈颂序》称赞居遁偈颂"托像寄妙，必含大意……试捧玩味，但觉神虑澄荡，如游寥廓，皆不若文字之状类"②。标榜其"必含大意"的宗教功能的同时，肯定其"托像寄妙"的写作技巧和"神虑澄荡，如游寥廓"的审美效果。

　　支持偈颂诗化的同时，齐己也在诗歌中加入浓厚的偈颂味。最突出的表现便是诗歌中佛教禅宗语词和典故的大量使用。据统计，《白莲集》中征引的佛、禅事典多达二百六十二个。③ 如"铁牛无用成真角，石女能生是圣胎"④，借维摩诘故事阐发佛法不能用寻常言语说明的义理，启发修行者跳脱语言束缚，当下悟取佛性。再如"闲吟莫忘传心祖，曾立阶前雪到腰"⑤，引二祖求法达摩的典故，劝勉禅友不忘初心，精进修行。《短歌寄鼓山长老》是齐己融偈入诗、引经据典的代表：

---

　　① 陈尚君：《齐己佚文〈龙牙和尚偈颂序〉考述》，载《益阳师专学报》1994 年第 4 期。

　　② 陈尚君：《齐己佚文〈龙牙和尚偈颂序〉考述》，载《益阳师专学报》1994 年第 4 期。

　　③ 朱力力：《齐己及其诗歌研究》，第 100 页。

　　④ 齐己：《寄文浩百法》，王秀林：《齐己诗集校注》，第 344 页。

　　⑤ 齐己：《荆渚逢禅友》，王秀林：《齐己诗集校注》，第 485—486 页。

> 雪峰雪峰高且雄，峨峨堆积青冥中……尝闻中有白象王，五百象子皆威光。行围坐绕同一色，森森影动旃檀香。于中一子最雄猛，称尊独踞鼓山顶。百千眷属阴影，身照曜，吞我景。我闻岷国民归依，前王后王皆师资。①

此诗引用佛经"象王"的譬喻为叙述主体，将鼓山长老喻为"称尊独踞"的"白象王"，盛赞其无量功德。诗歌构思直截，略于抒情，重在象征；音韵方面也更接近偈颂的讲唱节奏。

另外，齐己诗歌即便描写世俗的景物人事，也经常把与山水林泉、花鸟鱼虫的冥契感应糅入其中，将情与景、理与事、禅与诗结合为一，借诗歌传达自性的体悟，透露自然的妙巧，同样透出僧诗的偈颂味。

按，齐己是沩仰宗弟子，其禅学思想受沩仰一系影响深刻。沩仰宗修禅强调"即色明心、附物显理"，强调通过一定的具体物象来喻示实相真理。齐己运用诗歌来形象化地阐释、譬喻禅宗思想，背后的逻辑便是此沩仰学说。

2. 描述性意象与象征性意象的平衡使用

齐己诗歌意象以山水、云月等自然物象为主。以文渊阁四库全书本《白莲集》为例所做的统计，齐己诗中"月"字出现一百六十次，"云"字出现二百零三次，"灯"字出现四十二次，"水"字出现一百三十六次；此外，笔墨纸砚、琴棋书画、舟船钟磬、

---

① 齐己：《短歌寄鼓山长老》，王秀林：《齐己诗集校注》，第569页。

寺院道观之类的人文意象也有不少。①

其诗中意象偏于写实，如"风涛出洞庭，帆影入澄清。何处惊鸿起，孤舟趁月行。时难多战地，野阔绝春耕。骨肉知存否，林园近郡城"②。"帆影""惊鸿""孤舟"诸意象均是以白描手法描写实景，属描述性意象，是一种简净、准确的诗体表述。同时，齐己在禅修过程中养成了体察入微的习惯，故对物象的观察往往十分精深，能够深入到一些隐秘幽微的细节处，描写出常人不曾关注的琐细景物，发掘出其中幽美的趣味。故其诗作中常见这种生僻又新鲜的意象，如"幽虫乘叶过，渴狖拥条看"③，"藓壁残蛩韵，霜轩倒竹阴"④，意象新奇，且多奇僻幽凉意味。齐己使用的这些描述性意象，虽然带给人新奇感，但其意涵一般比较简单，能指与所指之间就是简明的对应关系，鲜有深层寓意。

与此相对，齐己诗中也经常使用象征性意象，但能指与所指的譬喻关系基本都是沿袭传统的写作方式。例如以"柳"象征送别："槐柳野桥边，行尘暗马前"⑤；以"闲云"象征自由："怪石和僧定，闲云共鹤回"⑥；以"鸿雁"象征羁旅："秋风过鸿雁，游子在潇湘"⑦；以"秋风落日"象征衰败颓废："秋风帆上下，落日树沉昏"⑧；等等。齐己诗中出现最多的象征性意象是"白

---

① 朱力力：《齐己及其诗歌研究》，第62页。

② 齐己：《夜次湘阴》，王秀林：《齐己诗集校注》，第202页。

③ 齐己：《题鹤鸣泉八韵》，王秀林：《齐己诗集校注》，第106页。

④ 齐己：《崔秀才宿话》，王秀林：《齐己诗集校注》，第251页。

⑤ 齐己：《送人游塞》，王秀林：《齐己诗集校注》，第12页。

⑥ 齐己：《登大林寺观白太傅题版》，王秀林：《齐己诗集校注》，第65页。

⑦ 齐己：《送人游塞》，王秀林：《齐己诗集校注》，第31页。

⑧ 齐己：《潇湘二十韵》，王秀林：《齐己诗集校注》，第130页。

莲"。据统计，《白莲集》里"白莲"和"白芙蕖"两个词共出现了十四次，除了个别是指称"白莲池""白莲寺"等实际存在的景物、地点外，均是以"白莲"象征高尚的出世精神。[①] 如"清吟何处题红叶，旧社空怀堕白莲"[②]，"静社可追长往迹，白莲难问久修心"[③] 等，表达对慧远出世精神的敬慕，喻示后辈弟子对其佛学思想的传承，同时也体现对自己早年东林寺修行经历的追忆。再如《题东林十八贤真堂》首联"白藕花前旧影堂，刘雷风骨画龙章"[④] 以"白莲"起兴，象征先贤风骨，寄托见贤思齐之志；而末两联则追忆白莲社慧远招陶拒谢的逸事，说明自己对白莲净土的崇敬。可以说，在齐己诗中，"白莲"这一象征性意象，喻示了圆满具足之佛性。

总的来说，齐己诗中的意象还是描述性的居多，这些描述性意象清新奇巧，其趣味性缓释了沿袭传统套路的象征性意象应用造成的审美疲劳；而象征性意象所体现出的深厚的历史文化意义，也弥补了描述性意象内涵的淡薄。两种意象的交错使用，形成虚实之间的动态平衡，达到艺术上的互补。

3. 清新与奇崛并存的诗歌语言

与意象的描述和象征平衡相对应的，是齐己诗歌清新与奇崛的语言风格的共生。

齐己创作的近体诗，语言大都呈现清新明丽的特点。由于齐己传世诗作中百分之九十五是近体诗，故可以说清丽妥帖是其诗

---

① 朱力力：《齐己及其诗歌研究》，第64—65页。
② 齐己：《寄南雅上人》，王秀林：《齐己诗集校注》，第362页。
③ 齐己：《寄匡阜诸公二首》其一，王秀林：《齐己诗集校注》，第506页。
④ 齐己：《题东林十八贤真堂》，王秀林：《齐己诗集校注》，第335页。

歌语言的主导性特征。齐己近体诗往往运用工整明丽、妥帖匀称的语词，配合其细致精工的白描意象，造成一种清新空灵的诗意。如"驿树秋声健，行衣雨点斑"①，"渡遥峰翠叠，汀小荻花繁"②，"夏林歆石腻，春涧沐泉香"③，"晨野黍离春漠漠，水天星粲夜迢迢"④ 等，这些诗句或即景写实，或自由想象，皆语言清新活泼，富有生趣。另外，齐己诗中还经常直接使用"清"来体现清新的诗风。以文渊阁四库全书本《白莲集》为样本，对其中的"清"字出现频率进行检索，高达一百四十一次，其中直接论诗的诗句中，"清"字出现了三十次⑤，如"僻能离诡差，清不尚妖妍"⑥，"鬓全无旧黑，诗别有新清"⑦，"诗工凿破清求妙，道论研通白见贞"⑧ 等。齐己诗中的"清"标示的是一种清新、明净的艺术品格，这也是齐己近体诗创作的审美追求。

齐己古体诗数量不多，语言风格与其近体诗差异较大，体现一种奇崛风格。最突出的表现是有意使用拗口、生僻的字词，制造出佶屈聱牙的语感。如《夏云曲》：

> 红嵯峨，烁晚波，乖龙慵卧旱鬼多。爔爔万里压天堑，飓雷电光空闪闪。好雨不雨风不风，徙倚穹苍作岩

---

① 齐己：《送人赴举》，王秀林：《齐己诗集校注》，第 105 页。
② 齐己：《潇湘二十韵》，王秀林：《齐己诗集校注》，第 131 页。
③ 齐己：《剃发》，王秀林：《齐己诗集校注》，第 221 页。
④ 齐己：《荆渚逢禅友》，王秀林：《齐己诗集校注》，第 485 页。
⑤ 刘雯雯：《齐己的诗歌研究》，扬州大学硕士学位论文，2007 年。
⑥ 齐己：《还黄平素秀才卷》，王秀林：《齐己诗集校注》，第 116 页。
⑦ 齐己：《喜巩公自武陵至》，王秀林：《齐己诗集校注》，第 321 页。
⑧ 齐己：《寄荆幕孙郎中》，王秀林：《齐己诗集校注》，第 381 页。

险。男巫女觋更走魂，焚香祝天天不闻。天若闻，必能
使尔为润泽，洗埃氛。而又变之成五色，捧日轮，将以
表唐尧虞舜之明君。①

此诗描绘炎夏祈雨的情景，其中"爥"是非常罕见的生僻字，
以叠字形式出现在诗中，造成了僻涩的语风。而起首的"嵯峨"，
发音也比较拗口；前置一修饰语"红"，形容灼热的太阳，借山势
的"高峻"比拟烈日的"严峻"，形成了陌生化的审美效果，但仔
细体味又不是无理之辞。

齐己作诗多奇崛语，一方面是受中唐以后尚奇诗风的影响，
喜解构既定话语模式，对语素进行创造性的重组，突破唐诗的传
统美学观念，不重诗歌的意境与韵味，而突出语言的奇特色彩和
韵律节奏，造成接受的陌生化体验。如《四库全书总目》"白莲集"
条评价"五七言古诗以卢仝、马异之体，缩为短章。诘屈聱牙，尤
不足取"②，虽是批评口吻，也印证齐己对当时奇险诗风的追摹。

奇崛的风格更多源自齐己的禅学思想。禅宗传法讲究"绕路
说禅"，即真谛无法言说，只能依靠自性妙悟。故禅宗语言本身就
带有一种打破惯常逻辑的特点。齐己熟谙这套语言系统及其背后
奇特的联想思维，并利用其实现"言不尽意"的奇崛诗风。同时，
经年的修行体悟，让齐己能够用跳脱凡俗的目光观察世间相，在
创作中自然偏向主观体验的抒发，将强烈的主观色彩赋予物象，
以主观意识的自然流动为转移，再配合以奇妙的想象与夸诞的譬

---

① 齐己：《夏云曲》，王秀林：《齐己诗集校注》，第548页。
② 《四库全书总目》卷一百五十一集部四，第1700页。

喻，便形成了奇崛僻涩的诗歌风格。

4. 丰富多变的对仗模式

对仗是律诗的一大特色，并在创作中形成一定之规。齐己的律诗创作却在继承规则的基础上，尝试对仗模式的创变，这也成为其诗歌艺术的一个特点。

齐己律诗的对仗位置比较灵活，不仅限于中间的颔联、颈联，经常使用一些特殊的"格套"。如"偷春格"①，即首联对仗而颔联不对，形成前后参差不齐的格局，如《览延西上人卷》首联"今体雕镂妙，古风研考精"对仗，颔联"何人忘律韵，为子辨诗声"②不对；《夜坐闻雪寄所知》首联"初宵飞霰急，竹树洒干轻"对仗，颔联"不是知音者，难教爱此声"③不对。再如"前散后整格"④，即前两联均不对仗，唯有颈联对仗，如《酬洞庭陈秀才》颔联"此门从自古，难学至如今"并非工整对仗，而颈联"青草湖云阔，黄陵庙木深"⑤对仗；《寄无愿上人》颔联"谁言生死无消处，还有修行那得何"不对，颈联"闲事安能穷好恶，故人堪忆旧经过"⑥对仗。对仗位置的变化，使严整格律产生了陌生化的审美效果，避免了千篇一律的呆板形式，也造成错综变化的声情表达，让律诗也灵动起来。

---

① 王昌会《诗话类编》卷一"偷春格"条云："首联对而颔联不对，如梅花偷春色而相开也。"《中国诗话珍本丛书》第五册，国家图书馆出版社，2004年。

② 齐己：《览延西上人卷》，王秀林：《齐己诗集校注》，第 111 页。

③ 齐己：《夜坐闻雪寄所知》，王秀林：《齐己诗集校注》，第 274 页。

④ 王昌会：《诗话类编》卷一"前散后整"条云："颔联虽对而散，颈联对而整，谓之前散后整格。"

⑤ 齐己：《酬洞庭陈秀才》，王秀林：《齐己诗集校注》，第 106 页。

⑥ 齐己：《寄无愿上人》，王秀林：《齐己诗集校注》，第 421 页。

齐己律诗对仗还有"流水对""当句对""假对"等变体。"流水对"是指一联中两句字面对仗，而语法上却相承接，上下句意思贯通，犹如流水，节奏富于流利之美。如"要上诸峰去，无妨半夜行"①，"有时闲客散，始觉细泉流"②，流畅的对仗，配合以白描手法，让诗歌具有一种轻快的节奏。"当句对"是一句中两个词语自成对偶，如"坐卧与行住，入禅还出吟"③，"绕岳复沿湘，衡阳又耒阳"④，诗歌字面形式显得灵巧，音韵上也形成跳跃的律动。"假对"，分为借义假对和借音假对两种。借义假对，如"造化已能分尺度，保持争合与寻常"⑤，将"寻常"作"八尺为寻，倍寻为常"解。借音假对，如"六年沧海寺，一别白莲池"⑥，将"沧"借为同音的"苍"以表颜色；又"金锡罢游双鬓白，铁盂终守一斋清"⑦，同样是把"清"借为同音的"青"以表颜色。

要之，齐己在"以诗喻禅"的佛教诗学观念影响下，将宣说义理作为诗歌创作的重要功能，将偈颂的部分特征移植到诗歌创作中，使诗歌具有了偈颂味。同时，他又通过描述性意象与象征性意象的平衡使用，及清新与奇崛的诗歌语言的兼容，确立具有辨识度的诗歌艺术风格。而多种对仗形式的使用，则体现出齐己继承诗歌传统时的创新意识。

---

① 齐己：《寄明月山僧》，王秀林：《齐己诗集校注》，第 108 页。
② 齐己：《题张氏池亭》，王秀林：《齐己诗集校注》，第 280 页。
③ 齐己：《静坐》，王秀林：《齐己诗集校注》，第 143 页。
④ 齐己：《次耒阳作》，王秀林：《齐己诗集校注》，第 292 页。
⑤ 齐己：《谢人惠拄杖》，王秀林：《齐己诗集校注》，第 364 页。
⑥ 齐己：《渚宫莫问诗一十五首并序》其七，王秀林：《齐己诗集校注》，第 259 页。
⑦ 齐己：《寄朗陵二禅友》，王秀林：《齐己诗集校注》，第 498—499 页。

第五章　隋唐五代文人的佛教诗歌创作

隋唐二代是中国佛教宗派竞放、极度繁荣的时期，天台宗、三论宗、唯识宗、华严宗、禅宗等中国佛教的主要宗派均在此期形成并进一步发展。汤用彤曾感慨道："自晋以后，南北佛学风格，确有殊异，亦系在陈隋之际，始相综合，因而其后我国佛教势力乃达极度。隋唐佛教，因或可称为极盛时期也。"① 国家经济的稳定繁荣、帝王的支持、雄厚的寺院经济，使得隋唐佛教呈现出持续发展的态势，从而在六朝佛学深厚积淀的基础上成就了中国佛教史上的鼎盛局面。及至唐末五代，全国虽处于分裂状态，但南方如蜀、吴越等地佛教由于统治者的支持和政治的一度稳定，亦呈现出繁盛的态势，比如南宗禅的分支法眼宗即兴起并传播于此时的吴越、闽、南唐等割据地区。

隋唐五代文人与佛教关系密切，他们虽不一定如六朝文人那样有坚定、真实的佛教信仰，但在个人情感、人生态度、处世方式等方面都深受佛教影响。佛教思想与观念也内化在他们的作品当中，通过艺术手法、审美风格等体现出来。以下即略述隋唐五代文人习佛与佛经阅读情况，然后以时代为序，简择各时期与佛教关系密切的文人为代表，分别探讨他们与佛门的往来、佛教对其诗歌创作、诗学思想的影响等。

---

① 汤用彤：《隋唐佛教史稿》，北京大学出版社，2010 年，"绪言"第 1 页。

第一节　隋唐五代文人的习佛风尚与佛经阅读

处于中国佛教宗派百花齐放的时代，很少有文人能与佛教绝缘，他们大都有访游寺院、结交僧侣、近佛习禅的经历。同时，阅读佛经也是文人日常生活的重要组成部分。近佛习禅与阅读佛经对此期文人的个人生活和文学创作均产生重要影响。这两方面也是中国佛教史、文学史上值得关注的独特现象。

一、文人的习佛风尚

隋唐五代文人士大夫亲近佛教，耽习禅悦，蔚为风尚，这主要体现在以下几个方面：

第一，游居寺院之风盛行。隋唐五代寺院经济发达，佛寺环境清幽，开放性强，为文人习佛创造了有利条件。唐代有士子习业山林寺院之风尚，严耕望对此做过梳理，认为唐中叶以后，随着经学衰微、文学兴盛，士子涌入山林寺院以习攻举业蔚为风尚。据其考察，唐代一些著名文人如陈子昂、李白、刘长卿、岑参、高适、李华、钱起、孟郊、李端、李贺、王建、白居易、杜牧、李商隐、顾况、杜荀鹤等，宰辅如韦昭度、徐商、房琯、李逢吉、姚崇、王播、李绅等均有习业山林寺院的经历。[①] 兹举数例以略窥其貌：

王播少孤贫，尝客扬州惠昭寺木兰院，随僧斋飡。

---

① 参见严耕望：《严耕望史学论文集》（下），上海古籍出版社，2009 年，第 886—928 页。

诸僧厌怠，播至，已饭矣。后二纪，播自重位出镇是邦，因访旧游，向之题已皆碧纱幕其上。①

（李绅）初贫，游无锡惠山寺，累以佛经为文稿，致主藏僧殴打，终身所憾焉……及领会稽，僧有犯者，事无巨细，皆至极刑。②

（李端）少时居庐山，依皎然读书，意况清虚，酷慕禅侣。③

（王绍宗）少勤学，遍览经史，尤工草隶。家贫，常佣力写佛经以自给，每月自支，钱足即止，虽高价盈倍，亦即拒之。寓居寺中，以清净自守，垂三十年。④

长安举子，自六月已后，落第者不出京，谓之"过夏"。多借静坊庙院及闲宅居住，作新文章，谓之"夏课"。⑤

王播、李绅少时家贫，曾读书于寺院，颇遭寺僧白眼，同样出身贫寒的王绍宗更曾以抄写佛经为业；作为"大历十才子"之一的李端倾慕禅僧，依诗僧皎然读书习业。此外，文人与佛门之往来并不限于山林，唐代士子科考失利者常寄居长安城内寺院继续温习举业，这已成科举惯例。上举诸人多为佛寺清幽怡人、开

①　王定保：《唐摭言校注》，姜汉椿校注，上海社会科学院出版社，2003年，第137页。

②　范摅：《云溪友议》，古典文学出版社，1957年，第11页。

③　辛文房：《唐才子传校笺》卷四，傅璇琮主编，中华书局，1995年，第72页。

④　刘昫等：《旧唐书》卷一八九《王绍宗传》，中华书局，1975年，第4963页。

⑤　钱易：《南部新书》，黄寿成点校，中华书局，2002年，第21页。

放包容的环境所吸引，他们虽不一定信仰佛教，但晨钟暮鼓式的寺院生活本身即对他们产生潜移默化的影响。正如唐代名臣颜真卿所云："予不信佛法，而好居佛寺，喜与学佛者语。人视之，若酷信佛法者然，而实不然也。"① 诸如颜真卿式的文人在唐代为数不少，他们虽未必信佛，却喜爱山寺清静的环境，喜与僧侣探讨义理，无形中也加深了自己的佛学修养。

此外，文人游居寺院不仅为了攻习举业等事务，更多的是将其作为身心安放之地，他们或与高僧研讨佛理，或在登临访游中寄托感慨，最终是为忘却尘世间的烦恼和忧愁，求得身心之解脱，其中不乏具备真实信仰者。著名的信佛文人王维曾云："一生几许伤心事，不向空门何处销。"② 他明确表示自己游感化寺是为了"誓陪清梵末，端坐学无生"③，即向僧众学习佛禅的无生理念以寻求精神超脱。裴休"家世奉佛，休尤深于释典。太原、凤翔近名山，多僧寺。视事之隙，游践山林，与义学僧讲求佛理。中年后，不食荤血，常斋戒，屏嗜欲。香炉贝典，与尚书纥干臮皆以法号相字"④。白居易晚年居于龙门香山寺，还将自己的文集别录三本，分置于东都圣善寺、庐山东林寺、苏州南禅院，希望自己的文字能够成为襄赞佛法的助缘。柳宗元贬居永州时，即居住于龙兴寺

① 颜真卿：《泛爱寺重修记》，载董诰等编《全唐文》卷三三七，中华书局，1983 年，第 3419 页。

② 王维：《王维集校注》卷六《叹白发》，陈铁民校注，中华书局，1997年，第 523 页。

③ 王维：《王维集校注》卷五《游感化寺》，陈铁民校注，中华书局，1997年，第 439 页。

④ 刘昫等：《旧唐书》卷一七七《裴俦传》，中华书局，1975 年，第 4594页。

和法华寺，龙兴寺和尚龙兴重巽为天台宗高僧荆溪湛然的再传弟子，二人常品茶谈佛，故而柳宗元在寄居期间也受到了天台义理的深刻影响。晚唐诗人杜牧胸怀大志却怀才不遇，只得向佛门寻找慰藉，他喜游佛寺并自道："秋山春雨闲吟处，倚遍江南寺寺楼。"① 五代前蜀宰相韦庄也多有游访寺院的经历，作有《下第题青龙寺僧房》《访含弘山僧不遇留题精舍》等诗。前诗云："酒薄恨浓消不得，却将惆怅问支郎。"② 支郎为三国时僧人支谦，这里表示自己抑郁、烦闷而欲向佛门寻求解脱。

第二，士僧往来的加强。士僧交流的传统由来已久，魏晋六朝时渐成风气。柳宗元《送文畅上人登五台遂游河朔序》云："昔之桑门上首，好与贤士大夫游，晋宋以来，有道林、道安、远法师、休上人，其所与游，则谢安、（谢）石、王逸少、习凿齿、谢灵运、鲍照之徒，皆时之选。由是真乘法印，与儒典并用，而人知向方……吾辈常希灵运、明远之文雅，故诗而序之……上人之往也，将统合儒释，宣涤疑滞。"③ 这里列举了六朝时期著名僧侣支遁、道安、慧远、汤惠休与谢安、王羲之、谢灵运等人交游唱和之佳话，并表示希慕士僧交游之盛事。与南朝士僧交往重在义理的探究不同，隋唐五代文人结交僧侣多是为了化解俗世间的苦闷和忧愁，从而获得身心的愉悦与安适。其形式也多样，比如僧院晤谈、品茶弈棋、谈文说艺、诗书往来等，并实际反映到他们

① 杜牧：《杜牧集系年校注·樊川文集》卷二《念昔游三首》其一，吴在庆校注，中华书局，2008年，第212页。
② 韦庄：《韦庄集笺注》，聂安福笺注，上海古籍出版社，2002年，第7页。
③ 柳宗元：《柳宗元集校注》卷二五，尹占华、韩文奇校注，中华书局，2013年，第1667—1668页。

的诗文创作中。如隋代著名文人薛道衡在《吊延法师书》中追忆往昔当面向延法师学习佛理时的情景："夙承训导，升堂入室。具体而微，在三之情。理百恒恸，往矣奈何，无常奈何！"① 杜甫《寄赞上人》曰："柴荆具茶茗，迳路通林丘。与子成二老，来往亦风流。"② 从中可见作者经常与赞上人品茶对谈，并有远离尘嚣、遗世独立的愿望。司空图《下方二首》其二曰："昏旦松轩下，怡然对一瓢。雨微吟足思，花落梦无憀。细事当棋遣，衰容喜镜饶。溪僧有深趣，书至又相邀。"③ 描述了与僧人书信往来而怡然自得的生动画面。他还曾与和秀上人一起探讨诗艺："内殿评诗切，身回心未回。"④

　　士僧交流的加强一方面是出于士人注重向佛门寻求精神解脱，另一方面还与双方自觉融通儒释的主张直接相关。上引柳宗元《序》文中"真乘法印，与儒典并用"及后文对文畅"统合儒释"的厚望其实也是柳宗元自己心志的表露。另如著名习佛文人白居易也自称与挚友元稹"外服儒风、内宗梵行者有日矣"⑤，传达出唐代士大夫统合儒释的倾向和生活作风。与六朝佛教义学高度发达、佛门多为义解僧不同，隋唐五代僧人多学涉百家，精通三教，文化修养很高，并自觉融通儒释，一定程度上打破了僧人与士大

---

　　① 严可均：《全上古三代秦汉三国六朝文·全隋文》卷一九，中华书局，1958 年，第 8248 页。

　　② 彭定求等：《全唐诗》卷二一八，中华书局，1960 年，第 2288 页。

　　③ 司空图：《司空表圣诗文集笺校·诗集笺校》卷一，祖保泉、陶礼天笺校，安徽大学出版社，2002 年，第 16 页。

　　④ 司空图：《司空表圣诗文集笺校·诗集笺校》卷一《次韵和秀上人游南五台》，祖保泉、陶礼天笺校，第 18 页。

　　⑤ 白居易：《白居易诗集校注》卷一四《和梦游春诗一百韵》，谢思炜校注，中华书局，2006 年，第 1130 页。

夫间的界限，加强了士僧之间的交流。如《宋高僧传》记载才高名重的卢藏用折服于律学高僧法慎，并叹曰："宇宙之内，信有高人。"一批文人士大夫如陆象先、严挺之、崔希逸、王昌龄等人对法慎也很是仰慕，"佥所瞻奉，愿同洒扫，感动朝宰如此"。法慎能得一时之重，除了"以文字度人，故工于翰墨"，即才力富赡之外，还与其自觉融通儒释的做法有关："慎与人子言依于孝，与人臣言依于忠，与人上言依于仁，与人下言依于礼。佛教儒行，合而为一。"① 法慎的一举一动皆依于儒家忠孝仁义之说，正是这一融会儒释的作风为其赢得大批士大夫的支持与赞赏。

第三，好禅、习禅之风高涨。禅宗的崛起是中国佛教史上的重要事件，余英时曾指出："唐代中国佛教的变化，从社会史的观点看，其最重要的一点便是从出世转向入世。惠能所创立的新禅宗在这一发展上尤其具有突破性或革命性的成就。"② 禅宗将觉悟向众生本具的"真心"回归，通过本心的内在超越性来实现超佛越祖、涅槃解脱的终极目的，从而实现了出世与入世的相通，吸引了在家士大夫的注意力，为唐宋士大夫佛学开辟了道路，对唐五代乃至整个中国文学、思想及文化产生了深远影响。唐代文人好禅、习禅风气高涨，他们喜结交禅僧，研讨禅理，著名者如王维与菏泽神会，白居易与洪州禅僧，裴休与黄檗希运、圭峰宗密，司空图与香严智闲等。他们同时为禅师作有大量的碑铭、塔记、

---

① 赞宁：《宋高僧传》卷一四《唐扬州龙兴寺法慎传》，范祥雍点校，中华书局，1987 年，第 346 页。

② 参见余英时：《士与中国文化》第八节"中国近世宗教伦理与商人精神"，上海人民出版社，2003 年，第 396—444 页。

序文等。如王维、刘禹锡、柳宗元同为六祖惠能作碑文①；刘禹锡《牛头山第一祖融大师新塔记》、李吉甫《杭州径山寺大觉禅师碑铭并序》记载了牛头法融的师承及其法系传承；权德舆《唐故洪州开元寺石门道一禅师塔铭并序》指出马祖道一"佛不远人，即心而证；法无所著，触境皆如"②的禅法特点，成为了解洪州禅的重要文章；裴休曾依黄檗希运习禅并执弟子礼，且与华严禅之代表圭峰宗密交情深厚，其《〈断际心要〉序》《〈注华严法界观门〉序》《〈禅源诸诠集都序〉叙》《〈大方广圆觉经疏〉序》《〈华严原人论〉序》等皆是为黄檗希运、圭峰宗密的相关著作作序。晚唐五代时期，南宗禅又"一花开五叶"，曹洞、云门、法眼、沩仰、临济诸宗倡导不同的明悟身心的法门，"君臣五位""德山棒""临济喝""云门三句"等教化学人的方式流传丛林。这些禅学思想对理事关系、心境关系等做出深入探讨，也启发了文人对人生、生命以及主客体关系的思考，对杜牧、杜荀鹤、郑谷、许浑、温庭筠、韦庄等人的诗歌创作产生了较大的影响。

第四，参与佛典翻译。隋唐时期的翻经事业颇为兴盛，众多文人学士的参与辅助是其显著特色，也是考察文人习佛风尚的一个独特视角。以唐代而言，官方译事主要有波颇、玄奘、菩提流志、实叉难陀、义净、不空、般剌密谛等译师主持的译场，房玄龄、杜正伦、崔湜、卢藏用、萧璟、李百药、许敬宗、张说、苏珽、沈佺期、房融等著名朝臣文士均曾参与其中，担任诠定、总

---

① 即王维《六祖能禅师碑铭》、刘禹锡《曹溪六祖大鉴禅师第二碑》、柳宗元《曹溪第六祖赐谥大鉴禅师碑并序》，分见董诰等：《全唐文》卷三二七、卷六一〇、卷五八七，第3314、6162、5933页。

② 董诰等编：《全唐文》卷五〇一，第5106页。

阅、笔受、润文等角色，涉及《华严经》《楞严经》《大乘庄严经论》《瑜伽师地论》《成唯识论》《金刚经》《大宝积经》《仁王护国般若波罗蜜多经》等多部大乘典籍的翻译。① 这些译事活动对于华严、唯识、禅宗、密宗等宗派的建设具有重要意义。另一方面，文人士大夫的加入，有助于他们了解佛典之译本、语言与思想内容等，上列文人士大夫如房玄龄、杜正伦、张说等均有一定的佛教信仰，其余诸人也多少与佛教有往来②，襄赞佛经翻译也为他们习佛开辟了新的途径，对文人的诗歌创作产生了直接影响，明人钱谦益就认为房融诗风与其笔受《楞严经》有直接关联。③

总之，隋唐五代文人与佛教关系密切，文人习佛风气高涨，他们或习业山林寺院，或结交僧人，或醉心佛理，或参与译经等，形成了好佛近佛的时代氛围。

二、文人的佛经阅读

通过检索《全唐诗》《全唐文》《全唐文补编》以及《旧唐书·经籍志》《新唐书·艺文志》《宋史·艺文志》《郡斋读书志》《直斋书录解题》《法苑珠林》等目录书志，同时结合文人的具体诗文创作可以看到，此期文人的佛经阅读情况主要体现在三个方面：

---

① 有关唐代文人参与译经事宜，参见李小荣：《唐代译场与文士：参预与影响》，载李小荣：《晋唐佛教文学史》（附录一），人民出版社，2017 年，第 536—541 页。

② 参见赖永海：《中国佛教通史》第 5 卷，江苏人民出版社，2010 年，第 248—256 页。

③ 钱谦益《楞严经疏解蒙钞》卷十云："房公以宰相长流，诗句萧然，都无凄惋之致，岂非笔授《首楞》之后，超然有以自得者耶？"载《卍续藏》第 13 册，国书刊行会，1989 年，第 861 页。

一是在诗文中明确提到阅读某部佛经。比如孟郊《读经》曰："垂老抱佛脚，教妻读黄经。经黄名小品，一纸千明星。曾读大般若，细感肹蚃听。"① 可见孟郊早年曾读《大般若经》，晚年更与妻共读《小品般若经》。李贺《赠陈商》云："楞伽堆案前，楚辞系肘后。"② 说明《楞伽经》为李贺案头必读之书。五代前蜀诗人韦庄与诗僧贯休交好，贯休《酬韦相公见寄》云："秦客弈棋抛已久，楞严禅髓更无过。"③ 表明韦庄曾与贯休一起研讨《楞严经》义理，且对该经体会深刻。柳宗元《送琛上人南游序》云："法之至，莫尚乎'般若'；经之大，莫极乎'涅槃'。"④ 指出般若与涅槃类佛典的殊胜之处，可见他对这两类佛典的喜爱与重视程度。白居易的读经情况颇具代表性，他曾在《与济法师书》中列举了六种自己经常研读的佛经：《维摩诘经》《首楞严三昧经》《法华经》《法王经》《金刚经》《金刚三昧经》。⑤ 其《苏州重元寺法华院石壁经碑文》又历数《维摩诘经》《法华经》《金刚经》《阿弥陀经》《佛顶尊胜陀罗尼经》《心经》《观音普贤菩萨法行经》《实相法蜜经》等多部经典的重要作用，并认为这些经典乃"三乘之要旨，万佛之秘藏尽矣"⑥。除此之外，白居易还常读《楞伽经》。

---

① 彭定求等：《全唐诗》卷三八〇，第 4267 页。
② 李贺：《李长吉歌诗编年笺注》卷二，吴企明笺注，中华书局，2012 年，第 232 页。
③ 贯休：《禅月集校注》卷一九，陆永峰校注，巴蜀书社，2012 年，第 394 页。
④ 柳宗元：《柳宗元集》卷二五，中华书局，1979 年，第 680 页。
⑤ 白居易：《白居易文集校注》卷八，谢思炜校注，中华书局，2011 年，第 350—353 页。
⑥ 白居易：《白居易文集校注》卷三二，谢思炜校注，中华书局，2011 年，第 1884 页。

他在元和年间任江州司马时，与洪州僧归宗智常关系密切，归宗智常曾劝其阅读《楞伽经》以化解俗世间的悲苦。白居易自己也确实将此经作为解除人生痛苦的良药："人间此病治无药，唯有楞伽四卷经。"① 以上文人多与佛教关系密切，他们的陈述基本能够反映出此期文人的佛经阅读范围。

二是为佛经作注并有佛教类著作。与宋代文人不同，隋唐五代文人佛经注疏类作品少，为数不多的几部佛经注疏主要集中在《金刚经》《心经》《涅槃经》上。唐玄宗曾亲为《金刚经》作注②，武侍极有《注般若多心经》，李玄震有《注涅槃经》。③ 唐人还有手书佛经之风气。据《直斋书录解题》载，武敏之、邬彤都曾手书《金刚经》，陈仁稜曾手书《阿弥陀经》。④ 另外，颜真卿还曾手书《华严经》。⑤ 从中可看出文人对这几部佛经的关注程度。文人还为多部佛经注疏作序，如李俨《金刚般若经集注序》、李知非《注般若波罗蜜多心经序》、褚亮《金刚般若经注序》、梁肃

---

① 白居易：《白居易诗集校注》卷一四《见元九悼亡诗因以此寄》，谢思炜校注，中华书局，2006 年，第 1073 页。

② 《新唐书·艺文志》著录唐玄宗注《金刚般若经》一卷。见欧阳修、宋祁等：《新唐书》卷五九，中华书局，1975 年，第 1529 页。

③ 《法苑珠林》著录武侍极《注般若多心经》一卷，李玄震《注涅槃经》四十卷。见道世：《法苑珠林校注》卷一〇〇，周叔迦、苏晋仁校注，中华书局，2003 年，第 2885 页。

④ 《直斋书录解题》著录武敏之、邬彤所书《金刚经》各一卷，陈仁稜手书《阿弥陀经》一卷。见陈振孙：《直斋书录解题》卷一二，徐小蛮、顾美华点校，上海古籍出版社，2015 年，第 355—356 页。

⑤ 参见范质：《颜真卿书〈华严经〉跋》，载陈尚君辑校：《全唐文补编》卷一〇七，中华书局，2005 年，第 1354 页。

《维摩经略疏序》、裴休《注华严法界观门序》等。① 同时还作有大量佛教题材的碑铭、偈赞、序文等，如于頔《潭州法华院记》宣说法华宗"会三归一""十如是"等思想；刘禹锡《毗卢遮那佛华藏世界图赞并序》赞叹华严宗圆融无碍之主张；黄元之《润州江宁县瓦棺寺维摩诘画像碑》宣说维摩诘事迹并论及《维摩诘经》中的思想；权德舆《绣阿弥陀佛赞并序》又涉及《阿弥陀经》中的弥陀净土信仰。注疏和手书佛经者自然会通读该经，而写作序文、碑赞者多在文中阐释相关佛典的思想，这也是建立在阅读的基础之上的。

三是将某部佛经的典故、义理化用在了作品中。如柳宗元《巽上人以竹间自采新茶见赠酬之以诗》载居永州龙兴寺时品尝重巽所赠新茶："涤虑发真照，还源荡昏邪。犹同甘露饭，佛事薰毗耶。"② "犹同甘露饭，佛事薰毗耶"即化用《维摩诘经·香积佛品》中维摩诘派遣化身菩萨于香积佛处请回香饭事，赞叹重巽所赠新茶犹如此香饭，让人身心受用不已，可见柳宗元对《维摩诘经》的熟识程度。李商隐对《法华经》很熟悉，《上河东公启二首》《题白石莲花寄楚公》等作品大量使用该经中的典故。③ 有时文人将佛经中的义理化用在诗文中，通过具体分析可探知其所读佛经。如张说《江中诵经》："实相归悬解，虚心暗在通。澄江明

---

① 这些序文分见《全唐文》卷一六、《全唐文补编》卷三一、《全唐文》卷一四七、《全唐文》卷五一八、《全唐文》卷七四三（《郡斋读书志》卷一六同时收录）。

② 柳宗元：《柳宗元集校注》卷四二，尹占华、韩文奇校注，中华书局，2013 年，第 2743 页。

③ 参见深泽一幸：《诗海捞月——唐代宗教文学论集》，王兰、蒋寅译，中华书局，2014 年，第 259—264 页。

月内，应是色成空。"① 这里提出即色观空的理论，可知张说所读应为《心经》，他本人即曾作《般若心经序》。又如王维《能禅师碑》概括惠能的禅学思想："无有可舍，是达有源；无空可住，是知空本。"② 显然是对《坛经》"外迷着相，内迷着空，于相离相，于空离空，即是内外不迷"③ 等内容的提炼复述，说明王维对《坛经》是颇为熟知的。

综合以上分析，我们认为以下佛典可谓此期文人经常阅读的经典，对他们的影响也比较大：《大品般若经》《小品般若经》《大般涅槃经》《金刚经》《心经》《维摩诘经》《坛经》《法华经》《华严经》《楞伽经》《楞严经》《阿弥陀经》等。这些佛典之所以受到文人青睐而常读常新，主要源自它们对诸法实相深刻、独特的思考和解答。比如其中以《大品般若经》《小品般若经》《金刚经》《心经》等为代表的般若类佛典，这些佛经本身即是阐述大乘佛教的空观理论，是对世间万象生灭变化和人生痛苦的深刻思考，终极目的是引导众生远离世间苦厄，获得心灵解脱。惠能即是因《金刚经》而开悟，他发扬此经中的空观思想，以"无念""无相""无住"等法门倡导顿悟自心而求得般若实相，后来随着南宗禅在唐代的兴盛及对文人的深入影响，《心经》《金刚经》等般若类佛典连同《坛经》在内便成为文人案头常读之作。这些经典一方面对颇受忧患而欲寻求世间真相和解脱的文人很具吸引力，他们可以在即色观空的体验中获得心灵的慰藉和精神的超脱；另一

---

① 张说：《张说集校注》卷八，熊飞校注，中华书局，2013年，第366页。

② 王维：《王维集校注》卷九，陈铁民校注，中华书局，1997年，第807页。

③ 慧能：《坛经校释》，郭朋校释，中华书局，1983年，第82页。

方面，其对心物、空有的论述也对诗歌创作产生直接影响。王维、孟浩然、韦应物等一些山水田园诗人的诗歌就明显融入了般若空观的思想，司空图的"境界""韵味"等诗学主张也主要导源于此。这一思想几乎贯穿了整个唐五代及以后的中国文学。又如《楞伽经》将如来藏与阿赖耶识融合，《楞严经》以"真""妄"宣说万法缘起，又关涉有无、动静、生灭、心境等一系列解脱修行理论，这就比中国传统说法具有更高层次的思想意义，文人喜爱并吸收融摄这些思想也成为顺理成章之事。比如李贺的诗歌常常表现出对生死的思考，对兴衰荣辱、生老变迁、人生苦短的感慨，除了本身敏感多情、命途多舛外，还与其常读《楞伽经》有关。其《古悠悠行》"海沙变成石，鱼沫吹秦桥。空光远流浪，铜柱从年消"诸句就与《楞伽经》"诸山须弥地，巨海日月量，下中上众生，身各几微尘"等文在思想内涵上有共通之处。[①] 此外，《维摩诘经》宣扬的"直心是道场""不二法门"等思想很符合在家学佛士大夫的口味，白居易就常以维摩诘自居，他也成为后来宋代士大夫学佛的先驱。刘禹锡则吸取该经直面现实、积极进取的大乘入世精神，在面对个人忧患时保持了乐观与旷达。《法华经》宣说的观心法门则对柳宗元影响较大，对其贬居时期调节身心、洞观世间万象起到了重要作用。要之，上述佛典不仅是文人经常阅读的经典，还对文人心态与文学创作产生了深入而持久的影响。

---

① 参见陈允吉：《佛教与中国文学论稿》，上海古籍出版社，2010年，第477页。

第二节　隋、初盛唐文人的佛教诗歌创作

隋代是中国佛教宗派建立并逐渐走向兴盛的时期，其国祚虽短，但两代帝王文帝、炀帝均大力支持佛教的发展，为唐代佛教的繁荣奠定了基础。初盛唐时期则是唐王朝国力强盛、奋发向上的有为时期，也是中国禅宗兴起并迅速发展的时段。禅宗由最初的"楞伽宗"发展为以道信、弘忍为代表的"东山法门"，随后弘忍门下弟子神秀成为官方认可的正统法系，其本人被誉为"两京法主，三帝国师"，继任的弟子普寂、义福同样受到朝廷的礼重与推崇，此系即被称为北宗。而此时以惠能为代表的南宗禅也在岭南悄然兴起，著名弟子有荷泽神会、南岳怀让、青原行思、南阳慧忠、永嘉玄觉等人，此系在神会的鼓吹下声名渐起，逐渐成为禅宗的正宗代表，以致后来出现"今布天下，凡言禅皆本曹溪"的强盛局面。随着禅宗的兴盛以及《金刚经》《大般若经》等经典的翻译或重译，般若空观与禅宗修心法门也在不断深入人心，影响着文人的思想情感、处世态度、生活方式、文学创作等各个层面，为唐代诗歌和文学的发展注入了新的生机和活力。

一、隋代文人佛教诗歌创作

隋代不少文人如杨素（544—606）、卢思道（531—583）、薛道衡（540—609）等都好佛习佛。具体而言，他们或结交僧侣，如薛道衡、陆彦师、刘善经等与著名的翻经沙门彦琮共同撰著《内典文会集》，以便学人修习佛法。卢思道与尚书敬长瑜、邢恕、

元行恭等为彦琮建斋，请其讲《大智度论》。① 或访游寺院，并体现在诗歌创作中，如卢思道《从驾经大慈照寺诗》、薛道衡《展敬上凤林寺诗》等可为代表。其中薛道衡《展敬上凤林寺诗》对凤林寺的描写很有特色，其"高篠低云盖，风枝响和钟。檐阴翻细柳，涧影落长松。珠桂浮明月，莲座吐芙蓉"② 等句，运用华丽精巧的语言，展现了寺院清幽空灵的环境，具有南朝诗歌清新俊逸之美。隋朝遗老虞世南（558—638）沿袭了六朝奉佛的风尚，具有比较虔诚的佛教信仰。他对佛教的因果轮回等思想深信不疑，曾设千僧斋会，"希生生世世，常无疾恼"③。在《龙泉寺碑》中，虞世南不仅叙述了龙泉寺的历史，而且对男女居士捐资重修寺院之举深表赞同，作铭文颂曰："世谛虚假，色相非真。楼托毒树，回还苦轮。惟我净域，出要良津。胜业可久，辉光日新。"④ 这里宣说佛理，并把佛门当作解脱世间痛苦轮回的清净之地。

二、初盛唐文人佛教诗歌创作

随着中国禅宗的兴起与发展，僧俗间的交流进一步加强，文人近佛习禅风气高涨，对佛教空观思想与禅学理念的接纳和理解更加深入具体，这直接影响到此期文人的诗歌创作与理论建构。

---

① 薛道衡等与彦琮同撰《内典文会集》及卢思道等为彦琮建斋事，参见道宣：《续高僧传》卷二《隋东都上林园翻经馆沙门释彦琮传》，郭绍林点校，中华书局，2014 年，第 48—49 页。

② 逯钦立辑校：《先秦汉魏晋南北朝诗·隋诗》卷四，中华书局，1983 年，第 2685 页。

③ 虞世南：《虞世南诗文集》卷三《设斋书》，胡洪军、胡遐辑注，浙江古籍出版社，2012 年，第 78 页。

④ 虞世南：《虞世南诗文集》卷三，胡洪军、胡遐辑注，浙江古籍出版社，2012 年，第 123 页。

同时，昂扬奋进的时代氛围又与南宗禅肯定自性、发扬自我的精神同声相合、互相影响。这些因素共同构筑了初盛唐诗歌开阔洒脱、澄净圆融的精神风貌和时代特色。

（一）王勃、卢照邻与陈子昂的佛教诗歌创作

初唐文坛上，以"初唐四杰"、陈子昂等为代表的文坛革新运动先驱者与佛禅的关系较为密切。

"四杰"多有佛教类诗歌，四人中又以王勃、卢照邻与佛教的关系更具代表性。

王勃（649—676）才高命蹇，其在短暂而耀眼的生涯中除留下了旷世名作《滕王阁序》外，还创作了不少佛寺碑文、佛教传记和诗赋等。王勃本人对佛教也曾流露出一定的皈依心迹，如其《释迦佛赋》云："嗟释迦之永法将尽，仰慈氏之何日调伏。我今回向菩提，一心归命圆寂。"[1] 他更将无常幻灭之感触融入诗中，传达出空观思想对文人心态及诗歌创作的影响。其《观佛迹寺》云："莲座神容俨，松崖圣趾余。年长金迹浅，地久石文疏。颓华临曲磴，倾影赴前除。共嗟陵谷远，俄视化城虚。"[2] 作者游览佛寺，所过之处如莲座、松崖、碑文、曲磴等，无一不在述说时空变迁、岁月沧桑之感，尾联以《法华经》"化城喻"作结，将生命无常、人事变迁之情感融入其中，明显体现出般若空观思想的影响。

卢照邻（636？—695？）常年卧病，后"病既久，与亲属诀，

---

① 董诰等：《全唐文》卷一七七，中华书局，1983 年，第 1801 页。
② 彭定求等：《全唐诗》卷五六，中华书局，1960 年，第 676 页。

自沉颍水"①。长年病痛让他身心俱疲，于是接触佛教以寻求心理慰藉。其《赤谷安禅师塔》云：

> 独坐岩之曲，悠然无俗氛。酌酒呈丹桂，思诗赠白云。烟霞朝晚聚，猿鸟岁时闻。水华竞秋色，山翠含夕曛。高谈十二部，细覈五千文。如如数冥昧，生生理氤氲。古人有糟粕，轮扁情未分。且当事芝术，从吾所好云。②

作者与友人诗酒唱和，在烟霞聚散、猿鸟啼归中高谈佛典老庄，怡然自得、其乐无穷。其晚年"更笃信佛法"③，并受到佛教无常苦空观念的深入影响。如所作《五悲》，慨叹怀才不遇、物是人非、人生多苦。其《悲人生》云："三界九地，往返周旋；四生六道，出没牵联。硍硍磕磕，蠢蠢翾翾；受苦受乐，可悲可怜。"④此段论述明显见出卢照邻内心之苦及对佛教苦空教义的认同。

陈子昂（661—702）是唐初革新文风的重要人物，对佛教亦颇为倾心。其《夏日晖上人房别李参军崇嗣》云，"觉周孔之犹述，知老庄之未悟"⑤，指出儒道不如佛教高明。他与释怀一等号

① 欧阳修、宋祁等：《新唐书》卷二〇一《卢照邻传》，中华书局，1975年，第5742页。
② 卢照邻：《卢照邻集校注》卷一，李云逸校注，中华书局，1998年，第64页。
③ 卢照邻：《卢照邻集校注》卷七《寄裴舍人诸公遗衣药直书》，李云逸校注，第393页。
④ 卢照邻：《卢照邻集校注》卷四，李云逸校注，中华书局，1998年，第228页。
⑤ 陈子昂：《陈子昂集》卷二，徐鹏点校，中华书局，1960年，第37页。

"方外十友"①，李白《赠僧行融》即云，"峨眉史怀一，独映陈公出"②，将怀一与陈子昂并举，可见二人已成为士僧交往之佳话了。除怀一外，陈子昂还与晖上人过从甚密，集中有多篇诗歌如《酬晖上人秋夜山亭有赠》《酬晖上人夏日林泉》等谈及二人之交谊。对佛教义理之推崇及与僧侣谈禅论道等一系列活动，都影响到了陈子昂对人生、生命的看法，进而体现在其诗歌创作与理念中。

陈子昂并非单纯将佛教当作调节身心的方式，而是在情感表达及艺术思维上受到佛教较为全面的影响。③ 他对当时华而不实的唱和应酬诗及六朝以来"汉魏风骨"不传的文坛格局颇为不满，推重"骨气端翔，音情顿挫，光英朗练，有金石声"④ 的诗文创作，强调诗歌中理念和情志的寄托。需要注意的是，他所主张的"兴寄""风骨"说，其内容并不仅限于儒家传统诗教，而是有着佛教思想的影响。其"兴寄"说是对创作主体"人生意气与自我情性"的追求，这与惠能的南宗禅举扬自我本性有重要关系。其"骨气"之"气"与"无住"思想在精神内质上相通，都是张扬"我"之本性，属于"自性""心性"层面。⑤ 这种对生命与个体的自我真实感受与情感表达可以《感遇诗》为代表：

---

① 《新唐书·陆余庆传》曰："（陆余庆）雅善赵贞固、卢藏用、陈子昂、杜审言、宋之问、毕构、郭袭微、司马承祯、释怀一，时号'方外十友'。"见欧阳修、宋祁等：《新唐书》卷一一六，中华书局，1975 年，第 4239 页。

② 李白：《李太白全集》卷一二，王琦注，中华书局，1977 年，第 633 页。

③ 参见张海沙：《初盛唐佛教禅学与诗歌研究》，中国社会科学出版社，2001 年，第 53 页。

④ 陈子昂：《陈子昂集》卷一《修竹篇并序》，徐鹏点校，第 15 页。

⑤ 参见胡遂：《佛教禅宗与唐代诗风之发展演变》，中华书局，2007 年，第 65—78 页。按，陈子昂强调"风骨""兴寄"，确与南宗禅追求自我、张扬本性的宗教精神有相合之处。但在佛教哲学中，"性"与"情"却是截然对立的两面，南宗禅所追求的本性，亦非自然人性的随意展现，这是应当注意的。

兰若生春夏，芊蔚何青青。幽独空林色，朱蕤冒紫茎。迟迟白日晚，袅袅秋风生。岁华尽摇落，芳意竟何成。

白日每不归，青阳时暮矣。茫茫吾何思，林卧观无始。众芳委时晦，鹥鹏鸣悲耳。鸿荒古已颓，谁识巢居子。

吾观昆仑化，日月沦洞冥。精魄相交会，天壤以罗生。仲尼推太极，老聃贵窈冥。西方金仙子，崇义乃无明。空色皆寂灭，缘业亦何成。名教信纷藉，死生俱未停。

林居病时久，水木澹孤清。闲卧观物化，悠悠念无生。青春始萌达，朱火已满盈。徂落方自此，感叹何时平。①

这些诗作或借兰花空谷独自零落以喻自己才华不得伸展，或在独居中感念色空无常之世态，表达了古今同体、无始无终的时空观与宇宙观，充斥着佛家无生、无始、苦空等空观思想。这就使陈子昂的诗歌呈现出开阔悲悯的情怀，具有悲壮苍茫的艺术感染力。这种接受佛教洗礼后自我感受、自我体悟的真实表述一定程度上正是其"风骨""兴寄"理念强调传达个性真实情怀的反映。

---

① 陈子昂：《陈子昂集》卷一，徐鹏点校，第2—6页。

（二）张说和孟浩然的佛教诗歌创作

深受般若空观影响之文人还有张说和以孟浩然为代表的山水
田园诗人。一代文宗张说（667—730）与佛禅的渊源很深，他曾
与多位僧人往来并向他们问道求法，如与宋璟、苏瓌、陆象先、
贺知章等人同时结交律宗僧人昙一，"皆以同声并为师友"[1]。又如
结交禅律双修并有神通垂世的僧人惠秀，及秀卒，"燕国公张说素
所归心，送瘗龙门山"[2]。他倾心北宗禅法，曾向北宗神秀执弟子
礼，"中书令张说尝问法，执弟子礼，退谓人曰：'禅师身长八尺，
庞眉秀目，威德巍巍，王霸之器也'"[3]。同时对南宗惠能亦表示仰
慕："大师捐世去，空余法力在。远寄无碍香，心随到南海。"[4] 此
外，张说还曾参与义净、菩提流志的佛经翻译，担当总阅、翻经
学士等角色。[5] 义净二人所翻佛典有《大宝积经》《佛说宝雨经》
《称赞如来功德神咒经》等，张说参与其中，必然熟悉这些佛经的
内容，这无疑提高了他的佛学修养。

张说受般若空观和禅宗心性思想影响较深，其《石刻〈般若
心经〉序》云：

---

[1]　赞宁：《宋高僧传》卷一四《唐会稽开元寺昙一传》，范祥雍点校，第
352 页。

[2]　赞宁：《宋高僧传》卷一九《唐洛京天宫寺惠秀传》，范祥雍点校，第
497 页。

[3]　赞宁：《宋高僧传》卷八《唐荆州当阳山度门寺神秀传》，范祥雍点校，
第 177 页。

[4]　张说：《张说集校注》卷七《书香（寄）能和尚塔》，熊飞校注，第 349
页。

[5]　参见李小荣：《唐代译场与文士：参预与影响》，载李小荣：《晋唐佛教
文学史》（附录一），第 536—541 页。

万行起心，心，人之主；三乘归一，一，法之宗。知心无所得，是真得；见一无不通，是玄通。如来说五蕴皆空，人本空也；如来说诸法空相，法亦空也。知法照空，见空舍法，二者知见，复非空耶？是故定与慧俱，空中法立。入此门者，为明门；行此路者，为超路。①

在张说看来，心为万法之本，诸法实相乃为空，不仅如此，如来对此实相的描述（法）亦为空。由法观空，知空舍法，方达空观实谛，具体路径即以定慧俱修为本。在《三归堂赞》中他又重申道：“定慧不相离，是僧和合义。人空法亦空，二空亦复空。住心三空宝，是名三归处。”② 这里不仅认为人空、法空，连刻意空掉人、法的意念都归于空灭，心住于此，方名为“三归”。其具体修行法门仍以定慧双修为主。张说定慧并举的主张应是源自北宗禅法，其《唐玉泉寺大通禅师碑铭并序》云：“总四大者，成乎身矣；立万始者，主乎心矣。身是虚哉，即身见空，始同妙用。心非实也，观心若幻，乃等真如。”指出观心为本、摄心入定的禅宗法门，同时概述神秀禅法特色为“专念以息想，极力以摄心……趣定之前，万缘尽闭；发慧之后，一切皆如”③。联系上文其定慧双修的主张可知，张说在禅修方面主要受教于北宗禅，与讲究定慧等的南宗法门存在明显不同。

张说把这种佛教体验化入诗歌创作中，对其诗风乃至唐代诗

---

① 张说：《张说集校注》卷一三，熊飞校注，中华书局，2013 年，第 677 页。

② 张说：《张说集校注》卷一三，熊飞校注，第 681 页。

③ 张说：《张说集校注》卷一九，熊飞校注，第 959—960 页。

文风气的转变均有重要影响。他作有数量不菲的佛教诗歌，或直接抒发佛理感悟，如"怀玉泉，恋仁者，寂灭真心不可见，空留影塔岩嵩下……来亦好，去亦好，了观车行马不移，当见菩提离烦恼"① 等句，直接宣扬证悟"真心"、获得菩提智慧的感言；或游历佛寺之时借景融情，抒发心性义理。这类诗作多意境清谧幽静，情景混融，很有艺术感染力，从中可见作者的心性修为和佛学素养，如：

　　流落经荒外，逍遥此梵宫。云峰吐月白，石壁淡烟红。宝塔灵仙涌，悬龛造化功。天香涵竹气，虚呗引松风。檐牖飞花入，房廊激水通。猿鸣知山静，鱼戏辨江空。静默将何贵，所贵心镜同。②

　　湖上奇峰积，山中芳树春。何如绝世境，来遇赏心人。清旧岩泉乐，呦嘤鸟兽驯。静言观听里，万法自成轮。③

　　每上襄阳楼，遥望龙山树。郁第吐冈岭，微蒙在烟雾。下车岁已成，饰马闲余步。苦霜裹野草，爱日阳江煦。云对石上塔，风吹松下路。禅室宴三空，仁祠同六趣。儿童共嬉谑，猿鸟相惊顾。南识桓公台，北辞先贤墓。世上人何在，时闻心不住。唯传无尽灯，可使有

---

①　张说：《张说集校注》卷六《送武员外春赴嵩山置秀师舍利塔》，熊飞校注，第251页。

②　张说：《张说集校注》卷八《清远江峡山路》，熊飞校注，第384页。

③　张说：《张说集校注》卷八《游湿湖上寺》，熊飞校注，第405页。

情悟。①

　　第一首诗作于长安三年（703）张说流放钦州途经清远江时。此时的他心情寂寥失落，不想却路遇佛寺，这对于近佛习佛的诗人来说自然不能错过。诗作以佛寺景色为线索，依次描写了云峰、石壁、宝塔、悬龛等景观。在天香缭绕、梵呗清音的氛围中，诗人心境渐次变化。"猿鸣知山静，鱼戏辨江空"一句明显看出环境之静谧空阔，与王籍《入若耶溪》"蝉噪林逾静，鸟鸣山更幽"一句以动静互衬之手法入诗相似。置身于此的诗人感慨，只有静默观心、洞达心如明镜的境界，才能在动静有无中照见万物实相，彰显般若智慧。第二首诗写作者游历澄湖寺的情景。诗人静心聆听并感悟身边的一切，仿佛暂离俗世而以清净法眼观照世界，生发出万法自在轮回之中的感言。第三首诗对静胜寺的描写颇为细致自然，作者身临其境，获得无住、无念之禅悦体验，呼吁以佛法度化世间众生。这些诗作，境界清远开阔、抒情真切自然，确已不同于初唐沿袭六朝余绪而流行的纤徐繁缛文风。从艺术表现手法上来说，它们运用动静相衬、空有结合的手法，传达了色空不二、无住无念的禅观思想，这种理念与实践方式对盛唐的山水田园诗亦产生了一定的影响。

　　同样在山水诗歌中蕴含禅意、表现清空淡雅境界的还有孟浩然（689—740）。他长期隐居襄阳，地处禅宗法系兴盛之地，如北宗神秀一系即在湖北荆州传法。孟浩然本人也常访游山林寺院，

――――――

　　① 张说：《张说集校注》卷八《游龙山静胜寺》，熊飞校注，第418页。

结交僧人，一起探讨佛理、禅坐修心，"法侣欣相逢，清谈晓不寐"①。《陪柏台友共访聪上人禅居》又记其与友人一道寻访南朝景空寺僧法聪旧时的禅居，尾联"出处虽云异，同欢在法筵"② 道出自己与聪上人虽缁素有别，但问法求道之心则同，传达出唐代文人融通儒释的风尚。在这些佛门交游诗中，孟浩然多次表达对僧人的钦慕之情并流露出归心佛门的倾向。如云，"愿言投此山，身世两相弃"③，"依此托山门，谁知效丘也"④ 等。静谧清幽的禅修环境不仅让他颇为心醉，也影响到了他个人的心性境界。他对参禅之道比较熟识并多次表达自己的禅悦体验，如"遂造幽人室，始知静者妙"⑤，"上人亦何闻，尘念俱已舍。四禅合真如，一切是虚假"⑥ 等语句，皆是对空有、尘缘与真如本心之关系的真实感悟。《题大禹义公房》又云："义公习禅处，结构依空林。户外一峰秀，阶前群壑深。夕阳照雨足，空翠落庭阴。看取莲花净，应知不染心。"⑦ 此诗描绘了义公习禅之地，所用之词如空林、夕阳、空翠、庭阴、莲花等，本身即蕴含清幽明净之意，结句更以不为俗尘染污而高洁清净的莲花为喻，赞赏义公心性修养已达澄净无

---

① 孟浩然：《孟浩然诗集笺注》卷上《寻香山湛上人》，佟培基笺注，上海古籍出版社，2000 年，第 3 页。

② 孟浩然：《孟浩然诗集笺注》卷上，佟培基笺注，第 41 页。

③ 孟浩然：《孟浩然诗集笺注》卷上《寻香山湛上人》，佟培基笺注，第 3 页。

④ 孟浩然：《孟浩然诗集笺注》卷上《云门兰若与友人同游》，佟培基笺注，第 11 页。

⑤ 孟浩然：《孟浩然诗集笺注》卷上《题终南翠微寺空上人房》，佟培基笺注，第 38 页。

⑥ 孟浩然：《孟浩然诗集笺注》卷上《云门兰若与友人同游》，佟培基笺注，第 11 页。

⑦ 孟浩然：《孟浩然诗集笺注》卷上，佟培基笺注，第 31 页。

染之境，也暗含了作者对这种境界的向往和追求。亲近佛教、醉心禅理，使得孟浩然能以更为澄净圆融的心境洞察万物，如：

    垂钓坐磐石，水清心益闲。鱼行潭树下，猿挂岛萝间。游女昔解佩，传闻于此山。求之不可得，沿月棹歌还。①

    夕阳度西岭，群壑倏已暝。松月生夜凉，风泉满清听。樵人归欲尽，烟鸟栖初定。之子期宿来，孤琴候萝径。②

前诗对景色、心境的描摹非常自然，钓徒、鱼潭、猿萝等元素一一镶嵌其中，仿似水墨画，清新自然，舒卷自如，有虑去尘滓般的美感。后诗充分调动眼、耳、身等"六根"之作用，以动静相合的手法，展现松月静凉、风泉流动、樵人归家、烟鸟归定等景色，营造静谧清幽之诗境。《唐诗选脉会通评林》指出："周珽曰：'生''满'二字静中含动，'尽''定'二字动中得静，禅语妙思。"③道出了孟浩然此种艺术手法的运用，并直接点出此诗乃是禅语流溢。由上诸诗可以看出，孟浩然对景物的观察极为精细，他善于在动静纷呈中展现世间的万千百态，使得诗歌意境清静幽远，禅意盎然。以禅说诗的严羽评价孟浩然云："孟襄阳学力

① 孟浩然：《孟浩然诗集笺注》卷上《山潭》，佟培基笺注，第34页。
② 孟浩然：《孟浩然诗集笺注》卷上《宿业师山房待丁公不至》，佟培基笺注，第42页。
③ 陈伯海：《唐诗汇评》，浙江教育出版社，1995年，第522页。

下韩退之远甚，而其诗独出退之之上者，一味妙悟而已。"①

（三）李白与杜甫的佛教诗歌创作

在盛唐诗坛，与佛教颇有渊源的著名文人还有李白、杜甫。

李白（701—762）一生任侠使气、访道求仙，被认为是典型的道教诗人，但他与佛教的关系其实也很密切。李白自号"青莲居士"，并自称"金粟如来是后身"，已可说明佛教在他心中占有一定的比重。② 他在《地藏菩萨赞并序》一文中曾虔诚地赞颂地藏菩萨慈悲解救受苦众生，"赖假普慈力，能救无边苦。独出旷劫，导开横流，则地藏菩萨为当仁矣"；且后悔自己"少以英气爽迈，结交王侯，清风豪侠，极乐生疾"，故"愿图圣容，以祈景福，庶冥力凭助，而厥苦有瘳"③，即祈求地藏菩萨护佑以脱除病苦等，可见李白有较为虔诚的地藏信仰。此外，他还广交僧侣，并有深刻的禅学体验。其《赠宣州灵源寺仲濬公》云："风韵逸江左，文章动海隅。观心同水月，解领得明珠。今日逢支遁，高谈出有无。"④ 这里不仅赞赏濬公风韵与文采并存，将其比作东晋高僧支遁，还指出其心性修为高深，已如水月般澄净圆融，表露出对得道高僧的钦慕之情。《庐山东林寺夜怀》则记述了自己的禅修体

---

① 严羽：《沧浪诗话校释》，郭绍虞校释，人民文学出版社，1961年，第12页。

② 日本学者平野显照从佛教角度，对李白的"青莲居士"称号及"金粟如来是后身"一语做过详细考察。参见平野显照：《唐代文学与佛教》，张桐生译，贵州大学出版社，2013年，第117—150页。

③ 李白：《李太白全集》卷二八，王琦注，中华书局，1977年，第1336—1337页。

④ 李白：《李太白全集》卷一二，王琦注，第631页。

会："我寻青莲宇，独往谢城阙。霜清东林钟，水白虎溪月。天香
生虚空，天乐鸣不歇。宴坐寂不动，大千入毫发。湛然冥真心，
旷劫断出没。"① 诗中明确提到通过趺坐禅修，体悟到不生不灭的
妙明真心，"大千入毫发""旷劫断出没"等句也与阐发"真心"
理念的《楞严经》在思想内涵上一致。《楞严经》卷一云："一切
众生从无始来，生死相续，皆由不知常住真心，性净明体，用诸
妄想，此想不真，故有轮转。"② 卷二云："不动道场，于一毛端，
遍能含受十方国土。"③ 此诗是李白二十六七岁游览庐山时有感而
发④，可见青年时期的李白已对《楞严经》等佛典相当熟识，并具
备了深厚的禅学素养。

不为俗尘染污而保持清净本心的禅学体验也自然融进了李白
的诗歌创作，如《同族侄评事黯游昌禅师山池二首》其一云："花
将色不染，水与心俱闲。一坐度小劫，观空天地间。"⑤《安州般若
寺水阁纳凉，喜遇薛员外义》又云："而我遗有漏，与君用无方。
心垢都已灭，永言题禅房。"⑥ 道出心不为妄想染着或灭除心垢后，
观万法虚空之实相，颇近于北宗禅法。难怪后人常常评价他那些
澄净雅丽的小诗乃禅宗思想的张本。如清代文人王士禛即在《带
经堂诗话》中指出：

---

① 李白：《李太白全集》卷二三，王琦注，第 1075 页。
② 般剌密谛译：《楞严经》卷一，载《大正藏》第 19 册，新文丰出版公
司，1983 年，第 106 页。
③ 般剌密谛译：《楞严经》卷二，载《大正藏》第 19 册，第 111 页。
④ 平野显照：《唐代文学与佛教》，张桐生译，贵州大学出版社，2013 年，
第 127 页。
⑤ 李白：《李太白全集》卷二〇，王琦注，第 942 页。
⑥ 李白：《李太白全集》卷二三，王琦注，第 1060 页。

严沧浪以禅喻诗，余深契其说，而五言尤为近之。
如王、裴辋川绝句，字字入禅。他如"雨中山果落，灯
下草虫鸣"，"明月松间照，清泉石上流"，以及太白"却
下水精帘，玲珑望秋月"，常建"松际露微月，清光犹为
君"……妙谛微言，与世尊拈花，迦叶微笑，等无差别。
通其解者，可语上乘。①

　　这里就直接指出李白《玉阶怨》诗句与"以心传心"的禅宗
法门无有差别。所以，在李白的思想体系中，"佛教所占的比例绝
对不轻，和道教同时丰富了他的文学情感"②。

　　杜甫（712—770）也有近佛习佛的经历。其《秋日夔府咏怀
奉寄郑监李宾客一百韵》云："身许双峰寺，门求七祖禅。"其中
的"双峰寺"即指南岳双峰寺，"七祖"乃南岳怀让③，表明杜甫
曾倾心于南宗禅。杜甫亦曾留心净土，《夜听许十一诵诗爱而有
作》云："许生五台宾，白业出石壁。余亦师粲可，心犹缚禅寂。
何阶子方便，谬引为匹敌。离索晚相逢，包蒙欣有击。"④ 这里的
"白业"代指净土法门，杜甫自述虽曾师习慧可、僧璨之禅法，但
仍未得解脱，幸得许生以净土相启发。可以说，杜甫思想深处虽

　　① 王士禛：《带经堂诗话》卷三，张宗柟纂集，夏闳校点，人民文学出版
社，1963 年，第 83 页。
　　② 平野显照：《唐代文学与佛教》，张桐生译，第 139 页。
　　③ 参见张培锋：《杜甫"身许双峰寺，门求七祖禅"新考——兼论唐代禅
宗七祖之争》，载《文学遗产》2006 年第 2 期。陈允吉则认为杜甫的禅学信仰属
于北宗禅。参见陈允吉：《佛教与中国文学论稿》，上海古籍出版社，2010 年，第
311—327 页。
　　④ 杜甫：《杜诗详注》卷三，仇兆鳌注，中华书局，1979 年，第 247 页。

然以儒家传统观念为根本，但佛教尤其是禅宗对其助益不少，特别是定居蜀中期间，安定的环境使其开拓了心境，创作出不少颇富禅意的诗篇，典型者如"水流心不竞，云在意俱迟"①，"泥融飞燕子，沙暖睡鸳鸯"②，"江山如有待，花柳自无私"③ 等诗句。

宋人罗大经曾在《鹤林玉露》中指出，杜甫《绝句》《江亭》等诗展现了个人内心的真实情感，足以感发人心，具有圆融活泛和自然玲珑之美感。他从诗歌鉴赏的角度提出赏诗要胸次灵活，其实正道出了杜诗有得于心性修养之处。④ 清代诗论家潘德舆在《养一斋诗话》中曾征引朱熹、薛瑄、李攀龙三人对杜甫《江亭》《后游》《春夜喜雨》等诗的评价。三人从理学家的视角指出杜诗具备有道者气象，即有合于"道"的情怀与心胸涵养。潘德舆在引述三人的评语后也感叹杜诗源头活泼泼的，如同活水有取之不尽之感。⑤ 诸家评论虽未从佛禅角度剖析，但无一例外地指出杜诗具有与道为一、圆融灵动的气象，这种闲适恬淡的诗歌虽没有其忧国忧民之作的壮大情怀，但"那种处患难不俱不馁，竭力保持心灵的平静和谐的精神却不无积极意义，又显然与禅的心性修养有一定关系"⑥。

---

① 杜甫：《杜诗详注》卷十《江亭》，仇兆鳌注，第800页。

② 杜甫：《杜诗详注》卷一三《绝句二首》其一，仇兆鳌注，第1134页。

③ 杜甫：《杜诗详注》卷九《后游》，仇兆鳌注，第787页。

④ 参见罗大经：《鹤林玉露》卷二，王瑞来点校，中华书局，1983年，第149页。

⑤ 参见潘德舆：《养一斋诗话》卷二，朱德慈辑校，中华书局，2010年，第198页。

⑥ 孙昌武：《中华佛教史》（佛教文学卷），山西教育出版社，2013年，第169页。

（四）王维的佛教诗歌创作

在盛唐文人当中，与佛教关系密切的典型代表当属王维。王维（701—761），字摩诘，家世奉佛，有"诗佛"之誉。其弟王缙、母崔氏皆是虔诚佛徒。据王维《请施庄为寺表》载，其母师事北宗神秀弟子普寂三十余年，"褐衣蔬食，持戒安禅，乐住山林，志求寂静"①。其弟王缙曾作《东京大敬爱寺大证禅师碑》，在文中按照弘忍—神秀—普寂叙述禅宗法脉传承，明显为北宗禅张本。成长在这样一个虔诚奉佛的家庭，王维自然亲近佛教。其所处时代又正值曹溪法门兴起、南北禅宗竞相争夺地位之时，故王维一方面与北宗禅人有往来，曾作《为舜阇黎谢御题大通大照和尚塔额表》，为《楞伽师资记》作者净觉作《大唐大安国寺故大德净觉禅师塔铭》；另一方面又与惠能弟子神会关系密切，曾应后者之请作《六祖能禅师碑铭》，成为考察惠能思想及南宗禅发展情形的重要史料。此外，王维还与华严宗僧道光②有往来，有《大荐福寺大德道光禅师塔铭》。道光还是一名诗僧，王维《荐福寺光师房花药诗序》谓道光作有《花药诗》。陶翰《送惠上人还江东序》还记载了王维、裴总与诗僧惠上人宴集唱和，以至"作者为之不宁，

---

① 王维：《王维集校注》卷一一，陈铁民校注，第1085页。

② 陈允吉从《大荐福寺大德道光禅师塔铭》中"密授顿教"一语入手，对道光的派系归属等问题做过考证，认为其属华严宗僧。此处即采纳其观点。参见陈允吉：《王维与华严宗诗僧道光》，载陈允吉：《佛教与中国文学论稿》，第225—235页。萧丽华则认为从此角度考证略显牵强，她分析认为此"顿教"应指南宗禅，故道光应是南宗禅僧人。参见萧丽华：《从王维到苏轼：诗歌与禅学交会的黄金时代》，天津教育出版社，2013年，第97页。

词林为之一振"①，可见王维与佛门交往之密切。

总的来说，王维受到般若空观和禅学思想的影响较深。其《绣如意轮像赞并序》云："寂等于空，非心量得；如则不动，离意识界。实无所住，常遍群生，不舍有为，悬超万行，法性如是，岂可说邪？"② 这里要求达到不生妄念的无心状态，即体得离意识界、如如不动的真如佛性，并指出其遍于万法，不舍众行，具有"言语道断、心行处灭"的特征，明显表现出禅宗心性思想的影响。他在《与胡居士皆病寄此诗兼示学人二首》其一中接着说："碍有固为主，趣空宁舍宾！洗心诇悬解？悟道正迷津。"③ 这里指出，执着于"有"与执着于"空"皆是执迷之见，而"洗心""悟道"等方法正是这种执迷的体现。显然，王维对北宗禅"住心看净"的禅法进行了重新反思。其《六祖能禅师碑铭》则明确指出惠能禅法特点："无有可舍，是达有源；无空可住，是知空本。离寂非动，乘化用常，在百法而无得，周万物而不殆……法本不生，因心起见，见无可取，法则常如。世之至人，有证于此，得无漏不尽漏，度有为非无为者，其惟我曹溪禅师乎？"④ 既对虚妄诸法不生执念，又能观空而不住于"空"，这样才能悟得空有之实理。此处论述是大乘空观及中道思想的典型体现，而"离寂非动，乘化用常"一句则主张随顺当下而体悟寂然不动的真如本体，乃是对南宗禅触处即真、"直心是道场"观念的发扬。所以，王维

---

① 董诰等：《全唐文》卷三三四，1983年，第3381页。
② 王维：《王维集校注》卷一二，陈铁民校注，中华书局，1997年，第1149页。
③ 王维：《王维集校注》卷六，陈铁民校注，第532页。
④ 王维：《王维集校注》卷九，陈铁民校注，第807页。

"主要在南北禅'趋空''性空'的禅法，在契入本体寂静、返本还源的努力上下了不少功夫"①，进一步说，他受南宗禅思想的影响更深一些。

这种大乘空观思想以及南宗禅的动静关系论、心性论等对王维诗歌艺术表现手法也产生了直接影响。他的《荐福寺光师房花药诗序》虽对空有、物我、心性等问题做出阐发，其实完全可看作诗歌创作的指导思想。其中有云："心舍于有无，眼界于色空，皆幻也，离亦幻也，至人者不舍幻，而过于色空有无之际。故目可尘也，而心未始同；心不世也，而身未尝物。物者方酌我于无垠之域，亦已殆矣！"②悟道者即色观空，色空不二，虽耳目游走外境，心不随境转而与万法一如、主客一体，这是典型的心境关系论。后文又云："道无不在，物何足忘？故歌之咏之者，吾愈见其默也。"③点出"道不远人"、无所不在之禅修观。此两点正可见出王维的佛学修养和理论根基。其山水诗展现出澄净圆明的诗境，正是对色空观、中道观及南宗禅肯定自性、反观心灵主体等一系列思想的践行，代表性作品如：

欲问义心义，遥知空病空。山河天眼里，世界法身中。④

空山不见人，但闻人语响。返景入深林，复照青

① 萧丽华：《从王维到苏轼：诗歌与禅学交会的黄金时代》，第102页。
② 王维：《王维集校注》卷八，陈铁民校注，第747页。
③ 王维：《王维集校注》卷八，陈铁民校注，第749页。
④ 王维：《王维集校注》卷四《夏日过青龙寺谒操禅师》，陈铁民校注，第362页。

苔上。①

    人闲桂花落，夜静春山空。月出惊山鸟，时鸣春涧中。②

    木末芙蓉花，山中发红萼。涧户寂无人，纷纷开且落。③

    中岁颇好道，晚家南山陲。兴来每独往，胜事空自知。行到水穷处，坐看云起时。偶然值林叟，谈笑无还期。④

    不知香积寺，数里入云峰。古木无人径，深山何处钟。泉声咽危石，日色冷青松。薄暮空潭曲，安禅制毒龙。⑤

明代胡应麟《诗薮》曾将上述《辛夷坞》《鸟鸣涧》等诗称为"入禅"之作，评曰："读之身世两忘，万念皆寂。"⑥ 此评语贴切生动。以上诗作仿似将人带入特定幻境，字里行间给人一种空灵虚无的审美感受，"自然界所呈现的各种现象，都是随生随灭，仿佛只是在感觉上倏忽之间的一闪，如同海市蜃楼那样，不过是变幻莫测的假象"⑦。这就明显折射出大乘佛教般若空观对创作者的深刻影响。这些诗中的"空"看似在描写客观景物之空灵

① 王维：《王维集校注》卷五《鹿柴》，陈铁民校注，第 417 页。
② 王维：《王维集校注》卷七《鸟鸣涧》，陈铁民校注，第 637 页。
③ 王维：《王维集校注》卷五《辛夷坞》，陈铁民校注，第 425 页。
④ 王维：《王维集校注》卷二《终南别业》，陈铁民校注，第 191 页。
⑤ 王维：《王维集校注》卷七《过香积寺》，陈铁民校注，第 594—595 页。
⑥ 胡应麟：《诗薮》内编卷六，上海古籍出版社，1979 年，第 119 页。
⑦ 陈允吉：《佛教与中国文学论稿》，第 201 页。

静谧，其实蕴含超越空有的禅悟体验。如"空山"代表"空"，"人语"指称"有"，但诗人不去做有无之分别而是纯客观地展现这两种物境，从超越有无、色空不二的立场描摹周边的自然物象。那夜静山空、古木深山、泉石青松等静象，那桂花飘落、芙蓉绽放、水穷云起等动态，代表了世间万物的呈现形式，正如苏轼所云："自其变者而观之，则天地曾不能以一瞬；自其不变者而观之，则物与我皆无尽也。"① 本质而言，它们皆为寂灭，无非都是"不变者"，即真心自性的展现。当体悟到个体本与万法一如，皆是真如本心的展现时，我心便如明镜，来去不滞，达到心物混融的境地，诗心、物境、禅理也便水乳交融般地结合在一起，诗歌自然空灵绝美、境界高远。这正是王维山水诗的独特魅力，也是其受到后世文人极力称许的原因。归根结底，还是源自作者的禅学修养：深入大乘空观使得王维体得空有之真谛，处处流露般若智慧之妙理；浸淫禅学、返照自性又让王维泯除物我分别，使主体与客体浑然无间，瞬间与永恒得到完美的统一。

南宋胡仔在《苕溪渔隐丛话》中引《后湖集》对王维《终南别业》之评语曰："此诗造意之妙，至与造物相表里，岂直诗中有画哉？观其诗，知其蝉蜕尘埃之中，浮游万物之表者也。"② "与造物相表里""浮游万物之表"诸语道出了王维对万法不黏不滞，达到了心道一体、心境一如的高妙境界，其诗歌无非就是展现自己心胸之妙处。盛唐诗歌呈现出浑融的气象、深远的意境等特色，即与王维这种深受佛禅影响之文人的艺术高超之作直接相关。

---

① 苏轼：《苏轼文集》卷一，孔凡礼点校，中华书局，1986年，第6页。
② 胡仔纂集：《苕溪渔隐丛话》前集卷一五，廖德明校点，人民文学出版社，1962年，第97页。

第三节　中晚唐、五代文人的佛教诗歌创作

"安史之乱"后，唐王朝昔日强盛的局面一去不返，藩镇、赋税、党争、阉宦等弊政不断削弱中央集权统治。政治权威地位的动摇也引发了思想层面约束力的下降。中唐文人逐渐从经学束缚中解放出来，视野更加开阔，独立意识和自主精神得到发扬，他们更容易接受佛教等方面的思想，与佛门的关系也更加紧密了。中唐时期佛教的主要宗派如天台宗、华严宗、禅宗等均得到进一步发展。其中天台宗和禅宗还在发展过程中互相融摄、吸收，许多僧人多是台、禅兼修，一些文人如柳宗元也同时受到禅宗和天台宗思想的影响。贞元、元和时期，以马祖道一及其弟子为代表的洪州禅发展迅速，成为禅宗发展的主流，深入影响了中唐文人及其诗歌创作。晚唐时期，唐王朝爆发了各种政治和社会危机，整个王朝正逐渐走向崩溃的边缘。纵观此期的佛教，武宗灭佛虽对佛教造成重大打击，但当时的禅宗因不依附于寺院经济而能够自主更生，故不仅受影响最小，且在灭佛政策过后又得到了进一步的发展，继续对文人产生深入影响。晚唐五代时期，南宗禅走向"分灯禅"时代，形成"一花五叶"的形势，即衍生出沩仰、临济、曹洞、云门、法眼五宗。其中的沩仰、临济、曹洞基本创建并兴盛于晚唐，法眼宗则兴起于五代时期。此时的禅宗在理事关系、去染归净、明悟本心等方面发挥重要作用。这些禅学理念对于面对家国破碎以及个人偃蹇困顿而无能为力甚或心灰意冷的文人来说更具吸引力，它们为士人面对外境和人生忧患时提供了佛禅式观照方式，使得文人对于理（本体）、事（现象）与空有的关

系体悟得愈加深刻，并在诗歌创作中得到进一步体现。

一、中唐文人佛教诗歌创作

中唐时期的文人与佛教尤其是禅宗的关系更加密切和深入。作为此时禅宗的主流，洪州禅主张将众生本具之"真心"、自性向当下、现实的人心回归，讲求任运随缘、触事皆真，认为"行住坐卧，应机接物，尽是道"①，这种禅学主张在一定程度上弥合了出世与在家之间的矛盾，很符合中国士大夫的口味。在中晚唐党争激烈、跌宕起伏的政治格局下，洪州禅宣扬的"无心""无为"等理念也有助于士大夫全身避祸、保全身心，形成超脱顺适的心态，其又与老庄的随任大化、与道为一等追求自然、无为、逍遥的观念合辙，故深得官僚士大夫如崔群、裴休、白居易、刘禹锡等人的推崇。同时，洪州禅"任心为修""即心即佛"的心性论具有明显的反传统倾向，为超佛越祖、成就自我解脱提供了便利。这种禅风与渴望自主和独立的文人颇为合拍，为"韩孟诗派"等文人张扬个性、生发激扬文论提供了思想资源。此外，以洪州禅为代表的禅宗对心性主体地位的肯定和弘扬，连同天台宗对空有、观心法门的论述也直接启发了士大夫在面对外境时以心为本的应对方式，自然也被他们引入诗学领域，对中唐山水诗以及诗歌意境、"境界"理论的建构都产生了重要影响。

（一）"韦刘"的佛教诗歌创作

中唐时期在山水诗上尚能与王、孟比肩的有韦应物和刘长卿，

---

① 道原：《景德传灯录》卷二八，载《大正藏》第41册，第440页。

二人常被并称为"韦刘",且都受到佛教的影响。

韦应物(737—792)活动年代正值"安史之乱"后的中唐,他早年曾以三卫郎侍从玄宗,后于代宗、德宗朝历任洛阳丞、滁州刺史、江州刺史等职,屡经沉浮,颇历忧患,与佛教的关系也逐渐密切。韦应物一生结交了不少僧人,有禅僧如深上人、行宽禅师,亦有律僧如起度律师等。他还曾寓居洛阳同德寺、长安沣上善福寺、苏州永定寺等寺院,并常访游佛寺、问道僧舍,作有《同元锡题琅琊寺》《起度律师同居东斋院》等诗。此外,他平日常持斋戒:"道场斋戒今初服,人事荤膻已觉非。"[①] 并有排除万境、体悟性空的禅修体验,"情虚澹泊生,境绝尘妄灭"[②],"无人不昼寝,独坐山中静。悟澹将遣虑,学空庶遗境"。[③] 诗人体悟到,只有心境寂灭无为,外在尘缘才不会干扰内心。换言之,排遣思虑杂念才能体得空有至理。这种感受直接启发了他对动静关系的看法。著名的《听嘉陵江水声寄深上人》云:"凿崖泄奔湍,称古神禹迹。夜喧山门店,独宿不安席。水性自云静,石中本无声。如何两相激,雷转空山惊。贻之道门旧,了此物我情。"[④] 水性本静,石本无声,为何水石相激而声势如奔雷?根本就在于万法本寂然,但万般喧闹就蕴含在无限空静之中,所谓动中有静、静中有动,动静不二、空有圆融,皆是禅的体现,亦即韦应物自己所

---

① 韦应物:《韦应物诗集系年校笺》卷三《紫阁东林居士叔缄赐松英丸捧对欣喜盖非尘侣之所当服辄献诗代启》,孙望校笺,中华书局,2002 年,第 175 页。

② 韦应物:《韦应物诗集系年校笺》卷七《同元锡题琅琊寺》,孙望校笺,第 319 页。

③ 韦应物:《韦应物诗集系年校笺》卷三《夏日》,孙望校笺,第 145 页。

④ 韦应物:《韦应物诗集系年校笺》卷十,孙望校笺,第 495 页。

说的"出处似殊致，喧静两皆禅"①。

这种源自佛禅的心性体验对韦应物恬淡澄净之诗风的形成无疑具有潜在影响。与王维、孟浩然等人相似，他常在诗歌中展现静谧空寂的意境：

北望极长廊，斜扉掩丛竹。亭午一来寻，院幽僧亦独。唯闻山鸟啼，爱此林下宿。②

隐隐起何处，迢迢送落晖。苍茫随思远，萧散逐烟微。秋野寂云晦，望山僧独归。③

前诗可谓从禅学视角对动静关系做出生动解读：丛竹掩映，是为一幽；僧人独居，又是一幽，如此已可见禅院之清幽寂静。但作者不止于此，又以鸟鸣加深一层，以动衬静，使得山林、禅院、僧人、啼鸟等浑然一体，在动静不二中呈现出禅院宁静幽寂的特点。后诗更富禅意，作者选取烟云与钟声两个意象，它们不知起于何处、落于何方，本身就体现了禅之本色，"传达出来的意味是永恒的静，本体的静，把人带入宇宙与心灵融合一体的那异常美妙神秘的精神世界"④。而在烟尘疏散游走，钟声余音袅袅之时，又有独归之山僧消融在孤云秋野之中。整首诗空灵却真实，

---

① 韦应物：《韦应物诗集系年校笺》卷七《赠琮公》，孙望校笺，第354页。

② 韦应物：《韦应物诗集系年校笺》卷十《行宽禅师院》，孙望校笺，第499页。

③ 韦应物：《韦应物诗集系年校笺》卷十《烟际钟》，孙望校笺，第512页。

④ 周裕锴：《中国禅宗与诗歌》，上海人民出版社，1992年，第109页。

静谧又不失灵动，生动巧妙地展现了动静不二、色空不二的禅观。晚唐诗论家司空图曾将韦应物与王维并举，称道二人之诗曰，"王右丞、韦苏州澄澹精致"[①]；"右丞、苏州趣味澄夐"[②]。道出了韦诗澄净恬淡、精致幽远的特色，这种艺术境界的形成离不开韦应物对佛禅的深刻体悟。

与韦应物齐名的刘长卿（726？—790）与佛教的关系亦值得关注。他早年已对天台宗与北宗禅有所关注。《夜宴洛阳程九主簿宅送杨三山人往天台寻智者禅师隐居》借满腹才华的杨山人见弃于世以自遣，诗中多有对尘缘、世事的感慨，同时表露出对天台智颛的敬仰之情。《早春赠别赵居士还江左时长卿下第归嵩阳旧居》寄托了其落第后的失落与感伤情怀："一身今已适，万物知何爱。悟法电已空，看心水无碍。且将穷妙理，兼欲寻胜概。何独谢客游，当为远公辈。"[③] 颔联借用《金刚经》"六喻"之电喻来抒发万法虚幻不实的感慨，同时以"看心"来排遣苦闷，与北宗禅观心看净的禅观相合。其《送薛据宰涉县》其五也说："无生妄已息，有妄心可制。心镜常虚明，时人自沦翳。"[④] 说明早年的刘长卿已经对主张"息妄修心"的北宗禅颇为了解。[⑤]

后来随着任苏州长州尉以及被贬南巴尉、睦州司马等，刘长

① 司空图：《司空表圣诗文集笺校·文集笺校》卷二《与李生论诗书》，祖保泉、陶礼天笺校，安徽大学出版社，2002年，第193页。

② 司空图：《司空表圣诗文集笺校·文集笺校》卷一《与王驾评诗书》，祖保泉、陶礼天笺校，第189页。

③ 刘长卿：《刘长卿诗编年笺注》，储仲君笺注，中华书局，1996年，第40页。

④ 刘长卿：《刘长卿诗编年笺注》，储仲君笺注，第31页。

⑤ 参见何剑平：《刘长卿与佛教相关事迹考》，载《武汉大学学报》2009年第5期。

卿的佛学信仰也在逐渐加深，并常访游寺院、结交僧人。他与天台宗僧灵祐、普门上人等交往密切，还与灵澈、灵一等人有交往，这些僧人一般兼习禅、律、天台，代表了当时南方禅律、台禅融合的风尚，故而刘长卿思想中也融汇了这些佛教宗派的理论因素，对其诗歌内容与艺术手法、审美境界等产生了相应的影响。以下诗作可为代表：

　　东林一泉出，复与远公期。石浅寒流处，山空夜落时。梦间闻细响，虑澹对清漪。动静皆无意，唯应达者知。①

　　山人今不见，山鸟自相从。长啸辞明主，终身卧此峰。泉源通石径，洞户掩尘容。古墓依寒草，前朝寄老松。片云生断壁，万壑遍疏钟。惆怅空归去，犹疑林下逢。②

　　燃灯传七祖，杖锡为诸侯。来去云无意，东西水自流。青山春满目，白月夜随舟。知到梁园下，苍生赖此游。③

　　谁识往来意，孤云长自闲。风寒未渡水，日暮更看山。木落众峰出，龙宫苍翠间。④

---

　　① 刘长卿：《刘长卿诗编年笺注·编年诗·和灵一上人新泉》，储仲君笺注，中华书局，1996 年，第 223 页。

　　② 刘长卿：《刘长卿诗编年笺注·编年诗·栖霞寺东峰寻南齐明征君故居》，储仲君笺注，第 91 页。

　　③ 刘长卿：《刘长卿诗编年笺注·编年诗·送勤照和尚往睢阳赴太守请》，储仲君笺注，第 64 页。

　　④ 刘长卿：《刘长卿诗编年笺注·编年诗·龙门八咏·下山》，储仲君笺注，第 57 页。

山林的细响与夜色的沉静构成动静两端：一方面，动静不二，皆是禅的体现；另一方面，对动静皆不起意，方能达到心无挂碍而与万法一如的禅者境界。而"片云生断壁，万壑遍疏钟"一句反映出诗人善用动静互称的手法来传达山水之幽情。那稀疏悠扬的钟声在片云万壑间回荡，似有还无，悠然有味，呈现出一片禅意诗情。不仅余音袅袅的钟声，后两首诗中的青山、白月、孤云、众峰等物象，无一不蕴含禅意，所谓"郁郁黄花，无非般若；青青翠竹，尽是法身"，它们同是真如本体的映现，与诗人的本心宛转相亲，传达出活泼灵动的美感特征。这还与刘长卿受天台宗思想的影响有关。天台九祖荆溪湛然曾对"无情有性"说做出充分发挥，主张一切草木瓦砾皆有佛性。如此，万物也皆是佛性之体现，为真如本心之张本。以此来看，刘长卿的山水诗表现出闲适淡远、寂静清幽的艺术特色，应同时受益于禅宗和天台宗的修心体验和理论实践。

（二）韩愈、柳宗元的佛教诗歌创作

韩愈（768—824）是中唐时期力主辟佛的代表性人物，其《论佛骨表》《与孟简尚书书》《送廖道士序》《送王埙秀才序》等文均视佛教为异端，明确表明自己的排佛立场。但一生力排佛教、以建立道统为己任的韩愈却在思想层面和诗歌创作上都暗地吸收佛教义理，不可简单地以排佛对其进行定位，更不能据此忽视佛教对他的影响。

寻绎韩愈的诗文作品可以看到，他平日多与僧人往来，较有代表性者如澄观、文畅、高闲、大颠、广宣、灵师等。其中澄观为华严宗四祖，文畅为南泉普愿门人，马祖道一下二世。韩愈不仅与僧人交往，还对他们不吝赞辞，如《送僧澄观》称举澄观"名籍籍""公才吏用当今无"①；《与孟简尚书书》称道大颠"能外形骸，以理自胜，不为事物侵乱。与之语，虽不尽解，要且自胸中无滞碍"②。这里的"不为事物侵乱""胸中无滞碍"诸语已然涉及禅宗的心性思想，可见韩愈对佛禅理论是较为熟知的。他对性情问题的认识就直接受到佛禅心性论的影响。传统儒家多认为性情一体，如《礼记·乐记》云："人生而静，天之性也。感于物而动，性之欲也。"③而佛教则认为"情"乃触境而生，是染污清净本性的迷见与妄见，故而主张修心（去情）复性、转染成净。韩愈在《原性》中即云："性也者，与生俱生也；情也者，接于物而生也。"④他在这里将性情二分，并有否定"情"的主张，明显取自佛教思维。宋人陈善就在《韩愈流入异端》中说："韩退之谓荀杨为未醇，以余观之，愈亦恐未免，盖有流入异端而不自知者。愈之《原性》，以为喜怒哀乐皆出乎情而非性，则流入于佛老矣。"⑤

除思想层面外，韩愈在诗歌创作的用词造句、意象塑造、创作理念以及艺术审美境界上均受益于佛教良多。

首先，在《原道》中主张对佛老"人其人，火其书"⑥的韩

① 韩愈：《韩昌黎诗集编年笺注》卷二，方世举编年笺注，郝润华、丁俊丽整理，中华书局，2012年，第68页。
② 韩愈：《韩愈文集汇校笺注》卷八，刘真伦、岳珍校注，中华书局，2010年，第886页。
③ 李学勤：《礼记正义》，北京大学出版社，1999年，第1084页。
④ 韩愈：《韩愈文集汇校笺注》卷一，刘真伦、岳珍校注，第47页。
⑤ 陈善：《扪虱新话》下集卷三，载王云五：《丛书集成初编》第311册，商务印书馆，1939年，第73页。
⑥ 韩愈：《韩愈文集汇校笺注》卷一，刘真伦、岳珍校注，第4页。

愈其实亦读佛经，且对佛典颇为熟悉，其诗歌的用语造句和意象塑造即充分体现了这一点。其《嘲鼾睡》"有如阿鼻尸，长唤忍众罪"① 一句即用佛教阿鼻地狱的典故。《醉赠张秘书》"虽得一饷乐，有如聚飞蚊"② 乃是用《楞严经》中语。南宋朱翌《猗觉寮杂记》指出："退之云：'长安富豪儿……有如聚飞蚊。'《楞严经》云：'一切众生，如一器中聚百蚊蚋，啾啾乱鸣于方寸中，鼓发狂闹。'退之虽辟佛，然亦观其书。"③ 韩愈在诗歌造句上多用"何"字，形成了以文为诗的创作风格，与其受佛经偈颂体制的影响有关。④ 佛经用"何"字处可谓比比皆是。如《金刚经》卷一谓世尊通过"云何""何以""于意云何"等句式向须菩提反复发问从而展现大乘空观义理。⑤《大般涅槃经》卷十《一切大众所问品》曰："云何敬父母，随顺而尊重；云何修此法，堕于无间狱？"⑥ 可见连用"何""何以""云何"等是佛经偈颂以问答敷衍经文、演说佛理的主要形式。韩愈的诗歌就借鉴了此种形式。其《孟东野失子》开篇连用"何"字："失子将何尤，吾将上尤天。

---

① 韩愈：《韩昌黎诗集编年笺注》卷一二，方世举编年笺注，郝润华、丁俊丽整理，第 679 页。

② 韩愈：《韩昌黎诗集编年笺注》卷一二，方世举编年笺注，郝润华、丁俊丽整理，第 215 页。

③ 朱翌：《猗觉寮杂记》卷上，载《笔记小说大观》第六册，江苏广陵古籍刻印社，1983 年，第 35 页。

④ 参见陈允吉：《佛教与中国文学论稿》，第 395—406 页。另外，饶宗颐在《韩愈〈南山诗〉与佛书》一文中谈到韩愈与佛教的关系，认为韩愈在《南山诗》中大量使用"或"字形容终南山雄奇恣肆之态应受到了马鸣《佛所行赞》内容和文体的影响，进而指出韩愈"一方面于思想上反对佛教，另一方面乃从佛书中吸收其修辞之技巧，用于诗篇，可谓间接受到马鸣之影响"。参见饶宗颐：《澄心论萃》，上海文艺出版社，1996 年，第 71 页。

⑤ 鸠摩罗什译：《金刚经》，载《大正藏》第 8 册，第 748—752 页。

⑥ 昙无谶译：《大般涅槃经》，载《大正藏》第 12 册，第 427 页。

女实主下人，与夺一何偏？彼于女何有，乃令蕃且延？此独何罪辜？生死旬日间？"① 且此段语意与上述《大般涅槃经》中的语意颇为接近，都是感叹命运与上苍的不公。章学诚就点出："顾韩诗中尚有《东野失子》，大用《涅槃经》语，何尝以佛经为诧。"② 认为韩愈此诗化用《涅槃经》中语，其人并非完全抵触佛经。韩愈不仅在用词造句上借鉴佛经体制，还在《南山诗》《孟东野失子》《陆浑山火和皇甫湜用其韵》等诗中铺陈使用各种动物名称，塑造了一系列怪诞离奇的神鬼意象，这是对佛寺之"地狱变相"壁画以及密宗曼荼罗神变画像等内容的多方面汲取③，可见他对密宗仪轨及典籍亦熟知。

其次，除了诗歌意象、体制形式方面，韩诗创作理念以及奇绝险怪、狂悖纵横等风格的形成还与禅宗注重发扬自我、张扬本性的思想主张有关。作为"韩孟诗派"的核心人物，韩愈作诗博观约取、取精用宏，喜用光怪陆离、颠倒崛奇的词语铺排怪诞的情思，内容精深奥衍，文笔纵横排奡，具有以文为诗的特点，呈现出奇绝险怪、任性狂诞的艺术审美境界，代表了中唐诗风的独特风貌。他曾自道："余慸而狂，年未三纪，乘气加人，无挟自恃。"④ 看来这种创作倾向及其诗歌中的奇险任性等元素正是其本

---

① 韩愈：《韩昌黎诗集编年笺注》卷六，方世举编年笺注，郝润华、丁俊丽整理，第342页。

② 韩愈：《韩昌黎诗集编年笺注·附录·章学诚韩诗编年笺注书后》，方世举编年笺注，郝润华、丁俊丽整理，第685页。

③ 参见陈允吉：《"牛鬼蛇神"与中唐韩孟卢李诗的荒幻意象》《论唐代寺庙壁画对韩愈诗歌的影响》《韩愈〈南山诗〉与密宗"曼荼罗画"》等文，载陈允吉：《佛教与中国文学论稿》，第358—418页。

④ 韩愈：《韩愈文集汇校笺注》卷一二《祭河南张署员外文》，刘真伦、岳珍校注，第1341页。

人真实品性的展现。但有一点不容忽视，韩愈本人的"狂"及诗歌中的狂险特色与当时洪州禅对中唐士人心态的影响密切相关。韩愈出身寒门、仕途困塞，作为新兴的庶族知识分子，有强烈的澄清寰宇、革除弊政的政治抱负和自信心，在《孟东野失子》中对命运不公的呼喊及《送孟东野序》中提出的"不平则鸣"即代表了其内心的真实呼声。张扬个性、肯定自我进而放纵无拘的洪州禅风正好与其合拍，其心中的激愤难遣与抑郁悱恻正可借此得以排解。故而韩愈对当时带有狂禅作风的僧人多加称举，其《送灵师》称赞灵师："逸志不拘教，轩腾断牵挛。围棋斗白黑，生死随机权。六博在一掷，枭卢叱回旋。战诗谁与敌？浩汗横戈鋋。饮酒尽百盏，嘲谐思逾鲜。有时醉花月，高唱清且绵。"[1] 不拘戒律、吟风弄月、饮酒高歌的灵师颇能代表当时的狂禅作风，这种"直用直行"、洒脱自在的修行观亦被韩愈引入诗歌创作，最突出的表现便是突破成法与规范，在诗中尽情展现心性自在。如其《醉赠张秘书》云，"东野动惊俗，天葩吐奇芬"，"险语破鬼胆，高词媲皇坟。至宝不雕琢，神功谢锄耘"。[2] 这里的"险语""惊俗""不雕琢"可看出韩愈自觉地把标新立异、迥异流俗、任性挥洒作为诗歌的创作主张和倾向。再看其《陆浑山火和皇甫湜用其韵》一诗，描写熊熊山火烧得满山动物和鬼神仓皇奔命，一片"天跳地踔颠乾坤"[3] 之势；《征蜀联句》以"更呼相簸荡，交斫

---

[1] 韩愈：《韩昌黎诗集编年笺注》卷二，方世举编年笺注，郝润华、丁俊丽整理，第103页。

[2] 韩愈：《韩昌黎诗集编年笺注》卷四，方世举编年笺注，郝润华、丁俊丽整理，第215页。

[3] 韩愈：《韩昌黎诗集编年笺注》卷六，方世举编年笺注，郝润华、丁俊丽整理，第354页。

双缺釁。火发激铿腥，血漂腾足滑"① 等语句描写两军厮杀时的残酷场景；《苦寒》以 "肌肤生鳞甲，衣被如刀镰。气寒鼻莫嗅，血冻指不拈"② 等描写严寒之难耐。这些诗作皆大胆夸张，想象奇特，用词古奥艰深，晦涩瘦硬，它们 "把严肃的陈述和游戏式的夸张融合在一起"③，展现光怪陆离的景象，与禅宗语录中的无理之语在精神实质上相通④，均强调自我的突破和超越，对于开拓中国诗歌的用语、题材和审美范式，具有重要的意义。

作为古文运动的盟友，柳宗元（773—819）对待佛教的态度与韩愈明显不同。他自幼习佛，其《永州龙兴寺西轩记》自述："予知释氏之道且久……因悟夫佛之道，可以转惑见为真智，即群迷为正觉，舍大暗为光明。"⑤ 作于元和六年或七年（811—812年，此时柳宗元三十八九岁）的《送巽上人赴中丞叔父召序》又云："吾自幼好佛，求其道积三十年。"⑥ 这与其家庭环境的熏染有关。他年少时曾随父柳镇去过父亲任职的洪州（今江西南昌），其地乃马祖道一 "洪州禅" 的发祥地。柳镇的好友梁肃、权德舆等人又是习佛文人。其中，梁肃是中唐著名的天台学者，又是古文运动的先驱，曾受学于荆溪湛然一系，对天台止观法门颇有研究。

---

① 韩愈：《韩昌黎诗集编年笺注》卷五，方世举编年笺注，郝润华、丁俊丽整理，第 274 页。

② 韩愈：《韩昌黎诗集编年笺注》卷二，方世举编年笺注，郝润华、丁俊丽整理，第 79 页。

③ 斯蒂芬·欧文：《韩愈和孟郊的诗歌》，田欣欣译，天津教育出版社，2004 年，第 199 页。

④ 胡遂：《佛教禅宗与唐代诗风之发展演变》，中华书局，2007 年，第 177—185 页。

⑤ 柳宗元：《柳宗元集校注》卷二八，尹占华、韩文奇校注，中华书局，2013 年，第 1860—1861 页。

⑥ 柳宗元：《柳宗元集校注》卷二五，尹占华、韩文奇校注，第 1676 页。

权德舆"尝闻道于大寂"①，并为马祖道一撰《唐故洪州开元寺石门道一禅师塔铭》，受南宗禅思想影响较深。这种成长环境自然为柳宗元接纳佛教并形成信仰创造了前提。前面谈到唐代文人习佛风尚时曾提及柳宗元的《送文畅上人登五台遂游河朔序》一文，他在文中对士僧交游表示仰慕之情。在现实生活中，柳宗元就多与僧人往来，尤其是贞元年间贬居永州后，与荆溪湛然再传弟子龙兴重巽比邻而居，二人常品茗论道。柳氏对重巽的佛学修养赞赏有加，他自己也受天台思想影响很深，以致后来的天台宗史书《佛祖统纪》将其与梁肃都列入天台法嗣。同时，柳宗元还为多位禅宗、天台宗、律宗僧人写过碑文，对他们的思想主张、法系传承、嘉言懿行等多有描述和赞赏，如《曹溪第六祖赐谥大鉴禅师碑》《南岳云峰寺和尚碑》《南岳弥陀和尚碑》《南岳般舟和尚第二碑并序》《衡山中院大律师塔铭并序》等。另据《永州龙兴寺修净土院记》载，他与当时的永州刺史冯叙共同捐资重修了龙兴寺净土院，并云："有能求无生之生者，知舟筏之存乎是。遂以天台《十疑论》书于墙宇，使观者起信焉。"② 可知他还有一定的净土信仰。上述例证表明，柳宗元心纳佛教且有较为虔诚的佛教信仰，尤其是在贬居南荒的生命后期，这种信仰更得到了进一步的加深，这与虽吸收佛理却大力辟佛的韩愈不同。

另外一点，与韩愈提倡先王之道而作夷夏之分不同，柳宗元更多的是吸收佛理、统合儒释，认为儒佛思想在某些层面上存在一致性。在《送僧浩初序》中，他不认同韩愈的反佛论："浮图诚

---

① 权德舆：《唐故章敬寺百岩大师碑铭》，载董诰等：《全唐文》卷五〇一，中华书局，1983年，第5104页。
② 柳宗元：《柳宗元集校注》卷二八，尹占华、韩文奇校注，第1868页。

有不可斥者，往往与《易》《论语》合，诚乐之，其于性情奭然，不与孔子异道。"批评韩愈反佛还停留在表面："退之所罪者其迹也……退之忿其外而遗其中，是知石而不知韫玉也。"并指出僧人"乐山水而嗜闲安者为多"①，能够不逐逐然于名利物欲而怡情山水，从而能葆养性情，与儒道并无二致。《曹溪第六祖赐谥大鉴禅师碑》指出惠能的禅法是"以无为为有，以空洞为实，以广大不荡为归。其教人，始以性善，终以性善，不假耘锄，本其静矣"②。这是将惠能的清净本心说与孟子的性善论相统合。这比韩愈的佛教观通达得多。此外，与韩愈欣赏狂禅的态度不同，柳宗元在《龙安海禅师碑》中对此作风提出批评："拘则泥乎物，诞则离乎真，真离而诞益胜。故今之空愚失惑纵傲自我者，皆诬禅以乱其教，冒于嚚昏，放于淫荒。"③这里表达了对狂禅放纵空谈、离经叛道行为的不满，而他的寓言《东海若》正是宣称念佛、持戒等主张，以规范当时的狂禅风气。④

整体来说，在个人生活经历、交往僧人和中唐时期禅宗狂禅流弊等一系列因素的作用下，柳宗元更多地接受了天台宗思想，曾云"佛道逾远，异端竞起，唯天台大师为得其说"⑤。他虽吸纳了般若学和禅宗对空有的阐发，但对禅宗执空灭有、无修无证的狂禅一系作风深表不满，其空有观最终还是以天台宗的中道思想

---

① 柳宗元：《柳宗元集校注》卷二五，尹占华、韩文奇校注，第1680—1681页。

② 柳宗元：《柳宗元集校注》卷六，尹占华、韩文奇校注，第443页。

③ 柳宗元：《柳宗元集校注》卷六，尹占华、韩文奇校注，第469页。

④ 参见张勇：《论柳宗元的〈东海若〉》，载《文学遗产》2009年第2期。

⑤ 柳宗元：《柳宗元集校注》卷六《岳州圣安寺无姓和尚碑》，尹占华、韩文奇校注，第462页。

为立足点。如《曲讲堂》曰:"寂灭本非断,文字安可离……圣默寄言宣,分别乃无知。趣中即空假,名相与谁期?愿言绝闻得,忘意聊思惟。"① 这里指出,寂灭并非断灭,经教文字仍不可废除;佛说与默悟不一不二,不可妄作分别,最后道出中道、空相、假名三谛圆融,不应着意作名、相之分。此诗对断见与常见、文字与佛理、名相与空有等的认识依托于天台宗的中道思想,传达出对"一心三观""三谛圆融"等天台义理的深刻体会,也侧面表达了对经教文字的重视和体用一如的修证观。又如《巽上人以竹间自采新茶见赠酬之以诗》载居永州龙兴寺时品尝重巽所赠新茶,认为其有"涤虑发真照,还源荡昏邪"② 的功效。这是借饮茶宣扬天台止观双修的修心法门,追求荡除外境和妄念,从而生起正智慧以契会真如本源的心性境界。而其《永州法华寺新作西亭记》则对空有关系做了深刻阐发:"余谓昔之上人者,不起宴坐,足以观于空色之实,而游乎物之终始。其照也逾寂,其觉也逾有。然则向之碍之者为果碍耶?今之辟之者为果辟耶?彼所谓觉而照者,吾讵知其不由是道也?岂若吾族之挈挈于通塞有无之方,以自狭耶?"③ 这里还是运用天台宗的"三谛圆融"思想,认为被砍掉的竹林其本为空寂,但在观照时又能感受到它们的真实存在,实质上竹林乃至万法并非障碍,只要一念本心体悟到空假中三谛之圆融境界,也就没有通塞、有无等分别了。这种对空有的中道认识使柳宗元既能在"无住""无相"的禅修体验下观照万法的本性空,又能在现象层面上感悟万法的实有,在空有不二的心境状态

---

① 柳宗元:《柳宗元集校注》卷四三,尹占华、韩文奇校注,第3034页。
② 柳宗元:《柳宗元集校注》卷四二,尹占华、韩文奇校注,第2743页。
③ 柳宗元:《柳宗元集校注》卷二八,尹占华、韩文奇校注,第1857页。

下，达到物我一体的圆融心境。对于始终未能忘怀世事的柳宗元来说，这种心性体悟有助于其排遣内心的忧郁之情，自然也被其融入诗歌创作当中。

浸淫佛理使得柳宗元能够暂时忘却贬谪的幽苦心情而寄情山水，并借助诗歌来传达。如《雨后晓行独至愚溪北池》曰："宿云散洲渚，晓日明村坞。高树临清池，风惊夜来雨。予心适无事，偶此成宾主。"① 作者以无心的心境状态自然呈现各种景象，却又在一念之间与此间物象构成主客关系，这种对心物交融的描述自然雅致、不着痕迹。此种境界即是他在《禅堂》中所描述的："山花落幽户，中有忘机客。涉有本非取，照空不待析。万籁俱缘生，窅然喧中寂。心境本同如，鸟飞无遗迹。"② 诗人在此化用智𫗧《摩诃止观》"如鸟飞空，终不住空。虽不住空，迹不可寻"③ 诸句，对空、有皆持不执着的中道观，在处理物我关系时达到超脱境界，犹如飞鸟行空又不落痕迹。这种心性体悟也使得柳宗元的诗歌境界幽深高远，极富禅意，具有丰富的内涵和意蕴。有时着力表现出寂静清幽的特色，如"风窗疏竹响，露井寒松滴"④，"觉闻繁露坠，开户临西园。寒月上东岭，泠泠疏竹根。石泉远逾响，山鸟时一喧。倚楹遂至旦，寂寞将何言？"⑤ 二诗善用冷色调和动静互称手法，颇有王维山水诗中的静谧特色，但诗中的自我主体

---

① 柳宗元：《柳宗元集校注》卷四三，尹占华、韩文奇校注，第 2980 页。
② 柳宗元：《柳宗元集校注》卷四三，尹占华、韩文奇校注，第 3036 页。
③ 智𫗧：《摩诃止观》卷五，载《大正藏》第 46 册，第 55 页。
④ 柳宗元：《柳宗元集校注》卷四二《赠江华长老》，尹占华、韩文奇校注，第 2741 页。
⑤ 柳宗元：《柳宗元集校注》卷四三《中夜起望西园值月上》，尹占华、韩文奇校注，第 2982 页。

形象更明显，意境也更幽深孤寂。有时柳诗中主体与客体、物我与空有间往往相互交织互融，让人产生多种解读。如著名的《江雪》，千山、寒雪等物象与孤舟中的钓翁是主客体的融合，也可看作是作者以局外人的身份对这些意象乃至世间万法的静默观照，这种审美体验正基于作者不执着于空有两端并以超脱之圆融观体悟山水的心灵境界。

（三） 刘禹锡的佛教诗歌创作与"境界"说

与柳宗元、白居易有"刘柳""刘白"之称的刘禹锡（772—842）同样属于中唐崇佛文人的代表。其《澈上人文集纪》自述孩提时即从当时著名诗僧皎然和灵澈学诗，"方以两髦执笔砚，陪其吟咏，皆曰孺子可教"[1]。"永贞革新"失败后，他与柳宗元等人同时遭贬，先贬连州刺史，再贬朗州司马[2]，所贬均为当时的偏远蛮荒之地，且不在宽恕量移之列。政治理想和仕途上的挫败与失意使刘禹锡更加亲近佛门，醉心佛乘。作于朗州的《送僧元暠南游并引》云："予策名二十年，百虑而无一得。然后知世所谓道无非畏途，唯出世间法可尽心耳。由是在席砚者多旁行四句之书，备将迎者皆赤髭白足之侣。深入智地，静通还源。客尘观尽，妙气来宅。内视胸中，犹煎炼然……（元暠）雅闻予事佛而佞，亟来相从。"[3] 这里说自己自"策名"，即进士及第以来的二十余年间经历忧患颇多，只有出世间的佛法可以疗救身心，故而多醉心佛经、

---

① 刘禹锡：《刘禹锡集》卷一九，卞孝萱校订，中华书局，1990 年，第 239 页。

② 参见卞孝萱：《刘禹锡年谱》，中华书局，1963 年，第 45 页。

③ 刘禹锡：《刘禹锡集》卷二九，卞孝萱校订，第 392 页。

广交僧侣，并有返归本源的禅修行为。虽已不为客尘所扰，但心中仍未彻底达道。由此可见他对佛教认可与接纳之深，以致对外已有佞佛的名声，元暠即慕名前来与之结交。文中的元暠所学驳杂，兼修戒律、禅观和密宗法门，刘禹锡还把他介绍给贬居永州的柳宗元。在刘禹锡的方外交游史中，诸如元暠这样的僧侣还有很多，如宗密、文约、鸿举、君素、慧则、广宣等，基本是刘禹锡在贬居连州、朗州、夔州等地时结识的，他们隶属于禅宗、华严宗、律宗等各宗派。①

相较而言，刘禹锡受禅宗心性论和《维摩诘经》的影响较深。除方外之交多禅僧，以及上文提到的禅修实践外，他还曾作《大唐曹溪第六祖大鉴禅师第二碑》《袁州萍乡县杨岐山故广禅师碑》等。前者是继王维、柳宗元后，唐代文人为惠能所作第三碑。后文乃为菏泽神会法嗣乘广作，其中铭文云："如来说法，遍满大千。得胜义者，强名为禅……合为一乘，散为万行……现灭者身，常圆者性。本无言说，付嘱其谁？"② 这里将禅宗推至诸宗之上，并突出其追求清净圆满自性的心性法门。禅宗的这种心性主张也进而影响到他的儒佛观。其《赠别君素上人并引》曰："曩予习《礼》之《中庸》，至'不勉而中，不思而得'，悚然知圣人之德，学以至于无学。然而斯言也，犹示行者以室庐之奥耳，求其径术而布武，未易得也。晚读佛书，见大雄念物之普，级宝山而梯之……是余知突奥于《中庸》，启键关于内典，会而归之，犹初心

---

① 刘禹锡与僧人交往情形，可参看何剑平：《刘禹锡与佛教》，载《唐都学刊》2003 年第 3 期；李志强：《刘禹锡与佛教关系原论》，复旦大学 2005 年博士学位论文，第 34—40 页。

② 刘禹锡：《刘禹锡集》卷四，卞孝萱校订，第 56 页。

也。不知予者诮予困而后援佛，谓道有二焉。夫悟不因人，在心而已。"① 其认为《中庸》虽指出"不勉而中，不思而得"的"至诚"境界，但并未言明具体修养方法，而佛法则具备一系列可操作性理论，有助于启发学人通达至道，故儒佛之道其本为一，皆在自己的本心而已。这就从根本之道上融通了儒释，比柳宗元单纯从儒者立场寻求二者的相通更进一步，见解亦更通达深刻。此处的"悟不因人，在心而已"可谓对禅宗"以心传心"法门的表述，可看出他在儒佛观上受禅宗心性论之影响。

同时，刘禹锡还深受《维摩诘经》言意关系论以及积极入世的大乘精神的影响。《赠别君素上人并引》文末有诗云："穷巷唯秋草，高僧独扣门。相欢如旧识，问法到无言。水为风生浪，珠非尘可昏。去来皆是道，此别不销魂。"②"问法到无言"明显化自《维摩诘经·不二法门品》，此品以维摩诘的默然无言，道出真正的圣境不可形诸言语文字。而"去来皆是道"则取自该经《菩萨品》"直心是道场"，"诸有所作，举足下足，当知皆从道场来，住于佛法矣"③诸语，体现出大乘佛教"在家出家"、打通世间与出世间的圆融特质。刘禹锡久经磨难仍能写出"自古逢秋悲寂寥，我言秋日胜春朝"④，"莫道桑榆晚，为霞尚满天"⑤ 这样饱含乐观精神的诗句，除受南宗禅肯定现实、回归当下的心性论熏染外，

---

① 刘禹锡：《刘禹锡集》卷二九，卞孝萱校订，第389页。
② 刘禹锡：《刘禹锡集》卷二九，卞孝萱校订，第389页。
③ 鸠摩罗什译：《维摩诘所说经》卷一，载《大正藏》第14册，第542页。
④ 刘禹锡：《刘禹锡集》卷二六《秋词》，卞孝萱校订，第349页。
⑤ 刘禹锡：《刘禹锡集》卷三四《酬乐天咏老见示》，卞孝萱校订，第499页。

还有得于《维摩诘经》中直面现实、肯定人生之信念的助益。①

　　对禅宗心性思想和《维摩诘经》的体悟也融进了刘禹锡的诗歌创作理念，尤其是他的"境界"说。其《秋日过鸿举法师寺院便送归江陵》曰：

　　能离欲则方寸地虚，虚而万景入，入必有所泄，乃形乎词……词妙而深者，必依于声律。故自近古而降，释子以诗闻于世者相踵焉。因定而得境，故脩然以清。由慧而遣词，故粹然以丽。②

　　只有内心虚静无为，才能容纳万物，进而将体悟形诸语词。僧诗之所以境界高妙深远，正因释子能屏除一切妄念欲望的干扰而使心源澄净无染，做到心纳万境，如此遣词造句，诗句自然清丽深远。这里实际道出心性修养乃诗歌创作取得成功的前提和基础。

　　其《董氏武陵集纪》又说：

　　片言可以明百意，坐驰可以役万景，工于诗者能之……心源为炉，笔端为炭。锻炼元本，雕磨群形。纠纷舛错，逐意奔走。因故沿浊，协为新声……诗者，其文章之蕴邪！义得而言丧，故微而难能。境生于象外，故精而寡和。③

---

① 参见何剑平：《刘禹锡与佛教》，载《唐都学刊》2003 年第 3 期。
② 刘禹锡：《刘禹锡集》卷二九，卞孝萱校订，第 394 页。
③ 刘禹锡：《刘禹锡集》卷一九，卞孝萱校订，第 237—238 页。

"片言可以明百意，坐驰可以役万景"，实际指出心性修养功夫的高妙之处。他又说董侹"心源为炉，笔端为炭"，也是点出董生的心性修为深厚，以心源锤炼，笔端发之，达到我手写我心的境界。此处的"义得而言丧，故微而难能"则传达出刘禹锡在文章言意关系上持"得意忘言"的看法，这与《维摩诘经》倡导的"不二法门"以及"法无名字，言语道断"[①]等思想有关。"境生于象外"代表了他的"境界"说。在刘禹锡之前，王昌龄、皎然等人已对境界问题进行了深入拓展，在"取境""造境""缘境"等方面进行了一系列有益探索。[②]如皎然《奉应颜尚书》曰："如何万象自心出，而心澹然无所营……昒眛方知造境难，象忘神遇非笔端。"[③]这里的"象忘"（"忘象"）即王弼所谓"得意忘象"："故言者所以明象，得象而忘言；象者，所以存意，得意而忘象。"[④]"神遇"则语出《庄子·养生主》："以神遇而不以目视，官知止而神欲行。"[⑤]皎然引此二语乃是指出"造境"之难在于其非单纯的耳目所观之外境，而是超越一己感官的心境，是一种非言语所能传达的心灵之悟境，如其所谓"万象自心出"，是本心澄净圆融时的状态。作为自小即受教于皎然的刘禹锡，其诗论自然会受皎然影响，而"境生于象外"的说法也确与皎然的"象忘"

① 鸠摩罗什译：《维摩诘所说经》卷一，载《大正藏》第 14 册，第 539 页。
② 参见孙昌武：《佛教与中国文学》，第 276—280 页。
③ 彭定求等：《全唐诗》卷八二一，第 9255 页。
④ 王弼：《王弼集校释》，楼宇烈校释，中华书局，1980 年，第 609 页。
⑤ 郭象注：《庄子注疏》，成玄英疏，曹础基、黄兰发整理，中华书局，2011 年，第 65 页。

说相通①，它进一步突出了心灵主体的作用，指出诗境生于物象之外，本质上是一种"言语道断"的心灵境界。可见刘禹锡的"境界"说确实有得于禅宗心性论及《维摩诘经》言意关系论的沾溉。

再观刘禹锡自己所作诗歌如"山明水净夜来霜，数树深红出浅黄"②，"湖满景方霁，野香春未阑。爱泉移席近，闻石辍棋看"③ 等，诗心禅心浑融，清新明丽，具有超越言语之外的韵外之致，也在实际创作中践行了自己的诗学主张。

（四）白居易的佛教诗歌创作

与柳宗元、刘禹锡对佛教的接受不同，白居易（772—846）代表了中唐文人习佛的另一种类型。前面曾提及白居易的佛经阅读情况，可知他对佛经的涉猎是相当广泛的。白居易对佛教的吸纳与接受也呈现出驳杂兼容的特色。他年轻时就对佛教有较为深刻的体会。其《八渐偈》曰："唐贞元十九年秋八月，有大师曰凝公迁化于东都圣善寺钵塔院。越明年二月，有东来客白居易作《八渐偈》……由是入于耳，贯于心，达于性，于兹三四年矣。"④由此可知他贞元十五年（时年二十八岁）即在洛阳师事凝公，此

---

① 参见刘卫林：《中唐诗学造境说与佛道思想》，载《唐代文学研究（第九辑）——中国唐代文学学会第十届年会暨国际学术研讨会论文集》，2002 年。另，李志强对刘禹锡受皎然之影响做过考察，参见李志强：《刘禹锡与佛教关系原论》，第 88—97 页。

② 刘禹锡：《刘禹锡集》卷二六《秋词》，卞孝萱校订，第 349 页。

③ 刘禹锡：《刘禹锡集》卷二九《海阳湖别浩初师》，卞孝萱校订，第 398 页。

④ 白居易：《白居易文集校注》卷二，谢思炜校注，中华书局，2011 年，第 104 页。

凝公即洛阳圣善寺法凝，为南宗禅传人。① 他在元和年间任翰林学士时亦与友人崔群、钱徽、韦处厚等共同习禅学佛②，其《答户部崔侍郎书》即回忆当时与崔群参南宗禅理的情形："顷与阁下在禁中日，每视草之暇，匡床接枕，言不及他，常以南宗心要互相诱导。"③ 这也表明白居易并非仕途偃蹇时才倾心佛门，而是在"深入接触佛教以前对佛教已经有了相当的认识"④。除修习南宗禅外，白居易还结交牛头禅、华严宗、律宗、净土宗等宗派人物，并对相关义理颇为熟悉。比如出牧杭州时曾向牛头宗传人鸟窠道林问法，自己亦作有"龙尾趁朝无气力，牛头参道有心期"⑤ 等诗句以表达对牛头禅的体会。他与华严宗五祖宗密有来往，作有《赠草堂宗密上人》《喜照、密、闲、实四上人见过》等，并曾听灵隐寺僧道峰讲解《华严经》。⑥ 他还与律宗僧人慧琳、宝称律师等人为友，并为其撰写塔铭。⑦ 此外，白居易还在作品中传达了较为真实的弥陀、弥勒净土信仰，前者如《画西方帧记》《绣阿弥陀佛赞并序》；后者如《画弥勒上生帧记》等，这种信仰在其晚年老病缠身时表现得更为突出。

---

① 白居易从法凝所学为北宗禅还是南宗禅，学界莫衷一是。综合考察白居易时代的禅宗发展情况、《八渐偈》的义理内容以及白氏本人的习禅经历，其从法凝所学应为南宗禅法。相关探讨参见肖伟韬：《白居易从法凝所学为南宗禅法考论》，载《宗教学研究》2007 年第 1 期。

② 参见孙昌武：《禅思与诗情》，中华书局，2006 年，第 171—172 页。

③ 白居易：《白居易文集校注》卷八，谢思炜校注，第 345 页。

④ 平野显照：《唐代文学与佛教》，张桐生译，第 20 页。

⑤ 白居易：《白居易诗集校注》卷二七《戊申岁暮咏怀三首》其一，谢思炜校注，第 2115 页。

⑥ 参见白居易：《白居易文集校注》卷三一《华严经社石记》，谢思炜校注，第 1834 页。

⑦ 参见王建光：《中国律宗通史》，凤凰出版社，2008 年，第 184 页。

　　白居易的习佛虽具有驳杂性，但综合其佛门交游、立身行事、文学创作等方面可知他受洪州禅思想影响最深。白居易一生多与禅僧交往①，尤其与洪州一系禅僧关系密切。据其《传法堂碑》载，他在元和九年（814）、元和十年（815）间任太子左赞善大夫时②曾四次向马祖道一弟子兴善惟宽问法，其中对"真妄""垢净"、不起念等义理的讨论，明显是对洪州禅理的深刻阐发。元和十年（816），白居易被贬为江州司马，在任期间与洪州僧归宗智常、兴果神凑来往密切，二人均为马祖道一弟子。对于白居易"岁时春日少，世界苦人多"③的感慨，归宗智常劝其熟读《楞伽经》以化解愁苦之思。兴果神凑则为江州兴国寺僧，白居易曾为其作《唐江州兴果寺律大德凑公塔碣铭》。据铭文记载，兴果神凑为律僧，又习马祖禅法。晚年分司并退居东都后，白居易更加倾心佛禅，自道"官秩三回分洛下，交游一半在僧中"④，尤其与马祖道一弟子佛光如满往来密切，自称"栖心释氏，通学小中大乘法。与嵩山僧如满为空门友……每一相见，欣然忘归"⑤。临终时遗命葬于佛光如满塔侧⑥，后来的《景德传灯录》亦将白居易列为

---

　　① 有关白居易与禅僧交往之详情，参见孙昌武：《禅思与诗情》，第169—177页。

　　② 参见朱金城：《白居易年谱》，上海古籍出版社，1982年，第58—59页。

　　③ 白居易：《白居易诗集校注》卷一六《晚春登大云寺南楼赠常禅师》，谢思炜校注，第1273页。

　　④ 白居易：《白居易诗集校注》卷三一《喜照密闲实四上人见过》，谢思炜校注，第2369页。

　　⑤ 白居易：《白居易文集校注》卷三三《醉吟先生传》，谢思炜校注，第1981页。

　　⑥ 参见刘昫等：《旧唐书》卷一六六《白居易传》，中华书局，1975年，第4358页。

佛光如满法嗣。①

　　对洪州禅的深入接触与体悟也深刻影响了白居易的处世态度和人生践履。他曾在诗中云，"行禅与坐忘，同归无异路"②，"每夜坐禅观水月，有时行醉玩风花。净名事理人难解，身不出家心出家"③，"达磨传心令息念，玄元留语遣同尘……酒肆法堂方丈室，其间岂是两般身"④。在作者看来，佛禅与老庄在安顿身心上并无二致。不仅如此，坐禅观空与醉酒行乐可以并行不悖，酒肆、法堂与禅室也无甚区别。这样，白居易就将老庄的齐荣辱、顺自然的思想与洪州禅注重顺应本心、体现当下的原则巧妙地统合在一起，渐渐形成了委顺自适、知足保和、乐天安命的心态，突出的表现便是其"中隐"处世哲学的形成。⑤ 这种独特的处世心态已不同于传统士大夫归隐山林、向自然山水寻求静谧以安放身心的隐逸情怀，它更多地呈现出世俗化和生活化的面貌，是对当下的平衡与反思。刘禹锡曾在《和乐天斋戒月满夜对道场偶怀咏》中把白居易比作维摩诘，并借用《维摩诘经·不思议品》中舍利弗向维摩诘问法的典故，发出白乐天仍未能忘记世间尘缘的戏论。不能忘怀俗世但又面临人间的种种苦痛，最好的解决办法便是像

---

① 道原：《景德传灯录》卷十，载《大正藏》第 51 册，第 279 页。
② 白居易：《白居易诗集校注》卷七《睡起晏坐》，谢思炜校注，第 607 页。
③ 白居易：《白居易诗集校注》卷三一《早服云母散》，谢思炜校注，第 2409 页。
④ 白居易：《白居易诗集校注》卷三一《拜表回闲游》，谢思炜校注，第 2406 页。
⑤ 关于白居易"中隐"说与洪州禅"平常心是道"思想的关系，可参看贾晋华：《唐代集会总集与诗人群研究》，北京大学出版社，2015 年，第 108—127 页。

维摩诘那样，在尽情享受世俗生活的同时又能保持内心的超脱与高洁。① 不可否认，白居易佛教思想中确有真实的信仰成分②，但其更多的是在现实之"用"上吸纳佛教，"他倾心佛教，并不是期望从中解决生死矛盾本身，而是在意识到老死之不可避免之后去求得治心之术，以保持心理上的平衡"③。白居易的言行其实反映了士大夫在世间和出世间矛盾徘徊的真实心态。从这一点上来讲，白居易可谓宋代士大夫佛学的先声。这种处世态度与人生践履的形成与洪州禅不舍世间而求解脱的宗教精神直接相关，也使得白居易在习佛上有别于柳宗元和刘禹锡而呈现出独特的面貌。

　　洪州禅思想对白居易的诗文创作以及平易浅切诗风的形成也产生了重要影响。洪州禅主张的"平常心"是无取舍、无执着、无分别的当下现实人心，这种"作用即性"的观点将日常的见闻觉知作为心性的自然妙用，树立"无念""无心"的宗教观和人生论，鼓励做"无事底阿师"④"绝学无为闲道人"⑤，如此也就把解脱向平常、现实回归，同时把禅引向了无所事事、任运随缘、自

---

　　①　参见孙昌武：《禅思与诗情》，第 188 页。

　　②　白居易曾在香山寺新修"经藏堂"，并将自己的《洛中集》藏于其中。自述初衷为："以今生世俗文字之业，狂言绮语之过，转为将来世世赞佛乘之因，转法轮之缘也。"（白居易：《白居易文集校注》卷三四《香山寺白氏洛中集记》，谢思炜校注，第 2015 页）同样的话还出现在《苏州南禅院白氏文集记》《六赞偈并序》中。他在前文中自述将文集别录三本，分置于东都圣善寺、庐山东林寺、苏州南禅院，且云："乐天，佛弟子也，备闻圣教，深信因果。惧结来业，悟知前非。"（白居易：《白居易文集校注》卷三三，谢思炜校注，第 1991 页）这些表述说明他是有真实佛教信仰的。

　　③　孙昌武：《禅思与诗情》，第 182 页。

　　④　赜藏主：《古尊宿语录》卷四，《卍续藏》第 68 册，国书刊行会，1989年，第 29 页。

　　⑤　赜藏主：《古尊宿语录》卷二，《卍续藏》第 68 册，第 14 页。

由自适。反观白居易本人，他多次在诗歌中宣扬"无念""无心"的思想，如《白发》："由来生老死，三病长相随。除却念无生，人间无药治。"①《闲吟》："自从苦学空门法，销尽平生种种心。"②《神照禅师同宿》："前后际断处，一念不生时。"③ 对万事不生分别、无思无虑，将解脱回向当下与现实，以"平常心"化解现实中的种种苦难，使得白居易能够更加达观地看待人生，从而实现自我心灵的超脱，无拘无束地表达适意的生活情怀：

> 身适忘四支，心适忘是非。既适又忘适，不知吾是谁。百体如槁木，兀然无所知。方寸如死灰，寂然无所思。今日复明日，身心忽两遗。行年三十九，岁暮日斜时。四十心不动，吾今其庶几。④
>
> 心足即为富，身闲乃当贵。富贵在此中，何必居高位。⑤
>
> 朝睡足始起，夜酌醉即休。人心不过适，适外复何求。⑥
>
> 尽日前轩卧，神闲境亦空。有山当枕上，无事到心中。⑦

---

① 白居易：《白居易诗集校注》卷九，谢思炜校注，第754页。
② 白居易：《白居易诗集校注》卷一六，谢思炜校注，第1333页。
③ 白居易：《白居易诗集校注》卷二九，谢思炜校注，第2269页。
④ 白居易：《白居易诗集校注》卷六《隐几》，谢思炜校注，第523页。
⑤ 白居易：《白居易诗集校注》卷六《闲居》，谢思炜校注，第527页。
⑥ 白居易：《白居易诗集校注》卷六《适意二首》其一，谢思炜校注，第529页。
⑦ 白居易：《白居易诗集校注》卷二三《闲卧》，谢思炜校注，第1810页。

除了追求和表现适意情怀，白居易还在诗中毫不避讳地谈论俸禄、官职、品服等，每当新任官职时基本都要赋诗吟咏一番。如任校书郎时说"俸钱万六千，月给亦有馀"①；任京兆户曹参军时云"俸钱四五万，月可奉晨昏"②；任主客郎中时有《初著绯戏赠元九》；任秘书监时作《初授秘监并赐金紫闲吟小酌偶写所怀》；任太子宾客分司东都时又说"俸钱七八万，给受无虚月"③；任太子少傅时更言"月俸百千官二品，朝廷雇我作闲人"④；等等。对此，朱熹在《朱子语类》里评说："乐天，人多说其清高，其实爱官职，诗中凡及富贵处，皆说得口津津地涎出。"⑤ 胡震亨在《唐音癸签》里也说："乐天非不爱官职者，每说及富贵，不胜津津羡慕之意。读乐天诗，使人惜流光，轻职业，滋颓惰废放之念。"⑥ 这些说法不无合理之处。白居易的这些诗句，侧重表现的是个体的自足与自在，是对"此在"和世俗生活的关切与重视，确实传达出一定的庸人意识，反映了中唐后期文人受马祖禅学深刻影响后的真实心态和生活境况。

从"平常心"出发，白居易的诗歌还多表现日常、普通而具

---

① 白居易：《白居易诗集校注》卷五《常乐里闲居偶题十六韵》，谢思炜校注，第 447 页。

② 白居易：《白居易诗集校注》卷五《初除户曹喜而言志》，谢思炜校注，第 476 页。

③ 白居易：《白居易诗集校注》卷二九《再授宾客分司》，谢思炜校注，第 2254 页。

④ 白居易：《白居易诗集校注》卷三三《从同州刺史改授太子少傅分司》，谢思炜校注，第 2489 页。

⑤ 陈友琴：《古典文学研究资料汇编·白居易卷》，中华书局，1962 年，第 138 页。

⑥ 陈友琴：《古典文学研究资料汇编·白居易卷》，第 216 页。

体的生活。他时而醉酒赏花，"只有且来花下醉，从人笑道老颠狂"①；时而展卷吟诵，"不开老庄卷，欲与何人言"②；有时作诗改句，"新篇日日成，不是爱声名。旧句时时改，无妨悦性情"③；有时闲步中庭，"卧掩罗雀门，无人惊我睡。睡足斗薮衣，闲步中庭地"④；或者慵懒闲卧，"举臂一欠伸，引琴弹秋思"⑤；或者持斋养心，"每因斋戒断荤腥，渐觉尘劳染爱轻"。⑥ 这类诗作在白集中很常见，它们真实再现了作者日常闲居时的点点滴滴，颇得马祖道一"行住坐卧，应机接物，皆是道"之宗教精神的精髓。

此外，白居易作诗反对刻意雕琢而追求平易晓畅、浅近通俗之诗风，其诗常常娓娓道来，用语平实朴质，如叙家常，如"人言世事何时了，我是人间事了人"⑦，"我心既知足，我身自安止。方寸语形骸，吾应不负尔"⑧，等等。这些用语平实的诗歌同样表达了洪州禅"无念"、安心的宗教理念。诗人有得于随缘任运、无欲无求的禅理体悟，故而在实际的创作中也以平淡中和的语言来传达这种宗教情怀，反映了创作主体心性体悟与诗歌审美风格上

---

① 白居易：《白居易诗集校注》卷二〇《二月五日花下作》，谢思炜校注，第 1620 页。

② 白居易：《白居易诗集校注》卷七《早春》，谢思炜校注，第 606 页。

③ 白居易：《白居易诗集校注》卷二三《诗解》，谢思炜校注，第 1820 页。

④ 白居易：《白居易诗集校注》卷二一《寄皇甫宾客》，谢思炜校注，第 1703 页。

⑤ 白居易：《白居易诗集校注》卷二二《和尝新酒》，谢思炜校注，第 1761 页。

⑥ 白居易：《白居易诗集校注》卷三五《斋戒》，谢思炜校注，第 2645 页。

⑦ 白居易：《白居易诗集校注》卷三五《百日假满少傅官停自喜言怀》，谢思炜校注，第 2690 页。

⑧ 白居易：《白居易诗集校注》卷三〇《风雪中作》，谢思炜校注，第 2310 页。

的相通性。

二、晚唐文人佛教诗歌创作

晚唐时期，唐王朝逐渐走向没落，宦官专权、党争迭起，赋税严苛、民不聊生。如果说中唐文人尚且努力通过谏言献策而重振昔日盛世的话，那么晚唐文人则是在江河日下的衰世场景下发出一曲曲无奈的悲歌。晚唐五代时期，南宗禅发展出沩仰、临济、曹洞、云门、法眼五宗，在理事关系、心性关系等方面进行了新的探索。如曹洞宗以君、臣指称理、事，以"五位"（正中偏、偏中正、正中来、兼中至、兼中到）论述理事关系与开悟阶段，要求达到理事圆融、空有不二的涅槃妙境。[①] 另如沩仰宗的断除"三种生"，临济宗的"立处皆真""无事"说，等等，根本目的在于指导众生体认万法皆空的本质，证得如如自在的本性、本心。在这些禅学理念的影响下，晚唐文人对个人遭际与国家政治等外境有了更加深刻的内心体悟，他们将这种心性感悟融进诗歌创作，使得此期诗歌呈现出幻灭清幽的审美特色。

（一）李商隐与杜牧的佛教诗歌创作

晚唐诗坛最重要的人物是李商隐、杜牧，二人合称"小李杜"，都受到佛教较为深入的影响。

李商隐（813？—858？）早年曾在玉阳山、王屋山学道，其诗歌深情绵邈的风格与此直接相关。但不可否认的是，他与佛教的

---

① 相关论述可参看胡遂：《佛教禅宗与唐代诗风之发展演变》，中华书局，2007 年，第 215—217 页。

关系亦非常密切。论者多认为李商隐晚年因妻子王氏之殁等变故而与佛教结缘，其实不然。据李商隐自述，他幼年就已倾心《法华经》："伏以《妙法莲华经》者，诸经中王，最尊最胜。始自童幼，常所护持。"① 而早年所作诗歌如凭吊怀念崔戎的《安平公诗》②，在叙述崔戎事迹时有"一百八句在贝叶，三十三天长雨花。长者子来辄献盖，辟支佛去空留靴"③ 诸语，自然地化用《维摩诘经》等佛典，显示出李商隐对佛理的熟知程度。④ 故而李商隐对佛教的关注由来已久，他早年就已有比较虔诚的佛教信仰和一定的佛学修为，只是在生命晚期因长期斡旋于牛李党争之间，仕途艰涩困顿，加之妻子王氏病故等一连串打击，使得他更加倾心佛门。

大中五年（850），妻子王氏去世，而李商隐又长期周旋于党争之中，故内心倍感压抑。《樊南乙集序》自表心迹云："三年以来，丧失家道，平居忽忽不乐，始剋意事佛，方愿打钟扫地，为清凉山行者。"⑤ 后入蜀作东川（四川梓州）节度使柳仲郢的幕僚，蜀居期间亦常游览佛寺。大中七年（853），李商隐向长平山慧义寺经藏院捐资刻石壁金字《法华经》，并应柳仲郢之请作《唐梓州慧义精舍南禅院四证堂碑铭并序》。其中的"四证"指净众无相、

① 李商隐：《李商隐文编年校注·上河东公第二启》，刘学锴、余恕诚校注，中华书局，2002 年，第 2159 页。

② 张采田《玉溪生年谱会笺》谓此诗为义山大和九年（835）所作，时年二十四岁。参见张采田：《玉溪生年谱会笺》卷一，上海古籍出版社，2010 年，第 36—38 页。

③ 刘学锴、余恕诚：《李商隐诗歌集解·安平公诗》，第 60 页。

④ 参见平野显照：《唐代文学与佛教》，张桐生译，第 282 页。

⑤ 李商隐：《李商隐文编年校注》，刘学锴、余恕诚校注，第 2177 页。

保唐无住、洪州马祖道一、西堂智藏四位悟道大师。他在文中赞美四人"心心授印，宁关乾鹊之祥；顶顶传珠，未待骊龙之寐"①，可谓推崇备至。此文对《法华经》典故的运用，对禅门高僧史事的考察，对佛教义理的解读等，足以说明义山对佛教的理解相当深入广博，绝非浅尝辄止者所能发。② 蜀居期间，李商隐还与义解僧知玄国师及其弟子僧彻有往来。《宋高僧传》卷六记载，李商隐"久慕玄之道学，后以弟子礼事玄"③，知玄还以《天眼偈》治好了李商隐的眼疾。④ 他还曾与友人崔八一起礼佛问道。当他在惠祥上人处听法时，崔八曾以"梵王宫地罗含宅，赖许时时听法来"之句相邀，李商隐则化用《维摩诘经》中"天女散花"的著名典故，以"维摩一室虽多病，亦要天花作道场"⑤ 来婉拒之。总之，李商隐广交僧人，对佛典颇为熟知，他对佛教的理解也并非流于表层，而是有着较为虔诚的信仰和深刻的体悟，这种体悟也融入了诗歌创作，对其诗歌艺术风格的形成起着重要作用。

佛教对义山诗歌影响的一个显著之处在于，作者通过对世间万象及主客体关系的深刻把握，体悟到化解尘世忧愁和烦恼的方法：以佛禅的观照方式体悟万法无常空幻的本质，进而回归内心，

① 李商隐：《李商隐文编年校注》，刘学锴、余恕诚校注，第 2068 页。
② 参见深泽一幸：《诗海捞月——唐代宗教文学论集》，王兰、蒋寅译，中华书局，2014 年，第 264 页。
③ 赞宁：《宋高僧传》卷六《唐彭州丹景山知玄传》，范祥雍点校，第 132 页。
④ 关于李商隐与知玄交往尤其是治疗眼疾的时间问题，学者多有不同看法。此问题的探讨以及李商隐与僧彻的交往，参见深泽一幸：《诗海捞月——唐代宗教文学论集》，王兰、蒋寅译，中华书局，2014 年，第 235—238 页。
⑤ 刘学锴、余恕诚：《李商隐诗歌集解·酬崔八早梅有赠兼示之作》，第 1414 页。

实现心灵的超越和解脱。他以细致幽眇的语言将这种心理体验形诸笔墨，成就了诗歌缠绵凄恻的情思与意境：

> 贞吝嫌兹世，会心驰本原。人非四禅缚，地绝一尘喧。霜露欹高木，星河堕故园。斯游傥为胜，九折幸回轩。[1]
>
> 残阳西入崦，茅屋访孤僧。落叶人何在，寒云路几层？独敲初夜磬，闲倚一枝藤。世界微尘里，吾宁爱与憎？[2]
>
> 孤鹤不睡云无心，衲衣筇杖来西林。院门昼锁回廊静，秋日当阶柿叶阴。[3]

第一首诗表露出作者欲摆脱喧嚣尘世给人带来的束缚和搅扰，归于内心清静之本源。诗中有对故园的眷恋，结句"九折幸回轩"将世路艰险的幻灭感寓于诗中，借助心灵的超越表现出来。第二首诗是作者访僧时的所见所感。"残阳""茅屋""落叶""寒云"已带有浓厚的孤寂感，而孤僧不为物转，或敲磬诵经，或倚杖独憩，观此幽深寂寥的环境和孤僧的超然心境，诗人的内心也达到物我两忘的境界。他感悟到大千世界与微尘等无差别，个体与万法亦本无分别，既然如此，又何必去执着于爱憎等俗情事务的侵扰？这种体悟其实也加入了诗人对自己人生境遇的感受。这种认

---

[1] 刘学锴、余恕诚：《李商隐诗歌集解·明禅师院酬从兄见寄》，第1429页。

[2] 刘学锴、余恕诚：《李商隐诗歌集解·北青萝》，第2085页。

[3] 刘学锴、余恕诚：《李商隐诗歌集解·华师》，第2150页。

识既源自对华严法界圆融观的体悟，也有晚唐南宗禅由境观心、由事悟理之禅修思想的影响。第三首诗写华师所居禅院清幽之环境及其悠闲自在的心境。孤鹤与闲云已渲染出幽深闲适之气氛，结句"院门昼锁回廊静，秋日当阶柿叶阴"更将这种静谧的情怀进一步升华，诗中的人与境仿似皆以无心的状态呈现，自然无痕却禅趣盎然，反映了无染无着之心境追求对诗歌意境形成上的影响。这些诗歌绵密精微，感情细腻深沉，同时具备一种超逸的情怀，可见佛禅对李商隐诗歌创作内容和风格的显著影响。

与李商隐类似，杜牧（803—853）与佛教的关系也值得深入探讨。杜牧出身望族，其祖父杜佑曾为德宗朝宰相，这种家庭出身使得杜牧自幼便以儒家经世思想为立身行事之根基，他曾自言："仕宦至公相，致君作尧、汤。我家公相家，剑佩尝丁当。"① 故武宗灭佛时，他作有《杭州新造南亭子记》一文，对此举深表赞同。但该文并没有韩愈《谏佛骨表》中"投诸水火，永绝根本"那样严厉的措辞，且他在会昌灭佛不久后所作的《还俗老僧》对被迫还俗的僧人抱有同情和怜悯，这表明杜牧并非彻底反佛者，他基本是从国计民生出发，不满于寺院经济给国家财政带来的拖累和负担。在现实生活中，杜牧不仅亲近佛教，还将其作为调节和安放身心的精神食粮。

出身名门、才华横溢的杜牧曾有远大抱负，其《郡斋独酌》曰："平生五色线，愿补舜衣裳。弦歌教燕赵，兰芷浴河湟。腥膻

---

① 杜牧：《杜牧集系年校注·樊川文集》卷一《冬至日寄小侄阿宜诗》，吴在庆校注，中华书局，2008年，第81页。

一扫洒，凶狠皆披攘。"① 道出其欲扫除藩镇割据势力，澄清玉宇、致君尧舜的政治理想。然而政局日非、江河日下的唐朝末世带给他更多的是仕途多舛和抱负难申。杜牧长期担任幕僚和州郡刺史，虽有几次迁职长安，但宦官专权和牛李党争等恶劣的政局又迫使他远离政治旋涡，只能"寻僧解幽梦，乞酒缓愁肠"②，在寻僧饮酒中排遣心中的落寞与痛苦。在外任职期间，杜牧经常登临佛寺，拜访僧人，自称"闲爱孤云静爱僧"③，"可羡高僧共心语"④。其《念昔游》其一追忆往日游踪云："十载飘然绳检外，樽前自献自为酬。秋山春雨闲吟处，倚遍江南寺寺楼。"⑤ 这里颇为自负地指出，自己已经访遍了江南所有的佛寺楼阁。此语并非夸大之词，他在外任的每一时期基本都有题寺诗、登临诗等，禅智寺、云门寺、水西寺、开元寺、智门寺等寺院均留下了他的足迹和身影。他在这些诗中融入了无常幻灭的般若空观思想和归心佛禅的内心体验，为其俊逸爽朗的总体诗风增添了缠绵的情致和感伤的情怀。以下诗歌可为代表：

　　行脚寻常到寺稀，一枝藜杖一禅衣。开门满院空秋

① 杜牧：《杜牧集系年校注·樊川文集》卷一，吴在庆校注，中华书局，2008年，第65页。
② 杜牧：《杜牧集系年校注·樊川文集》卷一《郡斋独酌》，吴在庆校注，第65页。
③ 杜牧：《杜牧集系年校注·樊川文集》卷二《将赴吴兴登乐游原一绝》，吴在庆校注，第320页。
④ 杜牧：《杜牧集系年校注·樊川文集》卷三《醉后题僧院》，吴在庆校注，第450页。
⑤ 杜牧：《杜牧集系年校注·樊川文集》卷二，吴在庆校注，第212页。

色，新向庐峰过夏归。①

　　小楼才受一床横，终日看山酒满倾。可惜和风夜来
雨，醉中虚度打窗声。②

　　满怀多少是恩酬，未见功名已白头。不为寻山试筋
力，岂能寒上背云楼。③

　　舴艋一棹百分空，十岁青春不负公。今日鬓丝禅榻
畔，茶烟轻飐落花风。④

　　第一首诗与李商隐的《华师》在意境塑造上很相近，都是描
写孤僧与清幽之禅境，尾句景物描写具有爽朗清新之美。第二首
诗是开成三年（838）杜牧任职宣州幕时⑤，登上开元寺南楼有感
而发。"甘露之变"后，政治斗争更加激烈，诗人对混乱的朝局深
感失望，对自己壮志难酬、终日看山饮酒而庸碌无为的生活状态
深感苦闷。和风伴随夜雨至，酒醉卧听雨打窗，实际暗含时空无
住、虚掷光阴的悲凉感。后两首应作于诗人晚年，作者认为自己
鬓发已苍却仍一事无成，回忆过去十年时光如同空烟泯灭，今日
闲卧榻中，看风吹花落，茶烟轻飘，此情此景明显传达出诸法性

　　① 杜牧：《杜牧集系年校注·樊川别集·大梦上人自庐峰回》，吴在庆校注，
第1306页。
　　② 杜牧：《杜牧集系年校注·樊川外集·宣州开元寺南楼》，吴在庆校注，
第1172页。
　　③ 杜牧：《杜牧集系年校注·樊川外集·冬日题智门寺北楼》，吴在庆校注，
第1257页。
　　④ 杜牧：《杜牧集系年校注·樊川文集》卷三《题禅院》，吴在庆校注，第
450页。
　　⑤ 缪钺：《杜牧年谱》，河北教育出版社，1999年，第158—159页。

空无常的佛禅理念。另如他的"十年一觉扬州梦"①，"鸟去鸟来山色里，人歌人哭水声中"② 等诗句，与上述诸诗同样受到大乘般若空观和佛禅即色观空理论的影响，为杜牧诗歌增添了缠绵凄忧的宗教意趣。

（二）司空图的佛教诗歌创作与理论

司空图（837—908），自号耐辱居士、知非子，晚唐著名文学批评家。他生于唐末乱离之世，曾官至知制诰、中书舍人。昭宗朝屡受征召而不赴，归隐中条山王官谷。司空图幼年即与佛教结缘，其《观音赞》云："某早坚信受，频致感通。梦则可征，足见未萌之诚；行而必禀，冀无入晨之虞。用建虔诚，永贻来裔。"③ 表明他早年即有比较坚定的菩萨信仰。他的《观音忏文》《十会斋文》《迎修十会斋》《今相国地藏赞》等护法作品，宣扬因果报应、持戒忏悔等佛教理念。他在《山居记》中还记载自己归隐后在王官谷兴建佛阁、佛亭之类建筑，并将其中的览照亭、莹心亭"皆归于释氏，以栖其徒"④，即用以供养僧人，可谓奉佛虔诚。

与乱世中的其他文人类似，"世事尝艰险，僧居惯寂寥"⑤ 的司空图亦喜游佛寺，广交僧侣。其诗集中有明确记载的佛寺有牛

---

① 杜牧：《杜牧集系年校注·樊川外集·遣怀》，吴在庆校注，第1214页。
② 杜牧：《杜牧集系年校注·樊川文集》卷三《题宣州开元寺水阁阁下宛溪夹溪居人》，吴在庆校注，第352页。
③ 司空图：《司空表圣诗文集笺校·文集笺校》卷九，祖保泉、陶礼天笺校，第299页。
④ 司空图：《司空表圣诗文集笺校·文集笺校》卷二，祖保泉、陶礼天笺校，第201页。
⑤ 司空图：《司空表圣诗文集笺校·诗集笺校》卷二《乱后三首》之三，祖保泉、陶礼天笺校，第50页。

头寺、陌梯寺、信美寺、青龙寺、灵泉院等，地处晋城、长安、洛阳、湘南等，可见司空图游踪之广泛。与他交往的僧人则有洪密长老、伏牛长老、安上人、鉴禅师、惠确、秀上人、岑上人等。这里有禅、律、密各宗僧人，如惠确属律宗，安上人属密宗，洪密长老则禅律双修。他还与艺僧晋光、诗僧虚中有诗歌往来。① 如《晋光大师草书歌》称赞晋光草书："乘高播鼓震川原，惊迸骅骝几千匹。落笔纵横不离禅，方知草圣本非颠。"② 指出晋光书法艺术境界高超，具有狂放劲逸之美，同时认为晋光在笔走龙蛇中处处体现着禅机妙理，道出了禅修与艺术间的融通关系。此外，司空图还是沩仰宗祖师沩山灵祐法嗣香岩智闲的俗弟子，并作有《香岩长老赞》对香岩的禅学修为大加赞赏。

广结僧侣、浸淫佛禅的司空图也将自己对佛理的体悟内化到了其意境理论与诗歌创作之中。他在《与王驾评诗书》中提出"思与境偕"③，在《与李生论诗书》中提出"韵外之致""味外之旨""不知所以神而自神"④，在《与极浦书》中标举"象外之象，

---

① 《唐才子传》载司空图与虚中诗歌往来事曰："时司空图悬车告老，却扫闭门，天下怀仰，虚中欲造见论交未果，因归华山人寄诗曰：'门径放莎垂，往来投刺稀。有时开御札，特地挂朝衣。岳信僧传去，天香鹤带归。他时周召化，毋复更衰微。'图得诗大喜，言怀云：'十年华岳山前住，只得虚中一首诗。'其见重如此。"见辛文房：《唐才子传校笺》卷八，中华书局，1995年，第531页。

② 司空图：《司空表圣诗文集笺校·诗集笺校》，祖保泉、陶礼天笺校，第156页。

③ 司空图：《司空表圣诗文集笺校·文集笺校》卷一，祖保泉、陶礼天笺校，第190页。

④ 司空图：《司空表圣诗文集笺校·文集笺校》卷二，祖保泉、陶礼天笺校，第194页。

景外之景"① 等主张，道出了创作者内心思虑与外境之间的互动、融通关系，这与禅宗明悟本心、顿悟自性的禅修机制直接相关。禅宗一方面不否认外境之作用而指出心境是不一不异的关系："且心不孤起，托境方生，境不自生，由心故现，心空即境谢，境灭即心空，未有无境之心，曾无无心之境。"② 另一方面主张即境悟心——无论是讲求"对境观心"的北宗还是力主当下顿悟本心的南宗，最终都是为了体认到诸境虚妄之实相，从而明了清净自在的真如本性。只是此终极之境属"言语道断，心行处灭"，妙处只可意会不可言传。这一理念引入唐代诗学，便引发了对诗禅相通以及诗歌意境等理论的探讨。诗禅相通的根本在于，二者皆是心识之活动且内蕴、精髓难以形诸言语而要由心悟之。司空图对言意关系的看法正体现了这一点。在《香岩长老赞》中，他指出在言意关系上，佛禅并不否定语言文字，主张"假言而为谕，以妄钓真"，其最终追求的是"道与本俱忘"③ 的超脱之境，并认为这种说法最为透彻明了。《与伏牛长老偈之二》又云："长绳不见系空虚，半偈传心亦未疏。推倒我山无一事，莫将文字缚真如。"④ 亦是追求文字之外的真如之境。这样，诗歌创作其实就如同参禅，在对外境的观照中体悟诸法性空、万物一如而又不可言说的心灵

① 司空图：《司空表圣诗文集笺校·文集笺校》卷三，祖保泉、陶礼天笺校，第215页。

② 宗密：《禅源诸诠集都序》卷一，《大正藏》第48册，第404页。

③ 司空图：《司空表圣诗文集笺校·文集笺校》卷九，祖保泉、陶礼天笺校，第301页。

④ 司空图：《司空表圣诗文集笺校·诗集笺校》卷四，祖保泉、陶礼天笺校，第117页。

境界。沩山灵祐所云"秋水澄渟，清净无为，澹泞无碍"①；香严智闲《寂照颂》所谓"澄潭彻底未曾流""月皎天心云雾收"② 等皆是对此种心境的描述。故而司空图的"韵外之致""不知所以神而自神"等主张正是这种不可言说的心灵境界在诗歌意境理论上的投射与追求。传为其所作《二十四诗品》就"借鉴了禅家'不涉理路，不落言筌'的直证方式，运用大量的非概念非逻辑的形象语言启示作为其论诗主要方式"③。后来严羽以禅论诗，提倡妙悟，清人王士禛提出"神韵说"等，都是对司空图说法的继承和发展。

反观司空图的诗歌创作，亦具有澄澈圆融的禅境美。其《牛头寺》曰："终南最佳处，禅诵出青霄。群木澄幽寂，疏烟泛沉寥。"④ 这里以"群木""疏烟"等意象呈现出主客体浑融无间而澄净清幽的意境美，很有王维、韦应物等山水田园诗的风格特色。《赠日东鉴禅师》中的"夜深雨绝松堂静，一点飞萤照寂寥"⑤ 则以动衬静，展现了禅之动静不二的本色。另如《独望》："绿树连村暗，黄花入麦稀。远陂春早渗，犹有水禽飞。"⑥ 将主体对村庄荒芜清幽的感悟融入客观景物的描绘之中，达到了和谐一如、"思

---

① 沩山灵祐，语风圆信、郭凝之：《潭州沩山灵祐禅师语录》卷一，《大正藏》第 47 册，第 577 页。

② 智昭：《人天眼目》卷四，《大正藏》第 48 册，第 323 页。

③ 马现诚：《司空图诗论及诗歌的佛禅内蕴》，载《广西民族学院学报》2002 年第 1 期。

④ 司空图：《司空表圣诗文集笺校·诗集笺校》卷二，祖保泉、陶礼天笺校，第 60 页。

⑤ 司空图：《司空表圣诗文集笺校·诗集笺校》卷五，祖保泉、陶礼天笺校，第 124 页。

⑥ 司空图：《司空表圣诗文集笺校·诗集笺校》卷二，祖保泉、陶礼天笺校，第 55 页。

与境偕"的审美境界。苏轼曾评价道:"司空图表圣自论其诗,以为得味于味外。'绿树连村暗,黄花入麦稀。'此句最善。又云:'棋声花院静,幡影石坛高。'吾尝游五老峰,入白鹤院,松阴满庭,不见一人,惟闻棋声,然后知此句之工也,但恨其寒俭有僧态。若杜子美云:'暗飞萤自照,水宿鸟相呼。四更山吐月,残夜水明楼。'则才力富健,去表圣之流远矣。"① 苏轼虽对司空图诗歌气象和格局之褊狭提出批评,但也承认其具有深刻的感悟能力,诗作呈现了恬静淡然、无心无住的神韵。这正是佛禅理念对司空图诗歌审美境界影响的结果。

三、五代文人佛教诗歌创作

五代时期,北方诸政权多限制佛教的发展,而南方割据政权政治较为稳定,经济一度繁荣,统治者崇尚佛教,佛教的中心也在往南迁移。② 动乱时期又有大量文人避居南方、习佛逃禅,以致涌现出大批诗僧,著名者如贯休、虚中、可朋、齐己等。文人多与他们交游唱和、探讨佛理,一定程度上促进了南方佛教的昌盛以及五代文学的发展。如蜀地文人欧阳炯、韦庄、毛文锡等即与贯休往来密切。欧阳炯称赞贯休:"诗名画手皆奇绝,觑你凡人争是人。瓦棺寺里维摩诘,舍卫城中辟支佛。若将此画比量看,总在人间为第一。"③ 这里将贯休比作维摩诘、辟支佛,赞赏其画奇绝非凡,同时可见欧阳炯对《维摩诘经》等佛典颇为熟悉。韦庄

---

① 苏轼:《苏轼文集》卷六七《书司空图诗》,孔凡礼点校,第2119页。
② 参见杜继文:《佛教史》,江苏人民出版社,2006年,第281—286页。
③ 欧阳炯:《贯休应梦罗汉画歌》,载彭定求等:《全唐诗》卷七六一,第8638页。

也在《寄禅月大师》中追忆与贯休交游的情景："云离谷口俱无著，日到天心各几何。万事不如棋一局，雨堂闲夜许来么。"① 此处的景物描写可看出惠能"无住""无心"理念的影响，同时也有洪州禅注重随缘任运、如如自在的闲适情怀。贯休则复诗曰："盐梅金鼎美调和，诗寄空林问讯多。秦客弈棋抛已久，《楞严》禅髓更无过。万般如幻希先觉，一丈临山且奈何。"② 由此可见二人经常诗歌往还，且共弈棋局，商讨《楞严经》义理。

蜀地文人李洞、郑谷的诗歌创作也融入了南宗禅"无心""无住""无念"的理念。如李洞《题竹溪禅院》曰："溪边山一色，水拥竹千竿。鸟触翠微湿，人居酷暑寒。风摇瓶影碎，沙陷履痕端。爽极青崖树，平流绿峡滩。闲来披衲数，涨后卷经看。三境通禅寂，嚣尘染著难。"③ 竹溪禅院周围静谧清幽的环境，僧人读经参禅的佛事活动，均呈现得自然无痕又灵动活泼，这当源自作者不为尘嚣染着的心境状态。郑谷《水》（西蜀净众寺五题）云："竹院松廊分数派，不空清泚亦逶迤。落花相逐去何处，幽鹭独来无限时。洗钵老僧临岸久，钓鱼闲客卷纶迟。晚晴一片连莎绿，悔与沧浪有旧期。"④ 落花相逐而去，幽鹭独来独往，洗钵老僧与钓鱼闲客互不相扰，一切皆如如自在，诗人将这些意象以无心之心自然呈现，给人以洗去尘滓而纯净素朴的美感特色。

---

① 韦庄：《韦庄集笺注》，聂安福笺注，上海古籍出版社，2002 年，第 397 页。

② 贯休：《禅月集校注》卷一九《酬韦相公见寄》，陆永峰校注，巴蜀书社，2012 年，第 394 页。

③ 彭定求等：《全唐诗》卷七二二，第 8288 页。

④ 郑谷：《郑谷诗集笺注》，严寿澂、黄明、赵昌平笺注，上海古籍出版社，1991 年，第 273 页。

除蜀地佛教之外，此时的吴越佛教也很繁荣。尤其是吴越国忠懿王钱俶礼敬天台德韶、螺溪义寂、永明延寿等高僧，促进了吴越佛教的兴盛，形成了天台与禅共同发展的特色。其中，永明延寿以"一心"融合三教、性相，成为后世禅教一致、禅净合流论的先导。文人多赞同并受此融合思想的深入影响，从而开启了宋代居士佛学与文学创作的新篇章。

综上所述，初盛唐文人在佛教诗歌创作上多吸纳佛禅空观思想，运用空有、动静互衬等艺术手法营造澄净圆融的意境美。中唐文人多综摄禅、天台、华严等宗派义理以化解人生苦痛，形成了独特的创作倾向和审美追求，开拓了唐代诗歌的题材范围和审美境界。晚唐五代文人则侧重传达世间万象的虚幻不实，同时在心境、物我等关系的探讨上进一步吸收禅理，使诗歌呈现出幻灭空蒙与淡泊清幽相交织的美感特色。

第六章 敦煌佛教变文

敦煌变文，是国际敦煌文学研究最受关注的领域，研究成果极其丰硕。[①] 从题材看，它可分成宗教和非宗教两大类。宗教类主要包括佛教变文和道教变文。在此，我们只介绍佛教变文的生成演变、讲唱体制和艺术特点。

第一节 经导合一与佛教变文之新变

佛教变文有狭义、广义之分，而广义、狭义之界定，和佛教弘法仪式的历史进程密不可分。大致说来，狭义佛教变文仅指宣唱佛教故事者，此主要定型于唐五代；广义佛教变文，除了宣唱事缘者以外，也包括不同身份的主讲者在各种场合的讲经文（以讲解佛经名相义理为特色）。而最早的变文，就是讲经文。[②] 狭义佛教变文，是经导合一后的产物。

众所周知，佛教自两汉之际传入中土，其传播载体主要是经和像，前者主要指汉译佛典、汉地经疏，后者指包括石窟造像、

---

① 相关研究史介绍，参李小荣：《敦煌变文》，甘肃教育出版社，2013年，第3—27页。

② 王重民《敦煌变文研究》指出："最早的变文是讲经文，而一般的变文是从讲经文派生出来的。"（《敦煌遗书论文集》，中华书局，1984年，第195页。）孟昭连从敦煌佛教讲经的文本结构出发，对"讲经文"的学术命名提出质疑（《"讲经文"质疑》，载《明清小说研究》2011年第4期，第26—35页），我们拟不介入学术观点之争论，仍然依传统看法，把讲经文视作敦煌变文类别之一。

雕像、寺院壁画、绢画、画幡等。但从梁慧皎《高僧传》"译经、义解、神异、习禅、明律、亡身、诵经、兴福、经师、唱导"之十科分类①来看，僧人的弘法行为，与佛教文学关系最密切者是"义解""经师""唱导"三科，而"悟俗可崇"者，却离不开"经、导二技"。② 换言之，经师、导师在中古佛教文学的世俗传播或大众传播中不可或缺。其中，经师转读的要求是"声文两得"，所歌梵呗应做到"韵入管弦"③；唱导所贵"声辩才博"之四事④中，也同样强调了珠联璧合的音乐与文学在弘法时的关键作用。总之，转读、梵呗和唱导，从一定意义来看，它们都属于佛教音乐文学。

到唐初道宣的《续高僧传》，虽说仍以梁慧皎《高僧传》十科分类来组织篇章结构，但它有三方面的变易：一者把前者的"神异""亡身""诵经"分别改为"感通""遗身""读诵"；二者合并"经师""唱导"为"杂科声德"；三者另增"护法"一科。道宣的新分类，又为赞宁《宋高僧传》所袭用。由此可见，此前中古佛教的"经师""唱导"，到了隋唐五代完全是合为一体了。我们把这种现象称作经导合一⑤，它对唐五代的俗讲、变文影响

① 按，慧皎从"悟道"层面，将"十科"分成"本""末"两类，前八科是本，后二科是末。参汤用彤校注：《高僧传》，中华书局，1992 年，第 521 页。
② 按，汤用彤校注本第 521 页脱"导"字，此据《大正藏》本（第 50 册，第 417 页）补。
③ 汤用彤校注：《高僧传》，第 508 页。
④ 汤用彤校注：《高僧传》，第 521 页。
⑤ 如《续高僧传》卷三十载隋代僧人释法韵（570—604）"诵诸碑志及古导文百有余卷，并王僧孺等诸贤所撰，至于导达，善能引用。又通经声七百余契。每有宿斋，经导两务，并委于韵"（《大正藏》第 50 册，第 703 页），可见法韵在斋会上同时担任经师、导师之职。

甚大。

此外，单从中土佛教唱导发展史而言，主要有两次重大改革：第一次由东晋慧远法师主持，他改变了佛教初传"止宣唱佛名，依文致礼"的礼赞式唱导，并确立了首席唱导师即导首制度，明确了弘法主旨在于用因缘譬喻一类的文学性强的故事来宣扬佛教因果报应等思想[①]；第二次由隋代著名学僧、翻译家释彦琮主持，其"为诸沙门撰《唱导法》，皆改正旧体，繁简相半，即现传习祖而行之"[②]，据此推断，彦琮改革后的唱导程式，至少在初唐仍然有重大影响。

一、讲经：从僧讲到僧讲、俗讲之分立

中古至唐五代的佛教讲经，从主讲人的身份来看，主要有四类：一曰僧讲，二曰尼讲，三曰御讲，四曰护法居士之自讲。

"僧讲"作为专有名词，虽然迟到中唐才使用[③]，但僧人（比丘）的讲经活动，早在汉晋之际就开始了，如赞宁《大宋僧史略》卷上指出"（朱）士行曹魏时讲《道行经》，即僧讲之始也"[④]，吉藏撰《法华玄论》卷一引《名僧传》曰"讲经之始，起竺法

---

①　详细分析，参李小荣：《敦煌变文》，第92—96页。又，北朝也有此类作品传世，如北齐道纪所集《金藏论》。相关文献的整理研究，参宫井里佳、本井牧子：《〈金藏论〉：本文と研究》，临川书店，2011年。

②　《续高僧传》卷二，《大正藏》第50册，第426页。

③　如元稹在《答姨兄胡灵之见寄五十韵》有云"尽日听僧讲，通宵咏月明"。

④　《大正藏》第54册，第239页。

护"①。比丘尼讲经（尼讲），则始于东晋竺道馨。② 御讲，指皇帝讲经，最著名者莫过于梁武帝萧衍，他亲自讲过《摩诃般若波罗蜜经》等大乘经典。护法居士自讲者，最早可能是南齐刘虬，他"精信释氏，衣粗布衣，礼佛长斋。注《法华经》，自讲佛义"③。统观这四类主讲者，比丘、比丘尼本来就是教内人员，讲经自在情理之中；梁武帝作为菩萨皇帝，其讲经说法，当有政教合一的特殊用意；刘虬作为罢官归隐之士，其人精研佛理，提倡善不受报、顿悟成佛等大乘学说，并讲过《涅槃》《大品》《小品》等佛经，在当时影响甚大。

虽然中古至唐五代佛教讲经的主讲人一直都是以僧人为主体，但至迟在初盛之际，僧人讲经名目（简称僧讲）中就有了"俗讲"之分立或"僧讲""俗讲"之对立。这方面的史料，中土主要集中在宗密的经疏，如《圆觉经大疏释义钞》卷十二曰"今乃但见度生等言，便务僧讲俗讲"④，《圆觉经略疏注》卷下批评"兴心运为拟作行相"之表现时又云"持咒持经，僧讲俗讲"。⑤ 日本方面，入唐求法僧圆珍所撰《佛说观普贤菩萨行法经记》卷上明确指出：

凡讲堂者，未审西天样图。若唐国，堂无有前户，

---

① 《大正藏》第 34 册，第 363 页。

② 参《比丘尼传》卷一《洛阳城东寺道馨尼传》（《大正藏》第 50 册，第 936 页）、《大宋僧史略》卷上"尼讲"条（《大正藏》第 54 册，第 239 页）。

③ 萧子显：《南齐书》，中华书局，1975 年，第 939 页。"自讲"，可能在程式方面有所简化，即无香火、梵呗、维那等职事人员参与。

④ 《大藏新纂卍续藏经》（后文简称《卍续藏》）第 9 册，河北省佛教协会，2006 年，第 732 页。

⑤ 《大正藏》第 39 册，第 568 页。

不置佛像，亦无坛场及以床座。寻其用者，为年三月俗
讲经，为修废地、堂塔，劝人觅物充修饰。例如余国知
议矣。讲了，闭之以荆棘等；若无讲时，不开之。言讲
者，唐士两讲：一俗讲，即年三月就缘修之，只会男女，
劝之输物，充造寺资，故言俗讲（僧不集也云云）；二僧
讲，安居月传法讲是（不集俗人类也。若集之，僧被官
责）。上来两寺事皆申所司（京经奏，外申州也，一日为
期），蒙判行之。若不然者，寺被官责（云云）。①

　　圆珍是日本天台宗僧人，仁寿三年（853）入华求学达五年之
久，故其亲眼所见俗讲、僧讲，当是晚唐的一般情况。但无论俗
讲、僧讲，其主讲人都是僧人，只是讲经场合、目的有别：俗讲
多安排在三长月（正月、五月和九月），重在劝俗募集财物，进行
寺院修建，经济及经营意图十分明显；僧讲则是教团安居期间的
讲经，并无特殊的经济目的。至于僧人不听俗讲、俗人不能听僧
讲，当是从严格戒律及政府对僧团管理之要求而说的，现实生活
中并非铁板一块，僧俗共听僧讲、俗讲的事件，时有发生。
　　宗密又对俗讲产生的时代有所介绍，其撰于长庆三年（823）
冬的《圆觉经大疏释义钞》卷二说：

　　　　今意云：法相学，是人重论轻经，展转加名数，致
　　令求法求道者听闻，不得一一闻经，况此方人百年已来
　　俗讲之流，多是别诵后人撰造顺合俗心之文，作声闻讽

咏，每上讲说，言百分中无一言是经是法，设导者经亦
是乱引杂用，不依本血脉之义，连环讲之，正如《涅槃
经》所说行相也。又多事鞍马，贮畜财物，且当八不净
财也。①

　　一方面，宗密对当时法相宗讲经重论轻经的做法不以为然，
因为他们忽视了佛教各宗派共遵的经典，只讲自家的各种论典，
而法相唯识学本来名相繁杂，结果是越讲越让信众如坠云雾，茫
然不知所措，更遑论求道求法了（这或许也是法相宗传播不广的
原因之一）。易言之，宗密认为讲经，尤其是俗讲，应当重视三藏
（经、律、论）中的"经"，而不是什么"论"。从今存敦煌变文
写卷情况来看，目前只发现了讲《金刚经》《法华经》《维摩诘
经》《阿弥陀经》《仁王般若经》《弥勒上生经》《盂兰盆经》等大
乘经典的讲经文，确实没有以"论"为解说对象的讲经文（按，
讲解过程中有引及《大智度论》《金刚经论》等论典者，可另当别
论）。这说明密宗的批评相当中肯，从某种意义上来说，他还预见
了后世佛经俗讲的发展态势。另一方面，宗密推断"俗讲"成立
年代当在初盛唐之际，即公元 8 世纪初，并概述了公元 8、9 世纪
俗讲特色是"顺合俗心"，即"俗讲"之"俗"在于顺俗、通俗
甚至是媚俗。此外，宗密对俗讲僧"多事鞍马"而取"八不净财"
的批评，与圆珍所说"劝之输物"一样，都着眼于俗讲的经济目
的，只不过后者没有予以道德是非评判而已。还有，宗密所说
"《涅槃经》行相"一类的俗讲，敦煌文献中也有相似的说法，如

---

① 《卍续藏》第 9 册，第 502 页。

北大 D245《注维摩诘经序疏释》（拟）曰：

> 俗讲引：雪山之下，顿舍全身；宝塔之花，焚烧两
> 臂。翘足七日，无惮劬劳；暂立须臾，何以辞倦？

张玉范、李明权指出："引'俗讲'者，应为中晚唐事。"[①]
"俗讲引"之"雪山"一事，出自昙无谶译《大般涅槃经》卷十
四的佛本生"雪山童子"故事。

若从随顺世俗并有敛财性质的"僧讲"活动言，在隋末唐初就
甚为流行。《续高僧传》卷三十《唐京师法海寺释宝岩传》即说：

> 释宝岩，住京室法海寺。气调闲放，言笑聚人，情
> 存道俗，时共目之说法师也，与讲经论名同事异。论师
> 所设，务存章句，消判生起结词义。岩之制用，随状立
> 仪，所有控引，多取《杂藏》《百譬》《异相》《联璧》，
> 观公《导文》，王孺《忏法》，梁高、沈约、徐、庾晋宋
> 等数十家，包纳喉衿，触兴抽拔。每使京邑诸集，塔寺
> 肇兴，费用所资，莫匪泉贝，虽玉石通集，藏府难开。
> 及岩之登座也，案几顾望，未及吐言，掷物云崩，须臾
> 坐没，方乃命人徙物。谈叙福门，先张善道可欣，中述
> 幽途可厌，后以无常逼夺终归长逝，提耳抵掌，速悟时
> 心，莫不解发撤衣。书名记数，克济成造，咸其功焉。

---

① 北京大学图书馆、上海古籍出版社：《北京大学图书馆藏敦煌文献》第 2
册《附录》之《叙录》，上海古籍出版社，1995 年，第 24 页。

时有人云："夫说法者，当如法说，不闻阴、界之空，但
言本生、本事。"岩曰："生事所明为存阴入无主，但浊
世情钝，说阴界者皆昏睡也，故随物附相，用开神府，
可不佳乎？"以贞观初年卒于住寺，春秋七十余矣。①

　　道宣批评释宝岩"与讲经论名同事异"，言下之意是说宝岩的
讲经说法根本就不符合僧人讲经的规范，因为他没有做到"务存
章句"，即严格疏解经文本意或大意。换言之，道宣的评判标准是
站在"僧讲"的立场，而时人（即在家者）"共目之说法师"，则
显然站在"俗讲"的立场。

　　宝岩的说法特点是"随状立仪"，而且特别注意广引《杂宝藏
经》《百喻经》《经律异相》《法宝联璧》中本生、本事类的佛经
文学故事来吸引听众，注重教义的通俗性、故事性及娱乐性，他
不是要阐释五阴、十八界等枯燥的佛教名相，而是重在宣扬人生
无常、善恶报应之类最简单明了的佛教义理，这样就容易为广大
没有受过多少文化教育的普通民众所接受。此与前引圆珍所说
"只会男女，劝之输物充造寺资"的俗讲完全相符，因此，其说法
活动的性质就是俗讲。道宣作为持戒精严的律师，故对此颇有微
词，借别人之口云"夫说法者当如法说"，其实这种观点正是他自
己所坚持的，他在《四分律删繁补阙行事钞》卷十一《导俗化方
篇》中引《三千威仪》，明确要求讲经说法必须"如法而说，若不
如法问、如法听，便止"②。此外，比照宗密对俗讲的批判，则知

---

① 《大正藏》第50册，第705页。
② 《大正藏》第40册，第138页。

释宝岩亦具有"乱引杂用，不依本血脉之义，连环讲之"的特点，又引用"后人撰作顺合俗心之文"，如观公（释真观）《导文》以及世俗信徒梁武帝、王僧孺、沈约、徐陵、庾信等人的作品。总之，宝岩讲经，若让宗密来判别，也应归入俗讲。

或许正是看到了"俗讲"名、实之间的时间差，因此，有学者把俗讲生成史分为两个阶段，指出其前身是"唱导"（唐前），正式成立时代是初唐，到高宗时代俗讲有时已经世俗化得很严重。[①] 但我们认为，若从俗讲名、实相对一致的历史特别是道宣对宝岩讲经特征的描述来看，俗讲的生成年代定于隋末唐初，是比较妥当的。此后，在特定时日专门针对世俗大众的僧人讲经即俗讲，开始风行天下，此在唐诗中也有充分反映。如高适《同马太守听九思法师讲〈金刚经〉》"舍施割肌肤，攀缘去亲爱……愿闻初地因，永奉弥天对"，说明九思法师讲《金刚经》并非出于对般若空性的阐释，而是重在对经文所引尸毗王（割肉贸鸽）、萨埵太子（舍身饲虎）等本生故事的宣唱；姚合《听僧云端讲经》"无生深旨诚难解，唯是师言得正真。远近持斋来谛听，酒坊鱼市尽无人"，描绘了云端在佛教斋日俗讲的盛况；韩愈《华山女》"街东街西讲佛经，撞钟吹螺闹宫庭。广张罪福恣诱胁，听众狎恰排浮萍"，则用形象的比喻描绘了"中唐宫庭"内道场的俗讲之盛。

在唐五代，出现了一大批俗讲名僧，如《入唐求法巡礼记》卷三记载 9 世纪上半叶长安寺院俗讲名僧中有海岸、体虚、齐高、

---

① 参冉云华:《"俗讲"开始时代的再探索》，载《普门学报》2010 年第 1 期，第 338—339 页。

光影、文溆①等七人，五代洛阳有云辩，扬州有彦光，敦煌地区则有释保宣、释圆鉴等。其中，文溆被称为京城俗讲第一人，连唐敬宗也亲到兴福寺观其俗讲，唐文宗甚至采用其讲经声创作新曲《文溆子》。② 而且，据宗叡撰《新书写请来法门等目录》记载，唐代俗讲法师使用的《授八戒文一卷》③，还传入了日本。

二、故事类变文：从唱导到转变

敦煌佛教以宣唱事缘为主的变文，在其生成史上唱导起了决定性作用。但唱导本身，也有阶段性的历史特征和广义、狭义之分：其中，隋代以前多为广义用法，它是佛教流行的弘法形式之一，常与斋会相结合（斋讲），主要以讲唱方式来宣说佛理，如慧皎《高僧传》"唱导"所论；隋唐两宋多为狭义用法，义为表白，义净《南海寄归内法传》卷三、赞宁《大宋僧史略》卷中"行香唱导"条等所论属于此类。狭义唱导，只是广义唱导（法会活动）的有机组成部分之一，它可以溯源至印度（西域）之唱导。④ 而唐五代的狭义佛教变文，正是中古宣唱事缘类的唱导与讲经相结合的产物，其内容特色就在于佛教故事。

---

① 文溆，传世文献或作文淑、文序，但据沙门离爱《大唐故元从朝请大夫守内侍省内常侍员外同正上柱国赐紫金鱼袋赠右监门卫将军间公故武威郡夫人段氏法号功德山德铭》（并序）所说"元和六年七月十七日诣龙兴寺内供奉谈经大德文叙法师，授菩提戒"，则知当作"文叙"。有关文叙的生平事迹，参张丹阳、龙成松：《唐俗讲僧文溆事迹新证》，载《五台山研究》2019 年第 3 期，第 16—22 页。

② 参张丹阳：《教坊曲〈文溆子〉考》，载《中国音乐学》2014 年第 3 期，第 46—51 页。

③ 《大正藏》第 55 册，第 1110 页。

④ 参李小荣：《有关唱导问题的再检讨——以道纪〈金藏论〉为中心》，载李小荣：《晋宋宗教文学辨思录》，人民出版社，2014 年，第 197—214 页。

但转变作为佛教讲唱文学的专名，出现时间晚于俗讲。相关记载，较早见于《太平广记》卷二六九"宋昱韦儇"条所引晚唐胡璩撰《谭宾录》：

> 杨国忠为剑南召募使，远赴泸南，粮少路险，常无回者。其剑南行人，每岁，令宋昱、韦儇为御史，迫促郡县征之，人知必死，郡县无以应命。乃设诡计，诈令僧设斋，或于要路转变。[①]

杨国忠为宰相时，常领剑南召募使，并令宋昱、韦儇为御史于要路设诡计捉贫穷之人赴役之事，《新唐书》卷二〇六杨国忠本传也有记载，只是后者删除了"令僧设斋转变"之事，原因在于欧阳修等人修撰史书时对佛教抱有偏见。胡璩所叙虽为小说，似更全面真实，其言"转变"有三个特征：一者表演主体是僧人，二者和斋会密切相关，三者必须有政府的许可（诈令一词，可从另一角度说明这一点）。而这三点，与俗讲完全一样。

杨国忠遣御史分道捕人应征平定南诏之事，《资治通鉴》卷二一六系于天宝十载（751），胡璩既然说是诈令僧人转变，则知佛教"转变"受人关注当早于天宝年间。郭湜大历年间所撰《高力士外传》又云：

> 上元元年七月，太上皇移仗西内安置，每日上皇与高公亲看埽除庭院，芟薙草木。或讲经、论议、转变、

---

① 李昉等：《太平广记》，中华书局，1961年，第2109页。

说话，虽不近文律，终冀悦圣情。①

上元元年是 760 年，此与天宝十载发生的僧人于要路表演转变的时间十分接近。郭湜所说论议，一般指佛教论议②，则知其他三种讲唱伎艺讲经、转变和说话，在此语境中似都指向佛教宣唱。

"转变"之"转"的含义，学术界比较认可孙楷第的观点，他说："'转'等于'啭'，意思是啭喉发调。"③ 如司马相如《长门赋》云："案流徵以却转兮，声幼妙而复扬。"④ 谢朓《和伏武昌登孙权故城》云："舞馆识余基，歌梁想遗转。"李善注引《淮南子》曰："秦、楚、燕、赵之歌也，异转而皆乐。"又引高诱语曰："转，音声也。"⑤ 此种用法至唐依然，如元稹《酬周从事望海亭见寄》之"衣袖长堪舞，喉咙转解歌"⑥ 及吉师老《看蜀女转〈昭君变〉》皆如此。由于"变"是唐人对故事类"变文"的简称，故孙先生认为："'转变'这个词，拿现在话解释，就是奇异事的歌咏。歌咏奇异事的本子，就叫作'变文'。"⑦ 易言之，在孙先生看来，转变与变文是同一关系。对此，我们可进一步指出，转变

---

① 王汝涛：《全唐小说》第一卷，山东文艺出版社，1993 年，第 35 页。

② 论议，敦煌写本常作"论义"，关于其表演程式，参侯冲：《汉地佛教的论义——以敦煌文献为中心》，载《世界宗教研究》2012 年第 1 期，第 42—50 页。

③ 孙楷第：《中国短篇白话小说的发展与艺术上的特点》，载孙楷第：《俗讲、说话与白话小说》，作家出版社，1956 年，第 1 页。

④ 萧统：《文选》，李善注，上海古籍出版社，1986 年，第 715 页。

⑤ 萧统：《文选》，第 1412 页。又，五臣注本"转"作"啭"。

⑥ 彭定求等：《全唐诗》，第 1011 页。

⑦ 孙楷第：《俗讲、说话与白话小说》，第 1 页。

主要是从伎艺或表演角度对俗讲的又一称呼，若要强做区分，俗讲主要着眼于宣唱内容的性质（本体），转变着眼于应用，一体一用，互为依存。当然，之所以出现"转变"这一称名，与李唐王朝日益加深的俗讲歌场化运动有关。敦煌歌辞《皇帝感》即谓："新歌旧曲遍州乡，未闻典籍入歌场……历代以来无此帝，三教内外总宣扬。先注《孝经》教天下，又注《老子》及《金刚》。"①这里便透露了唐玄宗三教并重的宗教政策信息，加深了典籍歌场化进程，尤其是佛教典籍的世俗化、伎艺化促成了转变的成熟和发达。②

此外，就现存年代可考最早的敦煌佛教故事变文而言是《降魔变文》，因为它使用了唐玄宗李隆基的尊号，有云"伏惟我大唐汉圣主开元天宝圣文武应道皇帝陛下"，而此尊号使用的时间在"天宝七载（748）五月十三日至八载闰六月五日之间"，"故《降魔变文》必为于此不到十四个月的时间之内所作者也"③，而这一时间段与前述天宝十载的僧人转变之事，基本上处于同一时期。

最后，由于俗讲、转变"顺合俗心"的路越走越远，其所讲内容逐渐脱离佛教经典，而大量宣唱民间故事、历史故事，所以，才有非佛教类的《舜子变》《伍子胥变文》《孟姜女变文》《汉将王陵变》《李陵变文》《王昭君变文》《董永变文》等作品的诞生。

---

① 任半塘：《敦煌歌辞总编》，上海古籍出版社，1987年，第734页。

② 杨义指出，变文是在佛教讲经文半歌场化和歌场化的行程中变异脱胎出来的。参杨义：《敦煌变文的佛影俗趣》，载《中国社会科学》1993年第3期，第198页。

③ 曲金良：《敦煌写本变文、讲经文作品创作时间汇考》，载《敦煌学辑刊》1987年第1期，第64页。

第二节　佛教俗讲程式

俗讲虽然和僧讲分立，但两者的演播方式，总体说来是大同小异。敦煌文书中记录俗讲程式的写卷主要有二，即 P. 3849v 和 S. 4417。为方便比较，兹先列表如下：

P. 3849v	S. 4417
1. 夫为俗讲，先作梵了。次念菩萨两声，说押坐了。素	1. 夫为俗讲，先作梵了。次念菩萨两声，说押坐座了。素唱《温室经》。法师唱释
2. 旧（唱）《温室经》。法师唱释经题了，念佛一声了。便说开经。便说	2. 经题了，念佛一声了。便说开经了。便说庄严了。念佛一声，便
3. 庄严了。念佛一声，便一一说其经题字。便说经本文	3. 一一说其经题字了。便说经本文了。便说十波罗蜜等了。便念
4. 了。便说十波罗蜜等了。便念《念佛赞》了。便发愿了。	4. 佛赞了。便发愿了。便又念佛一会了，便回向发愿取散云云。已后便开《维摩经》。
5. 便又念佛一会了，便回（口）（向）发愿取散云云。已后便开《维摩经》。	5. 夫为受斋，先启告请诸佛了。便道一文表叹使（施）主了。
6. 有住，法会，法保，法梵。	6. 便说赞戒等七门事科了。便说八戒了。便发愿施主了。
7. 夫为受斋，先启告请诸佛了。便道一文表叹使（施）主了。	7. 便结缘念佛了，回向发愿取散。
8. 便说赞戒等七门事科了。便说八戒了。便发愿施	8. 讲《维摩》，先作梵，次念观世音菩萨三两声，便说押坐了。便索
9. 主了。便作缘念佛了，回向发愿取散。	9. 唱经文了。唱曰："法师自说经题了。"便说开赞了。便庄严了。
10. 讲《维摩》，先作梵，次念观世音菩萨三两声，便说押	
11. 座了。便素唱经文了。唱曰："法师自说经题了。"	
12. 便说开赞了。便庄严了。便念佛一两声了。	
13. 法师科三分经文了。念佛一两声。便一一说其经题	

（续表）

P. 3849v	S. 4417
14. 名字了。便入经说缘喻了。便说念佛赞了。 15. <u>便施主各发愿了，便回向发愿取散</u>。	10. 便念佛一两声了。法师科三分经文了。念佛一两声。便一一说其 11. 经题名字了。便入经说缘喻了。便说念佛赞。

这两份抄卷除了文字略有区别外①，其主体内容完全相同，都分成三大部分，即俗讲仪式、受斋仪式和讲《维摩经》仪式。其中，受斋仪式表明俗讲和受八关斋戒之间有一定的关系②，据俄藏Ф.109之《八关斋戒文》，则知受斋之赞戒七门事科是："第一赞戒功德；第二启请贤圣；第三忏悔罪障；第四归依三宝；第五政（正）受羯磨；第六说其戒相；第七回向发愿。"而讲《维摩经》仪式，先前的研究，多以为它是关于僧讲（佛教内部的讲经）的行仪规范，但我们认为它的性质还是属于俗讲，只不过是以讲《维摩经》为例而做的个案说明罢了。③

---

① 文字方面的主要区别，表中已用下划线标出。其中，P. 3849v第4行的《念佛赞》，可能指特定的念佛赞文，如敦煌文书《道安法师念佛赞》云："三十三天佛最尊，万物中贵不过人。"此即赞颂了人身难得，有激励信众归依佛法之用意；第6行所记四位僧人姓名，颇疑他们是斋会俗讲中的执事僧。张芷萱推测"变文的讲唱由分别负责押座文、讲唱经题名目和变文正文的三个不同的群体来完成"（参《敦煌文献〈破魔变〉创作、抄写时间新考》，载《绵阳师范学院学报》2015年第9期，第87页），若其说不误，P. 3849v提及的四位僧人，他们很可能在俗讲中担任不同的角色。

② 参荒见泰史：《敦煌本"庄严文"初探——唐代佛教仪式上的表白对敦煌变文的影响》，载《文献》2008年第2期，第46页。

③ 姜伯勤指出俗讲讲经与非俗讲讲经的最明显的区别，是俗讲中有不见于正式三藏的押座文与用通俗文体讲唱的说缘喻（参《敦煌艺术宗教与礼乐文明》，中国社会科学出版社，1996年，第409页），而P. 3849v、S. 4417写卷讲《维摩经》都含有押座、说缘喻，故知其性质是俗讲《维摩经》。

从 P. 3849v、S. 4417 写卷所载一般俗讲程式和俗讲《维摩经》程式可知，俗讲演播过程除了念佛是各阶段共有的仪式以外，其主要步骤为：

一、作梵及说押座文

作梵，即唱颂梵呗，一般由维那或专门的梵呗师担任。作梵的目的在于让听众安静，营造出庄严肃穆的讲经氛围。道宣《续高僧传》卷三十指出：“至如梵之为用，则集众行香，取其净摄专仰也。考其名实，梵者净也。”① 而押座文之用，亦如作梵。孙楷第《唐代俗讲规范与其本之体裁》说：“押者，镇压之压，座即四座之座……是‘押’可通作‘压’，有镇静镇伏意……押座之义可释为静摄座下听众。”② 傅芸子《敦煌本〈温室经讲唱押座文〉跋》则说：“所谓押座文者，乃以偈颂若干叠构成，其体盖源于六朝以来之唱导文，或为经变之序辞，以赞颂而阐述一经大意；或作经题之催声，以高音而镇压座下听众。”③ 敦煌遗书 S. 2440《八相押座文》《维摩经押座文》，S. 3728vc《左街僧录大师压座文》，特别是俄藏 Ф. 109《押座文》（原题）题下有注云：“作梵而唱。”可见作梵与押座的功能果然一样，皆在静摄听众。不过需要指出的是，押座文并非都与俗讲经文内容相一致，有时同一篇押座文可用于不同的俗讲变文，如 P. 2187《破魔变文》、S. 3491《频婆娑罗王后宫彩女功德意供养塔生天因缘变》用的都是《降魔变押座

① 《大正藏》第 50 册，第 706 页。又，道宣所说作梵之用虽然只针对行香，其实也适合于其他的法事行仪。
② 孙楷第：《沧州集》，中华书局，2009 年，第 38 页。
③ 周绍良、白化文：《敦煌变文论文录》下册，上海古籍出版社，1982 年，第 486 页。

文》。

二、唱释经题，开经发愿

作梵说押座文完毕，紧接的便是唱释经题。S. 2440《八相押座文》末尾有云："我拟请佛，恐人坐多时，便拟说经，愿不愿？愿者检心合掌待……愿闻法者合掌着，都讲经题唱将来。"此即明确指出：说完押座文之后，都接着讲唱经题目。在具体的演唱过程中，一般会用特定的音调，如《入唐巡礼求法行记》卷二载"新罗一日讲仪式"曰："作梵了，南座唱经题目——所谓唱经长引，音有屈曲。唱经之会，大众三遍散花。每散花时各有所颂。唱经了，更短音唱题目。"①

由此可知，都讲演唱经题时还伴有散花师的散花仪式。

至若开经，有两种含义：一是与"结经"② 相对，指在宣说本经之前，主讲法师先讲述另一部可视为本经序论的经。如最澄《注无量义经》卷一指出："《无量义经》者，《法华》开经分也。"③ 二是指开始翻阅经文，又叫开轴。一般在都讲读诵经文前，会先唱念开经偈，后世最常用的是"无上甚深微妙法，百千万劫难遭遇，我今见闻得受持，愿解如来真实义"。P. 3849v、S. 4417所说"开经"，据前后文语境推断，更接近于第二种含义。

俗讲的开经仪式，与僧讲基本一样，都是先由都讲唱念经题，

---

① 释圆仁：《入唐求法巡礼行记校注》，小野胜年校注，白化文等修订校注，花山文艺出版社，1992年，第192页。又，此新罗一日讲经，据维那宣读疏文中有"亡者功能，亡时日数"推断，它当是为俗人荐亡所举办的讲经法会。

② 结经指法师讲说完本经之后，再述说另一部可做论的经。如《法华经》的结经是《观普贤菩萨行法经》。

③《大正藏》第56册，第203页。

然后法师对经题予以解释。其间法师解释，重在综述一经大意，并且与僧讲一样都采用三分经文之法。

发愿与念佛一样，是俗讲仪式中较为常见者，在各主要进程中都有所运用。其主要作用在于祝愿，多在说明俗讲功德。祝愿对象，则包括施主、在场的听众乃至一切有情众生。如 P. 3494《开经文》，实即开经时的发愿文，文末即云：

（前略）

1. 以斯开经功德、焚香

2. 胜因，总用庄严施主即体：惟愿三明

3. 备体，永证无畏之身；八解澄心，早证无生

4. 之理。愿使家盈七宝，长承五品之荣；

5. 宅溢八珍，常值登都之宠。然后先魂

6. 七祖，承斯目睹龙华；胎卵四生，并证

7. 真如彼岸。

从"目睹龙华"句，则知此次所开讲的很可是有关弥勒成佛的经典。

三、说经正文

这是俗讲的主体部分，其方法是先由都讲唱念经文，后由法师解说经义，并衍成唱词，如此往复乃至全经讲毕。如《续高僧传》卷十五《唐泽州清化寺释玄鉴传》记载讲《维摩经》是"都讲唱文""法师解释"①，今存敦煌本《维摩诘经讲经文》卷帙浩

---

① 《大正藏》第 50 册，第 542 页。

繁，虽分品讲论，仍不离此轨范。《降魔变文》《破魔变文》《目连变文》等，情节生动而富有文学性，亦遵斯式。

虽然俗讲与僧讲程式基本相同，但也存在一些差异。主要表现是：正式讲经时，法师与都讲之间可以进行论辩（也叫论议、论义）以使经义明了，而俗讲，据今存文献史料则鲜见讲说进程中有论议者。

四、回向取散

法师解释完经之正文后，还要回向取散。

回向，梵文 pariṇama，回转趣向之义，意思是说把修行者自己所做的功德回转给其他人，使之发心皈依。曹魏康僧铠译《无量寿经》卷下云："闻其名号，信心欢喜，乃至一念，至心回向愿生彼国，即得往生。"① 晋译《华严经》卷十五《十回向品》云："此菩萨摩诃萨修习一切诸善根时，以彼善根如是回向，令此善根功德力，至一切处。"② 鸠摩罗什译《十住毗婆沙论》卷七云："发心菩萨先应归依佛、归依法、归依僧，从三归所得功德，皆应回向阿耨多罗三藐三菩提。"③ 敦煌文书 P.3770《俗讲庄严回向文》则云：

1. 作梵了，法师先念佛三二十口竟，令都讲举经[口]（题），便回向。

2. 以此开赞，大乘甚深句义所生功德无量无

---

① 《大正藏》第 12 册，第 272 页。
② 《大正藏》第 9 册，第 495 页。
③ 《大正藏》第 26 册，第 54 页。

3. 边，先用奉资梵释四王、龙天八部。伏愿威

4. 光泽盛，福力弥增，兴运慈悲，救人护国，使四

5. 时顺序，八表无虞，九横不侵，万人安乐。亦使

6. 法轮常转，佛日长明，刀兵不兴，疫毒休息！

7. 经声历历，上彻天宫；钟梵泠泠，下临地狱。

（中略）

15. 合场道人，常闻正法！……

（中略）

22. 伏持胜福，次用庄严当今皇帝，

23. 永垂阐化，四海一家，广扇仁风，三边镇静。时

24. 众运至诚心，称念观世音菩萨（已下例此念佛或

菩萨）。

（后略）

此中俗讲回向之用，显然是为使众生同沾法雨，究其本质，实为誓愿。而回向的对象，在皇帝以下还有皇太子、将相百官、诸官吏、僧录大德、尊宿大德、诸尼大德、诸乡官父、大檀越优婆夷等，举凡有情众生，均在回向祝愿之列。其排列次序，很符合中国传统的封建等级观念。

回向时所念诵的文本，除了散文体外，也有使用佛经偈颂者，如出于《妙法莲华经》卷二《化城喻品》之"愿以此功德，普及于一切；我等与众生，皆共成佛道"[1]，以及唐人善导《观经玄义分》卷一所引"愿以此功德，平等施一切；同发菩提心，往生安

—————————

[1] 《大正藏》第9册，第24页。

乐国"① 偈，都较为常用。

回向事毕，便是取散。"取散"一词，内典中较为少见，但也可找出一些实例，如盛唐释定宾撰《四分律疏饰宗义记》卷六云：

> 理应尼受上座教已，还尼寺中，集僧索欲，梵呗已讫，使尼告云："大僧上座，今有略教。"闻此语已，尼众齐起，端身正立。立已，具宣上座略教。宣已，齐声唱"顶戴持礼佛"，取散。②

中唐法照《净土五会念佛略法事仪赞》则说：

> 诵诸赞了欲散，即诵《道场乐》，音即高声，须第三会念阿弥陀佛三百余声。最后唱《西方礼赞》《天台智者回向发愿文》，取散。③

统而观之，取散特指佛教法事结束时的仪式。

俗讲取散，与僧讲的散讲④一样，常常以解座文或散场诗为标

---

① 《大正藏》第37册，第246页。
② 《卍续藏》第42册，第171页。
③ 《大正藏》第47册，第475页。
④ 散讲，也称解讲，如《广弘明集》卷一九就载有沈约《齐皇太子解讲疏》《齐竟陵王解讲疏》，可知这个步骤是必不可少的。唐惠英撰、胡幽贞纂《大方广佛华严经感应传》又说"垂拱三年四月中，华严藏公于大慈恩寺讲《华严经》，寺僧昙衍为讲主散讲，设无遮会"（《大正藏》第51册，第175页），垂拱三年，即公元687年。华严藏公，指华严宗三祖法藏大师。由此记载可知，释家散讲时可另设斋会，而散讲法会的主持人，可另选他人，不一定由讲主（主讲法师）担任。

志。如 P. 2999《太子成道经一卷》① 云："五百高朋齐得记，还与亲友示衣珠。受学无学亦同愁，上中下品皆蒙记……适来和尚说其真，修行弟子莫因巡。各自念佛归舍去，来迟莫遣阿婆嗔。"日本龙谷大学藏《悉达太子修道因缘》则云："更欲说，日将沉，奉劝门徒念佛人，合掌阶前听取偈，总教亲自见慈尊。"前者是齐言体，后者是"三、三、七、七、七"句式，虽然体制不一，但法师对信众的殷殷期盼，关切之情一一溢于言表。

第三节　佛教变文之神通叙事

在敦煌佛教变文中，无论俗讲、转变，从其演述内容而言，最有特色的是神通叙事。

一、作品概说及取材特点

为明眉目，兹先列相关变文及其佛经故事之出处如下表：

作品名称	写卷名称	佛经故事的主要出处	佛经的文体性质
《太子成道经》	P. 2999、S. 0548 等	《佛本行集经》	佛传
《悉达太子修道因缘》	S. 3711、S. 5892 等	《佛本行集经》	佛传

① 按，本卷虽题名为"经"，实是演述释迦牟尼求道故事。关于讲经文称"经"的研究，参翟平：《讲经文称"经"考》，原载《九州学刊》1993 年第 4 期，后收入《中国敦煌学百年文库文学卷》第 5 册，甘肃文化出版社，1999 年，第 107—113 页。

（续表）

作品名称	写卷名称	佛经故事的主要出处	佛经的文体性质
《太子成道变文》（一）	P. 3496、B. 8370	《佛本行集经》	佛传
《太子成道变文》（二）	S. 4880v	《佛本行集经》《过去现在因果经》《太子瑞应本起经》等	佛传，本生，因缘
《太子成道变文》（三）	S. 4128	《佛本行集经》	佛传
《太子成道变文》（四）	S. 4633	《佛本行集经》	佛传
《太子成道变文》（五）	S. 3096	《佛本行集经》	佛传
《须大拏太子好施因缘》	ДХ. 0285	《太子须大拏经》	本生
《八相变》（一）	B. 8437、B. 8438 等	《佛本行集经》	佛传
《八相变》（二）	日本宁乐美术馆藏本	《佛本行集经》	佛传
《破魔变》	P. 2187、S. 3491	《佛本行集经》	佛传
《降魔变文》	S. 5511、S. 4398 等	《贤愚经》卷十《须达起精舍品》《佛说如来成道经》等	因缘、佛传
《难陀出家缘起》	P. 2324	《佛本行集经》卷五十七《难陀出家因缘品》等	因缘

（续表）

作品名称	写卷名称	佛经故事的主要出处	佛经的文体性质
《祇园因由记》	P. 2344、P. 3784	《贤愚经》卷十《须达起精舍品》	因缘
《目连缘起》	P. 2193	《佛说盂兰盆经》	因缘
《大目乾连冥间救母变文》	S. 2614、P. 2319 等	《佛说盂兰盆经》	因缘
《目连变文》	B. 8444	《佛说盂兰盆经》	因缘
《譬喻经变文》	B. 8439	《法苑珠林》卷七十一所引《譬喻经》	譬喻
《频婆娑罗王后宫彩女功德意供养塔生天因缘变》	S. 3491、P. 3051 等	《撰集百缘经》卷六《功德意供养塔生天缘》	因缘
《欢喜国王缘》	上图 016、上图 028、P. 3375v	《杂宝藏经》卷十《优陀羡王缘》，《根本说一切有部毘奈耶》卷四十五《入宫门学处第八十二之二》	因缘
《金刚丑女因缘》	S. 4511、P. 3048 等	《贤愚经》卷二《波斯匿王女金刚品第八》，《撰集百缘经》卷八《波斯匿王丑女缘》等	因缘
《善惠买花献佛因缘》	S. 3050	《修行本起经》卷上《现变品》，《过去现在因果经》卷一等	本生
《四兽因缘》	P. 2187	可能出自藏文佛典①	本生

---

① 参马世长：《〈四兽因缘〉考》，载《敦煌研究》1989 年第 2 期，第 26 页。

（续表）

作品名称	写卷名称	佛经故事的主要出处	佛经的文体性质
《兄常劝弟奉修三宝，弟不敬信，兄得生天缘》	Дх. 01064 等	《杂宝藏经》卷七《兄常劝弟奉行三宝，弟不敬信，兄得生天缘》	因缘
《阿鼻地狱变文》	Дх. 00050	《佛说观佛三昧海经》卷五《观佛心品第四》，《经律异相》卷五十《地狱部》"阿鼻地狱受诸苦相一"等。	因缘

从上表可知，佛教俗讲转变主要取自叙事性强的佛典创作而成。当然，有时也会宣唱兼具文学性、义理性强的经典，如台湾"中央"图书馆藏 121 号《净名经关中疏》之题记有云：

> 己巳年四月廿三日，京福寿寺沙门维秘，于沙州报恩寺为僧尼道俗敷演此《净名经》，已传来学之徒，愿秘藏不绝者矣。龙兴寺僧明真写，故记之也。

此己巳年，即大中三年（849），这是张议潮起义收复沙州的第二年，内容是讲长安福寿寺的释维秘到敦煌为当地道俗二众讲演《净名经》（即《维摩诘经》）之事。四月廿三日，乃八关斋日之一，可见俗讲、转变与斋会的关系极其密切。

释家在讲唱佛经故事时，虽说大多数情况下是以某部经典或某个佛典原型故事为基点，但在具体的宣唱过程中，也和僧讲一样可以杂引多种佛典（或涉及同一人物形象的相关佛典）从而会通成一个全新的文学文本，因此，其故事建构有相当大的包容性和综合性。如 S. 4880v《太子成道变文》（二），一方面以《佛本行集经》所述太子修道故事为中心，另一方面也捏合了《四分律》《过去现在因果经》中的本生与因缘，而且，和《佛本行集经》比较，变文的叙事节奏更加紧凑，只用"后到"一句便概述了原经《从园还城品》《相师占看品》《私陀问瑞品》《姨母养育品》《习学技艺品》《游戏观瞩品》《捔术争婚品》《常饰纳妃品》《空声劝厌品》《出逢老人品》《净饭王梦品》《道见病人品》《路逢死尸品》《耶输陀罗梦品》等多品的内容，并直接跳到《舍宫出家品》来展开太子出家修道的叙述。

俗讲、转变的故事来源，有的和疑伪经关系较为密切。如《降魔变文》就大量袭用伪经《佛说如来成道经》。[①]

二、神通叙事的具体表现

有学人把叙事性的佛教变文直接称为唐代的神魔小说[②]，从一定程度来讲，这种观点是成立的。何况神通故事叙事，本来就是汉译佛典文学的特色内容之一。[③] 佛教的俗讲、转变既然主要取材

---

① 李文洁、林世田：《〈佛说如来成道经〉与〈降魔变文〉关系之研究》，载《敦煌研究》2005 年第 4 期，第 46—53 页。

② 参杨青：《佛教变文就是唐代的神魔小说》，载《河西学院学报》2002 年第 1 期，第 38—42 页。

③ 参丁敏：《佛教神通：汉译佛典神通叙事故事研究》，法鼓文化事业有限公司，2007 年。

于汉译佛典，那么，变文有神通叙事，自在情理之中。① 若翻检今存相关作品，"神通"表现无处不在，如《悉达太子修道因缘》"太子十九远离宫，夜半腾空越九重"，《降魔变文》"舍利弗不离本座，运其神通，即至鹫峰山顶"，《破魔变》"于是世尊垂金色臂，指魔女身，三个一时化作老母"，《难陀出家缘起》"弹指之间身即到，高声门外唱家常"，《目连缘起》"目连蒙佛赐威雄，须臾掷钵便腾空。去住犹如弹指顷，乘云往返疾如风"等，描绘的是神足通②；《金刚丑女因缘》"佛有他心道眼，当时遂遥观见"，《难陀出家缘起》"世尊以他心惠明，遥观见难陀根性熟，便即教化"，《目连缘起》"遂乃天眼观占二亲托生何处？慈父已生于天上……母身堕在阿鼻"等，写的是天眼通③；《降魔变文》"须达叹之既了，如来天耳遥闻，他心即知，万里殊无障碍"，主要写天耳通④；《金刚丑女因缘》"佛以他心通，遥知金刚丑女焚香发愿"，《频婆娑罗王后宫采女功德意供养塔生天因缘变》"佛有他心圣智，预知众生心意"，《目连变文》"我自投佛出家，果证罗汉，功就神通，道眼他心，随无障碍"等，说的是他心通⑤；《降魔变文》"舍利弗收心入定，敛念须臾，观此园亭，尽无过患。过去百千诸佛，皆曾止住其中，说法度人"，《欢喜国王缘》"良久入定，

---

① 张芷萱《敦煌变文"神通"考》（《绵阳师范学院学报》2016年第4期，第28—36页转第44页）对敦煌变文涉及的"神通"叙事有较详细的归类，可参看。

② 神足通最大特点是身形变化自如，一念能至，移远令近，不往而到，大能作小，以小变大，以一变多，以多变一。

③ 天眼通的特点是视力无限，其眼能照见六道众生死此生彼及远近粗细等任何事物。

④ 天耳通，指耳根所有的一种特殊听觉能力，它能听到一切有情众生的声音。

⑤ 他心通，指能如实了知他人心中差别相的神通能力。

观此身前是欢喜国王夫人"，说的是宿命通①。

在变文神通叙事的人物群像中，除教祖释迦牟尼之外，出现频率最高的是号称神通第一的大目犍连（目连），其入地狱救母故事，因符合中国传统孝道文化精神而备受关注，传播极广，故涉及其人其事的变文写卷甚多。变文对其神通描写，触目皆是，如《大目乾连冥间救母变文》写其坐禅出定后：

> 目连从定出，迅速作神通。来如霹雳急，去似一团风。海雁啼缯徹（缴），鸽鹰脱网笼。潭中烟霞碧，天净远路红。神通得自在，掷钵便腾空。于时一向子，上至梵天宫。

其来去自由、寻母心切的形象颇为生动，跃然纸上，尤其是海雁、鸽鹰、天空、潭水之动静一体的背景映衬，使目连的神通形象更显可爱，而"一团风""一向子"等俗语的运用，更增添了浓郁的生活气息。

变文神通叙事，既用于正面人物形象，也用于反面人物形象。其中，最精彩的场面是《降魔变文》所描写的舍利弗和劳度叉的正邪斗法，劳度叉先后变作宝山、水牛、水池、毒龙、二黄头鬼、大树，舍利弗则以金刚杵、狮子、白象、金翅鸟王、毗沙门、风神一一相对，完全遵循物物相克之理。这种叙事理路及其夸张而超现实的文学表现手法，对明清时期神魔小说之创作影响甚大。

---

① 宿命通，又作宿住通，能知自身及六道众生之历世宿命及所作事之神通力。

第四节　佛教变文讲唱的综合性

敦煌的佛教变文讲唱，从本质上看，是在表演者"说唱"与观众"听看"之间的一种艺术交流①，其文本并非一成不变，常常依据不同的听众和场合的转换而有所变化，因此，它最突出的特征是综合性：既有音乐与美术的使用，又包含了类似于后世戏剧演员的角色分类，甚至有的文本本身已经是佛教剧本。

一、佛教音乐之用

变文讲唱除了使用梵呗、转读、佛曲②等佛教音乐类型以外，若从文学文本看，变文作品还喜欢描绘音乐用乐场景：如 S.4571《维摩诘经讲经文》"帝释虚徐夸队仗，梵王行里呈威仪""帝释离宫殿，仪容喜倍常。磬螺声响亮，珂佩韵玎𫓧……无限乾闼婆，争抢乐器行。琵琶弦上急，羯鼓杖头忙。竟奏箫兼笛，齐吹笙与篁"描述的帝释、梵王等出行的队仗音乐，其实是中土汉魏以来鼓吹乐在佛教法会上的投影；又喜欢在讲唱中嵌入当时流行的大曲、民间歌曲一类的歌曲名，如 P.3097《维摩诘经讲经文》"琵琶弦上，韵合《春莺》"、S.4571《维摩诘经讲经文》"紫云楼上排丝竹，白玉庭前舞《柘枝》"、P.3093《佛说观弥勒菩萨上生兜率天经讲经文》"绿窗弦上拨《伊州》，红锦筵中歌《越调》。皓齿

---

① 参富世平：《敦煌变文中的"听"和"说"》，载《中国俗文化研究》第6辑，第33—43页。

② 在变文讲唱中，一般都讲转读经文、维那作梵而唱，如 S.2073《庐山远公话》即有"都讲举题，维那作梵"的记载。"佛曲"之用，如日本宁乐美术馆藏《八相变》说："更有凤笙龙笛，齐奏八音，玉律管弦，共传佛曲。"

似开《花竞笑》，翠娥才啭《柳争春》"、Φ.365《妙法莲华经讲经文》"花下爱漼（催）《南浦子》，延（筵）中偏送《剪春罗》"、P.2418《父母恩重经讲经文》"酒熟花开三月里，但知排打《曲江春》"等，其中所说《春莺》（即《春莺转》）、《柘枝》、《伊州》、《越调》、《花竞笑》、《柳争春》、《南浦子》、《剪春罗》、《曲江春》等，皆是唐五代流行的歌曲，民众多耳熟能详。

事实上，敦煌寺院的乐舞演出十分频繁，如 S.3929v《节度押衙知画行都料董保德等建造兰若功德颂文》（拟）就有具体演出的记载：

门开慧日，窗豁慈云；清风鸣金铎之音，白鹤沐玉毫之舞。果唇疑笑，演花勾于花台；莲脸将然（撚），披叶文于叶座。

饶宗颐指出：所谓演花勾于花台，殆指当时兼演花舞勾队。[1] P.3597 写卷则有乾符四年（877）灵图寺僧人抄写的白居易之《柘枝妓》诗，结合前引 S.4571《维摩诘经讲经文》"紫云楼上排丝竹，白玉庭前舞《柘枝》"，可知寺院演出《柘枝舞》并非子虚乌有之事。在 P.4640v《归义军己未至辛酉年布纸破用历》（拟）中，又有寺院舞队辛酉年（901）二月"十四日，支与王建铎队舞额子粗纸壹切"的记载，王建铎者，乐舞之领队也。其支取纸张，显然用于乐舞演出。

---

① 饶宗颐：《敦煌曲与乐舞及龟兹乐》，载《敦煌曲续论》，新文丰出版股份有限公司，1996 年，第 67 页。

更可注意的是 P. 2187 等《破魔变》抄卷谓：

> 仙娥从后，持宝盖以后随；织女前引，扇香风而塞
> 路。召六宫彩女，发在左边；命一国夫人，分居右面。
> 直从上界，来到佛前。歌舞齐施，管弦竞奏。云云。

这里用小字特别标注的"云云"二字，足可深思。因为按照
一般的理解，它们在变文中一般表示经文或对经文之解释的省略，
而这里接在"歌舞齐施，管弦竞奏"之后，我们怀疑它们是对变
文讲唱中即兴歌舞表演的提示语，因其表演内容与讲唱法师并无
直接联系（即多由寺院音声人承担），所以，抄卷中省略了这一方
面的内容。

佛教变文又在许多讲唱词前标注有"平""侧""断""吟"
"韵""诗""平诗""断诗""经""经平""古吟上下""上下
吟""吟上下""偈"等特殊音声符号，其含义较难索解，学界尚
无定论，我们就不一一介绍了。[①]

二、变相之用

印度佛教传入中土后，表现佛教美术的专有名词，比较常用
的有变、变像、经变、变相和变相图。其中，又以变、变相最为常

---

① 详细讨论，参李小荣：《敦煌变文》，第383—412页。

见，但在不同的历史时期，它们的含义不尽相同。① 如巫鸿认为：
"自盛唐起，变相一般被认为是一种二维的复杂的绘画表现形
式……所以不包括单体的偶像。"② 于向东主张变相有广义与狭义
之分，狭义变相专指其表现内容的神变而言，广义乃在狭义的基
础上进一步拓展，可以表现佛教（及道教）人物形象。③ 不过，从
晋唐文献分析，我们以为，变相（变）若从内容方面进行分类，
则有两大类：一是非情节性的人物画，二是有情节的故事画。前
者常称为变像（有时与变、变相通用），它主要有各种佛祖像、菩
萨像、明王像、罗汉像、天尊像及由此组合而成的曼荼罗等；后
者有佛本生图、说法图、菩萨本行本事图及其他经变图，它们是
敷衍佛经内容而成，多用几幅连续的画面来表现故事与情节，故
称佛经变相，简称经变或变。④ 上述分类，若用图示则为：

$$变相（变）\begin{cases} 变像（非情节性的人物画） \\ 经变（情节性的故事画） \end{cases}$$

以上两种变相，都可以辅助变文讲唱。相关记载虽然数量不

---

① 具体可参：梅维恒，Records of Transformation Tableaux（pien—hsiang），
T'oung Pao，1986，pp. 3 – 43；巫鸿：《何为变相》，载巫鸿：《礼仪中的美术》，
郑岩等译，三联书店，第 346—404 页；陆永峰《敦煌变文研究》，巴蜀书社，
2000 年，第5—24 页；于向东：《敦煌变相与变文研究》，甘肃教育出版社，2009
年，第25—51 页。

② 巫鸿：《礼仪中的美术》，第 351 页。

③ 于向东：《敦煌变相与变文研究》，第36—37 页。

④ 参慈怡：《佛光大辞典》第 6 册，第 5558—5562 页；慈怡：《佛光大辞
典》第 7 册，第 6917—6918 页。另外，经变、变相简称变者唐五代较为常见，如
杜甫《观薛稷少保书画壁》诗曰："又挥《西方变》，发地扶屋椽。"清人仇兆鳌
注曰："《西方变》，言所画西方诸佛变相。"

多，但从变文文本自身（详后）及其他文献来看，毫无疑问，变文讲唱确实用到了变相。如阿斯塔那 29 号墓出土文书《唐咸亨三年（672）新妇为阿公录在生功德疏》说，"复于安西悲田寺讲堂南壁"，画"维摩、文殊等菩萨变一铺"。李华《衢州龙兴寺故律师体公碑》说律师体公："建讲堂、门楼、厨库、房宇，画诸佛刹，凿放生池。闻者敬，观者信，听者悟。"讲堂，即释家讲经说法处，也是佛教变文最重要的表演场所。其中所绘变相，除了供人观想、礼拜、瞻仰之外，当然也可以配合讲经文、变文的演出。所以，李华"观者信""听者悟"中，"观"的对象主要是寺院壁画与各种变相，"听"实指听讲经，而"听众"与"观众"身份，可以同一。

说到变相与变文的配合方式，首先要注意两个问题：一是变文讲唱中变相的运用，主要取决于变相的表现形式。于向东指出，敦煌变相可分成单幅画式、组合画式、连环画式、经变画式、屏风画式、向心式及其他，共七种类型。其中，和变文关系密切的是连环画式、屏风画式和向心式变相。① 易言之，他认为并非所有的敦煌变相都能和变文相配合。二是以前的研究者认为变相只用于俗讲转变中，这其实是一个误会。如 P. 2044v 写卷之《闻南山讲》曰：

　　唯齐公上人知贤外举，敷授视之高座，设频藻之盛筵；会人天于法堂，开毗尼之妙典。命余宣赞，纪述馨香，对金人捧文而祝。于是张翠幕，列画图；扣洪钟，

---

① 参于向东：《敦煌变相与变文研究》，第112—115页。

奏清梵。无疆胜善，上福皇家。佛日与舜日齐明，法轮
共金轮并转。

"毗尼"指律部，可知齐公上人此次讲经内容是戒律，且配有
图画。另外，现存写卷 P. 2003《佛说阎罗王授记四众预修生七往
生净土经》（尾题《佛说十王经一卷》）、P. 2010《观音经一卷》
（尾题）、P. 2013《佛说灌顶拔除过罪生死得度经》等，皆图文并
茂，我们亦疑其用于讲经。

至于配合俗讲故事类变文的变相，更为常见，B. 8437、
B. 8438 等《八相变》说：

> 况说欲界，有其六天：第一四天王天，第二忉利天，
> 第三须夜摩天，第四兜率陀天，第五乐变化天，第六他
> 化自在天。如是六天之内，近上则玄极太寂，近下则闹
> 动烦喧。中者兜率陀天，不寂不闹，所以前佛后佛总补
> 在依（于）此宫。今我如来世尊，亦当是处（此是上生
> 兜率相。已上总管，自下降质相）。

讲唱法师特意标明前文所讲是如来上生兜率陀天时的变相。
据有关佛经记载，世尊为菩萨时曾居住在兜率天宫的内院，所谓
"上生兜率相"便指此事。为了引起听（观）众注意，讲唱法师又
特意提醒下面要解说的是"降质相"，即如来下生为太子事。而
且，我们怀疑法师述及此事时，可能是在提示都讲进行变相的画
面切换。

变相与变文配合时，每一幅完整的画面大致相当于一个情节

单元。最值得注意的是 P.4524 写卷，该卷正面是《降魔变图》，背面为《降魔变文》的唱词。其描绘舍利弗与劳度叉斗法，共有六个回合，与之相应配有六幅变相。对本写卷的表演形式，巫鸿做过一个假设：

> 两位故事讲述者互相配合，"说者"以散文的形式讲述一段故事，"唱者"随后吟唱韵文并展示该段图画。每段韵文（抄在手卷背后）唱完后，"唱者"便卷起这段图，并展开下段场景，而"说者"又继续往下讲述画中描绘的段落。"唱者"暂缄其口，直至"说者"讲完一段问他"若为"时，才再唱起来，唱毕继续打开下一段画卷。"唱者"无须看画就能知道每次展开画卷时应该停在何处，这是因为那段韵文总是写在画卷背面，相对于前面画卷结束的部位。他每次把画面展到露出这段韵文为止即可。他总是看着画卷后面抄写的韵文，而听众则总是看着画面。①

应该说，从实际操作层面来看，巫先生的假设具有相当的合理性。

变相辅助变文讲唱时，一般用特定的提示词，如"××处，若为""当××时，有何言语"之类，而"处""时"之用，除了表明此处有变相相配合外，更为重要的是划分出了故事的情节单元，使变文讲唱层次分明。如 S.2614《大目乾连冥间救母变文并图一卷并序》，用十七个"××处"来表示目连出家修行证得阿罗

---

① 巫鸿：《礼仪中的美术》，第 380—381 页。

汉果后人地狱寻母的前因后果，B. 8437《八相变》共用十六处
"于此之时""当此之时""当尔之时"一类的提示词，依次揭橥
如来降质、右胁降生，九龙吐水，大臣献疑，文殊进谏，仙人占
相，城南验身，南门游观，途遇老人，忧愁生、老、病、死四苦，
启请出家，和尚点化，雪山学道等十六个情节单元，它们全属于
"八相成道"的内容。

变文讲唱中"处""时"等词语的使用，表明讲唱者用的是全
知全能叙事方式，因而观（听）众成了他们俯视的对象，甚至处
于被支配者的位置。比如讲唱中，他们有时径直要求听讲者该如
何如何按其指示行事，像《降魔变文》说："且看直诉如来，若为
陈说。"此一"看"字，非同小可，它一方面联系了变文与变相的
配合，另一方面也沟通了讲唱者与听众（观众）共同关注的焦点，
即变文、变相所表现的最为精彩的情节单元或故事场景。职是之
故，唐人有时把"听讲"说成"看讲"，刘禹锡《送慧则法师归上
都因呈广宣上人》即云："昨日东林看讲时，都人象马蹋琉璃。"
李洞《喜鸾公自蜀归》又说："寺高猿看讲，钟动鸟知斋。"承袭
此种用法，宋元说书者就把听讲故事者称为看官了。

三、变文讲唱之剧本

变文在具体的演唱中，既有图、文相配，又有诸多音乐（包
括声乐与器乐）之用，所以，从艺术表演的形态来看，实与后世
戏剧相差无几。① 如前引 P. 2044v《闻南山讲》说齐公上人"会人

---

① 康保成指出"讲经、说唱与戏剧的根本区别，在于是否装扮角色"（《中
国古代戏剧形态与佛教》，东方出版中心，2004 年，第 252 页），其论洵是。

天于法堂，开毗尼之妙典"时有"张翠幕，列画图；扣洪钟，奏清梵"之举，所谓"张翠幕，列画图"，即类似于后世的戏剧布景，"奏清梵"则相当于戏剧中的音乐伴奏，而法师、都讲、维那在讲经中的分工，也和戏剧的角色分工有着某种相通之处。或许正是基于这么多的相似点，学术界对唐代变文与戏剧之间的关系，论述颇丰。如唐文标说变文作品："大半以'脚本'方式出现的……它的流变由单纯讲唱到有背景，已渐进戏剧的形式了。"[1]周育德说："不妨把以唐末五代流传下来的俗讲底本'变文'为代表的说唱本，称作'准剧本'。"因为"它在本质上是属于说唱的曲本，但这种曲本提供了舞台表演的根据与可能性。它相当于后世所谓的'总纲'或'幕表'。它体现了叙事讲唱文学和戏曲文学的双重品格，是由说唱艺术向戏曲艺术过渡的桥梁"[2]。细绎其意，变文讲唱的底本若用于舞台表演，便可成为戏剧。康保成则说讲经文的结构方式"奠定了后世戏曲唱、念、说三大'音声'交错演唱的基础"[3]。总之，大家都看到了变文讲唱与后世戏剧的相通处。其实，如果我们把有关变文与西域的佛教戏剧进行对照，便不难发现，某些变文实际就是供演出的剧本。如《欢喜国王缘》中"'侧''断'及'观世音菩萨''佛子'等字，俱用朱笔写"[4]，其中"侧""断"诸词，都是特殊的音声符号，标明了演唱曲调，这与吐火罗文本《弥勒会见记》戏剧标出每幕演唱曲调

---

[1]　唐文标：《中国古代戏剧史》，中国戏剧出版社，1985年，第96页。

[2]　周育德：《中国戏曲与宗教》，中国戏剧出版社，1990年，第61页。

[3]　康保成：《中国古代戏剧形态与佛教》，第188页。

[4]　参王重民等：《敦煌变文集》，人民文学出版社，1957年，第781页。

完全一致①，可见《欢喜国王缘》也可作为演出脚本使用。

此外，像 S. 2440vb 变文写卷，演述的是释迦牟尼出生及出家故事。但是，关于其文体性质，争论颇多，有的认为是剧本，有的极力反对，众说纷纭，莫衷一是。任半塘首揭此卷为"关于剧本之资料"，并指出"开端布置，俨然已接近剧本"。②饶宗颐亦称之为"表演《太子修道》之歌舞剧"③。李正宇则将其定其为剧本，并拟题为《释迦因缘剧本》④，后来欧阳友徽进一步肯定其剧本性质，并说明理由有三："第一，按角色分词，第二按角色分段，第三按角色提示。"⑤我们亦赞成其为剧本。不过，特殊之处在于，其唱词多抄撮《太子成道经变文》及《八相变》而成，而且，前后连贯性很强，从而建构了一个意义完整的释迦修道故事。⑥

还有《敦煌变文集》卷六王庆菽校录时拟题为《不知名变文》⑦的作品（即 P. 3128vc 写卷），经研究，也是一出佛教小戏。任半塘首先疑其为"在和尚俗讲中，插入贫家夫妇互诉困苦之一

---

① 关于该剧的研究，可参《季羡林文集》第 11 卷《吐火罗文〈弥勒会见记〉译释》，江西教育出版社，1998 年。

② 任半塘：《唐戏弄》，上海古籍出版社，2006 年，第 875—877 页。

③ 饶宗颐：《敦煌曲续论》，第 70 页。

④ 李正宇：《晚唐敦煌本〈释迦因缘剧本〉试探》，载《敦煌研究》1987 年第 1 期，第 64—82 页。

⑤ 欧阳友徽：《敦煌 S. 2440₇ 写卷是歌舞戏角本》，载《西域研究》1991 年创刊号，第 66 页。

⑥ 该剧录文及分析，参李小荣：《敦煌变文》，第 448—453 页。

⑦ 王重民等：《敦煌变文集》，人民文学出版社，1957 年，第 814 页。

幕戏剧"①。曲金良经过重新校录后亦认为它是"中国现存最古的小剧本"②。我们据其内容，拟题为《贫夫妇念弥陀佛》③，并论证它是净土五会念佛法会散场之前上演的一出二人小戏，其目的是从贫困夫妻的苦叹中深挖根源，从而劝谕徒众齐声念佛，既可消除过往的罪业报应，又可往生西方极乐世界。就其本质而言，该小剧是净土宗教化众生的通俗艺术之一。它和《佛说阿弥陀经讲经文》所宣扬的思想宗旨完全一致，是净土类变文的代表作之一。④

最后要说的是，敦煌佛教变文，无论讲经文还是宣唱事缘的俗讲转变，都十分注意文学修辞的应用（如对偶、对比、比喻、夸饰、用典、示现、婉曲、排比、类迭、顶真、拼字、设彩、并提、连及、借代、互文、错综、旋造、省略、同异、倒装等），语言骈散相间，韵白结合。⑤另外，其中的叙事作品，也可视作中国早期的白话小说。⑥

①　任半塘：《唐戏弄》，第1106页。又，类似的情况也见于S.6631v《辞父母赞一本》，它用于出家者的剃度仪式。从组织结构言，S.6631v主要是由散文加上人物的对话（诗歌体）构成，我们认为它颇同于后世的戏剧文本（参李小荣《敦煌佛教音乐文学研究》，福建人民出版社，2007年，第487—491页）。

②　参曲金良：《敦煌佛教文学研究》，文津出版社，1995年，第276页。

③　该剧录文及分析，参李小荣：《敦煌变文》，第453—457页。

④　最近，杨明璋考证《十吉祥》其实属于《佛说阿弥陀经讲经文》，参杨明璋：《Φ223〈十吉祥〉与〈佛说阿弥陀经〉讲经文》，载《敦煌学辑刊》2018年第3期，第149—159页。

⑤　相关分析，参李思慧《敦煌佛教讲经文及其文学表现研究》（台湾逢甲大学中国文学系硕士学位论文，1999年）、许松《敦煌变文语言文学研究》（兰州大学博士学位论文，2013年）等。

⑥　参李时人：《译经、讲经、俗讲与中国早期白话小说》，载《复旦学报》2015年第1期，第69—79页。

第七章　隋唐五代的僧人传记

传统上，转受经义以授后人或解释经义以传示后人为"传"；自《史记》始，列传因记人生平本末而为人熟知，实则仍有借此解释本纪之意。[①] 佛教为西来宗教，而史家为僧侣立传，颇受史传影响。随着佛教的发展，到隋唐五代时期，僧传越来越多样。本章将先分析各具体类型的僧人传记，然后再探讨这一时期的僧人总传《续高僧传》，以期展现这一时期僧传写作的情况。

第一节　隋唐五代僧传创作概貌

隋唐五代时期的僧传颇为丰富，有个传、类传、总传之别。

一、个传

这一时期出现了一些高僧的个传。此类个传甚多，多已散佚，其中较为重要的包括《天台智者大师别传》《大唐大慈恩寺三藏法师传》《唐护法沙门法琳别传》《唐大荐福寺故寺主翻经大德法藏和尚传》《曹溪大师别传》《南岳思大师别传》《天台山章安大师别传》《天台山第五祖左溪和尚传》《大唐传戒师僧名记大和上鉴

---

① 刘知几：《史通通释》卷二《列传第六》，浦起龙通释，王煦华整理，上海古籍出版社，2009年，第41页。

真传》等。① 其中部分作品已佚，以下仅就现存者做分析。

1. 灌顶《隋天台智者大师别传》

《隋天台智者大师别传》一卷，收入《大正新修大藏经》第50 册。开皇二十一年（601），灌顶根据平日追随智顗和寻访故老先达所知而作此传，传中详叙智顗家世、入道缘由、弘法、与皇室交往、神通感应、品德高行等方面内容。当时还有法论、智果、法琳三人为智顗作传，但唯独灌顶此传流传于世。该传在宋代先有智谌作注，后有昙照作注，后者现存，收入《卍续藏经》第134 册，共二卷，对相关史实、地点、时间、人物、官职、名物、典故、词语等做了注释。

该传主要以记事、记言为主，另外还有一些修辞性的描述成分和赞颂成分，但对于智顗天台判教、三观等教义着墨不多。该传在文学写作上的特点，一是关于智顗生前言行，大致按照时间先后叙述；二是在叙述智顗圆寂后所示神通感应时，采取一种并列式的结构，即对不同人的相关事件并不采取因果式的叙述，而是将其并列起来展现智顗这方面的能力。神异故事往往有文学意味，比如智顗出生前后的祥瑞、征兆和其父母的反应就是如此；特别是慧思将他与智顗的相遇解释为在灵山同听《法华经》的宿缘所致，这一典故不仅收入《续高僧传》中，而且在后来的佛教著述和文学作品中也很有影响。该传还有一点值得注意，那就是儒家、道家观念和世俗观念时有闪现，表明"天台一宗"与中国本土传统之间有各种纠葛，尤其是智顗出家前后与家人之间的交

---

① 宋人所编的《崇文总目》著录了《六祖传》《真觉大师传》《高僧懒残传》，传主也都是唐代高僧，但并不清楚这些个传是否为唐五代人所撰。

流及相关行为更能看出佛教观念与家庭观念的冲突和调和：智顗反对留在俗家，主张通过出家求道来报家人之恩。

2. 慧立、彦悰《大唐大慈恩寺三藏法师传》

该书亦称《大慈恩寺三藏法师传》《三藏法师传》《慈恩三藏行传》等，为玄奘单人之传，作者慧立、彦悰。通常认为，慧立曾作为"缀文大德"参加玄奘洪福寺译经道场，玄奘去世后，他为了宣传玄奘的生平事迹而写出《慈恩三藏行传》，他去世后，该书流散，后来玄奘的弟子彦悰在该书基础上加以修订和增补，垂拱四年（688）成书十卷，历代大藏有载。该书前五卷纪行部分取材于《大唐西域记》，亦有得于玄奘口授者；后五卷多为表启敕令。① 该书先交代玄奘身世和出家为僧、游学经历（卷一），再叙其西行出关至高昌，经中亚进入北印度，到达曲女城（卷二），南渡恒河礼拜圣地，在那烂陀寺学习（卷三），周游五印度（卷四），传法北印度，参加无遮大会（卷五），回到长安朝见太宗，建立译场翻译佛经（卷六），与印度僧人交往（卷七），最后叙其晚年的业绩和圆寂后朝野的悼念（卷八至卷十）。该书详细记载玄奘生平，其西行情况对研究中印交通史、中印文化交流史、印度史、中亚史等很有帮助。②

从传记文学的角度来看，该书为最早的中篇单行传记，将魏晋以来的僧人传记发展为文学性传记。作者成功地塑造了玄奘大智大慧、大慈大悲、大彻大悟、不畏艰难、坚毅顽强的形象，体

① 朱东润：《中国传叙文学之变迁·八代传叙文学述论》，复旦大学出版社，2015年，第100—112页。
② 《中印文化交流百科全书》（详编）编辑委员会：《中印文化交流百科全书》（详编）上册，中国大百科全书出版社，2015年，第103页。

现了玄奘一心求法的精神。在人物性格上，将玄奘的高僧形象和普通人性相结合，将心理描写和自然环境描写相结合，并用次要人物衬托主人公；在题材开拓上，作者将传记和游记两种体裁相结合，不仅记人，而且记载沿途见闻，尤其善于描写异国风情，吸取了西域和印度的民间传说；在语言上，散体为主、兼用骈体，骈散结合，自然流畅。①

由于该书以人物生平为主线，而玄奘西行又是其中最重要的内容之一，因此这部分内容得到较多描写，其中又特别注意纪行，某些内容和灵验记相似，比如卷一记玄奘在莫贺延碛中遇险、因念观音和《心经》而脱险的经过：

从此已去，即莫贺延碛，长八百余里，古曰沙河。上无飞鸟，下无走兽，复无水草。是时顾影唯一，心但念观音菩萨及《般若心经》。初，法师在蜀见一病人，身疮臭秽，衣服破污。愍，将向寺施与衣服饮食之直，病者惭愧，乃授法师此经。因常诵习。至沙河间，逢诸恶鬼，奇状异类，绕人前后，虽念观音不能令去。及诵此经，发声皆散。在危获济，实所凭焉。时行百余里，失道，觅野马泉不得。下水欲饮，袋重，失手覆之。千里之资，一朝斯罄。又路盘回，不知所趣。乃欲东归还第四烽。行十余里，自念：我先发愿，若不至天竺，终不东归一步，今何故来？宁可就西而死，岂归东而生。于

① 陈兰村：《〈大慈恩寺三藏法师传〉的文学价值》，载《浙江师范大学学报》1990 年第 3 期，第 52—56 页。

是旋绕，专念观音，西北而进。是时四顾茫然，人鸟俱绝。夜则妖魑举火，烂若繁星。昼则惊风拥沙，散如时雨。虽遇如是，心无所惧。但苦水尽，渴不能前。是时四夜五日无一滴沾喉，口腹干燋，几将殒绝，不复能进。遂卧沙中，默念观音，虽困不舍。启菩萨曰："玄奘此行不求财利，无冀名誉，但为无上正法来耳。仰惟菩萨慈念群生，以救苦为务。此为苦矣，宁不知耶？"如是告时，心心无辍。至第五夜半，忽有凉风触身，冷快如沐寒水，遂得目明，马亦能起。体既苏息，得少睡眠。即于睡中梦一大神长数丈，执戟麾曰："何不强行，而更卧也？"法师惊寤，进发行可十里。马忽异路，制之不回。经数里，忽见青草数亩，下马恣食。去草十步欲回转，又到一池，水甘澄镜澈，下而就饮。身命重全，人马俱得苏息。计此应非旧水草，固是菩萨慈悲为生。其至诚通神皆此类也。①

这段故事不仅记言、记事，而且描写玄奘的信仰心理，充分体现出玄奘身处艰难环境而一心西行求法的坚韧意志、对佛菩萨和佛经的虔信，既成功地塑造了玄奘的典范形象，也展现了佛菩萨和佛经的威灵。这段故事不见于《大唐西域记》《续高僧传》等史料，可能得于玄奘口述、他人传闻并经过撰者改造，其中对念观音名号和念《心经》之力的叙述有些许神异色彩，成为西游故

---

① 慧立、彦悰：《大慈恩寺三藏法师传》卷一，孙毓棠、谢方点校，中华书局，2000年，第16—17页。

事的原型。①

该书传主玄奘对中国佛教有重大影响，其西行异域的传奇经历也能够吸引后来的读者，故后来衍生出各类变文、小说，并逐渐变得神魔化，最终经过各种演变而成为小说《西游记》的来源之一。

3. 彦悰《唐护法沙门法琳别传》

该传为唐护法沙门法琳的个传，《高丽藏》《大正藏》《卍续藏经》等有载。作者彦悰②，亦即《大慈恩寺三藏法师传》的撰者之一，事具《宋高僧传》卷四《唐京兆大慈恩寺彦悰传》。传主法琳（572—640），为唐代护法高僧。当法琳生前，排佛思潮甚为高涨，李唐皇室因自称出自老子等原因而更支持道教，法琳则站在佛教立场上加以反驳。其言论惹怒了帝王，被贬到益州，行至百牢关菩提寺而卒。该传记叙了法琳相关的言论、文章，其中涉及道士来历、华夷之辨、僧道位次、僧侣称谓、业力报应、佛祖生日、道经虚谬、皇帝本系等重要问题。另外，该传称法琳"艺业优赡，坟素必该。世号词林，时称学海。或复风前月下之咏，春兰秋菊之篇。体物缘情，并多洒落"③，该传不仅记叙法琳的遭遇，而且收录其书信、诗歌等方面的文字。道宣《续高僧传》中先有《唐终南山龙田寺释法琳传》，该传则补其缺遗，两传有重合者，但相对而言前者更侧重记事，而后者更侧重记言，所载法琳部分作品

① 太田辰夫：《西游记研究》，王言译，复旦大学出版社，2017年，第279页。

② 关于此书作者的考辨，见陈垣：《中国佛教史籍概论》卷三，上海书店出版社，2005年，第44—45页。

③ 彦悰：《唐护法沙门法琳别传》卷下，《卍大藏经》第150册，第147页。

可补前者之不足。

4.《曹溪大师别传》

该传是记述慧能生平和禅法的文献，在中国久佚。尽管它在9世纪就被最澄带到日本，但直到20世纪初收入《续藏经》后才真正引起人们的注意。胡适等曾对此书加以考证，认为其撰于唐德宗建中二年（781），书中多谬误，其最大价值是，契嵩利用其中的资料对"坛经古本"（指敦煌本《坛经》）做了较大的改编增补，将传中许多内容加到了《坛经》之中。日本学者对该传的研究更多，如柳田圣山以为该传受唐代法才《瘗发塔记》、王维《六祖能禅师碑铭》和《神会语录》的影响而有发展；其他重要成果如驹泽大学禅宗史研究会编著、东京大修馆1978年出版的《慧能研究》对该传做了题解和校订、注释，堪称对以往日本相关研究的总结性成果。①

从文学角度来看，该传的特点是，并不是从慧能本人开始写起，而是从宝林寺的创建开始写，从婆罗门三藏"吾去后一百七十年，有无上法宝于此地弘化，有学者如林，故号宝林"的谶记开始写，预示慧能将在此说法；该传下文乃叙慧能天机自悟、能解悟《涅槃经》，因此得到赏识，住持此宝林寺，符合婆罗门三藏的谶记。该传再写他途经山林而无惧猛虎，得到弘忍印可并获其法衣等故事，具有传奇色彩，其中高僧遇虎是中古时期佛教传说的重要主题，至于袈裟则被视为师子尊者所传。该传再叙慧能离开弘忍南归，于广州制旨寺听印宗法师讲《涅槃经》，诸人夜论幡

---

① 杨曾文：《〈曹溪大师传〉及其在中国禅宗史上的意义》，载《佛教在线》2010年第9期。

动风动，而慧能声称人心动，为印宗所闻，印宗乃问其师承、传法袈裟和佛性不二等言教，大为信服，愿以为师；又为慧能剃发，应了那跋摩三藏"于后当有罗汉登此坛，有菩萨于此受戒"的谶记。另外，该传还有慧能谢绝皇室邀请、临终不传袈裟等内容，收录了皇室所下敕书和慧能辞疾表等文献。在收录皇室敕书、传主灵瑞，强调传主与某座寺庙、某宗的关联等方面，《曹溪大师别传》与《隋天台智者大师别传》颇有相似之处，特别是在将传主的生死与振兴特定寺庙相联系方面，前者可能受后者影响。在撰写主旨上，《曹溪大师别传》通过所保存的慧能法身和传法袈裟来宣传宝林寺，并借此鼓吹其法系更优越。① 另外，该传还称神会"密受付嘱"，说明神会是慧能禅法的继承者。

5. 崔致远《唐大荐福寺故寺主翻经大德法藏和尚传》

该传一卷，收入《大正新修大藏经》第 50 册、《卍续藏经》第 134 册。该传以法藏《华严三昧观》直心中十心名目配成十科，记录华严宗三祖法藏（643—712）的生平。法藏《华严经传记》卷五指出《华严三昧观》务令修成普贤愿行，结金刚种，作菩提因，将来得预华严海会，用于天台法华三昧观，诸修行足为心镜，可见《华严三昧观》强调本于一心而修行。而崔致远《唐大荐福寺故寺主翻经大德法藏和尚传》以此配成十科，可见该传是为了展现法藏的修行历程。该传十科内容分别为，第一科：族姓因缘；第二科：游学因缘；第三科：削染因缘；第四科：讲演因缘；第五科：传译因缘；第六科：著述因缘；第七科：修身因缘；第八科：

---

① John Jorgensen, *Inventing Hui - neng, the sixth Patriarch: Hagiography and Biography in Early Ch'an*, Leiden · Boston: Brill, 2005, pp. 578 - 595.

济俗因缘；第九科：垂训因缘；第十科：示灭因缘。

后世常常将法藏视为学僧、华严宗三祖或华严思想的传承者和阐述者，但研究表明，法藏在诸多方面都很有成就。[①] 该传撰者崔致远声称，他是凭借旧说以记录法藏的才华。其中较具文学性的，是叙述法藏出生、求学、讲演、传译、著述、济俗都有神异或奇瑞出现。当时帝王也认可这类神迹，比如其讲新《华严经》感地动以标异之事就被武则天视为"如来降迹，用符九会之文"的奇瑞。在文体上，该传所收的唐代各类敕书采用骈体文，崔致远自己的行文骈散间杂而偏重骈体，尤其是涉及议论、说理、解释、描写等方面时更是如此。

二、类传（一）

除了个传外，这一时期还有某具体类型的传记，其中包括以某地为中心的类传，如《南岳高僧传》；以某宗为中心的类传，如《宝林传》；以某种行为为中心的类传，如《大唐西域求法高僧传》为代表。第一类即地方高僧传。据《南岳总胜集》卷一、卷二，唐沙门慧日撰有《十八高僧传》，包括惠思、惠海、智颖、大善、僧照、惠成、大明、惠勇、惠稠、惠诚、惠宣、善伏、昙楷、义本、义颢、悟实、道伦、智明的传记。该书已佚，不详其具体内容。[②] 又据《宋高僧传》卷一七《后唐南岳般舟道场惟劲传》，惟劲撰有《南岳高僧传》，从书名看应为南岳一地的高僧传，"未知

---

① 陈金华：《佛教与中外交流》，杨增等译，中西书局，2016年，第182—202页。

② 关于这十八位高僧的生平考证，参罗宁、武丽霞：《汉唐小说与传记论考》，巴蜀书社，2016年，第406—418页。

卷数，亦一代禅宗达士，文采可观"①。惟劲《南岳高僧传》已佚，但据《宋高僧传》卷三〇《唐南岳山全班传》所引，该书记传主籍贯、游历参学、居衡山等经历，则大体具备僧传之格。

第二类是某宗高僧传。如《宝林传》，一般认为体现了以洪州宗为正统的意向。惟劲又有《续宝林传》，该书是禅门高僧传，"盖录贞元已后禅门祖祖相继源脉者也"②。《续宝林传》乃续《宝林传》而作，该书不传，但惟劲乃雪峰义存的弟子，其撰述意图可能是通过将雪峰系僧人录为南岳怀让的后嗣而将之合法化。③

隋唐五代时期现存的类传中，最重要的是第三类，即以西行求法为中心的《大唐西域求法高僧传》。另外，《宝林传》影响也很大。

1. 义净《大唐西域求法高僧传》

义净（635—713），唐代著名的译经僧。他西游印度，经二十五年历三十余国，得梵本经律论近四百部、合五十万颂，还至河洛，天后武则天亲迎于上东门外。④ 其《大唐西域求法高僧传》天授二年（691）撰于室利佛逝，共两卷，历代大藏有载。该书记述从641—691年间到印度和南海访问的六十位来自大唐、交州、爱州、新罗、睹货速利、康国等国高僧的事迹，尤其多记传主出行路线、所见寺院诸方面情况、印度和南海物产风俗。传主中，玄

---

① 赞宁：《宋高僧传》卷一七《后唐南岳般舟道场惟劲传》，范祥雍点校，第431页。

② 赞宁：《宋高僧传》卷一七《后唐南岳般舟道场惟劲传》，范祥雍点校，第431页。

③ 杨曾文：《唐五代禅宗史》，中国社会科学出版社，2014年，第473页；Albert Welter, Monks, Rulers, and Literati, *The Political Ascendancy of Chan Buddhism*, New York: Oxford University Press, 2006, p. 70.

④ 赞宁：《宋高僧传》卷一《唐京兆大荐福寺义净传》，范祥雍点校，第1页。

照、佛陀达摩、大乘灯、无行等是义净在那烂陀寺的同学，义净对他们较为了解；道希、慧业等僧早已去世，是义净在那烂陀寺见到其住所或遗物而知晓；其他大多得自传闻，记载较略。其中部分高僧在出国前就已很有学问，大抵因为受法显、玄奘等高僧影响而不惮远行，主要学习的也是因明、俱舍、戒律、中观、瑜伽等学。[①]

就记叙而言，该书虽有部分传记录了传主大体的生平（如玄照、常愍、贞固），但大多数传都只是围绕传主西行求法展开，而传主生平的其他行事被忽略或遗忘。考虑到西行途中面临着饥饿、疾病和沙漠、风浪诸多险境，人物坚定的志向和坚强的性格是值得注意的内容，但书中很少直接描写传主这方面的内容，至多出现"轻生殉法"[②]"誓舍危躯追胜义"[③] 等字眼，更多的还是对传主途中行事的记叙，即便对那些与作者有过直接交往的高僧也是如此。

在体例上，该书采用史书论赞的形式，用"伤曰"等表达自己的观点。书中不少高僧去世时往往不过二三十岁；也有高僧莫辩存亡，如慧琰；或莫知所终，如玄太。作者的记叙往往不动感情，甚至不大讲述传主去世的原因，似乎将死亡看作一件平常的事情，这可能有佛教的影响。但作者对传主的死还是流露出"伤

---

①　苏晋仁：《佛教文化与历史》，中央民族大学出版社，1998 年，第 82—85 页。

②　义净：《大唐西域求法高僧传校注》卷上，王邦维校注，中华书局，1988 年，第 36 页。

③　义净：《大唐西域求法高僧传校注》卷下，王邦维校注，第 193 页。

其不达"①"每一念来，伤叹无及"② 等意。作者又认为"身虽没而道著，时纵远而遗名"③，这种强调身死而道在、时远而留名的观点更接近中国传统而非印度传统。另外，作者还融合了中印两种传统，如用"涅而不黑，磨而不磷"的中国典故来赞美为法亡身者的坚定意志，又站在佛教立场上将身体称为"秽体"，认为死亡是到安养国（极乐世界），并以"道乎不昧，德也宁堙"④ 再次肯定了死者不可磨灭的道德价值。

在文体上，该书大体采用散体，但也有采用骈体者，如苾刍道宏传、苾刍法朗传、智弘传；另外还出现了诗歌。在结构上，该书还根据西行早晚、走陆路还是海路、地域等安排传主次第。⑤该书对研究中外交通史、文化交流史和南海地区宗教、历史、地理等很有价值，受到多国学者的重视，陆续被翻译为多种外文。⑥

2. 智炬《宝林传》

《宝林传》全称《双峰山曹侯溪宝林传》，唐贞元十七年（801）金陵沙门智炬（又作"惠炬""慧炬""法炬"）集。今存残本七卷。圆仁带回日本的佛教典籍目录中就有此书，《崇文总目》《新唐书·艺文志》《大藏经纲目指要录》等也有著录。然自明代以后该书已不见著录。20 世纪，常盘大定在京都青莲院发现

---

① 义净：《大唐西域求法高僧传校注》卷上，王邦维校注，第 36 页。
② 义净：《大唐西域求法高僧传校注》卷下，王邦维校注，第 244 页。
③ 义净：《大唐西域求法高僧传校注》卷上，王邦维校注，第 77 页。
④ 义净：《大唐西域求法高僧传校注》卷上，王邦维校注，第 52 页。
⑤ 王玉娟：《义净与〈大唐西域求法高僧传〉》，载《山东图书馆季刊》2005 年第 3 期，第 106—109 页。
⑥ 《中印文化交流百科全书》（详编）编辑委员会：《中印文化交流百科全书》（详编）上册，第 113 页。

《宝林传》第六卷，1933 年山西赵城广胜寺《金版大藏经》中发现《宝林传》第一卷至第五卷和第八卷，故中日两国共发现此书七卷。该书还有部分佚文散见于《义楚六帖》《北山录》《祖庭事苑》《西溪丛语》等书，其中有怀让、希迁、道一等人的传。①《宝林传》记禅宗西天二十八祖和中土六祖及南岳、石头法系诸祖师的世系和传法事迹、传法偈、谶记等，为后来的禅宗史书《祖堂集》《景德传灯录》等继承。②该书的编纂意图，很可能是通过贬低袈裟传法、强调祖师传法偈和谶记以驳斥《坛经》《曹溪大师别传》等书的主张，从而将洪州宗合法化。③

　　早在宋代，就有人发现该书的内容、文字、排序、事件、祖师名单等存在诸多问题。道原所编《景德传灯录》采用了《宝林传》，杨亿再做刊削，应涉及该书内容。契嵩《传法正宗论》称该书"文字鄙俗，序致烦乱，不类学者著书"④。子昉称智炬该书"诡说百端，如达磨只履西归、立雪断臂等，事与南山《续高僧传》多不同"⑤，又称"智炬作《宝林传》，因《禅经》有九人，其第八名达摩多罗，第九名般若密多罗。故智炬见达摩两字语音相近，遂改为达磨，而增菩提二字移居于般若多罗之后。又取他

---

① 椎名宏雄：《〈宝林伝〉逸文の研究》，载《驹泽大学佛教学部论集》1980 年，第 11 号，第 234—257 页。

② 杨曾文：《隋唐佛教史》，中国社会科学出版社，2014 年，第 283—285 页。

③ John Jorgensen, *Inventing Hui - neng, the sixth Patriarch：Hagiography and Biography in Early Ch'an*, Leiden・Boston：Brill, 2005, p. 642.

④ 契嵩：《传法正宗论》卷上，《大正藏》第 51 册，第 774 页。

⑤ 志磐：《佛祖统纪》卷一四《诸师列传第六之四》，《大正藏》第 49 册，第 224 页。

处二名婆舍斯多、不如密多以继二十四人，总之为二十八"①。现代研究者还发现：《宝林传》卷一全收《四十二章经》；卷五"师子比丘章"来自《五明大集》，"师子弟子章"则是拼凑《续法记》等书；卷六"三藏辨宗章"原注"此章亦名《光璨录》"，"婆舍斯多章"亦来自《五明集》；卷八"达摩行教游汉土章"《东流小传》和碑文也多有杜撰。② 该书其他问题还包括：年代错误甚多；法琳等碑文不可信；另一作者胜持和序作者灵彻之名乃假托；加入了南宗兴起后属于南宗的思想。③

　　从僧传文学的角度来看，该书的重要性在于，塑造了佛教传法的圣者典范。《洛阳伽蓝记》等文献中的达摩与后来被塑造为中国禅宗始祖的达摩差别颇大④，《宝林传》就在后一进程中起到了重要作用。而二十四祖师子比丘的灭度则因关系到中国禅宗的正法传承而变成聚讼纷纭的问题。《付法藏因缘传》卷六说师子比丘为罽宾国王弥罗掘所害，"付法人于是便绝"⑤，明言正法传承已因师子尊者之死而断绝。但禅宗文献《历代法宝记》却称师子比丘付嘱舍那婆斯后方死，并刻意创造末曼尼、弥师诃两个外道来衬

　　① 志磐：《佛祖统纪》卷二一《诸师杂传第七》，《大正藏》第 49 册，第 242 页。

　　② 胡适：《跋〈宝林传〉残本七卷》，收入欧阳哲生：《胡适文集》第 8 册，北京大学出版社，1998 年，第 568—578 页。

　　③ 杨曾文：《唐五代禅宗史》，第 470—473 页。

　　④ John McRae, *The Hagiography of Bodhidharma: Reconstructing the Point of Origin of Chinese Chan Buddhism*, in John Kieschnick and Meir Shahar eds., *India in the Chinese Imagination: Myth, Religion, and Thought*, Philadelphia: University of Pennsylvania Press, 2014, pp. 125 – 141.

　　⑤ 吉迦夜、昙曜译：《付法藏因缘传》卷六，《大正藏》第 50 册，第 321 页。

托师子比丘的圣者典范。① 而《宝林传》卷五也称，罽宾国中两位外道魔月多、都落遮想篡位而化作僧人相，事败而死；国王弥罗掘乃迁怒于僧，师子尊者对此早有预见而先有嘱付。② 《宝林传》等书的说法往往遭到质疑，但却塑造了师子比丘在遇难前将法传出的圣者形象，以此来解决中国禅宗的传承问题。该书的这类记载也为《景德传灯录》等采用，并在契嵩《传法正宗论》等书中得到颇有佛教色彩的辩护，至今影响不绝。

三、类传（二）

这类传记严格说不是以任何僧人为中心，而是以某类信仰为中心，目的是解释、宣传经论或某种法门，因此记载了相关僧人的生平等传记式内容。隋唐五代时期，以信仰为中心的类传包括以下数种。

1. 惠祥《弘赞法华传》

该书共十卷，《大正藏》《卍续藏经》等有载。撰者自称"蓝谷沙门惠详"，生平不详，编撰年代亦不详，但卷十《释玄际》提到"神龙二年"，这意味着此书的编撰不会早于 706 年。该书内容较杂，来源不一，其中不少材料还是先后成立的。在内容、结构上，卷一图像，多记载以《法华经》中的佛菩萨为主角进行的造像、斋会等活动，或记载以此经为据的制图、建寺、造塔、造台等活动。卷二翻译，记三国魏至隋唐翻译《法华经》或其中某品

---

① 荣新江：《中古中国与外来文明》（修订版），三联书店，2014 年，第 316—319 页。

② 师子比丘事参徐文明：《师子比丘与后四祖》，载《贵州社会科学》2001 年第 2 期，第 52—55 页。

的情况，另外还包括不属于正经的伪经、论等内容。卷三讲解，记录唐代学问僧讲解、注疏《法华经》及相关佛事的情况。后并录三十三人名，亦有造疏。卷四修观，为慧思、智𫖮、智璪三位依据《法华经》而修持的高僧传记。卷五遗身，记载高僧依据《法华经·药王菩萨本事品》所载药王菩萨前世烧身供佛、焚指弘经而舍身的故事，共十二人。卷六、七、八诵持，记录诵读《法华经》之事和灵验事迹，人数八十人左右，部分故事也有《法华经》的经文根据，比如诵此经舌根不坏。卷九转读，转读也是诵读，只不过未必通读，而可能仅读《法华经》中的部分。此卷包括自齐梁至唐十二则转读故事及灵验传说。卷十书写，对《法华经》自三国到唐代流传、翻译、供奉等方面情况做了介绍，主要记录自北齐到唐十九则写《法华经》及其灵验的传说故事。①

从文学角度看，《弘赞法华传》属于弘教文学一类。从语言角度看，该书多为散句，部分是骈句，质朴明白。从记人记事的传记文学角度来看，该书大致可分为三种情况。

第一，简要记录与《法华经》相关的佛事。这种情况相当普遍，例如，卷一这几个例子：

后魏太祖道正皇帝拓跋珪，天兴元年造耆阇崛山图一所，加以缋饰，莫不严具焉。

晋义熙七年，王荆州殷夫人创造东青园寺，寺中造法花台一所。

宋元嘉十五年，谢婕妤在秣陵县造法花寺。

①　关于该书大致内容，详见杨曾文：《隋唐佛教史》，第280—281页。

后魏太常卿恭侯郑琼起净域寺,建法花堂。

晋兴宁二年,沙门慧力于瓦官寺造石多宝塔一所。

宋元嘉五年,彭城人刘佛爱于建康造多宝寺,又造多宝塔一所。

齐建元元年,豫州刺史胡谐之于钟山造法音寺,舍人徐俨助造石多宝塔一所。①

相关的纪年、地点、名称、职官、人名表明,该书历史性较强,即这些佛事都是真实发生的,因此我们可以据此认为这些是值得相信的内容。另外,该书有些内容本与特定佛经无关,但该书却会根据《法华经》的记载而将其收入,后魏太祖造耆阇崛山图一事就是如此。这种简单记载通常不说明动机、原因、后果,与其说记载的是故事,不如说记载的是事件。记事完毕,此条目也就结束而进入下一条目,不管人物的其他言行。

当然,不是所有传记都如此简单,还有传记包含其他因素,不过严格说并无实质的故事,只是增加了一些形容:

西魏文皇帝,讳宝矩,坐四衢而翼诸子,驾三车而摛觉路。系衣珠于庶品,示井清于高原。大起伽蓝,深持净戒。入如来室,偏存孤老。每诵《法华》以为恒业。②

---

① 惠祥:《弘赞法华传》卷一《图像》,《大正藏》第 51 册,第 13 页。
② 惠祥:《弘赞法华传》卷六《诵持》,《大正藏》第 51 册,第 27 页。

　　这里用骈句形容西魏文帝元宝炬的佛教修养，很难说构成其诵读《法华经》的独特动机，而更像是并列说明关系；至于诵《法华经》后果如何，也未说明，而西魏文帝其他情况也无记载。因此，这段材料与前面所说情况并无根本的不同。正如我们所知，这类记载中其实一般都会出现所谓祥瑞或灵验；而西魏文帝的这一佛事却还不是一个完整的灵验故事，尽管我们可以通过他做佛事来猜测他会获得功德果报。

　　第二，有一个故事梗概，但只是围绕《法华经》本身进行。典型的如：

　　　　又长干寺东阇梨者，诵《法华经》，甚有节行。每有
　　　所诵，瓶水夏冷冬温，略为常候。①

　　这里记载了僧人诵《法华经》的神奇效验，但我们不知此僧名字、籍贯等信息，更像是一则灵验记而非人物传。

　　这种情况有着较为复杂的情形，即存在相对曲折的故事，但依然围绕《法华经》进行。如卷七《诵持》记章氏诵《法华经》，懊恼自己体质差不堪久诵，忽然梦见一位僧人给自己服药，因腹痛惊醒，以为此人是鬼，服其药即是服鬼药，决死不疑，结果与预料相反，她的病好了，从此四体康健，常能读诵。在这里，梦中发生的事被视为对现实有实质性作用（这类故事几乎是程式化的，反复出现），而其与主人公的预料之间的反差构成了叙事吸引人的地方。然而，这位章氏也就因为与《法华经》相关而被记载，

---

　　① 惠祥：《弘赞法华传》卷七《诵持》，《大正藏》第51册，第32页。

除了说她是隋右光禄大夫陈陵的妻子外，她的其他生平事迹几乎都被忽视了，家世、籍贯、死期、年寿等信息付之阙如。可见，记录者、作者真正关注的并不是作为个体的叙述对象，而是其对《法华经》的信仰及其灵验事迹。

第三，不仅有故事梗概，而且有相关于传主生平的叙述。如卷六《诵持》记慧进，先说其姓氏、籍贯、性格，再说其年三十而出家京师高座寺，接着才说其与诵《法华经》相关的故事，最后称其永明三年去世，寿八十五。此类"传"既像一般的人物"传"那样围绕传主生平，也记录那些与《法华经》相关的事件或故事，只不过慧进与《法华经》的关联是他生平中最重要的部分，也就成为本传的主体内容，而这也是其与一般的人物"传"不同的地方。另外该书的一些传记通常说明材料来源，如超辨就有刘勰制文。事实上，有些"传"本来就出自僧传，其中依然保留有僧传的痕迹，只不过该书主要选取传主与《法华经》相关的内容，至于其他事迹则常常省略，如吉藏传就是如此；在这方面，最特殊的恐怕是卷二"翻译"，本卷的"传"大多是一般僧传的内容，而很少单纯围绕《法华经》展开。

总的看来，该书虽然都是"传"，但既有似"记"之传，也有似"僧传"或人物"别传"之传。正因为如此，该书的结构也就很明显，大体上是①"传主生平"和②"传主与信仰《法华经》相关的内容"之间的消长和糅合。似"记"之传详于②而略于，甚至没有①；而似"僧传"或人物"别传"之传必定详于①，既可能详于也可能略于，但不可能完全不提及②。

此外，该书保留了与《法华经》相关的一些传记，有助于了解信仰《法华经》的情况。该书部分内容可与《续高僧传》等对照，部分内容也可与惠祥本人的另一部《法华经传记》对照。该书对后来的一些感应传也有影响，如明代僧人了圆的《法华灵验传》就采用了该书的材料。

2. 僧详《法华经传记》

该书十卷，《大正藏》《卍续藏经》等有载。撰者僧详、生平不详，该书分为部类增减、隐显时异、传译年代、支派别行、论释不同、诸师序集、讲解感应、讽诵胜利、转读灭罪、书字救苦、听闻利益、依正供养十二科。前五科集中在卷一，"诸师序集"集中在卷二前半部分；其中"部类增减"叙该经诸本品目，"隐显时异"叙该经如何出现于世和结集，"传译年代"叙译经时代，"支派别行"叙该经各个译本，"论释不同"叙该经论典，"诸师序集"叙关于该经的各种序言或后序。关于这部分内容，作者大多明言其材料来源。

真正有人物传记内容的是后六科。在这方面，该书也有其特点，那就是在每篇传记的末尾说明材料出处，而每篇传记的来源又未必单一，往往取材于两个甚至两个以上的材料，多来自《高僧传》《续高僧传》《法苑珠林》、别传、别记、别录、寺记、小说、义疏、讲法记、序言等材料。另外，作者对唐代一些僧侣的传记或有较清楚的了解，有得自口传和见闻者[1]，故不需借助他人著述。但这不能涵盖所有情况：该书还有些传记因为疏误或其他原因而未明确说明传记材料出处，实际上依然有其出处。例如，卷一〇慧绍传、慧益传、僧瑜传出自《高僧传》；卷三道昂传、智璪传，卷五遗俗传、道泰传，卷八慧眺传，卷九法朗传，卷一〇

---

① 僧详：《法华经传记》卷一〇，《大正藏》第51册，第96页。

大志传、会通传、荆州比丘尼传、并州城西书生传等，均出自《续高僧传》。卷五高守节传、史村传，出自《弘赞法华传》。卷五隋岐州东山下村沙弥传、僧彻传，卷六高表仁孙子传，出自《集神州三宝感通录》。卷五肃璟传、韦仲珪传，卷八北齐仕人传，出自《冥报记》。卷六慧达传出自《观音义疏》。卷七竺县遂同学僧传、道俊传，卷八玄绪传，卷九孝慈传，出自《释门自镜录》；卷九贞观鸽儿传出自《法苑珠林》。

《法华经传记》主要围绕《法华经》展开，因此往往选取僧传中那些与《法华经》相关、与科目相关的内容，而人物生平介绍较为简略。如卷二竺道生传入"讲解感应"科，其材料主要来自《高僧传》，但并未详细叙述竺道生一生中所有重要行迹，可见人物生平经历的完整并不是该书作者撰述意图所在。同样，昙谛传也只是选取了《高僧传》部分与《法华经》相关的内容，就连传主母亲怀孕时的神迹始末也未叙述完整。智顗传在这方面更为明显：传记叙述内容繁多，但几乎都是围绕他与《法华经》的关系展开。因此，出现像下面这篇传记的叙述就毫不奇怪了：

> 释僧满，是梁代人也。稚而聪明，蔬食苦节。博通经论，而以《法华》为志。讲经一百遍，闻者涕泪伏膺。每至《药王品》，叹息生死轮转无穷已，谁为法惜身？更于长沙郡，发愿烧身以供养经。天降微雨，灰中生莲华，三日无萎落，见闻者悲喜矣。①

---

① 僧详：《法华经传记》卷二，《大正藏》第51册，第56页。

与上文提到的《弘赞法华传》相类似，该传同样是"传主生平"和"传主与信仰《法华经》相关的内容"之间的消长和糅合。该传对僧满的介绍限于其生活朝代、性格天资、饮食习惯，然后就转入他讲《法华经》，尤其集中叙述他烧身供养此经的动机、经过和感通，这以故事梗概形态呈现；至于其他则不详，因此传主形象比较单一，基本上是围绕《法华经》和"讲解感应"科展开。这类情况较为典型的还有卷三慧诚、慧勇、慧稠、缘光、善义、弘景，除了简单的人物介绍外，其传记的其他内容都在说明他们的"讽诵"带来的利益。

《法华经传记》部分传记更接近"记"而非人物"传"，这还可以从作者提到的材料来源看出这一点。例如，卷三慧如传就出自《冥志记》，而本传重点讲述的就是传主入地狱讲《法华经》前后的所见所闻，以彰显讲解《法华经》救度罪人的巨大力量，至于传主生平的完整经历则不是考虑的重点。从这方面来说，一个科目就如同一个叙事主题，像"讲解感应"科往往通过记事说明讲解《法华经》所产生的感应。另外，科目也成了作者选择材料的根据，因此并不一定符合传记来源对传主的定位，比如"讲解感应"科只叙道昂于相州讲《法华经》而圆寂、生西方净土，而《续高僧传》将道昂置于"习禅篇"，这一故事只是其中一部分而已。

《法华经传记》中也有基本抄录来源的传记，就此而言它们可能就像是僧传。如智越传出自《续高僧传》卷一七，同样是"习禅篇"，二者材料基本相同，前者不仅抄录那些说明传主"讽诵胜利"的内容，而且有传主习禅的内容和生平行事始末，不过省略了后者的一些言辞性内容。智璪、法喜等人传记也是类似的情况。

当然，我们也不必将僧传看得就那么像是人物"传"，事实上某些僧传本来就像是"记"，因此《法华经传记》即便照抄也不像是人物"传"，像《续高僧传》道泰传被置于"感通篇"，强调的就是道泰念观世音的灵验，《法华经传记》道泰传不仅抄录了这部分内容，而且添加了其诵《法华经》、念观音的内容。另外，强调《法华经》的重要性这一目的有时会促使作者窜改僧传的材料，比如卷八慧眺传称传主改信大乘后，每讲《法华经》《华严经》以陈忏悔，而《续高僧传》卷一五本传只说慧眺讲《华严经》等经以陈忏谢，法藏《华严经传记》也说传主四时每讲《华严经》，因此《法华经传记》的这种窜改可以看出作者对《法华经》的重视。

相应地，该书的人物形象也基本上围绕对《法华经》的宗教信仰而设立。在一篇传记中，传主一开始可能是不虔诚者、放荡者，或因生死无常的刺激而变得疯癫，但在经过一系列事件后，往往都成为《法华经》的虔诚信徒或代言人；传主与《法华经》相关之事可能有多件，但每件事之间并无明显的因果关系，而是呈现出共同体现同一科目的宗教主题的并列形态。这表明，人物在书中并无首要地位，人物乃是宗教信仰的载体；人物的一般性格也不重要或遭到否定，重要的是宗教化的性格。不仅就一般人或一般僧侣而言如此，即便佛教中的药王如来、转轮圣王、天人、天女或提婆达多等佛弟子也是如此。

该书在佛教史上也有一定价值。作者称该书"词质而俚，欲见闻徒易悟；事窍而实，使来叶之传信心"①，所谓文辞质朴俚俗，记事贯通得实，意在宗教传播、弘扬。更重要的意义可能是体例

---

① 僧详：《法华经传记》卷一，《大正藏》第51册，第48页。

上的：本书往往标明材料出处，这也继承了《高僧传》《续高僧传》《集神州三宝感通录》《法苑珠林》《释门自镜录》等佛教典籍的做法。这种做法后来也有继承者：到宋代，《宋高僧传》就经常说明材料出处。可以说，《法华经传记》等书构成了中国佛教传记体例发展的一个重要环节。

3. 法藏《华严经传记》

法藏（643—712），华严宗三祖，华严宗实际的创始人之一，字贤首，祖籍康居，以康为姓。年十七随智俨学《华严经》，咸亨元年（670）出家，先后于太原寺、云华寺讲《华严经》。于阗沙门实叉难陀重译《华严经》，他奉诏笔受。武则天称帝后，法藏曾为她宣讲新译《华严经》，武则天乃开悟。其著作有《华严经旨归》《华严五教章》《华严经探玄记》《华严三昧章》等。《华严经传记》又名《华严传》《纂灵记》，共五卷，《大正藏》《卍续藏经》等有载。法藏未完成此书就去世了，由其弟子慧苑、惠英等人续成。该书分部类、隐显、传译、支流、论释、讲解、讽诵、转读、书写、杂述十门。"部类"谓《华严经》有三本；"隐显"叙此经之结集、弘传；"传译"叙此经之翻译；"支流"叙此经单品经的翻译、异译、经抄、伪经等；"论释"叙此经的《十地论》等和中国僧俗的论释著作和相关人物的事迹。而"讲解""讽诵""转读""书写"四章载录历代人物传记、事迹，"杂述"载录法藏华严著述十五种。①

该书僧人传记大多出自前代。卷一《传译》：佛驮跋陀罗传见《高僧传》卷二《佛驮跋陀罗》；地婆诃罗传部分可与《开元释教

---

① 关于该书大致内容，详见杨曾文：《隋唐佛教史》，第281—282页。

录》卷九《地婆诃罗》相互印证；实叉难陀传亦可与《开元释教
录》卷九相关内容相互核对。卷一《论释》：刘谦之事见《续高僧
传》卷二五《释明隐》。卷二《讲解上》：法业传见《高僧传》卷
七《释慧观》《开元释教录》卷三；求那跋陀罗传见《高僧传》
卷三《求那跋陀罗》；勒那摩提传见《续高僧传》卷一《菩提流
支》；慧光传见《高僧传》卷二一《释慧光》；僧范传见《高僧
传》卷八《释僧范》；昙衍传见《高僧传》卷八《释昙衍》；灵裕
传见《续高僧传》卷九《释灵裕》；慧藏传见《续高僧传》卷九
《释慧藏》；灵幹传见《续高僧传》卷一二《释灵幹》。卷三《讲
解下》：法敏传见《续高僧传》卷一五《释法敏》；慧眺传见《续
高僧传》卷一五《释慧眺》；道英传见《续高僧传》卷二五《释
道英》；道昂传见《续高僧传》卷二〇《释道昂》。卷四《讽诵》：
普圆传见《续高僧传》卷二七《释普圆》；普济传见《续高僧传》
卷二七《释普济》。卷四《转读》：普安传见《续高僧传》卷二七
《释普安》；法安传见《续高僧传》卷二五《释法安》；释解脱传
见《续高僧传》卷二〇《释解脱》。卷五《书写》：王凞传见《辩
正论》卷四；法诚传见《续高僧传》卷二八《释法诚》。此外部分
僧俗与法藏生活年代相接，或来自法藏本人的了解，或另有材料
而今已不得见。

在编纂特点上，第一，与《弘赞法华传》有所不同，该书的
传记大多有首有尾。不过，鉴于该书的性质，该书虽然大体上有
一个人物传记的基本结构，但在具体内容上，首先还是侧重选取
与《华严经》相关的内容，至于其他内容则可能会省略。如卷三
《释道英》相比于《续高僧传》本传，省去了一些修辞性、说明
性、言辞性、一般性叙述的文字和其他与《华严经》无关的内容；

卷五《释法诚》尤其典型：在《续高僧传》中，法诚被置于"读诵篇"，但他读诵的对象主要是《法华经》，而《华严经传记》却删去了这部分内容，而主要选取传主供《华严经》及相关感通故事，传主生平也显得不大完整，不像《续高僧传》那样叙述传主师承经历和圆寂情况。有些传虽涉及其他佛经，但可能会加以贬低，卷四《比丘尼无量》就称传主的姐姐教她诵"般若""观音"等经而未开悟，后改授《华严经》，有如宿习。法藏显然将《华严经》看得比其他佛经更为高明，如书中的孙思邈反驳唐高宗以《大般若经》为大经的说法，认为"《般若》空宗，乃《华严经》中枝条出矣"①。

第二，法藏的文字总体上偏于简要，因此即便叙述同一件事，也可能文字更少。如《华严经传记》卷二《释灵幹》出自《续高僧传》卷一二《释灵幹》，但相互比较可知，法藏省去了灵幹送舍利于洛州等事；即便同叙前往兜率天，也不像《续高僧传》那样形容兜率天，而是侧重记言。当然，该书也会增加一些内容，比如卷四《释普济》，除了来自《续高僧传》本传的内容外，还增加了传主生病不吃药而病愈的故事，或为传闻。

第三，有些传记结合了多种类型的材料。卷四《释法安》主要取材于《续高僧传》卷二五《释法安》，似乎像是一般的传记，尤其措意法安的神通，而这与《华严经》看不出有什么关系；该书只是最后部分才讲到法安诵读《华严经》，而这恰恰不见于《续高僧传》。之所以如此，很大程度上与材料来源的分科有关：法安传被置于《续高僧传》"感通篇"中。但《华严经传记》不仅袭

---

① 法藏集：《华严经传记》卷五《书写》，《大正藏》第51册，第171页。

用了相关内容，而且采用了其他材料或传闻，表明法安还是诵读《华严经》的高僧，因此《华严经传记》实际上是结合了法安"感通""转读"两种类型材料的内容。

第四，某些传记中有多个故事，其中单个故事内部或具有某种因果关系、时间关系，但传记总体上并不重视时间因素，而是采取并列结构，将传主的多个故事并置，以凸显他与《华严经》的紧密关联或对弘传《华严经》做出的贡献。以法诚传为例：

> 后于寺南岭，造华严堂，添洁中外，方就抄写。其堂瓦及塈，并用香水，皆诚自踯躅。庄严既毕，乃洁净图画七处八会之像。又访召当时工书之人弘文馆学士张静，每事清净，敬写此经，诚亦亲执香炉，专精供养。乃至一点一书，住目倾心。然施慧殷重，雨纸酬钱五百。便感瑞鸟形色非常，衔华入堂，徘徊旋绕，下至经案，复上香炉。其经当写未终，后方更续。更续之日，鸟又飞来。复造宝帐香函，莹饰周修。自尔精心转读者，多蒙感祐矣。[①]

这里主要讲述法诚三件事：一是造华严堂，画七处八会之像；二是请张静写《华严经》，由于布施功德，感通瑞鸟降临；三是造宝帐香函，精心转读者从此得到护佑。这三件事彼此之间并无明确时间线索和因果关系，只是以"又""复"联结起来，却都与他书写《华严经》这一主题有关，都体现了他对《华严经》的虔信、

---

① 法藏集：《华严经传记》卷五《书写》，《大正藏》第51册，第171页。

敬奉；尤其是第二个故事中写经、续写都有瑞鸟出现，表明这种瑞相确为感通所致而非偶然现象，从而进一步凸显了他在这方面的宗教贡献。

总的来看，该书保留了与《华严经》相关的一些传记，有助于人们了解对《华严经》的信仰情形。该书部分传记（如实叉难陀传）还成为《宋高僧传》的来源①，就此而言它具有一定的史料价值。此外，该书以"传记"连用为名，可能是因为作者意识到本书内容既有传的成分，也有记事的成分，这和《法华经传记》一样在佛教文体意识上似乎是一个突破，尤其是相比于《弘赞法华传》而言——如前所论，后者单纯以"传"为名，实际上却存在"传"与"记"的混合。

第二节　《续高僧传》与宗教典范的确立

道宣的《续高僧传》（又名《唐高僧传》《唐续僧传》《续僧传》《唐僧传》等）继慧皎《高僧传》而作，是隋唐五代现存的唯一一部僧人总传。② 该书采取多种方式广泛搜集高僧群体的史料，"或博咨先达，或取讯行人，或即目舒之，或讨雠集传。南北国史附见徽音，郊郭碑碣旌其懿德。皆撮其志行，举其器略"③。和《高僧传》一样，该书分十科，但却改"神异"为"感通"，改"亡身"为"遗身"，改"诵经"为"读诵"，又将"经师"

---

① 杨志飞：《赞宁〈宋高僧传〉研究》，巴蜀书社，2016 年，第 403 页。

② 当时还有法论的《名僧传》，惜书未成而不传。

③ 道宣：《续高僧传》卷首《序》，郭绍林点校，中华书局，2014 年，第 2页。关于该书材料的具体来源，详见陈瑾渊：《〈续高僧传〉研究》，复旦大学博士学位论文，2012 年，第 71—76 页。

"唱导"二科合为"杂科声德",增"护法"一科,每科后有"论",记叙上兼具记事和记言,体制上更为完备。①

《续高僧传》原从南朝梁初(502)写到唐贞观十九年(645),又为一些不见于《高僧传》的重要高僧立传,全书三十卷,其中正传三百四十人,附传一百六十人。成书后,他又续编了《后集续高僧传》十卷,晚年又将《后集续高僧传》增编到《续高僧传》中,这使得该书收录传记的情形成了一个众说纷纭的问题,有学者甚至认为该书经过了多次增补和改编。②从文献演变的角度来看,根据文献形态、谱系、传播地域等的不同,该书还可以分为中国、朝鲜的刊本大藏经系统和日本古写经系统,这一问题与该书数次编纂过程交织起来,使得问题更为复杂。③该书作为宗教哲学、宗教史著作历来受到重视。相对而言,学界较少从宗教文学视角出发探讨该书。因此,本节不按照十科分别论述,而是按照《续高僧传》写作的特点、高僧活动的特点分成三部分展开,分别是高僧出生和出家、高僧的宗教实践,以及高僧的涅槃。在此过程中,本节将注意具有宗教特点的记叙方式,即僧传不仅记叙高僧的一生,而且试图把握高僧言行背后的动因,赋予高僧的一生以各种宗教意义,为读者提供仰止、效仿的典范,达到宣传高僧、弘传佛法的目的。

---

① 参陈垣:《中国佛教史籍概论》卷二,上海书店出版社,2005年,第22—29页。关于《高僧传》的分科,参纪赟:《慧皎〈高僧传〉研究》,上海古籍出版社,2009年,第131—145页。

② 参杨曾文:《隋唐佛教史》,第276—280页。

③ 参池丽梅:《〈续高僧传〉的文本演变——七至十三世纪》,收入《汉语佛学评论》第四辑,上海古籍出版社,2014年,第224—267页。

一、高僧出生、出家

僧传并不是简单地、泛泛地描写高僧的出生和早年活动，而是具有解释性、预示性，即为了说明高僧为何从世俗家庭中出家并成为高僧，故而经常出现神圣性、信仰性的叙述。这种神圣性、信仰性的叙述可分为先天因素和后天因素。

1. 先天因素

《续高僧传》常常将高僧的出生置于三世的佛教时间视野中并赋予其感通、祥瑞等方面的宗教意义或神话意义，从而与高僧后来的出家形成一种稳定的、先天的关联。此类故事常常是类型化的，目的是表明高僧天生具有的品质。

首先，高僧的母亲怀孕、生育前后的感应和祥瑞是描写的重点，意在说明高僧的出生不是世俗的生育事件，而是神圣的事件。静之的母亲因念观音名号而怀孕，怀孕期间不吃腥，静之出生后从小就学习阿弥陀观，因此其因母的佛教活动带来的感应就解释了静之的出生。智藏的母亲梦见众多星斗坠地，自己吞下星斗而怀孕，而智藏生下来就很聪明。在中古时期，人们认为人与天上世界存在对应关系，天上世界主宰着人间世界，因此这个故事可能表示智藏是星斗下凡。出生时间也被视为祥瑞。慈藏的母亲梦见星斗入怀而怀孕，生他的时日就是佛诞日四月初八，因此道俗都认为是稀有的祥瑞。水、光的出现也被解释为佛法光耀、流通的预兆，如智脱"初诞之夕，神光照室。旬日之间，枯泉自涌。

斯盖智炬欲明、法流将导之征也"①。这类记载并不被视为偶然的牵合，而是编撰者的确认为神光与传主后来舍俗出家、弘传佛法之间有内在的联系。出现钵、莲花、狮子、梵僧、相轮等祥瑞也往往表明传主与佛教有着密切关联。智琰的母亲怀孕时，"梦升通玄寺塔，登相轮而坐，远视临虚，曾无惧色。斯乃得道超生之胜兆，人师无上之奇征"②。正如最后两句解释的那样，梦登相轮被编撰者视为智琰后来一切宗教成就的先兆。这样明确的解释再好不过地说明，这类叙述绝非随随便便写下来的，而是被赋予了深刻的宗教意义，预示了传主后来的发展。

其次，容止、气度等先天或外在的因素也被视为出家的重要预示。中古时期，容止、风仪等成为六朝贵族区别于寒族的重要标志，与唐代科举制度中的官员选用也不无关联，影响到一个人的社会评价和仕途。③ 因此，这一时期的世俗史传也对高僧的仪表有特殊关注。④ 当然稍有不同的是，《续高僧传》的相关描写相对来说更为"纯粹"，并不一定关注相貌特征与传主社会地位的关系，而是用这一因素来解释传主出家；其关注重点与其说在于相

① 道宣：《续高僧传》卷九《隋东都内慧日道场释智脱传》，郭绍林点校，中华书局，2014 年，第 322 页。

② 道宣：《续高僧传》卷一四《唐苏州武丘山释智琰传》，郭绍林点校，2014 年，第 477 页。

③ 详见谷川道雄：《中国中世社会与共同体》，马彪译，上海古籍出版社，2013 年，第 297—312 页。

④ 如《旧唐书·方伎传》中的神秀，就不仅被说成继承了达摩至弘忍一脉相传的佛法，而且也因其相貌而被张说誉为王霸之器，至于六祖慧能则以自己矮小貌丑为由婉拒武则天和神秀的邀请。这种描写与神秀代表的政治中心、高贵出身、高级僧职、北宗和慧能代表的政治边缘、蛮夷身份、边地僧侣、南宗等标签构成了一组二元对比。John Jorgensen, *Inventing Hui-neng, the sixth Patriarch: Hagiography and Biography in Early Ch'an*, Leiden·Boston: Brill, 2005, p.74.

貌好坏本身，不如说在于相貌特征是否与佛教人物相似相同。就佛教自身而言，佛陀、高僧累世行功德而得的相貌被视为其出家的原因之一，相貌极为丑陋者则不许剃度出家。[①] 佛陀显现其非凡的音容仪表，被视作有助于教化弘法的权宜之道。[②] 对这类现象的关注似乎还有大乘佛教"一切众生悉有佛性"之类如来藏思想的影响。从空的观点来看，佛陀三十二相、八十种好皆属虚幻不可执着，但中古时期广为流传的《涅槃经》又宣称，"一切众生现在悉有烦恼诸结，是故现在无有三十二相、八十种好。一切众生过去之世有断烦恼，是故现在得见佛性"[③]。随着佛教的传播和发展，人们已经熟悉佛陀的相貌，摆脱国别、族类、地域、家庭、物种等限制而（现世）成佛的观点也开始流行，时人不仅将心性与佛相比，而且将身体容貌与佛相比，甚或认为己身与佛没有区别。从《续高僧传》来看，传主的家人还会根据相貌特征来判断传主的资质，如僧渊有眼光外射、声若洪钟等特征，有佛陀那样的两足轮相，其父亲感到很惊异，命他出家。可以说，高僧像佛，这被视为过去世以来领悟佛理和虔诚修行、断绝烦恼的结果。

2. 后天因素

在《续高僧传》中，传主出家的后天因缘不仅关系到传主的个人遭遇，也涉及佛教。一般来说，家庭变故、战争等因素容易促发传主觉悟，但并不尽然，因为日常生活同样也会促发觉悟。

---

① 释道诚：《释氏要览校注》卷上《师资·律不许度者》，富世平校注，中华书局，2014 年，第 104 页。

② 道宣：《续高僧传》卷二九"论"，郭绍林点校，中华书局，2014 年，第 1192 页。

③ 慧严等：《大般涅槃经》卷二五《师子吼菩萨品第二十三之一》，《大正藏》第 12 册，大正一切经刊行会，1924—1934 年，第 769 页。

首先，《续高僧传》强调高僧在悲惨的家庭变故背景下无师自悟，自然厌世。像法藏因父母双亡而深感人生无常，乃出家希求三宝福祐，这就表明个人不幸遭遇会促发传主产生出世的觉悟。其次，战争等因素与佛教因素的结合也促成了传主出家。法朗早年参军，但他觉悟到兵为凶器，身体为苦因，欲海邪林不能令人觉悟，后遂出家；神照逢隋末战乱，亲属和母亲先后去世，自己无所依靠，乃出家为僧。再次，佛教传播、弘扬导致传主有机会听闻佛经、佛教教义或接触佛教圣迹，从而出家。法上厌世，是因为他读了《涅槃经》；昙延出家，是因为他听法师讲《涅槃经》等佛教经论而觉悟；智欣有离俗的志向，是因为他听闻十二因缘义；昙鸾出家，是因为他家住五台山附近，对神迹灵怪之事多有听闻并前往寻访。复次，并没有特别强调什么灾难性的因素，而是说非常平常的俗世生活也能让传主觉悟到其局限性，如智聚就深深地厌恶俗世这一"樊笼"。最后强调的因素是感通。像慧暅就有非常之感应，他梦见自己登相轮，感到身心快乐，于是游京都，途中遇一法师出家。

先天因素和后天因素也可能结合起来解释传主的出家。在这方面，慧约的个案特别精彩。慧约的母亲梦见一个高个子拿金像叫她吞下，又有紫光绕身，由此怀孕，便觉得精神爽发，思理明悟，生下慧约的时候也是光香充满，身白如雪。这一金像当即佛像，因为佛有三十二相，其中之一就是紫磨金身。因此，这种说法是在宣扬慧约与佛陀之间的神圣关联，证明其为何善于说理。在描写这一瑞相后，该传接下来又宣扬他从小聚沙为塔、怜悯物类、不食膻腥等行为，甚至宣称慧约是菩萨。耐人寻味的是，该传特别指出，慧约居住的地方是道家思想盛行的地方，根本没听说过佛法。这显然不是儒家知人论世的论调，而是强调佛教作为先天因素的影响，以便说明慧约的天生资质。即便慧约后来真的想出家，该传同样刻意避免强调后天因素，而是说"宿习冥感，心存离俗"。他最终出家直接的动因则是，有一神人教导，故前往剡中学佛。① 在这里，金像、菩萨、前世习性等都解释了慧约出家的先天因素，但最后还是因为有神人教导促成了他前去学佛，这位神人同样给人以洞穿时空、命运的感觉，只不过出现在慧约的现实生活中，而非出现在慧约未生之前。

二、高僧的宗教实践

作为僧传，《续高僧传》注重记人记事，其中一个重要层面就是记叙传主出家后的宗教实践活动，通过这些活动，传主的高僧典范得以体现出来。

1. 治学与修行

就治学而言，僧传最重视的是佛教方面的学问。②

先看"译经篇"。该篇提到的高僧翻译佛经的情况包括：僧伽婆罗译《大育王经》等一十一部四十八卷；曼陀罗与婆罗共译《宝云经》等三部合一十一卷；木道贤献《优娄频经》一卷；僧法译出《净土妙庄严经》；昙曜集诸德僧，对天竺沙门译出《付法藏因缘传》；昙靖译出《提谓波利经》二卷；菩提流支等翻译三十九部一百二十七卷；宝意译出二十四卷；觉定译出佛经十部；智希

---

① 道宣：《续高僧传》卷六《梁国师草堂寺智者释慧约传》，郭绍林点校，2014年，第182页。
② 参陈瑾渊：《续高僧传研究》，复旦大学博士学位论文，2012年，第94—104页。

译出十四部八十五卷；智贤译《五明论》；法希奉勅译《婆罗门天文》二十卷；藏称与弟子阇那崛多等译《定意天子问经》六部；拘那罗陀出经论记传六十四部二百七十八卷；高空译出三部七卷；善吉译经八卷；法泰译出五十余部并述义记；智恺对翻《摄论》合二十五卷；那连提黎耶舍译经论一十五部八十余卷；阇那崛多译经三十七部一百七十六卷；法智译《业报差别经》等；达摩笈多翻经论七部三十二卷；波颇翻译三部三十五卷；玄奘翻经七十三部一千三百三十卷；那提翻译三经。翻译并不只是将梵文著作翻译成汉语，也包括将汉语著作翻译成梵文：彦琮之于《众经目录》、玄奘之于《大乘起信论》就是如此。该篇不只包括佛教经论翻译，也包括侯白《旌异传》、徐同卿《通命论》、刘凭《内外旁通比校数法》、费长房《三宝录》、彦琮《辨正论》、慧赜《般若灯论序》、慧净《大庄严论疏》、道命《内典传要》、宝唱《续法轮论》、杨衒之《洛阳伽蓝记》、昙显等撰《菩萨藏众经要》及《百二十法门》。对于译学本身，道宣注意到翻译过程中多相信翻译者、很少寻求义理等问题①，其"译经篇"关注外来僧人对佛经、语言的掌握情况，注重译文中的文质关系、文义、史实等问题，考察译本的最终形成，并记录译经过程中的参与者。

　　道宣强调论义阐发佛旨以明道、契合众生根机以解决疑惑、以言词消除时贤之愚昧等功能②，主张博学于文而又不拘泥于言句这样中国式的学问方法。③ 在《续高僧传》中，集中体现高僧学术成就的是"义解篇"。笔者归纳该篇高僧治学情况如下：

---

① 道宣：《续高僧传》卷四"论"，郭绍林点校，第139页。
② 道宣：《续高僧传》卷一五"论"，郭绍林点校，第551页。
③ 道宣：《续高僧传》卷二九"论"，郭绍林点校，第1191页。

所治经律论	高 僧	人数
《涅槃经》	法朗、僧迁、智藏、慧韶、慧皎、慧勇、宝琼、警韶、僧旻、僧范、法令、道登、昙准、道凭、灵询、道慎、法上、僧妙、宝象、昙延、慧远、慧哲、慧暅、法安、慧弼、灵裕、智脱、智聚、净愿、法总、灵璨、慧海、靓渊、融智、慧隆、慧海、慧觉、童真、善胄、辩相、靖嵩、慧迁、智琚、圆光、僧凤、明略、神照、法护、玄续、道慭、慧颙、慧稜、慧持、法敏、慧璿、法常、智徽、玄鉴、玄会、行等、志宽、灵润、智衍、道洪、智闰、宝儒、慧最、慧畅	68 人
毗昙	法朗、僧韶、法护、慧嵩、灵裕、道宗、慧暅、辩相、神素、法恭、法常、智脱	12 人
《成实论》	智欣、僧旻、慧澄、法云、慧朗、慧略、法生、慧武、法开、智藏、慧嵩、宝渊、宝琼、慧勇、法贞、宝象、洪偃、慧开、慧布、警韶、慧暅、道凭、灵询、灵裕、智脱、法论、道庄、宝海、道宗、敬脱、道庆、圆光、神照、道杰、神素、玄续、智琰、法恭、法常	39 人
《请观音经》	宝象	1 人
捷度	慧远、慧暅、志念	3 人
四阿含经	圆光	1 人
《杂心论》	法宠、慧嵩、靖嵩、净愿、志念、辩义、海顺、道岳、灵裕、神照、道基、慧休、僧朗、慧畅	14 人
《婆沙》	海顺、慧休	2 人

（续表）

所治经律论	高　僧	人数
《法胜阿毗昙心论》	法宠、慧开、慧善	3 人
《心论》	道基、慧弼	2 人
《胜鬘经》	僧旻、道登、慧约、道辩、僧迁、僧范、昙延、慧远、灵裕、功迥、智正、法常、智徽、灵润	14 人
十地经、论	僧旻、智藏、道宠、僧范、惠顺、法上、灵璨、智梵、靓渊、道宗、灵幹、慧藏、智脱、昙延、辩相、慧迁、慧觉、静藏、昙藏、功迥、道杰、智徽、玄鉴、智闻、净愿、慧重、宝儒、安廪、志念、融智、道凭、慧远、灵裕、道粲、法常、志宽、道洪、靖嵩	38 人
《法华经》	法云、法令、智藏、道登、昙准、慧约、慧勇、宝琼、法上、宝象、智方、僧范、慧弼、道庄、智聚、智琳、保恭、吉藏、慧海、僧凤、功迥、玄续、智琰、慧頵、智拔、法敏、义褒	27 人
《净名经》（《维摩经》）	法云、智藏、慧超、慧约、道辩、宝琼、警韶、明彻、僧范、灵询、法上、惠顺、慧远、灵裕、智脱、智琳、吉藏、慧觉、法常、智徽、玄鉴、灵润、义褒	23 人
《般若经》	僧旻、灵裕、圆光、智藏、僧凤、功迥、慧頵、慧藏	8 人
《大品般若经》	法云、法令、慧约、慧韶、僧迁、法朗、慧勇、宝琼、警韶、僧范、慧晅、智脱、智聚、智琳、吉藏、慧隆、慧觉、智琚、慧因、慧晧、慧稜、慧持、慧瑜	23 人
《小品般若经》	智藏	1 人
《金刚经》	智藏、道辩、神照	3 人

（续表）

所治 经律论	高　僧	人数
《大乘起信论》	灵润	1 人
《十诵律》	智藏、僧询、慧暅、明彻	4 人
《惟度经》	慧稜	1 人
《金光明经》	智藏、警韶、慧旷	3 人
《阿毗昙心论》	法令、智藏、道杰	3 人
《无量寿经》	慧超	1 人
《盂兰盆经》	慧璿	1 人
《大集经》	昙鸾、慧勇、灵裕	3 人
《梵网经》	慧皎	1 人
《阿育王经》	慧超	1 人
《大智度论》	法朗、慧勇、慧善、灵裕、法澄、法彦、智矩、明舜、智梵、道宗、吉藏、昙延、慧觉、道判、善胄、慧藏、宝袭、昙恭、明洪、智琚、神迥、慧璧、义褒、昙鸾、罗云、道庄、僧朗	27 人
《中论》	法朗、慧勇、智矩、吉藏、慧觉、道判、慧因、法护、慧璧、慧頵、慧稜、慧持、慧瑜、智凯、法敏、义褒、慧布、罗云、法安、慧哲、智闿、昙鸾、道庄	23 人
《百论》	智藏、法朗、慧勇、智矩、吉藏、慧觉、道判、慧因、慧璧、慧頵、慧稜、慧持、慧瑜、智凯、法敏、义褒、慧布、罗云、法安、慧哲、智闿、昙鸾、道庄	23 人
《十二门论》	法朗、慧勇、智矩、吉藏、慧觉、慧因、慧璧、慧稜、慧持、慧瑜、智凯、法敏、义褒、慧布、罗云、法安、慧哲、智闿、昙鸾、道庄	20 人

（续表）

所治经律论	高　僧	人数
《华严经》	法朗、慧勇、安廪、僧范、惠顺、道凭、慧远、灵裕、慧藏、靓渊、慧觉、昙延、灵幹、慧觉、智脱、智琚、神照、智正、慧持、法敏、慧璿、慧眺、法常、智闿、净愿	25 人
《思益经》	慧勇、智脱	2 人
《天王经》	警韶	1 人
《仁王经》	警韶、昙延、灵裕、慧頵	4 人
四分律	安廪、道凭、灵裕、净愿、慧远、智闿	6 人
僧祇	灵裕、道岳	2 人
受菩萨戒法	灵裕	1 人
戒本	灵裕	1 人
《地持经》	僧范、惠顺、法上、慧远、灵裕、靓渊、昙延、道宗、保恭、慧迁、道删、昙藏、道杰、智徽	14 人
《楞伽经》	法上、智正	2 人
《宝性论》	昙延	1 人
《观经》	慧远、灵裕	2 人
《温室经》	慧远	1 人
《央掘经》	灵裕	1 人
《毗尼母经》	灵裕	1 人
《往生论》	灵裕	1 人
《弥勒上生经》	灵裕	1 人
《弥勒下生经》	灵裕	1 人
《遗教经》	灵裕	1 人
《金刚般若论》	慧藏	1 人

（续表）

所治经律论	高 僧	人数
《大宗地玄文本论》	智脱	1 人
《佛性论》	靖嵩、昙鸾、昙延	3 人
《佛地经》	功迥	1 人
《中边论》	靖嵩、僧辩	2 人
《无相论》	靖嵩	1 人
《唯识论》	靖嵩、慧頵、智正、僧辩、慧旷	5 人
《异执论》	靖嵩	1 人
《摄论》	靖嵩、净愿、智凝、慧海、法侃、净业、辩相、静藏、圆光、功迥、道岳、法护、道基、慧景、宝暹、道懦、智正、僧辩、法常、慧休、灵润、智衍、慧旷、慧重	24 人
《金鼓》	智琳	1 人
《迦延》	志念、玄会、慧休	3 人
《俱舍论》	辩义、道岳	2 人
《成论》	法申、慧韶、道登、法开、道超、洪偃、法朗、慧暅、智脱、智琳、保恭、慧隆、圆光、道岳、慧頵	15 人
《思尘论》	僧辩	1 人
《佛性无性论》	僧辩	1 人
四经	罗云、法安、义褒	3 人

由此表可见当时佛教义学研究的大致情况：高僧最重视《涅槃经》，治该经者远远多于治其他经律论者；其次是治《成实论》、治十地经论者；而《法华经》《大智度论》《华严经》《摄论》《大品般若经》《维摩经》《中论》《百论》等在义解高僧中也很盛行。就具体的治学方法而言，义解高僧了解文字义理旨趣，明白经论

精微之处，善于阐释和论辩。另外，义解高僧要么能有条理地撰写注疏，要么善于推测经论上下文，要么善于答疑解惑，要么有当时玄学言语简约而义理深远的特点，在治学上各有特色。部分高僧的学问还被说成是神授、宿习或感通的结果，这种方式赋予了高僧和相关经典一种神圣的地位，也暗示着学问究竟确凿与否并非仅仅取决于僧侣或其他任何人。①

接下来是"习禅篇"高僧治禅学的情况：

所治禅学	高　僧	人数
三念	僧副	1 人
慧印三昧	僧副	1 人
寂定	慧胜、智晞	2 人
壁观、四法（教理行果）	达摩、僧可、向居士、化公、廖公、和公、法林、僧那、慧满	9 人
止观	僧稠、慧思、智通、灌顶	4 人
（四）念处	僧稠、僧邕、灌顶、僧伦	4 人
水火定	法聪	1 人
先总持而后三昧	慧成	1 人
九次调心	僧实	1 人
观息想	僧玮	1 人
住心	道正	1 人
念定	智舜	1 人
空定	慧思	1 人

① See John Kieschnick, *The Eminent Monk：Buddhist Ideals in Medieval Chinese Hagiography*, Honolulu：University of Hawaii Press, 1997, pp. 112 – 138.

（续表）

所治禅学	高　　僧	人数
法华三昧	慧思、智璪	2人
十六特胜	慧思	1人
三观	慧思	1人
五门	昙崇、智越	2人
六妙	智越	1人
水观	法进	1人
十念	智通	1人
不净念处	静琳	1人
无得观	静琳	1人
觉观	慧命、慧超	2人
五停	僧邕	1人
方等般舟	普明、昙荣	2人
观法	慧斌	1人
平等观	僧彻	1人
次第观	昙伦	1人
阿弥陀观	静之	1人
无生观	善伏	1人
慈悲观	善伏	1人
九次十想	惠方	1人

　　排除那些太过模糊的、一般性的关于修习禅学的说法，据此表可知达摩一系禅法在当时最为兴盛，而天台止观和四念处也多有修习者。在具体的治学方法上，习禅高僧不仅用禅定来平定和约束纷乱的心神，还注重禅学与慧学、学理与实践的结合，部分高僧特别注重理的观照，呈现出不可思议的禅定境界，甚或带来功德利益。

再看"明律篇"高僧治律学的情况：

所治律学	高　僧	人数
十诵律	法超、道禅、昙瑗、智文、道成、法砺、惠旻	7人
僧祇律	慧光、灵藏、洪遵	3人
四分律	慧光、道云、道晖、法愿、洪遵、觉朗、惠主、智首、法砺、玄琬、慧萧、慧满、慧进、明瓒、道亮、昙隐、洪理、道乐、洪渊	19人
戒本（戒心）	昙瑗、智文	2人
羯磨	昙瑗、智文、道成、法砺、惠旻	5人
菩萨戒	智文、道成、惠旻	3人
四部律	法愿	1人
五部律	智首	1人

据此表可知，四分律最为兴盛，其次是十诵律。戒律被视为慧学的根基，明律高僧严格遵守戒律，用戒律来防范身口等方面的错误。在治学方法上，高僧注重律学纲领和宗旨，善于挖掘、确定文义。①

至于修行，与学问也有深刻关联。在道宣看来，正法、像法时代禅法是普遍盛行的修习方式，其中正法时代各依利钝根机返

———————

① 当然，义解高僧并不只是研究经论、习禅僧并不只是研究禅学、明律僧并不只是研究律学。这里的论述只是就各科分类而言，同时也是为了避免行文枝蔓。

源体道，厌弃诸有，与佛陀的觉悟一致；像法时代按照教义修学，明理不假阶次，摄静住持，但于慧解未能充分发扬；而在末法时代，此时定慧道离，往往乖离正受，遵守戒律最为重要。① 故道宣重视戒律，认为戒律是佛法慧命，主张规范和约束身体行为，遵守四依八正。② 除了禅定和持戒，《续高僧传》还会介绍布施、设斋、放生、苦节、忏悔、诵经、念佛等修行方式，它们在僧侣群体中是常见的，缺乏也不需要具体解释。道宣还曾引《无量义经》，称受持、读诵、解说、书写都是修行③，可见在他看来修行涉及的范围非常宽广。大多时候《续高僧传》都不像专门论著一样聚焦于修行的具体过程、程序，而是将修行视为记人记事的一个环节。

从宗教文学的角度来看，《续高僧传》对这类修行有一种常见的记叙方式，那就是描写高僧饮食和衣着上的简朴随便、身体上的瘦弱、长坐不卧、长久入定、生病不废读经、远离名利等情形。由此树立起来的，是一种苦身修道的高僧典范，这背后的动因可能在于成道离不开苦身（尽管佛教反对极端的苦身）。可以说，《续高僧传》的编者认为外在行为与内在修为有着内在关联，并善于通过外在行为来表现内在。④

第二种方式，是讲述高僧修行的行为、目的、效果、影响和相关的事件等。修行往往导致修行者的领悟、境界的提升，出现感通，获得功德果报，进而实现济世度人、发起善业的宗教实践

---

① 道宣：《续高僧传》卷二一"论"，郭绍林点校，第810页。
② 道宣：《续高僧传》卷二三"论"，郭绍林点校，第884—892页。
③ 道宣：《续高僧传》卷二九"论"，郭绍林点校，第1191页。
④ 《续高僧传》当然还有直接描写传主修行时的心理活动的，但情况不多，并且也常常与外部行为相关联。如静琳因业定昏睡惑心，乃临峭壁，坐于其旁树上，专深弘观。

功能，树立起自利利他的高僧典范。①

2. 感通与神异

高僧往往拥有感通、神异能力，佛教认为这是习禅等修行方法或信仰的力量所致。② 道宣在这方面有着别人不可比拟的鉴别能力。他在《续高僧传》中将慧皎《高僧传》的"神异"篇改为"感通"篇，在内容上也较少提及佛教意义上的"六神通"，他的其他撰述也以"感通"为书名（如《神州三宝感通录》《道宣律师感通录》），这一改变意在强调僧侣与佛菩萨、自然和世界的相互感应，而不是单纯注重修为很高的僧侣超现实、超自然的神异能力。这样做也可能有容纳本土神通的用意，因为《续高僧传》中某些高僧的神异能力就得自道教的"缩地术"。该书中其他常见法术如占卜、咒语等同样不是佛教独有的神异能力。其实佛典不乏禁止占卜的告诫，但高僧似乎从不介意这一点，只不过并不特别强调占卜的重要性，而是表明对高僧来说这是小事一桩。由于印度来华僧侣、翻译家的努力和中国人对咒语的特殊癖好，它在佛教神异方面占有重要位置。咒语常常出现于佛典中，甚至很多佛典就是作为咒语而被僧侣使用；咒语不仅用于治病、治水等目的，也服务于更大的用途，比如通过念咒来替地狱中的受苦者灭罪、偿债。但这类资料的来源是个问题：有的高僧具有惊人的预言能力，而相关记载在其去世后很久，乃至预言的结果已为人所知的情况下才出现，因此这类预言究竟在历史上扮演了

---

① See John Kieschnick, *The Eminent Monk*: *Buddhist Ideals in Medieval Chinese Hagiography*, Honolulu: University of Hawaii Press, 1997, pp. 16 – 66.

② 道宣：《续高僧传》卷二一"论"，中华书局，2014 年，第 811—813 页；圣严法师：《正信的佛教》，郭绍林点校，华文出版社，2015 年，第 71 页。

什么角色值得怀疑。预言本身往往也晦涩难懂，需要解读，因此有的预言在当时无人理解，直到事件发生后人们才明白，这种有意为之的晦涩给叙事留下了悬念，无疑也是塑造高僧形象的极佳手段。①

此外，《续高僧传》中还有其他诸多感通现象，其中存在解释的，是将之视为系于一心的业感产生的报果。② 其中又可以分为两种情况：第一种是因信仰修行等善业而产生不可思议的神异感通，第二种是因宿债等恶业而招来恶报。而其背后的逻辑是相同的：业报是主宰世界运行的普遍规律，不可逃避。

在第一种情形里，任何信仰行为都能产生感通，或者说将围绕着传主的事件视为信仰感通的结果，因此不仅诵经转生、念观音获救、感现天人、寻访圣寺、驯服猛兽等现象是感通的结果，即便入冥也是因为感通阎王而受到邀请前去为受苦者讲经，哪怕出现误会被抓进地狱也会最终返回阳间完成其神圣的宗教事业。特别典型的是该书卷二八所叙舍利祥瑞：隋文帝认为自己的统治是三宝福祐的结果，思与民众共逮菩提，乃下诏送舍利到各州建塔供养，普修善业，同登妙果③；本卷传主都是护送者，他们护送舍利到达各州起塔前后都出现了祥瑞，这些祥瑞显然被视为佛教

---

① John Kieschnick, *The Eminent Monk*: *Buddhist Ideals in Medieval Chinese Hagiography*, Honolulu: University of Hawaii Press, 1997, pp. 67–111.

② 道宣:《续高僧传》卷二八 "论"，郭绍林点校，第 1133 页。

③ 隋文帝分舍利建塔之事，参游自勇:《隋文帝颁天下舍利考》，载《五台山研究》2002 年第 4 期，第 17—22 页；柯嘉豪:《佛教对中国物质文化的影响》，赵悠等译，中西书局，2015 年，第 41 页；杜斗城、孔令梅:《隋文帝分舍利建塔有关问题的再探讨》，载《兰州大学学报》2011 年第 3 期，第 21—33 页；李建欣:《佛教传说中的转轮圣王阿育王对隋文帝的影响》，载《宝鸡文理学院学报》2017 年第 5 期，第 54—60 页。

信仰所致感应，所谓"目睹灵验神道若斯，信知经教非徒虚诞"①。这样的说法为相关舍利祥瑞提供了进一步的解释，意味着信仰程度决定了是否出现舍利祥瑞，也意味着能够感现舍利祥瑞的传主具有高度宗教修养，从而验证了高僧典范的存在。

相应的是第二种情形：因宿债等恶业而遭到恶报，最终生病或丧生。佛教认为，前世所为善恶业因不可消除，必有相应的果报。这种情况并不只是出现在一般僧人身上，它同样会体现在高僧身上，只不过高僧清楚业报不可逃避而接受它，因此不避死亡或其他灾难，从而凸显了另一层面上的高僧典范：崇信业报。具有高度佛教修养的高僧尚且不能逃避业报，由此可证明业报的根本性，可进一步证明修善因的必要性，从而起到佛教教化的作用。

3. 弘法与兴福

佛法东传，先要经过翻译，《续高僧传》"译经篇"也强调这一点。译经行为多发生在中国，译经僧来自印度、扶南和西域诸国。译经本身属于翻译学、中外交流史等关注的对象。而从宗教文学的角度来看，"译经篇"还通过叙事解释了外国僧人来华的原因。通常认为，高僧来华体现了宗教传播的特点，那就是旨在传法。在《续高僧传》"译经篇"中，僧伽婆罗、菩提流志、宝意、高空、阇那崛多、达摩笈多等传都明确指出高僧来华是为了传法教化。除此之外，高僧来华还有其他原因。首先，高僧主动来华是因中国佛教盛行，传记叙事也常常围绕着后者而展开，由此展现出传主的高僧典范。达摩笈多就是因心系东夏而来华，虽途经

---

① 道宣：《续高僧传》卷二八《隋京师胜光寺释僧范传三十一》，郭绍林点校，第1116页。

数国、停留数年，但最终还是来到了东夏。灭喜来中国也有类似的考虑。其次，某些高僧不是出于特定目的而特意前往某地或长期居住在某地，而是顺应机缘到处弘法，因此即便来华也不能简单说是主观意愿所致。如波颇认为"出家释子不滞一方，六月一移，任缘靡定"①，后因高平王奏闻唐高祖而征入中土。拘那罗陀也是如此，最终因梁武帝邀请而来华。最后，高僧还因遭遇战乱等被动因素而来华。那连提黎耶舍本想返乡，因突厥之乱而不成，遂来北齐。②

《续高僧传》也刻画了诸多求法高僧，其中最重要的是到域外取经的高僧，他们的最终目的还是为了弘法。玄奘等高僧认为自居边地，向慕佛教圣地印度。为了西行求法，玄奘经历了一路艰险，为此不惜轻生殉命的高僧典范也在此过程中凸显出来。除此之外，《续高僧传》还注意取经僧多方面的贡献，如玄奘传记叙玄奘经过的西域诸国和印度的宗教圣迹、地理环境、历史文化等情况。这表明，相比于印度和西域高僧更多出于宗教原因来华，求法僧的关注面更广泛。

就弘法本身而言，首先值得注意的是，高僧通过辩论弘法。当时佛道二教相互竞争，官方为此组织僧侣和道士等群体展开辩论。在辩论中，传主采取各种方式弘法：一是以佛典和中土各类典籍为论证依据来驳斥道士的学说，证明佛教的优越性；二是将僧人身上存在的问题与佛教相剥离，认为不能因前者而废佛；三

---

① 道宣：《续高僧传》卷三《唐京师胜光寺中天竺沙门波颇传》，郭绍林点校，2014 年，第 65 页。

② 不光是高僧来华，就连佛教典籍的东传也有被迫的因素，所谓"群籍所传，灭法故也"。见道宣：《续高僧传》卷四"论"，郭绍林点校，第 138 页。

是视死如归，为了护法不畏皇权；四是正面指出佛教为国家、百姓带来福荫。部分传主取得了辩论的胜利，导致朝廷官员和儒者都加礼敬，佛法得以中兴，由此凸显出其高僧典范。但某些辩论其实事先已定下废佛的调子，因此辩论之后佛教依然遭到废除，这个层面上的高僧典范不是体现为辩论的成效，而是体现为不惧死难一心护法的宗教精神。

其次，借助学问来弘法。该书多说明传主因精通义学而得到学人和王公贵族、官员、文人、檀信等的推崇信服，从而得以弘法。在这方面，传主本人的义解修养最基本，而外界的支持则有利于传主学问的传播，继而吸引更多的参学者。传主的共同点是都善于解析、论辩文义，部分传主还善于归纳经论要旨，能够提纲挈领条分缕析，在方法上方便诱导，注重发明精深义理，从而成为学问僧的典范。此外，传主们不慕名利、先人后己、平等待人、勤奋刻苦、谦虚宽宏等特点也较为突出，由此也树立起人格上的高僧典范。

至于造像、建寺等兴福事业，其根本也是为了弘法、护法，在此过程中也体现出高僧典范。

首先看造像。在佛经中，造像有其神圣化的起源，并被赋予了在佛陀涅槃之后说法的神圣使命；造像也是种善根、树胜因、植福田的行为，能够获得不可称量的功德果报。道宣相信造像的宗教作用①，其《续高僧传》也强调造像和宗教建筑的华美宏大以

---

① 道宣：《四分律删繁补阙行事钞》卷下，《大正藏》第40册，第133页。

及相关的灵异现象等产生的震慑效果①，以及其在将来产生的果报。② 作为僧传，《续高僧传》还具体叙述高僧与造像相关的事务。具体而言，该书注重记叙崇奉造像的传主以神异感通制作造像或运佛像，这为世人所闻见，故统治者视之为祥瑞而加以供奉，从而令佛法得到重视和弘扬；在这些造像中，某些自能行走南面君王的瑞像特别受统治者崇信，从而彰显了佛教相比于皇权的优越性。简而言之，造像的感通可以兴福，这进而有利于弘法。还有一些佛像则在面临毁坏时凸显神异，从而令观者生信，而传主在帝王废佛过程中保护、蓄藏经像等行为也凸显出其高僧典范。正如撰者所说，凡是福门都是灵验，而灵验、感通则能光显佛教。③

再看建寺。相比而言，建寺更为常见，这甚至是一些传主所从事的主要工作。这些工作需要财力、物力、人力等多方面的支持。大体而言，传主建寺需要木材，而一些传主为获取良材不辞路途遥远，甚或为此通过诚心感通山林或山神，并亲自率差役创建寺庙，而当寺院面临毁坏的危险时，有的传主乃以身护院，从而感动道俗，驯化贼寇；有的传主还诚心邀请其他僧侣来兴建寺院，其具体作为同样具有感通的力量。传主的这些工作都凸显出高僧典范。

此外，传主还通过治病、击钟等方式救助六道众生，通过受戒、礼忏等方式去恶成善，通过毁坏金像等方式买米供僧，通过

---

① 道宣：《续高僧传》卷一《元魏北台恒安石窟通乐寺沙门释昙曜传》，中华书局，2014 年，第 12 页。

② 道宣：《续高僧传》卷二八 "论"，郭绍林点校，第 1134 页。

③ 道宣：《续高僧传》卷三〇《周鄜州大像寺释僧明传》，郭绍林点校，第 1207 页。

造经、转经、读经等方式行道，通过施悲田、敬田等方式生福业，从而获得官方和民众的拥戴与信仰，有的还得到大量布施等福报。这背后往往有诚心等宗教心理的作用，甚或因此产生感通，出现祥瑞。其实传主往往过着非常简朴的生活，而他们的兴福事业则是为了僧团集体乃至众生共享福分，由此凸显出其高僧典范，得到道俗崇奉。

不过，该书虽然叙述兴福之事及其感通现象，但道宣对此的看法并不单一。他指出，此事是为了弘法而采取的权宜手段，目的是赢得信徒；另一方面，道宣强调这也属于佛教传统，批评那些鄙视此事的人，并认为通过这一外显的"相"才能明见心地，只不过他又反对执着于此，因为福为"有"的基础，兴福之事属于有为之法而非成就佛果的道业。简单地说，道宣重视兴福之事在佛教上的功用和价值，但又认为它不是根本而又强调"理"的观照。①

三、高僧的舍身与圆寂

高僧之死可以分为两种，一是自愿舍身，一是圆寂。这两种情况是高僧宗教实践活动的结果：《续高僧传》不是简单记叙高僧的死，而是强调这是高僧修道有果证的体现，或提供其他具有宗教意义的解释，由此将高僧树立为证果和信仰的典范。

自愿舍身②的典范往往收录在"遗身篇"，另外在"护法篇"

---

① 道宣：《续高僧传》卷三〇"论"，郭绍林点校，第1230—1234页。
② 并非所有的舍身都会丧失生命，因为舍弃的可能只是身体的某部分。单就《续高僧传》而言，高僧因皇帝振兴佛法而燃臂以报答国恩，或燃指、挖眼、割耳以供养佛舍利等情形都有记载。

等中也有一些记载。佛典记载世尊曾于过去世多次舍身，这激励了僧侣从事类似活动；菩萨和其他人物的舍身也对僧侣舍身有示范作用。佛菩萨和高僧这样的行为背后有佛教理念支持。首先，舍身是基于菩萨精神的苦行。[1] 佛教认为色身不净、可恶、污秽、令人厌弃，而舍身供养能产生救助众生、往生净土、偿还宿世之债等功德，故不惜舍身。如会通就因阅读《法华经》而厌弃身体、自愿舍身，这是效仿《法华经》中药王菩萨烧身供养诸佛而往生佛国的行为。其次，为佛法振兴而自愿舍身者也屡屡有之，这类行为同样不是简单的盲目狂热，而是基于坚定的信仰和愿力，尤其是那些因身处"末劫"、恐惧"法灭"而采取的舍身行为更是如此。再次，无论哪种舍身，都要面临身体上的疼痛，有的高僧就用"空"之类佛教理念来看待，由此体现出其内在修为。僧崖为劝勉众人信佛而烧指，有人问他痛不痛？他回答说："痛由心起，心既无痛，指何所痛。"别人又问他有麻风病为何不治，他回答说身体是空，无所治。[2] 最后，道宣在本篇"论"中还指出，肉身乃假合而成，并无自性，唯心有生灭，可借舍身行为清除心头迷惑，最终消除对实存自我的执着，以此换来金刚法身。在他看来，人获得肉身本是业报的结果而非原因，但人生最重身体，故舍身行为可对治因重身而造作种种业的问题，这甚至比理论上优先的持经更有功效，因为光是持经而不实行反倒不如舍身。显然，道宣重视舍身甚于读诵是基于宗教实践的考虑。尽管他清楚舍身不过

---

① 圣严法师：《学佛群疑》，华文出版社，2015年，第229页。
② 道宣：《续高僧传》卷二九《周益部沙门释僧崖传》，郭绍林点校，第1143页。

是权宜之道，但他还是认为这与佛菩萨的教化方法是相通的。①

至于遍布《续高僧传》全书的高僧圆寂，也存在各种情况。首先，圆寂会先有预兆，高僧对此也早有意识，这方面的能力甚至成为高僧之所以为高僧的标志。静渊的瓦钵破碎，他认为该瓦钵就是自己的命运，瓦钵破了自己的五阴就会散去，后来果然如此。其次，高僧圆寂前常出现祥瑞。祥瑞是修善积德的福德相，也可能是佛菩萨或天人的神力、感通显现。② 有道高僧不仅梦见佛菩萨或天人的邀请、见到莲花、听到天乐等，而且在阎王那里也得到礼遇。这也塑造了高僧典范：高僧不仅在人间，而且在天上、阴间也享有极高地位，都能通过说法、超度等方式影响众生。最后，高僧有自己理想的往生处所。尽管兜率天往往为高僧所向往，但也有高僧并不将其视为理想去处。如道昂不愿生兜率天而愿生净土，其原因在于兜率天属于天道，还是六道之一，乃是生死根本，并未超脱轮回。与高僧相关的这类预见、祥瑞、去向等表明，高僧的圆寂不同于一般意义上的死亡，而是展现出证果的典范，也体现了高僧、编者等对信仰的高度认同。③

本章按照僧传的各种类型加以论述。大致而言，《大唐大慈恩寺三藏法师传》《天台智者大师别传》等个传富于多方面的价值，其中部分内容具有文学价值，尤其善于塑造具有才能的高僧形象、叙述带有灵异色彩的故事、宣传特定寺院的神圣性。而《大唐西

---

① 道宣：《续高僧传》卷二九"论"，郭绍林点校，第 1166—1169 页。

② 圣严法师：《学佛群疑》，第 95—97 页。

③ 参吴光正：《试论金元全真高道辞世颂的史学价值和文学价值》，载《武汉大学学报》2017 年第 3 期，第 61—72 页。

域求法高僧传》等则为某类型高僧作传，除了叙述高僧生平和西行经历外，还反映了中国式成德立名的观念。《宝林传》等除了塑造高僧典范外，更具有通过叙事来论证法系合法性的意味。而《弘赞法华传》《华严经传记》等书中部分传记属于僧人传记，其特点在于它们都围绕某部佛经取材、叙事，与信仰相关的内容一般比僧人生平更重要，叙事也往往围绕信仰主题展开。这一时期唯一的高僧总传是《续高僧传》，该书分别记叙了高僧出生和出家、高僧的宗教实践以及高僧的涅槃，各部分以其各有侧重的写作手法，较全面地凸显出高僧这一宗教典范。

第八章　隋唐五代的佛教灵验记

灵验记是记录祈祷、忏悔、念佛、诵经、造像等佛教活动产生的灵验和宣传因果报应、生死轮回等佛教观念的辅教之书。[1] 尽管灵验记常常宣称或证明其记事内容是真实发生的，但其关注重点却不是记事本身，而是宣传被佛教视为世界普遍运行法则的业报等观念，由此呈现的是一个带有宗教决定论意味的世界。[2] 另外，灵验记作为一种文体具有文学上的特征，值得探讨。为了更为全面、动态地展现隋唐五代时期佛教灵验记的面貌，本章将先呈现其创作概况，然后对其做类型和艺术上的分析。

第一节　隋唐五代佛教灵验记的创作概貌

隋唐五代时期，部分佛教灵验记以单独的书籍形式存在，有的则散见于各种佛书和敦煌文书中，另有部分灵验记当时存在而后来散佚。鉴于这一时期灵验记的创作实际，本节将分别加以介绍。

---

① 刘亚丁：《佛教灵验记研究——以晋唐为中心》，巴蜀书社，2006 年，第 1—22 页。

② 参梅维恒：《哥伦比亚中国文学史》下卷，马小悟、张治、刘文楠译，新星出版社，2016 年，第 1074 页。

一、佛典中的灵验记

隋唐五代传世文献中现存的灵验记主要涉及以下著作[1]，下面大致按照撰写时间略做分析。

1. 道世《法苑珠林》

该书撰者道世，俗姓韩，祖籍洛阳伊阙，祖辈因官而为长安人。道世早年出家，曾参与玄奘的译经事业，又曾与道宣同居止。道世字玄恽，避唐太宗讳，以字行，唐代书目如《大唐内典录》著录《法苑珠林》，均称玄恽撰。该书为类书体，将佛教故事分类编排，共一百篇六六八部；部下又有小部，共六百四十余目；每篇前有述意部，每篇末或部末有感应缘，广引故事。此书历代大藏有载，古来著录为一百卷；而嘉兴藏本、四部丛刊本著录为一百二十卷，以篇目二卷为卷一、卷二，不可从。[2]

该书灵验内容，主要存在于"感通篇"和"感应缘"中。在"感通篇"中，举凡佛像、佛澡罐、佛牙、佛扫帚、佛齿、浮屠、舍利、菩萨像等都有灵异，只不过这些往往是器物本身产生灵异，而并不都是因人们的佛教活动所致。"感应缘"中，其中有部分算是写佛教活动所致果报的灵验记。"六道篇"的"感应缘"涉及入冥经历。"千佛篇"的"感应缘"涉及佛陀的传播、灵迹，个别宣扬佛像、舍利的灵验。"敬佛篇"的"感应缘"宣扬佛像灵验。"敬法篇"的"感应缘"宣传佛经灵验，所涉佛经主要包括《法华

---

① 僧人传记中已包括有部分灵验记，请参看上一章的相关论述，这里不再赘述。

② 陈垣：《中国佛教史籍概论》卷三，上海书店出版社，2005年，第47—51页。

经》《首楞严经》《金刚般若经》等。"敬僧篇""致敬篇""奖导篇"等的"感应缘"也有灵验记,尤其是"奖导篇"多记载称颂佛菩萨名号的灵验。"说听篇"的"感应缘"叙说法、注疏佛经的灵验。"宿命篇"的"感应缘"记果报之理。"至诚篇"的"感应缘"记精诚的感验。"神异篇"的"感应缘"多神异。"眠梦篇"的"感应缘"多记梦中的感应和灵验。"兴福篇"的"感应缘"记兴福功德的福报。"燃灯篇"的"感应缘"个别内容提到燃灯的功德。"舍利篇"的"感应缘"为舍利的灵验。"惩过篇"的"感应缘"涉及斋戒等的灵验。"报恩篇"的"感应缘"也涉及不杀生、诵经等所得福报。"择交篇"的"感应缘"涉及念观音所得灵验。"眷属篇"的"感应缘"涉及转经的灵验。"富贵篇"的"感应缘"涉及念诵佛经的灵验。"债负篇"的"感应缘"涉及梦想、誓愿、写经等的灵验。"占相篇"的"感应缘"涉及受持佛经的灵验。"祈雨篇"的"感应缘"涉及高僧祈雨的灵验。"渔猎篇"的"感应缘"记打猎受报应。"救厄篇"的"感应缘"涉及诵经、念观音名号等的灵验。"怨苦篇"的"感应缘"涉及错杀人所致报应。"十恶篇"的"感应缘"涉及行恶杀生所致报应,部分属于当事人做佛事而得到福报的灵验记。"六度篇"的"感应缘"也记诵经等佛事的福报。"忏悔篇"的"感应缘"涉及忏悔的福报。"酒肉篇"的"感应缘"部分涉及造像写经等做佛事的福报。"秽浊篇""病苦篇"的"感应缘"也涉及诵经、写经等做佛事的灵验。

从材料来源看,这部成立于唐初的佛教类书搜集了很多唐前的灵验记，其中主要来自僧传、志怪小说、灵验记等书。[①] 这导致书中的灵验记呈现出两种面貌：由于部分内容来自僧传，故其中也有人物传记式的叙述；但大多数灵验记不对人物的生平做传记式叙述，而是聚焦于相关事迹、时间、地点、人物等因素，其中具有宗教文学色彩的，又特别注重记叙当事人的感受、经验、反应、见闻、思维，表明灵验的真实和世人的虔信。该书材料在当时就为道宣的《集神州三宝感通录》等书采用，在后来的佛教典籍中也多见痕迹。从这个意义上来说，它比现存单篇的灵验记、亡佚的灵验记和敦煌文书中那些传播有限的灵验记影响大一些。

2. 道宣《集神州三宝感通录》

该书又名《东夏三宝感通记》《东夏三宝感通录》，共三卷，成书于麟德元年（664）。历代大藏有载。作者道宣，是当时有名的律师、僧史家、学者。该书主要记录佛、菩萨、高僧、寺塔、经典、图像、法物等的"感应之缘"和善恶果报，共一百五十则。从该书的注释可知，该书主要取材于《搜神后记》《宣验记》《幽明录》《冥祥记》《僧史》《内典博要》《冥报记》《续高僧传》《旌异记》《法苑珠林》等书。[②]

该书卷一"舍利表塔"共二十则，多记载造寺塔之事。其中也有记舍利、寺塔灵异者，这主要涉及自然、万物的感应和舍利本身发光等的灵异，而非注重人物的佛教活动所致灵验。卷二"灵像垂降"，叙东汉以来佛菩萨的画像、石像、金像等的祥瑞共

---

① 材料具体来源详见道世：《法苑珠林校注》，周叔迦、苏晋仁校注，中华书局，2003 年。

② 陈士强：《佛典精解》八《杂记部》，上海古籍出版社，1992 年，第1299—1302 页。

五十则，不光记录人与像之间的相互感应，而且记录像与政治、社会变动等之间的相互感应；不光记录感应灵验，而且记录人们对它们的虔信，包括记录一些最初不信佛的人变为佛教信徒的过程。这些灵验故事基本上就是围绕着造像而展开，至于其中人物的生平等信息则很少提及。卷三"圣寺、瑞经、神僧"，主要记录寺庙、佛经、神僧等的灵验事迹共八十则。其中，"圣寺"部分除了灵验外，还多记录寺庙地理位置、建筑情况；"瑞经"部分记录造经疏、讲经、写经、诵经、造石经等的灵验；"神僧"部分为天人与神僧之间的感通，部分内容仿佛僧传的神异篇或感通篇。

由于记事多围绕感通事迹，该书中的灵验记常常为后世典籍所采用，在《法华传记》《释门自镜录》《三国遗事》《三宝感应要略录》《乐邦文类》《广清凉传》《佛祖历代通载》等书和敦煌文书中都留下了痕迹。

3. 道宣《道宣律师感通录》

该书亦为道宣律师所撰，原名《感通记》，又名《宣律师感天侍传》《宣律师感通录》，一卷，亦成书于麟德元年（664）。高丽藏等有载。该书是记道宣与天人交谈时的问答而写成的感应传，采用第一人称。该书先以"初问佛事"开端，记录佛像、寺塔等的来历和灵迹；次"论诸律相"，讨论僧衣、坐具、戒坛等的相状和含义。[①]"初问佛事"部分多记感通事迹，但甚少宣扬因果报应、生死轮回等观念。该书对《三宝感应要略录》等书亦有一定影响。

4. 道宣《律相感通传》

该书撰于乾封二年（667），一卷，赵城藏、高丽藏等有载，

---

① 陈士强：《佛典精解》八《杂记部》，1992 年，第 1307—1309 页。

后收入《大正藏》第 45 册。该书主要记律相，个别内容也涉及灵验，主要刻画出道宣的三种形象：持守戒律、撰述丰硕的道宣，僧祐转世并以护教为己任的道宣，临死而保持理智的道宣。该书还采取第一人称，将佛教理念转化为神诵经典、天人感通等具体故事。①

5. 怀信《释门自镜录》

该书为蓝谷沙门怀信撰，收入《大正藏》第 51 册。撰者怀信生平不详，该书所载最晚之事发生于武则天圣历二年（699），其编纂年代可能在久视元年（700）之后。该书集录僧人因造恶业遭到恶报的事迹七十一则，共十录，前七录一卷，后三录一卷，共二卷。② 该书又曾引用《宋高僧传》卷四《唐新罗国顺璟传》，当经过后人的增补。

该书多记僧侣因犯戒、毁谤、偷盗、悭惜、杀生等遭恶报，有时还通过描写僧侣托生畜生道、遭神灵殴打、在地狱中受折磨的情形来证明果报不虚。这些故事存在传闻虚妄的成分，但也展现了僧侣的某些生活实情。该书颇有影响，如《法华经传记》《缁门警训》《释氏稽古略》都曾采用其材料；根据《日本国承和五年入唐求法目录》《入唐新求圣教目录》《新编诸宗教藏总录》等记载，该书还曾传入日本、高丽。

6. 唐临《冥报记》

唐临《冥报记》约撰于永徽五年（655），收入《大正藏》第51 册。该书意在宣讲善恶果报，主人公多为世俗人，共五十三则，

---

① 详见刘苑如：《神遇：论〈律相感通传〉中前世今生的跨界书写》，载《清华学报》2013 年第 1 期，第 127—170 页。

② 陈士强：《佛典精解》八《杂记部》，1992 年，第 1310—1311 页。

内容包括诵经、写经、持戒、造像、忏悔、入定、设斋、念佛菩萨名号等的福报。少部分故事来自经籍，大多来自传闻，撰者一般会注明传闻来历。

《冥报记》在当时就很有影响，《广弘明集》《集神州三宝感通录》《法苑珠林》《法华经传记》等都曾引用它，后来的佛教史籍如《佛祖统纪》《佛祖历代通载》《宗统编年》等也都曾加以引用。《冥报记》也对日本灵验文学的发展有影响，如《日本灵异记》的作者就承认该书和《般若验记》（即孟献忠《金刚般若经集验记》）的先导作用。① 该书完成后，郎余令于龙朔年中撰有《冥报拾遗》二卷。《冥报拾遗》，《法苑珠林》卷一〇〇著录，今已佚，部分内容因《法苑珠林》等书所引而得以保存。

7. 惠英《大方广佛华严经感应传》

该书本两卷，后为胡幽贞笔削为一卷，收入《大正藏》第51册。作者惠英乃华严宗祖师法藏的弟子，撰写时间不详，但书中提到最晚的时间为武则天大足年间（701），撰写时间当在此后。胡幽贞则提到唐建中癸亥，即783年，笔削时间当在此后。该书部分内容属于人物传记，介绍传主大致生平，部分内容还涉及对《华严经》内容的讨论，但主要着力于记叙传主弘扬《华严经》的事迹，尤其是译经、诵经、写经、造论等的感应。

8. 孟献忠《金刚般若经集验记》

该书收入《卍续藏经》第149册，撰者孟献忠自称"梓州司马"，生平不详。该书是孟献忠于开元六年（718）撰成，主要选

---

① 参李铭敬：《日本说话文学中中国古典作品接受研究所存问题刍议——以〈日本灵异记〉和〈今昔物语集〉为例》，载《日语学习与研究》2009年第1期，第44—50页。

取与《金刚经》相关的灵验异迹，以耳目之所接集成三卷，分为救护篇、延寿篇、灭罪篇、神力篇、功德篇、诚应篇，每篇前有引言，每篇分记相关灵验故事。这些故事，往往是作者听闻来的，有的在每条后面注明听谁所说；有的注明出自某书，其中以出自萧瑀《金刚般若经灵验记》和唐临《冥报记》者为多。为了证明灵验真实不虚，该书往往还将事件发生的时间具体到年、月、日、时。

9. 文谂、少康《往生西方净土瑞应传》

文谂、少康生平不详，其《往生西方净土瑞应传》一卷，是现存最早的一部净土史书，载东晋慧远至唐代信奉净土法门的僧俗四十八人的简略传记，收于《大正藏》第 51 册。① 另该书收于《卍续藏经》第 135 册，题为道诜撰，书名《往生西方净土瑞应删传》。小笠原宣秀认为先有文谂、少康《往生西方净土瑞应传》，后为道诜所删，故名 "删传"，然对照此二书，内容一致，文谂、少康原本如何已不得而知。

据书前序言，该书 "详往古之志诚，并感通于瑞典"，"标扬真实，序录希奇。证丹诚感化之缘，显佛力难思之用。致使古今不坠，道俗归心。再续玄风，重兴盛事。使已发心之士坚固无疑，未起信之人依投有路"②。因此该书的材料是经过慎重选择的，集中记叙信奉净土所产生的瑞应以做宗教宣传。其中，慧远传的材料主要来自《高僧传》；道珍、僧崖、静蔼、智顗、道昂、刘遗民等传主要出自《续高僧传》；尼法胜等传出自《比丘尼传》；昙鸾、

---

① 杨曾文：《隋唐佛教史》，第 283 页。
② 文谂、少康：《往生西方净土瑞应传》，《大正藏》第 51 册，第 104 页。

洪法师、道绰、尼法藏、尼大明、阿昙远、魏世子、约山村翁婆二人、女弟子梁氏、女弟子裴氏、女弟子姚婆、汾阳县老人等传另有所据而可与《净土论》相互参证。

出自《高僧传》《续高僧传》的传记不是单纯采用其材料，而是有不同的侧重点。譬如慧远传并非全面记载慧远生平，而只采用了其奉净土法门之事，并且多出了慧远临终时圣众来迎的说法，从而有了瑞应感通的意味。道昂传叙其不愿生兜率天而愿生西天净土，这只是《续高僧传》本传的一部分，实则《续高僧传》将道昂置于"习禅篇"，注重叙其禅定之业；该书对道昂生平也不大关心，这与《续高僧传》也有很大不同。道绰在《续高僧传》中虽有传，而《往生西方净土瑞应传》另有所据，但依然不叙其生平，只是侧重与净土法门相关之事。智颛传同样本乎《续高僧传》，但也不叙述其生平，只是侧重其与净土之缘。当然，也有二书记叙基本一致者，如道珍传。另外，部分传记采用的材料本身就基本集中于念佛往生净土的主题，因此与撰者的"选择"并无多少关系，比如与《净土论》等可以相互印证的传记就是如此——尽管《净土论》相对更为详细，但总的来说和该书一样，都侧重于人物与净土法门相关者。另外也有传主与《净土论》同名者，实则内容略有不同，如张元祥传就是如此，可知其材料另有来源，不过现已不存。

总的来看，《往生西方净土瑞应传》并不注重描写和刻画人物性格，而是注重虔诚、皈依等宗教性格，甚至记叙虔诚信徒或僧侣为不信佛教者做佛事而得往生的故事（如"宋朝魏世子""汾州人"）。其故事侧重于"瑞应"，尤其是生死之际的瑞应而非生平始末，大体上同样是①"传主生平"和②"传主与修持净土法门相关的内容"之间的消长和糅合，而主要侧重于②，记事也比较简单。该书有一定的史料参考价值，如道喻传为《三宝感应要略录》采用，怀玉、法智、雄俊等传与《宋高僧传》《净土往生传》等可相互印证。更重要的是，该书作为第一部净土史书有开创意义，后世产生了《净土往生传》等类似的著作。

10. 段成式《金刚经鸠异》

该书一卷，收入《卍续藏经》第 149 册，出自《酉阳杂俎》，撰者段成式是当时有名的志怪小说家。该书部分内容说明消息来源，通常是听闻某人所说，有的则来自某人亲见之事。

《金刚经鸠异》中的大多数故事，都是宣讲持诵、书写《金刚经》的功德，尤其多叙入地狱遭受冥判、因诵经写经等功德而放还阳间的故事。其他内容还包括因持念《金刚经》而入水不溺、圆寂后生不动国、逃避虎害、为神人所救等逃避灾难的故事。这些灵验记都是围绕《金刚经》展开，人物只是灵验故事的代号或载体，其生平往往缺乏具体叙述。该书内容对后来的佛教典籍也有影响，如法正事就为《宋高僧传》所用并成为单独的一篇传。

二、敦煌文书中的灵验记①

敦煌文书保存了十余种灵验记。其中部分以"记"为题，包括《龙兴寺毗沙门天王灵验记》《侵损常住僧物现报灵验记》《持诵金刚经灵验功德记》《金光明经冥报验传记》《刘萨诃和尚因缘记》《冥报记》《还魂记》等；部分以"传"为题，包括《忏悔灭

---

① 此部分主要参考杨宝玉：《敦煌本佛教灵验记校注并研究》，甘肃人民出版社，2009 年；郑阿财：《见证与宣传——敦煌佛教灵验记研究》，新文丰出版公司，2010 年。

罪金光明经冥报传》《金光明经忏悔灭罪传》《金光明经传》《黄
仕强传》等；部分以"录"为题，包括《历代众经应感兴敬录》
等；部分以"序"为题，包括《陀罗尼经序》；部分以"经"为
题，包括《佛顶心观世音菩萨救难神验经》等。另有部分灵验记
经研究者拟名，包括《金刚坛广大清净陀罗尼经灵验记》《金刚经
灵验记（光启三年记事）》《金刚经灵验记（李庆持经故事）》《羯
谛真言灵验记》《宾头卢圣僧灵验记》等。经统计，敦煌文书中共
包括近百则佛教灵验故事。这些敦煌文书可一窥佛教及灵验故事
的流传情况，可考察佛教疑伪经形成的原因，是佛教文学的重要
内容。

1.《黄仕强传》

共有十余件敦煌文书抄录该传，其中五件较为完整，创作时
间大概在显庆五年（660）唐高宗病重之后。该传为鼓吹弥勒下
生、"二圣并治，并在神州"的伪经《普贤菩萨说证明经》而作，
很可能是为配合武则天称帝而造舆论。内容主要记安陆县人黄仕
强被误认成杀猪人黄仕强而拘至阎王处，后因阎王勘明真相而被
放回阳间，其间曾遭冥吏勒索，为得长寿而写《普贤菩萨说证明
经》三卷。借助《黄仕强传》这类灵验记，《普贤菩萨说证明经》
等伪经更加深入人心，促进了佛教的中国化和世俗化。

2.《忏悔灭罪金光明经冥报传》

这是敦煌藏经洞中保存篇幅最长、存留复本最多的灵验记，
共有三十余号抄本抄录此传，分别为中、日、英、法等国图书馆
或私人所藏。该传主要讲述张居道杀生入冥、因发愿抄写《金光
明经》而还阳的故事，其中套入张居道解救安固县丞妻子的故事，
旨在宣传戒杀、忏悔灭罪。该传流传颇广，《三宝感应要略录》卷

中、回鹘文《金刚明经》卷首抄录该传，也记载有类似故事，《东坡志林》卷一也称此类故事在宋代流传颇广。

3.《刘萨诃和尚因缘记》

刘萨诃法名慧达，是南北朝时期的著名高僧，《高僧传》卷一三、《续高僧传》卷二五等有传。敦煌文书中，P. 2680、P. 3570、P. 3727 均收录该记，其创作时间可能在初唐之后。该灵验记主要讲述刘萨诃因杀生而入冥，变身为鹿遭到射杀，后因观音告诫而出家的功德、感应、祥瑞和其他一些灵验事迹。相比于僧传里的相关内容，该灵验记更重视地狱描写，以宣传设斋造像、出家广利群品等功德。

4.《侵损常住僧物现报灵验记》

敦煌文书中，S. 5257 收录该记，共三则灵验记，主要借助"敕旨"形式宣说侵损常住僧物的恶报。其中智瓛事亦载《释门自镜录》《北山录》等书。

5.《金刚坛广大清净陀罗尼经灵验记》

《金刚坛广大清净陀罗尼经》，简称《金刚坛陀罗尼经》。敦煌文书中，P. 3918 收录此记，旨在宣传《金刚坛陀罗尼经》。首题"沙门昙倩于安西译"，尾部抄有与该经翻译和流传有关的题记，其中共三则灵验记，包括梦见老人告知书字方式、该经夜放光明等感应。

6.《陀罗尼经序》

敦煌文书中，S. 2059 收录该记。名为序，实则记抄写佛经、顶戴经咒的灵验。

7.《金刚经灵验记（李庆持经故事）》

该灵验记抄于敦煌文书 S. 4037 的背面。记唐州人李庆好田猎，杀生无数，亡后入冥，因持《金刚经》而使冤家生天，自己也得以回到阳间，年八十而终。

8. 《宾头卢圣僧灵验记》

该灵验记抄于敦煌文书 S. 6036 的正面，未见传世文献载录。内容可分为两部分，第一部分写请圣僧宾头卢的方法，第二部分写宾头卢化现。

9. 《羯谛真言灵验记》

该灵验记抄于敦煌文书 P. 3142，主要记一老人告诉春娘念《羯谛真言》（出自《般若心经》）而逃脱白蛇之害的灵验故事。创作时间不详，但灵验记中记载此事发生于唐大历（766—779）年间。

10. 《龙兴寺毗沙门天王灵验记》

该灵验记抄于敦煌文书 S. 381 的正面。故事发生于敦煌龙兴寺，体现了当时广为盛行的毗沙门信仰的情况，研究表明该灵验记可能抄写于 860—873 年间。该灵验记鼓吹佛教造像的神圣，记寺卿张闰子家人圆满因以石头击中毗沙门天王像的额头而失明，乃从智寂处得天王咒，又念佛行道，得以重见光明。

11. 《唐京师大庄严寺僧释智兴鸣钟灵验记》

该记见 S. 381、S. 1625，源于佛教鸣钟感应之说，又与《续高僧传》卷二九《唐京师大庄严寺释智兴传》《两京新记》卷三、《太平广记》卷一一二"释智兴"引《异苑》等多同。内容是智兴法师鸣钟声振地狱，受苦者都得到解脱，并有死者投梦证实此事，有人问智兴法师为何如此，他说是因看过《付法藏传》和《增一阿含经》等佛典所载的撞钟功德。佛典认为佛钟发出的声音不仅能报时、聚众、发令，还可令有罪者脱离苦海。集中体现这种信念的就是幽冥钟，有的学者认为，文学史上聚讼不休的"姑苏城外寒山寺，夜半钟声到客船"两句诗中的"夜半钟"就是指幽冥钟。

12.《道明还魂记》

该入冥故事旨在鼓吹地藏信仰、为地藏崇拜制造舆论，抄于S. 3092。S. 3092 有两部分内容，主旨各有不同，前面八行为归愿文，为念阿弥陀佛时的奉行方法；后面十七行及背面七行为《还魂记》的部分内容，学界习惯上称之为《道明还魂记》。最早记载道明入冥故事的是《法华经传记》卷八《隋相州僧玄绪》，故事发生时间是隋大业元年（605）。而在《道明还魂记》中，故事发生在大历十三年（778），写襄州开元寺僧道明被误当成龙兴寺僧道明而被冥使追入冥间，得到洗雪后欲归人间，忽见地藏，告诫他命众生念真言等事。撰者将这位地藏菩萨的形象刻画得非常庄严；又将文殊菩萨化为地藏身边的金毛狮子，提高了地藏的地位；将道明写成地藏的侍者，使菩萨和俗世的关系结合得更为紧密。此灵验记后来与"十殿阎罗"的传说相融合，又与九华山"金地藏"、闵公故事融会。

13.《还冤记》

该灵验记见 P. 3126、S. 5915，尾题"冥报记"，共存十五则故事。抄写时间为唐中和二年（882）。该灵验记的人物真实存在，基本故事结构为"甲杀乙，乙变鬼，鬼杀甲"，不仅宣传因果报应，而且涉及道德规诫、鬼神观念等。一般认为该灵验记是颜之推所撰，书名又有《冤魂志》《还冤志》《还魂记》《还魂志》等别称。

14.《金刚经灵验记（光启三年记事）》

该灵验记见 P. 3863，主要记述作者张球光启三年（887）九月十九日夜持《金刚经》前后所见神异。

15.《持诵金刚经灵验功德记》

P. 2094 卷首题《持诵金刚经灵验功德记》，其中共十九则灵验故事。抄写于梁开平二年（908），故事多见载于孟献忠《金刚般若经集验记》、段成式《金刚经鸠异》、赞宁《宋高僧传》等书，其中第六、十二、十八则亦载《报应记》。这类故事往往明确交代人物、时间、地点和事件经过；旨在宣传信奉《金刚经》的灵验，尤其宣传持此经摆脱短命、死亡等厄运的灵验。为了达到宗教目的，该灵验记还树立反面典型，如称庾信因毁谤经文而在死后变为乌龟。根据该灵验记的记录，我们可以知道《金刚经》在南朝、隋唐的一些流传情况。

16.《佛顶心观世音菩萨救难神验经》

该"经"由四则灵验记组成。敦煌文书中，P. 3916、P. 3236 均收录此记，约作于五代宋初（972）。第一则记观音化作白衣居士救护众生，并令人写《陀罗尼经》；第二则记写《陀罗尼经》而得延寿；第三则记妇人持《陀罗尼经》而不为冤家所害；第四则记一沙弥持《陀罗尼经》而入水不溺。

三、散佚的灵验记

感应传、灵验传、报应传之类宣扬因果报应、功德利益的书面世较早，不过佚失甚多。像慧皎《高僧传序》就提到王延秀《感通传》、朱君台《征应传》，却又说它们傍出诸僧，皆是附见而多疏阙，认为这类书不能算作真正意义上的僧传，它们似乎也没流传下来。《三昧灵验传》《法华三昧灵验传》《华严经感应传》等书也偏重记叙信仰某部经书或修习某种佛法所产生的灵验，今已不传。道宣《续高僧传》也提到多部今已散逸的传记，如《益部集异记》《感应传》等，其中也当有感应、灵异内容。

隋唐五代佚失的灵验记中，有几部为他书著录、征引或留下序言的著作值得注意。一是隋代侯白（字君素）的《旌异传（记）》。《法苑珠林》卷一百称该书二十卷，是奉隋文帝之命而撰。据《续高僧传》卷二侯白传，可知《旌异传》多叙感应。《续高僧传》引用该书时又称之为《旌异记》，《法苑珠林》亦称之为《旌异记录》，《隋书·经籍志》《旧唐书·经籍志》《新唐书·艺文志》等也称之为《旌异记》（作十五卷），均可证当时人区别传、记的意识不明显。大抵而言，传虽记人，但亦记事；记虽记事，但亦记人。随着传、记的发展，二者交叉之处甚多，很难完全区分，其间的差别主要在于侧重点。《旌异传（记）》已佚，个别故事因为《续高僧传》《集神州三宝感通录》《法苑珠林》等所引而得以保存。该书还对日本灵异文学产生过影响，如记持《法华经》者死后舌头等六根不坏的故事就为《今昔物语集》所袭。①

隋代另一部感应性质的书是《舍利感应记》。该书为隋著作郎、济南侯王邵所撰，《法苑珠林》称该书二十卷，《隋书·经籍志》称该书三卷。王邵为隋文帝时有名的史臣，也是虔诚的佛教信徒。该书今不存，但《法苑珠林》卷四〇等尚有引用。《法苑珠林》所引首条涉及隋文帝，叙文帝发迹前供养婆罗门所赠舍利而得感应之事。道宣《集古今佛道论衡》卷乙引王邵《感应传》（据王邵所述隋文帝《起居注》）亦记文帝感舍利放光明，而道宣《广

---

① 参林岚：《〈日本灵异记〉中骷髅诵经故事的源流及特色》，载《日本学论坛》2001年第1期，第19—22页。

弘明集》卷一七引王邵《舍利感应记》亦记此类祥瑞，大概其《感应传》即《舍利感应记》，亦可证当时人并不那么严格区分传、记。从《法苑珠林》所引三十一条感应故事来看，该书算是典型的"记"：主要记录放光明、现双树、下雨、闻天乐、获紫芝、得神龟、降甘露等舍利带来的感应；另外该书还明确注明这些瑞祥发生的地点，以资取信。

唐代则有《报应传》等灵验记值得注意。据皎然《报应传序》，法海撰有《报应传》三卷，凡是报应昭验、见闻可凭者均采而记之。法海字文允，俗姓张，丹阳人。少出家于鹤林寺，曲从师教，周览群经。天宝中预扬州法慎律师讲肆，与昙一、灵一、清昼等交游。该书不传。《宋高僧传》卷六《唐吴兴法海传》采用皎然此序，但却没提到《报应传》，或已亡佚。《佛祖历代通载》卷一六引用《报应传》，提到唐武宗之死，时间晚于皎然、法海生活的中唐时代，可能经过续写、增补，或是同名而内容不同的另一部书。① 从所引内容来看，并不是叙唐武宗生平，而是侧重叙其毁佛所受果报。

此外，卢求撰《金刚经报应记》三卷，一题《报应记》，《崇文总目》有载，但不著撰人，《说郛》误称《报应记》为唐临所撰。从《太平广记》所引《报应记》佚文看，该书上起南北朝，下至唐大中年间，皆为唐代僧侣持诵《金刚经》化凶为吉之事。② 又唐代阙名《地狱苦记》、五代吴国王毂《报应录》三卷、后蜀周

---

① 《佛祖历代通载》卷一六引《报应传》的内容早见于《太平广记》卷一一六《报应十五》引《传神录》（明抄本作《传记补录》），书名不同。

② 李剑国：《唐五代志怪传奇叙录》，南开大学出版社，1993年，第753—757页。

斑《儆诫录》五卷等同样多记报应之事而寄寓劝诫之意,《太平广记》等书存有佚文。

第二节 隋唐五代时期佛教灵验记的类别和特色

在佛教灵验记中,各种故事与宗教信仰观念、叙事母题等存在交叉和结合,而人物更像是佛教活动、佛教观念、叙事母题等的记号,是片段性的但却可能关涉冥判、还阳、轮回、往生等的存在。就此而言,我们将探讨这些灵验记的类别和艺术特色,从而为认识这一时期的灵验记提供进一步的分析。

一、主要类别

根据佛教活动及其所致灵验来进行划分,我们可以将隋唐五代的灵验记分为以下类别。

第一,隋唐五代灵验记的一大类型,就是记录诵经、读经、写经、注经等与佛经相关的佛教活动造成的各种灵验。其中有些佛经特别灵验,主要包括《法华经》《金刚经》等。

先看《法华经》。《法华经》译本甚多,其中鸠摩罗什译本流传最广,随之产生了大量与《法华经》有关的灵验记,另外历代僧传、小说也包含很多此类故事。首先,这类故事往往会证明,僧侣和居士持诵《法华经》,这是他们圆寂后舌头等六根不坏的原因。但有时情况却是:先有有关舌根的灵验故事,后才借助《法华经》加以宣扬。如《冥报记》卷下记潘果拔出羊舌而食,结果遭到报应、舌头萎缩,乃为羊做功德祈福,一年后舌头长出。这里并无《法华经》出现,后来《法苑珠林》卷七三记此事才强调潘果持诵《法华经》后重新长出舌头。如果了解《法华经》所载持诵该经可得舌功德、六根清净的果报，那么《法苑珠林》的这种说法看起来就非常合理。其次，诵读、讲解、书写《法华经》能感化动物、鬼、天帝天神、泰山府君、普贤菩萨、诸天童子降临乃至供自己役使，这在《弘赞法华传》《法华经传记》等书中都有体现。再次，持诵《法华经》还可入冥灭罪。相关灵验记往往记叙某人暴亡，入冥见阎王，后苏醒过来讲述阴间经历的故事。故事中的阎王往往以其"权威口吻"来证明持诵《法华经》的功效，并对持诵者表示尊敬。最后，《法华经》信仰往往与六道轮回、往生信仰、毗沙门信仰等佛教观念相结合。《法华经传记》卷八记一士人凭《法华经》一品为羽翼飞升弥勒所居的兜率天。又据《弘赞法华传》卷七，持诵不同佛经的僧人在阎王那里地位不同，因此转生的去处也不同：讲《十地论经》的沦入地狱道，讲《涅槃经》的入畜生道，诵《维摩经》《金光明经》《涅槃经》的入人道，而诵《法华经》的往生天道，这可能反映了不同佛经信仰者之间的竞争。这类故事不模仿经文，而是与弥勒信仰掺和在一起，反映了信仰者的追求。① 另外，唐代毗沙门信仰非常流行，相传毗沙门曾帮助唐太宗起兵建国，又曾因高僧不空祈请而帮助唐玄宗解安西之围，故玄宗命令在各道城楼上供毗沙门像，而在灵验记中《法华经》信仰与毗沙门信仰也结合在一起：《法华经传记》卷六记僧智登古塔诵《法华经》，不小心从塔上落下，只觉空中有人接住他，僧智问是谁，回答说是专门守护受持《法华经》者的毗沙门。

---

① 详见刘亚丁：《佛教灵验记研究——以晋唐为中心》，巴蜀书社，2006年，第200—226页。

应该说《法华经》具有的灵验功能甚多，除了以上情况外，像履水如地，免于饥饿，治疗疾病，大地震动，枷锁断绝，人、鬼、动物转生，地狱变莲池，听者延寿，临终时出现祥瑞等，此类记载不一而足。当然，也有灵验记虽与《法华经》相关，但其主题与后者并不完全一致：比如女根灭、男根生之类主题，这就可能是受本土男尊女卑思想的影响，不仅与男女平等的现代观点不同①，而且与《法华经》等阐扬的众生平等的大乘思想也存在距离，更接近小乘佛教的观点。②

另一部佛经《金刚经》也孕育了《金刚经报应记》《金刚般若集验记》《金刚经感应传》《持诵金刚经灵验功德记》《金刚经灵验记（光启三年记事）》《金刚经灵验记（李庆持经故事）》《金刚经鸠异》等灵验记。《金刚经》在隋唐五代普遍流行，上至皇室、官僚士大夫，下至普通民众都有人信奉该经，禅宗里的南宗也将它奉为经典，与《金刚经》相关的灵验记也大量涌现，可见其重要性。③ 单从数量上来看，隋唐五代与《金刚经》相关的灵验记可能比其他任何一部佛经类灵验记都多。④ 这类灵验记宣扬持诵《金刚经》解脱苦厄、延长寿命、往生净土、转生善道等各类灵验。其中，记载避刀斧、火灾等情形的《金刚经》类灵验记与《高王观世音经》（孕育于《法华经·普门品》）类灵验记相似，有些故

---

① 李铭敬：《〈法华经〉灵验记中的女性信仰故事及其在东亚的传播》，载《日语学习与研究》2015 年第 2 期，第 13 页。

② 详见永明：《佛教的女性观》，东方出版社，2016 年。

③ 许绢惠：《试论唐代敦煌金刚经信仰世俗化的发展——以讲经文、灵验记为中心》，载《敦煌学辑刊》2007 年第 4 期，第 137—153 页。

④ 李剑国：《唐五代志怪传奇叙录》，南开大学出版社，1993 年，第 186 页。

事甚至连人物、事件都基本相同。《高王观世音经》类灵验记产生于六朝，具有原创性，而《金刚经》类灵验记多产生于唐代以后，可能是借鉴、模仿、改写前者。① 例如以下这个例子：

> 景裕虽不聚徒教授，所注《易》大行于世。又好释氏，通其大义……景裕之败也，系晋阳狱，至心诵经，枷锁自脱。是时又有人负罪当死，梦沙门教讲经，觉时如所梦，默诵千遍，临刑刀折，主者以闻，赦之。此经遂行于世，号曰《高王观世音》。②
>
> 后魏卢景裕，字仲儒。节闵初，为国子博士。信释氏，注《周易》《论语》。从兄神礼，据乡人反叛，逼其同力以应西魏，系晋阳狱。至心念《金刚经》，枷锁自脱。齐神武作相，特见原宥。③

据《魏书》，卢景裕等人诵《高王观世音经》得灵验，故此经盛行于世。而据《报应记》，卢景裕念的是《金刚经》，如果不是由于所据材料如此或出现谬误等原因，这一变化很可能是为了体现《金刚经》的神异之力所致，反映了当时流行的《金刚经》信仰。

《金刚经》和《法华经》等佛经都有自己的坚定信徒，相互之间也有竞争。P. 2094《持诵金刚经灵验功德记》中的藏师因受持《金刚经》而改变容貌、度过厄难，而在《法华经传记》中，受持

---

① 刘亚丁：《佛教灵验记研究——以晋唐为中心》，第227—251页。

② 魏收：《魏书》卷八四《卢景裕传》，中华书局，1974年，第1860页。

③ 李昉等：《太平广记》卷一○二《报应一》，中华书局，1961年，第684页。

《金刚经》的藏师见一沙弥仅因诵《法华经》一偈就得长寿，藏师赞叹他胜过自己，便劝人诵《法华经》。显然，《法华经传记》的编者贬低《金刚经》，将《金刚经》用作陪衬、显耀《法华经》的工具。① 当然，同时标举这两部佛经的情况也有，如《法苑珠林》卷五〇《报恩篇第五十一·感应缘》记并州石壁寺一老僧读《法华经》和《金刚经》，令两只鸽子托生为人；《弘赞法华传》卷六也记慧度因诵《法华经》，尤其是因诵《金刚经》而得到阎罗王礼敬，并得以延年益寿。也有宣传《金刚经》胜过《法华经》的，《太平广记》卷一〇八《报应七》引《酉阳杂俎》叙王翰用这两部经做功德的故事就体现出这一点。

灵验记不限于宣传《法华经》《金刚经》，像《华严经》《思益经》《观无量寿佛经》《十地经》《楞严经》《涅槃经》《金光明经》等佛经都是灵验记的宣传对象，其中同样会记载各种灵验现象。灵验现象大同小异，但有的宣传会突出某些独特的方面，像《大方广佛华严经感应传》称法藏讲《华严经·华藏世界品》，讲堂及寺院地皆震动；郭神亮等人仅诵《华严经》几句诗偈就能脱离地狱。《涅槃经》类灵验记称受持、诵读《涅槃经》会产生顽石点头、往生不动国等效果。② 《观无量寿佛经》类灵验记以此经所谓"下品下生者"作为依据，主张采取向西观想、念诵弥陀等修炼方式。③

---

① 杨宝玉：《敦煌本佛教灵验记校注并研究》，甘肃人民出版社，2009 年，第 54 页。

② 吴章燕：《〈涅槃经〉灵验记研究》，载《长春师范大学学报》2015 年第 7 期，第 125—128 页。

③ 刘亚丁：《佛教灵验记研究——以晋唐为中心》，第 127—161 页。

灵验记的宣传对象也包括佛教伪经[①]：如《黄仕强传》宣扬的《普贤菩萨说证明经》在佛经目录中就被视为伪经；这种情况的复杂性还在于，伪经不仅依靠灵验记做宣传，其本身就是灵验记，如《佛顶心观世音菩萨大陀罗尼经》就宣传诵读、书写该经带来的种种功德和灵验。

第二类灵验记是记录制作佛、菩萨、天人、罗汉等像所带来的灵验。按照佛教的说法，佛之化身无所不在，能够因信仰者的虔诚信奉而现身，所谓"普被三千百亿天下，故有百亿释迦，随人所感，前后不定"[②]，那么出现相关灵验也就很正常了。在灵验记中，造像不仅会像人一样摇动、行走、思维、流汗、落泪，而且有种种不可思议的神异举动——或因造像主精诚所感而改变自己的位置；或夜出游山并留下遗迹；或救助受苦受难的信徒；一旦出现灾祸、战争，造像会流汗流泪，身体动摇，甚至走出佛殿，乘空飞海；如果战争胜利，造像会放光；如果有灭国征兆，造像会身首异处。除了出现各种预兆、感应或祥瑞，造像还有治病、预测吉凶、令信仰者还阳或往生净土的神奇功能，供养者在危急关头会得到佛像护佑，而轻慢、侮辱佛像会招致严厉惩罚。[③]

第三类灵验记是记录基于佛教因果报应观念与地狱审判观念的入冥经历。佛教用因果报应观念和地狱审判观念来制造一种终极恐惧，使人不敢行恶，虔诚事佛，与之相配合的灵验记也成了传播佛教信仰的有力工具。这类灵验记中的主人公入地狱时，因

---

① 关于伪经的概念存在争议，详见于君方：《伪经与观音信仰》，载《中华佛学学报》第 8 期，第 97—135 页。

② 道宣：《道宣律师感通录》，《大正藏》第 52 册，第 439 页。

③ 刘亚丁：《佛教灵验记研究——以晋唐为中心》，第 55—92 页。

生前诵经或有其他功德而获延长俗寿、放还人间之类奖赏，如《持诵金刚经灵验功德记》；或主人公原本不信佛，因行恶而下地狱受阎王审判，但由于忏悔修功德而立刻脱离苦海，如《忏悔灭罪金光明经冥报传》。与此相反，周武帝等主张灭佛的人都遭到报应，在地狱中接受惩罚。[①]

在一些灵验记中，佛教业报观念、地狱审判观念还与中国本土的官僚体制结合起来，代表了一种宰制性力量。[②] 中国本有所谓泰山府君定人生死之说，早期汉译佛经为传播地狱之说，借用泰山作为地狱的代名词，泰山府君便成了地狱的最高主宰。随着佛教的深入传播，佛教中的阎罗王等各级神灵逐渐位居泰山府君之上。[③] 而灵验记中的冥间场景描写虽模仿了佛经中的地狱审判、刑罚场景，但冥间本身却像城市中的宫阙，冥间官职模仿了本土官僚体制，六道（或五道）的等级次序用官职的品第等级来比附，冥间审判的具体运转情况也模仿了中国官僚体制的运转情况。据《冥报记》卷中：

> 其得天道，万无一人，如君县内无一五品官。得人
> 道者有数人，如君九品。入地狱者亦数十，如君狱内囚。
> 唯鬼及畜生最为多也，如君县内课役户。就此道中，又

---

① 刘亚丁：《佛教灵验记研究——以晋唐为中心》，2006 年，巴蜀书社，第 93—126 页。

② See Stephen F. Teiser, *The Growth of Purgatory*, in Patricia Buckley Ebrey and Peter N. Gregory eds., Religion and Society in T'ang and Sung China, Honolulu：University of Hawaii Press, 1993, p. 124.

③ 参范文美：《泰山"治鬼"说与佛教地狱》，载《东南大学学报》2010 年第 12 卷增刊，第 63—66 页。

有等级……道者，天帝总统六道，是谓天曹。阎罗王者，如人天子。泰山府君，尚书令录（录尚书事）。五道神如诸尚书。若我辈国如大州郡。每人间事，道上章请福，天曹受之，下阎罗王云：某月日得某甲诉云云，宜尽理，勿令枉滥。阎罗敬受而奉行之，如人之奉诏也。①

在该灵验记中，冥间和阳间一样呈现出等级制的面貌：阎罗王、泰山府君、五道神按照等差依次对应于天子、录尚书事、诸尚书，天道、人道、地狱道、饿鬼道、畜生道分别对应于五品官、九品官、监狱囚犯、役户，他们都为天帝管制。另外，灵验记中的阎罗王还有妻室、儿女、家属，他也穿着当时王侯穿的服饰并带有侍卫，如《弘赞法华传》卷六记慧度复活，自述见阎罗王，阎罗王"服远冠衣缨，如今王者，侍卫亦然"②。这些都表明，佛教既改变了中国文化，又顺应（或者说借重）了中国文化。

以上数类灵验记最为常见。但实际上，各种佛事都可能导致灵验——如称颂弥勒、弥陀、观音、地藏等佛菩萨名号避祸消灾、化凶为吉，发愿、忏悔、斋戒、建塔、建寺、敬僧、舍身、供奉舍利、持诵真言咒语等得福报，袈裟有法力等，可以说举凡符合佛教观念、带有佛教信仰意味的事情都可能产生灵验；相反，那些造下不敬佛菩萨、不敬舍利、犯戒、毁谤、偷盗、悭惜、杀生等心口意方面恶业的人则遭到堕入地狱之类报应。尽管隋唐五代时期对这类灵验故事的记录大同小异、某些类别的故事甚少出现，但

---

① 唐临：《冥报记》卷中，方诗铭辑校，中华书局，1992年，第28页。
② 慧详：《弘赞法华传》卷六，《大正藏》第51册，第29页。

这些记录的存在表明灵验记涉及的类型非常广泛。

二、灵验记的文学特征

灵验记是宗教宣传品，但也有文学作品的属性。

首先，灵验记的语言一般比较通俗、平实。灵验记意在记录所闻之事，表明灵验乃是实际发生的事情，文辞并不是最注重的。因此，撰者或称灵验记"言不饰文""词质而俚""事核而实"，表示灵验记受到史传实录传统的影响，强调语言的质朴、俚俗，以及对事件本身的忠实记录。以 S. 4037《金刚经灵验记（李庆持经故事）》为例：

> 李庆者，唐州人也。好田猎，煞害无数。忽会客事，煞猪鸡羊数头。客散后卒亡，经三日再生，具说云，初到冥间见平等王，王曰："汝煞生何甚多？有何功德？"庆答："解持《金刚经》。"王即合掌，举经题目，怨家便得生天。王即遣人送归，至门时苏，至八十岁而终。①

该灵验记开端介绍主人公人名、籍贯、性情，一如史传开端。接下来记叙其因杀生而入冥，又因持《金刚经》的功德而使冤家生天、使自己回到阳间。文字采用散体，较为质朴，很好读懂。个别术语如"平等王"不大为人所知，但其通称"阎罗王"则人人熟知。当然，灵验记中那些在当时算是质朴、俚俗的词语，随着时代变迁其部分词语到今天已变得较为难懂，尤其是那些关涉

---

① 杨宝玉：《敦煌本佛教灵验记校注并研究》，甘肃人民出版社，第348页。

内外学典故和方言的灵验记，对此有学者已做了一些工作。①

第二，灵验记大多注重描写人物的信仰心理、信仰行为，尤其注重描写人物心理、行为上的转变，以达到鼓吹因果报应等宗教观念的目的。在注重人物性格、品行方面，《释门自镜录》非常典型，其中的人物往往因为贪婪、好嗔、吝啬等而犯下恶行并遭到恶报；某些灵验记中的阴间描写则多取材于官府，衙役组织、阴间官吏和状词、问案、逼供等情形也都取材于现实中的官府衙门，其中阴间衙役等人物形象最为生动，或贪财受贿、收取小惠，或基于恩情、乡情而徇私，或进行贩卖人口的不法勾当，或积案稽迟、捉错受罚，他们承担着繁重的差役，有现实官府衙役的贪欲和习气，但也不乏人性善良的一面。② 但是，大多数灵验记主要还是通过记载人物慈悲、发心、精诚、净信、勤勉、寡欲等信仰心理和礼忏、发愿、祈请、持戒、设斋、蔬食、放生、苦行、念佛、讲解、持经、禅定、诵咒、造像、鸣钟、舍身、供养等信仰行为所带来的灵验来宣传佛教。至于人物心理、行为上的转变，主要是从不信佛到信佛或从不做佛事到做佛事的转变，典型的是《刘萨诃和尚因缘记》所述刘萨诃从打猎杀生到出家行佛道、见祥瑞的故事。

第三，某些母题反复出现。最常见的是因果报应母题、血亲复仇母题、入冥母题、还魂母题、往生净土母题。

因果报应不仅是佛教基本教义，而且也是佛教灵验记中最为基本的叙事母题。中国本有祸福报应的思想，但报应是通过鬼神、

———————

①　杨宝玉：《敦煌本佛教灵验记校注并研究》，甘肃人民出版社，2009 年。

②　郑阿财：《见证与宣传——敦煌佛教灵验记研究》，新文丰出版公司，2010 年，第 289—311 页。

上帝或天道来实现的。而佛教是因果相连的业报，认为善恶果报均源自身口意等方面所做的"业"，这种业报是普遍的、相互联系的，所谓"有形则影现，有声则响应。未见形存而影亡，声续而响乖。善恶相报，理路然矣"①。从现代学术的角度来看，采用这类母题的灵验记是单纯事件与巧合、想象、信仰心理和佛教观念等各种条件结合的产物，是在前后不确定的，甚至捏造的不同事件之间建立了确定的联系。但就灵验记本身而言，它往往致力于宣讲人物所做佛事或违反佛教观念招致的不同后果，对佛教徒来说其因果报应是真实不虚的而不是特意编排、建构的。如孟献忠《金刚般若经集验记》引萧瑀《金刚般若经灵验记》的一则故事：

> 隋朝招提寺僧琰师初作沙弥时，有相师语琰曰："阿师子大聪明智慧，无那相命全短。"琰闻此语，遂咨诸大德："修何功德而得延寿？"大德等共议："依如来教受持《金刚般若经》功德最大，若能依法受持，必得延寿。"琰时奉命，即入山受持《金刚般若经》。五年出山，更见前所相者，云："法师比来修何功德，得长寿殊相，顿能如此？"琰说前者被相短寿，入山受持《金刚般若》，更无余业。因兹功德，遂为大德法师，年过九十。②

僧琰相信相面之说，认为自己短命，便持诵《金刚经》，遂得

---

① 道世：《法苑珠林校注》卷七〇《恶报部第十一》，周叔迦、苏晋仁校注，第2065页。
② 孟献忠：《金刚般若经集验记》卷上，《卍续藏经》第149册，第82—83页。

长寿殊相。相面结果成为僧琰受持《金刚经》的动因，而持诵《金刚经》能获得相应的果报，因此相面术和因果报应观念结合起来造就了一个完整的故事，实际上是借助当时的普遍观念为《金刚经》做宣传。为了证明因果报应的真实不虚，一些灵验记甚至不强调平时的修持而宣扬临来抱佛脚式的诵经，还有一些灵验记则强调果报有确切的物证或标记，在这方面佛法和世间法同样是结合起来的。

因果报应母题也与血亲复仇这一本土常见叙事母题相结合。《还冤记》记张超和翟愿不和，翟愿被害后人们怀疑罪魁祸首是张超，翟愿的侄儿乃射杀张超，其夜见到张超的魂灵，后者自称并未杀害翟愿，已上诉天帝，故来相报，便杀死了翟愿的侄儿。这类故事更像是为血亲复仇找到来自佛教的理论根据，上诉天帝的说法更是中国文化中常见的。入冥母题则往往涉及地狱审判：冤家告状，肇事者被追索。由于地狱审判根据人的善恶行为而定，因此因果报应母题、入冥母题经常交织在一起。其中一些故事（如《黄仕强传》）既有庸俗的交易，也宣扬了造经奉佛的功德和因果报应的必然性。入冥母题还与还魂母题相关：一些灵验记记载某人因各种误会或错误而入阴间，见证地狱各种情形后回到阳间，成为佛教的宣传者。如《还魂记》中的开元寺僧道明为冥吏所追入冥，后被发现与龙兴寺僧道明相混，乃欲归人世，忽见地藏菩萨，听后者宣讲了一番地藏崇拜的道理，这才回到人间。往生净土母题也和因果报应母题相关：在具有这种母题的灵验记中，主人公多为持经、念佛、修净土法门者，有时也以那些临来抱佛脚者往生净土的事例来显示做佛事的灵验、善报的迅速，这类故事在《往生西方净土瑞应传》等书中有集中体现。可以说，各种叙事母题可相互结合，只不过因果报应母题是最基本的，而血亲复仇、入冥、还魂、往生等母题不一定出现在每一则灵验记中。

第四，灵验记常采用第三人称限知视角等视角，记录故事发生的时间、地点、人物等信息，有的还通过亲历其事的当事人的口吻来叙述真实经验，以达到劝人相信因果、虔诚修福等宗教目的。如李旦的入冥经历：

宋李旦，字世则，广陵人也。以孝谨质素著称乡里。元嘉三年正月十四日暴死，心下不冷，七日而苏。啥以饮粥，宿昔复常。云有一人持信幡来至床头，称府君教唤。旦便随去，直北向行，道甚平净。既至，城阁高丽似今宫阙。遣传教慰劳问呼：旦可前至大厅事上。见有三十人，单衣青帻，列坐森然。一人东坐，披袍隐机。左右侍卫可有百余。视旦而语坐人云：当示以诸狱，令世知也。旦闻言已，举头四视，都失向处，乃是地狱中。见群罪人受诸苦报，呻吟号呼，不可忍视。寻有传教称府君信：君可还去，当更相迎。因此而还。至六年正月复死，七日又活。述所见事，较略如先。或有罪囚寄语报家，道生时犯罪，使为作福。称说姓字、亲识、乡伍，旦依言寻求皆得之。又云：甲申年当行疾疠，杀诸恶人，佛家弟子作八关斋戒，修善行，可得免也。旦本作道家祭酒，即欲弃箓。本法道民谏制，故遂两事而常劝化，作八关斋。①

　　这个故事采取的是史传般的开端，介绍人物名字、籍贯、为人、名望，即便叙述其死也要交代具体时间，从而给人以真实感。从叙事母题来看，这个故事同样涉及因果报应母题、入冥母题、还魂母题。从视角来看，主要采用的是李旦的第三人称视角，他也是入冥经历的叙述者。他看到"一人"持信幡来，而不知此人是谁（当为冥吏）；称"府君"传唤，也没有明指此人是谁（当为定人生死的泰山府君，泰山位于广陵之北）；见城阁高丽似今宫阙，也没有名称（当为阴曹地府）；至大厅见三十人单衣青帻（当为冥官，衣着如世间官僚），一人东坐，披袍隐机，同样不言其名（当即泰山府君）。如前所述，本土冥间观念逐渐与佛教地狱观念相结合，这里也是一例：泰山府君命令"当示以诸狱，令世知也"。接下来李旦就发现自己处在地狱中，看到一群生前犯罪的罪人正在受苦报。该灵验记的主要目的当然是要说明报应不爽，恐吓世人作斋行善。为了达到这样的目的，该灵验记在叙事上注意从李旦的视角出发，以便逼真地描写李旦这样一位来往阴阳两边的人"当时"所历所见的因果报应，从而更好地达到教化的效果。换句话说，该灵验记中的第三人称限知视角服务于宗教宣传的目的——无论因果报应、入冥、还魂主要都不是针对主人公本人的，而是借助主人公的经历来昭示给世人看，以便发起信仰。

　　如果说这个例子中的主人公还不过是目睹者、旁观者，主人

---

　　① 佐佐木宪德辑：《冥报记辑书》卷一，《卍续藏经》第 150 册，第 36—37 页。

公自己并未直接遭受恐怖的地狱拷治，那么在另外一些灵验记中，正是修福或行恶的业报赋予了主人公某些独特的视觉和经验——只有他能看到、知道和经历某些不同于阳间凡俗的事情，而他人却未能如此。从文学角度看，这体现了作为信仰形态的佛教观念在塑造人物视角和经验上的重要作用。一个典型例子便是《冥报记》卷下所记冀州外邑中一小儿事。该小儿经常偷盗邻居的鸡蛋，后被人引入一小城，发现是座空城，地上都是热灰碎火。这里采用的是小儿的视角，因此不知道这是什么地方、为何如此，而佛教徒则很清楚这是地狱，如道世《法苑珠林》卷六四《渔猎篇第七三·感应缘》引述此故事，就明确说是造下罪业，故到处都是地狱。《冥报记》接下来又记"时村人出田采桑，男女大小皆见此儿在耕田中，口似啼声，四方驰走，皆相谓曰：'此儿狂耶？'"则其他与此事无关的村民所见（耕田），与小儿所见大相径庭，故以为小儿发狂；而小儿父亲听采桑人之言，寻访到小儿，"大呼其名一声便住，城灰忽不见。见父而倒，号泣言之"。小儿父亲"视其足，半胫已上血肉燋干。其膝已下，洪烂如炙"，这又变成了小儿父亲的视角。"邻里闻之，共往视其走处，足迹通利，了无灰火"，这又再次转换成邻居的视角。① 像这样的视角转换表明不同的人业报不同而所见、所经历之事不同，从而宣扬了佛教业报观念。当然，在第三人称视角叙述中，主人公所见有时并不那么确定，因此叙述也同样不那么确定。如《集神州三宝感通录》卷上记载凭玄嗣烧佛像而暴卒，后苏醒，自述忽到一处，"似是地狱"②，叙述

---

① 唐临：《冥报记》卷下，方诗铭辑校，中华书局，1992 年，第 53—54 页。

② 道宣：《集神州三宝感通录》卷上，《大正藏》第 52 册，第 407 页。

者采用了不奉佛的凭玄嗣的口吻，其实叙述者自己当然清楚那就是地狱。有的灵验记还描写主人公和冥吏所见景象的不同，从而营造出地狱的恐怖、神秘氛围，《广异记》记刘鸿渐的地狱经历就是如此。

如果说以上灵验记用第三人称限知视角所见地狱来恐吓世人相信因果、行善去恶，那么一些灵验记还用第三人称限知视角所见净土的美好景象来诱导世人专意修行、心向净土。《续高僧传》卷一二《隋西京大禅定道场释灵幹传》记灵幹一日暴死，后苏醒，自述见二人手拿文书，领他到一个有七宝树林的园林，"但见林地山池无非珍宝，焜煌乱目不得正视。树下花座或有人坐，或无坐者。忽闻人唤云：'灵幹，汝来此耶？'寻声就之，乃慧远法师也。礼讯问曰：'此为何所？'答：'是兜率陀天。吾与僧休同生于此。次吾南座上者，是休法师也。'"显然，这里都是通过灵幹带有陌生感的视觉和听觉来观察园林的情况，因此不知道手拿文书的二人是谁，不知道园林的名称，不知道树下是谁，听到有人喊他才知道是慧远法师，并从慧远那里得知这是兜率陀天，南座上是休法师。接下来，灵幹从慧远那里得知"汝与我诸弟子后皆生此矣"。灵幹"因尔觉悟，重增故业。端然观行，绝交人物"[1]。《佛说观弥勒菩萨上生兜率天经》等佛经早就描述过兜率天的情景，其中就有七宝树林等富丽堂皇的景观。本传也提到这一名称，显然叙述者非常清楚佛经的相关记载；但传主灵幹并不知道，用陌生的眼光来打量这一切，并依照慧远的预言来修行。因此，这里

---

① 道宣：《续高僧传》卷一二《隋西京大禅定道场释灵幹传》，郭绍林点校，第413页。

的视角主要是第三人称限知性的。

至于记录制作佛像等感应的灵验记，其在视角的运用上也有其特点：尽管常常也是借第三人称限知性视角来达到宗教目的，但未必是一次就发现佛像，而可能一开始只看到某些奇异的现象，后来才发现这是佛像发出的。如《广弘明集》《续高僧传》均记一僧夜行见山有光明，前往一看，乃一石像如佛，以为阿育王遗像应现而来，便发誓若佛法重兴，则望石像显现威灵，石像忽然从山上直下，不假扶持，卓然峙立，便上奏朝廷，朝廷下诏改元为大象。这与《周书》的记载大相径庭：后者只记改元事，只字未提改元的原因，也未提发现石像之事，因此也就没有任何特定视角而保持了权力/权威的无视角叙述：改元就是改元。这类灵验记还有一个特点，那就是声称人们不知道佛像的灵验而胆大妄为，结果遭到惩罚。如孙皓在佛像头上撒尿而遭到惩罚的故事就在各种典籍中辗转抄录。另外，灵验记中的佛像往往有预测吉凶的神奇功能，而人们却未必知道，换言之人对命运有某种限知，决定人命运的力量来自人之外。

除了视觉，听觉、嗅觉、心理感受等也在灵验记中构成了独特的限知叙事。《法华经》等佛经类灵验记有时会基于听觉来叙述：比如记载某人听到念诵《法华经》，结果什么都没发现，后来才发觉声音从地下或其他地方传出，原来是一具尸骨的舌头在念诵，从而证实了念诵该经的灵验果报。《集神州三宝感通录》卷上记雍州渭南县南山倒豺谷有岩石有如佛像面部，相传"昔有梵僧来云：我闻此谷有像面山七佛龛，昔七佛曾来此谷说法。洞内有瞻葡华，常所供养"。尽管是传言，但显然叙述者已知当地有瞻葡华。不仅仅叙述者，叙述者下文交代的僧人智积也知道这一点，当智积去寻找此花时，就转换为从后者的所见所闻和感受来叙述：先是通过智积的嗅觉，再通过他的视觉和心理感受来看此香花，但依然不言其名，大概是因为无论叙述者还是智积都不能完全肯定这就是瞻葡华，尽管从上下文来看的确有这种暗示。[①]

隋唐五代时期佛教灵验记主要存在于传世文献、敦煌文书中，此外还有部分灵验记散佚，其创作、抄录的兴盛期大致与中国佛教的兴盛期一致，主要集中在隋代和唐代中前期。而根据佛教活动及其所致灵验来进行划分，灵验记主要包括围绕佛经进行的佛教活动所致灵验、围绕造像等佛事所致灵验、基于佛教因果报应观念与地狱审判观念的入冥经历这三种类型。从文学角度看，灵验记语言较为质朴，除了部分站在佛教立场上批判贪嗔痴等世俗性格的灵验记外，并不特别注重人物形象的塑造，而是多注重人物的信仰心理、信仰行为或人物在性格、行为等方面宗教化的转变，并借助因果、入冥、往生等主题，通过看似人物传记般的叙事或人物限知视角体现的真实经验等来宣传相关佛教观念，呈现出具有宗教决定论意味的世界。

---

① 道宣：《集神州三宝感通录》卷上，《大正藏》第 52 册，第 409 页。

第九章　隋唐五代佛教文学理论

隋唐五代，佛教文学创作的繁荣，直接促进了佛教文学理论的发达，涌现出一批探研文学艺术特质和诗歌创作规律、技巧的理论著作，其中最具代表性的作品是皎然《诗式》、齐己《风骚旨格》。这些佛教诗学著述往往将讨论的重点放在诗歌创作的具体技法上，并经常将诗学与佛学相勾连，从佛教的角度审视文学创作，常有比附式的讨论，既可见不同于世俗文论的视角与新见，也有牵强、庸俗、琐碎的弊病。

第一节　佛教与隋唐五代的诗格

隋唐五代的佛教文学理论之发展与特色，主要体现在僧人撰述之"诗格"的出现与流行。

诗格是中国传统诗学理论中的一种特殊形式，落实为著述，则是一类文论书籍的统称，包括"诗格""诗式""诗法"等著作，一般是以随笔体制讨论作诗的标准、法式等，多为适应初学者或应举者学习作诗而编纂。"诗格"作为专有名词出现，始自唐代，如《文镜秘府论》"论病"提及"家制格式"①，《宋秘书省续

---

① 弘法大师：《文镜秘府论校注》，王利器校注，中国社会科学出版社，1983 年，第 396 页。

编到四库阙书目》录"沈约《诗格》一卷"① 等。流传至今的"诗格"著述大都是晚唐至宋初的作品，晚唐五代"诗格"的理论焦点与初、盛唐比较，差别明显，如罗根泽所概括的："诗格有两个盛兴的时代，一在初盛唐，一在晚唐五代以至宋代初年……前者所言，偏于粗浅的对偶，后者则进于精细的格律与微妙的比兴。"②

作为转捩而连接这两个时期"诗格"的是皎然的《诗式》：其承袭初、盛唐"诗格"传统而论四声、对偶；又开启晚唐五代"诗格"而论势、论体格。皎然之后，"诗格"作者以僧人居多，如齐己《风骚旨格》、虚中《流类手鉴》、神彧《诗格》、辞远《诗式》、保暹《处囊诀》、神郁《四六格》、桂林景淳《诗评》等。目今所见晚唐五代"诗格"著述，主要收录于《吟窗杂录》《诗法统宗》《诗学指南》等古籍中。在唐代这样一个诗歌流行的时代，僧人参与论诗，一方面可以借此获得僧俗两界的嘉许；一方面以禅喻诗也是弘法传教的方便法门。故诸多僧人创作"诗格"或"诗句图"著作，形成唐代佛教文论的一大特色。

晚唐五代的"诗格"多以皎然诗学论述为立论基础，如徐衍《风骚要式》"君臣门"即借鉴皎然《诗式》"四重意"立论③；有的著述还直引皎然诗作为范例，如《二南密旨》所举诗例，多有皎然作品。归纳起来，皎然《诗式》对晚唐五代"诗格"的影响在于内容与形式两个方面：内容上，皎然关于某些诗歌问题的理

---

① 张伯伟：《全唐五代诗格汇考》，江苏古籍出版社，2002 年，第 2 页。
② 罗根泽：《中国文学批评史》第二册，上海古籍出版社，1984 年，第 186页。
③ 张伯伟：《全唐五代诗格汇考》，第 15 页。

论阐释为后来之"诗格"所化用，甚至其用以论诗之术语、概念，也被许多"诗格"直接挪借。形式上，其所总结之"四不""四深""二要""六至""五格"等节目，对"诗格"体例影响深远，甚至成为晚唐五代直至宋初"诗格"撰述之通例；此模式深入到晚唐"诗格"的各部分，如齐己《风骚旨格》就以"六义""十体""十势""二十式""四十门"等结构全篇，显然取鉴自《诗式》。

晚唐五代的"诗格"作者多是僧人，或与佛门交涉深入之文人，故这些"诗格"特色的形成，均受佛禅思想影响深刻。归纳起来，这些"诗格"特色主要有三："门""体势""物象"①。

晚唐五代诗格，体例上多以"门"结构而展开论述。这种间架体式自皎然起，就已经开始酝酿。《诗式》暗含了以"门"论诗的格局，由卷一至卷五，实际是围绕作诗"用事"层次区分出的"五门"结构，即《诗式序》所谓"列为等地，五门互显"②。至齐己《风骚旨格》标举"诗有四十门"，已明确提出"门"的归纳方式。徐衍《风骚要式》索性直接分"君臣门""物象门"五等"门"论诗，以"门"为目，结构全篇。按，"门"是佛家结撰典籍时常采纳的结构体例。所谓"理则非门不通"③，其本身就表达了由"门"而入，方可悟理见佛的思想；"通入名门"④"六法能通，故名为门"⑤，佛典之"门"是进入真理的途径，即所谓

---

① 张伯伟：《全唐五代诗格汇考》，第19—38页。
② 皎然：《诗式校注》，李壮鹰校注，第2页。
③ 智顗：《释禅波罗蜜次第法门》卷一上，《大正藏》第46册，第476页。
④ 慧远：《大乘义章》卷九，《大正藏》第44册，第649页。
⑤ 智顗：《六妙法门》，《大正藏》第46册，第549页。

"通"。晚唐五代"诗格"鉴取佛典"门"之"通"义，结构篇章，标志作诗路径、法门，教示写作范式或艺术手法等内容，如徐夤《雅道机要》所谓"门者，诗之所通也"①。

"势"是中国古代文学批评的一个重要范畴。隋唐五代佛教文论，尤其"诗格"当中，"势"是一大论题，如皎然《诗式》专论"明势"；齐己《风骚旨格》之"十势"及神彧《诗格》"十势"进一步赋予"势"不同的名目；桂林景淳《诗评》标榜"凡为诗要识体势"②；佚名《诗评》等诗学著述中也都有"势"论。唐五代"诗格"论"势"，受禅宗影响，如齐己总结的"十势"名目，多出自禅宗公案、话头；之后的神彧《诗格》等著述，分目论"势"，均承自齐己，甚至直接引用齐己陈列之名目，而这种设计与禅宗尤其是齐己所出之沩仰宗存在深刻渊源。所谓仰山之"势"，是沩仰宗接引后学的特色。禅宗言"势"，重在上下布局，齐己等人论诗之"势"，同样聚焦于诗歌创作之语句安排，着眼点在于上下两句，乃至通篇之韵律、内容、艺术手法上或正或反的对应所形成的张力。

唐五代"诗格"喜谈"物象"，是融合传统诗学"兴寄"说与"兴象"说的尝试。③皎然《诗式》即声称"取象曰比，取义曰兴。义即象下之意"④，透露出以"象"表"意"的主张。这一尝试，在晚唐五代"诗格"中更明确地彰显出来，集中体现于对"物象"的搜集、归纳与阐释、例证，如《二南密旨》"论总例物

---

① 徐夤：《雅道机要》，载张伯伟：《全唐五代诗格汇考》，第 426 页。
② 桂林僧景淳：《诗评》，载张伯伟：《全唐五代诗格汇考》，第 511 页。
③ 张伯伟：《全唐五代诗格汇考》，第 34 页。
④ 皎然：《诗式校注》，李壮鹰校注，第 31 页。

象"、虚中《流类手鉴》均整理、分析了诸多诗歌创作中形成的
"物象"类型，并举出具体诗例为证。这类"物象"不是单纯的对
客观物体的描述，而是渗入主观之"意"的象征性物象；"诗格"
就是要寻绎出一定的"象"与一定的"物"之间构成的相对稳定
的象征关系。对"象"与"意"之间象征性关系的关注，与禅宗
"绕路说禅"的表达逻辑有关；同时，受到佛家"作用"说代表的
体、用辩证思维的影响：创作主体需要表达的情、意是"体"；借
以譬喻、象征、烘托此情、意的"象"是"用"；由于"物象"
与"作用"说在佛学意义上的深刻关联，故"诗格"重视"作
用"者，必然深研"物象"。

第二节　皎然的诗学思想及其诗论著述

隋唐五代的佛教文学理论史上成就最突出，影响最广远的莫
过生活于大历、贞元时期的皎然。皎然的诗学理论绍续前贤的同
时，从佛禅立场审视诗歌创作，融佛学思想入诗学范畴，以禅喻
诗而"时有妙解"，构拟出一套独具特色的佛教诗学理论体系，在
诗歌思想史、创作论、批评论、技法论等多方面均有创见，并以
其系统而深刻的学理价值在文学批评史和美学史上产生着深远的
影响。

一、皎然诗学著述

清理由唐至清的公、私书目，所记载的皎然诗学著作共有四
种：《诗式》《诗议》《诗评》《中序》。其中《中序》是割截五卷
本《诗式》而成，不属独立作品。至于《诗式》《诗议》《诗评》，
内容上也互有重叠；关于三者的关系，目前学界大致有三种意见：

一种观点认为《诗议》是《诗式》的简本①；第二种观点认为《诗议》是独立的著述，《诗评》则杂抄《诗议》《诗式》而成②；第三种观点认为皎然诗学著述仅《诗式》一部，《诗议》《诗评》均为《诗式》之节录。③

皎然诗学著述中最完整地体现其诗学思想的作品就是《诗式》；同时《诗式》也是唐代诗论著述中较成体系的一部著作。各类文献记载之《诗式》版本大概有一、二、三、五卷本及不分卷本等几种系统。其中以一卷本和五卷本最为常见④；一卷本是五卷本之简本，流传最广。目今所见最早的《诗式》版本是《吟窗杂录》不分卷本，最完备的版本是毛晋校明抄本五卷本，陆心源《十万卷楼丛书》所录即此版本。关于《诗式》之原貌，有学者认为《吟窗杂录》本最为接近⑤；也有学者认为"十万卷楼"本最古。⑥

另外，作为诗僧，皎然的一些诗歌作品中也或明或暗地透露出其佛教诗学理论。

皎然的文学理论自成一派，在唐代诗学中颇具特色；细审其诗学观念，与其佛禅思想有着深刻的关联，换言之，皎然诗学理

---

① 卢盛江：《皎然〈诗议〉考》（《南开大学学报》2009 年第 4 期）、陈晓蔷《皎然与〈诗式〉》（《东海大学学报》1967 年第 1 期）均执此观点。

② 罗根泽《中国文学批评史》、贾晋华《皎然年谱》、周维德《诗式校注》均持此说。

③ 郭绍虞《中国文学批评史》、许清云《皎然诗式研究》等有此观点。

④ 二卷本见于《澹生堂书目》，三卷本见于南宋何汶《竹庄诗话》引郑文宝《答友人潘子乔论诗书》。

⑤ 许清云（《皎然诗式研究》）认为"五卷本诗式的原样，应该是近似《吟窗杂录》中的面貌"。

⑥ 周维德《诗式校注》、张伯伟《隋唐五代诗格汇考》执此观点。

论的构建很大程度上得益于其融通的佛学修养。具体来说，皎然诗学的佛禅特征主要体现在"作用"论、"取境"说与"复变"观三个面向上。

二、"作用"论

"作用"是皎然文学理论的一个重要范畴，据统计"作用"一词直接出现于皎然的诗歌或诗论中就达十一次之多①，足见其重视程度。

"作用"一词虽在佛教东渐之前就已在汉语中出现，但其频繁、广泛的使用还是在佛典译介运动兴起之后，尤其频见于大小乘诸多经论当中，有着浓厚的佛学色彩。"作用"作为佛教概念，指"有为法之生灭"②，且"三世有为法中，唯现在法有作用"③。换言之，"作用"指"有为法"，即诸相之间的因果关系。④ 这种含义常用于唯识学中，重在"作用"之客观属性。禅宗则以心学立场为"作用"赋义，谓"现前之作用乃即体之作用，能彻见此作用，即是见性，亦即认识佛性"⑤；把"作用"阐释为存在于心体之佛性的外显形式，更多强调其所代表的修行主体之主观能动性。

皎然将佛学中的"作用"概念融入诗学当中，结合其诗歌美学理想，形成独具新意的佛教文学理论。皎然诗学之"作用"论主要是借佛学中的同一概念来说明诗歌创作构思的重要功用，探

---

① 甘生统：《皎然诗学渊源考论》，人民出版社，2012 年，第 160 页。
② 丁福保：《佛学大辞典》，文物出版社，1984 年，第 596 页。
③ 慈怡：《佛光大辞典》，北京图书馆出版社，2004 年，第 2776 页。
④ 甘生统：《皎然诗学渊源考论》，第 160 页。
⑤ 慈怡：《佛光大辞典》，第 5646 页。

讨诗人之创作心理、艺术构思等。

皎然评诗标榜"自然",但不废苦思;《文镜秘府论》"南卷"引其《诗议》云:

> 或曰:诗不要苦思,苦思则丧于天真。此甚不然。固须绎虑于险中,采奇于象外。状飞动之句,写冥奥之思。夫希世之珠,必出骊龙之颔,况通幽含变之文哉?但贵成章以后,有其易貌,若不思而得也。"行行重行行,与君生别离",此似易而难到之例也。①

这种"工后自然"的创作准则实际是其"作用"论的具体展开。《诗式序》云,"作用也,放意须险,定句须难,虽取由我衷,而得若神授"②,提出诗歌要有出人意料的审美效果,这种效果源于"取由我衷"之构思,是作者刻意为之的"作用";但表现出来的又"得若神授",说明"作用"中包含有诗成之后的"自然"风格;可见"作用"在皎然的诗论中是指诗人自觉的、创造性的艺术思维活动。

皎然提出的"作用"与传统诗论强调创作主体自发的"感兴"不同,它不是被动的、随机的感遇,而是主动的、艰苦的运思过程。他反对一味批判"苦思则失于天真"的创作观,指出刻意构思在诗歌创作中的积极"作用",提倡苦思过程与自然效果的统一。正如其《答俞校书冬夜》诗云:"诗情聊作用,空性惟寂

---

① 皎然:《诗式校注》,李壮鹰校注,第376页。
② 皎然:《诗式校注》,李壮鹰校注,第1页。

静。"① 皎然追求的诗美"自然"，实际是一种寂静高逸的境界，从创作心理言，既要求内心的澄明，同时也强调积极的运思。这是佛禅"中道"思维模式的表现：讲求清静，但并不赞成"灭尽定"，认为偏执"无心"者易入昏沉，亦为烦恼。

所以说，皎然标榜的"作用"论，是基于佛教唯识学"有为法"与禅宗心性论而提出的主客互动的诗歌创作法式；突破了传统诗论对诗人的灵感或外界偶触、感兴的依赖、偏执，提出艰苦的构思互动在创作中的必要性；但其高标之最终诗美理想仍是用功设计后的浑然天成。

皎然之"作用"论也借取佛教"中观"思想来分判"诗意"与"诗势"。他以谢灵运诗为榜样，谓：

> 夫诗人作用，势有通塞，意有盘礴。势有通塞者，谓一篇之中，后势特起，前势似断，如惊鸿背飞，却顾俦侣……意有盘礴者，谓一篇之中，虽词归一旨而兴乃多端，用识与才，蹂践理窟，如下子采玉，徘徊荆岑，恐有遗璞。②

此处将"作用"之内涵分析出两个方面：一是"势"，二是"意"。所谓"意"指诗人创作中所要表达的意旨；"势"则指"艺术构思和整体布局的匠心及其审美的效果"③。可见皎然认为诗歌创作之构思活动主要包含了立意与谋篇两个维度，并以中道的

---

① 皎然：《杼山集》卷一，《禅门逸书》初编，第 2 册，第 15 页。
② 皎然：《诗式校注》，李壮鹰校注，第 153 页。
③ 傅璇琮：《中国诗学大辞典》，浙江教育出版社，1999 年，第 27 页。

立场调和二者，在肯定传统诗学重视"立意"的基础上，突出诗论的美学维度，提出"势有通塞，意有盘礴"的主张。另《诗式》"明势"条形容"高手述作""萦回盘礴，千变万态"，其自注解释为"文体开阖作用之势"，亦可见其"作用"论标榜好的诗歌创作构思对诗歌体势的重视，同样是强调立意与审美、内容与形式兼顾，是佛学"中道"思想不落两边思维的体现。

皎然在称颂"乃祖"谢灵运的诗歌创作时，谓其"真于情性，尚于作用，不顾词彩而风流自然"①，将"作用"与"情性"对举，透露出"作用"论与"缘情"说之间的关联：承认谢灵运诗歌能达至"风流自然"的妙境，首先是其创作出自真情，是对传统"诗缘情"说的继承；继而指出真情转化为诗句的完美表达，是苦心思维、巧意安排的结果，即"尚于作用"。这就将其"作用"论提升至与"诗缘情"传统同等的高度；同时再一次印证其"作用论"的"中观"思想特质：真情与巧思的配合而非言情废艺或炫技违心的偏执一端。

对于作用论本身，皎然同样以佛门"中道"之辩证思路来加以反思。正是基于"中观"来审视"作用"，才形成了论诗五格。《诗式》"辨体有一十九字"中，将诗之优劣分出五格，核心即有无"作用"。第一格是"未有作用"的"不用事"，这类诗歌达至"格情并高"之"上品"②；这是皎然所树立之高标，代表了其诗歌创作的理想境地。联系皎然诗论之"中道"思辨特征，所谓"未见作用"并非完全摒弃"作用"，而是将"作用"浑融于真性

---

① 皎然：《诗式校注》，李壮鹰校注，第118页。
② 皎然：《诗式校注》，李壮鹰校注，第93页。

天然之诗境中，不使显现而已。第二格"作用事"才是皎然对于诗歌创作的实际要求。所谓"作用事"即以"作用"用事，利用名言事典来作诗。可见"中观"背景下的"作用"，提倡发挥主观思维功能的同时，也重视名言事典的借鉴。从创作论角度来说，这是对诗人主观意识与创作材料统合的要求；从佛教文论立场来看，则反映了"中观"学派对于"名言事典"的态度：佛性真理超越"名言"，但不陷于"不立文字"的执着；承认其"方便"功能，也就是"作用"，并在此基础上向上超越，透入涅槃地。这也透露出皎然"以禅喻诗"的诗论所包含的"以诗参禅"的旨意。因此对于作诗无"作用"之第三格"直用事"、第四格"有事无事"、第五格"有事无事情格俱下"，皎然是持批判态度的。

要之，皎然诗学之"作用"论一方面基于唯识学思想，从创作心理角度探讨诗歌内容，较之创作的社会内容，更重视创作的心理内容及美学特性；一方面从禅宗心学出发，讨论作者自心缘虑思维在诗歌构思过程中的功能；同时强调超越诗歌语言而启示"真性"，由此与"诗缘情"传统产生关联，并标举出诗法"自然"之极则。另外，"作用"论据佛门"中道"思想进行自我反思，提出立意与体势、内容与形式、真情与巧思"得兼"的创作、批评理念，最终归于"不立文字"又"不离文字"的诗、禅辩证关系。

皎然以"作用"论诗，得出了与当时主流诗学观念完全不同的认识：跳脱儒家褒贬讽喻、道德教化的"诗教"标准，关注诗歌发展的特殊规律和艺术成就，高度评价了谢灵运、谢朓、鲍照等诗人；反思了"文以代衰"的论断，提出齐、梁的某些诗"可言体变，不可言道丧"①，自有其诗美价值；建构起一套既承续传统，更创见叠出的佛教文学创作论。

三、"取境"说

皎然论诗重意境，"取境"说是其诗学理论的又一个核心。《诗式》"辨体有一十九字"条开篇即谓：

> 夫诗人之思初发，取境偏高，则一首举体便高；取境偏逸，则一首举体便逸。②

可见皎然将"取境"视为诗歌创作成败的关键。同书"取境"一节，则更加具体地阐发了其"取境"说的独到观点：

> 评曰：或云，诗不假修饰，任其丑朴，但风韵正、天真全，即名上等……云，不要苦思，苦思则丧自然之质。此亦不然。夫不入虎穴，焉得虎子？取境之时，须至难至险，始见奇句。成篇之后，观其气貌，有似等闲，不思而得，此高手也。有时意静神王，佳句纵横，若不可遏，宛如神助。不然。盖由先积精思，因神王而得乎！③

所谓"意静神王，佳句纵横，若不可遏，宛如神助"，描述的

---

① 皎然：《诗式校注》，李壮鹰校注，第273页。
② 皎然：《诗式校注》，李壮鹰校注，第69页。
③ 皎然：《诗式校注》，李壮鹰校注，第39页。

是创作构思的高峰灵感状态；值得注意的是，皎然认为这种状态并非诗人与自然物色的感兴遇合而生，而是"先积精思"的产物；所谓"但见情性，不睹文字，盖诣道之极也"①，是诗境极则，也是佛学"无分别"境界之文学表达。

联系前文述及之"作用"论，可知皎然"取境"之途，并非诗人被动地受自然外物感兴，而是通过积极主动的创作运思，即"作用"而获得的。其于诗境创造主张"苦思"，从创作思维的角度提出"至难至险，始见奇句"的"取境"原则，认为只有艰苦的运思，才能创造出"奇句"；同时又强调诗成后"有似等闲，不思而得"的"自然"效果，这又是以中道的观念提醒作诗不落两边，不可片面强调创作时的苦心经营。

中国诗学中"境"作为独立概念在皎然之前早已提出：南朝之钟嵘、刘勰，唐代开元、天宝年间的殷璠、王昌龄都有关于"境"的讨论；皎然"取境"说无疑受到过他们的影响，但与众不同处在于其与佛学思想的深刻渊源："境"出现在汉译佛典中，一般指感觉作用的对象，或者自心活动之范围。佛教统称色、声、香、味、触、法这些认识对象为"六境"。"境"的观念流传至瑜伽行派唯识学者那里被系统化为"万法唯识"的认识论，论证"外境空"之大乘空义；后经玄奘及其弟子对唯识经典的传译、弘扬而成立了中国的法相宗。皎然之"取境"说即主要取自此法相唯识派的认识论，故具有独特的理论内容。

皎然所谓"取境"，是指创作过程中的主观认识活动，"境"实质上不是客观实在的反映，而是主观缘虑的产物。皎然是站在

---

① 皎然：《诗式校注》，李壮鹰校注，第42页。

法相唯识"相分色"的立场，主张"境"为心造，其有诗云：

> 积疑一念破，澄息万缘静。世事花上尘，惠心空
> 中境。①

指出一旦正念清扫了积习心染，则一切外物均是幻灭；所谓"惠心"即由定发慧之清净心，识取本心，则证悟诸色"境"之本质皆"空"。又云：

> 伊予战苦胜，览境情不溺。智以动念昏，功由无
> 心积。②

诗中"无心"即"净心"意。此处将"情"与"智"对比，提出"溺情"而"动念"，会使智慧昏迷，只有本具之清净心才能积累起获取正智的功能，而"境"恰是正智观照下，清净自心的会取。这种"境"之具体表达，即"辨体有一十九字"所谓的"高"与"逸"。

皎然论"境"，常从作者主观之"意"与"外境"关系入手，如谓"诗人意立变化，无有倚傍，得之者悬解"③，就通过论"意"肯定了"境"之主观精神属性，可以看作后代诗论"意境"

---

① 皎然：《白云上人精舍寻杼山禅师兼示崔子向何山道上人》，《全唐诗》第 12 册，中华书局，1960 年，第 9185 页。

② 皎然：《茗溪草堂自大历三年夏新营洎秋及春弥觉境胜因纪其事简潘丞述汤评事衡四十三韵》，《杼山集》卷二，《禅门逸书》初编，第 2 册，第 16 页。

③ 皎然：《诗式校注》，李壮鹰校注，第 359 页。

说的肇端。反之，"境由心造"的佛学"取境"论，也影响到皎然对于诗歌"意象"的认识。其提出"性起之法，万象皆真"①，"万象"即诗中表达之"意象"，皎然认为其本质即佛教所谓"法性""真如"，是永恒周遍的"绝对真实"。其诗云："如何万象自心出，而心澹然无所营"②；"万象"得自心中，是以佛教心学立场，强调诗歌意象是主观构思的结果，"无所营"指内心对外物无所缘虑；其谓"白云遇物无偏颇，自是人心见同异"③，人们所认知的物象，以及诗歌中出现的意象并非客观实际的主观反映，而是心造的幻象；所谓"幻情有去住，真性无离别"④，认为诗歌之意象应该体现出"真如"。由"意象"至"意境"，皎然所取之"境"是冥心静虑之禅境；作诗"取境"要注意甄别"幻情"与"真性"，提防被"万象"扰乱意识；诗歌创作亦是佛法修行，须秉持"不动念"，力求离"幻"而得"真"。

四、"复变"观

在文学发展观上，皎然以中道的思想为基础，提出"复古通变"的观念：

> 作者须知复、变之道，反古曰复，不滞曰变。若惟复不变，则陷于相似之格，其状如驽骥同厩，非造父不能辨。能知复、变之手，亦诗人之造父也。以此相似一

---

① 皎然：《诗式校注》，李壮鹰校注，第 330 页。
② 皎然：《奉应颜尚书真卿观玄真子置酒张乐舞破阵画洞庭三山歌》，《杼山集》卷七，第 58 页。
③ 皎然：《白云歌寄陆中丞使君长源》，《杼山集》卷七，第 59 页。
④ 皎然：《答道素上人别》，《杼山集》卷四，第 33 页。

类，置于古集之中，能使弱手视之眩目，何异宋人以燕
石为玉璞，岂知周客嘘唏而笑哉？又，复变二门，复忌太
过，诗人呼为膏肓之疾，安可治也，如释氏顿教，学者
有沈性之失，殊不知性起之法，万象皆真。夫变若造微，
不忌太过，苟不失正，亦何咎哉？如陈子昂复多而变少，
沈、宋复少而变多，今代作者不能尽举。吾始知复、变
之道岂惟文章乎？在儒为权，在文为变，在道为方便。
后辈若乏天机，强效复古，反令思扰神沮，何则？夫不
工剑术，而欲弹抚干将太阿之铗，必有伤手之患，宜其
诫之哉。①

皎然于此"复古通变体"下自注云："所谓通于变也"；"通"
指会通，"变"是适变，"通变"即在古今贯通中不断新变；在他
的理论框架中，"通变"与"有常之体"相对，是文学史中发展变
化的一端。皎然明确以佛门"方便"的概念解释文学之"复变"，
即般若学之"沤和"，具体说，就是以中道来融通复古与新变。

皎然以具体诗人为例说明此"融通"，称陈子昂"复多而变
少"，沈佺期、宋之问"复少而变多"，均非理想状态，正确的态
度是允执厥中，亦复亦变；可见其是以"复古"和"通变"为两
端。其谓"复变二门，复忌太过"，特别提醒在诗的体制格调等方
面借鉴古人的同时，切忌一味模拟；同时也提出诗歌创变的适度
问题，以"造微"，即呈现微妙变化为佳。值得注意的是，其于
《诗议》中批评"若句句同区，篇篇共辙，名为贯鱼之手，非变之

---

① 皎然：《诗式校注》，李壮鹰校注，第330页。

才也"①，强调复古"太过"造成的雷同，而提倡"变才"，可见其于"复变二门"取"中道"的前提下，仍私淑"新变"。

与此"复变"观念相联系的是皎然对唐前诗歌发展史的独特认识：自陈子昂高扬"复古"旗帜以来，批评者评价汉魏之后的诗歌往往是基于儒家传统褒贬讽喻、道德教化的"诗教"标准，对诗歌发展的特殊规律和艺术成就有轻忽之嫌；皎然则明确反对"复古"影响下"文以代衰"的笼统论调，提出即便齐、梁诗作也有"可言体变，不可言道丧"②的部分，不可一概视为颓废藻绘的形式主义；他从中观立场提出认清六朝诗歌在形式主义的潮流中所取得的艺术形式的进步，指出即便在空虚、颓废的思潮中，也存在积极的诗歌美学因素。

另外，皎然还发挥大乘佛教提倡之"现观""亲证"，排斥名言概念为认识中介，要求"心"与"境"直接契合的观念，进一步发展了六朝文论中早已提出的"言不尽意""言外之旨"的理论，对诗歌创作的表现特点提出了一些有价值的看法。如其《诗式》序谓："夫诗人造极之旨，必在神诣，得之者妙无二门，失之者邈若千里，岂名言之所知乎?"③"无二门"源自佛家"无分别"观，《维摩诘经》"入不二法门品"有"于一切法无言无说""乃至无有文字语言，是真入不二法门"；禅宗于此基础上提炼出"不立文字""以心传心"的观念，明确否定名言概念的作用；皎然所谓"妙无二门"之"神诣"即以此佛学思想为据，标榜诗歌创作的极则在于超越"名言"局限；但是诗文又必须以"名言"呈现，

---

① 皎然：《诗式校注》，李壮鹰校注，第 374 页。
② 皎然：《诗式校注》，李壮鹰校注，第 273 页。
③ 皎然：《诗式校注》，李壮鹰校注，第 2 页。

为了调和这对矛盾，提出"文外之旨"，利用诗文启示言语之外的
"真意"，正所谓"但见情性，不睹文字，盖诣道之极也"①。

第三节　齐己的佛教诗学

齐己是晚唐时期与皎然齐名的诗僧、文学批评家。齐己的诗
学理论既有对主流儒家诗学传统的继承，更体现了诗僧独具的佛
学色彩，即其诗学理论是儒、释融合的结果。单就齐己诗学的佛
禅特色而言，他主张诗禅双修，引禅喻诗，强调禅修实践与诗歌
创作的共通性，立足禅学经验设立诗歌美学范畴、题材内容及锤
炼字句等具体范式。尤其是其以"诗格"体式对诗歌创作实践的
经验总结，对后来的僧、俗"诗格"及其他诗学著述产生了不小
的影响。

一、《风骚旨格》

齐己的诗学著述，目前所见文献记录有两种：《唐才子传》记
载其"尝撰《玄机分别要览》一卷，撷古人诗联，以类分次，仍
别风、赋、比、兴、雅、颂。又撰《诗格》一卷"②；《宋史·艺文
志》则谓"僧齐己《玄机分明要览》一卷，又《诗格》一卷"③；
此《诗格》，《永乐大典》作《风骚诗格》，《直斋书录解题》作
《风骚指格》，卢文弨校本又改"指"为"旨"。据《唐才子传》
所记，《玄机分别要览》应即《风骚旨格》。目前学界基本认为齐
己的两种诗学著述，与皎然《诗式》《诗议》情况相似，因内容多

① 皎然：《诗式校注》，李壮鹰校注，第42页。
② 《唐才子传校笺》第5册，第460页。
③ 脱脱：《宋史》卷二〇九，中华书局，1987年，第5410页。

近，而只传一种。

《风骚旨格》集中研讨、阐释了诗歌的艺术特征和形式美法则，是齐己诗歌美学的理论化表达。该书从题材内容、遣词造句、艺术风格等多方面对诗歌创作进行分类总结，并标举具体诗作为示例。值得一提的是，《风骚旨格》中所标榜实例，多为齐己本人的诗句，这证明该书很大程度上是作者诗歌创作经验的自我反思与总结。

《风骚旨格》从体例、内容上来看，仅列举了纲目和诗例，而没有具体阐解，因此为后代的许多批评家、学者质疑为"以诗自名者"而"妄立格法"的俗流。实际上，对《风骚旨格》设计的纲目做一番仔细考察，就不难发觉其内里的诗论逻辑结构，并且该书的这种"简省"的文本形式与言述方式，也突出反映了"不立文字"的禅宗思想的影响：不做直白的学理阐述，而是借助诗歌这一艺术形式，象征性地表达体悟、思想，这恰是丛林接引学人时，惯见之"绕路说禅"之方便施设。

齐己在《风骚旨格》中总结了多种诗法，在同时代的同类著作中是较为全面且突出的。《风骚旨格》基本奠定了"诗格"这一著作体式，可谓晚唐五代诗格中最具代表性的著作，对此后的同类著述影响很大。

二、齐己的诗歌美学趣尚

齐己作诗、论诗均以清新自然为标的，其诗云"鬓全无旧黑，诗别有新清"①，"趣极同无迹，精深合自然"②；尤其论诗诗中常以"清""淡"等范畴来标榜其诗歌审美极则，如谓"格已搜清竭，名还着紫卑"③，"争学忘言住幽胜，吾师遗集尽清吟"④，"神凝无恶梦，诗澹老真风"⑤，"求己甚忘筌，得之经浑然。僻能离诡差，清不尚妖妍"⑥，这正是齐己诗论尚"清"或者说是其"趣极"境界的精髓。

这种尚"清"的审美趣味，在《风骚旨格》的诗例统计中，也能够体现出来。《风骚旨格》共引诗一百一十二联，其中引齐己诗联最多，计三十一次，共三十联。此三十联诗，全为韵律严整的律句；其语言皆清新流畅、浅近易懂，绝少意义晦涩者，如"古屋无人处，残阳满地时"⑦，"谁来看山寺，自要扫松门"⑧ 等。书中所引他人诗作也大多是浅切而有韵味的，如李白"桃花潭水深千尺，不及汪伦送我情"⑨，李频"日暮无来客，天寒有去鸿"⑩ 等。

从禅学角度来看，齐己的尚"清"说对应了禅修体悟的三重

---

① 齐己：《喜巩公自武陵至》，王秀林：《齐己诗集校注》，中国社会科学出版社，2011 年，第 321 页。

② 齐己：《谢虚中寄新诗》，王秀林：《齐己诗集校注》，第 179 页。

③ 齐己：《览清尚卷》，王秀林：《齐己诗集校注》，第 182 页。

④ 齐己：《寄匡阜诸公二首》之一，王秀林：《齐己诗集校注》，第 506—507 页。

⑤ 齐己：《荆门寄怀章供奉兼呈幕中知己》，王秀林：《齐己诗集校注》，第 144—145 页。

⑥ 齐己：《还黄平素秀才卷》，王秀林：《齐己诗集校注》，第 116 页。

⑦ 齐己：《落花》，王秀林：《齐己诗集校注》，第 79 页。

⑧ 齐己：《居道林寺书怀》，王秀林：《齐己诗集校注》，第 46 页。

⑨ 李白：《赠汪伦》，《全唐诗》卷一七一，第 1765 页。

⑩ 李频：《陕下怀归》，《全唐诗》卷五八八，第 6826 页。

境界：首先是初禅阶段，此时重于僧俗、空有之对待，崇尚超然美，追求"清空"境界；继而是参禅渐修阶段，此时修行者通过自我规训，努力实现清心寡欲，于诗歌则崇尚纯净之美；最后是证入真如的开悟，这是禅修的最高境界，物我两忘，了无分别，于诗境则标榜清新自然，将真如之"大美"遍及诗境，诗与禅融入同一境界，呈现一片真如，达至"清"之极致。

齐己论诗推崇贾岛，《风骚旨格》标举诗例中，除齐己本人作品外，出自浪仙之手者最多，计七联，其他诗人皆不超过三联。按，贾岛作诗精于雕琢，味多凄苦，属"苦吟"诗人之代表；受其影响，齐己论诗所谓"清淡"并非单纯的平白质直，而是经过锤炼后的铅华洗尽，是绚丽之极而归于自然。细辨《风骚旨格》所引诗例即可体味到这一点：如齐己所作《早梅》"前村深雪里，昨夜一枝开"① 就是当时诗坛锤炼的佳话。

因作诗重锤炼，齐己论诗对"苦吟"也抱有同情，甚至提倡。齐己在诗歌中就时常描述辛苦磨炼的创作经历，"搜难穷月窟，琢苦尽天机"②，"何必要识面，见诗惊苦心"，"精搜当好景，得即动知音"③，"今体雕镂妙，古风研考精"④，等等。齐己本人清醒地意识到，这种创作中的锤炼通于禅修之精进体验："诗心何以传，所证自同禅。"⑤ 齐己还强调作诗难在"扣寂""凿空"："扣寂颇同心在定，凿空何止发冲冠"⑥，这一过程类似于禅定修心的

---

① 齐己：《早梅》，王秀林：《齐己诗集校注》，第310页。
② 齐己：《酬微上人》，王秀林：《齐己诗集校注》，第59页。
③ 齐己：《酬洞庭陈秀才》，王秀林：《齐己诗集校注》，第106页。
④ 齐己：《览延西上人卷》，王秀林：《齐己诗集校注》，第111页。
⑤ 齐己：《寄郑谷郎中》，王秀林：《齐己诗集校注》，第151页。
⑥ 齐己：《寄曹松》，王秀林：《齐己诗集校注》，第379页。

功夫，目的在于透入寂静、空灵的境界，于诗歌即探取到"极趣"；与禅修自悟的"内指"不同，诗趣终要"发冲冠"般艺术地外化，这种外化是运万象于胸次后又遗万象而得真淳的表达，即诗歌创作在冥寂中穷搜旁讨、苦心经营之后，不露痕迹地呈现出清润平淡而意趣高远的审美意韵。

在以禅喻诗的同时，齐己也分辨了作诗，尤其是"苦吟"与禅悟之不同，"禅外求诗妙，年来鬓已秋"①，"禅言难后到诗言，坐石心同立月魂"②，可见其认为"苦吟"在实践上比"入禅"尤难于实现。

由创作之"苦吟"而实现诗风之"清空"，便是齐己标榜的诗之"极趣"。齐己重视诗人的艺术素养，所谓诗趣，从创作主体的审美情操与诗歌文本的美学意韵两方面突出并丰富了传统诗学的"兴趣"说的美学内涵。其诗云，"吾子多高趣，秋风独自还……应有吟僧在，邻居树影间"③。"树石丛丛别，诗家趣向幽"④，此"趣"可以是隐逸高趣，也可以是山水之幽趣，但归根结底是参禅悟道的禅趣，是与物冥合之"极趣"。"禅关悟后宁疑物，诗格玄来不傍人"⑤，诗歌风格是诗人的才情、气质、阅历之文学化呈现；"禅玄无可并，诗妙有何评"⑥：诗之"极趣"通于禅悟，是作者精通物理、活泼自在的生命本然的外化。同时，齐己强调这种

---

① 齐己：《自题》，王秀林：《齐己诗集校注》，第 318 页。

② 齐己：《酬光上人》，王秀林：《齐己诗集校注》，第 597 页。

③ 齐己：《送惠空上人归》，王秀林：《齐己诗集校注》，第 83 页。

④ 齐己：《题张氏池亭》，王秀林：《齐己诗集校注》，第 280 页。

⑤ 齐己：《道林寺居寄岳麓禅师二首》之二，王秀林：《齐己诗集校注》，第 463 页。

⑥ 齐己：《逢僧诗》，王秀林：《齐己诗集校注》，第 242 页。

"趣极"之实现必须功夫锻炼，这也是苦吟的一个方面，"一千篇里选，三百首菁英"①，艺术个性的形成，是诗人艺术成熟的标志，更是精心剪裁、苦吟锤炼的结果。当然，苦吟不可太过，否则破坏诗歌艺术美，诗人之艺术素养、审美追求于作品中自然流露为佳；这种"苦吟"与"自然"之间平衡的追求，又是佛门"中道"理想的具体运用。齐己所崇尚的拙朴、清峻、真淳、冲澹、高逸、清新、雅正等诗歌美学风格，均与禅门"空"学及"中观"精神密切相关。

三、形式主义诗学与"动态"诗论建构

齐己论诗具有"唯美"与"形式主义"的突出特征，他对诗歌形式问题的关注，实质上是对诗歌文学性的高度自觉，试图将诗纯粹化为审美对象而非教化工具或历史叙事。如《风骚旨格》主要关注的就是诗歌艺术形式中的内在结构问题，当然在讨论诗歌的构成方式时也是与诗歌的内容相联系讨论的。该书共分"六诗""诗有六义""诗有十体""诗有十势""诗有二十式""诗有四十门""诗有六断""诗有三格"八个部分。前两部分是对传统诗学论题"六诗""六义"的改造，中间五部分讨论具体的诗歌句法，"诗有三格"则是对诗歌的分类品评。这种理论框架的建构，显然是以诗歌的结构为中心的。

在这种"形式主义"诗学结构中，许多概念、范畴借鉴禅宗学说。如"诗有二十式"，列出：出入、高逸、出尘等诸多名目，

---

① 齐己：《因览支使孙中丞看可准大师诗序有寄》，王秀林：《齐己诗集校注》，第290页。

其中多有受禅学启发或者直接征引禅学概念者。如"功勋"概念即出自禅宗：曹洞宗祖洞山良价将修行之阶段分为向、奉、功、共功、功功五位，称为功勋五位，是接引学人所设之权宜方便；即依偏正回互之理，开示正中偏等五位分别。齐己借用"功勋"论诗，是以此观念来归纳诗句的结构安排类型。另，齐己论诗重"时"，"二十式"中有多目与"时"有关：达时、知时、失时是直接与时关联，而出入、静兴、兀坐等则隐含了"时"的因素。对"时"的关注同样是禅宗影响的结果：禅宗强调透入终极境界的"时节""机缘"，即当下现成之"时"。禅宗语录反复申说的"时节因缘""言下便悟""当下承担"等，也都是强调这种当下的"时"，所谓"道由悟达""观时节因缘"是至关重要的一步。中国传统诗学极少对"时"的关注，是诗人与禅师的双重身份，使齐己从此独特的角度去思考诗学理论问题，关注诗歌艺术中叙事时间的安排与表达，并分析、归纳为细致的类别，可以认为是从佛学立场出发的一种"形式主义"诗学创新。

禅学影响下的论诗重"时"，也是齐己建构"动态"诗学的一个方面。这种"动态"化在《风骚旨格》"诗有十势"节目中体现得更加充分。"诗有十势"是齐己的诗学理论中最引人注目和最富于理论创新的部分。如果说"二十式"着重从静态来分析诗歌的"经营位置"，"十势"则着眼诗歌结构的张力、全诗的意脉等"动态"因素来做类型分析。

事实上，"势"论是晚唐五代诗学的一大论题，专注于诗歌创作的句法问题，即上下句在内容上或表现手法上的互补、相反或对立所形成的"张力"。这种"张力"由于存在于诗句的节奏律动或构句模式的力量之间，因而形成一种"势"，并由于"张力"的正、反、顺、逆的种种不同，而出现了种种不同的名目。齐己所讨论的"势"，并不限于两句的"句法"，而是指涉贯穿作品首尾的全篇意脉"动态"。

齐己论"势"同样受禅宗思想启发，"十势"所举名目多出自禅宗语录者。齐己"捐俗于大沩山寺"[1]，其所宗之沩仰系本以论"势"为一大宗风特征，如《宋高僧传》记载沩山慧寂就"有若干势以示学人，谓之仰山门风也"[2]。齐己借鉴禅宗之"势"来分析、归纳诗歌结构及贯通其间的意脉与内在张力。

十势具体为：狮子返掷势、猛虎踞林势、丹凤衔珠势、毒龙顾尾势、孤雁失群势、洪河倾掌势、龙凤交吟势、猛虎投涧势、龙潜巨浸势、鲸吞巨海势。与"二十式"一样，"十势"的名目也多源自禅典、语录。如第一势"狮子反掷"，就有学者分析其化自"禅宗三关"：此势引李冶《送阎二十六赴剡县》"离情遍及芳草，芳草无非离情"一联为例，其中"离情"为体，"芳草"为用，是以禅宗"尽是本分，皆是菩提"引出"体用一如"的既属于禅宗亦属诗学的话语。[3]

传统诗学很少关注诗歌意义的产生过程，齐己的突出贡献就是在禅宗语境下探讨了这一"动态"诗学问题，并发展了皎然对"势"的研究，进一步细化、归纳为"十势"，形成了一套动态诗歌结构理论，突破了初唐以来诗学著作中盛行的机械结构论。齐己之后，神彧《诗格》亦有"十势"，其中"五势"完全袭自齐己；徐寅《雅道机要》列"八势"，也因袭齐己；佚名的《诗评》

① 赞宁：《宋高僧传》卷三〇，《大正藏》第 50 册，第 897 页。
② 赞宁：《宋高僧传》卷一二，《大正藏》第 50 册，第 783 页。
③ 张伯伟：《禅与诗学》，浙江人民出版社，1992 年，第 15—29 页。

中列有"四势"也是从齐己的"十势"中化出。可见，齐己的这一理论创新对晚唐五代诗学之深刻影响。

四、"诗禅"观

齐己在禅修之际常常会进入诗思状态。实际上，禅修开悟与创作灵感的获得，在形式上的确有相通之处：禅宗行法讲求向内看取清净自心，进入息心伏念的境地，这与作诗凝神静虑，以期获得灵感的经验接近。齐己正是于此共通点上推出"坐卧与行住，入禅还出吟"①的主张，在诗思与禅思交织的语境中，以禅论诗，借禅修经验启发诗歌创作。

按，"禅""诗"一理，从源泉上说都是由自然物象的参悟而获得启示。齐己强调诗人体味物象而获得诗思的过程，这种创作主体对客体对象的考察、参入的过程是主观心灵对物象积极干涉的过程。同时，齐己也提示了"禅""诗"各自不同的获得方式，"入禅还出吟"：禅是靠"悟入"而得，直见本性，所谓"道合天机坐可窥"，坐禅得道，不须言说，也无法用文字表达；"诗通物理行堪掇"②，穷搜万物而获得诗思，即通过感物而生情之后，必须以语言文字这些具体可见、可感的形式表达出来，所以是"吟出"。这种同中有异的诗、禅关系，是齐己"诗禅"理论的基础。

这种以禅入诗，以禅论诗，诗禅相济的理念，不但表现在齐己的诗歌创作中，也体现在他的诗论当中。如前所述《风骚旨格》总结之"诗有二十式""诗有十势"等皆"是禅宗影响的直接结

---

① 齐己：《静坐》，王秀林：《齐己诗集校注》，第143页。
② 齐己：《中春感兴》，王秀林：《齐己诗集校注》，第405页。

果"①。更重要的是，齐己借鉴禅宗"佛心说"，而设立诗学之
"诗心"说。所谓"诗心"，指创作主体对客体的一种审美感知，
或者说是一种创作构思的审美体验。齐己标榜"诗心何以传，所
证自同禅"②，认为诗心的体悟如禅修证悟一样，贵在虚空宁静的
心灵状态，只有内心虚静，才能容纳万象、体察精微，即所谓
"禅心尽入空无迹，诗句闲搜寂有声"③。"诗心"根本上是一种形
象思维方式，"道自闲机长，诗从静境生"④，始终伴随以审美直觉
的心灵化、情感化的物象进行思维的审美感知、审美体验，也就
是传统诗学所谓的"托物以兴"。故齐己又称"诗心"为心兴、托
兴、天机、诗机，谓"托物寄妙，必含大意"，即诗思通禅的境
界，也是审美的高峰体验的灵感状态，"时有兴来还觅句，已无心
去即安禅"⑤。

　　由"诗心"说延展开来，齐己创造性地重释了佛禅"诗魔"
说。按，禅门内有一派观点坚持依据丛林清规，戒绝文艺活动，
指作诗为"魔事"，只会诱人偏离正道，妨碍修行，如洞山良价就
反对禅僧"结托门徒，追随朋友，事持笔砚，驰骋文章"⑥。这是
正统佛禅语境下的"诗魔"观念。而齐己从诗歌创作有益于禅定
修行的观点出发，提出"还应笑我降心外，惹得诗魔助佛魔"⑦。
这是以"戏拟"的方式，对正统"诗魔"说进行重释，消解了其

① 张伯伟：《禅与诗学》，第18页。
② 齐己：《寄郑谷郎中》，王秀林：《齐己诗集校注》，第151页。
③ 齐己：《寄蜀国广济大师》，《全唐诗》卷八四六，第9578页。
④ 齐己：《寄酬高辇推官》，王秀林：《齐己诗集校注》，第241页。
⑤ 齐己：《山中寄凝密大师兄弟》，王秀林：《齐己诗集校注》，第342页。
⑥ 慧印校，《筠州洞山悟本禅师语录》，《大正藏》第47册，第516页。
⑦ 齐己：《寄郑谷郎中》，王秀林：《齐己诗集校注》，第415页。

批判内涵，指出"诗魔"与"佛事"，即诗歌创作的欲望与念佛坐禅的要求并不矛盾，甚至可以相辅相成、相得益彰。这是齐己"一鸣惊人"的理论创新，其实也是"烦恼即菩提"的"中观"思想的化用。

齐己所谓"诗魔"，是指创作过程中艺术思维的灵感状态，形容诗兴不能自制，有如入魔；其实是一种以顿悟突发为现象特征，具有非意识、非逻辑性的形象思维。齐己以"诗魔"说譬喻诗思的激发，"分受诗魔役，宁容俗态牵"①；明确表达自己心甘情愿地接受诗魔的"摆布"，"余生消息外，只合听诗魔"②；并举前辈名僧为同道："正堪凝思掩禅扃，又被诗魔恼竺卿……皎然未必迷前习，支遁宁非悟后生。传写会逢精鉴者，也应知是咏闲情。"③ 从实践角度强调"诗"与"禅"的互动，在诗歌创作思路不通畅的时候，禅寂会令他获得灵感："诗魔苦不利，禅寂颇相应。"④ 或者在禅坐、诵经悟道之时突然会出现诗歌创作灵感，而情不自禁进行诗歌创作的冲动，因此"日用是何专，吟疲即坐禅"⑤。

齐己的"诗禅"观还体现在其对诗歌"静境"的提倡。上一节讨论皎然"取境"说时，已说明"境界"之说源于佛典；齐己的诗境说圆融前贤诸说，讲到创作的条件之一境，应为静境。所谓"道自闲机长，诗从静境生"⑥，静境产生的前提是创作主体精

---

① 齐己：《自勉》，王秀林：《齐己诗集校注》，第45页。
② 齐己：《喜乾昼上人远相访》，王秀林：《齐己诗集校注》，第124页。
③ 齐己：《爱吟》，王秀林：《齐己诗集校注》，第385—386页。
④ 齐己：《静坐》，王秀林：《齐己诗集校注》，第169页。
⑤ 齐己：《喻吟》，王秀林：《齐己诗集校注》，第300页。
⑥ 齐己：《寄酬高辇推官》，王秀林：《齐己诗集校注》，第241页。

神的充分自由，尽可能地回归生命本然，"避地依真境，安闲似旧溪"①；而创作观照的物境也必须是静、幽、天真、自然的，"高房占境幽，进退即冥搜"。②

这种主客的和谐，其目的是要诗境实现禅境一般的妙合圆融、无迹可求："月华澄有象，诗思在无形。"③ 这种诗、禅关系，甚至要诗人超越具体的禅学、禅修，由诗因境生、诗思入禅再向上透入"禅外求诗妙"④ 的与道同契境界。这本身也超越了诗歌载体之语言文字，成为"无诗之诗"，呼应了齐己所谓的"极趣"：诗之"极趣"同于禅之"至悟"，是遗万象而于冥冥中搜得的"淳精"，"少小即怀风雅情，独能遗象琢淳精"⑤，"冥搜从少小，随分得淳元"⑥。"淳精""淳元"正是本于佛禅理想，对诗歌超出文字形式之外的总体韵致的概括。

第四节　虚中等人的佛教文学理论

除皎然、齐己之外，隋唐五代有代表性的佛教文学理论著述还有虚中《流类手鉴》、神彧《诗格》、保暹《处囊诀》等。这些著述大多以作者的佛学素养及禅修经验为基盘来建构诗学理论。如《流类手鉴》中比拟禅分南北的宗派结构来分析南北诗风的差

① 齐己：《赠仰山人》，王秀林：《齐己诗集校注》，第4页。

② 齐己：《题中上人院》，王秀林：《齐己诗集校注》，第43页。

③ 齐己：《夜坐》，王秀林：《齐己诗集校注》，第5—6页。

④ 齐己：《自题》，王秀林：《齐己诗集校注》，第318页。

⑤ 齐己：《谢王先辈湘中回惠示卷轴》，王秀林：《齐己诗集校注》，第348页。

⑥ 齐己：《孙支使来借诗集，因有谢》，王秀林：《齐己诗集校注》，第319页。

异；《处囊诀》借"一字禅"的教学法门探讨"诗眼"之重要，用参禅灭欲的经验来阐释作诗"情忘道合"的目标；而《流类手鉴》"物象流类"和《诗格》"句意"都是立足佛教空有观念和丛林"绕路说禅"方便来分辨诗格的言、意关系。

一、虚中《流类手鉴》

虚中，袁州宜春（今江西宜春）人，约生于唐代文宗、宣宗年间。少年时代即入佛门，居玉笥山二十年，后游方潇湘，晚年住锡湘西宗成寺。与贯休、齐己、郑谷、栖蟾等为友，诗文唱和。约卒于唐明宗天成以后。[①]

《流类手鉴》亦是唐代佛教诗学著述，现今存世有明刻《吟窗杂录》本、明抄《吟窗杂录》本、《诗法统宗》及《诗学指南》本，四种版本。此书突出的理论特点主要有二：一是以"南北宗"论建构诗学框架；二是对诗歌"物象比"的全面归纳与阐释。

（一）"诗有二宗"论

以"南北宗"论南北诗风的异同，是传为王昌龄作《诗格》首创。经历了南北朝的长期分裂，中土之文学、文化在唐初存在着南北隔而未洽的问题。当时南北文化如何融合在朝野间形成热烈讨论，这是南北宗诗学理论产生的社会背景。《诗格》所论，内容并未超出当时史臣所论范围。

显然此论也受到禅宗思想的影响。禅分南北宗，最初仅就地域的差异而言，如《坛经》即谓："法即一宗，人有南北，因此便

---

① 张伯伟：《全唐五代诗格汇考》，第 417 页。

立南北。"① 后随着禅宗的发展，南北两派逐渐在宗教理论与实践方面产生差异：南宗主张"顿悟"，北宗则主张"渐修"，始有"南顿北渐"之说。

唐初文学与禅宗类似的南北分立的现状，使二者在处理融合问题时表现出思路的相似性与实践的同步性，也使禅学与诗学间术语的借用成为可能。加之唐代文士多半受佛禅熏陶，也为以"南北宗"的理论论述诗学问题创造了更多机缘。

《诗格》的"南北宗"理论反映了初、盛时期对南北诗风差异的思考，是当时禅宗理论对诗学发展影响的一个典型。但至中晚唐，"诗分南北"的理论内质已产生明显变异：《诗格》"南北宗"论还强调作诗天然、不假雕饰；至晚唐传为贾岛所著《二南密旨》，其分宗标准就简化为一句或是两句表达一个相对完整意思的分判。这一变化反映出初、盛唐和中、晚唐主流诗学理念的不同：盛唐诗歌追求浑融自然；中、晚唐诗歌则重视创作中的琢磨、锻炼，"苦吟"成为风尚。这种审美趣味表现在诗学理论中，就是对诗歌"句法"的重视。值得一提的是，据"一句见意"的标准，《诗格》所谓的"北宗"恰是《二南密旨》的"南宗"；这种分判的"反转"，又与中晚唐禅宗发展的局面呼应：煊赫于盛唐的北宗禅，此时逐渐没落，南宗禅一跃成为丛林正宗。同时，义学尤其是修行法门上，南宗主顿、北宗主渐的风格定型；于是中、晚唐的"诗格"著述便将"一句见意"这种简省的叙事风格比附为"一超直入"的南宗。

---

① 法海：《南宗顿教最上大乘摩诃般若波罗蜜经六祖惠能大师于韶州大梵寺施法坛经》，《大正藏》第 48 册，第 342 页。

《流类手鉴》于诗学思想上直承《二南密旨》的禅宗文论特色，虚中所言"诗有二宗"可以说是《二南密旨》"南北宗"论的"复述"：依旧以禅门南、北宗分主顿、渐来譬喻作诗达意的直、曲或简、繁。但虚中讨论问题的焦点由原来的句法转移到整体篇章上来，可谓将诗学的南北宗理论做了一次高度上的提升，使之具有了"结构"论的意义。

（二）"物象流类"

《流类手鉴》一书主要就诗歌"物象"问题展开论述。此书题为"流类手鉴"，"流类"即分类归纳之意；其归类的对象即"物象"，虚中将之总结为"言应物象"。该书开宗明义，标榜"诗道幽远，理入玄微"；接着解释"诗道"为"心含造化"而"言含万象"，具体到创作实践，即是要诗人将自然万物取为素材，化为己用。①

从此作结构来看，"诗有二宗"是"总纲"，确定了全书的论述格局，也标立了作者的诗学观念与审美趋向；"物象流类"对诗歌中的"物象比"进行了全面归纳、阐述；"举诗类例"是引具体诗作为"物象流类"之论述举证。则全书三个部分，明显是以"物象流类"为核心铺展开来的。

所谓"物象"，虚中解释说"物象者，诗之至要，苟不体而用之，何异登山命舟，行川索马，虽及其时，岂及其用"②；则"物象"即"意象"，是蕴涵了诗人之"意"的"象"，是一个成熟的

---

① 虚中：《流类手鉴》，载张伯伟编《全唐五代诗格汇考》，第418页。
② 陈应行：《吟窗杂录》卷一〇，中华书局，1997年，第359页。

诗学范畴。《流类手鉴》开篇即强调"善诗之人"是"心含造化，言含万象"，"心"在"言"先，突出诗人之"意"的主体地位，并梳理了"意""言""象"三者的关系："意"是主脑，通过"言"来调遣"万象"；这一分判实际上是对王昌龄"情境"理论及皎然"作用"论的继承。论"物象"而首重"心意"，虚中此一诗学逻辑与禅宗"澄心"理论及禅定实践有着深刻的思想渊源，如《成唯识论》云"云何为定，于所观境，令心专注不散为性，智依为业"[①]，这也是唐五代诗格据禅宗心学而标榜"凝心击物，意与境契"[②] 的一个典型。

依虚中等人之见，好诗把握住了"意"与"象"最巧妙的契点，立"意"于"象"，使个体经验性的"情""意"，借助具体的"景""象"呈现出来，启示读者去领会。换言之，"物象"就是创作主体依其情感、逻辑，寓意于象，并最终以诗歌语言表达出来；立意于象、借象达意，象是"意中之象"，意是"有象之意"。在诗歌语言系统形成的过程中，某些"象"逐渐与固定的"意"相关联，形成特定的"意象"，诗人只有熟练掌握诗歌文化结构中的这些"意象"，方能在创作中巧妙地运用这种特殊的艺术语言。而虚中探讨的"物象"问题，正是要发掘、清理能够与各种"诗意"契合的"象"，即从纷繁复杂的物象中抽绎出"意"与"象"的固定象征关联。

另外，虚中等人论诗，尤其强调诗意的含蓄、复义性。许多意象具有丛聚特征，存在互通之处，"物象流类"就是搜集这些意

---

① 法护等菩萨：《成唯识论》卷五，玄奘译：《大正藏》第 31 册，第 28 页。
② 参见王昌龄：《诗格》，载张伯伟：《全唐五代诗格汇考》，第 162 页。

象归纳为类型。类型化了的意象便具有能指的类型性和所指的同一性；把握意象类型性特征，善于在同一类型中择取最契合诗意的"物象"加以运用，完整地传达出诗歌含蓄、丰富的情感、意味，就是《流类手鉴》所要传授的精髓。如虚中之后的桂林景淳所言，"夫缘情蓄意，诗之要旨也"，"诗之言为意之壳"①：言为外壳，意为内旨，言意融洽且表达含蓄，为作诗极则；而言意之间这种融通且蕴藉的关系之实现，恰是以"物象"的巧妙运用为前提的。虚中提倡借"象"含蓄地表达多重的"意"，是承自禅宗叙事传统：禅门认为作为抽象符号的语言带有先天的局限性，真谛无法通过语言表达出来，遂提出"绕路说禅"的教学方便。虚中循此思路论诗，则要求诗人必须巧营意象，以此为介，传达言外之意，表达个体体悟之深刻而丰富的意义或情理；这与皎然"文外之旨"的思想基本一致，均是禅宗"不立文字""教外别传"语言观的诗学引申。

接下来的"举诗类例"是"物象流类"的例证，其中所列贾岛、齐己、马戴、无可等人，都是中、晚唐的"苦吟"诗人。虚中以摘句批评的方式来解读这些诗句，但其并非从艺术层面去分析其"兴象""韵味"或意境、风格，而是着力挖掘诗中"意象"所蕴含的政治讽喻意义。此即其所谓"比物讽刺"。虚中此论，上承诗歌"比兴"传统，关注"物象"背后蕴涵的诗人对现实政治的见解。作为僧人却主动发掘诗歌中与其信仰无涉的现实政治含义，一方面透露出遁出世外的虚中，内心不离现世的情结，可理解为"返本还源"的大乘菩萨道之精神体现；另一方面，其所引

---

① 景淳：《诗评》，载张伯伟：《全唐五代诗格汇考》，第500、501页。

属"比物讽刺"范畴的诗句大都出自"苦吟"诗人，说明由中唐兴起的"苦吟"，至晚唐五代已经在很大程度上由单纯的美学追求转变为对"意象"政治讽喻的设计。"比物讽刺"观念代表了晚唐五代一批"苦吟"诗人和诗格作者努力发掘诗歌政治含义的创作及理论实践趋向。

要之，中国诗歌发展至晚唐五代，已积累起缤纷繁富的"意象"，但由于文化心理结构上的趋同，许多意象具备了类型化的可能。这种类型化的"意象"集合，形成了一个庞大的诗歌叙事体系，呼应着深刻的文化结构，为诗学批评提供了阐释意义的内在理据。

晚唐五代诗格开始关注意象的类型化，并逐渐积累起丰富的理论成果。虚中《流类手鉴》与旧题贾岛《二南密旨》便是其中的代表；其中罗列意象达一百多种，包括自然意象，鸟虫意象，建筑、器物意象等，内容丰富，范围广阔。《流类手鉴》从理论上对意象加以类型化，由关注具体意象，进而总结意象择取、运用中反映出的可把握的类型性，透露出诗格研究从"个别"到"一般"的理论升华。

意象类型的确立，将诗学理论的批评重心由"情志"层面转移至"境象"层面。这种类型化是虚中等批评家对诗歌创作中意象及其象征义之间关系的深入思考，逐步形成了佛禅语境下的"意—象"语义结构，强调出诗歌意、象、言之间的叙事张力，推动了中国古代诗学观念演进的新阶段，为之后的"意境论"的生成奠定了基础。

二、神彧《诗格》

神彧，生平无考，有学者由《诗格》征引诗例多晚唐作品，且称贾岛为"古人"而推测神或为五代宋初人。《诗格》今存明刻《吟窗杂录》本、明抄《吟窗杂录》本、《诗法统宗》本、《词府灵蛇》本及《诗学指南》本。①

《诗格》共分"破题""颔联""诗腹""诗尾""诗病""诗有所得字""诗势""诗道"八个节目，主要讨论作诗方法和避忌。其中关于"诗势"的讨论，兼取皎然、齐己之见，可见其对前辈僧人"诗格"的继承。该书最具特色的是其关于"句意"的阐发。

"句意"的分辨，可以溯源至古代哲学"言意之辨"的论述。最早是由陆机、刘勰等批评家将此论题从玄学思辨引入文学理论；而由"言意"具体到"句意"的讨论并成为诗学焦点之一，则是唐代中后期发生的。此时期，由于科举对诗格的强调，知识分子为求功名而专注对诗歌创作技法的探研，其中很重要的一面就是对表达完美诗意的生动的语言的求索；同时代的佛家也在反思弘法施教实践中语言的传播功能问题，甚至出现了僧人关于"句意"的大讨论，其中禅门临济宗索性将"句意"之辨纳入其禅修实践当中。这种思潮上的同步，为佛学与诗学"句意"说的交融提供了更大的可能性。

佛典记载关于"句意"的分判，最早是唐末澧州夹山善会示众语。善会本于"参活不参死意"的原则研讨"句意"，分辨出"句到意不到""意到句不到""意句俱不到""意句俱到"② 四层；五代时首山省念弟子归省对"句意"也有类似论述。③ 丛林此论，是启发学人透过有形的语句，向上参悟言外之真理。禅宗"句意"

---

① 张伯伟：《全唐五代诗格汇考》，第 486 页。
② 悟明：《联灯会要》卷二一，《卍续藏经》第 79 册，第 179 页。
③ 悟明：《联灯会要》卷一二，《卍续藏经》第 79 册，第 105 页。

说的兴起是佛教宗派融合形成禅教合流的结果；同时由于中、晚唐僧人的文化程度提高，加之文人参禅开始流行，从思想与实践上动摇了禅宗固守的"不立文字"家风，促进了"文字禅"的出现，也为"句意"说的流行提供了合法性。至宋僧智昭编撰的《人天眼目》，分判"意有四到"时，就直接征引诗句譬喻其旨。[①]这说明"句意"发展过程中，佛学与诗学的结合愈发紧密。

神彧"句意"说显然是这种佛教与文学思想融合的产物。其以诗学理论为表现形态，讨论语言如何更好地达意。将其"四到"与省念"四到"比较，则可见其内里的佛禅精神。神彧所谓"句到意不到"对应省念之"妄认前尘，分别影事"，指修行者未见门径时的执迷不悟，因客尘蔽障清净本性而分别心丛生；譬喻诗歌语句美妙，但无深意，空有形式，不见内容，是作诗的初阶。"意到句不到"对应省念批评的修行者自身体悟佛意，但不能用语言完满地表达出来，只会片面地宣讲，不仅无法度脱他者，反可能使人误解而趋向异端，是小乘境界而不及大乘；譬喻诗歌寓意深刻但语句、言辞缺乏文学性。"意句俱到"是泯除分别知见后的辩证融通，譬喻诗歌内容与形式的完美结合，是作诗的最高境界。

要之，佛家追求"佛道"，诗家追求"诗道"，内容不同，但都指向"至玄至妙，非言所及"的终极境界，都是对以有限的语言象征无限的真谛的求索，具体表现为"诗美"与"道"的融通。

---

① 智昭：《人天眼目》卷六"宗门杂录"谓"句到意不到：古涧寒泉涌，青松带露寒；意到句不到：石长无根草，山藏不动云；意句俱到：天共白云晓，水和明月流；意句俱不到：青天无片云，绿水风波起"。见《大正藏》第47册，第331页。

三、保暹《处囊诀》

保暹，字希白，金华（今浙江金华）人，生活于五代至宋初，为宋初诗坛"九僧"之一；宋真宗景德初直昭文馆。关于《处囊诀》，《直斋书录解题》著录有"《处囊诀》一卷，金华僧保暹撰"；现今存有明刻本《吟窗杂录》本、明抄《吟窗杂录》本及《诗法统宗》本。

《处囊诀》论诗偏重艺术技法的探研。书中"诗有七病""诗有四合题格"等，基本承自中晚唐"诗格"的论述范畴。"诗眼"一节受云门宗"一字禅"影响：云门宗认为道可以从一字中透出，"诗有眼"即受其启发，"诗眼"即是能集中表现诗意之字。此论开启了宋代黄庭坚、范温等人的诗歌理论。

《处囊诀》中最具特色的诗学思想，是其关于诗之"用"的分辨。该书开篇讨论"诗之用"，身居佛门的保暹，于修行实践中玄思妙悟，关注内指的心灵世界，故诗学理想也偏重于文学心理学的范畴。如其"放则月满烟江，收则云空岳渎"，"动感神鬼，天机不测"一类的描述都是针对诗歌审美感受的。相对于传统诗学对诗歌社会功能的提倡，保暹论诗更强调诗歌的审美功能。

其提出好诗要"情忘道合"，与齐己"道性宜如水，诗情合似冰"[1] 异曲同工，都是借鉴佛门参禅伏欲的实修经验来节制诗人之创作激情，使之有规律地表达出来，以实现空灵圆融的诗境，也就是最高尚的"诗情"。要传达"真情"，必先"情忘"，这是佛学"中观"思想启示出的辩证诗学精神。

---

[1] 齐己：《勉诗僧》，王秀林：《齐己诗集校注》，第 148 页。

接下来的"诗之妙用"是从欣赏者的角度展开讨论，追求的是审美体验达到极致时的自然体现。启示受众突破文字的局限，从个别体味一般，就有限推想无限，揭示诗歌含蓄蕴藉的审美特质。

"诗有五用"则又转到创作思维的内部规律上，其中最值得一提的是将"静"与"定"相连，要求"其动莫若情"，使自心受诗情调动，同时"其情莫若逸"，标榜诗境极则类同于禅修之"虚静"，即传达出绝对自由的终极生命境界。

参 考 文 献

（一）中文文献

[1]吉迦夜,昙曜译.付法藏因缘传[M]//大正新修大藏经:第50册.东京:大藏经刊行会,1934.

[2]道宣.广弘明集[M]//大正新修大藏经:第52册.东京:大藏经刊行会,1934.

[3]道宣.道宣律师感通录[M]//大正新修大藏经:第52册.东京:大藏经刊行会,1934.

[4]道宣.集神州三宝感通录[M]//大正新修大藏经:第52册.东京:大藏经刊行会,1934.

[5]道宣.四分律删繁补阙行事钞[M]//大正新修大藏经:第40册.东京:大藏经刊行会,1934.

[6]道宣.续高僧传[M].郭绍林,点校.北京:中华书局,2014.

[7]道世.法苑珠林校注[M].周叔迦,苏晋仁,校注.北京:中华书局,2003.

[8]宗密.禅源诸诠集都序[M]//大正新修大藏经:第48册.东京:大藏经刊行会,1934.

[9]法藏.华严经传记[M]//大正新修大藏经:第51册.东京:大藏经刊行会,1934.

[10]慧立,彦悰.大慈恩寺三藏法师传[M].孙毓棠,谢方,点校.北

京:中华书局,2000.

[11]惠祥.弘赞法华传[M]//大正新修大藏经:第51册.东京:大藏
经刊行会,1934.

[12]沩山灵祐.潭州沩山灵祐禅师语录[M]//大正新修大藏经:第
47册.东京:大藏经刊行会,1934.

[13]义净.大唐西域求法高僧传校注[M].王邦维,校注.北京:中华
书局,1988.

[14]慧能.坛经校释[M].郭朋,校释.北京:中华书局,1983.

[15]般刺密谛.楞严经[M]//大正新修大藏经:第19册.东京:大藏
经刊行会,1934.

[16]唐临.冥报记[M].方诗铭,辑校.北京:中华书局,1992.

[17]文谂,少康.往生西方净土瑞应传[M]//大正新修大藏经:第51
册.东京:大藏经刊行会,1934.

[18]僧详.法华经传记[M]//大正新修大藏经:第51册.东京:大藏
经刊行会,1934.

[19]于頔.庞居士语录[M]//卍续藏经:第120册.台北:新文丰出
版公司,1983.

[20]静,筠禅师.祖堂集[M].北京:中华书局,2007.

[21]赞宁.宋高僧传[M].北京:中华书局,1987.

[22]道原.景德传灯录[M]//大正新修大藏经:第51册.东京:大藏
经刊行会,1934.

[23]智昭.人天眼目[M]//大正新修大藏经:第48册.东京:大藏经
刊行会,1934.

[24]赜藏主.古尊宿语录[M].北京:中华书局,1994.

[25]佐佐木宪德.冥报记辑书[M]//卍续藏经:第150册.台北:新
文丰出版公司,1983.

［26］苏鹗.杜阳杂编［M］//笔记小说大观:第1册.南京:江苏广陵
　　　古籍刻印社,1983.

［27］李昉,等.太平广记［M］.北京:中华书局,1981.

［28］释坦.船子和尚拨棹歌［M］.上海:华东师范大学出版社,1987.

［29］彭定求,等.全唐诗［M］.北京:中华书局,1960.

［30］董诰,等.全唐文［M］.北京:中华书局,1983.

［31］傅璇琮.唐才子传校笺［M］.北京:中华书局,1987.

［32］陈尚君.全唐文补编［M］.北京:中华书局,2005.

［33］陈伯海.唐诗汇评［M］.杭州:浙江教育出版社,1995.

［34］项楚.寒山诗注［M］.北京:中华书局,2000.

［35］项楚.王梵志诗校注［M］.上海:上海古籍出版社,2010.

［36］汪泛舟.敦煌石窟僧诗校释［M］.香港:香港和平图书有限公
　　　司,2002.

［37］胡大浚.贯休歌诗系年笺注［M］.北京:中华书局,2011.

［38］王秀林.齐己诗集校注［M］.北京:中国社会科学出版社,2011.

［39］徐俊.敦煌诗集残卷辑考［M］.北京:中华书局,2000.

［40］忏庵居士.高僧山居诗［M］.上海:商务印书馆,1934.

［41］钱学烈.寒山拾得诗校评［M］.天津:天津古籍出版社,1998.

［42］张伯伟.全唐五代诗格汇考［M］.南京:江苏古籍出版社,2002.

［43］弘法大师.文镜秘府论校注［M］.王利器,校注.北京:中国社会
　　　科学出版社,1983.

［44］皎然.诗式校注［M］.李壮鹰,校注.北京:人民文学出版
　　　社,2010.

［45］皎然.杼山集［M］//禅门逸书初编:第2册.台北:明文书
　　　局,1981.

［46］虞世南.虞世南诗文集［M］.胡洪军,胡遐,辑注.杭州:浙江古

籍出版社,2012.

[47]卢照邻.卢照邻集校注[M].李云逸,校注.北京:中华书局,1998.

[48]陈子昂.陈子昂集[M].北京:中华书局,1960.

[49]李白.李太白全集[M].王琦,注.北京:中华书局,1977.

[50]王维.王维集校注[M].陈铁民,校注.北京:中华书局,1997.

[51]孟浩然.孟浩然诗集笺注[M].佟培基,笺注.上海:上海古籍出版社,2000.

[52]杜甫.杜诗详注[M].仇兆鳌,注.北京:中华书局,1979.

[53]张说.张说集校注[M].熊飞,校注.北京:中华书局,2013.

[54]韦应物.韦应物诗集系年校笺[M].孙望,校笺.北京:中华书局,2002.

[55]刘长卿.刘长卿诗编年笺注[M].储仲君,笺注.北京:中华书局,1996.

[56]李贺.李长吉歌诗编年笺注[M].吴企明,笺注.北京:中华书局,2012.

[57]韩愈.韩昌黎诗集编年笺注[M].方世举,编年笺注,郝润华,丁俊丽,整理.北京:中华书局,2012.

[58]韩愈.韩愈文集汇校笺注[M].刘真伦,岳珍,校注.北京:中华书局,2010.

[59]柳宗元.柳宗元集[M].北京:中华书局,1979.

[60]柳宗元.柳宗元集校注[M].尹占华,韩文奇,校注.北京:中华书局,2013.

[61]白居易.白居易诗集校注[M].谢思炜,校注.北京:中华书局,2006.

[62]白居易.白居易文集校注[M].谢思炜,校注.北京:中华书

局,2011.

［63］刘禹锡.刘禹锡集［M］.卞孝萱,校订.北京:中华书局,1990.

［64］刘禹锡.刘禹锡集笺证［M］.上海:上海古籍出版社.1982.

［65］刘学锴,余恕诚.李商隐诗歌集解［M］.北京:中华书局,2004.

［66］李商隐.李商隐文编年校注［M］.刘学锴,余恕诚,校注.北京:
中华书局,2002.

［67］张采田.玉溪生年谱会笺［M］.上海:上海古籍出版社,2010.

［68］杜牧.杜牧集系年校注［M］.吴在庆,校注.北京:中华书
局,2008.

［69］郑谷.郑谷诗集笺注［M］.严寿澂,黄明,赵昌平,笺注.上海:上
海古籍出版社,1991.

［70］司空图.司空表圣诗文集笺校［M］.祖保泉,陶礼天,笺校.合
肥:安徽大学出版社,2002.

［71］韦庄.韦庄集笺注［M］.聂安福,笺注.上海:上海古籍出版
社,2002.

［72］项楚.敦煌诗歌导论［M］.成都:巴蜀书社,2001.

［73］任半塘.敦煌歌辞总编［M］.上海:上海古籍出版社,1987.

［74］郑阿财.郑阿财敦煌佛教文献与文学研究［M］.上海:上海古籍
出版社,2001.

［75］郑阿财.敦煌佛教文学［M］.兰州:甘肃教育出版社,2013.

［76］李小荣.汉译佛典文体及其影响研究［M］.上海:上海古籍出版
社,2010.

［77］李小荣.图像与文本——汉唐佛经叙事文学之传播研究［M］.
福州:福建人民出版社,2015.

［78］李小荣.敦煌佛教音乐文学研究［M］.福州:福建人民出版
社,2007.

[79]李小荣.晋唐佛教文学史[M].北京:人民出版社,2017.

[80]刘晓玲.敦煌僧诗研究[M].北京:中国社会科学出版社,2016.

[81]张锡厚.全敦煌诗[M].北京:作家出版社,2006.

[82]项楚,等.唐代白话诗派研究[M].成都:巴蜀书社,2005.

[83]刘亚丁.佛教灵验记研究——以晋唐为中心[M].成都:巴蜀书
社,2006.

[84]谭伟.庞居士研究[M].成都:四川民族出版社,2002.

[85]周裕锴.中国禅宗与诗歌[M].上海:上海人民出版社,1992.

[86]胡适.白话文学史[M].上海:上海古籍出版社,1999.

[87]孙昌武.唐代文学与佛教[M].西安:陕西人民出版社,1985.

[88]孙昌武.禅思与诗情[M].北京:中华书局,2006.

[89]孙昌武.中华佛教史(佛教文学卷)[M].太原:山西教育出版
社,2013.

[90]孙昌武.佛教与中国文学[M].上海:上海人民出版社,2007.

[91]陈允吉.唐音佛教辨思录[M].上海:上海古籍出版社,1988.

[92]陈允吉.佛教与中国文学论稿[M].上海:上海古籍出版
社,2010.

[93]谢思炜.禅宗与中国文学[M].北京:中国社会科学出版
社,1993.

[94]张海沙.初盛唐佛教禅宗与诗歌研究[M].北京:中国社会科学
出版社,2002.

[95]斯蒂芬·欧文.韩愈和孟郊的诗歌[M].田欣欣,译.天津:天津
教育出版社,2004.

[96]深泽一幸.诗海捞月——唐代宗教文学论集[M].王兰,蒋寅,
译.北京:中华书局,2014.

[97]平野显照.唐代文学与佛教[M].张桐生,译.贵阳:贵州大学出

版社,2013.

[98]胡遂.佛教禅宗与唐代诗风之发展演变[M].北京:中华书局,2007.

[99]萧丽华.从王维到苏轼:诗歌与禅学交会的黄金时代[M].天津:天津教育出版社,2013.

[100]贾晋华.唐代集会总集与诗人群研究[M].北京:北京大学出版社,2015.

[101]查明昊.转型中的唐五代诗僧群体[M].上海:华东师范大学出版社,2008.

[102]王秀林.晚唐五代诗僧群体研究[M].北京:中华书局,2008.

[103]祁伟.佛教山居诗研究[M].北京:商务印书馆,2014.

[104]伍晓蔓,周裕锴.唱道与乐情——宋代禅宗渔父词研究[M].北京:中国社会科学出版社,2014.

[105]纪赟.慧皎《高僧传》研究[M].上海:上海古籍出版社,2009.

[106]李剑国.唐五代志怪传奇叙录[M].天津:南开大学出版社,1993.

[107]杨宝玉.敦煌本佛教灵验记校注并研究[M].兰州:甘肃人民出版社,2009.

[108]郑阿财.见证与宣传——敦煌佛教灵验记研究[M].台北:新文丰出版公司,2010.

[109]甘生统.皎然诗学渊源考论[M].北京:人民出版社,2012.

[110]张伯伟.禅与诗学[M].杭州:浙江人民出版社,1996.

[111]罗根泽.中国文学批评史[M].上海:上海古籍出版社,1984.

[112]汤用彤.隋唐佛教史稿[M].武汉:武汉大学出版社,2008.

[113]杨曾文.唐五代禅宗史[M].北京:中国社会科学出版社,2014.

[114] 杨曾文. 隋唐佛教史 [M]. 北京:中国社会科学出版社,2014.

[115] 砺波护. 隋唐佛教文化 [M]. 上海:上海古籍出版社,2004.

[116] 斯坦利·威斯坦因. 唐代佛教 [M]. 上海:上海古籍出版社,2010.

[117] 陈瑾渊.《续高僧传》研究 [D]. 上海:复旦大学博士学位论文,2012.

[118] 何梅. 历代汉文大藏经目录新考 [M]. 北京:社会科学文献出版社,2014.

[119] 陈金华. 佛教与中外交流 [M]. 杨增,等,译. 上海:中西书局,2016.

[120] 陈士强. 佛典精解 [M]. 上海:上海古籍出版社,1992.

[121] 陈垣. 中国佛教史籍概论 [M]. 上海:上海书店出版社,2005.

[122] 欧阳哲生. 胡适文集 [M]. 北京:北京大学出版社,1998.

[123] 荣新江. 中古中国与外来文明(修订版) [M]. 北京:三联书店,2014.

[124] 苏晋仁. 佛教文化与历史 [M]. 北京:中央民族大学出版社,1998.

[125] 杜继文. 佛教史 [M]. 南京:江苏人民出版社,2006.

[126] 赖永海. 中国佛教通史 [M]. 南京:江苏人民出版社,2010.

[127] 饶宗颐. 澄心论萃 [M]. 上海:上海文艺出版社,1996.

[128] 方立天. 中国佛教哲学要义 [M]. 北京:中国人民大学出版社,2002.

[129] 王建光. 中国律宗通史 [M]. 南京:凤凰出版社,2008.

(二)外文文献

[1] Wendi L. Adamek. The Mystique of Transmission: On an Early

Chan History and Its Contexts[M]. New York: Columbia University Press, 2007.

[2]Patricia Buckley Ebrey and Peter N. Gregory eds. , Religion and Society in T'ang and Sung China[M]. Honolulu: University of Hawaii Press, 1993.

[3]John Jorgensen, Inventing Hui – neng. the sixth Patriarch: Hagiography and Biography in Early Ch'an [M]. Leiden · Boston: Brill, 2005.

[4]John Kieschnick. The Eminent Monk: Buddhist Ideals in Medieval Chinese Hagiography [M]. Honolulu: University of Hawaii Press, 1997.

[5]John Kieschnick and Meir Shahar eds. , India in the Chinese Imagination: Myth, Religion, and Thought[M]. Philadelphia: University of Pennsylvania Press, 2014.

后　　记

相比于其他时代，隋唐五代的佛教文学研究成果可以说是相当丰硕了。这为本书的编写提供了重要的参考和借鉴。因此要感谢在这一领域勤奋耕耘的专家学者，他们的勇于探索和不断精进，使我们看见了千年之前佛教与文学结合开出的奇异绚烂的花朵。

本书的作者有六位，分别是祁伟、王彦明、王一帆、曹磊、李小荣和李熙。大家因为一场紧急救援而结识，并成为了合作伙伴，在写作和修改的过程中，相互帮助、共同进步。

本书是 2015 年国家社会科学基金重大项目的子课题。项目的申请及成果的出版，都依赖于武汉大学吴光正教授的坚持与执着。

由于本书的写作主要是在 2017 年至 2019 年之间，之后学界所出的成果并未吸收，还请见谅，疏漏错误之处，敬请专家批评指正。

祁　伟

2023 年 10 月 18 日